中华经典名著
全本全注全译丛书

余兴安等◎译注

经史百家杂钞 三

词赋 序跋

中華書局

目录

第三册

卷八·序跋之属一

卷九·序跋之属二

卷七·词赋之属下编二

曹植

曹植(192—232),字子建,曹操之子,魏文帝曹丕之弟,建安文学的中心人物之一。建安时累封平原侯、临淄侯,魏立,三徙藩国,后封于陈。与兄曹丕不和,郁郁以终,卒年四十一。他的著作有赋、颂、诗、铭、杂论,共百余篇。尤长于诗,名篇有《朔风》《七哀》。名赋《洛神赋》更为传世之作。他的作品情感丰沛,辞采清丽,文质兼资,对六朝文学颇有影响。

制命宗圣侯孔羡奉家祀碑

【题解】

本文是一篇称颂碑文。文章追怀了孔子的伟岸风范,叙述了魏文帝封宗圣侯、复孔庙孔祀的情形,歌颂了曹魏的盛德和魏文帝的功德。制命,指帝王的诏命。孔羡,是孔子的二十一代孙,魏文帝时被封为宗圣侯。奉即奉命、遵命之意。孔子生不逢时,惶惶而终。汉平帝时封谥孔子为褒成宣尼公,汉末大乱,法统毁坏,所以魏文帝封宗圣侯是难得的,也是有政治目的的。本文与其说是颂孔,不如说是颂扬魏文帝。

维黄初元年[1]，大魏受命。胤轩辕之高踪[2]，绍虞氏之遐统[3]。应历数以改物[4]，扬仁风以作教。于是辑五瑞[5]，班宗彝[6]，钧衡石[7]，同度量，秩群祀于无文[8]，顺天时以布化。既乃缉熙圣绪[9]，绍显上世[10]，追存三代之礼[11]，兼绍宣尼之后[12]。以鲁县百户，命孔子二十一世孙议郎孔羡为宗圣侯，以奉孔子之祀。制诏三公曰："昔仲尼负大圣之才，怀帝王之器，当衰周之末，而无受命之运。在鲁、卫之朝，教化洙、泗之上[13]，栖栖焉[14]，皇皇焉[15]，欲屈己以存道，贬身以救世。于是王公终莫能用之，乃退考五代之礼[16]，修素王之事[17]，因鲁史而制《春秋》，就太史而正《雅》《颂》[18]，俾千载之后[19]，莫不宗其文以述作[20]，仰其圣以谋咨，可谓命世大圣，亿载之师表者也。遭天下大乱，百祀堕坏，旧居之庙，毁而不修。褒成之后，绝而莫继，阙里不闻讲诵之声[21]，四时不睹烝尝之位[22]，斯岂所谓崇礼报功，盛德必百世祀者哉？嗟乎！朕甚悯焉。其以议郎孔羡为宗圣侯，邑百户，奉孔子之祀。令鲁郡修起旧庙，置百户卒吏，以守卫之。又于其外，广为屋宇以居学者。"于是鲁之父老、诸生、游士，睹庙堂之始复，观俎豆之初设[23]，嘉圣灵于仿佛，想祯祥之来集，乃慨然而叹曰："大道衰废，礼乐绝灭，三十余年。皇上怀仁圣之懿德，兼二仪之化育[24]，广大包于无方，渊深沦于不测。故自受命以来，天人咸和，神气氤氲[25]，嘉瑞踵武[26]，休征屡臻[27]。殊俗解编发而慕义[28]，遐夷越险阻而来宾[29]。虽太皞游龙以君世[30]，虞氏仪凤以临民[31]，伯禹命玄宫而为夏后[32]，西伯由岐社而为周文，尚何足称于大魏哉！"若乃绍继微绝，兴修废官，畴咨稽古[33]，崇配乾坤，况神明之所福[34]，作宇宙之所观，欣欣之色，岂徒鲁邦而已哉！尔乃感殷人路寝之义[35]，嘉先民泮宫之事[36]，以为高宗、僖公，盖嗣世之王，诸侯之国耳，犹著德于三代，腾声于千载。况今圣王肇造区夏，创业垂统，受命之日，曾未下舆[37]，而褒美大圣。隆化如此，能无颂乎？乃作颂曰：

【注释】

①维：发语词，无实意。黄初：魏文帝年号(220—226)。

②胤：继承，延续。轩辕：黄帝。

③绍：继承，发扬。虞氏：即舜。

④历数：天数。改物：创制改元，指禅代东汉。

⑤辑：和谐。五瑞：古代诸侯作符信用的五种玉。

⑥宗彝：指代宗庙。

⑦钧：统一。衡石：重量单位。

⑧秩：祭祀。群祀：受祀的诸圣神帝王。无文：湮没。

⑨缉熙：光明。

⑩绍：光耀。

⑪三代：夏、商、周。

⑫宣尼：即孔子。汉平帝追谥孔子为褒成宣尼公。

⑬洙、泗：水名。洙水是泗水的支流。据《史记》载，孔子设教于洙、泗之上，修诗书礼乐，弟子弥至。

⑭栖栖：急迫的样子。

⑮皇皇：惶恐貌。皇，通“惶”。

⑯五代：尧、舜、夏、商、周。

⑰素王：没有居帝王之实位而如王者。汉魏诸儒皆持此说。语出《孔子家语》。

⑱太史：即太史令，掌天文历法祭祀。

⑲俾(bǐ)：使，让。

⑳述作：传述和创作。

㉑阙里：地名。在今山东曲阜城内，是孔子故里。

㉒烝尝：冬天祭祀叫做烝，秋天祭祀叫做尝。

㉓俎豆：礼器。古代祭祀时用来装牺牲。

㉔二仪：即天地。

㉕氤氲：天地之气和谐的样子。

㉖踵武：紧随而至。踵，脚后跟。武，承继。

㉗休征：美好的征兆。臻：至。

㉘编发：即发辫。编，通“辫”。

㉙宾：宾服。

㉚太皞：即伏羲。伏羲王天下，有龙马背负图而出现于黄河。

㉛虞氏仪凤：虞舜时凤凰来仪。

㉜玄宫：宗神之庙。

㉝畴：谁。咨：访问。

㉞况：通“贶”。赐。

㉟路寝：大治之迹象。

㊱泮宫：学馆，即学校。

㊲下舆：指迅速地封祭先贤。《礼记》载，武王克殷反商，未及下车而封黄帝之后于蓟，封尧之后于祝，封舜之后于陈。下车而封夏后氏之后于杞。

【译文】

黄初元年，大魏承受天命。继承黄帝的古老法统，接续虞舜久远的法则。上应天时改朝换代创建帝业，发扬仁风以建立政治教化。于是安排百官秩序，设立宗庙，统一度量衡，祭祀久已湮灭的先圣神灵，顺应天时来推行教化。然后就彰明先圣的后裔，继续祖上的光荣，追寻保存夏、商、周的礼仪,并绍封孔子的后人。用鲁地一百户人家,封孔子二十一世孙议郎孔羡为宗圣侯,用来奉祀孔子。下诏命令三公说:"从前孔子怀有圣人的天才,有着帝王的能力,生在衰败的周朝末年,可是没有承命受封的机缘。曾身处鲁、卫的公堂,在洙水、泗水之间教育后生,颠沛流离,窘迫无计,一心想委屈自己来保存天道,贬低自我来拯救乱世。这时候王公大臣最终没有人能够任用他,于是就隐退考究尧、舜、夏、商、周五代的礼典,修养素王之事,凭借鲁国的史料删编《春秋》,访问太史而修正《雅》和《颂》,使得千年之后,后世能宗奉他的著作来传述和创作,仰赖他的圣明来咨询谋略。这真可以说是天命赐给世间的大圣人,亿万年的导师和模范。遭遇天下大乱,诸多的祀庙毁坏,旧时的庙宇都颓败而不修缮。自从汉平帝封孔子之后,祭祀断绝再也没有继承,阙里再听不到他那样的讲学诵读之声,一年四季看不到祭奠。这哪里是所谓的敬礼先圣、酬报功德,盛大的德行必定有百代的祭祀呢?哎呀,朕为此十分悲悯!命封议郎孔羡为宗圣侯,封邑一百户,祭祀孔子的灵位。命令鲁郡修缮旧时的孔庙,安置一百户卒吏来守卫它。更在庙外多多起造房屋,让求学的人住在那里。"于是,鲁地的父老、儒生、游学之士,看到庙宇开始修复,观瞻礼器的开始设置,表彰圣人在怀想之中,向往吉祥的到来,于是慨然叹息说:"天地间的理法衰竭废弃,礼和乐断绝湮灭三十几年了。皇上怀有仁圣的美德,兼具天地阴阳化育万物之德,博大无所不包,高深得不可测量。所以自从承受天命以来,天人和谐,融融洽洽,吉祥的瑞象接连而至,美好的征兆屡次出现。不同风俗的人解开辫发,怀慕仁义,远方的民族跋山涉水来臣服。即使伏羲氏时游龙负图出现,虞舜时凤凰来仪,大禹时建立宗庙建立大夏,西伯由岐山而成为周朝的文王,又怎么能同大魏相比呢!"像这样接继衰微断绝的祭祀,兴修荒废的职守,设法搜寻古代的遗迹,敬拜天地。况且神明赐赏福祐,建造天地观览,百姓因而欣喜,哪里只是鲁地一处呢!所以感喟殷代大治的道义,表彰先代学习建校舍的事迹,而高宗、僖公,只是继位的王、侯而已，还显明德行于夏、商、周三代，名声流播千年。何况当代的圣明帝王，重建华夏，创立帝业降下法统，应天受禅登位之日，没等到下车，就迅速表彰伟大的圣人。大化流行到这样的程度，怎么能不作颂呢？于是就作颂道：

煌煌大魏[①]，受命溥将[②]。继体黄、唐[③]，包夏含商。降釐下土[④]，廓清三光[⑤]。群祀咸秩，靡事不纲。嘉彼元圣，有赫其灵。遭世霿乱[⑥]，莫显其荣。褒成既绝，寝庙斯倾。阙里萧条，靡绍靡馨。我皇悼之，寻其世武。乃建宗圣，以绍厥后。修复旧堂，丰其甍宇[⑦]，莘莘学徒，爰居爰处。王教既新，群小遄沮。鲁道以兴，永作宪矩[⑧]。洪声旨遐，神祇来和[⑨]。休征杂遝，瑞我邦家。内光区域，外被荒遐。殊方慕义，搏拊扬歌[⑩]。於赫四圣，运世应期。仲尼既没，文亦在兹。彬彬我后，越而五之。垂于亿载，如山之基。

【注释】

①煌煌：光明盛大的样子。

②溥：美。将：大。

③黄、唐：黄帝和尧帝。

④釐(xī)：福。

⑤三光：日、月、星，一说天、地、人。

⑥霿(méng)：蒙昧的意思。

⑦甍(méng)宇：房屋。甍指栋梁，宇指屋檐。

⑧宪矩：法则。

⑨神：天之神。祇：地之神。

⑩搏拊：乐器，又称“拊搏”，又单称“拊”，古代以牛皮为表，内盛糠，用以击节。近代制作如鼓略小，手拊以应和。

【译文】

光明伟大的大魏，承受天命美好博大。继承黄帝、唐尧的体统，包罗夏和商的盛德。降福大地，恢弘天地人和。所有的祭祀都得到恢复，没有什么事不得到整治。称颂那古今第一的圣人，有显赫光辉的神明。只是生于动乱的世界上，才无法显示他的光荣。孔子被尊崇的传统已经断绝，然后又遭祀庙如此的倾覆颓败。阙里一天天萧条冷落，没有了继承和祭奠。我皇感到悲悯，便寻找探访孔子的后裔。建封了宗圣侯，以此来接续圣人的后代。修缮破旧的庙堂，美化那屋梁和房檐，莘莘学子居住学习在那里。圣主教化已经更新，群小得到抑制。鲁地儒学从此勃兴，永远作为法则。洪福怎么会远呢？天地之神前来协和。美好的征兆纷沓而至，福祜我们的国家！中原华夏得到光大，遥远的地方也得到照耀。不同地域的人都仰慕德义，拍鼓高声歌唱。光明伟大的四位先圣，治理天下应合时代。孔子已经去世，他的衣钵就在这里。文质彬彬的我们的大魏皇帝，超越以往成为又一位大圣大智的君王。流芳万万代于不朽，像山岳一样永远屹立。

陆机

陆机简介参见卷二。

汉高祖功臣颂

【题解】

萧何、曹参、张良、陈平、韩信等三十一人为汉初名将相，辅佐汉高祖刘邦开创西汉天下，功勋卓著。本文颂扬了他们的功绩。文辞浑阔，极尽溢美之词。

相国酂文终侯沛萧何、相国平阳懿侯沛曹参、太子少傅留文成侯韩张良、丞相曲逆献侯阳武陈平、楚王淮阴韩信、梁王昌邑彭越、淮南王六黥布、赵景王大梁张耳、韩王韩信、燕王丰卢绾、长沙文王吴芮、荆王沛刘贾、太傅安国懿侯王陵、左丞相绛武侯沛周勃、相国舞阳侯沛樊哙、右丞相曲周景侯高阳郦商、太仆汝阴文侯沛夏侯婴、丞相颍阴懿侯睢阳灌婴、代丞相阳陵景侯魏傅宽、车骑将军信武肃侯靳歙、大行广野君高阳郦食其、中郎建信侯齐刘敬、太中大夫楚陆贾、太子太傅稷嗣君薛叔孙通、魏无知、护军中尉隋何、新城三老董公、辕生、将军纪信、御史大夫沛周苛、平国君侯公①，右三十一人，与定天下安社稷者也。颂曰：

【注释】

①酂：汉萧何的爵号。汉五年（前202），刘邦封萧何为酂侯，食邑八千户。谥文终侯。沛：地名。今江苏沛县。萧何是沛人。曹参：被封为平阳侯，谥懿侯。太子少傅：官名。位在三公之下。张良被封为留侯，谥文成侯。韩：张良的祖先为韩人。陈平：阳武（今河南原阳）人，封曲逆侯，谥献侯。韩信：淮阴（在今江苏淮安）人，先封齐王，后封楚王。彭越：昌邑（今山东巨野）人。黥布：六地（在安徽六安）人。张耳：大梁人，先被封为赵王，谥景王。韩信：指韩王信，为战国时韩襄王之孙。卢绾（wǎn）：为丰（今江苏丰县）人。吴芮：被封为长沙王，谥文王。刘贾：刘邦从父兄，沛人，封为荆王。太傅：官名。王陵：被封为安国侯，谥懿侯。周勃：被封为绛侯，谥武侯。樊哙（kuài）：被封为舞阳侯。郦商：高阳（今河南杞县）人，被封为曲周侯，谥景侯。太仆：官名。夏侯婴：被封为汝阴侯，谥文侯。灌婴：睢阳（今河南商丘）人，被封为颍阴侯，谥懿侯。傅宽：原魏人，被封为阳陵侯，谥景侯。靳歙（xī）：封信武侯，谥肃侯。大行：美德。郦食其：被封为广野君。刘敬：齐人，被封建信侯。太中大夫：官名。叔孙通：薛人，被封稷嗣君。魏无知：推荐陈平有功的人。三老：德高望重掌教化的官员。侯公：被封为平国君。

【译文】

萧何，沛人，封酂侯，谥为文终侯，终位相国。曹参，沛人，封平阳侯，谥为懿侯，终位相国。张良，韩人，封留侯，谥文成侯，终位太子少傅。陈平，阳武人，封曲逆侯，谥献侯，终位丞相。韩信，淮阴人，封楚王。彭越，昌邑人，封梁王。黥布，六地人，封淮南王。张耳，大梁人，封赵王，谥景王。韩王信，封韩王。卢绾，丰人，封燕王。吴芮，封长沙王，谥文王。刘贾，沛人，封荆王。王陵，封安国侯，谥懿侯，终位太傅。周勃，沛人，封绛侯，谥武侯，终位左丞相。樊哙，沛人，封舞阳侯，终位相国。郦商，高阳人，封曲周侯，谥景侯，终位右丞相。夏侯婴，沛人，封汝阴侯，谥文侯，终位太仆。灌婴，睢阳人，封颍阴侯，谥懿侯，终位丞相。傅宽，魏人，封阳陵侯，谥景侯，终位代丞相。靳歙，封信武侯，谥肃侯，终位车骑将军。郦食其，高阳人，封大行广野君。刘敬，齐人，封建信侯，终位中郎。陆贾，楚人，终位太中大夫。叔孙通，薛人，封号稷嗣君，终位太子太傅。魏无知。隋何，为护军中尉。董公、辕生，为新城地区的三老。将军纪信。周苛，沛人，官至御史大夫。侯公，封为平国君。上边所提到的三十一人，都是参与平定天下建立汉朝国家的人。颂词是：

芒芒宇宙，上墋下黩[①]。波振四海[②]，尘飞五岳。九服徘徊[③]，三灵改卜[④]。赫矣高祖，肇载天禄[⑤]。沉迹中乡[⑥]，飞名帝录。庆云应辉，皇阶授木[⑦]。龙兴泗滨[⑧]，虎啸丰谷[⑨]。彤云昼聚，素灵夜哭[⑩]。金精仍颓[⑪]，朱光以渥[⑫]。万邦宅心[⑬]，骏民效足[⑭]。

【注释】

①上墋(chěn)下黩：天昏地暗。墋，混浊。黩，黑暗。

②波振：与下文的“尘飞”皆指当时社会动荡、战乱不止。

③九服：边远地区。

④改卜：另行选择。

⑤肇:开创,开始。载:承受。

⑥中乡:刘邦故乡沛丰邑中阳里。

⑦木:木德。秦为水,木克水,所以说汉授木德。

⑧泗滨:泗水之滨。刘邦曾为泗上亭长。

⑨丰谷:指丰邑。

⑩素灵:白帝之灵。

⑪金精:指秦朝。春秋战国时,秦国在西方,西方为金。

⑫朱光:即赤光。相传刘邦为赤帝之子。渥:浓郁,璀璨。

⑬宅心:归心。

⑭骏民效足:良民效劳。

【译文】

茫茫宇宙,天昏地暗。四海动荡不安,五岳征尘飞扬。边远亡民徘徊不定,日月星辰犹豫变幻。显赫的高祖刘邦,开始承受天赐的恩禄。他曾默默无闻于故乡,最后扬名帝王名录。祥云映辉,天授大汉以木。蛟龙兴起于河上,猛虎长啸于丰谷。彤云白日聚集,白帝之灵深夜哀哭。预示秦朝灭亡,赤光璀璨,大汉将兴。全国归心,万民顺服。

堂堂萧公,王迹是因。绸缪睿后[①],无竞维人。外济六师,内抚三秦[②]。拔奇夷难[③],迈德振民[④]。体国垂制[⑤],上穆下亲[⑥]。名盖群后[⑦],是谓宗臣[⑧]。

【注释】

①绸缪:紧密缠绕,引为情意深厚。睿后:明君。

②三秦:地名。故地在今陕西一带。项羽破秦入关,三分秦关中之地,合称三秦。

③拔奇：选拔奇才。指萧何追韩信并荐其为大将事。

④迈德：勉力弘扬德行。

⑤体国：经营都城。

⑥上穆下亲：君上恭敬，下民亲和。

⑦后：诸侯。

⑧宗臣：世人景仰的名臣。

【译文】

堂堂相国萧何，沿袭先王的足迹。对待明主深情厚谊，主张强盛任用贤人。外供粮草支援六军，内能安抚三秦亡民。选拔奇才平定危难，弘扬君德拯救万民。营建都城订立制度，君上恭敬下民亲近。名声盖世，是人们景仰的一代名臣。

平阳乐道①，在变则通②，爰渊爰嘿③，有此武功。长驱河朔④，电击壤东。协策淮阴⑤，亚迹萧公。

【注释】

①平阳：平阳侯曹参。

②变则通：即变通。曹参虽崇信清静之道，但在乱世之秋，则以武力平定，所以说他变通。

③嘿：用同“默”。

④河朔：黄河以北地区。

⑤协策淮阴：配合淮阴侯韩信攻魏、击赵、破齐等军事行动。

【译文】

平阳侯曹参，崇信清静之道，但于乱世能予变通，沉思默想，深谋远虑，建此武功。率军长驱河朔，如闪电猛击壤东。配合淮阴侯韩信作战，功绩仅次于萧公。

文成作师[①],通幽洞冥。永言配命[②],因心则灵[③]。穷神观化[④],望影揣情。鬼无隐谋,物无遁形。武关是辟,鸿门是宁。随难荥阳[⑤],即谋下邑[⑥]。销印惎废[⑦],推齐劝立。运筹固陵[⑧],定策东袭。三王从风[⑨],五侯允集。霸楚实丧[⑩],皇汉凯入[⑪]。怡颜高览,弥翼凤戢[⑫]。托迹黄、老[⑬],辞世却粒[⑭]。

【注释】

①文成:文成侯张良。作师:做皇帝的老师。

②永言配命:永合天命。

③因心:虔诚之心。

④穷神观化:穷究神理观察变化。

⑤随难荥阳:汉王三年(前204),项羽急围汉王于荥阳。

⑥即谋下邑:在下邑与汉王计议破楚的办法。

⑦销印:销毁六国之印。惎(jì)废:废掉郦食其的建议。项羽围汉王于荥阳,郦食其建议刻印封六国之后,张良指出此法不妥,汉王下令销印。

⑧运筹固陵:张良在固陵献计,使诸侯都来帮助汉王。

⑨三王:楚王韩信、梁王彭越、淮南王黥布。

⑩霸楚:西楚霸王项羽。

⑪皇:大。

⑫弥:通“弭”。止息。

⑬黄、老:黄帝、老子。

⑭辞世却粒:遁世而去,不食谷粒。

【译文】

文成侯张良作为帝师,通晓幽冥之事。奇思妙策合于天意,计谋成功在于心意虔诚。穷究神理观察变化，望影即能揣度其情。鬼神不能隐藏其阴谋，事物不能隐遁其身形。于是武关之道得以开辟，鸿门之险得以安度。随同汉王蒙难荥阳，谋划破楚之计于下邑。销毁六国之印废除郦食其的建议，劝说刘邦封立齐王。运筹于固陵，决策向东袭。三王闻风而动，五侯应允而集。西楚霸王败亡，大汉终于胜利。容颜和悦高瞻远瞩，如凤凰收敛翅膀退隐不仕。愿与黄、老遁世而去，不食谷粒。

曲逆宏达[①]，好谋能深。游精杳漠，神迹是寻。重玄匪奥，九地匪沉。伐谋先兆[②]，挤响于音[③]。奇谋六奋，嘉虑四回[④]。规主于足[⑤]，离项于怀[⑥]。格人乃谢[⑦]，楚翼寔摧。韩王窘执[⑧]，胡马洞开[⑨]。迎文以谋[⑩]，哭高以哀[⑪]。

【注释】

①曲逆：曲逆侯陈平。

②伐谋：破坏敌方的计谋。

③挤响于音：说明防患于未然的道理。

④嘉虑四回：四发善谋。

⑤规主于足：陈平用踩脚的方式劝汉王立韩信为齐王。

⑥离项于怀：离间项羽和他心腹之臣的关系。

⑦谢：凋谢，指亚父范增因无端被怀疑而死。

⑧韩王窘执：韩王指楚王韩信。陈平献计，出其不意捉住了他。

⑨胡马洞开：高祖被匈奴围于平城，依陈平计，得以解围。

⑩文：指汉文帝。

⑪高：指汉高祖。

【译文】

曲逆侯陈平宽宏通达，善于谋划，才能超群。神游太空，将神奇之迹予以求寻。九重之天于他没有什么奥秘，九层之地于他也并不神秘。破坏对方的计谋在没有实施之前，就像灭绝声响在合成乐音之先。六出奇计，四发善谋。踩足暗示高祖封立齐王，巧施离间计破坏项羽君臣关系。致使楚国贤臣谢世，羽翼被摧。献计使韩信被执，谋策使匈奴之围洞开。出谋迎立文帝，恸哭高祖离世竭尽其哀。

灼灼淮阴①，灵武冠世。策出无方②，思入神契。奋臂云兴，腾迹虎噬。凌险必夷③，摧刚则脆。肇谋汉滨，还定渭表④。京、索既扼⑤，引师北讨。济河夷魏，登山灭赵⑥。威亮火烈⑦，势逾风扫。拾代如遗⑧，偃齐犹草⑨。二州肃清⑩，四邦咸举⑪。乃眷北燕⑫，遂表东海⑬。克灭龙且⑭，爰取其旅。刘、项悬命⑮，人谋是与⑯。念功惟德，辞通绝楚。彭越观时⑰，弢迹匿光⑱。人具尔瞻⑲，翼尔鹰扬⑳。威凌楚域㉑，质委汉王㉒。靖难河、济，即宫旧梁㉓。烈烈黥布㉔，耽耽其眄㉕。名冠强楚，锋犹骇电。睹几蝉蜕㉖，悟主革面㉗。肇彼枭风㉘，翻为我扇。天命方辑㉙，王在东夏㉚。矫矫三雄㉛，至于垓下㉜。元凶既夷㉝，宠禄来假。保大全祚㉞，非德孰可？谋之不臧㉟，舍福取祸。

【注释】

①灼灼：神采奕奕。

②无方：变化多端。

③凌：侵袭，攻打。

④渭表：渭水之表，指三秦地区。

⑤京、索：地名。在今河南荥阳南部。韩信曾在京索大破楚兵。

⑥灭赵：韩信灭赵，擒获赵王歇。

⑦威亮：威名显赫。

⑧拾代如遗：灭代国就像捡拾别人遗失的东西一样易如反掌。

⑨偃齐犹草：扫荡齐国就像劲风偃草。偃，倒下。

⑩二州：魏、赵属冀州，齐、代属青州。

⑪四邦：指魏、代、赵、齐四国。

⑫眷：回顾。

⑬表：显威。

⑭龙且：人名。

⑮刘、项悬命：蒯通曾对韩信说："当今两主悬命足下。足下为汉则汉胜，与楚则楚胜。"刘、项指刘邦和项羽。

⑯人谋是与：指蒯通叫韩信进行选择，是三分天下还是归楚或归汉。

⑰时：时局。有人劝彭越在秦末农民大起义时趁乱起兵，彭越认为秦和陈胜正相斗，可等待一时。

⑱弢(tāo)：通"韬"。掩藏。

⑲人具尔瞻：人们都敬仰他。

⑳翼：辅助。

㉑凌：凌驾，引为震撼。

㉒质委：归顺。

㉓即宫旧梁：立彭越为梁王，都定陶。

㉔烈烈：勇猛威武的样子。

㉕耽耽：威严注视的样子。眄(miǎn)：斜视。

㉖几：指细小的变化。
㉗悟主：感悟刘邦之约。高祖派隋何说服黥布叛楚归汉。
㉘枭(xiāo)风：雄风。
㉙辑：协同配合。
㉚东夏：即阳夏，地名。在今河南太康。
㉛三雄：指韩信、彭越、黥布。
㉜垓下：地名。刘邦败项羽处。在今安徽灵璧。
㉝元凶：指项羽。
㉞祚：福祉。
㉟臧(zāng)：善。

【译文】

神采奕奕淮阴侯，英明威武冠九州。奇策迭出变化多端，妙计绝伦与神合契。振臂云即兴，腾跃如虎噬。遇险必可化为夷，摧刚则可将其粉碎。定计于汉水之滨，还师平定渭表。京、索一带已入囊中，指挥军队继续北讨。渡河用计破魏，登山以智灭赵。威名显赫似熊熊烈焰，其势迅猛如疾风劲扫。灭代易如路取遗物，攻齐好比劲风偃草。冀、青二州一举肃清，攻占四国魏、代、齐、赵。回首招降北燕，称雄显威东海。消灭龙且，取其师旅。刘、项的命运决定于韩信为谁效劳。慎重进行选择，认为自己功多而汉王德高，于是拒绝楚使谢绝了蒯通的计谋。彭越仔细观察时局，掩藏自己的志向和才能。他深得人们敬仰，在众人辅助下如雄鹰飞扬。虽然威名震撼楚域，却一心归服汉王刘邦。在黄河、济阴平定战乱，因功而被封为梁王。黥布勇猛威武，双目威严有神。威名冠强楚，锋芒如惊电。观察自然界的变化，感悟明主洗心革面。他卷起的雄风，开始为大汉劲扇。协同配合符合天意，项羽被追至东夏。矫健的三雄，聚集于垓下。元凶项羽既已消灭，宠幸福禄纷至沓来。保全大业洪福，需要德行齐备。谋划不善，导致舍福取祸。

张耳之贤，有声梁、魏。士也罔极[1]，自诒伊愧[2]。俯思旧恩[3]，仰察五纬[4]。脱迹违难[5]，披榛来洎[6]。改策西秦[7]，报辱北冀[8]。悴叶更辉，枯条以肄[9]。

【注释】

①士也罔极：士无准则。

②自诒伊愧：自寻羞愧。这两句指张耳所交陈馀没有道德准则，带兵打张耳，张耳败走，自寻羞愧。

③旧恩：汉王于张耳有旧恩。

④五纬：指金、木、水、火、土五星。

⑤脱迹：脱离追随项羽的旧轨迹。

⑥披榛（zhēn）：开道。洎（jì）：到。

⑦改策西秦：改变策略，投靠进入秦地的刘邦。

⑧报辱北冀：张耳与韩信在赵井陉地方杀了陈馀，故曰“报辱”。北冀，赵属冀州之北，故云。

⑨悴叶更辉，枯条以肄：以憔悴之叶更发光辉，枯萎之条再生嫩枝。比喻张耳弃楚归汉之后有如重获新生。

【译文】

张耳的贤名，蜚声梁、魏。其友不讲道德，张耳自寻羞愧。低头思及汉王旧恩，举头观察五星聚会。脱离项羽远离灾难，重新开辟大道。改变策略投靠汉王，斩杀陈馀报辱北冀。好比憔悴之叶重放光辉，枯萎枝条又绽新绿。

王信韩孽[1]，宅土开疆[2]。我图尔才[3]，越迁晋阳。卢绾自微，婉娈我皇[4]。跨功逾德[5]，祚尔辉章[6]。人之贪祸，宁为乱亡[7]。

【注释】

①王信韩孽:韩王信,是原来韩襄王的孽孙。孽,庶,不是正妻所生。

②宅土开疆:住在原来的封地,开拓新的疆土。

③图:赏识。

④婉娈:眷恋。

⑤跨:通"夸"。夸耀。

⑥祚:赐。章:印章。

⑦宁:乃。

【译文】

韩王信本为韩襄王庶孙,在故土周围开辟新域。汉王赏识你的才干,迁往晋阳将胡人防御。卢绾自幼就眷恋高祖皇上。群臣夸赞其功超越其德,高祖赐予他燕王印章。欲望无穷导致祸乱,乃至成为乱臣身死异乡。

吴芮之王,祚由梅鋗①。功微势弱,世载忠贤。

【注释】

①梅鋗:吴芮属将,吴芮能封王,实际上是因为梅鋗功多而延及他。

【译文】

吴芮封为长沙王,实由属将梅鋗。功绩微薄权势小,世载其名表忠贤。

肃肃荆王①,董我三军②。我图四方,殷荐其勋③。庸亲作劳④,旧楚是分。往践厥宇,大启淮坟⑤。

【注释】

①肃肃:忠正。荆王:刘贾封为荆王。

②董:督。

③殷:项羽的大司马周殷,刘贾将其策反。

④庸:任用。亲:刘贾为高祖从父兄。

⑤淮坟:淮水之边的高地,刘贾封地在淮东。

【译文】

忠心耿耿荆王刘贾,统领督帅我三军。汉王欲得天下,策反周殷立下功勋。任用亲属为国效劳,旧楚之地是以剖分。去往封地,大兴土木于淮水之滨。

安国违亲[①],悠悠我思。依依哲母[②],既明且慈。引身伏剑,永言固之。淑人君子,实邦之基。义形于色,愤发于辞。主亡与亡[③],末命是期。

【注释】

①安国:王陵封安国侯。

②哲:明哲。

③主亡与亡:与君主共存亡。

【译文】

安国侯王陵与母隔绝,思念之情与日俱增。依依不舍明哲之母,既明大义且又慈祥。引颈伏剑自杀而死,临终遗言善事汉王。王陵心善为人君子,真乃大汉国家根基。阻止高后义形于色,不王吕氏愤发于辞。社稷之臣与主共存亡,杜门不朝忠心耿耿。

绛侯质木[①],多略寡言。曾是忠勇,惟帝攸叹[②]。云骛灵丘[③]，景逸上兰[④]。平代禽豨，奄有燕、韩。宁乱以武，毙吕以权。涤秽紫宫[⑤]，征帝太原[⑥]。实惟太尉[⑦]，刘宗以安。挟功震主，自古所难[⑧]。勋耀上代，身终下藩[⑨]。

【注释】

①质木：质朴敦厚。

②惟帝攸叹：刘邦曾说："安刘氏者必勃也。"攸，所。

③云骛(wù)：如飞云奔驰。灵丘：地名。今属山西。周勃在这里击败叛将陈豨。

④景逸：如光影飞逝。上兰：地名。周勃在此地打败叛乱的卢绾。

⑤紫宫：皇帝的宫室。

⑥征帝：征聘汉文帝。当时文帝为代王。

⑦太尉：周勃官太尉。

⑧挟功震主，自古所难：周勃诛诸吕，立文帝，功高震主，后文帝令其"免相就国"。国即周勃封地绛。

⑨下藩：指绛地，周勃封邑。

【译文】

绛侯周勃敦厚质朴，富有谋略却寡言。为人忠诚作战勇敢，汉帝高祖为之赞叹。云驰灵丘击败叛将，平乱卢绾挥剑上兰。平定代地擒获陈豨，占据拥有燕、韩。平息政乱依仗武力，诛杀诸吕凭借兵权。清除污秽于紫宫，征聘文帝在太原。实在是靠太尉之力，刘氏子孙得以平安。诛吕安刘功高震主，此事自古所难。丰功伟业光照祖先，免相身退终置下藩。

舞阳道迎，延帝幽薮[①]。宣力王室，匪惟厥武。揔干鸿门[2]，披闼帝宇[3]。耸颜诮项[4]，掩泪悟主。

【注释】

①幽薮：指草野山泽之间。陈胜刚刚起义，萧何、曹参派樊哙迎接隐居的刘邦。

②揔干：手持盾牌。鸿门宴上因情势紧急，樊哙手持盾牌闯入。

③闼（tà）：宫中小门。

④耸颜：怒容。诮：责问。

【译文】

舞阳侯樊哙开道迎接，延请高祖于山泽之中。尽心尽力于王室，封侯并非只凭武功。鸿门之宴持盾救主，排门直入见帝深宫。怒颜威容责问项羽，掩面哭泣感动刘邦。

曲周之进，于其哲兄[1]。俾率尔徒，从王于征。振威龙蜕[2]，摅武庸城[3]。六师寔因，克荼禽黥。

【注释】

①哲兄：明智的长兄。这里指郦食其。

②龙蜕：地名。郦商在这里击败了反叛的燕王臧荼。

③庸城：地名。郦商在此地击破黥布军队。

【译文】

曲周侯郦商之进汉营，得益于其明智的兄长。使其率领部下兵众，随从汉王四处征战。击败燕王振奋龙蜕，攻破淮南王庸城立功。六军随从而进，力克臧荼及淮南王黥布。

猗欤汝阴[1]，绰绰有裕[2]。戎轩肇迹[3]，荷策来附[4]。

马烦辔殆[5]，不释拥树[6]。皇储时乂[7]，平城有谋[8]。

【注释】

①猗欤：美盛的样子。

②绰绰有裕：态度从容气度宽宏。

③戎轩：战车。夏侯婴为太仆，替沛公驾车。肇迹：比喻开始出征。

④荷策：拿着马鞭。

⑤马烦辔殆：马不耐烦，缰绳几乎损坏。项羽大破汉军，刘邦几次将孝惠帝和鲁元公主抛弃，而夏侯婴几次停车收载孩子，以致“马烦辔殆”。

⑥拥树：南方人将抱小孩儿称为拥树。

⑦皇储：皇太子，指孝惠帝。乂：本指收割，这里指收载。

⑧平城有谋：平城为匈奴所围时，夏侯婴坚持在突围时慢走，才终于逃脱。

【译文】

美哉汝阴侯夏侯婴，态度从容气量宽宏。汉王战车出征，执鞭驾车随行。不断停车马烦缰坏，始终不弃怀中弃童。不时收载皇储孝惠，平城突围坚持缓行。

颍阴锐敏，屡为军锋。奋戈东城[1]，禽项定功。乘风藉响[2]，高步长江。收吴引淮[3]，光启于东。

【注释】

①奋戈东城：灌婴在垓下之战中追项羽至东城，他手下五人共斩项羽。

②乘风藉响：顺风呼喊，听者觉得特别清楚。

③收吴引淮：收复吴郡，平定淮北。引，定。

【译文】

颍阴侯灌婴锐利敏捷，屡次作为大汉前锋。垓下之战挥戈追至东城，擒斩项羽立下赫赫战功。顺风呼喊声震远方，高祖阔步渡过长江。收复吴郡平定淮北，光大汉朝于国土之东。

阳陵之勋，元帅是承[①]。信武薄伐，扬节江陵[②]。夷王殄国[③]，俾乱作惩[④]。

【注释】

①元帅：指韩信。

②节：军旗。

③夷王：平定叛王。殄(tiǎn)：灭绝。

④作惩：作为警戒。

【译文】

阳陵侯傅宽的功勋，顺承元帅韩信的战功。信武侯靳歙征战讨伐，军旗飘扬在江陵。平定叛王消灭其国，使叛乱者引为戒惩。

恢恢广野[①]，诞节令图[②]。进谒嘉谋，退守名都。东窥白马，北距飞狐。即仓敖庾[③]，据险三涂。輶轩东践[④]，汉风载徂[⑤]。身死于齐，非说之辜[⑥]。我皇实念，言祚尔孤[⑦]。

【注释】

①恢恢：博大宽宏。

②诞节：放纵礼节，不拘礼节。令图：计谋出色。

③敖庚：亦称“敖仓”。秦代所建仓名。

④辅(yóu)轩：轻便的车。东践：指郦食其东行至齐去说服齐王。

⑤载：始。徂：往。

⑥说：游说。辜：过失。

⑦祚：赐。

【译文】

广野君郦食其博大宽宏，不拘礼节但计谋出色。进见贡献嘉谋，建议退守荥阳名都。向东监视白马，向北抗拒飞狐。即食敖庚粮仓，占据险阻于三涂。乘轻便马车去说服齐王，皇汉之风始吹东土。被烹身死齐国，并非游说之辜。高祖时时思念，赏赐其留下的遗孤。

建信委辂[①]，被褐献宝[②]。指明周、汉，铨时论道[③]。移帝伊、洛[④]，定都酆、镐[⑤]。柔远镇迩[⑥]，实敬攸考[⑦]。

【注释】

①委辂：放弃拉车。

②褐：粗衣。

③铨：权衡。

④伊、洛：都是水名。

⑤酆、镐：皆地名。在伊、洛二水之间，今西安西北沣河以东。

⑥柔远镇迩：安抚远方安定近处。

⑦考：成就。

【译文】

建信侯刘敬放弃拉车行当，穿着粗麻布衣前来献谋。指明周、汉立国之异，权衡时世论建国之道。迁移京都于伊、洛之间，确定京城兴建于酆、镐。安抚远方安定近处,成就令人尊敬仰慕。

抑抑陆生[①],知言之贯[②]。往制劲越[③],来访皇汉。附会平、勃,夷凶翦乱[④]。所谓伊人[⑤],邦家之彦[⑥]。

【注释】

①抑抑:谨慎周密。

②知言之贯:深知语言贯通的作用,指陆贾有口才善辩。

③劲越:指南越。陆贾奉高祖之命出使南越,封尉佗为南越王,对汉称臣。

④夷凶:诛灭元凶。剪乱:剪除乱党。

⑤所谓伊人:所思念之人。

⑥彦:美才。

【译文】

陆贾谨慎周密,为人能言善辩。奉使前往南越,使其称臣拜访皇汉。附会陈平、周勃,诛灭元凶剪除祸乱。深深思念陆贾之贤,实为安邦定国之才。

百王之极[①],旧章靡存[②]。汉德虽朗,朝仪则昏。稷嗣制礼,下肃上尊[③]。穆穆帝典[④],焕其盈门。风睎三代[⑤],宪流后昆[⑥]。

【注释】

①百王之极:汉承过去百王的衰败。

②旧章:先代典章制度。

③下肃上尊:臣下震恐肃敬,君主贵尊。

④穆穆：美盛庄敬。
⑤睎：仰慕。三代：夏、商、周。
⑥后昆：子孙后代。

【译文】

汉承百王衰竭之极，先代典章荡然无存。大汉之德明亮耀眼，朝廷礼仪却噩噩浑浑。稷嗣君叔孙通制定礼仪，使臣下肃敬君主贵尊。美盛敬庄帝王典章，光辉充盈其门。一心仰慕三代遗风，礼仪法制流传子孙。

无知睿敏，独昭奇迹[①]。察侔萧相[②]，贶同师锡。隋何辩达[③]，因资于敌[④]。纾汉披楚，唯生之绩。

【注释】

①独昭奇迹：独具识别奇才陈平的功绩。
②侔：等同。萧何进韩信，魏无知进陈平，所以说"察侔萧相"。
③辩达：善辩通达。
④资：谋取。

【译文】

魏无知智慧超人，慧眼识才大功一桩。明察等同萧何，与众臣同受封赏。隋何善辩通达，因而奉命谋取强敌。黥布叛楚解除汉难，都是此儒生的功绩。

皤皤董叟[①]，谋我平阴[②]。三军缟素，天下归心。

【注释】

①皤皤(pó)：白发苍苍。

②平阴：地名。即平阴津。

【译文】

白发苍苍新城董老，进谏汉王在平阴之津。举哀义帝讨伐无道，正义之师得天下归心。

辕生秀朗，沉心善照。汉旆南振[①]，楚威自挠[②]。大略渊回[③]，元功响效。邈哉惟人，何识之妙？

【注释】

①旆(pèi)：旌旗。

②挠：弱。

③渊回：渊深曲折。

【译文】

辕生英才俊朗，心计深沉考虑周到。皇汉旌旗飘扬南方，楚兵四顾力量必小。宏谋伟略深远曲折，快如回声大功奏效。深谋远虑高于他人，见识卓越绝妙。

纪信诳项[①]，轺轩是乘[②]。摄齐赴节[③]，用死孰惩。身与烟销，名与风兴。周苛慷慨，心若怀冰[④]。刑可以暴，志不可凌。贞轨偕没[⑤]，亮迹双升[⑥]。帝畴尔庸[⑦]，后嗣是膺[⑧]。

【注释】

①诳(kuáng)：欺骗。

②轺(yáo)轩：轻便车。

③摄齐：提起衣服。赴节：赴难殉节。

④心若怀冰：心怀纯洁如冰。

⑤贞轨：坚贞的楷模。

⑥亮迹：光辉的榜样。

⑦畴：通“酬”。酬答。庸：功劳。

⑧膺：承受。

【译文】

纪信欺瞒项羽，乘坐汉王轻车。慷慨赴难殉节，视死如归霸王如何戒惩？身虽与烟俱销，名却与风共兴。周苛意气激昂，其心纯洁如冰。可以施以暴刑，其意志却不可辱凌。坚贞的楷模双双赴死，光辉的榜样共同竖升。高祖酬答二人功劳，封赏子孙继承。

天地虽顺，王心有违。怀亲望楚，永言长悲。侯公伏轼，皇媪来归。是谓平国，宠命有辉。

【译文】

天地虽顺应汉王，王心却有不如意。思念亲人遥望楚境，内心无限伤悲。侯公奉使乘车前往，说服楚王亲人得归。因而受赏号称平国，宠信有加增添光辉。

震风过物，清浊效响。大人于兴[①]，利在攸往。弘海者川，崇山惟壤。《韶》《濩》错音[②]，衮龙比象[③]。明明众哲[④]，同济天网[⑤]。剑宣其利[⑥]，鉴献其朗[⑦]。文武四充[⑧]，汉祚克广。悠悠遐风[⑨]，千载是仰。

【注释】

①大人：指刘邦。

②《韶》:舜的乐舞。《濩(hù)》:汤的乐舞。错音:众响交错始成乐音。

③衮龙:卷龙之衣,为皇帝及上公的礼服。比象:五色交合成为图象。

④明明:勉力。

⑤天网:指宏伟的帝业。

⑥剑:指武将。

⑦鉴:指文臣。

⑧四充:充满四方。

⑨遐风:高风,高尚的品格。

【译文】

有如疾风吹过万物,清浊之声因风而响。天子刘邦风起云兴,众人乘利纷纷归往。壮阔大海靠百川,崇山之高靠土壤。《韶》《濩》之乐靠众响交错,卷龙之衣靠五色交合成图象。贤能之人勉尽其力,共同组成帝业天网。武将如剑显示其锋利,文臣如镜映其影像。文武之臣充溢四方,皇汉国统始能悠长。功臣高尚的品德,千秋万代世人敬仰!

陆云

陆云(262—303),字士龙,吴郡吴县华亭(今上海松江)人。西晋文学家。出身世家,祖父、父亲均为三国时东吴的名将。少小时即有才气,十六岁举贤良。晋建立后,与其兄陆机同入洛阳,二人齐名,时称"二陆"。入晋后陆云任清河内史等职,世称"陆清河"。后其兄陆机被成都王司马颖所杀,陆云同时遇害。代表作品有《谷风》等。其诗多写士族文人的日常生活,颇重藻饰,原有集十二卷,后散佚。后人辑有《陆士龙集》。

荣启期赞

【题解】

宁静以致远,淡泊以明志。这是我国古代贤士企望达到的一种境界。《荣启期赞》讲述了生于世道颓凌时代的荣启期与先前逸民一样,不为世上荣华所惑,隐遁山林,并能在偏僻隔绝的"世外"自得其乐,颐养天年。文章以工整的辞章为荣作赞,赞扬他能"遗彼世华",行吟以游,永脱乱世的高尚人格。

荣启期者[①],周时人也。值衰世之季末,当王道之颓凌[2],遂隐居穷处,遗物求己[3]。溯怀玄妙之门[4],求意希微之域,天子不得而臣,诸侯不得而友。行年九十[5],被裘鼓琴而歌。孔子过之,问曰:“先生何乐?”答曰:“吾乐甚多:天生万物,惟人为贵,吾得为人矣,是一乐也。以男为贵,吾又得为男矣,是二乐也。或不免于襁褓[6],而吾行年九十,是三乐也。夫贫者士之常也,死固命之终也。居常待终,当何忧乎?”孔子听其音,为之三日悲。常披裘带索,行吟于路曰:“吾着裘者何求?带索者何索?”遂放志一丘,灭景榛薮[7],居真思乐之林,利涉忘忧之沼,以卒其天年。荣华溢世,不足以盈其心[8];万物兼陈,不足以易其乐。绝景云霄之表,濯志北溟之津[9]。岂非天真至素[10],体正含和者哉?友人有图其象者,命为之赞。其辞曰:

【注释】

①荣启期:春秋时代的一位隐士。

②颓凌:萎靡,衰败。

③遗物:超脱于世物之外。

④溯(sù):顺水流而上。

⑤行:将近。

⑥襁褓(qiǎng bǎo):背负婴儿的被子或布条。

⑦景:后多作“影”。榛(zhēn):丛生的荆棘。薮(sǒu):聚集的地方。

⑧盈:满足。

⑨濯(zhuó):洗。北溟:北海。津:渡口。

⑩天真:人之天性。素:真情,朴素。

【译文】

荣启期,周朝人。生在世道衰败的末期,正值王道衰落,于是隐居在闭塞不与外界交通的地方，超脱于世物之外而求诸自己。胸怀高深美妙的事物，到隐蔽的地方求得自己满意，天子不能使他来做大臣，诸侯不能找他做朋友。年纪将近九十了，披着皮衣弹琴唱歌。孔子路过碰见他，问道："先生有什么可乐的呢？"荣启期回答说："我的乐趣太多了：天地间所生万物，只有人是最尊贵的，我能做为一个人生于世上，就是一大乐趣。世人以男人为尊贵，我又生为男人，这是第二大乐趣。有人在襁褓未除时就死了，而我年纪已近九十，这是第三大乐趣。贫困，是士的常事；死，本来就是生命的终点。居于常态之中而等待正常生命的终点，有什么忧愁呢？"孔子听了他的音乐，为他悲伤三天。他经常披着皮衣带着绳索，在路上边吟唱边行走，说："我穿着皮衣又有什么可以要求呢？我常带着绳子又有什么索求的呢？"于是把自己的志向放到深山之中，自己的身影消失在荆棘丛生的地带，住在真正能享到乐趣的丛林之中，好处是进入了忘忧的池沼，来结束他的余生。富贵荣华充斥世上，不能进入他的心；万物虽都陈列在眼前，不能换取他的乐趣。影子消逝于云霄之外，清洁志向在北海的渡口。难道不是本性充满真情、心中充满温馨吗？我的友人为他画了图像，让我为他作赞。于是我写道：

芒芒至道，天启德心。自昔逸民[①]，遁志山林。邈矣先生，如龙之潜。夷明收察[②]，灭迹在阴。傲世求己，遗物自钦[③]。景遁琼辉，响和绝音。恋彼丘园，研道之微。思乐寒泉，薄采春蕤[④]。鸣弦清泛，抚节高徽。有圣戾止[⑤]，永言伤悲。天造草昧，负道是嘉。於铄先生[⑥]，既体斯和。熊罴作祥[⑦]，黄发皤皤。耽此三乐，遗彼世华。翼翼彼路[⑧]，行吟以游。的的黻冕[⑨]，陋我轻裘。永脱乱世，受言一丘。媚兹常道，聊以忘忧。

【注释】

①逸民：遁世隐居之民。

②夷：平。

③钦：敬重，恭敬。

④蕤(ruí)：草木花叶下垂的样子，也泛指下垂的装饰品。

⑤戾(lì)：猛烈。

⑥铄：美。

⑦熊罴(pí)作祥：指生而为男。

⑧翼翼：恭慎。

⑨的的(dì)：鲜明，明亮。黻(fú)：古代礼服上青黑相间的花纹。

【译文】

至理大道存于世上，上天启示道德之心。自古以来的隐遁之民，都是胸怀大志隐遁山林。志向高远的先生，就像潜伏的龙。收视反听，形迹消逝在隐蔽之处。轻视世俗而自求，弃绝俗物而自重。身影隐遁在美玉般的光彩之中，其声音为绝世之响，无人能够追和。依恋山丘园林，研习深奥微妙的道理。在清冽的泉水中寻找乐趣，采摘春天的花草。使琴弦发响清晰并传得很远，抚动乐器使节奏清和。当孔圣人到来即刻停止，抑扬顿挫的乐音让圣人伤悲。上天制造了混沌不明的万物，只有肩负道义的人是值得赞美的。美哉先生！心体和睦。生而为男，黄发变白。沉浸于这三大乐趣中，而抛却了世上浮华。恭慎地在路上边走边唱边游览。帽子上有明亮的花纹，在偏远之地，随便地穿着皮衣。永远脱离纷乱的世事，承受很多议论。在迷人的隐逸生活中优游，暂且忘掉人世的忧愁。

张华

张华（232—300），字茂先，西晋范阳方城（今河北固安南）人。晋初任中书令、散骑常侍，排除异议，力劝武帝定灭吴之计，封广武县侯。惠帝时历任侍中、中书监、司空。后赵王伦谋废贾后，华不从，被杀。张华以强记默识、博学多闻著名，少年时“学业优博，辞藻温丽，朗赡多通”。因作《鹪鹩赋》，被阮籍叹美为“王佐之才”。其诗辞藻浮丽，锺嵘评之“儿女情多，风云气少”。又有《博物志》十卷，多记异境奇物与古代琐闻杂识。张华原集散佚，后人有辑本。《晋书》有传。

女史箴

【题解】

传统儒家十分重视夫妇之道，妻子必要敬事丈夫，恪守礼节。由此引申出“夫为妻纲”“三从四德”等许多名义。而皇后是天下的母仪，后宫的静睦与混乱会直接影响到朝纲风气的好坏，影响到王朝统治的安危存亡。这篇作品旨在规劝和告诫后宫嫔妃人等，要效仿古代贤后名妃，以江山社稷为念，遵从礼法，各安位分，莫生是非祸乱。文章用大量事例，正反对比，说理论事详尽而周密。

茫茫造化[1]，两仪始分[2]。散气流形[3]，既陶既甄[4]。在帝庖牺[5]，肇经天人。爰始夫妇，以及君臣。家道以正，而王猷有伦[6]。妇德尚柔，含章贞吉[7]。婉娩淑慎，正位居室。樊姬感庄，不食鲜禽[8]。卫女矫桓，耳忘和音[9]。志厉义高，而二主易心。玄熊攀槛，冯媛趋进[10]。夫岂无畏，知死不吝。班妾有辞，割欢同辇[11]。夫岂不怀，防微虑远。道罔隆而不杀，物无盛而不衰。日中则昃，月满则微。崇犹尘积，替若骇机[12]。人咸知饰其容，而莫知饰其性。性之不饰，或愆礼正。斧之藻之，克念作圣[13]。出其言善[14]，千里应之。苟违斯义，同衾以疑。出言如微，而荣辱由兹。勿谓幽昧，灵鉴无象。勿谓元漠，神听无响。无矜尔荣，天道恶盈。无恃尔贵，隆隆者坠。鉴于《小星》[15]，戒彼攸遂。比心《螽斯》[16]，则繁尔类。欢不可以渎，宠不可以专。专实生慢，爱极则迁。致盈必损，理有固然。美者自美[17]，翩以取尤[18]。冶容求好，君子所仇。结恩而绝，职此之由。故曰翼翼矜矜，福所以兴。靖恭自思，荣显所期。女史司箴，敢告庶姬。

【注释】

①造化：天地自然。《淮南子》："大丈夫恬然无为，与造化逍遥。"

②两仪：天地阴阳。

③散气流形：阴阳之气流散形成万物。

④甄：制造陶器。

⑤庖牺：即伏羲氏。

⑥猷：谋划。

⑦含章贞吉：能含蓄，有光彩。《周易》："含章贞吉，以时发也。"

⑧樊姬感庄，不食鲜禽：刘向《列女传》记载：楚庄王好猎，庄王之姬樊姬数谏不改，便屏肉不食，楚庄王改过。

⑨卫女矫桓，耳忘和音：《列女传》："齐桓公好淫乐，卫姬为不听郑、卫之声。"

⑩玄熊攀槛，冯媛趋进：《汉书》："熊佚出圈，攀槛欲上殿。……冯婕妤直前当熊而立。"冯媛，指冯婕妤。

⑪班妾有辞，割欢同辇：《汉书》："成帝游于后庭，尝欲与婕妤同辇载。婕妤辞曰：'妾观古图画，贤圣之君皆有名臣在侧，三代末主乃有嬖女，今欲同辇，得无近似之乎？"

⑫骇机：突然触发的弩机。比喻猝发的祸难。

⑬克念作圣：《尚书·周书·多方》："惟狂克念作圣。"意为愚昧但能思想，就可以通明。

⑭出其言善：《周易·系辞上传》："子曰：君子居其室，出其言善，则千里之外应之，况其迩者乎。居其室，出其言不善，则千里之外违之，况其迩者乎。"

⑮《小星》：《诗经·召南·小星》中有："嘒彼小星，三五在东。"《毛序》认为是诸妾按序次进御于君的诗，朱熹《诗集传》亦沿其说。因此后世将"小星"一词作为妾的代称。

⑯《螽斯》：《诗经·周南·螽斯》中有："螽斯羽，诜诜兮。宜尔子孙，振振兮。"喻子孙繁多。

⑰美者自美：《列子》："杨朱过宋，东之于逆旅。逆旅人有妾二人，其一人美，其一人恶，恶者贵而美者贱。杨子问其故，逆旅小子对曰：其美者自美，吾不知其美也。其恶者自恶，吾不知其恶也。"

⑱取尤：自取灾殃。

【译文】

茫然无际的混沌世界，开始分出天地阴阳。布散气流形成万物，就像陶人取用泥土制造各种瓦器一样。伏羲氏开始治理天下时，规定了夫妇之道，并推延到君臣之间。家庭关系始向正当而王者谋划着伦理规范。妇德的道理崇尚柔顺，含蓄光彩正当吉祥。柔顺洁慎，居室中也能正定位分。过去樊姬为感动楚庄王，自己不吃禽兽之肉。卫女为纠正齐桓公的行为，自己不听郑、卫之音耳朵忘却了和美的音乐。意志坚定而德义高尚，从而使两位人主改变了原来的错误思想。大黑熊攀上车槛，而冯婕妤以身拦挡。难道她不怕死吗？为了君王，知死而不顾惜生命。班婕妤有言，割舍欢情而不与成帝同车。难道她心中没有思念吗？是为了防备小过而为长远着想。事没有不由兴隆而趋于泯灭的，物没有不由盛强而走向衰落的。太阳到中天就要偏西，月亮到满圆就要亏损。修养道德就像修饰面容，一个人早上不洗脸就要积垢，放弃修德就如同弩机，一触即发，不可挽回。人都知道修饰其容貌，却不知道修养品性。不修养品性，有时就要悖于正礼。改正错误，修美品德，就能够通明达理。出言和善，千里之外也有响应之人。违背此理，夫妻之间也要相互猜疑。言语本是小事，而荣辱都由此产生。不要说昏暗不明，神灵的鉴观无影无形。不要说静寂渺远，神灵的谛听无息无声。不要矜夸你的荣耀，天道最厌恶盈满自大。不要自恃你的显贵，太盛的就会坠毁。参考《小星》的诗句，告诫她们要尽夫妇之道。将心比照于《螽斯》，无嫉妒就会子孙繁多。欢爱不可以轻率，宠幸不可以专恃。专宠的结果就要生出诞慢，欢爱到了极点也会改变心意。满盈则亏，事物之理本来就是这样。美貌的人自矜其美，行为轻薄就要自取灾殃。修饰妖冶的容貌以求宠幸，这是有道德的人所蔑视的。结有恩义而中途断绝，都由于这个缘故。所以说小心谨慎，福遇就从这里产生。恭谨守静，显荣自然如愿。女史官记下箴言，并告之于所有的姬妾。

张载

张载，生卒年不详，字孟阳，安平（今属河北）人。晋人。父收，官蜀郡太守。大康初（280年左右）张载至蜀省父，道经剑阁，因作《剑阁铭》，益州刺史张敏上其文，晋武帝命人镌之于剑阁山。载起家为著作郎，累官太子中舍人，迁乐安相、弘农太守。长沙王请为记室督，拜中书侍郎，因世乱托病告归。与弟张协、张亢以文学著称，时称“三张”。善诗、文、辞赋，《蒙汜赋》是其成名之作，《剑阁铭》影响最著。原有集，已佚。明人张溥将其弟协与他的作品辑为《张孟阳景阳集》，收于《汉魏六朝百三名家集》中。

剑阁铭

【题解】

本文是一篇鉴诫文章，是张载至蜀省父，途经剑阁山而作的。文章先写剑阁形势的险要，而后引古史典故，指出国之兴盛，在于施行德政，而不能凭恃险要以图存，同时告诫梁、益两州的人，不要恃险作乱。文章中的思想见解很为当世所重。相传晋武帝司马炎读后便命人将其镌刻于剑阁山上。

岩岩梁山[①]，积石峨峨[②]。远属荆、衡[③]，近缀岷、嶓[④]。南通邛僰[⑤]，北达褒斜[⑥]。狭过彭、碣[⑦]，高逾嵩、华[⑧]。惟蜀之门，作固作镇。是曰剑阁，壁立千仞。穷地之险，极路之峻。世浊则逆，道清斯顺。闭由往汉，开自有晋。秦得百二，并吞诸侯。齐得十二，田生献筹[⑨]。矧兹狭隘[⑩]，土之外区。一人荷戟[⑪]，万夫趑趄[⑫]。形胜之地，匪亲勿居。昔在武侯[⑬]，中流而喜。山河之固，见屈吴起。兴实在德，险亦难恃。洞庭、孟门，二国不祀。自古迄今，天命匪易。凭阻作昏，鲜不败绩。公孙既灭[⑭]，刘氏衔璧[⑮]。覆车之轨，无或重迹。勒铭山阿，敢告梁、益[⑯]。

【注释】

①梁山：即剑阁山。

②峨峨：山高峻的样子。

③荆、衡：指今两湖地区。荆为荆山，衡为衡山。

④岷：指岷山，在四川北部。嶓：指嶓山，又称嶓冢，在陕西西南部。

⑤邛僰（bó）：汉代临邛、僰道的并称，约当今四川邛崃、宜宾一带。后借指西南边远地区。

⑥褒斜：山谷名。在陕西境内。

⑦彭：指彭门山，在四川彭州西北。碣：指碣石山，在河北。

⑧嵩、华：皆山名。即嵩山、华山，均为五岳中名山。

⑨田生：即田肯，西汉时人。

⑩矧（shěn）：况且。

⑪荷：扛，担。

⑫趑趄（zī jū）：欲行不前。

⑬武侯：指战国时魏武侯。

⑭公孙：即公孙述，曾任导江卒正，后起兵占领益州，自立为蜀王，后又称帝。建武十二年(36)为汉军所破，被杀。

⑮刘氏：指蜀汉后主刘禅。魏伐蜀，后主献玺投降。

⑯梁、益：指古梁、益二州。

【译文】

巍巍梁山，垒石高险。远连荆、衡，近接岷、嶓。南通邛僰，北至褒斜谷。问它多窄，窄过彭、碣；问它多高，超越嵩、华。若要入川，仅有此门，为固为安。这叫剑阁，绝壁千丈。世之极险，道路险恶，世间罕见。世道混沌，则生逆乱；王道清净，它则顺便。封闭无往，始于刘汉；洞开发展，晋为当先。秦获地利，仅占百二，得灭诸侯。齐国虽强，仅得十二，田肯献计。况此险窄，国土边区。一人持戟，万人莫进。地形险恶，非亲勿居。昔日武侯，渡于中流，喜叹剑阁。山河险固，却也难免，屈于吴起。国兴在德，有险无德，亦难自恃。洞庭、孟门，二国无后。从古到今，天命难改。依靠险阻，兴乱作昏，不败者少。公孙已丧，刘禅投降。覆车之鉴，勿蹈重辙。镌刻山巅，敬告梁州、益州亦鉴。

嵇康

嵇康(223—262),字叔夜,谯郡铚(今安徽宿州)人。三国魏文学家、思想家、音乐家。与魏宗室通婚,任中散大夫,世称嵇中散。他崇尚老庄,讲求养生服食之道,为"竹林七贤"之一,与阮籍齐名。因声言"非汤武而薄周孔",且不满当时掌权的司马氏集团,遭锺会构陷,被司马昭所杀。在哲学上,认为"元气陶铄,众生禀焉",肯定万物是禀受元气而产生的。提出"越名教而任自然"之说。代表作有《与山巨源绝交书》《难自然好学论》。诗长于四言,风格清峻,《幽愤诗》负有盛名。他善于鼓瑟,以弹《广陵散》著名,曾作《琴赋》。其作品以鲁迅辑校的《嵇康集》最为详备。

太师箴

【题解】

本文是一篇劝诫文字。文章从探讨君王之道入手,规劝君王要听信忠言,摒弃谗言。自古及今,旁征博引,线条流畅,一气呵成,是这篇箴文的突出特点。

浩浩太素[①],阳曜阴凝。二仪陶化[②],人伦肇兴。厥初冥昧[③]，不虑不营。欲以物开，患以事成。犯机触害，智不救生。宗长归仁[④]，自然之情。故君道自然，必托贤明。茫茫在昔，罔或不宁。赫胥既往[⑤]，绍以皇羲[⑥]。默静无文，太朴未亏。万物熙熙[⑦]，不夭不离。爰及唐、虞[⑧]，犹笃其绪。体资易简，应天顺矩。絺褐其裳[⑨]，土木其宇。物或失性，惧若在予。畴咨熙载[⑩]，终禅舜、禹[⑪]。

【注释】

①太素：古人所说的形成天地的原始物质。

②陶：造就，培养。

③冥昧：幽远晦暗之象。

④归仁：指有仁德的人使天下人都归附他。

⑤赫胥：上古时期的皇帝。一说为赫赫的美德，使人民胥附，所以叫赫胥。

⑥绍：继承。

⑦熙熙：和谐而欢乐。

⑧爰：乃，于是。

⑨絺：细葛布。褐：粗毛或粗麻织的短衣。

⑩熙载：振兴事业。熙，兴。载，事。

⑪禅：禅让，把天下传给他人。

【译文】

形成天地的物质浩荡宏广，阳光普照，阴气凝结。天地渐渐形成，人间的伦理也开始兴盛起来。人类形成的初期，是一派幽远晦暗的景象，人们无忧无虑，没有什么营生去做。欲望因各种物质而生出，忧患因为各种行为而产生。终于违犯了天机，引发了祸乱，人们的智慧不足以救助自己的生命。这时候，道德仁慈的人使天下人众都归附他，就是自然会发生的事情了。所以君王道理的自然形成，必须依托贤良明智的人。在那茫茫无际的古代，并没有什么不安宁呀！赫胥已经故去，圣明的伏羲又对赫胥的德政加以继承。他们的为政之道是穆然的静默的，是朴实无华的，是浑然一体没有缺损的。世间万物和乐一致，既不亲近也不远离。于是，到了尧、舜时期，还在笃信和维护着这种统绪。体制以简易为原则，顺应天意，符合规矩。他们用细葛布和粗毛粗麻织的短衣做衣裳，用泥土和树木造房屋。事物有时发生了变化，都害怕这变化落在自己身上。询问治理的策略，振兴各项事业，最终把王位禅让给舜和禹。

夫统之者劳，仰之者逸。至人重身，弃而不恤。故子州称疢①，石户乘桴②。许由鞠躬③，辞长九州。先王仁爱，愍世忧时。哀万物之将颓，然后莅之。下逮德衰，大道沉沦。智慧日用，渐私其亲。惧物乖离，□□擘仁。利巧愈竞，繁礼屡陈。刑教争施，天性丧真。季世陵迟④，继体承资。凭尊恃势，不友不师。宰割天下，以奉其私。故君位益侈，臣路生心⑤。竭智谋国，不吝灰沉。赏罚之存，莫劝莫禁。

【注释】

①子州：即子州支伯，舜把天子之位让给他，他以忧病为由拒之。

②石户：即石户之农。《庄子·让王》记载："舜以天下让其友石户之农，石户之农曰：'捲捲乎后之为人，葆力之士也。'以舜之德，为未至也。"并且携妻带子，乘桴入海，终生没有返回。桴：小竹筏或小木筏。

③许由：古代的高士，尧让位给他，他不接受，并从此隐居箕山。

④陵迟：即陵夷，衰落。

⑤臣路生心：指臣下有篡夺王权的欲谋。

【译文】

那统治人民的人是辛劳的，仰赖他们的人是安逸的。作为最高尚的、最尊贵的人，摒弃王位，一点也不可惜。所以子州支伯称病，不肯继位。石户乘上竹木编成的木筏子，远逃海上，不肯继位。许由亲自劳动，隐居箕山，不肯做九州之长。过去的帝王有仁慈和爱人之心，怜悯世人，忧虑时势。因为哀痛万物将要颓败，然后才莅临帝位。等到后世德政衰败，大道沦丧，奸智巧慧也一天天使用起来，对于他的亲近之人渐渐予以特殊照顾。害怕事物的乖巧陆离，没有了巨大的仁慈。巧夺名利更加厉害，繁多的礼制多次陈表公布。各种刑罚、教义争先恐后地实施开来，天生正直的性情丧失了它本来的面目。末世虽是衰落的趋势，但它还是继承了体统，承受了资财。凭借着尊贵的职位，仗恃着强大的势力，不再结交朋友，不再有师生之谊。开始对天下进行宰割，来供奉满足他个人的私欲。所以君王的职位更加奢侈，臣下也有了篡夺王位的欲谋。他们竭尽智力，谋篡国权，并不害怕杀身之祸。奖赏、惩罚虽然存在，但不能劝勉，也不能禁止。

若乃骄盈肆志，阻兵擅权。矜威纵虐，祸蒙丘山。刑本惩暴，今以胁贤。昔为天下，今为一身。下疾其上，君猜其臣。丧乱宏多，国乃殒颠。故殷辛不道[①]，首缀素旗[②]。周朝败度，彘人是谋[③]。楚灵极暴[④]，乾谿溃叛。晋厉残虐[⑤]，栾书作难[⑥]。主父弃礼，𫗦胎不宰[⑦]。秦皇荼毒，祸流四海。是以亡国继踵，今古相承。丑彼摧灭，而袭其亡征。初安若山，后败如崩。临刃振锋，悔何所增。故居帝王者，无曰我尊，慢尔德音。无曰我强，肆于骄淫。弃彼佞幸，纳此遌颜[⑧]。谀言顺耳，染德生患[⑨]。

【注释】

①殷辛:即殷纣。

②首缀素旗:殷纣无道,周武王伐纣。纣兵败,自焚而死。周武王把他的头割下来悬在白旗之下。

③彘:古代地名。

④楚灵:指楚灵王。

⑤晋厉:指晋厉公。

⑥栾书:晋大臣,传说是他派程滑杀死了晋厉公。

⑦主父弃礼,鷇(kòu)胎不宰:赵武灵王把王位传给他的小儿子,而自称主父。他的长子就起兵在沙丘宫围困他,粮食断绝,只得找雏雀和雀蛋来吃,过了三个月,赵武灵王饿死了。鷇,幼鸟。

⑧遻(è):逆。

⑨染:污。

【译文】

以致出现了像骄傲自负、肆纵心志、拥兵自重、擅用权势、矜持威力、放纵暴虐等现象,使丘山蒙受祸患。刑罚本来是为了惩戒暴虐的,如今却用来胁迫贤良。过去做帝王是为给天下人谋福利,现在则是为了自己一人。做臣下的嫉妒他们的君上,做君王的猜疑他的臣下的忠心。各种动乱大规模地暴发,国家于是就灭亡了。所以,殷纣因暴虐无道,头颅被割下悬于白旗之下。周厉王残暴无度,流亡到彘的国人对他进行讨伐。楚灵王极其残暴,国人在乾谿背叛了他。晋厉公残暴酷虐,栾书派程滑杀死了他。赵武灵王自称主父,不遵礼制,遭到长子的起兵围困,采食雏雀和雀卵,最终饿死。秦始皇灭六国,并天下,荼毒生灵,使四海之内遭受了祸乱。所以,国家朝代的灭亡接连不断,今天与过去相承。虽然憎恶前朝的被摧毁灭亡,却又承袭了他们被灭亡的征象。当初国家安定得像大山一样,后来的失败就如大山崩塌了一般。当要命的锋刃加到头上时,才后悔至极。所以,作为帝王的人,不要说自己是尊贵的，却慢怠自己的美德和声名。不要说自己是强盛的，而骄奢淫逸，肆虐无度。丢弃那奸佞和宠幸，接纳这有抵触之颜的忠信。阿谀之言顺耳，却污损美德，产生灾患。

悠悠庶类，我控我告。唯贤是授，何必亲戚。顺乃造好，民实胥效。治乱之原，岂无昌教。穆穆天子，思闻其愆[1]。虚心导人，允求谠言[2]。师臣司训，敢告在前。

【注释】

①愆（qiān）：过失，罪过。

②谠（dǎng）言：正直之言。

【译文】

在这悠悠的人流中，我要大声呼吁。只要是贤良的就应接受，何必非要是亲戚不可呢！顺达民意造就德政，民众实际上都会来效力。天下治与乱的原理，怎么能没有倡导和教诲呢？那肃穆、尊贵的天子，应当时常想听到别人说自己的过失。虚心地引导人们，忠心地、确实地求取忠直之言。教导臣子训诫百官的太师，我冒昧地把这些话禀告于您。

潘尼

潘尼(约 250—311),字正叔,晋荥阳中牟(今属河南)人。晋惠帝元康年间出为宛令;赵王司马伦篡位,潘尼称病故里;齐王司马冏起兵讨伦,潘尼为冏参军;乱平后,封安昌公,官至中书令;晋怀帝永嘉年间迁太常卿。《晋书·潘尼传》载他“性静退不竞,唯以勤学著述为事。”

潘尼是晋代文学家,少壮时便和叔父潘岳同有文名,著有《安身论》《乘舆箴》等。潘尼是太康诗人之一,其诗作自然也带有当时的一些流弊,历来评价不高。明人辑有《潘太常集》。

乘舆箴

【题解】

本文是潘尼在晋惠帝元康年间为著作郎时所写的规诫惠帝的文章。乘舆,本指皇帝、诸侯乘坐的车子或皇帝用的器物,这里代指皇帝,以避免直称冒犯。文章从天地人伦、君王职责说起,进而论述帝王应该善于纳谏闻过,最后以“颂”的形式,通过对史实的简要述评来警诫规谏皇帝。文辞清壮,感情真切,谏诤之意显然,是一篇难得的规诫文。《晋书》评价此文是“玉质而金相”。

《易》称"有天地然后有人伦,有父子然后有君臣"[①]。《传》曰[②]:"大者天地,其次君臣。"然君臣父子之道,天地人伦之本,未有以先之者也。故天生蒸人而树之君[③],使司牧之,将以导群生之性,而理万物之情。岂以宠一人之身,极无量之欲,如斯而已哉?夫古之为君者,无欲而至公,故有茅茨土阶之俭[④];而后之为君,有欲而自利,故有瑶台琼室之侈[⑤]。无欲者,天下共推之;有欲者,天下共争之。推之之极,虽禅代犹脱屣[⑥];争之之极,虽劫杀而不避。故曰:天下非一人之天下,乃天下之天下。安可求而得,辞而已者乎!

【注释】

①《易》:古代卜筮之书。据《周礼·春官·大卜》记载,有《连山》《归藏》《周易》三种,今仅存《周易》。

②《传》:指《易传》,古代儒家学者对《周易》所作的各种解释,包括彖、象、系辞、文言、序卦、说卦、杂卦等。

③蒸人:民众,百姓。

④茅茨(cí)土阶:用茅草盖屋,用土做台阶。

⑤瑶台琼室:用玉石砌成的楼台和用玉装饰的房屋。

⑥屣(xǐ):鞋。

【译文】

《易》说"有了天地之后才有人伦,有了父子关系之后才有君臣关系"。《易传》解释说:"最大的是天地,其次是君臣。"世界上没有什么比君臣父子的道理规范和天地人伦的根本法则更重要的了。上天创造众生的同时也给他们确立了君王,让他来管理他们,目的是要他引导众生的人性,治理万物,难道是为了荣宠一人,使他的无止境的欲望得到极度的满足,就像现在一样吗?上古做帝王的,没有私欲而绝对为公,所以有用茅茨盖房子、用泥土做台阶的俭朴；而后来做帝王的私欲很大，计较个人利益，所以有瑶台琼室的奢华。无私欲的帝王的位置，天下人都推辞不受；有私欲的帝王的位置，天下人都来争夺。推辞到极端，就会把抛弃帝业看做抛弃破鞋一样禅让；争夺到极端，就会有杀身之祸也不去逃避。因此有人说：天下不是一个人的天下，是天下人的天下。怎么可以是求之能得、辞之即罢的事呢？

夫修诸己而化诸人，出乎迩而见乎远者，言行之谓也。故人主所患，莫甚于不知其过；而所美，莫美于好闻其过。若有君于此，而曰予必无过，唯其言而莫之违，斯孔子所谓“其庶几乎，一言而丧国”者也。盖君子之过，如日月之蚀。过也，人皆见之；更也，人皆仰之。虽以尧、舜、汤、武之盛，必有诽谤之木[①]，敢谏之鼓[②]，盘杅之铭[③]，无讳之史，所以间其邪僻而纳诸正道，其自维持如此之备。故箴规之兴[④]，将以补过教阙。然犹依违讽喻[⑤]，使言之者无罪，闻之者足以自诫。先儒既援古义，举内外之殊；而高祖亦序六官[⑥]，论成败之要。义正辞约，又尽善矣。自《虞人箴》以至于《百官》[⑦]，非唯规其所司，诚欲人主斟酌其得失焉。《春秋传》曰[⑧]：“命百官箴王阙。”则亦天子之事也。

【注释】

①诽谤之木：唐尧时，在交通要道立起木头，让老百姓在上面写政务上的过失，这种木头后人称之为“诽谤之木”。

②敢谏之鼓：放在宫廷门外，让老百姓想上谏时敲击的鼓。

③盘杅（yú）之铭：刻在盘子汤盆之上的记事文字。杅，盛浆汤的器

皿。铭，即铭文。

④箴(zhēn)规：规谏，规劝。

⑤依违：反复，迟疑不决。

⑥序：房子的东西两厢。这里指配设。六官：六卿之官。

⑦《虞人箴》：古代虞人为戒田猎而作的箴谏之辞。虞人，古代掌管山林水泽和田猎之事的官员。

⑧《春秋传》：这里是指《春秋左氏传》，即《左传》。

【译文】

注意自己潜心修养以感化别人，取近譬而致远意，这是说的行为和言语。因此君王的隐患，莫过于不知道自己的过失；君王的美德，莫过于喜欢听别人说自己的过失。如果有这样的君王，竟说我肯定没有过失，并且始终是这样认为，那么这就是孔子所说的“其庶几乎，一言而丧国”的那种君王。大概君子的过失，就像日蚀、月蚀一样。出现时，天下之人都会看见；消失了，天下之人都仰望它。虽然尧、舜、汤、武时代如此明盛，也必须有供人书写诽谤之词的木桩，供想上谏的人敲击的大鼓，铭刻事务文字的盘盆，设置没有什么忌讳的史官，从而防止邪恶出现而使人人归于正道，这是维护正常秩序、保持社会稳定的有力手段。所以规谏之风兴起，对补救过失、匡正缺点大有好处。但即使这样也还是有迟疑不决不敢直言而用讽喻之法的，因此，一定要使说的人不致获罪，听的人则可足以为诫。先儒们已经援引古代的法度，广泛听取宫内宫外的不同意见，而汉高祖也设置了六卿来议论成败得失。道理正确、理由充足而文辞简约，这当然是再好不过了。从管理山林水泽和田猎的官员到其他文武百官，都不但就其所管之事进行规谏，而且也想让君王斟酌自己的得失。《春秋左氏传》说：“让百官规谏君王的过失。”这也是天子的事情。

尼以为王者膺受命之期，当神器之运①，总万机而抚四海，简群才而审所授[2]，孜孜于得人[3]，汲汲于闻过[4]，虽廷争面折[5]，犹将祈请而求焉。至于箴规谏之顺者，曷为独阙之哉！是以不量其学陋思浅，因负担之余，尝试撰而述之。不敢斥至尊之号[6]，故以“乘舆”目篇。盖帝王之事至大，而古今之变至众，文繁而义诡，意局而辞野，将欲希企前贤，仿佛崇轨，譬犹丘坻之望华、岱[7]，恒星之系日月也，其不逮明矣。颂曰：

【注释】

①神器：指帝王的符玺之类，或指帝位。

②简：检阅，查检。

③孜孜：勤勉不懈怠。

④汲汲：着急，急于。

⑤廷争面折：犯颜直谏。

⑥斥：指，直接指明。

⑦华、岱：即华山和泰山。

【译文】

我认为做君王的人在接受天命期间，用符玺掌管着国家命脉，总领万绪而统治四海；巡察群臣，审查他们对自己授予的权力的使用；对人才孜孜以求，对自己的过失急于从别人嘴里听到；即便有人犯颜直谏，还是应该加以鼓励彰扬。和顺规谏者为何异常缺少呢？因此我不怕自己的学陋思浅，在完成工作之余，试着论述它。不敢直用至尊至圣的君王的名号，所以用“乘舆”作题目。大概是因为帝王的事情至为重要，而古今事物的变化又纷繁复杂，因此以往的圣贤之文文辞繁丽、理义奇诡，我思想局促狭隘，文辞粗野，虽也很想达到前贤们的境界，和他们崇高的规范相类似、合拍，但这就犹如小土坡只能仰望华岳、泰山，小星星只能围绕着日月，要想一样显然是不可能的。颂词是这样的：

元元遂初[①]，茫茫太始。清浊同流，玄黄错跱[②]。上下弗形，尊卑靡纪。赫胥悠哉[③]，大庭尚矣[④]。皇极启建[⑤]，两仪既分。彝伦永序[⑥]，万邦已纷。国事明王，家奉严君。各有攸尊[⑦]，德用不勤[⑧]。羲、农已降[⑨]，暨于夏、殷。或禅或传，乃质乃文。太上无名[⑩]，下知有之。仁义不存，而人归孝慈。无为无执，何欲何思？忠信之薄，礼刑实滋[⑪]。既誉既畏，以侮以欺。作誓作盟，而人始叛疑。煌煌四海，蔼蔼万乘。匪誓焉凭。左辅右弼，前疑后丞[⑫]。一日万机，业业兢兢。夫出其言善，则千里是应而莫余违，亦丧邦有征。枢机之动[⑬]，式以废兴[⑭]。殷监不远[⑮]，若之何勿惩！

【注释】

①遂初：远古，初始。

②跱（zhì）：安置。

③赫胥：与下文的"大庭"皆古帝名号。

④尚：久远。

⑤皇极：帝王统治的准则。

⑥彝伦：常道，伦常。

⑦攸（yōu）：所。

⑧勤：担心，忧虑。

⑨羲、农：伏羲和神农。

⑩太上：指远古时代。

⑪滋：增加。

⑫丞：辅佐。

⑬枢机：事物的关键。

⑭式：规定。

⑮殷监：殷商诛夏桀而夏亡，后代应以此为鉴戒，泛指可作为鉴戒的前事。监，通“鉴”。

【译文】

在混沌未开的远古时代，整个宇宙清浊同流，天地交错，上下不分，尊卑无纪。赫胥、大庭，何其遥远！帝王之统，既已建立，天地两仪，也已分开。伦常顺理而成，天下万邦各自为政。一国之内，事奉明主；一家之中，事奉严父。各有所尊，德用不忧。伏羲、神农，直到夏、商，禅让传位，又实又雅。远古无名，后世歌颂。仁义不存，人皆孝慈。无为无求，无欲无思。忠信之诚，日见其少；礼义刑罚，愈加增多。或以誉宠，海誓山盟，或以畏惧，欺侮凌辱。背叛之意，怀疑之心，种种丑恶，由此而生。一国之君，众生之主，光照四海，百姓如云，臣不发誓，怎样相信。左右近臣，何其亲密，从前怀疑，今又辅佐。日理万机，兢兢业业。出言若善，千里响应，全国上下，莫敢违背。国破邦丧，也有征兆。关键事情，决定兴废。殷商灭夏，前世之鉴，尚不为远，应加惩戒。

且厚味腊毒[①]，丰屋生灾。辛作璇室[②]，而夏兴瑶台。糟丘酒池，象箸玉杯。厥肴伊何[③]？龙肝豹胎。惟此哲妇[④]，职为乱阶[⑤]。殷用丧师，夏亦不恢。是以帝尧在位，茅茨不剪。周文日昃[⑥]，昧旦丕显[⑦]。夫德輶如毛，而或举之者鲜。故《濩》有惭德，《武》未尽善[⑧]。下世道衰，末俗化浅。耽乐逸游，荒淫沉湎。不式古训，而好是佞辩。不遵王路，而覆车是践。成败之效[⑨]，载在先典。匪唯陵夷[10]，厥世用殄[11]。故曰：树君如之何？将人是司牧。视之犹伤[12]，而知其寒燠[13]。故能抚之斯柔，而敦之斯睦。无远不怀，靡思不服[14]。夫岂厌纵一人[15]，而玩其耳目。内迷声色，外荒驰逐。不修政事，而终于颠覆。

【注释】

①腊(xī)：极，很。

②璇室：美玉装饰的宫室。《三国志·魏书·杨阜传》："桀作璇室、象廊，纣为倾宫、鹿台，以丧其社稷。"

③厥、伊：皆语助词。

④哲妇：有谋虑的妇女。

⑤乱阶：祸乱的由来。

⑥昃(zè)：太阳偏西。

⑦昧旦：天未全亮之时。丕显：大明。

⑧《武》：武王乐。《论语》："《武》尽美矣，未尽善也。"

⑨效：征验。

⑩陵夷：衰落。

⑪殄(tiǎn)：灭绝。

⑫视之犹伤：是说体恤老百姓，常感到好像对百姓有所伤害。

⑬燠(yù)：热。

⑭靡思不服：意为无时无刻不在想念。思服即想念。

⑮厌：满足。

【译文】

醇厚之味，其毒极大，大屋深宫，易生祸灾。商纣璇室，夏桀瑶台。酒糟成山，清酒成池，象牙做筷，玉石制杯。佳肴美味，龙肝豹胎。还有妇女，城府极深，搬弄是非，制造祸乱。殷商因此丧师亡国，大夏因此不复恢宏。因此尧帝，茅茨不剪，周文王勤，早出晚归。德轻如毛，能举者少。且看商汤，时有惭愧，周《武》尽美，但不尽善。从此之后，世道日衰，末俗流行，德化极浅。耽于安乐，逸于游猎，荒淫无度，沉于酒色。不遵古训，爱听奸佞之言。不循王道，重蹈覆辙。成败征验，皆见史册。非但衰落，简直灭绝。所以我说，立君何用？管理引导，天下众生。爱护体恤，知其冷暖。谨慎从事，生怕伤害。温柔抚慰，和蔼敦教。怀念远地，想着百姓。哪能如此，满足放纵，一人之欲，耳目之想。宫廷之内，迷于声色，宫廷之外，无度逐猎。政事不管，最终亡国。

昔唐氏授舜，舜亦命禹。受终纳祖[①]，丕承天序[②]。放桀惟汤，克殷伊武。故禅代非一姓，社稷无常主。四岳三涂[③]，九州之阻[④]。彭蠡、洞庭[⑤]，殷商之旅[⑥]。虞、夏之隆，非由尺土。而纣之百克，卒于绝绪。故王者无亲，唯在择人。倾盖惟旧[⑦]，白首乃新[⑧]。望由钓夫[⑨]，伊起有莘[⑩]。负鼎鼓刀[⑪]，而谋合圣神。夫岂借官左右，而取介近臣。盖有国有家者，莫云我聪，或此面从[⑫]；莫谓我智，听受未易。甘言美疢[⑬]，鲜不为累。由夷逃宠[⑭]，远于脱屣，奈何人主位极则侈？

【注释】

①受终纳祖：在文祖庙接受尧帝的禅让。祖，指尧时的文祖庙。

②丕承天序：指圣皇们承应天命而受禅让。

③三涂：指今河南嵩县西南的太行、轘辕、崤渑三座山。

④九州：古代中国设置九个州，后用来泛指中国。

⑤彭蠡(lǐ):今江西的鄱阳湖。

⑥旅:众。

⑦倾盖:坐车相遇,并车而谈,车盖下倾几乎碰到一起,喻一见如故。

⑧白首乃新:认识的人头发白了还像刚见到的一样,喻相识虽久但不相知。

⑨望由钓夫:吕望曾钓于渭水之滨。

⑩伊起有莘:伊尹曾耕种于有莘之野。

⑪负鼎:传说伊尹善烹调,曾背着锅鼎去求见商汤。鼓刀:屠宰时敲击刀背使其有声。屈原《离骚》:"吕望之鼓刀兮,遭周文而得举。"

⑫面从:表面顺从。

⑬美疢(chèn):以疾为美。疢,即疾。《左传》襄公二十三年:"季孙之爱我,疾疢也;孟孙之恶我,乐石也。……夫石犹生我,疢之美,其毒滋多。"

⑭由夷:即许由和伯夷两位高士。

【译文】

上古唐尧授舜,舜又传禹。接受禅让,承应天命。放逐夏桀,只有商汤;灭掉殷商,则是周武。所以人说:历代禅让,皆非同姓,国家社稷,没有常主。四岳三山,阻隔九州。鄱阳、洞庭,使商殷实。使虞、夏兴盛,其大由来,皆非尺土。商纣暴虐,终究绝灭。作为君王,不应唯亲,选人任用,至关重要。相投能用,一见如故,相左无用,久识不认。古之吕望,曾是钓翁。善炊伊尹,曾耕有莘。鼓刀负鼎,意在为君,出谋划策,与王相合。虽非左右,也非近臣,只因意合,重之无比。大略说来,有国有家,莫说己聪,遇到的或许是面从者;莫讲己智,听信接受,并不容易。甜言蜜语,赞美疵病,到了最后,总为所累。许由、伯夷,逃避宠幸,远离君位。为人之主,位极靡侈,如此以往,众生奈何。

知人则哲,惟帝所难。唐朝既泰①,四族作奸②。周室既隆,而管、蔡不虔③。匪我二圣④,孰弭斯患?若九德咸受⑤,俊乂在官⑥。君非臣莫治,臣非君莫安。故《书》美康哉⑦,而《易》贵金兰⑧。有皇司国,敢告纳言⑨。

【注释】

①唐朝:指唐尧时代。

②四族:古代的浑敦、穷奇、梼杌和饕餮等四个凶残之人。

③管、蔡:即周武王的两个弟弟管叔鲜和蔡叔度。

④二圣:指尧和周公。

⑤九德:九种品德,具体是哪九种,因文而异。《逸周书·常训》所载较流行,所记九德为:忠、信、敬、刚、柔、和、固、贞、顺。

⑥俊乂(yì):才能出众、德高望重之人。

⑦《书》:指《尚书》。美康:《尚书》:"元首明哉,股肱良哉,庶事康哉。"元首指君王,股肱指臣子,康意为安,这三句便是所谓的"美康"之辞。

⑧金兰:相互投合。《周易·系辞上》:"二人同心,其利断金;同心之言,其臭如兰。"

⑨纳言:听下言纳于上、受上言宣于下的喉舌之官。

【译文】

知人善用,是谓贤哲,作为皇帝,难处所在。唐尧国泰,四凶作乱。周室正盛,管、蔡不诚。如果不是尧帝、周公两位贤圣,此等祸患谁能制止?如若九德都能接受,文武百官才华出众。君之于臣,非君莫安；臣之于君，非臣莫治，君臣相得。倘若如此，将有《尚书》所美之康，真乃《周易》所贵金兰。皇帝司国，此乃我箴，不揣冒昧，呈献纳言。

释奠颂

【题解】

本文是一篇颂辞。文借叙述晋室皇家的释奠盛典，赞美了晋室功业和晋惠帝及皇太子的圣明。释奠，是古代学府学生入学时必行的一种祭礼，祭祀的对象是孔子及其弟子颜回。据《礼记·文王世子》载，当时的学生春秋冬入学，都要举行这种祭祀活动。

本文蕴意温润，庄重典雅，语言流畅，读来朗朗上口，不失为一篇典型规范的颂文。

元康元年冬十二月①，上以皇太子富于春秋②，而人道之始莫先于孝悌，初命讲《孝经》于崇政殿③。实应天纵生知之量④，微言奥义，发自圣问，业终而体达。

【注释】

①元康：晋惠帝年号(291—299)。

②富于春秋：年纪尚幼，少壮之时。

③《孝经》：儒家经典之一，内容为孝道和孝治思想。

④天纵生知：上天所赋予，生来就知道。

【译文】

元康元年冬季十二月，皇上认为太子年纪尚轻，而人道伦常的开始，没有比孝悌更在先的，于是首先就让太子在崇政殿研习《孝经》。确实是具有上天赋予的气度、生而知之的智识，精深细微的言语、经义，都出自太子的提问之中。学业终了之时，体式、规矩便都通达了。

至三年春闰月，将有事于上庠[1]，释奠于先师[2]，礼也。越二十四日景申[3]，侍祠者既齐，舆驾次于太学。太傅在前[4]，少傅在后[5]，恂恂乎宏保训之道[6]；宫臣毕从，三率备卫[7]，济济乎肃翼赞之敬。乃扫坛为殿，悬幕为宫。夫子位于西序[8]，颜回侍于北墉[9]。宗伯掌礼[10]，司仪辨位。二学儒官、搢绅先生之徒[11]，垂缨佩玉、规行矩步者，皆端委而陪于堂下[12]，以待执事之命。设樽篚于两楹之间[13]，陈罍洗于阼阶之左[14]。几筵既布，钟悬既列，我后乃躬拜俯之勤，资在三之义[15]。谦光之美弥劭[16]，阙里之教克崇[17]。穆穆焉[18]，邕邕焉[19]，真先王之徽典[20]，不刊之美业，允不可替已。于是牲馈之事既终，享献之礼已毕，释玄衣[21]，御春服，弛斋禁，反故式。天子乃命内外群司，百辟卿士[22]，蕃王三事[23]，至于学徒国子，咸来观礼。我后皆延而与之燕[24]。金石箫管之音，八佾六代之舞[25]，铿锵闟阁[26]，般辟俯仰[27]，可以澂神涤欲、移风易俗者[28]，罔不毕奏。抑淫哇[29]，屏郑、卫，远佞邪，释巧辩。是日也，人无愚智，路无远迩，离乡越国，扶老携幼，不期而俱萃。皆延颈以视，倾耳以听，希道慕业，洗心革志，想洙、泗之风[30]，歌来苏之惠[31]。然后知居室之善，著应乎千里之外；不言之化[32]，洋溢于九有之内[33]。於熙乎若典[34]，固皇代之壮观[35]，万载之一会也。

【注释】

①上庠(xiáng):古代的大学,专为贵族而设置,又称“右学”。

②先师:这里指孔子。

③景申:即丙申(古代以天干地支纪日),因唐人避唐世祖讳改“丙”为“景”字。

④太傅:古代三公之一,历代职权不一,或实或虚。

⑤少傅:官名。与少师、少保合称“三孤”,权位卑于公,尊于卿。

⑥恂恂(xún):温顺恭谨貌。

⑦率:率卫,太子属官,负责太子的安全。

⑧夫子:这里指孔子。西序:西厢。

⑨颜回:孔子弟子,以德行著称。北墉:堂中北墙。

⑩宗伯:官名。周代六卿之一,掌管礼仪祭祀等事,即后来礼部之职。

⑪二学:即后文的“二宫”,指古代的两个学府。儒官:古代的学官。搢(jìn)绅:古代有官职或做过官的人,又作“缙绅”。

⑫端委:朝服端正而宽长,一说指黑边之衣和委貌(古代的一种礼帽)之冠。

⑬篚(fěi):圆形竹筐。这里指祭礼或宴会用的食器。

⑭罍(léi):古代盛酒器。洗:古代的盥洗器具。阼(zuò)阶:东阶。

⑮在三:指像尊敬父、师、君这样的美德。三,指父、师、君。父生之,师教之,君蓄之,故需尊敬。

⑯谦光:因谦虚而愈有光辉,形容谦逊礼让的风度。劭(shào):勤勉,自强,一说美好。

⑰阙里之教:孔子之教,传说孔子是在阙里这个地方授徒。

⑱穆穆:端庄盛美貌,或肃敬恭谨貌。

⑲邕邕:和婉貌。

⑳徽:美,善。

㉑玄衣：即黑衣。

㉒百辟：诸侯。

㉓三事：指三公。

㉔延：接待。燕：宴饮。

㉕八佾：古代天子所用的乐舞。六代：本指六个朝代，说法不一，这里是指黄帝、唐、虞、夏、殷、周六代所作的著名乐舞。详见《晋书·乐志》。

㉖铿锵闛阘(táng tà)：钟鼓之声。

㉗般(pán)辟：同“盘辟”。盘旋貌。

㉘澂(chéng)：使澄清。

㉙淫哇：靡曼之音。

㉚洙(shū)、泗(sì)：两水之名。在春秋时鲁地，今属山东，相传孔子居于两水之间，教授弟子。

㉛来苏：使获得新生。《尚书·仲虺之诰》：“徯我后，后来其苏。”

㉜不言之化：不用言语而使受教化或自化。

㉝九有：即九州。

㉞於熙：感叹词，犹“於乎”。

㉟代：更替。

【译文】

到元康三年春天闰月，即将去学府上庠祭祀孔子，这是一种学礼。过了二十四天，到了丙申日，侍奉祭祀者已经备好了天子之驾，侍奉皇上前往太学府。太傅走在前，少傅行于后，人人都温顺恭谨，想着恢宏教育和导训之道；朝廷的大臣们也全都随行而至，保护太子的三率领兵警戒，大家济济一堂，都在尽着自己的职责，而且是那样恭谨。于是打扫讲坛，将它临时作为殿堂，悬挂布幕权当宫室。孔子的位置在西厢，颜回则侍立于北墙边上。宗伯掌管礼节，主持仪式的人辨别位次。两个学府的儒官、搢绅和学问家们，垂着冠缨佩着美玉、行走动静都规规矩矩的人，皆穿上端正而宽长的朝服陪立于堂下，等待执掌祭祀事务者的命令。在两柱之间，放置着装酒的器具和盛食的竹筐，在东阶的左边，摆有酒杯和盥洗器具。祭祀的席位和灵座布置好之后，乐器也已陈列妥当，我们的皇太子于是躬身恭勉地行俯拜之礼，求得尊父、尊师、尊君的美德。谦逊礼让的风度更加光彩四溢，孔子创立的儒家之教能够愈显崇高。端庄盛美，和顺委婉，真正是先王们曾经有过的美誉之典，不会衰削的美好事业，不可或缺，无所替代。进献牲牢祭品，祭事一件件进行完毕，于是脱下祭祀穿的玄衣，换上春天穿的衣服，解除斋戒的禁令，恢复过去的日常程式。天子于是命令宫廷内外的所有官员，从诸侯卿士、蕃王三公，一直到太学学生和卿士大夫们的子弟，都来观瞻这次盛礼。皇太子都一一接待并赐予他们宴饮。金石箫管奏出美妙音乐，宫廷美女跳出上古六代制作的天子乐舞，钟鼓之声铿锵阛阁，舞蹈之姿盘旋俯仰。只要是能让人心旷神怡的，能让人洗心涤欲的，能移风易俗的，都无一遗漏地演奏。而靡曼之音，淫逸的郑、卫之声，则都被摒弃。远离花言巧语和不正派的人，斥退诡辩之士。这一天，人不分愚昧和聪慧，路途不分远和近，都离开乡里，走过邻国，扶老携幼，不约而同地聚集到了这里。人们都伸着脖子观看，倾侧耳朵细听。景仰正道，羡慕美业，心灵受到涤荡，志气得到革新。想着孔子于洙、泗间传道、授业、解惑的风范，歌颂使人获得新生的浩荡皇恩。这之后，人们便知道了居室之美，标举应和于千里之外；不用言语的教化之风，洋溢吹拂于九州之内。啊！这样隆重的典礼，真有过去皇室换代仪式的壮观，千年万年才能遇到一回。

尼昔忝礼官[①]，尝闻俎豆[②]；今厕末列[③]，亲睹盛美。瀸渍徽猷[④]，沐浴芳润，不知手舞口咏。窃作颂一篇，义近辞陋，不足测盛德之形容，光圣明之遐度。其辞曰：

【注释】

①忝(tiǎn):有愧于,自谦之辞。

②俎(zǔ)豆:祭祀用两种礼器。

③厕:杂置,参与。

④瀸(jiān):浸润,和洽。渍(zì):浸染。徽:善。猷(yóu):道。

【译文】

我潘尼过去侥幸做过不称职的司礼之官,曾经听到一些祭祀的事;今天能站在殿堂边列的末尾,目睹典礼的盛美实况。心灵被善明正道浸染,因为受到芳香润泽的沐浴,竟不知不觉手舞动起来,口咏诵起来。于是私下里偷偷地作了篇颂辞。它理义肤浅,言辞简陋,肯定不足以描述如此盛大之德的形貌,也不足以光大如此圣明的王道,从而使其远播四方。颂辞是这样的:

二元迭运[①],五德代徽[②]。黄精既亢,素灵乃晖。有皇承天,造我晋畿[③]。祚以大宝[④],登以龙飞[⑤]。宣基诞命[⑥],景熙遐绪[⑦]。三分自文[⑧],受终惟武[⑨]。席卷要蛮,荡定荒阻。道济群生,化流率土。后帝承式[⑩],丕隆曾构[⑪]。奄有万方[⑫],光宅宇宙[⑬]。笃生上嗣[⑭],继期挺秀。圣敬日跻[⑮],浚哲闳茂[⑯]。留精儒术[⑰],敦阅古训。遵道让齿[⑱],降心下问。铺以金声,光以玉润。如日之升,如乾之运。乃延台保[⑲],乃命学臣。圣容穆穆,侍讲訚訚[⑳]。抽演微言,启发道真。探幽穷赜,温故知新。讲业既终,精义既研。崇圣重师,卜日告奠。陈其三牢[㉑],引其四县。既戒既式,乃盥乃荐。恂恂孔圣[㉒],百王攸希[㉓]。亹亹颜生[㉔],好学无违。曰皇储后,体神合机。兆吉先见，知来洞微。济济二宫，蔼蔼庶寮。俊乂鳞萃[25]，髦士盈朝[26]。如彼和肆[27]，莫匪琼瑶。如彼仪凤，乐我《云》《韶》。琼瑶谁剖？四门洞开。《云》《韶》奚乐？神人允谐。蝉冕耀庭，细佩振阶。德以谦光，仁以恩怀。我酒惟清，我肴惟馨。舞以六代，歌以九成[28]。莘莘胄子[29]，祁祁学生[30]。洗心自百[31]，观国之荣。学犹莳苗，化若偃草。博我以文，宏我以道。万邦蝉蜕，矧乃俊造[32]。钻蚌莹珠，剖石摛藻。丝匪玄黄[33]，水罔方圆。引之斯流，染之斯鲜。若金受范，若埴在甄[34]。上好如云，下效如川。昔在周兴，王化之始。曰文曰武，时惟世子[35]。今我皇储，济圣通理。缉熙重光[36]，於穆不已[37]。於穆伊何？《思文》哲后[38]。媚兹一人[39]，实副元首[40]。孝洽家邦，光照九有。纯嘏自晋[41]，永世昌阜[42]。微微下臣，过充近侍。猥蹑风云[43]，鸾龙是厕。身藻芳流，目玩盛事。竭诚作颂，祇咏圣志[44]。

【注释】

①二元：即二仪，天地。

②五德：指儒家提倡的五种品质：温、良、恭、俭、让。

③畿（jī）：天子所领之地。

④祚（zuò）：赐福。大宝：帝位。

⑤龙飞：比喻帝王之位极高。语出《周易》："龙飞在天。"

⑥宣：指晋宣帝，晋武帝之祖司马懿。

⑦景：指晋景帝，宣帝长子司马师。

⑧文：指晋文帝司马昭。

⑨受终：受禅，接受帝位。武：指晋武帝司马炎。

⑩式：治国的法式。

⑪丕：大。

⑫奄：覆盖，包括。

⑬光宅：充满，覆被，占据。

⑭笃生：生而不平凡，得天独厚。上嗣：太子。

⑮跻：升。

⑯浚(jùn)哲：深邃的智慧。浚，深。

⑰留：治，治理。

⑱齿：年龄。这里指年龄小的人。

⑲台：星名。古代用以指代朝廷中的三公。保：即师保，官职名。

⑳訚訚(yín)：和颜悦色的样子。

㉑牢：与下文的"县"皆祭品。

㉒恂恂：诲人不倦的样子。

㉓希：仰慕。

㉔亹亹(wěi)：勤勉不倦的样子。

㉕俊乂：贤能之人。

㉖髦士：俊杰。

㉗和肆：陈列出售宝玉的地方。和，和氏璧。

㉘成：一个乐段。

㉙莘莘(shēn)：众多的样子。

㉚祁祁：众多的样子。

㉛百(mò)：勉力。

㉜矧(shěn)：况且。俊造：俊才。

㉝玄黄：指彩色的丝织物。

㉞埴：黏土。甄：制造陶器的转轮。

㉟世子：太子。

㊱缉：明亮。熙：广大。

㊲於穆：赞叹，赞美。

㊳《思文》：《诗经·周颂》篇名。哲后：以后稷为明哲。后，指后稷，相传为周始祖。

㊴媚：爱戴。

㊵元首：君主。

㊶纯嘏：大福。

㊷昌阜：昌盛。

㊸猥蹑：傍依追随。

㊹祇（qí）：大。

【译文】

天地轮回运转，五德交相善美。黄精高亢在先，素灵光照于后。皇上秉承天意，创我晋室基业。天赐我皇帝位，我皇登上龙座。宣帝奠基为晋，景帝光大统绪。文帝三分天下，武帝接受禅让。如风席卷蛮域，平定边远之地。王道浸润百姓，教化整个国土。后帝承继前式，代代兴盛繁荣。囊括四面八方，覆被整个天下。太子得天独厚，继业必定杰出。圣明恭谨之德，日日上升不退；智慧深邃无比，思想博大精深。治学精通儒道，笃信深好古训。遵道仁慈爱幼，谦逊不耻下问。发扬必以金声，光大必以玉润。犹若太阳升起，如同天体运转。于是延请台保，命令授学之臣。圣颜庄重肃穆，侍讲和颜悦色。抽取演绎微言，发掘道之真谛。探幽穷尽隐秘，温故便能知新。讲授既已终结，精义得以研析。推崇圣人先师，卜占吉日释奠。陈上三牢牺牲，拿出四县祭品。既已斋戒作礼，于是洗手进献。孔大圣人诲人不倦，故为百王仰慕。颜回勤勉不倦，好学之士榜样。如曰皇上太子，体察合于神机。征兆吉祥先现，知道未来细微。二宫气氛热烈，群僚聚集一堂。贤能如鳞荟萃，俊杰挤满朝廷。犹如珠宝之店，没有不是琼瑶。就像来朝仪凤，乐闻《云》《韶》。琼瑶美玉谁剖？如今四门洞开。《云》《韶》何乐？神人确实谐和。附有蝉翼之冠，光华闪耀宫殿；各种精细佩玉，互振声响于阶。圣上明洁之德，因为谦逊更显；圣上敦厚仁慈，因为赐恩被怀。我献之酒清醴，我献之肴馨香。再演六代之舞，再奏九个乐章。众多王公贵子，众多受业学生。涤除心中污浊，都知勉力自强，前来观瞻盛典，感受国之兴旺。授学犹若莳苗，教化如风伏草。文章使我广博，道德使我高远。举国深受感化，何况俊杰之才。钻蚌会得明珠，剖石能得美玉。丝纯非玄非黄，水直无方无圆。引出一条清流，染丝成为美色。如同金液于模，如同黏土在陶。君上所好如云，下民效法似川。昔日周朝兴起，成为王化开端。说到周文、周武，当时也是太子。今朝我晋太子，达到圣人境界，通晓理义纲纪。光辉灿烂伟大，让人赞叹不已。为何赞叹不已？《思文》以后稷为明哲。百姓爱戴此人，实可推为君主。孝道和洽家国，光彩照耀九州。晋遇天降大福，永世繁荣昌盛。我这卑微小臣，偶然充当近侍。傍依追随君王，常在君上之侧。身体沐浴芳流，眼睛幸睹盛事。竭诚写上此颂，盛赞圣明之志。

挚虞

挚虞（？—311），字仲洽，西晋长安（今陕西西安）人。晋武帝泰始中举贤良，官至太常卿。后遇洛阳荒乱，饿死。撰《文章志》四卷、《文章流别集》三十卷、《三辅决录注》等，均佚。明人辑有《挚太常集》。《晋书》有传。

太康颂

【题解】

太康，晋武帝司马炎在位时的年号（280—289）。280 年，东吴灭亡，魏、蜀、吴三国鼎立局面结束，汉以后又一个大一统局面形成，晋武帝司马炎成为这一统一大业的创建者。这篇颂辞即旨在颂扬晋武帝。文章对西晋的建立和晋武帝的武功作了热情赞颂，满篇溢美之词。

於休上古①，人之资始。四隩咸宅②，万国同轨。有汉不竞，丧乱靡纪。畿服外叛，侯卫内圮。天难既降，时惟鞠凶。龙战虎争，分裂遐邦。备僭岷蜀③，度逆海东④。权乃缘间⑤，割据三江⑥。明明上帝，临下有赫。乃宣皇威，致天之辟。奋武辽遂[7]，罪人斯获。抚定朝鲜，奄征韩貊[8]。文既应期，席卷梁、益。元憝委命[9]，九夷重译[10]。邛冉、哀牢，是焉底绩。

【注释】

①於休：发语词。

②四隩：四方边远可居之处。

③备：刘备。

④度：公孙度。

⑤权：孙权。

⑥三江：吴淞江、娄江、东江。

⑦辽遂：地名。故城在今辽宁海城西。

⑧韩貊(mò)：今朝鲜半岛南部。东汉时，其地出现马韩、辰韩、弁韩三政权，史称三韩。貊，古时对东北少数民族的一种称呼。

⑨元憝(duì)：元凶。憝，坏，恶。

⑩九夷：古代称九个边远地区少数民族畎、于、方、黄、白、赤、玄、风、阳为九夷。

【译文】

上古原始，生民产生。四方边远都得安居，万国诸邦俱为一统。汉朝后来暗弱不强，死丧祸乱法纪无存。畿辅、地方叛乱于外，侯王宫卫倾毁于内。上天由此降下灾难，一时只有穷困凶险。各地豪强像龙虎一样争战不休，瓜分裂取旧有国家。刘备在岷蜀僭称帝号，公孙度在海东叛逆。孙权借机而起，割据了三江广大地盘。智慧明察的皇帝，君临天下威严显赫。于是宣扬皇朝威风，实现了上天的意志。奋扬武功于辽遂，罪孽之人得以虏获。安抚平定了朝鲜，迅速征讨了韩貊。礼法之制应期而立，又席卷了梁、益诸地。首恶降服纳命，九夷也辗转翻译前来修好。邛冉和哀牢也臣服了，那是最辉煌的业绩。

我皇之登，二国既平。靡适不怀，以育群生。吴乃负固，放命南冥。声教未暨，弗及王灵。皇震其威，赫如雷霆。截彼江、沔，荆、舒以清。邈矣圣皇，参乾两离。陶化以正，取乱以奇。耀武六旬，舆徒不疲。饮至数实[①]，干旄无亏[②]。洋洋四海，率礼和乐。穆穆宫庙，歌雍咏铄。光天之下，莫匪帝略。穷发反景[③]，承正受朔。龙马骙骙[④]，风于华阳。弓矢櫜服[⑤]，干戈戢藏。严严南金，业业馀皇。雄剑班朝，造舟为梁。圣明有造，实代天工。天地不违，黎元时邕。三务斯协，用底厥庸。既远其迹，将明其踪。乔山惟岳[⑥]，望帝之封。猗欤圣帝，胡不封哉！

【注释】

①饮至：古时，盟伐既归，合饮于宗庙，称为饮至。

②干旄：《诗经・鄘风・干旄》被认为是招贤之赞诗，因以干旄喻招贤之事。

③穷发：极北不毛之地。反景：极西回日之处。

④骙骙（kuí）：马强壮雄威。

⑤櫜：敛藏兵器之物。

⑥乔山：高山，指泰山。

【译文】

我皇登位之初，两国已然平定。诸事无不周到，以图化育百姓。吴国负隅顽抗，终被放逐南海。声威教化未到，皇帝恩泽不及。皇上震动神威，赫赫之势如雷。渡过江、沔之水，荆、舒得以肃清。伟大圣明的帝王，德如日月光辉。取用正道化育，采纳奇变取势。振扬武功六旬，车马兵卒不疲。饮至礼数周到，招贤旗帜高举。洋洋四海之内，从礼和睦安乐。宫殿端庄盛美，高歌咏赞辉煌。普天之下，没有不是帝王所经略的，北地西陲，都承受政教沐浴光明。骏马强壮而雄健，追风于华山之阳。弓箭藏于箭袋，干戈也都收起。光彩夺目的南方金铜，高大威风的船舶。雄丽之宝剑列满朝廷，制造大舟以作桥梁。圣明时代伟大创造，实在可以取代天工。天地和顺不违人愿，黎民百姓仁义和善。一年三季农活协顺，以此为基人民有为。这个业绩已很远大，就要彰明不朽事迹。东岳泰山高耸矗立，希望皇帝前去封禅。多么伟大的帝王啊，为何不去登封呢？

尚书令箴

【题解】

尚书令，晋时为尚书省长官，综理全国政务，参议大政，权如宰相。这篇箴言规诫尚书令身在枢机，关系国家命运，不可渎职。其中尤其强调了慎言的重要。文辞简练精悍，表现了箴的特点。

明明先王，开国承家，作制垂宪。仰观列曜，俯令百官，政用罔僭。昔舜纳大麓①，七政以齐②。内成外平，而风雨不迷。山甫翼周③，靡刚靡柔。补我衮阙④，阐我王猷⑤。王猷允塞，而四海咸休。虽圣虽明，必资良材。毋曰我智，官不任能。发言如丝，其出成纶。千里之应，枢机在身⑥。三季道缺⑦，天纲纵替。既无老成⑧，改旧法制。法制不循，不长厥裔⑨。尚臣司台，敢告侍卫。

【注释】

①舜纳大麓:《尚书·舜典》记,尧曾命舜任守山林吏,以考验舜。《说文》:“麓,一曰守山林吏也。”

②七政:日、月、五星。《尚书·舜典》:“在璿玑玉衡,以齐七政。”珠玉饰玑,象天体运转。言舜初即位,整理庶物,以使各自运行有序。

③山甫:即仲山甫。西周周宣王时任太宰。《诗经·大雅·烝民》:“人亦有言:‘柔则茹之,刚则吐之。’维仲山甫,柔亦不茹,刚亦不吐,不侮矜寡,不畏强御。”

④衮阙:君王的过失。

⑤王猷:王的谋略和美政。

⑥枢机:《周易》:“言行,君子之枢机。枢机之发,荣辱之主。”又说:“君子居其室,出其言善,则千里之外应之。”

⑦三季:指夏、商、周三代的末年。

⑧老成:年高有德之人。

⑨裔:后人。

【译文】

智慧明察的先代君王,建立邦国承继家业,创立制度传下纲纪。仰观日月星辰,俯令文武百官,用事不能超越本分。过去尧使舜任守山林吏,各项庶务井井有条。内心诚实,外表平静,在雷雨大风中也不迷失。仲山甫辅佐周王朝,不欺软怕硬。补察君王过失,光大君王谋略。君王谋略增多了,四海之内都得安宁。即使是圣德和贤明的君主,也要使用优良人才辅佐。不要说自己足够聪明,不任用有才能的人为佐官。你发出言语细微如丝,其结果却可以左右君王。千里外能得到响应之人,枢机就在自己身上。三代末世大道缺失,天纪天运就变化替代。既然没有年高有德之人,就要改守旧的法制。不遵循旧有的法则,就不能使后人按规范成长。尚书令啊,我冒昧把这些话告知您的侍卫。

郭璞

郭璞(276—324),字景纯,河东闻喜(今属山西)人。先后入于殷祐、王导、王敦幕下,为参军。晋元帝时做过著作佐郎和尚书郎,因劝阻王敦谋反被王敦所杀,晋帝追赠弘农太守。

郭璞是两晋间有名的学问家和文学家。《晋书·郭璞传》说他"好经术,博学有高才,而讷于言论,词赋为中兴之冠。好古文奇字,妙于阴阳算历"。主要著作有《尔雅注》《方言注》《穆天子传注》《山海经注》《楚辞注》等,都为士林所重。其文学作品,以《游仙诗》最为著名,成为魏晋游仙文学的代表之作。

山海经图赞

【题解】

本文是郭璞对《山海经》的插图所作的注释文字,内中多有议论褒贬,故以"赞"名篇。

《山海经》,是一部以记载山川、道里、物产为主的地理书籍,对古代部族、风俗、祭祀、巫医等也多有涉及,而且保存了很多远古的神话传说和怪异见闻,所以又可当史料和文学作品阅读。《山海经》成书年代和作者皆不详,一般认为大约出于战国时期,经后人增删校改。本文除了可以帮助读者加深对《山海经》插图的理解外，更主要的是能让我们看到作者赋予自然事物的人文色彩，从而领略到中国传统的天人合一的思想观点。本文虽为韵文，但文字浅近、清新、质朴、简约。

桂生南裔[①]，拔萃岑岭。广莫熙葩[②]，凌霜津颖。气王百药[③]，森然云挺。桂

【注释】

①南裔：南边，南方。

②广莫：指广莫风，即北风。熙：荣，使花开放。

③气王百药：《说文》：桂乃百药之长。

【译文】

桂树生南国，苍翠映岑岭。北风催花开，凌霜生津颖。气灵冠百药，森然而云挺。桂

爰有奇树，产自招摇[①]。厥华流光，上映垂霄。佩之不惑，潜有灵标[②]。迷穀

【注释】

①招摇：山名。《山海经》载："招摇之山……有木焉，其状如穀而黑理，其华四照，其名曰迷穀，佩之不迷。"

②灵标：灵性，智慧。

【译文】

传说一奇树，生在招摇山。花发放光彩，与天相辉映。佩之不迷路，暗中藏灵性。迷穀

彗星横天，鲸鱼死浪。鵃鸣于邑①，贤士见放。厥理至微，言之无况②。鵃鸟

【注释】

①鵃(zhū)：传说中的鸟名。《山海经》载："柜山……有鸟焉……其名曰鵃，其名自号也，见则其县多放士。"

②况：比况，比较。

【译文】

彗星横天过，鲸鱼死巨浪。鵃鸟鸣于城，贤士被流放。此理甚微妙，言语难比况。鵃鸟

华岳灵峻①，削成四方。爰有神女②，是挹玉浆③。其谁游之？龙驾云裳。太华山

【注释】

①华岳：华山。

②神女：《集仙录》："明星玉女者，居华山，服玉浆，白日升天。"

③挹(yì)：服，饮。

【译文】

华岳灵又峻，天削成四方。山中有神女，服食是玉浆。谁与其共游？龙驾云裳衣。太华山

鸾翔女床①，凤出丹穴②。拊翼相和③，以应圣哲。击石靡咏，韶音其绝④。鸾鸟

【注释】

①女床：山名。传说鸾鸟就生活在此山。

②丹穴：山名。传说凤凰即生活于此。

③拊：拍打。

④韶音：美音。一说为古代的韶乐。

【译文】

鸾翔女床岭，凤出丹穴山。拍翼相和鸣，祥瑞应圣哲。美鸣和击磬，妙音赛韶乐。鸾鸟

钟山之宝[①]，爰有玉华[②]。光彩流映，气如虹霞。君子是佩，象德闲邪[③]。瑾瑜玉[④]

【注释】

①钟山：山名。

②玉华：又称“玉荣”，被认为是玉种。《山海经》载：“黄帝乃取峚山之玉荣，而投之钟山之阳。”

③闲：防御。

④瑾瑜玉：由玉种所生的一种玉。

【译文】

钟山有宝物，原是玉种生。光彩相辉映，灵气似虹霞。君子佩带之，示德避凶邪。瑾瑜玉

榣惟灵树[①]，爰生若木[②]。重根增驾，流光旁烛。食之灵化，荣名仙录[③]。榣木

【注释】

①榣：大树。

②若木：古代神话中的树名。

③仙录：仙人之名录。

【译文】

榣木是灵树，其上生若木。根从枝蔓发，光华照他树。食之可灵化，荣登仙人录。榣木

昆仑月精[①]，水之灵府。惟帝下都，西老之宇[②]。桀然中峙，号曰天柱[③]。昆仑丘

【注释】

①月精：月的精华。

②西老：西王母。

③天柱：其形如削、其高入天的山峰。

【译文】

昆仑有月精，可谓水灵府。天帝作下都，西王母之地。桀然又屹立，号称曰天柱。昆仑丘

肩吾得一[①]，以处昆仑。开明是封[②]，司帝之门。吐纳灵气，熊熊魂魂[③]。神陆吾

【注释】

①肩吾：传说中的神仙。《山海经·西山经》："西南四百里曰昆仑之丘，是实惟帝之下都，神陆吾司之。"郭璞注："即肩吾也。"

②开明：昆仑之墟，面有九门，门有开明兽掌管，故称开明。

③熊熊：光明貌。魂魂：盛貌。

【译文】

肩吾司一山，实乃昆仑丘。开明兽对应，来将天门守。吐纳惟灵气，光明又茂盛。神陆吾

安得沙棠[1]，制为龙舟。泛彼沧海，眇然遐游。聊以逍遥，任波去留。沙棠

【注释】

①沙棠：树木名。《山海经》："有木焉……名曰沙棠，可以御水。"

【译文】

怎得沙棠木，削制成龙舟。泛舟沧海中，尽远去遨游。逍遥且自得，任波去与留。沙棠

天帝之女[1]，蓬发虎颜。穆王执贽[2]，赋诗交欢。韵外之事，难以具言。西王母

【注释】

①天帝之女：指西王母。《山海经》："西王母，其状如人，豹尾虎齿，而善啸，蓬发戴胜。"

②执贽：持礼物以作为相见之礼。传说周穆王好神仙，曾和西王母一起游于瑶池之上。详见《穆天子传》。

【译文】

天帝之女儿，发乱老虎貌。穆王好神仙，赋诗与交欢。诗韵之外事，难以言语传。西王母

先民有作，龟贝为货[①]。贵以文彩，贾以小大。简则易资，犯而不过。文贝

【注释】

①货：货币。

【译文】

先民做交易，龟贝为货币。文彩定贵贱，大小定商用。简明交换快，用了还可再。文贝

质则混沌，神则旁通。自然灵照，听不以聪。强为之名，曰惟帝江[①]。帝江

【注释】

①帝江：古代传说中识歌舞的神鸟。《山海经·西山经》："（天山）有神焉，其状如黄囊，赤如丹火，六足四翼，浑沌无面目，是识歌舞，实惟帝江。"

【译文】

质地似混沌，其实有神通。自然灵气在，听事不用耳。勉强定名称，只能叫帝江。帝江

鸟飞以翼，当扈则须。废多任少，沛然有余。轮运于毂，至用在无。当扈[①]

【注释】

①当扈：传说中的鸟名。以须飞。

【译文】

凡鸟以翼飞，当扈却用须。废多反用少，还是绰有余。犹如轮之毂，到用时似无。当扈

驳惟马类[①]，实畜之英。腾髦骧首[②]，嘘天雷鸣。气无不凌，吞虎辟兵。驳

【注释】

①驳(bó)：传说中能捕食虎豹的猛兽。

②骧(xiāng)首：昂首。

【译文】

驳虽属马类，却是畜之精英。腾髦昂首啸，如雷响云霄。气势凌万物，吞虎挡刀兵。驳

物以感应，亦不数动。壮士挺剑，气激白虹。鳋鱼潜渊[①]，出则民悚。鳋鱼

【注释】

①鳋(sāo)鱼：渭水入黄河处的一种鱼，传说这种鱼一动，便会有战乱。

【译文】

万物之感应，并非随便动。壮士挺剑出，豪气贯白虹。鳋鱼潜深渊，一出百姓恐。鳋鱼

涸和损平，莫惨于忧。诗咏萱草[①]，带山则儵[②]。壑焉遗

岱，聊以盘游。儵鱼

【注释】

①萱草：又作“谖草”，忘忧草。

②带山：山名。下有湖，湖中多儵鱼。儵（tiáo）鱼：传说吃了可以忘忧的鱼。

【译文】

损伤平和气，莫过于郁忧。诗咏无忧草，带山则是儵。泰山深壑中，聊以游逍遥。儵鱼

蹠实以足[①]，排虚以羽。翘尾翻飞，奇哉耳鼠[②]。厥皮惟良，百毒是御。耳鼠

【注释】

①蹠（zhí）：践，踩。

②耳鼠：《山海经》载：“丹熏之山……有兽焉，其状如鼠……以其尾飞，名曰耳鼠。”

【译文】

地上用脚走，空中用羽飞。尾巴当翅使，耳鼠真稀奇。其皮真是好，百毒能防御。耳鼠

幽頞似猴[①]，俾愚作智。触物则笑，见人佯睡。好用小慧，终是婴系[②]。幽頞

【注释】

①幽頞（è）：传说中异兽名。形状像猴子，身体有花纹。

②婴：绕。

【译文】

幽颈形似猴，愚蠢装智慧。碰到物便笑，见了人假睡。好用小聪明，终究被绳系。幽颈

磁石吸铁，玳瑁取芥[①]。气有潜感，数亦冥会。物之相投，出乎意外。磁石

【注释】

①玳瑁（dài mào）：生活在热带海洋中的爬行动物，形状像龟，甲壳可做装饰品。

【译文】

磁石能吸铁，玳瑁可取芥。物气有灵感，天运是暗合。异物之相投，出乎人意外。磁石

狍鸮贪惏[①]，其目在腋。食人未尽，还自龈割[②]。图形妙鼎，是谓不若[③]。狍鸮

【注释】

①狍鸮（páo xiāo）：传说中羊身人面，目在腋下，虎齿人爪，声音像婴孩声，吃人的一种野兽。见《山海经》。《左传》称"饕餮"。贪惏（lán）：贪婪。

②龈（kěn）：啃。

③不若：妖怪等不善之物。

【译文】

狍鸮特贪婪，眼睛在腋下。吃人如不尽，还要全咬碎。夏鼎刻其

形，被称做怪物。狍鸮

龙冯云游[1]，腾蛇假雾[2]。未若天马，自然凌翥[3]。有理悬运，天机潜御[4]。天马

【注释】

①冯（píng）："凭"的古字。

②腾蛇：相传为蛇神，能兴云雾而游其中。又作"螣蛇"，也叫"飞蛇"或"奔蛇"。

③翥（zhù）：飞举。

④天机：造化的奥秘。

【译文】

龙凭借云游，腾蛇假以雾。都不如天马，自己凌空飞。有路悬空走，暗含造化功。天马

蚌则含珠，兽胡不可？狪狪如豚[1]，被褐怀祸。患难无繇，招之自我。狪狪

【注释】

①狪狪（tóng）：传说中生长在泰山的一种野兽，形状像豚（小猪），而有珠。见《山海经》。

【译文】

蚌里常含珠，野兽怎不行？狪狪像小猪，褐色身怀祸。要问患难因，招祸是自己。狪狪

犰狳之兽[1]，见人佯眠。与灾协气，出则无年。此岂能

为？归之于天。犰狳

【注释】

①犰狳(qiú yú)：传说中一种野兽，其状如兔，鸟喙，鸱目，蛇尾。

【译文】

犰狳这野兽，见人便装死。与灾同一气，出现便歉收。难道它能做？实际是天意。犰狳

治在得贤，亡由失人。峳峳之来[①]，乃致狡宾[②]。归之冥应，谁见其津[③]。峳峳

【注释】

①峳峳(yōu)：传说中的一种野兽，其状如马，眼睛像羊眼，四角，牛角，牛尾。

②狡宾：狡猾的人。

③津：唾液，指足迹。

【译文】

治世在得贤，衰亡因失人。峳峳兽出现，狡猾之人到。只能归于天，谁见其踪迹。峳峳

水圆四十，潜源溢沸。灵龟爰处，掉尾养气。庄生是感[①]，挥竿傲贵。蠵龟[②]

【注释】

①庄生：指庄子。

②蠵(xī)龟:一种大龟。

【译文】

方圆四十里,水满而腾涌。灵龟在其中,摆尾养其气。庄子有感悟,挥竿傲贵人。蠵龟

茫茫帝台[①],维灵之贵。爰有石棋,五彩焕蔚。觞祷百神,以和天气。帝台棋

【注释】

①帝台:休与山上有石,称为帝台之棋,五色而文,其状如鹑卵。见《山海经》。

【译文】

茫茫休与山,灵贵帝台在。上有如棋石,五彩相辉映。举杯祈百神,风调又雨顺。帝台棋

山膏如豚[①],厥性好骂。黄棘是食[②],匪子匪化[③]。虽无贞操,理同不嫁。山膏兽、黄棘

【注释】

①山膏:传说中的怪兽。

②黄棘:树木名。果实据说能让人不孕。

③化:生。

【译文】

山膏兽似猪,性情最好骂。黄棘树之果,吃了不生育。虽然非贞操,道理同不嫁。山膏兽、黄棘

爰有嘉树，厥名曰栯[①]。薄言采之[②]，窈窕是服[③]。君子维欢，家无反目。栯木

【注释】

①栯(yǒu)：树木名。据说服用它就不会产生嫉妒。

②薄：发语词。

③窈窕(yǎo tiǎo)：美好。这里代指女子。《诗经》："窈窕淑女，君子好逑。"

【译文】

有一种美树，名字叫栯木。采摘来之后，让美女服用。君子再放荡，家庭不反目。栯木

荀草赤实，厥状如菅[①]。妇人服之，练色易颜。夏姬是艳[②]，厥媚三迁。荀草

【注释】

①菅(jiān)：草名。

②夏姬：春秋时美女。

【译文】

荀草有红果，伏倒状如菅。妇女服食它，美颜常驻脸。如同夏姬艳，妩媚流波转。荀草

厥苞橘櫾[①]，奇者维甘。朱实金鲜，叶蒨翠蓝[②]。灵均是咏[③]，以为美谈。橘櫾

【注释】

①櫾：果木名。即柚。

②蒨（qiàn）：蒨草，一说盛貌。

③灵均：屈原的别字。

【译文】

橘櫾苞形圆，奇的是都甜。红肉金黄皮，翠叶很茂盛。屈原歌咏之，历来为美谈。橘櫾

大騩之山[1]，爰有苹草[2]。青华白实，食之无夭。虽不增龄，可以穷老。蓈

【注释】

①大騩（guī）：山名。

②苹草：草名。又叫“蓈（láng）”。

【译文】

大騩山上面，有种草叫苹。青花白色果，吃了不夭折。虽然不增寿，但也可穷老。蓈

蝮维毒魁，鸩鸟是噉[1]。拂翼鸣林，草瘁木惨。羽行隐戮，厥罚难犯。鸩鸟

【注释】

①鸩（zhèn）鸟：传说中一种有毒的鸟。噉（dàn）：食，吃。

【译文】

蝮蛇最为毒，鸩鸟把它吃。拍翅鸣山林，草死树木惨。飞行含杀机，惩罚难冒犯。鸩鸟

岷山之精①,上络东井②。始出一勺,终致淼冥。作纪南夏③,天清地静。岷山

【注释】

①岷山:山名。一作“汶山”,在今四川松潘北。

②东井:星名。即井宿。

③南夏:指南方。

【译文】

岷山之神灵,上连东井星。开始一勺水,最终成长河。奔流到南方,天清地又静。岷山

青耕御疫①,跂踵降灾②。物之相反,各以气来。见则民咨③,实为病媒。跂踵

【注释】

①青耕:传说中的鸟名。

②跂踵(qǐ zhǒng):传说中的鸟名。

③咨:叹息。

【译文】

青耕避瘟疫,跂踵降祸灾。物与物相反,各以物气来。见了就叹息,原来是病媒。跂踵

清泠之水,在乎山顶。耕父是游①,流光洒景。黔首祀禜②,以弭灾眚③。神耕父

【注释】

①耕父：神名。主干旱。

②黔首：平民，百姓。禜(yǒng)：为消除凶灾的祭祀。

③弭：止息，清除。灾眚(shěng)：灾难。

【译文】

清冷一池水，出现在山顶。耕父神游此，光芒放异彩。百姓忙祭祀，以把祸来避。神耕父

帝台之水①，饮蠲心病②。灵府是涤，和神养性。食可逍遥，濯发浴泳。帝台浆

【注释】

①帝台之水：《山海经·中山经》："高前之山，其上有水，甚寒而清。"

②蠲(juān)：除去，减免。

【译文】

高前帝台水，喝了去心病。心胸被涤荡，和神又养性。饮用可逍遥，洗发沐浴身。帝台浆

贱无定贡，贵无常珍。物不自物，自物由人。万事皆然，岂伊蛇鳞。自此山来，虫为蛇，蛇号为鱼

【译文】

低贱无定贡，高贵没常珍。物名不由物，只能随人定。万事皆如此，岂止蛇和鱼。从这座山(指南山)来的人，把虫叫做蛇，把蛇又称为鱼

三珠所生[1]，赤水之际。翘叶柏竦[2]，美壮若彗。濯彩丹波[3]，自相霞映。三珠树

【注释】

①三珠：传说中的树名。

②竦（sǒng）：高耸。

③濯（zhuó）彩：光彩。

【译文】

三珠这种树，生在赤水边。叶翘身如柏，美壮似彗星。光彩映红波，霞光满江崖。三珠树

有人爰处，圜丘之上[1]。赤泉驻年，神木养命。禀此遐龄，悠悠无竟。不死国

【注释】

①圜（yuán）丘：山名。《博物志》："圜丘山上，有不死树，食之乃寿，有赤泉，饮之不死。"

【译文】

有一国之人，生活在圜丘。赤泉让人寿，神木养天命。赖此而高龄，悠悠无止境。不死国

虽云一气，呼吸异道。观则俱见，食则皆饱。物形自周，造化非巧。三首国[1]

【注释】

①三首国：传说中的国名。该国之人有三个头。

【译文】

虽说共一气，呼吸却殊途。看就都看见，吃饭全都饱。物形自周到，而非造化巧。三首国

群籁舛吹[①]，气有万殊。大人三丈[②]，焦侥尺余[③]。混之一归，此亦侨如[④]。焦侥国

【注释】

①舛(chuǎn)：相违背，不一样。

②大人三丈：东海之外，大荒之东，有大人国。见《山海经》。

③焦侥：《列子》载：焦侥国人，长一尺五寸。

④侨如：《左传》载：获长狄侨如，身长三丈。一说“侨”通“乔”，离之意。

【译文】

万籁吹不同，物气有万殊。大人国之人长三丈，焦侥国之人长尺余。虽然都是人，高矮却不同。焦侥国

圣德广被，物无不怀。爰乃殂落[①]，封墓表哀。异类犹然，矧乃华黎。狄山，帝尧葬于阳，帝喾葬于阴[②]

【注释】

①殂(cú)落：死亡。

②喾(kù)：传说中的上古帝王，号高辛氏。

【译文】

圣德广流播，万物无不怀。尧喾去世后，下葬于此山。异类尚如此，何况华夏民。狄山，尧葬在山南，喾葬在山北

聚肉有眼[①],而无肠胃。与彼马勃[②],颇相仿佛。奇在不尽,食之薄味。视肉

【注释】

①聚肉:《山海经》载狄山有视肉。郭璞注:“视肉,聚肉,形如牛肝,有两目也,食之尽,寻复更生如故。”

②马勃:菌类植物。

【译文】

聚肉有眼睛,但却无肠胃。与那马勃菌,颇有相似处。奇在吃不尽,只是味道淡。视肉

筮御飞龙[①],果儛《九代》[②]。云融是挥,玉璜是佩[③]。对扬帝德,禀天灵诲。夏后启[④]

【注释】

①筮:占卜。

②《九代》:古乐曲名。一说马名。

③玉璜:璧玉。

④夏后启:夏禹的儿子启。

【译文】

占卜御飞龙,吃饱舞《九代》。云动是挥鞭,璧玉身上佩。来把帝德扬,禀承天之诲。夏后启

品物流行,以散混沌。增不为多,减不为损。厥变难原,请寻其本。三身国、一臂国[①]

【注释】

①三身国：传说中的国名。国人一首三身。一臂国：传说中的国名。国人一臂一目一鼻孔。

【译文】

万物受自然之滋育而运动变化其形体，以使混沌开。增加不为多，减去不为少。变化难探源，请君来寻根。三身国、一臂国

彼姝者子[①]，谁氏二女？曷为水间，操鱼持俎[②]？厥俪安在？离群逸处。女祭、女戚[③]

【注释】

①姝(shū)：美好。

②俎(zǔ)：祭祀用的礼器。

③女祭、女戚：皆神女名。

【译文】

美丽的人儿，是谁家的两个女儿？为何处在两水间，持俎盛鱼牲？你们今安在？原来是离群隐居。女祭、女戚

十日并熯[①]，女丑以毙[②]。暴于山阿，挥袖自翳[③]。彼美谁子？逢天之厉[④]。女丑尸

【注释】

①熯(hàn)：用火等烤干。

②女丑：传说中的人名。一说为女巫。《山海经》载，女丑之尸，生而十日炙杀之。

③翳(yì)：遮蔽。

④厉：灾厉。

【译文】

十个太阳晒，女丑于是亡。暴露在山梁，捋袖自遮盖。那人谁所生，为何遭天罚？女丑尸

轩辕之人[①]，承天之祜。冬不袭衣，夏不扇暑。犹气之和，家为彭祖[②]。轩辕国

【注释】

①轩辕：轩辕国。《山海经》载，在穷山之际，其不寿者八百余岁。

②彭祖：古代高寿者，相传为尧臣，封于彭，享年七百岁。

【译文】

轩辕国之人，承应天保佑。冬季不穿衣，夏季不扇扇。犹若气自和，家源是彭祖。轩辕国

飞黄奇骏[①]，乘之难老。揣角轻腾，忽若龙矫。实鉴有德，乃集厥皂[②]。乘黄

【注释】

①飞黄：又名“乘黄”，传说中的神马。

②皂：牛马食槽。

【译文】

飞黄实神马，人骑可不老。长角疾奔腾，有如龙矫健。实是鉴德应，集于食槽旁。乘黄

万物相传，非子则根。无膂因心[①]，构肉生魂。所以能然，尊形者存。无膂国

【注释】

①无膂(qǐ)：《山海经》："无膂之国，在长股东，为人无膂。"因心：传说无膂国人死后心不烂，百年之后又会活转过来。

【译文】

万物相传接，非子就是根。无膂国人死后心复活，长肉又生魂。所以能这样，人形恒常存。无膂国

苍四不多[①]，此一不少。于野冥瞽，洞见无表。形游逆旅，所贵维眇。一目国[②]

【注释】

①苍四：仓颉有四目。见《历代名画记》。

②一目国：传说该国之人只有一只眼睛。

【译文】

仓颉四只眼，也不算为多；这里有一国，人都一只眼，亦不算为少。野外茫茫然，洞察无细形。游历在客舍，所贵即眼少。一目国

神哉夸父[①]，难以理寻。倾沙逐日，遁形邓林[②]。触类而化，应无常心[③]。夸父

【注释】

①夸父：传说中的神名。与日竞走，道渴而死。见《山海经》。

②邓林：传说中的树林，夸父拐杖所变。

③无常心：即无常，不固定，佛教认为世上一切事物都不能久住，都处于生灭成坏之中。

【译文】

夸父真神奇，难以用理讲。拼命追太阳，身亡隐邓林。拐杖变树林，应了无常心。夸父

女子鲛人[1]，体近蚕蚌。出珠匪甲，吐丝匪蛹。化出无方，物岂有种。欧丝野[2]

【注释】

①鲛(jiāo)人：《博物志》载："南海水有鲛人，水居如鱼，不废机织，其眼能泣珠。"

②欧丝野：吐丝之野。欧，"呕"的古字。见《山海经》。

【译文】

有女子鲛人，形体近蚕蚌。吐珠没甲壳，抽丝非蚕蛹。化出无方术，岂为物有种。欧丝野

牢悲海鸟[1]，西子骇麋[2]。或贵穴倮[3]，或尊裳衣。物我相倾，孰了是非。毛民国[4]

【注释】

①牢悲海鸟：据《庄子》载，海鸟止于鲁郊，鲁侯御而觞之于庙，具太牢以为膳(盛牲的食器叫牢，大的叫太牢)。

②西子：春秋时越国美女西施。

③倮：赤体。

④毛民国:传说中的国名。其民身上长毛。

【译文】

食器悲海鸟,西施惊麋鹿。或因穴裸贵,或为裳衣尊。人与物相克,谁知其是非?毛民国

狌狌之状[①],形乍如犬。厥性识往,为物警辨。以酒招灾,自贻缨罥[②]。狌狌

【注释】

①狌狌(shēng):传说中的一种兽。

②缨罥(juàn):绳网。

【译文】

狌狌之形状,乍看像狗犬。其性知往事,为物极警辨。因酒招灾祸,自投绳与网。狌狌

昆仑之阳,鸿鹭之阿[①]。爰有嘉谷,号曰木禾。匪植匪艺[②],自然灵播。木禾

【注释】

①鸿鹭:古黑水的异称。

②艺:种植。

【译文】

昆仑山之阳,古黑水之旁。生长着好谷,名字叫木禾。非人工栽植,是自然生长。木禾

万物暂见，人生如寄。不死之树，寿蔽天地。请药西姥[①]，乌得如羿。不死树

【注释】

①请药西姥：传说后羿向西王母（即西姥）求要不死之药，要到之后，羿妻偷吃，奔月而去。

【译文】

万物一瞬间，人生如寄存。不死之树木，寿命同天地。请药西王母，怎得像后羿？不死树

醴泉睿木[①]，养龄尽性。增气之和，祛神之冥[②]。何必生知，然后为圣。甘水、圣木

【注释】

①睿木：指神灵的美木，即圣木。

②祛（qū）：除去。冥：暗昧。

【译文】

甘水和圣木，养年又尽性。增加气之和，除去神之暗。何必生来知，然后再为圣。甘水、圣木

金精朱鬣[①]，龙行骏跱[②]。拾节鸿骛[③]，尘不及起。是谓吉黄[④]，释圣牖里[⑤]。吉良

【注释】

①精：光明。

②跱(zhì):止,立。

③拾:收敛。

④吉黄:骏马名。又作“吉量”“吉良”“吉光”。

⑤牖(yǒu)里:地名。即羑里,商纣王囚禁周文王的地方。

【译文】

红鬣金光眼,龙行如骏立。漫步忽奔驰,尘土不及起。此马叫吉黄,载圣离牖里。吉良

怪兽五彩,尾参于身[1]。矫足千里,倏忽若神。是谓驺虞[2],《诗》叹其仁。驺虞

【注释】

①参:高,长。

②驺(zōu)虞:传说中的野兽名。白质黑文,尾长于身,不食活物,不履活草。

【译文】

怪兽五彩纹,尾巴长于身。矫健跑千里,迅疾犹如神。此兽叫驺虞,《诗经》颂其仁。驺虞

子夜之尸[1],体分成七。离不为疏,合不为密。苟以神御,形归于一。王子夜尸

【注释】

①子夜之尸:王子夜的尸骸。王子夜,一说即王亥。

【译文】

王子夜之尸,体分成七段。离散不为疏,结合不算密。如若以神

御,形体归为一。王子夜尸

都广之野[①],珍怪所聚。爰有羔谷[②],鸾歌凤舞。后稷托终[③],乐哉斯土。都广之野

【注释】

①都广:古代传说中的地名。后稷葬于此地。

②羔:菜秧。

③后稷:周的先祖。

【译文】

都广的野外,珍怪常聚集。因有菜和谷,鸾凤歌又舞。后稷葬于此,可谓其乐土。都广之野

吹万不同[①],阳煦阴蒸。款冬之生[②],擢颖坚冰。物休所安,焉知涣凝。款冬

【注释】

①吹万不同:是说天生万物,各不相同。源自《庄子》:"敢问天籁?子綦曰:'夫吹万不同,而使其自已也。'"

②款冬:草名。百草中最先发芽的。按:《款冬》《芣苢》《麻》《萍》四赞为《尔雅图赞》羼入者。

【译文】

天生万物,各不相同,阳光往下照,阴气向上升。款冬草生长,破冰冒出尖。物美其所处,怎知热和冻。款冬

车前之草,别名芣苢[①]。《王会》之云[②],其实如李。名之

相乱，在乎疑似。芣苢

【注释】

①芣苢(fú yǐ)：车前草的古称。

②《王会》：《逸周书》的篇名。其中有“芣苢”，但有人认为那是指一种树，果实像李。

【译文】

车前这种草，又被叫芣苢。《王会》里所说，其果实像李。名称相混乱，在于疑似。芣苢

草皮之良，莫贵于麻。用无不给，服无不加。至物在迩，求之好遐。麻

【译文】

草木之皮好，莫有过于麻。要用无不可，服装无不加。至美之物近，人求常好远。麻

萍之在水，犹卉植地。靡见其布，漠尔鳞被。物无常托，孰知所寄。萍

【译文】

浮萍漂在水，若花种于地。不见它播种，漠漠如鳞披。物本无常托，谁知其所寄。萍

夏侯湛

夏侯湛(243—291),字孝若,谯国谯(今安徽亳州)人。魏晋时散文家。幼有盛才,文章宏富,善构新词,又美容貌,与潘岳友善,时人谓之“连璧”。初为大尉掾,晋泰始中,举贤良,拜郎中,后除中书侍郎,出补南阳相。惠帝元康元年为散骑常侍,寻卒。夏侯湛著文三十余篇,别为一家之言,无当时绮丽沉滞之风。多佚。后人辑有《夏侯常侍集》。

东方朔画赞

【题解】

夏侯湛的父亲夏侯庄曾任西汉东方朔家乡的郡守,夏侯湛去探望父母时,参观了供奉东方朔的祠堂,观赏东方朔的画像,无限感慨,遂作赋抒发情怀,颂扬东方朔的多才多艺、处世练达、足智多谋与潇洒诙谐。文中对东方朔备加推崇,视其为出类拔萃的奇才。

大夫讳朔,字曼倩,平原厌次人也[①]。魏建安中,分厌次以为乐陵郡,故又为郡人焉。事汉武帝,《汉书》具载其事[②]。

【注释】

①厌次：地名。今山东惠民。

②《汉书》具载其事：见《汉书·东方朔传》

【译文】

大夫名朔，字曼倩，籍贯平原郡厌次县。魏建安年间，厌次划归乐陵郡，所以又可以说他是该郡人士。东方朔侍奉过汉武帝，《汉书》中记载着他的事迹。

先生瑰玮博达[①]，思周变通。以为浊世不可以富贵也[②]，故薄游以取位；苟出不可以直道也，故颉颃以傲世[③]；傲世不可以垂训也[④]，故正谏以明节；明节不可以久安也，故诙谐以取容。洁其道而秽其迹，清其质而浊其文，弛张而不为邪，进退而不离群。若乃远心旷度[⑤]，赡智宏材[⑥]，倜傥博物，触类多能，合变以明算[⑦]，幽赞以知来[⑧]；自"三坟""五典""八索""九丘"[⑨]，阴阳图纬之学[⑩]，百家众流之论，周给敏捷之辩，支离覆逆之数[⑪]，经脉药石之艺，射御书计之术，乃研精而究其理，不习而尽其功，经目而讽于口，过耳而暗于心。夫其明济开豁，包含弘大，凌轹卿相[⑫]，嘲哂豪杰，笼罩靡前，跆籍贵势[⑬]，出不休显[⑭]，贱不忧戚[⑮]。戏万乘若寮友[⑯]，视俦列如草芥[⑰]。雄节迈伦，高气盖世，可谓拔乎其萃，游方之外者已[⑱]。谈者又以先生嘘吸冲和、吐故纳新、蝉蜕龙变、弃俗登仙[⑲]，神交造化，灵为星辰，此又奇怪惚恍，不可备论者也[⑳]。大人来守此国，仆自京都言归定省[㉑]，睹先生之县邑，想先生之高风，徘徊路寝[㉒]，见先生之遗像；逍遥城郭，观先生之祠宇，慨然有怀，乃作颂焉。其辞曰：

【注释】

①瑰玮:奇伟。

②浊世:乱世。

③颉颃(xié háng):倔强。

④垂:流传。

⑤旷度:空间大,犹言心胸宽阔。

⑥赡:充裕。

⑦合变:应合变化。明算:谋算明确。

⑧幽赞:谓使隐微难见者明著。知来:预测未来。

⑨“三坟”“五典”“八索”“九丘”:传说中我国最古的典籍。见孔安国《尚书序》:“伏羲、神农、黄帝之书,谓之三坟。”“少昊、颛顼、高辛、尧、舜之书,谓之五典。”“八索乃八卦之说,九丘为九州之志。”

⑩图纬:汉代宣传神学迷信的图谶和纬书。

⑪支离:战阵名。

⑫凌轹:欺压,倾轧。

⑬跆籍:践踏。

⑭休显:炫耀。

⑮忧戚:忧愁悲伤。

⑯万乘:万乘之君,指皇帝。

⑰俦列:指同朝官员。俦,同辈。

⑱游方:游于方内。指尘世之中。

⑲嘘吸冲和、吐故纳新、蝉蜕龙变、弃俗登仙:皆为道家修炼术语。这里指东方朔精通道学。

⑳备论:全面论述。

㉑仆:自称谦辞。定省:昏定晨省的简称,指子女早晚向父母请安。这里指探望父母。

㉒路寝：吕延济注："谓庙也。"

【译文】

先生长相奇伟，阅历丰富，不拘小节。他认为乱世不可以富贵，所以才稍加周旋求得官位；既是苟且为官，就不可以太耿直，他以倔强傲视当世；而这样傲视当世不可能作为典范流传，于是东方朔又用正直的谏言证明其气节；而证明了气节又使他不能安生，所以他又用诙谐取悦皇帝。他就是这样，既行为不检点而道德又纯净高尚，其人品既清正而文章中又写有不三不四的内容，他这种进退游刃有余的举止既不邪恶，也不离群。还有，他心胸宽广、足智多谋，潇洒博学、触类旁通，既能通晓当代事理，又能预测未来。从"三坟""五典""八索""九丘"等典籍，阴阳五行及图谶和纬书之学说，各种流派的理论观点，诡辩之术，兵家阵法，医药之学，到骑马射箭、书法算术，无不精心研究，努力探讨，过目就能背诵，听过后就能记忆于心。东方朔开朗豁达，心胸弘大，不畏权势，逍遥自在，盖世无双，出名时不炫耀，落魄时也不悲伤。戏弄皇帝如同戏弄同事朋友，藐视同朝列官如同草芥一般。他的高风亮节气壮山河，可以称得上是出类拔萃，超越了尘世之人。说到先生的嘘吸冲和、吐故纳新、蝉蜕龙变、弃俗登仙等道家修炼，实在是神乎其神，令人称奇，不可能详细论说。父亲到这里做郡守，我从京都回来探望父母，目睹东方先生生活过的小城，回想先生的高风亮节，徘徊在先生的庙里，看着先生的遗像；在这个静谧的小城里，参观供奉先生的祠堂，感慨万千，于是作颂辞一篇。颂辞这样写道：

矫矫先生①，肥遁居贞②。退不终否，进亦避荣。临世濯足③，希古振缨④。涅而无滓，既浊能清。无滓伊何，高明克柔；能清伊何，视污若浮。乐在必行，处沦罔忧⑤。跨世陵时，远蹈独游。瞻望往代，爰想遐踪⑥，邈邈先生[7]，其道犹龙。染迹朝隐[8]，和而不同。栖迟下位，聊以从容。

【注释】

①矫矫：超然之貌。

②肥遁：犹言朝隐。隐士认为，出仕为隐是隐者中最理想的。

③临世：入世。

④希古：敬慕古人。

⑤处沦罔忧：不如意时也不悲伤。

⑥爰：于是。

⑦邈邈：遥远不清。

⑧染迹朝隐：出仕为官，隐居朝廷。

【译文】

先生出众，为官守正。不为退职所困，不引做官为荣。处世有主见，敬慕古时人。出污泥而不染，似荷纯清。如何处世？不卑不亢；如何清正？不着污浊。知足常乐，不如意时也不悲伤。回首往事，先生身影犹现，行迹犹如神龙。出仕为官，隐迹朝廷，与人和气，但不苟同。官位不高，却也从容。

我来自东，言适兹邑。敬问墟坟，企伫原隰[1]。墟墓徒存，精灵永戢。民思其轨，祠宇斯立。徘徊寺寝，遗像在图。周旋祠宇，庭序荒芜。榱栋倾落[2]，草莱弗除。肃肃先生[3]，岂焉是居？是居弗形，悠悠我情。昔在有德[4]，罔不遗灵[5]。天秩有礼，神监孔明。仿佛风尘，用垂颂声。

【注释】

①原隰:坟场。

②榱栋:房椽称榱,中檩称栋。这里泛指屋顶。

③肃肃:严正貌。

④有德:有德之人。

⑤罔:没有。

【译文】

我自东来,来到这里。拜谒先生,站在坟前。坟墓徒在,精神永存。百姓思念,于是建祠。徘徊祠前,遗像仍在。往来走动,祠院荒芜。屋顶塌落,杂草不除。严正的先生,如何居住?祠堂损坏,如此这般,悠悠我情。往昔名人,死后有灵。苍天在上,神明作证。恰似风尘,留传颂声。

袁宏

袁宏（328—376），字彦伯，小字虎，东晋阳夏（今河南太康）人。少孤贫，有逸才。曾为镇西将军谢尚的参军，后又为桓温记室，太元初，出为东阳太守。

袁宏是东晋的文学家和史学家。《晋书·文苑传》中有传，称其"文章绝美，曾为咏史诗，是其风情所寄"，时人赞为"一代文宗"。他自出鉴裁，抉择去取，编撰《后汉纪》三十卷，与范晔《后汉书》并传。

三国名臣序赞

【题解】

本文是作者褒美魏、蜀、吴三国二十位著名大臣之功德的赞类文章。"序赞"可有三种解释：一、加序之赞文；二、依次而赞；三、叙述他人生平简历，末加赞语。本序赞三者兼而有之。

本文在赞颂诸名臣之前，大发议论，其中明君难得、君臣相契亦难得、君臣应各守其道等观点，是于史相符、于时有补的。另外，赞中的一些评价之辞，亦不失通达、公允，可资后人借鉴。

夫百姓不能自治，故立君以治之；明君不能独治，则为臣以佐之。然则三五迭隆[1]，历世承基，揖让之与干戈，文德之与武功，莫不宗匠陶钧而群才缉熙[2]，元首经略而股肱肆力[3]。遭离不同[4]，迹有优劣；至于体分冥固[5]，道契不坠[6]，风美所扇[7]，训革千载[8]，其揆一也[9]。故二八升而唐朝盛[10]，伊、吕用而汤、武宁[11]，三贤进而小白兴[12]，五臣显而重耳霸[13]。中古凌迟[14]，斯道替矣[15]。居上者不以至公理物[16]，为下者必以私路期荣[17]；御圆者不以信诚率众[18]，执方者必以权谋自显[19]。于是君臣离而名教薄[20]，世多乱而时不治。故蘧、宁以之卷舒[21]，柳下以之三黜[22]，接舆以之行歌[23]，鲁连以之赴海[24]。衰世之中，保持名节。君臣相体[25]，若合符契，则燕昭、乐毅[26]，古之流也[27]。夫未遇伯乐，则千载无一骥；时值龙颜[28]，则当年控三杰[29]。汉之得材，于斯为贵。高祖虽不以道胜御物，群下得尽其忠；萧、曹虽不以三代事主[30]，百姓不失其业。静乱庇人[31]，抑亦其次[32]。

【注释】

①三五：指三皇五帝。

②宗匠陶钧：大匠陶铸器具，喻指培育人才。宗，大。陶，陶人烧制陶器。钧，陶人制作圆器所用的转轮。缉熙：光明广大。

③肆力：尽力。

④遭离：遭际，遭遇。

⑤体：为君之体。分：为臣之分。冥固：关系暗相投合，非常牢固。

⑥道：指君臣上下之道。契：契合。

⑦扇：传布。

⑧训革：训诫。

⑨揆:准则,道理。
⑩二八:指八元和八恺。详见卷五《三都赋》注。唐:指唐尧。
⑪伊:指商汤的大臣伊尹。吕:指周文王、周武王的大臣姜太公吕望。汤:指商朝的建立者商汤。武:指建立周朝的周武王。
⑫三贤:指春秋五霸之首齐桓公的三位大臣,即管仲、鲍叔牙、隰朋。小白:齐桓公的名。
⑬五臣:春秋时期晋文公重耳的五个臣子,即狐偃、赵衰、颠颉、魏武子、司空季子。
⑭凌迟:即陵迟,衰落。
⑮替:废弃。
⑯理物:治理事物,处理事务。
⑰私路:以职谋私。路,职位。
⑱御圆者:指君王。
⑲执方者:指臣子。权谋:随机应变的谋略。
⑳名教:以正名定分为中心的礼教。薄:衰微。
㉑蘧(qú):指春秋时卫国的著名贤者蘧伯玉,不为当时的卫灵公所用。宁:指春秋卫国大夫宁武子。卷舒:卷藏。
㉒柳下:指春秋鲁大夫展禽,因食邑柳下,谥惠,又称柳下惠。曾三次被黜。黜:罢免。
㉓接舆:《论语》中载录的隐士。
㉔鲁连:战国齐人鲁仲连,持高节,不出仕。
㉕体:体式,规矩。
㉖燕昭:战国燕昭王。乐毅:燕昭王的上将。
㉗流:流风。
㉘龙颜:此指汉高祖刘邦。
㉙控:用。三杰:指张良、萧何和韩信。
㉚萧:指萧何。曹:指曹参。曾辅佐刘邦灭项羽。三代:指夏、商、

周三朝。

㉛静乱:平息祸乱。庇人:庇荫、保护百姓。

㉜其次:次于其,即次于三代之君臣。

【译文】

百姓不能自己管理自己,所以立定君王进行统治;明君不能独自一人治理天下,所以选择臣子来相辅佐。然而三皇五帝更替兴隆,历代帝王继承基业,或禅让,或征讨,无论是用文德还是武功,没有不像大匠人陶铸器用一样造就英才的,而大批人才也大有作为,君王们筹划经营,大臣们不遗余力。因为际遇不同,事迹也就有优有劣;至于君臣各循其礼,关系紧密牢固、暗相投合,君臣上下之道相延不绝,嘉美流风,发扬光大,各种训诫流传千载,其基本准则是始终一致的。因此八元和八恺被擢升,唐尧之世就繁荣昌盛;伊尹和吕望被重用,商汤和周武王时代就天下太平;三贤进用而齐桓公兴起;五臣显能而重耳称霸。中古时代,世道衰微,君臣之道就逐渐废弛了。君王居于上位,不以至公之心处理国事,群臣处于君下,就必然以职权谋取私利,追逐荣华尊贵;君主不是诚信恳切地对待群臣,臣下就必然以权势谋取富贵,竞自显耀。这时候,君臣离心离德,而名教衰败,世道多乱而时无宁日。所以蘧伯玉、宁武子隐居,柳下惠三次被罢官,接舆边走边唱讽喻之歌,鲁仲连遁逸海上。衰微之世,贵在保持名誉和节操。君臣之间,这时还能遵御旧体,关系像符节那样相契合的,只有燕昭王和乐毅,他们真是继承了古代遗风。碰不上伯乐,则千年也不会有千里马;一到遇上汉高祖,则三杰就被重用。汉朝所得人才,这三杰最为宝贵!高祖虽然不是以道御物,而是靠征伐取胜天下,但是他使群臣能得以竭尽其忠;萧何、曹参的才能虽然没有三代之臣那样卓越,但他们辅佐高祖,也使百姓安居乐业。平息祸乱,保护众民,他们的功业也仅次于三代的君臣了。

夫时方颠沛,则显不如隐;万物思治,则默不如语。是以古之君子,不患弘道难,遭时难[①];遭时匪难,遇君难。故有道无时,孟子所以咨嗟[②];有时无君,贾生所以垂泣[③]。夫万岁一期,有生之通涂[④];千载一遇,贤智之嘉会。遇之不能无欣,丧之何能无慨。古人之言,信有情哉[⑤]!余以暇日,常览《国志》[⑥],考其君臣,比其行事[⑦],虽道谢先代[⑧],亦异世一时也[⑨]。

【注释】

①遭时:遇于时。

②咨嗟:叹息。

③贾生:指汉文帝时的臣子贾谊。

④有生:生民,百姓。通涂:大路。

⑤情:实情,事实。

⑥《国志》:此指《三国志》。

⑦比:比较,考校。行事:事迹。

⑧先代:前代。

⑨一时:一个时期。

【译文】

时世混乱不安,则出仕不如归隐;天下万物渴望得到治理,则沉默不如献策。因此,古代的君子不怕弘扬道义的难,怕逢时难;逢时还不算难,遇明君才是真正的难。所以,孟子有大道,但生不逢时,只能叹息不已;贾谊生逢盛世,但不遇明主,只能以泪洗面。圣明之君,万年一遇,那是百姓的光明大道,太平盛世;千载一会,贤智者如何不欢欣鼓舞,如果错失良机,又如何能没有万千的感慨?古人所说,千真万确!我利用闲暇时间,经常读读《三国志》,并考校所载君臣的事迹,虽然他们的君臣道义逊色于前代,但也构成了一个有特色的时代。

文若怀独见之明[1]，而有救世之心。论时则民方涂炭，计能则莫出魏武[2]。故委面霸朝[3]，豫议世事[4]。举才不以标鉴，故久之而后显；筹画不以要功，故事至而后定。虽亡身明顺[5]，识亦高矣。

【注释】

①文若：曹操的佐臣荀彧之字。

②计：考虑，计算。魏武：即曹操。

③委：委随。霸朝：霸者朝堂。此指魏武门下。

④豫：预，参预。

⑤亡身明顺：指荀彧自杀身亡，以明心欲匡汉。

【译文】

文若有独见卓识，而且怀有救世之心。当时百姓正处于水深火热之中，论雄才大略，没有出于魏武之上的。所以文若委身魏武门下，参与议论国家大事。推举人才却从不炫耀自己明鉴识人，所以久而久之，更显其知人之明；出谋画策却不是以邀功为目的，所以国家大事必其至而后议定。虽然后来杀身成仁，以明自己对汉室的忠诚，但他的识见，无论如何都应该说是十分高明的。

董卓之乱，神器迁逼[1]。公达慨然[2]，志在致命。由斯而谈，故以大存名节[3]。至如身为汉隶[4]，而迹入魏幕，源流趣舍[5]，其亦文若之谓[6]。所以存亡殊致，始终不同[7]；将以文若既明[8]，名教有寄乎[9]？夫仁义不可不明，则时宗举其致[10]；生理不可不全[11]，故达识摄其契[12]。相与弘道，岂不远哉？

【注释】

①神器:指帝位。

②公达:荀彧从子荀攸的字,曹操的军师。

③故:通"固"。以:通"已"。

④汉隶:汉官。

⑤趣舍:取舍,进退。

⑥谓:为。

⑦始终:经历,经过。

⑧将:且。明:明仁义之道。

⑨名教有寄:寄迹于名教之地。

⑩时:时人。致:理。

⑪生理:养生之理,指生命。

⑫达识:通透的见识。摄:行。一说抓住。契:仁义之事。一说契机。

【译文】

董卓犯上作乱,汉廷被逼迁移。公达激昂慷慨,志在为汉室献出生命。由此而论,本来就已完全保全了名节。至于像身为汉官而入仕魏军幕府这样的事,那是公达取其本舍其末的做法,他这样做,用心和文若是一样的。二人一生一死,经历事迹不同;且说文若以死彰明仁义之道,算是已经寄迹名教之地了罢。仁义之道不可不明,所以世人推崇文若的识见;生命不可不保全,所以通达的看法是把是否行义当作关键。文若和公达,弘扬为臣之道,相得益彰,作用难道不深远吗?

崔生高朗①,折而不挠。所以策名魏武,执笏霸朝者,盖以汉主当阳②,魏后北面者哉③?若乃一旦进玺,君臣易位,则崔子所不与④,魏武所不容。夫江湖所以济舟,亦所以覆舟;仁义所以全身,亦所以亡身。然而先贤玉摧于前,来哲攘袂于后[5],岂非天怀发中[6],而名教束物者乎[7]?

【注释】

①崔生:指崔琰。魏初曾拜尚书。高朗:声姿高畅,眉目疏朗。

②当阳:面朝南,即君临天下。

③北面:面朝北,即称臣。

④不与:不许。

⑤攘袂(mèi):挽袖振臂,一种奋起之态。

⑥天:天性。发中:发于内心。

⑦束物:制约众生。

【译文】

崔琰高畅疏朗,宁折不屈。之所以入仕魏室、行走魏武,是因为汉主是君、曹操是臣!如若一旦曹魏掌玺,君臣换位,那么崔琰是决不允许自己顺从魏武,而魏武也是决容不下崔琰的。江湖之水是渡舟之物,也是覆舟之物;仁义可以保全性命,也可以招致亡身。然而先贤们为仁义已经玉碎于前,后圣们继续奋臂于后,难道不是他们天性中蕴藏正气而从内心奔放出来、以名教来约束自己吗?

孔明盘桓[1],俟时而动,遐想管、乐[2],远明风流[3]。治国以礼,民无怨声。刑罚不滥,没有余泣[4]。虽古之遗爱[5],何以加兹!及其临终顾托,受遗作相,刘后授之无疑心[6],武侯处之无惧色[7],继体纳之无贰情[8],百姓信之无异辞。君臣之际[9],良可咏矣。

【注释】

①孔明:诸葛亮的字。盘桓:徘徊。

②管、乐:管仲、乐毅。

③远明:遥知。风流:高风流于前代。

④没:通"殁"。去世。

⑤古之遗爱:遗留及于后世之爱。语出《左传·昭公二十年》。

⑥刘后:指刘备。

⑦武侯:指诸葛亮。诸葛亮曾封武乡侯。

⑧继体:继位。此指刘备之子刘禅。

⑨际:间。

【译文】

孔明徘徊,待时而出,远思管仲、乐毅,追慕遗风。以礼治国,百姓安乐,没有怨声。刑罚不过,因此他死后,百姓痛悼。遗留及于后世之爱,怎能比得过他?等到他在刘备临终之时接受嘱托,领受遗命担任丞相,刘备授予他重任而毫无疑心,他处此险位而全无惧色,刘禅后主接纳他了无猜忌,老百姓信赖他异口同声衷心称赞。他们之间的君臣关系,确实值得颂咏。

公瑾卓尔①,逸志不群。总角料主②,则素契于伯符③;晚节曜奇,则参分于赤壁④。惜其龄促,志未可量。

【注释】

①公瑾:周瑜的字。

②总角:孩童之髻,代指少小之时。料:度。

③契:契合。伯符:孙策的字。

④参分于赤壁:指周瑜和程普、刘备在赤壁大破曹军从此三分天下

事。参,三。

【译文】

公瑾才智超人,志向不俗。少小之时便慧眼识明主,素与孙策相投合;后来更是光放异彩,赤壁之战,三分天下。可叹他生命短促,高远志向未能尽展。

子布佐策[1],致延誉之美。辍哭止哀,有翼戴之功[2]。神情所涉[3],岂徒蹇愕而已哉[4]!然而杜门不用[5],登坛受讥[6]。夫一人之身,所照未异[7],而用舍之间,俄有不同。况沉迹沟壑,遇与不遇者乎?

【注释】

①子布:孙策的长史张昭的字。

②翼戴:辅佐、拥戴。

③神情:精神,思想。

④蹇(jiǎn)愕:正直敢言。

⑤杜门:堵门。

⑥登坛:即位。

⑦所照:所表现出的。

【译文】

子布辅佐孙策,美名传于四方。劝主止哭停哀,对孙权有辅佐拥戴之功。他的精神境界,岂止是正直诤言而已!然而后来却被堵门不用,在孙权即位时又被其讥讽揶揄。一个人前后表现并无差异,而受重用和被排斥这两种截然不同的境遇,转瞬之间便迥然不同。何况埋没于沟壑而根本谈不上遇与不遇的人呢?

夫诗颂之作，有自来矣。或以吟咏性情，或以述德显功，虽大旨同归，所托或乖[①]。若夫出处有道[②]，名体不滞[③]，风轨德音[④]，为世作范，不可废也。故复撰序所怀以为之赞云[⑤]。《魏志》九人，《蜀志》四人，《吴志》七人。荀彧，字文若；诸葛亮，字孔明；周瑜，字公瑾；荀攸，字公达；庞统[⑥]，字士元；张昭，字子布；袁焕[⑦]，字曜卿；蒋琬[⑧]，字公琰；鲁肃[⑨]，字子敬；崔琰，字季珪；黄权[⑩]，字公衡；诸葛瑾[⑪]，字子瑜；徐邈[⑫]，字景山；陆逊[⑬]，字伯言；陈群[⑭]，字长文；顾雍[⑮]，字元叹；夏侯玄[⑯]，字泰初；虞翻[⑰]，字仲翔；王经[⑱]，字承宗；陈泰[⑲]，字玄伯。

【注释】

①所托：寓意，寄托。乖：区别。

②出：出仕。处：处家。

③名体：名位。滞：阻塞不通。

④风轨：高风美行。德音：善言。

⑤撰序：依次撰述。

⑥庞统：刘备的将帅。

⑦袁焕：魏初的郎中令。

⑧蒋琬：刘禅的尚书令。

⑨鲁肃：孙权的武将。

⑩黄权：刘备的将帅，后降魏。

⑪诸葛瑾：诸葛亮之兄，初为孙权长史，后拜大将军、左都护。

⑫徐邈：魏国大臣。

⑬陆逊：吴国大臣。

⑭陈群：魏国大臣。

⑮顾雍：吴国大臣。

⑯夏侯玄：魏将，曾任征西将军。

⑰虞翻：孙策、孙权的臣子。

⑱王经：魏国大臣。

⑲陈泰：陈群之子，曾为魏征西将军。

【译文】

诗颂之类的作品，自古以来就有。有的是吟咏情性，抒发感情，有的是记述德行，称颂功业，虽然宗旨是一致的，但托事寓意或有不同。若从无论是出仕或处家都必须遵循为人之道、名位应该分明、让高风美行和善言成为世人学习的榜样这个角度讲，是不可废止的。所以又再依次撰述内心钦慕的贤哲，作成此“赞”。《魏志》里选九人，《蜀志》里选四人，《吴志》里选七人。荀彧字文若，诸葛亮字孔明，周瑜字公瑾，荀攸字公达，庞统字士元，张昭字子布，袁焕字曜卿，蒋琬字公琰，鲁肃字子敬，崔琰字季珪，黄权字公衡，诸葛瑾字子瑜，徐邈字景山，陆逊字伯言，陈群字长文，顾雍字元叹，夏侯玄字泰初，虞翻字仲翔，王经字承宗，陈泰字玄伯。

火德既微①，运缠大过②。洪飙扇海，二溟扬波③。虬虎虽惊④，风云未和⑤。潜鱼择渊，高鸟候柯⑥。赫赫三雄⑦，并回乾轴⑧。竞收杞梓⑨，争采松竹⑩。凤不及栖⑪，龙不暇伏。谷无幽兰，岭无亭菊。

【注释】

①火德：按照古代五行五德之说，汉为火德。

②大过：《周易》卦名。后以大过指衰乱。

③二溟：指南海、北海。

④虬：龙，喻指君。虎：喻指臣。惊：起。

⑤风云未和：按照《周易》的说法，云从龙，风从虎，所以“风云未和”即指君臣尚未投合。

⑥候：求。

⑦三雄：指三国之君，即曹操、孙权和刘备。

⑧回：运转。乾轴：天轴。

⑨杞梓：喻指优秀杰出的人才。

⑩松竹：喻指坚贞的贤人。

⑪凤：与下文的“龙”“兰”“菊”皆喻指贤能君子。

【译文】

汉室渐衰微，运遇大劫难。狂飙起巨浪，二海扬波涛。龙虎虽吟啸，君臣尚未合。沉鱼择渊游，飞鸟寻枝宿。赫赫三雄并，共推天轴转。竞罗栋梁才，争采坚贞臣。凤凰无时息，蛟龙无暇藏。深谷无幽兰，高岭无菊芳。

英英文若[①]，临鉴洞照[②]。应变知微，探赜赏要[③]。日月在躬[④]，隐之弥曜。文明映心[⑤]，钻之愈妙[⑥]。沧海横流，玉石同碎。达人兼善[⑦]，废己存爱[⑧]。谋解时纷，功济宇内。始救生人，终明风概[⑨]。荀彧。

【注释】

①英英：俊美的样子。

②洞照：明察。

③赜(zé)：精微深奥。赏：探求。要：要旨。

④躬：自身。

⑤文明：文采光明，文德辉煌。

⑥钻:钻研。

⑦达人兼善:《孟子·尽心》有"古人穷则独善其身,达则兼善天下","达人兼善"便是由"达则兼善天下"简化而来。

⑧存爱:存救世之心。

⑨风概:气概,节操。

【译文】

俊美文若,洞察一切。随机应变,见微知著;追求探索,精微要旨。日月光辉,如在其身;若欲遮掩,更显灿烂。文德辉煌,映照其心;钻研正道,臻于精妙。沧海横流,天下大乱,玉石皆碎。贤达之人,兼善天下;舍己忘我,心存仁爱。出谋划策,匡救时难;建立功勋,宁国安邦。称臣魏武,为救生民;以死明志,显其气概。荀彧。

公达潜朗①,思同蓍蔡②。运用无方③,动摄群会④。爰初发迹,遘此颠沛。神情玄定⑤,处之弥泰。愔愔幕里⑥,算无不经。亹亹通韵⑦,迹不暂停⑧。虽怀尺璧⑨,顾哂连城。知能拯物⑩,愚足全生⑪。荀攸。

【注释】

①潜朗:对事物心中有数,有自己的决断。

②蓍(shī):蓍草,古人用以占卜。蔡:龟,古人也用以占卜。

③无方:无止境。

④群会:众事。

⑤玄定:深沉安稳。

⑥愔愔(yīn):安闲和悦的样子。幕里:军中。

⑦亹亹(wěi):娓娓动听。

⑧迹:功绩。

⑨尺璧：与下文的“连城”皆指著名璧玉和氏璧。

⑩知：“智”的古字。

⑪愚：外貌似愚。

【译文】

公达深沉，心存决断，料事如神，筹谋画策。智慧无穷，统摄国事，无分内外。心忧天下，初建功名，遭逢乱世。神情安定，较之平素，更显泰然。帷幄之中，和悦沉静，神机妙算，无不由他。进言劝谏，娓娓动听，功绩日增，从不暂停。虽怀巨才，如怀尺璧，温良谦逊，置之一笑。智慧谋略，能救生民，外愚之形，足以全身。荀攸。

郎中温雅①，器识纯素②。贞而不谅③，通而能固④。恂恂德心⑤，汪汪轨度⑥。志成弱冠⑦，道敷岁暮⑧。仁者必勇，德亦有言。虽遇履虎⑨，神气恬然⑩。行不修饰⑪，名迹无愆⑫。操不激切⑬，素风愈鲜⑭。袁焕。

【注释】

①郎中：此指魏初曾任郎中令的袁焕。

②纯：不亏损天性。素：保持纯洁的天性，不使受别的影响。

③谅：求信于人。

④通而能固：通达事理又能固守正道。

⑤恂恂(xún)：恭顺的样子。

⑥汪汪：气势恢宏。轨度：遵循法度。

⑦弱冠：二十岁称弱冠，用以泛指年轻时期。

⑧敷：布。岁暮：老年时期。

⑨履虎：踩着老虎尾巴。

⑩恬然：安稳的样子。

⑪行：德行。

⑫愆(qiān)：过失。

⑬激切：激劝切磋，激励。

⑭素风：纯朴素洁的风尚。

【译文】

郎中袁焕，温文尔雅，器量见识，纯然天性。固守正道，不拘小信，通达事理，持之以恒。温良恭顺，内涵德心，气势恢宏，遵循法度。年轻时候，便已立志，所执之道，贯注晚年。孔子有言：仁者必勇。有德之人，必有名言。虽遭险境，脚踩虎尾，而色不变，神气安然。忠信之行，不加修饰，声名事迹，没有过失。节操自正，不待激励，天生高风，愈加鲜明。袁焕。

邈哉崔生[1]，体正心直[2]。天骨疏朗，墙宇高嶷[3]。忠存轨迹，义形风色[4]。思树芳兰[5]，剪除荆棘[6]。民恶其上[7]，时不容哲。琅琅先生[8]，雅杖名节[9]。虽遇尘雾，犹振霜雪[10]。运极道消[11]，碎此明月。崔琰。

【注释】

①崔生：此指崔琰。

②体正：为人正直。

③墙宇：此喻指人的风度。高嶷：高峻。

④风色：脸色，颜色。

⑤芳兰：喻指君子。

⑥荆棘：喻指小人。

⑦上：在上位。

⑧琅琅(láng)：俊美的样子。

⑨雅：平素。杖：持。

⑩霜雪：喻指高尚的节操。

⑪运极：天运穷极。

【译文】

忠贞崔琰，识见高远，为人正直，心直口快。天生伟骨，眉目疏朗，风度非凡，品格高尚。忠存于行，义形于色。心存正道，欲举君子，欲除小人。有人嫉恶，他处高位，再加时俗，不容哲人。美貌俊秀，素持名节。虽蒙尘雾，犹显高节。天运穷极，君子道损，小人得志，碎此明月。崔琰。

景山恢诞①，韵与道合②。形器不存③，方寸海纳④。和而不同⑤，通而不杂⑥。遇醉忘辞，在醒贻答⑦。徐邈。

【注释】

①恢诞：宽宏旷达。

②韵：风韵。

③形器：指万物。

④方寸：指人的心。

⑤和而不同：与时相和而不相同。

⑥通而不杂：通理于众但心不杂。

⑦贻：留传。答：答话，此指徐邈回答魏文帝的一段话。详见《三国志·徐邈传》。

【译文】

景山其人，博大旷达，气度风韵，合于正道。万物万理，其心皆包，方寸之间，海纳百川。与时相和，而不同俗，通理于众，而心不杂。酒醉言妄，激怒圣上，醒对文帝，答辞妙佳。徐邈。

长文通雅[①]，义格终始[②]。思戴元首，拟伊同耻[③]。民未知德，惧若在己。嘉谋肆庭[④]，谠言盈耳[⑤]。玉生虽丽，光不逾把[⑥]。德积虽微，道映天下。陈群。

【注释】

①通雅：通达雅正。

②格：致，至。

③伊：此指伊尹。同耻：意指因文帝德不如尧舜而感到愧耻。

④肆：陈。庭：指朝廷。

⑤谠言：直言。

⑥把：柄，手柄，一般都不长。一说量词，手一握之量为一把。

【译文】

长文此臣，通达雅正，忠义之心，贯彻始终。拥戴圣上，志比伊尹。君德不如，圣帝尧舜，心中自责，引以为耻。黎民百姓，不知上德，辅臣之过，归于自身。嘉谋善策，屡陈朝廷，正直之言，盈满帝耳。美玉虽丽，光芒微弱。积德虽薄，辉映天下。陈群。

渊哉泰初[①]，宇量高雅[②]。器范自然[③]，标准无假[④]。全身由直[⑤]，迹洿必伪[⑥]。处死匪难[⑦]，理存则易。万物波荡，孰任其累[⑧]？六合徒广[⑨]，容身靡寄[⑩]。夏侯玄。

【注释】

①渊：深。

②宇量：气宇度量。

③器范：器量法度。

④标准：榜样，规范。假：借。

⑤全身：立身。

⑥洿(wū)：通“污”。指浊世。伪：虚伪。

⑦处：处置，对待。

⑧任：负担，担当。累：患难。

⑨六合：六个方位，指天下。

⑩靡：无，没有。

【译文】

泰初深远，气度恢宏，素宜高雅。器量法度，出于自然，为人准则，独立潇洒。立身处世，缘由正直；步入浊世，必有虚伪。视死如归，正理易存。时世动荡，万物颠沛，谁堪患难？天下徒大，无处容身，无所寄托。夏侯玄。

君亲自然[1]，匪由名教。敬授既同[2]，情礼兼到。烈烈王生[3]，知死不挠。求仁不远[4]，期在忠孝。王经。

【注释】

①君：君王。亲：父母。

②授：一般注家认为是“爱”的传写之误。此从其说。

③烈烈：威勇刚烈的样子。王生：指王经。

④求仁不远：求仁则仁至，仁其实并不远离人们。《论语·述而》有云：“仁，远乎哉？我欲仁，斯仁至矣。”

【译文】

敬奉君亲，缘自天性，非由名教。敬爱君亲，其理同一，情感礼数，兼备俱到。刚烈王经，知死不屈。仁并不远，求则即至；一生所图，尽在忠孝。王经。

玄伯刚简[①]，大存名体[②]。志在高构[③]，增堂及陛[④]。端委虎门[⑤]，正言弥启。临危致命，尽其心礼[⑥]。陈泰。

【注释】

①刚简：刚毅果敢，简易通达。

②名体：名分。

③高构：高大房屋。

④增：尊。堂：喻指君王。陛：喻指群臣。

⑤端委：端正而宽长的朝服。虎门：天子正室之门。因门外画虎像，故称。

⑥心礼：臣心尽礼。

【译文】

玄伯为人，刚毅果敢，简易通达。名分大体，于心显存。志在佐君，整治群臣。身穿朝服，进言虎门。临危不惧，唯求速死，克尽臣礼，显其忠诚。陈泰。

堂堂孔明[①]，基宇宏邈[②]。器同生民[③]，独禀先觉。标榜风流[④]，远明管、乐。初九龙盘[⑤]，雅志弥确[⑥]。百六道丧[⑦]，干戈迭用。苟非命世[⑧]，孰扫雰雺？宗子思宁[⑨]，薄言解控[⑩]。释褐中林[⑪]，郁为时栋[⑫]。诸葛亮。

【注释】

①堂堂：仪容庄严大方。

②基宇：器度。

③器：外形。

④风流：古之流风，遗风。

⑤初九:《周易·乾》有"(初九)潜龙勿用"句。当本于此。龙盘:喻圣贤隐居。

⑥确:坚实,刚强。

⑦百六:厄运。古人把百六阳九作为厄运之期。道丧:此指汉室王道丧失。

⑧命世:治世之才。

⑨宗子:指刘备。因为刘备是汉景帝子中山靖王之后,故称。

⑩薄言:语助词。解控:解海内悬急。

⑪褐:粗布衣服,指庶民之服。

⑫郁:此指雄才大略。时栋:国家的栋梁。

【译文】

诸葛孔明,仪表堂堂,气度恢宏,远迈洪荒。外形如众,天赋独禀,先知先觉,王道乃张。古贤流风,重加标榜,追慕管、乐,遥相效仿。蟠龙隐居,雅洁之志,愈加刚强。百六厄运,汉室道丧,干戈不断。如若不是,治世之才,廓清四方,谁来担当!先主刘备,欲宁天下,解民悬急。孔明先生,脱去布衣,告别山林,雄才大略,西蜀栋梁。诸葛亮。

士元弘长[①],雅性内融[②]。崇善爱物,观始知终。丧乱备矣[③],胜涂未隆[④]。先生标之[⑤],振起清风。绸缪哲后[⑥],无妄惟时[⑦]。夙夜匪懈,义在缉熙。三略既陈[⑧],霸业已基。庞统。

【注释】

①弘长:思虑弘远。

②融:明。

③备:多。

④胜涂：胜残去杀之道。《论语·子路》云："善人为邦百年，亦可胜残去杀矣。"胜残，指遏制残暴之人。去杀，指废除杀人之刑。

⑤标：立。

⑥绸缪：情意殷勤。哲后：明君，此指刘备。

⑦无妄：此指灾难之时。

⑧三略：指庞统为定益州所进的上中下三计。详见《三国志·庞统传》。

【译文】

士元其人，思虑弘远，天生雅性，内心通融。推崇善举，爱怜万物，观察端由，便知始终。天下道丧，战乱频繁，胜残去杀，此道未显。先生立之，重振清风，古道再现。辅佐君王，情意殷切，时世维艰。早晚不懈，大义旨在，清明天下。尽心尽力，陈献三略，王道霸业，基础已奠。庞统。

公琰殖根，不忘中正。岂曰摸拟，实在雅性。亦既羁勒[①]，负荷时命。推贤恭己[②]，久而可敬。蒋琬。

【注释】

①羁勒：马笼头。

②恭己：谦恭以律己。

【译文】

公琰为臣，不忘根本，固守中正。岂是模拟，强学古人？生性如此，出于至诚。既已受禄，承担责任，负起使命。推崇贤圣，行止谦恭，日久相处，愈加可敬。蒋琬。

公衡冲达[①]，秉心渊塞[②]。媚兹一人[③]，临难不惑。畴昔不造[4]，假翮邻国[5]。进能徽音[6]，退不失德。黄权。

【注释】

①冲达：谦虚通达。

②渊塞：深远而诚实。

③媚：爱。一人：此指君王。

④造：成就。

⑤假翮（hé）：此指黄权降魏事。翮，羽翼。

⑥徽音：德音。

【译文】

公衡其人，谦虚通达，心地敦厚，用情幽远。唯爱明君，忠贞专一，临难之时，心志不惑。昔日失利，兵折江南，还蜀无路，权且归魏。在蜀之时，能进诤言，离蜀之日，也不失德。黄权。

六合纷纭，民心将变。鸟择高梧，臣须顾盼。公瑾英达[1]，朗心独见[2]。披草求君[3]，定交一面。桓桓魏武[4]，外托霸迹。志掩衡、霍[5]，恃战忘敌。卓卓若人[6]，曜奇赤壁。三光参分[7]，宇宙暂隔[8]。周瑜。

【注释】

①英达：英明通达。

②朗心：明心。

③披草求君：出自草野而求明君。披，分开。

④桓桓：威武的样子。

⑤掩：尽取。衡、霍：吴地两山名。代指吴国。

⑥卓卓：特立的样子。若人：此人。

⑦三光：日月星，喻指三国。参分：三分天下。

⑧暂隔：各据一方。

【译文】

天下混乱，海内纷纭，百姓之心，变移不定。凤鸟高翔，择梧而栖，贤臣择君，须君顾盼。公瑾其人，英明通达，心明眼亮，富有卓见。出自草野，求见明君，总角之好，定交一面。威严魏武，挟令天子，炫耀霸业。思取衡、霍，志吞东吴，恃强无敌，鞭挞宇内。超世出众，莫过此人，高谋奇策，光辉赤壁。三光同映，鼎足天下，各据一方，宇宙暂隔。周瑜。

子布擅名①，遭世方扰。抚翼桑梓②，息肩江表③。王略威夷④，吴、魏同宝⑤。遂献宏谟⑥，匡此霸道⑦。桓王之薨⑧，大业未纯⑨。把臂托孤⑩，惟贤与亲。辍哭止哀，临难忘身。成此南面，实由老臣。张昭。

【注释】

①擅名：大有名声。

②抚翼：敛翼。

③息肩：栖身。江表：江东，长江下游南岸地区。

④王略：王道。威夷：险阻。

⑤宝：葆，保护。

⑥宏谟：宏谋。

⑦匡：匡助。霸道：指凭借武力立国。此指吴国。

⑧桓王：指孙策。孙权即位后，追谥孙策为长沙桓王。

⑨纯：安。

⑩孤：此指孙权。

【译文】

子布其人，大有名望，遭逢乱世，天下骚动。隐居故乡，不显其才，南渡避难，栖身江表。王道衰微，董卓僭乱，汉室倾危，吴、魏同保。子布献策，宏略传谋，匡助吴国，建立霸业。帝业未就，孙策驾崩。抚臂托孤，惟贤与亲。劝告孙权，停止哀哭，危难之时，犯颜忘身。成就吴业，实由老臣。张昭。

才为世出，世亦须才。得而能任，贵在无猜。昂昂子敬[①]，拔迹草莱[②]。荷担吐奇[③]，乃构云台[④]。鲁肃。

【注释】

①昂昂：出类拔萃的样子。

②拔迹：发迹。草莱：指田野。

③吐奇：陈述奇策。

④云台：入云高台，喻指帝业。

【译文】

俊杰之才，为世而出，安定乱世，也须俊才。君臣相得，关系密契，举贤任能，贵在无猜。子敬其人，出类拔萃，怀才待时，发迹草莱。身负重任，陈述奇谋，云台帝业，于是就成。鲁肃。

子瑜都长[①]，体性纯懿[②]。谏而不犯，正而不毅。将命公庭[③]，退忘私位[④]。岂无鹡鸰[⑤]？固慎名器[⑥]。诸葛瑾。

【注释】

①都长：貌美性善。

②纯：大。懿：美。

③将命：传命。公庭：公堂。此指朝廷。

④私位：指兄弟等亲伦次序。

⑤鹡鸰(jí líng):鸟名。《诗经·小雅·常棣》有“脊令(即鹡鸰)在原,兄弟急难”句,后人遂以鹡鸰喻指兄弟。

⑥名器:爵号和器物,表示等级。

【译文】

子瑜其人,貌美性善,操行纯懿,品德高尚。进言谏上,不犯君颜,为人正直,而不固执。为君传命,秉公办事,公堂见弟,不提亲伦。兄弟之情,岂不知晓?固守方圆,谨遵名器。诸葛瑾。

伯言謇謇[①],以道佐世。出能勤功,入能献替[②]。谋宁社稷,解纷挫锐。正以招疑,忠而获戾[③]。陆逊。

【注释】

①謇謇:忠直不阿。謇,通“謇”。

②献替:献可替否。献,进。替,废。进献可行之策,废除不可行的方案。

③戾:罪戾。

【译文】

伯言其人,忠直不阿,以德辅君,以道佐世。出为将帅,勤勉建功,入为辅臣,能进良言,能废庸谋。欲安社稷,止住纷乱,挫敌精锐。方正之臣,招致猜疑,忠直尽力,反获罪责。陆逊。

元叹穆远[①],神和形检[②]。如彼白珪[③],质无尘玷。立上以恒[④],匡上以渐[⑤]。清不增洁,浊不加染。顾雍。

【注释】

①穆远:端庄思深。

②神和：神思清和。形检：形貌严整。

③白珪(guī)：古代的一种玉制礼器。

④立上以恒：其中的“上”或作“心”，或作“行”。

⑤渐：渐进。

【译文】

元叹其人，端庄思远，神气清和，形貌严整。如那白珪，姿质高洁。君子立志，事之以恒，匡正君上，委婉渐进。清廉公正，无须修饰，污浊尘垢，不能玷污。顾雍。

仲翔高亮①，性不和物②。好是不群，折而不屈。屡摧逆鳞③，直道受黜④。叹过孙阳⑤，放同贾、屈⑥。虞翻。

【注释】

①高亮：高亢明朗。

②和物：随同流俗。

③逆鳞：倒生的鳞片。

④直道：指犯颜谏争。

⑤过：错过。孙阳：即伯乐。

⑥贾：指贾谊。屈：指屈原。

【译文】

仲翔性格，高亢爽朗，不随流俗。心好求是，孑然不群，宁折不屈。屡次犯颜，数谏逆鳞，积怨君王，终被废黜。可叹良马，不遇伯乐，弃逐流放，命同贾、屈。虞翻。

诜诜众贤①，千载一遇。整辔高衢，骧首天路。仰挹玄流②，俯弘时务③。名节殊涂，雅致同趣。日月丽天④，瞻之不坠。仁义在躬，用之不匮。尚想重晖，载挹载味。后生击节，懦夫增气。

【注释】

①诜诜(shēn)：众多的样子。

②挹(yì)：酌取。玄流：指君王的恩泽。

③弘：安。时务：国家大事。

④丽：附丽，附着。

【译文】

济济众贤臣，千年一相逢。整辔且昂首，畅游于天衢。仰承君王恩，俯首效其忠。治理国家事，扬名持节操，各有途和径，高情与雅致，同趋于义路。日月之光明，高悬于昊天，万民共瞻望，久仰永不坠。仁义之大德，躬行在其身，终生长用之，从不亏和损。崇尚高节操，遐想前风采，辑录旧事迹，品其高道义。后生相闻之，击节添慷慨，懦弱之小辈，壮增其气魄。

孙绰

孙绰(314—371),字兴公,太原中都(今山西平遥西北)人,家于会稽。东晋文学家。官至廷尉卿。自少时爱隐居,以文才著称。为诗宣扬玄学,枯淡寡味,是玄言诗的代表作家。亦能赋,作有《遂初赋》及《游天台山赋》。原有集,已散佚,明人辑《孙廷尉集》。

聘士徐君墓颂

【题解】

这是一篇墓志铭,颂扬了徐君的人品和才气,极尽夸赞之能事。词句典丽优美,气势宏大。虽篇幅短凝,但感情深厚,内涵丰足。

晋南昌相太原县君,白汉故聘士徐君之灵[①]:

【注释】

①故:死亡,故去。聘士:即征士。朝廷以礼征聘有学行的人。

【译文】

晋朝南昌相太原县人,在白汉故去的征士徐君的在天之灵:

惟君风轨英邃[①]，音徽远播[②]，餐仰芳流，宗揖在昔[③]。古人有言："闻伯夷之风者，懦夫有立志。"仰先生之道，岂无青云之怀哉[④]？余以不才，忝宰兹邑[⑤]，遐宗有道，思揖远风。乃与友人殷浩等[⑥]，束带灵坟，奉瞻祠宇。虽玉质幽潜，而目想令仪[⑦]；雅音永寂，而心存高范。徘徊墟垄[⑧]，仰眄松林[⑨]，哀有形之短化，悼令德之长泯，怃然有感[⑩]，凄然增伤。夫讽谣生于情托，《雅》《颂》兴乎所钦。匪于咏述，孰寄斯怀？颂曰：

【注释】

①风轨：高风佳行。

②音徽：原指琴面音位标志，后引申为乐器、音声，乃至人的容范遗教。

③宗揖：尊崇。

④青云：喻隐逸。

⑤忝(tiǎn)：羞辱，有愧于。谦辞。

⑥殷浩：长平人，字深渊，建元初征为建武将军。石季龙死，以浩为都督扬、豫、徐、兖、青五州军事。姚襄反，浩遣将击之，军败，免为庶人。永和中卒。

⑦目想：凝思。令仪：美好的容止仪表。令，善，美好。

⑧墟垄：坟墓。墟，故城，废址。垄，坟墓。

⑨仰眄(miǎn)：敬慕。眄，斜视，以不敢正视表敬意。

⑩怃(wǔ)然：形容失望的样子。

【译文】

先生您英雄风范，英名远扬，名垂青史，受人爱戴。古人说得好："听说了伯夷气节，懦夫也能立志。"仰慕先生的道德，哪里能不胸怀青云之志呢？我因为不才，只做了这个小邑的主管，但崇信有德行的人，仿效古代贤士的风度。就与朋友殷浩等，穿上祭奠时的服装，到坟上祭灵，瞻仰祠宇。虽然您的精魂深潜地下，但我思念您的风采啊；幽雅的音容永远寂寞不见了，但您作为楷模却在人们心中永存。徘徊在您的坟前，仰观松林，哀叹形体的易逝，悼念仁德的永存，慨然感叹，凄然忧伤。讽、谣都为寄托情怀而产生，《雅》《颂》因为钦敬而歌唱。不是借助歌咏叙说，如何寄托这种情怀？颂词说道：

岩岩先生[1]，迈此英风。含真独畅，心夷体冲[2]。高蹈域表，淑问显融[3]。昂昂五贤，赫赫八俊。虽曰休明[4]，或婴险吝[5]。岂若先生，保兹玉润。超世作范，流光遐振。坟茔磊落，松竹萧森。荟丛蔚蔚[6]，虚宇愔愔[7]。游兽戏阿[8]，嘤鸟鸣林。嗟乎徐君，不闻其音。徘徊丘侧，凄焉流襟。何以舒蕴，援翰托心。

【注释】

①岩岩：高峻貌。

②冲：原指幼小，此引申为淡泊、谦和。

③淑问：美好的名声。显融：明显，显著。

④休：美善。

⑤婴：遭遇，触犯。

⑥荟（huì）：草木茂盛貌。

⑦愔愔（yīn）：安和沉默。

⑧阿（ē）：大的丘陵。

【译文】

令人高山仰止的先生，您英气超拔。率真酣畅，身心平静淡泊。您超凡脱俗,美名显著。您在五贤中气宇轩昂,在八俊中声名赫赫。虽然说同是美善,但有的人却遭遇不测。有谁像先生您这样,永葆玉石的质润。卓然不俗为人效法,流光溢彩而又遐迩闻名。坟墓高耸,松竹凄凉。树丛茂盛,祠宇安和。野兽在山中游戏,鸟儿在树林里鸣叫。可叹啊徐君,不闻您的声音。徘徊在您的墓旁,悲伤凄然,泪流湿襟。何以舒解心中的思念啊,只好写段文字以寄托感情。

陶潜

陶潜简介参见卷五。

读史述

【题解】

本文是作者读司马迁《史记》后用四言韵语写下的读后感，寄托了作者在晋宋易代时的复杂感情。歌吟舍生取义精神时表明作者对当时世情炎凉的感叹，也表明作者追求隐居的心情。文章言简意赅，抓住历史上的重要人物和主要特点，给以中肯的评价，语言精美。

余读《史记》，有所感而述之：

【译文】

我读《史记》，有所感而记述如下感受：

二子让国，相将海隅。天人革命，绝景穷居。采薇高歌，慨想黄、虞[①]。贞风凌俗，爰感懦夫。夷、齐。

【注释】

①黄、虞：黄帝和虞舜。

【译文】

伯夷、叔齐兄弟互让君位，相互跟从来到海边。周王伐纣，他们逃离隐居僻地。采薇而食高声歌唱，感慨怀想黄帝、虞舜。其高风亮节超凡脱俗，使胆怯懦夫为之所动。伯夷、叔齐。

去乡之感，犹有迟迟。矧伊代谢[①]，触物皆非。哀哀箕子，云胡能夷？狡童之歌[②]，凄矣其悲。箕子。

【注释】

①矧(shěn)：况，况且。伊：虚字，无意义。代谢：交替，改朝换代。

②狡童之歌：指箕子所作《麦秀歌》。抒发亡国之痛。

【译文】

离乡背井的时候，还有一种眷恋之情，况且朝代更迭，触物皆非。箕子对殷朝灭亡的哀怨之情，怎么能得以平静！他作的《麦秀歌》，那是多么凄惨悲哀啊！箕子。

知人未易，相知实难。淡美初交，利乖岁寒。管生称心，鲍叔必安。奇情双亮[①]，令名俱完[②]。管、鲍。

【注释】

①奇情：不同一般的情操。双亮：互相谅解。

②令名：美名。

【译文】

了解别人是不容易的，而两相知心更是困难。君子之初交淡美如水，小人之利害冲突常在穷困之时。管仲因贫穷多取钱财，鲍叔牙总是心安气静。两人非同一般的情操，美名都得以完全。管仲、鲍叔牙。

遗生实难，士为知己。望义如归，允伊二子。程生挥剑①，惧兹余耻②。令德永闻，百代见纪。程、杵。

【注释】

①挥剑：指用剑自杀。

②惧兹余耻：指程婴如不自杀，便对不起杵臼，而自以为耻。

【译文】

舍弃生命确实困难，只有士方能为知己而死。为信义而视死如归，程婴与公孙杵臼都是如此。程婴自杀，身不受耻。他们的美德久传，百代后的典籍也记载着。程婴、公孙杵臼。

恂恂舞雩，莫曰匪贤。俱映日月，共飧至言①。恸由才难，感为情牵。回也早夭，赐独长年。七十二弟子。

【注释】

①飧(sūn)：熟食。这里指咀嚼、消化、领会。

【译文】

跟孔子在舞雩求学的弟子，没有谁不是贤人。他们的贤德与日月辉映，他们一同体会孔子的至理名言。因弟子遭难孔子恸哭，临终别世师生情牵。颜回早年去世，子贡独自长寿。七十二弟子。

进德修业，将以及时。如彼稷、契，孰不愿之？嗟乎二贤，逢世多疑。候詹写志[①]，感鹏献辞[②]。屈、贾。

【注释】

①詹：太卜郑詹尹。

②鹏(fú)：似鸱鸮，古人认为是一种不祥的鸟。

【译文】

增进道德修治学业，应该及时努力。像稷、契那样辅佐贤明，有哪个人不愿意呢！可惜啊屈原和贾谊，适逢多疑的时世。屈原求见郑詹尹占卜自己的志向，贾谊因鸱鸮鸟进屋而作《鹏鸟赋》。屈原、贾谊。

丰狐隐穴[①]，以文自残[②]。君子失时，白首抱关。巧行居灾，忮辩召患[③]。哀矣韩生，竟死《说难》。韩非。

【注释】

①丰狐：大狐狸。

②文：文彩。

③忮(zhì)辩：强辩。

【译文】

大狐狸隐匿洞穴，因为皮毛之美反害了自己。有才华的君子生不逢时，到年老还在守门。做事过于聪明容易惹祸，言辞过于善辩容易招灾。悲哀啊韩非，终归死于《说难》。韩非。

易代随时，迷变则愚。介介若人[①]，特为贞夫。德不百年[②]，污我《诗》《书》。逝然不顾，被褐幽居。鲁二儒。

【注释】

①介介：孤高耿直，有节操。

②百年：指人的一生。

【译文】

改朝换代时须随时应变，不知应变乃是愚腐。这是常人见解，孤高的鲁国二儒，是特有的品行贞洁的人。品德不能保持一生的人，记载他将污损《诗》《书》。鲁国二儒傲然不顾，安然隐居。鲁国二儒。

远哉长公，萧然何事①？世路多端，皆为我异。敛辔朅来②，独养其志。寝迹穷年，谁知其意。张长公。

【注释】

①萧然：寂寞冷落的样子。

②朅（qiè）来：去来，即归去来。

【译文】

距今久远的张长公啊，为何那么寂落萧冷？世上路途很多，都与我的行途不同。收起马辔缰绳停止出仕，归来独养浩然正气。张长公隐居终生，谁明了他的心意呢？张长公。

傅玄

傅玄(217—278)，字休奕，北地泥阳(今陕西铜川耀州东南)人。西晋哲学家、文学家。官至司隶校尉，封鹑觚子。傅玄认为自然界由“气”组成，人类社会及历史发展是一个自然过程；认为“人之性如水焉，置之圆则圆，置之方则方”。因而主张“礼”“法”结合，“立善防恶谓之礼，禁非立是谓之法”。傅玄还精通音律，于诗擅长乐府。著有《傅子》《傅玄集》，俱佚，明人辑有《傅鹑觚集》，清人方濬师有集校本，较完备。

拟金人铭作口铭

【题解】

本文是一篇警策文字，以口为题，表明作者的立身处世之道，道出了一个封建士大夫的人生观。题中金人，指立于周太祖庙堂石阶之前的一个铜铸人像，该人像“三缄其口”，并且背上刻有铭文：“古之慎言人也。”后人称之为“金人铭”。铭是一种文体，用以叙述他人生平功德或自警，因古代多铭刻钟鼎碑石而得名。本铭行文流畅，朗朗上口，凝练整齐，便于记诵，很符合铭文的特点。

神以感通，心繇口宣①。福生有兆②，祸来有端③。情莫多妄，口莫多言。蚁孔溃河，溜穴倾山。病从口入，祸从口出。存亡之机，开阖之术[④]。口与心谋，安危之源。枢机之发[⑤]，荣辱存焉。

【注释】

①心繇口宣：思想由嘴来传达。心，心思，思想。宣，宣讲，外泄。

②兆：兆头。

③端：端由。

④开阖之术：纵横捭阖之术。

⑤枢机：喻指事物的关键。枢，门轴。机，弩牙，是弩借以张弛的关键所在。

【译文】

精神与感觉相通，思想借口来宣泄。幸福产生有征兆，灾祸来临有端由。不要纵性，不要多言。蚁穴可以使河堤溃塌，山中的小小水道可以让高山倾覆。疾病由口中传入，祸端因多嘴而发生。要把握存亡的关键，要掌握开合的技巧。开口之前是否先三思，这是安全与危险的源泉。枢机一旦发动，荣与辱便见分晓。

裴子野

裴子野(469—530),字几原,河东闻喜(今属山西)人。南朝梁史学家、文学家。仕齐梁两代,为官廉洁奉公,深行于学,深受时人推重。曾据沈约《宋书》删撰《宋略》二十卷,甚为萧琛、徐勉所重,沈约亦自叹不及。《梁书》本传称其“为文典而速,不尚丽靡之词,其制作多法古,与今文体异”。所著《雕虫论》一文,指斥当时注重藻饰的风气,措辞激切,批判有力,在我国文学批评史上颇有影响。今存文有《宋略总论》《移魏文》《卧疾赋》等十多篇,诗三首,载《艺文类聚》和《文苑英华》。

女史箴

【题解】

这是一篇劝诫短文。作者在文中告诫人们,要以行为端正为做人根本,不要迷恋衣饰的华丽,外表的炫美,更不要贪图财物。作者关于什么是真正的美的观点,无疑是正确的。文章行文流畅,朗朗上口,四字排比,短而气足。比喻新鲜贴切,而富含哲理,颇显精致。

膏不厌鲜①,水不厌清。玉不厌洁,兰不厌馨②。尔形信直③,影亦不曲。尔声信清,响亦不浊。绿衣虽多,无贵于色。邪径虽利，无尚于直④。春华虽美，期于秋实⑤。冰璧虽泽，期于见日。浴者振衣，沐者弹冠。人知正服，莫知行端。服美动目，行美动神。天道祐顺，常与吉人⑥。

【注释】

①膏：甘美。这里指甘美的食物。厌：满足。

②馨(xīn)：香气。

③信：确实，真的。

④直：价值，指财物。

⑤期于秋实：寄希望于秋天的收获。实，结果，果实。此处指收获。

⑥与：给予。

【译文】

食物越新鲜越好，水越清澈越好。玉石越纯洁越好，兰花越香越好。你的身体确实端正，影子必然不弯曲。你的嗓音确实清亮，你的声响必然不浊。华衣虽多，勿以色鲜为贵。邪路虽然有利可图，勿把钱财看得太重。春华虽美，还寄希望于秋季的果实。冰川虽然光泽夺目，还需阳光照射。沐浴者抖动衣服，弹击帽子。人们知道端正服饰，却不知端正行为。服装之美可以悦目，行为之美可以赏心。天道有常，福气顺畅，往往给予有德的人。

卞兰

卞兰，琅琊开阳(今山东临沂)人。魏武帝卞皇后弟。生年不详，约卒于魏明帝景初年间。三国魏文学家。袭父爵为开阳侯，曾做奉车都尉，游击将军，加散骑常侍。曹丕为太子时，卞兰献赋，盛赞太子美德，夸奖曹丕的《典论》，因此得到曹丕亲敬。魏明帝专意于宫室，卞兰数次切谏。所著原有文集二卷，已佚。严可均《全上古三代秦汉三国六朝文》的《全三国文》卷中辑有卞兰佚文。

座右铭

【题解】

这是一篇训诫文，反映了作者的人生观、价值观。座右铭，是一种用为自我警诫的铭文，因古代作铭人常将其置于座右，故称。这篇座右铭中主张的清心寡欲、谨口慎言、从容顺时、守玄执素等观点，虽有它消极的一面，但同时也有某种积极意义，能为我们为人处世提供一定的指导。

重阶连栋[①]，必浊汝真[②]。金宝满堂，将乱汝神。厚味来殃[③]，艳色危身。求高反坠，务厚更贫。闭情塞欲，老氏所珍[④]。周庙之铭[⑤]，仲尼是遵[⑥]。审慎汝口，戒无失人。从容顺时，和光同尘[7]。无谓冥漠，人不汝闻。无谓幽窅[8]，处独若群。不为福先，不与祸邻。守玄执素[9]，无乱大伦。常若临深，终始为纯。

【注释】

①重阶连栋：指装饰极其高级豪华的房屋。重阶，指台阶很多。连栋，指栋梁相连。

②浊：污浊。这里作动词用，使变污浊。真：真气，可理解为身上的正气。

③厚味：本指美味的食物，这里指贪得无厌。来：招致。殃：祸殃，灾难。

④老氏：即老子，春秋时思想家，道家创始人。

⑤周庙之铭：周先祖后稷的庙宇，右墙壁下有一尊金人，口被三道封条堵着，背上铭刻着："古之慎言人也。"

⑥仲尼：孔子的字。

⑦和光同尘：老子语，意为与光、尘合一。

⑧窅（yǎo）：深远。

⑨守玄：保持清虚玄静。

【译文】

重阶连栋的房屋，必然污染你的正气。金银财宝塞满庭堂，必将搅乱你的精神。贪图美食招致祸殃，追求艳色危及自身。想到高处，反而坠到底层；追求财富，反而变得贫穷。清心寡欲，是老子所珍爱的名言。周庙里的铭言，是孔子所遵守的准则。开口说话一定要审慎，万勿失言于人。从容应付，适应形势，与光、尘合而为一。不要说幽寂孤独，没有人知道你。不要说幽深冷清，独处犹如群居。不首先去追逐幸福，就不会与灾祸为邻。守住本分，朴素过活，不乱伦理纲常。经常如临深渊一般小心谨慎，善始善终，抱定纯洁的宗旨。

王褒

王褒，字子渊，琅琊临沂(今属山东)人。生年不详，约卒于北周武帝天和末年(570)左右。识量渊通，志怀沉静，美风仪，善谈笑，博览史传，尤工属文。先任秘书郎，转太子舍人，袭爵南昌县侯。梁元帝与褒为旧日朋友，相得甚欢，拜侍中，累迁吏部尚书、左仆射。入周后，授车骑大将军，官终宣州刺史。有文集三十卷传于世。

皇太子箴

【题解】

在封建时代，太子为国之储君，因此，其学识、品德的修养尤为重要。这篇箴言对皇太子既有誉美，又有规诫，文词精工、优美，论事规正服理，堪称佳作。

臣闻教化爰始，咏歌不足。政俗既移，风雅斯变①。伏惟皇明御宇，功均造物。改文为质，斫雕成素。皇太子洊雷居震②，明两作离③。春夏干戈，秋冬羽籥④。叔誉惭五称之对⑤，师旷降四马之恩⑥。窃以太史官箴，《虞书》所诫。永树芳烈，丞相所以垂文。深睹安危，太傅以之陈训。敢自斯义，献箴云尔：

【注释】

①风雅：指《诗经》中的“国风”和“大雅”“小雅”，这里指文学创作。

②洊雷居震：《周易·震卦》：“洊雷，震，君子以恐惧修省。”洊雷，指相继而至的雷声。又，《周易·说卦》以震卦象征长子，故以洊雷比喻太子。

③明两作离：《周易·离卦》：“明两作，离，大人以继明照于四方。”离为日，日为明，有上下二体，所以说明两作离。易家认为是太子的卦，是说能继承为父的事业。

④羽籥(yuè)：雉羽和籥，古代文舞用的舞具和乐器。籥的形状像笛子。

⑤叔誉：即叔向，春秋晋国人。

⑥师旷：春秋晋国乐师。

【译文】

我听说教化开始的时候，歌诗不足以表达志意。政治风俗改变了，风雅之作也要发生变化。圣明皇帝治理天下，功德普及自然万物。改变华美的形式而重视内容，取消雕琢藻饰而归于自然。皇太子谨慎修身，能够通达情理而明照四方。春夏习武，秋冬弄文。叔誉也惭颜于五称之对，师旷称降于四马之恩。太史官的箴规，《虞书》中就有告诫。永远建树美好的事迹，丞相因此而留下文章。深刻观察到安危得失，太傅以之来陈述训诫。专从这种意义出发，斗胆献上箴言如下：

天生蒸民，司牧斯树。咸熙庶绩[①]，式昭王度[②]。惠民垂统，元良继体。丽正离晖，惟机天启。令问令望[③]，闻《诗》闻《礼》。从曰抚军[④],守曰监国[⑤]。秋坊通梦[⑥],春宫养德[⑦]。桓荣献书[⑧],荀攸观则[⑨]。元子为士[⑩],齿卿命秩[⑪]。朝服寝门,回车作室。正阳君位,乔枝父道。臣子所崇,忠孝为宝。勿谓居尊,祸福无门。勿谓亲贤,王道无偏。无为虑始,无为事先。损之又损,全之亦全。无往不复,无平不陂。美疢甘言,鲜不为累。则哲惟难[⑫],知人未易。居室为善,分阴无弃。亡保其存,危安其位。神听不惑,天妖斯忌。文昌著于前星[⑬],秬鬯由于守器[⑭]。庶僚司箴,敢告阍寺。

【注释】

①庶绩:众多的功业。

②王度:王者的德度。

③令问:美名。令望:美仪使人景仰。

④抚军:太子随君出征称为抚军。

⑤监国:君王外出,太子留守,代行处理国政。

⑥秋坊:太子寝宫。

⑦春宫:东宫,太子所居。

⑧桓荣:东汉人,字春卿。光武时拜议郎,授太子经,累迁太子少傅,后迁太常。明帝即位,以帝师之尊拜为五更,封关内侯。其门徒多贵至公卿。

⑨荀攸:三国时曹操谋士,字公达。从征张绣、吕布、袁绍等,屡进计谋,被任为尚书令,后随曹操征孙权,病死途中。

⑩元子:长子。

⑪齿卿:年轻官员。牛马幼小者,岁生一齿,故以齿计岁数。又借指年轻人。

⑫则哲：知人。《尚书·皋陶谟》："知人则哲。"以是代称。

⑬文昌：斗魁上六星的总称。前星：太子星。

⑭秬鬯(chàng)：祭祀所用的酒，用郁金草合黍酿成，色黄而芳香。守器：太子主宗庙之器，故称太子为主器，亦称"守器"。

【译文】

上天育生了百姓，便有了管理他们的官吏。功业盛大而众多，王者的德义也表现无遗。惠泽百姓，统系沿袭。太子继位，风雅美正，智明光辉，这是上天启示的机缘。美名美仪使人景仰，听取《诗》《礼》的教义。随从皇帝出征称为抚军，留守便称为监国。秋坊中托梦，东宫里怡养性德。桓荣献来书籍，荀攸察视法则。长子们都是士官，年轻人在那里施政发命。穿着礼服待命于内门，回转车头便到精美居室。南面之位符合日中正阳，高直树木合于为父之道。人臣和子孙推崇的便是忠、孝两个至贵德行。不要说居位尊贵，福祸往往无门而入。不要说自己业已亲近贤人，王道本来没有偏向。不要在刚开始和事发前，就急于表现出你的一知半解。该亏损的还要使它亏损，该复全的自然也会复全。没有去而不返的，没有平坦便没有陂陡。醉美于甜言蜜语，少有不被牵累的。知人难，要了解人的善恶美丑更不易。处在家中要以善德为念，短暂时光不要轻易放弃。亡灭之境要能保持生存，危险时刻要能安守本位。不疑惑于神明之语，但要忌讳妖孽之事。文昌星因太子而闪耀，秬鬯之酒也由于太子美德而香醇。各僚从们监督规诫，并告知守门者和近侍之人。

高允

高允(390—487),字伯恭,北魏渤海穆(今河北景县)人。初仕北魏太武皇帝,为中书博士,迁中书侍郎,授太子经书。曾与司徒崔浩同修《国史》。后浩以国史案被诛,允以忠正获免。文成皇帝时,位至中书令。文明太后临朝,引允参决大政。高允有文采,精通天文、历史,以公正廉明著称,因此历事北魏五帝达五十余年。

征士颂

【题解】

本文是一篇“美盛德之形容”的颂文。文中颂扬了和作者同时被朝廷所征召的一些名臣俊士的高风亮节,并对物是人非的时事变迁表达了无尽的感慨,所颂人物个性独备,各具风采,读来如睹其人。

昔岁同征①,零落将尽②,感逝怀人,作《征士颂》。盖止于应命者,其有命而不至,则阙焉③。群贤之行,举其梗概矣,今著之于左。

【注释】

①同征：一同被征召。指太武皇帝拓跋焘征召天下贤士之事。

②零落：零散，即去世或归隐。

③阙：通“缺”。

【译文】

当年一同被征召的人，几乎零散尽净了，感慨于时间流逝而怀念故人，特意作《征士颂》。那些接受诏令的都包括在内，那些未应命而来的就不写了。群贤的品行，举其梗概，现在列在下面。

夫百王之御世也，莫不资仗群才，以隆治道。故周文以多士克宁，汉武以得贤为盛。此载籍之所记，由来之常义。魏自神䴥以后[①]，宇内平定。诛赫连积世之僭[②]，扫穷发不羁之寇[③]，南摧江、楚，西荡凉域，殊方之外，慕义而至。于是偃兵息甲，修立文学，登延俊造，酬咨政事。梦想贤哲，思遇其人，访诸有司，以求明士。咸称范阳卢玄等四十二人[④]，皆冠冕之胄，著问州邦，有羽仪之用。亲发明诏，以征元等。乃旷官以待之[⑤]，悬爵以縻之。其就命三十五人。自余依例州郡所遣者，不可称记。尔乃髦士盈朝[⑥]，而济济之美兴焉。昔与之俱蒙斯举，或从容廊庙，或游集私门，上谈公务，下尽忻娱，以为千载一时，始于此矣。日月推移，吉凶代谢，同征之人，凋歼殆尽。在者数子，然复分张。往昔之忻，变为悲戚。张仲业东临营州，迟其还反，一叙于怀，齐衿于垂殁之年，写情于桑榆之末，其人不幸，复至殒殁。在朝者皆后进之士，居里者非畴昔之人[⑦]，进涉无寄心之所，出入无解颜之地。顾省形骸，所以永叹而不已[⑧]。夫颂者美盛德之形容，亦可以长言寄意。不为文二十年矣，然词切于心，岂可默乎。遂为之颂，词曰：

【注释】

①神䴥(jiā)：北魏太武皇帝拓跋焘年号(428—431)。

②赫连：匈奴名氏，系匈奴右贤王刘去卑之后。去卑即独孤氏祖宗，传至勃勃僭称夏王，性情残暴、杀人无算。

③穷发：即远方不毛之地。不羁：即不驯服。

④范阳：故城在今河北涿州。

⑤旷：空。

⑥髦士：俊杰之士。

⑦畴昔：往日。畴，助词，无义。

⑧永：通"咏"。

【译文】

历代帝王治理天下，没有不依靠群贤才能来光大治理之道的。所以周文王以贤人多而达到天下太平，汉武帝以得到贤士而达到盛世。这是典籍所记载的，是古往今来的常理。魏自神䴥年间以后，国内平定。诛灭赫连多代的僭妄，扫荡极远之地桀骜不驯的敌人，向南摧攻江、楚之地，向西扫荡荒凉的地区，各地各方，仰慕道义而来投奔。这时候我们放下武器解除甲胄，修补确立文学，招延贤良俊才，征求各种良策。太武皇帝思慕贤士哲人，想遇到难得的能人，探访各级官府，来寻求明识之士。众所称颂的范阳卢玄等四十二人，都是名士英杰，能辅翼朝廷。太武皇帝亲自发布明哲的诏书，来征召卢玄等。空出职位等待他们，拿出爵位来招致他们。来应命的有三十五人。其余按照惯例各州郡所派送举荐的人不可计数。那时候俊杰之才充斥朝廷，人才济济的美誉就此兴起了。过去与我一同蒙恩被征召的，有的在庙廊从容应对，有的游集在大臣的门庭，谈论公务之后极尽欢娱，以为千载难逢的时机出现了。日月推移，吉凶交替，一同被征召的人几乎零落尽了。尚在的几个人也都已分散了，过去的欢乐变成了悲伤。张仲业东去营州，我一直等待他回来，希望叙叙心情，一同相聚在垂暮之年，可是不幸的是他也去世了。在朝廷里的人都是后进之士，所居里巷的人都不是过去的同事，进得公堂没有令我舒心快意的地方，出来也没有舒展心志的环境。自顾之下，怎能不叹息不已！颂，用以称美盛大德行的情形，也可以用深长的语言寄托心意。我不作文章二十年了，可是心里有话，怎么能沉默不语呢？所以就为此作颂，颂词是：

紫气干霄，群雄乱夏。王龚徂征，戎车屡驾。扫荡游氛，克翦妖霸。四海从风①，八埏渐化②。政教无外，既宁且一；偃武宁兵，惟文是恤。帝乃旁求，搜贤举逸。岩隐投竿，异人并出。

【注释】

①四海：《尔雅》："九夷八狄七戎六蛮谓之四海。"

②八埏：八方之界。

【译文】

紫气吉祥，一飞冲天，群雄并起，扰乱中华。太武皇帝，纵横天下，战车滚滚，屡行征伐。扫荡乱凶，消灭奸霸。四海服从，八埏归化。政教普照，光耀华夏，天下安宁，无不一致；放弃武功，倡导文艺。圣上追求，贤人逸士。隐士出山，异士来致。

亹亹卢生①，量远思纯。钻道据德，游艺依仁②。旌弓既招，释褐投巾。摄齐升堂，嘉谋日陈。自东徂南，跃马驰轮。僭冯影附，刘以和亲③。

【注释】

①亹亹(wěi):进取。

②游艺依仁:见《论语》:“依于仁,游于艺。”

③刘以和亲:指与刘宋和亲通婚。

【译文】

卢生进取,度量远大,神思精纯。求道讲德,多艺而仁。帝王既召,立即起身。庄重上朝,良策善谋,一一述陈。从东向南,骑马前进,或驱轮车。四处响应,处处归附,大魏得以,与宋和亲。

茂祖茕单,夙罹不造。克己勉躬,聿隆家道。敦心六经,游思文藻。终辞宠命,以之自保。

【译文】

茂祖孤单,从小不幸。克制自己,不断上进,美德盛大,治家有道。潜心学习,通览六经,运用神思,文章不凡,辞藻华美。最终推辞,帝王之命,如此行事,只为自保。

燕常笃信,百行靡遗。位不苟进,任理栖迟。居冲守约,好让善推。思贤乐古,如渴如饥。

【译文】

燕常忠厚,讲究信用,各种品行,无有缺漏。从不苟且,进位以正,只认道理,凝重刚直。居于虚冲,坚守简约,喜欢辞让,善于推人。思慕贤人,爱好古道,如渴似饥。

子翼致远,道赐悟深。相期以义,相和若琴。并参幕府，俱发德音。优游卒岁，聊以寄心。

【译文】

子翼致力，光大久远，通于大道，明白深意。相互约期，只以道义，彼此和谐，如同琴瑟。同在幕府，同讲德义。优游卒岁，聊以开心。

祖根运会，克光厥猷。仰缘朝恩，俯因德友。功虽后建，禄实先受。班同旧臣，位并群后。

【译文】

祖根运会，光明优秀。上因皇恩，下靠良友。功虽在后，禄却先受。列于老臣，又共群后。

士衡孤立，内省靡疚。言不崇华，交不遗旧。以产则贫，论道则富。所谓伊人，实邦之秀。

【译文】

士衡孤独，问心无疚。言谈不求华丽，交往不忘故旧。论财贫困，论道富有。如此之人，国家俊秀。

卓越啊友规，秉兹淑量。存彼大方，摈此细让。神与理冥，形随流浪。虽屈王侯，莫废其尚。

【译文】

卓矣友规，讲究法则，坚持美德，保持大度。他所不取，小节小让。神思悠远，大道久长，放浪形骸，风流倜傥。虽低王侯，不能舍者，此人风尚。

赵实名区，世多奇士。山岳所钟，挺生三李。矫矫清风，抑抑容止。初九而潜[1]，望云而起。

【注释】

①初九而潜：见《周易》："初九，潜龙勿用。"指隐而不发。

【译文】

赵地有灵气，多出奇士。山岳钟情，有了三李。矫矫不群，风格各异，进退有节，从容举止。当退则退，潜伏于地；当起则起，如云翻起。

诜尹西都，灵惟作傅。垂训王宫，载理云雾。熙虽中天，迹阶郎署。余尘可挹，终亦显著。

【译文】

诜君名尹，生于西都，神奇精明，作朝师傅。身在王宫，教诲王子，无所不能，理论万物。立身朝廷，任职郎署。行迹可表，终于显著。

仲业渊长，雅性清到。宪章古式[1]，绸缪典诰。时值险难，常一其操。纳众以仁，训下以孝。化彼龙川，民归其教。

【注释】

①宪章：法则。

【译文】

仲业渊博，儒雅清明。以古为则，钻研典诰。生于乱世，坚守德操。交际讲仁，更倡孝道。龙川之民，皆受其教。

迈则英贤，侃亦称选。闻达邦家，名行素显。志在兼济，岂伊独善。绳匠弗顾，功不获展。

【译文】

迈则英贤，侃亦优秀。知名天下，声品大显。素有大志，兼济天下，人生在世，怎能独善？墨守之士，终不动心，如此行事，功业难展。

刘、许履忠，竭力致躬。出能骋说，入献其功。辎轩一举①，挠燕下崇。名彰魏世，享业亦隆。

【注释】

①辎轩：轻捷之车。

【译文】

刘、许二人，尽心孝忠，竭力效命。尤善游说，每一出入，必有成功。车旌一发，必有大成。名扬大魏，享名隆重。

道茂夙成，弱冠播名。与朋以信，行物以诚。怡怡昆弟①，穆穆家庭②。发响九皋，翰飞紫冥。频在省闼，亦司于京。刑以之中，政以之平。

【注释】

①怡怡：和悦。

②穆穆：和敬。

【译文】

道茂早成，二十扬名。朋友讲信，交往忠诚。兄弟和睦，家庭团结。不鸣则已，一鸣惊人。常在省部，也在京城。执法公正，为政公平。

猗欤彦鉴，思参文雅。率性任真，器成非假。靡矜于高，莫耻于下。乃谢朱门，归迹林野。

【译文】

彦鉴此人，忠直文雅。坦诚天真，大器纯正。高不骄横，低不耿耿，最终退隐，归隐林野。

宗敬延誉，号为四俊。华藻云飞，金声夙振。中遇沉疴，赋诗以讯。忠显于辞，理出于韵。

【译文】

宗敬大名，名列四俊。华美倜傥，声名大振。中遭大病，赋诗问答。言辞之间，忠诚显露，能讲道理，有文采风韵。

高济朗达，默识渊通。领新悟异，发自心胸。质侔和璧，文炳雕龙。耀姿天邑，衣锦旧邦。

【译文】

高济通达，强记博闻。领会创新，悟出奇异，所论所谈，出自心胸。品质洁白，如和氏璧，文彩风流，犹如神工。功成名就，衣锦还乡。

士元先觉，介焉不惑。振袂来庭，始宾王国。蹈方履正，好是绳墨。淑人君子，其仪不忒。

【译文】

士元智慧，先知先觉，正直刚烈，不会疑惑。快速应召，始任公职。方方正正，坚持原则。正人君子，丝毫不错。

孔称游、夏①，汉美渊、云②。越哉伯度，出类逾群。司言秘阁，作牧河、汾。移风易俗，理乱解纷。融彼滞义，涣此潜文。儒道以析，九流以分。

【注释】

①游、夏：子游与子夏。皆孔子的名弟子，孔子称道二人的文学才能。

②渊、云：王子渊和扬雄，王子渊有《甘泉颂》，扬雄有《甘泉赋》。

【译文】

孔子称赞，子游、子夏；汉代有名，子渊、扬雄。出类拔萃，伯度超群。出入秘阁，治理河、汾。移风易俗，梳理混乱，解决纠纷。解释难题，发扬深意。剖析儒道，九流区分。

崔、宋二贤，诞性英伟。擢颖闾阎，闻名象魏。謇謇仪形[1]，邈邈风气[2]。达而不矜，素而能贲。

【注释】

①謇謇(jiǎn)：忠贞的样子。

②邈邈：辽远的样子。

【译文】

崔、宋二贤，古怪杰出。出于村巷，闻名大魏。忠直之形，辽远气质。居高不骄，朴素而光采夺人。

潘符标尚，杜熙好和。清不洁流，浑不同波。绝希龙津，止分上科。幽而逾显，损而逾多。

【译文】

潘符高尚，杜熙随和。清明自守，不肯随波。天下少有，都是俊杰。越谦越显，越减越多。

张纲柔谦，叔述正直。道雅洽闻，弼为兼识。拔萃衡门[1]，俱渐鸿翼。发愤忘餐，岂要斗食？率礼从仁，罔愆于式。失不系心，得不形色。

【注释】

①衡门：横木为门，意思是十分卑微穷困。

【译文】

张纲柔顺，谦谦君子，叔述正直。无偏无私，辅佐有为，广知博识。出身穷困，却能腾飞。发愤忘食，岂为求官？讲礼讲仁，从不犯科，不拘一格。纵有所失，释然于心；纵有所成，不显于色。

郎苗始举，用均已试。智足周身，言足为治。性协于时，情敏于事。与今而同，与古曷异？

【译文】

郎苗刚来，已显大器。智足保身，言足治世。随和当世，敏捷做事。虽说通今，与古无异。

物以利移，人以酒昏。侯生洁己，惟义是敦。日纵醇醪①，逾敬逾温。其在私室，如涉公门。

【注释】

①醇醪：浓烈的酒。

【译文】

物换星移，多因利益；人变昏庸，与酒有关。侯生自爱，只讲道义。每日饮酒，越喝越谨。人在私家，如在公门。

季才之性，柔而执竞。届彼南秦，申威致命。诱之以权，矫之以正。帝道用光，边土纳庆。

【译文】

季才性情，柔而执着。曾到南秦，宣威下令。诱导权变，以刚正矫正。因为有君，圣名光大，四边致庆。

群贤遭世，显名有代。志竭其忠，才尽其概。体袭朱裳，腰纽双佩。荣曜当时，风高千载。君臣相遇，理实难偕。昔因朝命，与之克谐。披衿散想，解带舒怀。此昕如昨[1]，存亡奄乖。静言思之，中心九摧。挥毫颂德，潸尔增哀[2]。

【注释】

①昕：鲜明，明亮。

②潸尔：流泪的样子。

【译文】

诸贤遭时，有代显扬美名。竭尽其忠，尽显其才。身着朱服，腰有双佩。荣耀一时，名传千载。君臣相遇，难得和谐。昔日因诏命，上下和谐。披衣追想，解衣舒怀。如此欢乐，恍然如昨，转眼之间，存亡分散。沉默不语，反复思之，心中痛悼，如断肝肠。挥笔颂德，潸然泪下，更加悲哀。

元结

元结(719—772),字次山,河南鲁山(今属河南)人。唐玄宗天宝十二载(753)进士。安史乱起,逃难入猗开洞(今湖北大冶东回山上)。唐肃宗乾元二年(759),擢山南道州节度参谋;唐代宗时,任道州刺史。官终容管经略使。元结工于诗和散文。其诗多反映民生疾苦,情感真挚动人,所作多古体和绝句。他反对“拘限声病,喜尚形似”的形式主义文风,主张诗作应能“救世劝俗”“道达情性”。散文为韩愈、柳宗元之先驱。元结的文学主张及创作,对中唐新乐府运动和古文运动,都产生了一定影响。

中兴颂

【题解】

唐玄宗天宝十四载(755),安史乱起,唐玄宗携百官避难四川,太子即位,是为肃宗。肃宗至德元载(756),郭子仪率军收复洛阳和长安,玄宗还复京师。这篇颂文便是作者在安史之乱平息后所作。文章叙述了安史乱起后,时为太子的肃宗“匹马北方”,“独立一呼”号召群臣抗击叛军,收复河山的经过。歌颂了唐朝帝王在这段中兴时期的功业。颂词为四言古体,质朴、庄重,音调铿锵有力,颇具《诗经》遗韵。

天宝十四载[①],安禄山陷洛阳[②]。明年,陷长安。天子幸蜀[③],太子即位于灵武[④]。明年,皇帝移军凤翔[⑤]。其年复两京,上皇还京师。於戏[⑥]!前代帝王,有盛德大业者,必见于歌颂。若今歌颂大业,刻之金石,非老于文学[⑦],其谁宜为[⑧]!颂曰:

【注释】

①天宝:唐玄宗年号(742—755)。

②陷:攻陷。

③幸:指帝王驾临。

④灵武:今属甘肃。

⑤凤翔:今属陕西。

⑥於戏:叹词,与"呜呼"同。

⑦老于:善于。

⑧宜:适宜,合适。

【译文】

天宝十四年,安禄山攻陷洛阳,第二年攻陷长安。玄宗皇帝驾临蜀地,太子即位于灵武。又过一年,肃宗皇帝把军队移到凤翔。就在这一年,收复了长安和洛阳二京,太上皇从蜀地返回到京都。呜呼!前代的帝王,有盛德并建立业绩的,一定被歌颂。如果我现在歌颂当今帝王的大业,把他们的业绩刻在金石上,并不是我善于写文章,那是谁都应该做的。颂词是:

嘻嘻前朝[①],孽臣奸骄,为昏为妖。边将骋兵,毒乱国经,群生失宁。大驾南巡,百寮窜身[②],奉贼称臣。天将昌唐,繄睨我皇[③],匹马北方。独立一呼,千麾万旗,我卒前驱。我师其东，储皇抚戎[4]，荡攘群凶。复服指期[5]，曾不逾时，有国无之。事有至难，宗庙再安，二圣重欢。地辟天开，蠲除祆灾[6]，瑞庆大来[7]。凶徒逆俦[8]，涵濡天休[9]，死生堪羞。功劳位尊，忠烈名存，泽流子孙[10]。盛德之兴，由高日升，万福是膺。能令大君，声容沄沄[11]，不在斯文。湘江东西，中直浯溪[12]，石崖天齐。可磨可镌[13]，刊此颂焉，何千万年！

【注释】

①嘻嘻：欢乐的样子。

②百寮：百官。

③繄（yī）：句首语气词，相当于"惟"。睨（nì）：原义为斜视，这里有偏护的意思。

④储皇：指太子。

⑤指期：犹"指日""不日"。

⑥蠲（juān）除：除去。

⑦瑞：吉祥。庆：福。

⑧俦（chóu）：同类。

⑨涵濡：浸渍。

⑩泽：恩泽。流：流及。

⑪沄沄：水转流的样子。

⑫浯溪：水名。在今湖南祁阳。

⑬镌：刻。

【译文】

前朝的孽臣很快乐，他们越益奸诈、骄纵，变得糊涂，有的成为妖孽。边塞的大将，任意驰骋士兵，流毒扰乱国家的常道，老百姓失去了往日的安宁。玄宗皇帝南巡蜀地以后,文武百官都像老鼠一样缩着身子,把叛贼当做君主而称臣。可是老天将要使唐朝昌盛,只是偏护我的皇帝,肃宗孤身一人,留在北方。他独自一呼,有千百万军队跟着响应,我们的士卒向前驱驰。我们的部队向东挺进,储皇安抚将士,荡去、排除众多的凶贼。“复服”的期限,还不曾超过。自从有了国家以来,还没有这样的事。事情虽然遇到了困难,宗庙还是再次安宁下来,二位君主重新欢聚。天地为之开阔,他们除去妖孽灾害,吉祥、福气全部涌来。凶恶的歹徒,叛逆的同类,浸渍天恩,他们不管是生还是死都是十分可耻的。有功劳的将士给以高位,忠烈的大臣英名长存,他们的恩泽流及自己的子孙后代。皇帝的盛大德操,再次兴盛,日益上升,万般福分都能承受。这些福分使伟大的君主神采奕奕,欢乐融融,这些都不在我这篇颂文里。湘江自西流向东,中途流过浯溪,浯溪两边石崖与天一般齐。可以磨平镌刻文字,把这篇颂文镌刻在上面,它能流传千万年!

韩愈

韩愈简介参见卷二。

五箴 并序

【题解】

这五首箴言，是韩愈中年以后，自感精力已不及青少年时代，而个人修养并未臻理想境界，为提防自己最终成为一个无所作为的人，因而从游乐、言语、行止、好恶、知名五个方面为自己写的规诫文字。文字虽简短，但写得很有诚意，也很恰当。尤其是《知名箴》，道出了古今知识分子的通病。“勿病无闻，病其晔晔”之论颇为深刻，至今仍有借鉴意义。

人患不知其过，既知之不能改，是无勇也。余生三十有八年①。发之短者日益白，齿之摇者日益脱。聪明不及于前时，道德日负于初心。其不至于君子而卒为小人也，昭昭矣！作《五箴》以讼其恶云②。

【注释】

①有：通“又”。

②讼其恶：批评自己的缺点。

【译文】

人所担忧的主要问题是难以察觉自己的过错，对于自身不对的地方能够明知，却不能够改正，这是缺乏果断行动的性格。我已三十八岁了。头发日益稀疏花白，牙齿也逐渐松动脱落。耳目都不及从前那样聪明，道德的修养也和早年的志向相去甚远。看来不能列于君子最终反成为小人，已经是很清楚的了。所以作出《五箴》来批评自己的缺点。

游箴

余少之时，将求多能，蚤夜以孜孜[1]；余今之时，既饱而嬉，蚤夜以无为。呜呼余乎，其无知乎？君子之弃，而小人之归乎？

【注释】

①蚤夜以孜孜：早晚孜孜以求。蚤，通“早”。

【译文】

我年少之时，希望自己博学多能，故而早晚都孜孜不倦地刻苦努力；可到了现在，总在饱食之后嬉闹荒度，早晚无所事事。唉！我啊！太无知了吧?！是放弃君子的修养而自甘堕落成小人了吧?！

言箴

不知言之人，乌可与言[1]？知言之人，默焉而其意已传。幕中之辩，人反以汝为叛；台中之评，人反以汝为倾[2]。汝不惩邪！而呶呶以害其生邪[3]！

【注释】

①乌：怎么。

②倾：排挤。

③呶呶（náo）：形容说话唠叨，使人讨厌。

【译文】

不懂你话语含意的人，怎么能够和他交流？真能深解你言语的人，哪怕不和他说什么他也能明白你的意思。在幕府军帐中辩锋太盛，人们以为你心怀叛意；做监察御史时坐论天旱人饥，被贬为山阳令。你还不有所警醒吗？是想要这样让无益之语耽搁你的一生吗？

行箴

行与义乖[1]，言与法违，后虽无害，汝可以悔；行也无邪，言也无颇，死而不死，汝悔而何？宜悔而休，汝恶曷瘳[2]？宜休而悔，汝善安在？悔不可追，悔不可为；思而斯得，汝则弗思。

【注释】

①乖：违背，不协调。

②瘳（chōu）：损失，减少。

【译文】

行为与道义悖离，言论与礼法违背，以后哪怕没有带来什么危害，你也该觉得后悔；如果行为没有任何不正，言论也没有任何偏颇，那么即使因此殉身，精神也会长存，你又有什么好后悔的？应该后悔的你却不去理会，你的恶劣品性又怎么可能减少？应该不理会的你却表示后悔,你的善良道德究竟在哪里?!可悔之事难以追回,所以一定不可做将会后悔的事;考虑明白这一点,你就可以去掉许多思虑。

好恶箴

无善而好,不观其道;无悖而恶,不详其故。前之所好,今见其尤[①],从也为比[②],舍也为仇。前之所恶,今见其臧[③],从也为愧,舍也为狂。维仇维比,维狂维愧,于身不祥,于德不义。不义不祥,维恶之大,几如是为,而不颠沛?齿之尚少,庸有不思,今其老矣,不慎胡为!

【注释】

①尤:罪过,过错。

②比:并列。

③臧(zāng):善,好。

【译文】

并非善良之辈却爱慕他,是因为没有细察他的为人;未曾违逆正道之人却厌恶他,是因为没有看到他的本质。先前爱慕之人,现在看到了他的缺陷,如果继续相交就是比肩为恶了,如果断弃离去又容易反目成仇。先前厌恶的人,现在看到了他的优点,如果这时再去结交会觉得羞愧,如果继续表示不交就属于狂妄了。无论结仇或者比肩同恶,还是狂妄或者惭愧,对于自身而言都很不利,从德性来说也实属不义。既不义又不利,害处就很多了,如果数次处于这样的境地,哪还能不颠沛困顿,举步维艰呢?年纪尚少的时候,或许还不懂得仔细掂量,现在年纪老大,怎么可以不慎重呢?!

知名箴

内不足者，急于人知；霈焉有余[1]，厥闻四驰[2]。今日告汝，知名之法。勿病无闻，病其晔晔[3]。昔者子路，惟恐有闻[4]，赫然千载，德誉愈尊。矜汝文章[5]，负汝言语[6]，乘人不能，掩以自取[7]。汝非其父，汝非其师，不请而教，谁云不欺[8]？欺以贾憎[9]，掩以媒怨[10]，汝曾不寤[11]，以及于难[12]。小人在辱，亦克知悔，及其既宁[13]，终莫能戒。既出汝心，又铭汝前，汝如不顾，祸亦宜然！

【注释】

①霈：本意为大雨，引申为充足。

②厥闻四驰：其名声到处流布。

③晔晔：同“烨烨”。光亮的样子。

④昔者子路，惟恐有闻：《论语·公冶长》：“子路有闻，未之能行，唯恐有闻。”即说子路名声很大，但在事情未做之前，担心名不副实，唯恐人家知道。

⑤矜：以……为骄傲。

⑥负：以……而自负。

⑦揜（yǎn）：抢夺。此指占有荣誉。

⑧欺：此处为强加于人。

⑨贾（gǔ）憎：招别人厌恶。

⑩媒怨：惹来别人怨恨。

⑪寤：通“悟”。觉悟。

⑫难：困境。

⑬既宁：平静下来以后。

【译文】

内心修养不够的，往往急于传播他的名声；实际上修养到道德充实的时候，名声自然就四处散布了。现在告诉你成名的办法：不以默然无闻为耻，而要惭愧于名实不符。过去子路惟恐被人闻知，然而千年以后，他的德名更加尊显。自夸于文章，自负于雄辩，趁别人贫弱不能之时，抢占荣誉。你不是人家的父亲，也不是人家的老师，不被请求就前去指教，有谁会不说这是强加欺凌?！这样强行教导，自然招来憎恨，抢出风头自然引起怨怒，你过去不醒悟，就惹来过灾难。小人受辱，也终能知后悔，可是一等到事情平静下来，还是故态复萌不能改正。现在这劝诫之言自你心而发，又铭刻在你面前，你倘若还不记住，陷于祸患也是应当的了。

后汉三贤赞

【题解】

三贤指东汉三位著名思想家：王充、王符、仲长统。其事各见于篇中。赞是一种以颂扬为主旨的文体。亦作“讃”。韩愈此文题虽称“赞”，文中却无显著一字落于褒物称颂，而只是分述三人生平、籍贯、著作一类，于字里行间透见其崇仰之情。文章语言简练扼要，记叙则择其大要，重点突出，数笔间三人事迹便轮廓毕现，此非习文老到者不能。

王充者何？会稽上虞[①]。本自元城，爰来徙居。师事班彪[②]，家贫无书。阅书于肆[③]，市肆是游。一见诵忆，遂通众流。闭门潜思，《论衡》以修[④]。为州治中[⑤]，自免归欤。同郡友人，谢姓夷吾，上书荐之，待诏公车[⑥]，以病不行。年七十余，乃作《养性》[⑦]，一十六篇。肃宗终于永元[⑧]。

【注释】

①会稽：郡名。秦置，治所在吴县，今江苏东南及浙西部分。上虞：县名。属今浙江，在曹娥江东，秦置，隋废。

②班彪：汉扶风安陵（今陕西咸阳）人，字叔皮。详见《王命论》作者小传。

③肆：市场。王充常游于洛阳市肆，阅所卖书，辄能诵忆，遂通百家之说。

④《论衡》以修：修撰《论衡》。王充后归乡里，以俗儒守文，多失其实，乃闭门沉思，前后三十年成《论衡》一书。书主要疾虚妄而求实证，抨击迷信，主张今优于古，皆卓有所见。

⑤治中：官名。汉置，为州刺史的助理，主掌文书案卷。也称治中从事史。王充初辟为从事，后转治中，未久辞归乡里。

⑥待诏：候命。汉时以才技征召未有正官者，使之待诏，有待诏公车、待诏金马门等名目。公车：汉卫尉下设公车令，掌殿中司马门警卫。臣民上书及征召，都由公车接待。

⑦《养性》：书名。今佚不存。

⑧永元：汉和帝刘肇年号（89—104）。

【译文】

王充是谁呢？会稽上虞人氏。原籍元城，后来迁居至此。师从于班彪门下，家中贫寒没有藏书。他就在市肆阅览群书，盘旋于市肆之所。充每读一书，辄能诵忆，于是便这样精通百家。他闭门不出，深思熟虑，修撰《论衡》。居任州之治中，自求归免。同郡的朋友谢夷吾，上书举荐他，待诏于公车，他推辞生病，终不前往。年七十余时，作《养性》十六篇。肃宗永元年间，辞世终老。

王符节信，安定临泾①。好学有志，为乡人所轻。愤世著论，《潜夫》是名②。《述赦》之篇③，以赦为贼④，良民之甚，其旨甚明。皇甫度辽[5]，闻至乃惊，衣不及带，屣履出迎[6]，岂若雁门，问雁呼卿。不仕终家[7]，吁嗟先生！

【注释】

①安定：郡名。汉元鼎三年（前114）置，辖高平等二十一县。地为今甘肃平凉地区的一部分。临泾：在今甘肃镇原。

②《潜夫》：即《潜夫论》。十卷，三十五篇，另叙录一篇。王符性耿直忤俗，郁郁不得志，乃隐居著书，评论时政得失，反谶纬迷信，不欲题名，故以潜夫为名。

③述赦：《潜夫》中篇章。赦，有罪而放免。

④贼：害。

⑤皇甫度辽：人名。

⑥屣（xǐ）履：穿鞋而不提上鞋跟，形容行走急遽。

⑦终家：终老乡里。

【译文】

王符字节信，安定临泾人。他好学有大志，却被乡人轻侮。愤世嫉邪，著书立论，写出《潜夫论》。《述赦》一篇，以赦罪为害事，对民众有益的是什么，文中主旨很清楚。皇甫度辽听说王符前来，惊喜慌乱，衣服来不及系带，没蹬上鞋就出门迎接。哪里像雁门之时，对着鸿雁称朋唤友。最后不做官，老死家中，可叹呀先生！

仲长统公理，山阳高平[1]。谓高干有雄志而无雄才[2]，其后果败，以此有声[3]。俶傥敢言[4]，语默无常，人以为狂生。州郡会召，称疾不就[5]，著论见情。初举尚书郎[6]，后参丞相军事[7]，卒不至于荣[8]。论说古今，发愤著书，《昌言》是名[9]。友人缪袭[10]，称其文章[11]，足继《西京》。四十一终，何其短邪，呜呼先生！三句用韵略仿秦碑。

【注释】

①山阳：郡名。汉景帝时分梁国置山阳国，建元间改郡。旧治所在今山东金乡西北。高平：县名。属山西。

②高干：人名。

③以此有声：因此得誉。

④俶傥（tì tǎng）：卓异不凡。

⑤就：前往。

⑥尚书郎：东汉尚书属官初任称郎中，满一年称尚书郎，三年称侍郎。

⑦丞相：谓曹操。

⑧荣：显荣。

⑨《昌言》：仲长统每论说古今时俗行事，恒发愤叹息，因著《昌言》，凡三十四篇。其书久佚。《后汉书》本传录入《理乱》《损益》《法诫》三篇。

⑩缪袭：人名。

⑪称：夸赞。

【译文】

仲长统字公理，山阳高平人氏。曾预言高干此人空有雄志却无高才，后来高干果然事败，长统因此名声大振。长统卓异不群，敢于直言，谈论静默没有固定，人们都认为他是狂妄不羁之人。州郡征召他，称病不往，写书立论来抒表心意。初始举为尚书郎，后为丞相参军，最终也没有能够显荣富贵。长统于是论古说今，发愤著书，写出《昌言》。友人缪袭，夸赞他的文章，足继《西京》。四十一岁死去，寿命如何这样短促？唉！先生啊！三句用韵略仿秦碑。

柳宗元

柳宗元简介参见卷二。

伊尹五就桀赞

【题解】

伊尹是商初贤臣，辅佐汤灭夏桀建商，历卜丙、仲王、太甲三王。伊尹五就桀之说从未见经传，系柳宗元杜撰的寓言。在这篇寓言式的赞中，作者称颂了伊尹心怀百姓，几次投效夏桀以欲速拯民于水火的行为。孔子称“欲速则不达”，但柳宗元却认为伊尹的“欲速”精神，正是伊尹作为圣人的最伟大之处。

伊尹五就桀。或疑曰：“汤之仁闻且见矣①，桀之不仁闻且见矣，夫胡去就之亟也②？”柳子曰：“恶③，是吾所以见伊尹之大者也④。彼伊尹，圣人也。圣人出于天下，不夏、商其心⑤，心乎生民而已⑥。曰：‘孰能由吾言⑦？由吾言者为尧、舜，而吾生人尧、舜人矣⑧。’退而思曰：‘汤诚仁，其功迟；桀诚不仁，朝吾从而暮及于天下可也。’于是就桀。桀果不可得，反而从汤。既而又思曰：‘尚可十一乎[9]？使斯人蚤被其泽也[10]。’又往就桀。桀不可，而又从汤。以至于百一、千一、万一，卒不可[11]，乃相汤伐桀。俾汤为尧、舜，而人为尧、舜之人，是吾所以见伊尹之大者也。仁至于汤矣，四去之；不仁至于桀矣，五就之。大人之欲速其功如此。不然，汤、桀之辨，一恒人尽之矣[12]，又奚以憧憧圣人之足观乎[13]？吾观圣人之急生人，莫若伊尹；伊尹之大，莫若于五就桀。”作《伊尹五就桀赞》：

【注释】

①汤：即商汤，殷商的建立者。

②胡：疑问词。亟（qì）：屡次。

③恶（wū）：感叹词。

④大：伟大。

⑤心：心怀，关心。

⑥生民：黎民百姓。

⑦孰：谁。由：听从。

⑧生人：百姓。

⑨十一：十分之一的可能性。

⑩蚤：通“早”。

⑪卒：最终。

⑫恒人：常人，凡人。

⑬憧憧（chōng）：意未定。

【译文】

伊尹曾经五次求用于夏桀。有人质疑说：“商汤的仁义，是人们所耳闻目睹的；夏桀的残暴不仁，也是人所耳闻目睹的。伊尹怎么能够一次又一次地来来去去呢?”柳宗元先生说:“啊！这正是我看到伊尹是伟大的人的地方。那伊尹是圣人。圣人出生在这个世界上,并不会介意于商或夏的名号,只不过心怀天下黎民百姓罢了。他说:‘谁能听从我的话呢？听从我的话的人可以成为尧、舜那样的圣明君王,而我们的黎民百姓就是生活在尧、舜时代的人们了。’他回头一想:‘汤确实仁,但见效要慢;桀确实不仁,然而早晨听从我,黄昏的时候就可以推行于天下了。’这样伊尹就去投奔桀。桀果然不能被说服,伊尹就返回去追随汤。过了不久又思索道:‘还有十分之一的可能性吧？也许还可以使人们早一天得到恩泽!’这样伊尹又去投奔桀。无法得到桀的听从便又去随从汤。这样以百分之一、千分之一、万分之一的可能性又去投奔桀,最终发现桀不可能推行自己的仁,就做汤的相去讨伐桀。终于使商汤成为尧、舜那样的圣君,而百姓成为了生活在尧、舜时代的人。这就是我看到伊尹的伟大的地方。像汤那样的仁正,却四次离开他;如桀那样的不仁,却五次投奔他。圣人想要迅速见到自己的功效竟这么迫切！如果不是这样,桀和汤的区别,一个常人就能完全看出来了,又何必等待心意未定的圣人来判断呢？我看圣人们的忧急平民百姓,没有谁能比得上伊尹;伊尹的伟大,没有哪一点比得上他的五次投奔夏桀。”所以我作了《伊尹五就桀赞》:

圣有伊尹,思德于民。往归汤之仁,曰仁则仁矣,非久不亲。退思其速之道,宜夏是因[①]。就焉不可,复反亳殷[②]。犹不忍其迟,亟往以观。庶狂作圣,一日胜残。至千万冀一[③],卒无其端。五往不疲,其心乃安。遂升自陑[④],黜桀尊汤[⑤],遗民以完。大人无形,与道为偶[⑥]。道之为大,为民父母。大矣伊尹,惟圣之首。既得其仁,犹病其久[⑦]。恒人所疑,我之所大。呜呼远哉!

志以为诲[8]。

【注释】

①因:凭藉,依靠。

②亳:地名。商汤的都城,后盘庚迁至殷,故商又称殷。亳在今河南偃师,殷在今河南安阳。

③冀:希望。

④陑(ér):地名。在今黄河大拐弯处之南。《书序》:"伊尹相汤伐桀升自陑。"

⑤黜:废黜。

⑥偶:伴侣。

⑦病:忧心。

⑧志:铭记。

【译文】

伟大的圣人伊尹,思欲造福于黎民。所以前去归附商汤的德仁,说商汤仁千确万真,只是不等很久无法为百姓所亲。回头思考迅速推行的办法,觉得还是直接去做夏桀的工作为好。投奔夏桀却不能被接受,只好还回到亳地的商汤身边。还是不忍心黎民得福的迟缓,所以一次又一次试探。希望桀也能成为圣人,许多德政一日之间即可实现。竟至于千万分之一的希望也不放弃,终于没有丝毫希望。五次前去投奔夏桀而不疲倦,最后才放弃了幻想。于是就从陑地起兵,废黜夏桀而尊立商汤,所以残留下的黎民百姓才得以保全。圣人没有具体的局限,只同大道相依相伴。道的最大特点,就是要像父母一样造福人们。伟大啊伊尹,是圣人中最高尚的一位。即使能够推行仁政,还担忧要费的时间太久。一般人很怀疑这件传闻,我却以为这才表现了真正的伟大。啊呀多么高尚悠远呀!我把它牢记在心永远作为教诲。

平淮夷雅

【题解】

唐宪宗元和十二年(817),宰相裴度以平章事兼彰义军节度使总督唐、随、邓节度使李愬等,统兵讨伐叛乱无道的淮西节度使吴元济。李愬雪夜入蔡州,擒吴元济,随后开始逐个平定叛乱的藩镇,实现了全国的短暂统一。柳宗元的《平淮夷雅》就是颂扬裴度、李愬的武功的。淮夷,本指居于淮河流域的少数民族,这里用以指淮西节度使吴元济等。雅,原为周王的一种乐调,后成为一种诗体,用以反映王朝的重要措施或事件,因为王朝有大有小,所以雅也分大雅和小雅。本雅分两篇,分别颂赞裴度和李愬。裴、李战功彪炳,史册垂名。柳氏此雅文采风流、一唱三叹。

皇武①命丞相度董师②,集大功也。

皇耆其武③,于溵于淮④。既巾乃车⑤,环蔡其来⑥。狡众昏嚚⑦,甚毒于酲⑧。狂奔叫呶⑨,以干大刑⑩。

【注释】

①皇武:皇帝武德的意思。

②度:即裴度,唐宪宗时宰相,字中立,河东闻喜(今属山西)人。元和十二年督师攻破蔡州,擒吴元济,威震河北诸藩镇,唐朝出现短暂的中兴统一。受封于晋。晚年以宦官专权,归居洛阳。董:统帅。

③耆(zhǐ):致。

④溵:水名。即大溵河,俗称沙河,系北汝河下游,源于河南许昌,注入颍水。

⑤巾:衣服,说的是用衣物装饰战车。

⑥蔡：蔡州，今属河南汝南。

⑦嚚（yín）：愚昧。

⑧酲（chéng）：酒醉。

⑨呶（náo）：喧哗吵闹。

⑩干：触犯。

【译文】

皇武 诏命宰相裴度统率军队，成就大功。

皇帝诉诸武力，在淮水、溵水之间。用衣物装饰我们的战车，包举蔡州以使之投降。狡妄的蔡州乱军昏庸愚昧，比喝醉了酒还疯狂。狂奔喧哗叫嚚，触犯国家的刑律。

皇咨于度[①]，惟汝一德。旷诛四纪[②]，其徯汝克[③]。锡汝斧钺，其往视师。师是蔡人，以宥以釐[④]。

【注释】

①皇：指唐宪宗李纯，805—820 年在位。

②纪：十二年为一纪。

③徯：等待。

④釐：福禧。

【译文】

皇帝对裴度说，希望你一心一意，诛灭长久的暴乱以求长治久安，朕等待着你的成功。赐给你象征天子的斧钺，你前往巡视军队，对蔡州的乱军用兵，并加以宽宥和降福。

度拜稽首，庙于元龟[①]。既禡既类[②]，于社是宜。金节煌煌[③]，锡盾雕戈。犀甲熊旂，威命是荷[④]。

【注释】

①庙：即祭告于先帝宗庙。元龟：大龟。

②祃、类：都是祭典之名，在内称类，在野称作祃。

③节：即节仗节钺等，帝王的象征。煌煌：盛大威武。

④荷：负担。

【译文】

裴度叩头礼拜，去宗庙祭告先帝并占卜吉凶是非，又在城内、郊外祭告，宗庙等祭仪得到肯定，发动军队是适宜的。黄金的节钺光明威武，镀金的盾伴随雕纹的矛戈，犀牛皮制的甲胄映衬画熊的战旗，就这样担负了帝王的命令。

度拜稽首，出次于东[①]。天子饯之[②]，罍、斝是崇[③]。鼎臑俎胾[④]，五献百笾[⑤]。凡百卿士，班以周旋。

【注释】

①次：驻扎。

②饯：送行。

③罍(léi)、斝(jiǎ)：都是古代酒器之名。罍上刻画云雷之纹，斝上绘刻禾稼之纹。

④臑(ér)：煮熟。胾：切成大块的肉。

⑤五献：飨礼时献酒五次。笾(biān)：祭祀时盛物的竹器。

【译文】

裴度叩头礼拜，出发驻军在城的东郊。天子亲自为之饯行，动用祭仪的酒器。用鼎俎献上牲肉，五次进献上百的笾器。数百的大臣卿士遥送大军而去。

既涉于浐[1]，乃翼乃前。孰图厥犹，其佐多贤。宛宛周道[2]，于山于川。远扬迩昭，陟降连连[3]。

【注释】

①浐：水名。关中八水之一，源于陕西，汇入灞水入渭。

②宛宛：崎岖不平、弯弯曲曲的样子。宛，通“蜿”。周道：大道。《诗经·周南·卷耳》：“嗟我怀人，置彼周行。”

③陟：攀登。连连：缓缓的样子。

【译文】

已经渡过了浐水，展开军队继续向前。谁给出谋划策呢？协助的佐吏多是贤能之人。崎岖蜿蜒的道路，还有山山水水。威风远扬而近处昭显气势，攀登下降，大军缓缓向前。

我旆我旂，于道于陌。训于群帅，拳勇来格[1]。公曰徐之，无恃额额[2]。式和尔容，惟义之宅。

【注释】

①拳勇：善技击有勇力的人。格：致，来。

②额额：没有休息的样子。

【译文】

我们的旌旗飘扬于大道小路。训令下达各路统帅，要广泛招纳勇猛果敢的战士。裴公说要缓慢前进，不要做无休止的进军。要使军队变得沉稳从容，那才像是堂堂正义之师。

进次于郾[1]，彼昏卒狂[2]。哀凶鞠顽[3]，锋猬斧螗。赤子匍匐[4]，厥父是亢[5]。怒其萌芽，以悖太阳。

【注释】

①郾：地名。在今河南开封。

②卒：终，尽。

③裒、鞠：都是穷尽的意思。

④匍匐：手足并行。这里指急遽无比。

⑤亢：奋激的样子。

【译文】

进军到达郾地，敌人的昏庸终致狂妄。穷凶极恶、张牙舞爪。儿童愤激，老人愤怒。憎恨敌人的嚣狂，以致冲犯太阳。

王旅浑浑[①]，是佚是怙[②]。既获敌师，若饥得铺。蔡凶伊窘，悉起来聚。左捣其虚，靡愆厥虑。

【注释】

①浑浑：形容大水波涛相接，这里指军队的众多严整。

②佚：安逸。怙：依恃。

【译文】

王师众多严整，或者安逸前进，或者恃强而无恐。很快俘获敌人的军队，就像饥饿时得到了肉食。蔡州的凶寇已陷于困迫，都起来聚集在一块。进攻其虚弱的左翼，这样的策略没有任何破绽。

载辟载袚[①]，丞相是临。弛其武刑，谕我德心。其危既安，有长如林。曾是讙侥[②]，化为讴吟。

【注释】

①袚：除尽。

②谨(xuān)诡:喧哗叫嚷。

【译文】

扫荡暴乱,丞相光临。放松武力的惩罚,晓喻仁德之心。倾危已经平复,这威信流布四方。这里曾经一片喧哗呼号,如今却化为一片讴歌颂扬之声。

皇曰来归,汝复相予。爵之成国,胙以夏墟[1]。度拜稽首,天子圣神。度拜稽首,皇祐下人。

【注释】

①胙(zuò):通"祚"。君位。夏墟:地名。今属山西太原晋阳,古称为晋,裴度封国。

【译文】

皇帝诏命说班师凯旋吧,你重新做我的宰相。封爵位和土地,做夏墟的诸侯。裴度叩头礼拜,天子真的圣智神明。裴度叩头礼拜,皇恩普施于臣民。

淮夷既平,震是朔南[1]。宜庙宜郊[2],以告德音。归牛休马,丰稼于野。我武惟皇,永保无疆。右《皇武》。

【注释】

①朔:北方。

②庙:告宗庙之祭祀。郊:郊祭。

【译文】

淮西的贼寇已经平定,这样就威震南北。应该告祭宗庙和郊祀啊,来告以这大德的福音。把军队中的牛马放回去,好到田野中耕种耘植。

我们皇帝的武德啊，永远无边无疆。以上是《皇武》。

方城[1]命愬守也[2]。卒入蔡[3]，得其大丑[4]，以平淮右。

方城临临[5]，王卒峙之。匪徼匪竞，皇有正命。皇命于愬，往舒余仁。踣彼艰顽[6]，柔惠是驯。

【注释】

①方城：地名。今属河南。此部分写李愬雪夜入蔡州。

②愬：即李愬，字元直，唐洮州临潭（今属甘肃）人。元和十一年(816)任唐、随、邓节度使，从裴度讨伐吴元济，次年破蔡州擒元济。进封凉国公，授山南东道节度使，元和十三年任武宁节度使，参加讨剿李师道，又历任昭义、魏博等节度使。

③卒：终于。

④大丑：即首恶，指自立的叛将淮西节度使吴元济。

⑤临临：盛大庄严的样子。

⑥踣：毙倒。

【译文】

方城 命令李愬镇守方城。终于攻进蔡州，抓获元凶，平定了淮西。

方城广大，君王的军队守卫着它。不是为求取功利也不是为了争夺，是因为皇帝正义的诏命。皇帝命令李愬：前往伸张朕的大仁，击败消灭那顽劣的敌人，而且要坚持仁德与恩惠。

愬拜即命，于皇之训。既砺既攻，以后厥刃。王师嶷嶷[1]，熊罴是式。衔勇韬力，日思予殛[2]。

【注释】

①嶷嶷：高峻的样子。

②殛：穷迫。

【译文】

李愬当即礼拜受命，牢记皇帝的训诲。一边激励士气一边又准备攻击，最后可以举起白刃。王师士气高涨，士卒勇猛像熊罴。坚持勇气保存实力，时时刻刻不要使自己的军队疲倦。

寇昏以狂，敢蹈愬疆[1]。士获厥心，大袒高骧。长戟酋矛[2]，粲其绥章[3]。右翦左屠，聿禽其良[4]。

【注释】

①蹈：踩，踏。

②酋矛：古代兵器名。

③绥章：以绥旗为表章。绥，旌旗名。一说绥章为引以登车的彩索。

④聿禽其良：李愬攻蔡州，擒其卒而释之。被释的吴元济士卒效命，继而生擒吴元济将陈光洽，招降吴秀琳。

【译文】

乱寇昏聩竟致发狂，竟敢侵犯李愬的阵地。将士士气大作，袒臂跃起发动攻击。长戟和酋矛挥动，高擎旗帜以鼓励士气。左右冲锋斩杀，终于俘获了敌人的精锐。

其良既宥，告以父母[1]。恩柔于肌，卒贡尔有。维彼攸恃[2]，乃侦乃诱。维彼攸宅，乃发乃守。

【注释】

①父母：指再生父母，言极其感恩。

②攸：所。

【译文】

敌人的精锐随后被宽恕，他们表示感谢李愬的再生之恩。像肌肤一样柔和的恩情，终于为你们所有。你们要依靠这一切，前去侦探诱降。那美好的住处，由你来拥有守护。

其恃爰获，我功我多。阴谋厥图，以究尔讹。雨雪洋洋，大风来加。于燠其寒[1]，于迩其遐。

【注释】

①燠：取暖之火。

【译文】

依靠这样的收获，我们的功劳越来越多。各种秘密的计谋，用来实现你的谋划。大雪纷飞铺天盖地，还加以大风呼啸。炉火也显得寒冷，很近的路途也显得漫长。

汝阴之茫[1]，悬瓠之峨[2]。是震是拔，大歼厥家。狡虏既縻[3]，输于国都。示之市人，即社行诛。

【注释】

①汝阴：地名。在蔡州。茫：广大的意思。

②瓠（hú）：通“壶”。

③縻：束缚，牵制。

【译文】

汝阴苍茫，如高悬的壶一样险峻巍峨。就这样克定蔡州威震河北，大大歼灭敌凶。狡诈的敌人已被俘获，押送到国都。向人们示众，然后告祭神灵即行斩杀。

乃谕乃止，蔡有厚喜。完其室家，仰父俯子。汝水沄沄[1]，既清而溎[2]。蔡人行歌，我步逶迟。

【注释】

①沄沄：河水流转的样子。

②溎(mǐ)：水深满的样子。

【译文】

皇帝诏令停息战斗，蔡州父老大喜临门。保全他们的家业，让父子团圆和睦。汝水回旋奔流，清澈而深广。蔡州人欢歌迎送，我们的将士缓缓行进。

蔡人歌矣，蔡风和矣。孰颣蔡初[1]，胡甈尔居[2]。式慕以康，为愿有余。是究是咨，皇德既舒。

【注释】

①颣：戾。

②甈：不安。

【译文】

蔡州百姓唱起歌来，蔡州风气和美了。谁曾在当初蹂躏蔡州？谁曾破坏了你们的房屋？现在一片康乐，人人向慕，远远超过了人们的愿望。不断地这样追问探询，皇帝的恩德得到了推行实施。

皇曰咨愬，裕乃父功[1]。昔我文祖[2]，惟西平是庸。内诲于家，外刑于邦[3]。孰是蔡人，而不率从。

【注释】

①裕乃父功：像你的父亲一样功高德劭。李愬是李晟的儿子。李晟字良器，唐德宗时名将，战功卓著，封西平郡王。

②文祖：即唐德宗。

③刑：典范，楷模。

【译文】

皇帝说李愬啊，你像你的父亲一样战功赫赫！从前我们文祖德宗皇帝，依靠的正是你的父亲西平王。在家内教诲修养，在外做国家的典范。有哪个蔡州人能不顺从呢？

蔡人率止，惟西平有子。西平有子，惟我有臣。畴允大邦[1]，俾惠我人。于庙告功，以顾万方。右《方城》。

【注释】

①畴：通“酬”。允：允当。

【译文】

蔡州人得到了太平，因为故西平王有贤能的儿子。西平王有这样的儿子，是我拥有的贤臣。应该封赐你大大的土地，造福我的臣民。在宗庙中祭告大功，来垂恩照料万方。以上是《方城》。

程子

程子，指程颐(1033—1107)，字正叔，北宋洛阳人。世称伊川先生，与其兄程颢(人称明道先生)并称“二程”。兄弟二人早年一起受学于周敦颐，后来又广泛涉猎老庄、佛教书籍，而终归之于六经。朱熹后来吸收了二程思想，成为理学之集大成者。程颐的著作言论，后人收辑在《二程遗书》中。

四箴

【题解】

《四箴》是程颐写给门人的四篇训辞，主要是禁止乱看、乱听、乱说、乱动，以此来修身养性。话虽不多，却是其学说精华所在。因为，一、它是建立在程颐自己道学理论基础之上的，并非随心而发。所谓存天理、灭人欲，就是要人随时克制自身，如此才可行仁。二、这四条可说是程子哲学思想的落脚点，只有内圣之学而没有外王之学，固然不行，即使单就一己之成功而言，欲做到内圣，也非实践不可。本文即给出了具体做法。

视箴

心兮本虚，应物无迹。操之有要[①]，视为之则。蔽交于前[②]，其中则迁[③]。制之于外，以安其内。克己复礼，久而诚矣。

【注释】

①要：关键之法。

②蔽：不正当的事物。

③中：内心。

【译文】

人心本来中虚，受物各安其性。保持本真关键，该看不该看分清。所见尽是邪恶，内心必思屈从。限制恶不入眼，可使内心安宁。克制私念守礼，日久自然信诚。

听箴

人有秉彝[①]，本乎天性。知诱物化[②]，遂亡其正。卓彼先觉，知止有定。闲邪存诚[③]，非礼勿听。

【注释】

①彝(yí)：常道，法度。《诗经·大雅·烝民》："民之秉彝。"

②知：与自然相对，指人为的因素，包括知识。

③闲：防。

【译文】

人生本有常度，都是源于天性。谬论外物诱导，良知于是无踪。圣人真真伟大，能知守心持定。防邪保存诚信，事不合礼不听。

言箴

人心之动，因言以宣。发禁躁妄，内斯静专。矧是枢机[①],兴戎出好[②]。吉凶荣辱,惟其所召。伤易则诞,伤烦则支[③]。己肆物忤[④],出悖来违。非法不道,钦哉训辞。

【注释】

①矧(shěn):况且。

②兴戎:发动战争。《尚书·大禹谟》:“惟口出好兴戎,朕言不再。”

③支:支离。

④忤(wǔ):抵触,违反。

【译文】

人的心思变化,通过语言反映。禁止狂躁虚妄,内心始能安静。况且舌是祸根,动辄挑起愤争。吉凶连同荣辱,都因说话产生。乱言流于虚诞,啰唆条理不清。放肆招来不和,悖理人亦回敬。事不合理不说,此训真是圣明。

动箴

哲人知几,诚之于思。志士励行,守之于为。顺理则裕[①],从欲惟危。造次克念,战兢自持。习与性成,圣贤同归。

【注释】

①裕:从容。

【译文】

哲人深知精微,不断反思归诚。志士努力上进,守道见于行动。顺理人生娴静,纵欲危难回敬。举动克制邪念,战战兢兢自我持守。习性转成天性,圣人人人能成。

范浚

范浚，字茂明，宋兰溪（今浙江金华）人。绍兴年间曾举贤良方正，因目睹秦桧当道，遂不应召。太守请他主讲州学，亦辞不就。闭门讲学，危坐一室，处之泰然。自称其学“本无所承”，“所自喜者，徒以师心谋道，尚见古人自得之意”。当关、洛之学盛行于浙东之际，范氏所作文章，绝口不提理学诸家。而所发议论，又多与诸人之说相合。其学自为香溪学派。大致以为心性合一，主张修心持身，与诸子无大异。著有《香溪集》三十二卷，系门人高栴所编，范氏之侄范端臣刊行于世。后收入《四库全书》集部。

心箴

【题解】

范浚在宋时并不甚为人注意，元人胡仲子始表而出之，引起了后来学者的注意。其《心箴》一篇因为得到朱熹的赞许，颇为人知。元人吴师道在《香溪集》跋语中说朱子取此篇注《孟子》，应该有会心之处。

茫茫堪舆①，俯仰无垠。人于其间，眇然有身。是身之微，太仓稊米②。参为三才③，曰惟心尔。往古来今，孰无此心？心为形役，乃兽乃禽。惟口耳目，手足动静。投间抵隙，为厥心病。一心之微，众欲攻之。其与存者，呜呼几希！君子存诚，克念克敬。天君泰然④，百体从令。

【注释】

①堪舆：指天地。

②太仓稊(tí)米：喻微小。稊，草名。所结果实如小米。《庄子·秋水》："中国之在海内，不似稊米之在太仓乎？"

③三才：指天、地、人。

④天君：指心。《荀子·天论》："心居中虚，以治五官，夫是之谓天君。"

【译文】

茫茫宇宙，举目无垠。人处其间，渺然一身。此身微小，沧海一粟。忝居三才，只因有心。古往今来，谁无此心？心为身累，变兽变禽。为图享受，手脚不宁。刻意钻营，是他心病。一念之善，众恶相攻。所剩良知，还有几成！君子保诚，节制恭敬。内心坦荡，无患无病。

朱子

朱子，即朱熹(1130—1200)，字元晦，一字仲晦，号晦庵、巡翁，宋徽州婺源(今属江西)人。晚年移居建阳考亭，又主讲紫阳书院，故又被称为考亭、紫阳。历仕四朝，而在朝不过四十日。朱熹是程颐三传弟子李侗的学生，他继承"二程"理气关系学说，阐发儒家思想中的"仁"和《大学》《中庸》里的哲学思想。朱子思想系统，学识渊博，著述很多，大都采取给古书作注的方式，不囿成见，时出新解。著作有《四书章句集注》《诗集传》《周易本义》《楚辞集注》《通鉴纲目》及后人编的《朱子语类》等。自元代以后，朱子的《四书章句集注》成为历代科举考试的法定教科书，在中国历史上影响极为深远。

六先生画像赞

【题解】

本文是朱熹对周敦颐、程颢、程颐、邵雍、张载、司马光六人所写的简要赞语。仿佛是给理学家们来了个"全家照"。因为朱熹本人即是理学大家，因此其结论概括极为准确。周敦颐，在理学家中首创太极图；"二程"一个凛然不可犯，一个温润可亲；邵雍精象数，其学说神乎其神；张载气象浑厚，早年信佛，晚而归于儒；司马光在行为方面是典型的儒家，循规蹈矩。这些表现在他们各自身上的突出特点，都在短短几句话里给点了出来，非个中人，是不易道破的。

濂溪先生[①]

道丧千载，圣远言湮[②]。不有先觉，孰开我人？书不尽言，图不尽意。风月无边，庭草交翠。

【注释】

①濂溪先生：即周敦颐，字茂叔，居庐山，筑室名濂溪书堂。濂溪为其生地（在今湖南道州）。他采用道家学说，以太极为理，阴阳五行为气，对后来理学思想影响很大，“二程”都是他的弟子。著有《太极图说》《通书》等书。

②湮（yān）：淹没，不被人知道。

【译文】

大道丧失千年，圣言遥不可闻。若无先知先觉，谁来开导吾人？言未尽载其书，图岂能传深意。清风明月万古，庭前绿草欣欣。

明道先生[①]

扬休山立，玉色金声。元气之会，浑然天成。瑞日祥云，和风甘雨。龙德正中，厥施斯普。

【注释】

①明道先生：即程颢，字伯淳，北宋洛阳人。与其弟程颐并称“二程”。程颢理学思想，主要是认为天即理，为学以“诚仁”为主，要保持“仁”就需依靠“诚敬”。他在洛阳讲学十几年，弟子称受其

教“如坐春风”。

【译文】

身形如山伟立，音容笑貌可尊。体含山川灵气，望之浑然无痕。德如瑞日祥云，和风细雨待人。志节持正守中，泽及四海之民。

伊川先生[①]

规员矩方，绳直准平。允矣君子，展也大成[②]。布帛之文，菽粟之味。知德者希，孰识其贵？

【注释】

①伊川先生：即程颐，字正叔。著有《易传》《春秋传》等书。

②展：即柳下惠，春秋时鲁国贤大夫。姓展名禽，字季。封于柳下，谥惠。

【译文】

处世规矩有度，待人接物公平。可谓有道君子，能与展禽齐名。钻研典籍无倦，粗茶淡饭营生。世乏德智之辈，谁识先生高风？

康节先生[①]

天挺人豪，英迈盖世。驾风鞭霆，历览无际。手探月窟，足蹑天根[②]。闲中今古，静里乾坤。

【注释】

①康节先生：即邵雍，字尧夫，北宋理学家。深研《易》理，以太极为宇宙本体，有象数之学。居洛阳近三十年，名所居曰安乐窝，自号安乐先生。著有《皇极经世》《伊川击壤集》等书。

②蹑(niè)：踩，踏。

【译文】

天生豪爽，英风举世无双。叱咤风云几度，出入上下四方。举手可以揽月，足踏四维分张。闲观世事流转，静思宇宙秘藏。

横渠先生[1]

蚤悦孙吴，晚逃佛老。勇撤皋比[2]，一变至道。精思力践，妙契疾书。订顽之训[3]，示我广居。

【注释】

①横渠先生：即张载，字子厚，宋凤翔眉县横渠镇(今陕西眉县)人。其学也称关学。他认为“气”是本体，反对“理”为本体说，承认物质先于精神而存在。著有《正蒙》《西铭》《易说》《经学理窟》等书，后人编为《张子全书》。

②皋比：虎皮。《左传·庄公十年》：“蒙皋比而先犯之。”

③订顽之训：指《西铭》。

【译文】

早年沉溺兵法，后来改宗佛老。敢言人所不言，一变心折大道。苦思兼以力行，灵感来时疾书。订顽一篇训辞，示我求道多途。

涑水先生[1]

笃学力行，清修苦节。有德有言，有功有烈。深衣大带，张拱徐趋。遗像凛然，可肃薄夫。

【注释】

①涑水先生：即司马光，字君实，北宋陕州夏县涑水(今山西夏县)

人。历仕仁宗、英宗、神宗三朝，极力反对王安石变法，宋哲宗时为相，尽改新法，恢复旧制。著有《切韵指掌图》《稽古录》《涑水纪闻》等书，主编历史巨著《资治通鉴》。

【译文】

勤学用力实践，修养清苦志节。德行言语双美，功绩轰轰烈烈。宽衣博带气象，行走舒缓安帖。遗像凛然难犯，轻薄望之心慑。

卷八·序跋之属一

易

《易》是我国古代的卜筮之书，有《连山》《归藏》《周易》三种，今仅存《周易》。作者已不可考。一般认为，《周易》有一个长期形成的过程，可能最早始于传说中的伏羲时代，殷时已有六十四卦，大约在周文王前后整理成书。《周易》由卦、爻两种符号和卦辞、爻辞两种文字组成。而对爻辞、卦辞加以发挥的文辞则统称为"传文"或"传"，据称系孔子所作，然后人多持怀疑态度，尚无定论。不过一般认为孔子至少整理过《周易》，正如他曾整理过《春秋》一样。

乾·文言

【题解】

《文言》是《易》传文之一，指依经文而言其理。《易·乾》的卦辞、爻辞主要是占卜之辞，《乾·文言》即对此作了义理上的发挥阐述，涉及事物发展的过程和变化规律，以人事相附会，有周、孔儒家思想色彩。

元者①，善之长也②；亨者③，嘉之会也④；利者⑤，义之和也⑥；贞者⑦，事之干也⑧。君子体仁⑨，足以长人⑩；嘉会，足以合礼；利物⑪，足以和义；贞固，足以干事。君子行此四德者，故曰："乾：元、亨、利、贞。"

【注释】

①元：开始。

②长：首，君。

③亨：通。

④嘉：美。古者婚礼也称"嘉"。会：聚合。

⑤利：中和。

⑥义：宜。

⑦贞：一说为占问，一说为正。

⑧干：树干，根本。

⑨仁：凡果实之实有生气者。《释名·释形体》："人，仁也；仁，生物也。"

⑩长人：犹君人，即主宰人。

⑪利物：一本作"利之"。

【译文】

元，是众善的首长；亨，是嘉美的会合；利，是事物得体而中和；贞，是事物的根本。君子效此体现仁足以治理人，嘉美会合足以合乎礼，裁成事物足以合乎义，能贞正固守足以成就事业。君子能行此四德，所以说："乾：就是元、亨、利、贞。"

初九曰"潜龙勿用"，何谓也？子曰："龙，德而隐者也。不易乎世①，不成乎名，遁世无闷②，不见是而无闷③。乐则行之，忧则违之，确乎其不可拔④。潜龙也。"

【注释】

①易：移。世：世俗。

②遁：隐退。闷：烦闷。

③不见是：不为世人所赞同。

④确：刚强之貌。拔：移。

【译文】

初九爻辞说“潜伏之龙，不可妄动”，这是什么意思？孔子说：“人有龙德而隐居。其志不为世俗所改变，不急于成就功名，隐退世外而不烦闷，其言行不被世人接受亦无烦闷。君子所乐之事去做，所忧之事则不去做，坚强而不可动摇。这就是潜龙。”

九二曰“见龙在田，利见大人”，何谓也？子曰：“龙德而正中者也①。庸言之信②，庸行之谨。闲邪存其诚③，善世而不伐④，德博而化⑤。《易》曰‘见龙在田，利见大人’，君德也⑥。”

【注释】

①正中：《乾》九二爻居内卦正得中位。

②庸言：平常的言论。

③闲：防。

④善世：吴汝纶曰：“此‘善世’即善大，与‘德博’对文。”伐：自夸。

⑤化：感化。

⑥君德：即阳德，阳为君。

【译文】

九二爻辞说“龙出现在田野，适合见大人”，这是什么意思？孔子说：“人有龙德而居正得中。平常的言论亦当诚实，平凡的举动亦当谨慎。防止邪恶而保持诚信，善行很大但不自夸，德行广博而化育人。《周易》说‘龙出现田野，利见大人’，这是君主之德。”

九三曰"君子终日乾乾，夕惕若厉，无咎"①，何谓也？子曰："君子进德修业②。忠信所以进德也。修辞立其诚，所以居业也。知至至之③，可与几也④。知终终之⑤，可与存义也。是故居上位而不骄，在下位而不忧，故乾乾因其时而惕，虽危无咎矣。"

【注释】

①乾乾：勤奋不息的样子。厉：危险。咎：小灾难。

②进德修业：增进德性，修治学业。

③知至至之：前"至"字为名词，指到达的地方；后"至"字为动词，指努力做到。

④几：微。《系辞下》："几者，动之微，吉之先见者也。"

⑤知终终之：前"终"字为名词，指终结；后"终"字为动词，指善于停止。

【译文】

九三爻辞说"君子终日勤奋不息，夜间戒惕似有危厉，无咎灾"，这是什么意思？孔子说："君子终日增进德性和修治学业。为人忠诚信实所以增进德性。修饰言辞以树立诚意，所以成就学业。知道所要达到的目标而努力争取，可与他讨论几微之事。知道终结，而善于终止，可保持事物发展的适宜状态。所以居上位而不骄傲，在下位而不忧愁，所以勤奋进取因其时而戒惧，虽有危厉而无咎。"

九四曰"或跃在渊，无咎"，何谓也？子曰："上下无常，非为邪也①。进退无恒，非离群也②。君子进德修业，欲及时也，故无咎。"

【注释】

①邪：邪枉。

②群：类。

【译文】

九四爻辞说“龙有时腾跃有时潜伏，无咎灾”，这是什么意思？孔子说：“人之地位的升降都是由具体条件而决定的，不要去做徒劳无益的邪枉之事。进居尊位或退居卑位都不是一成不变的，只是现在还没有离开众人之位上升而已。君子增进德性，修治学业，都是在等待时机，所以必无咎灾。”

九五曰“飞龙在天，利见大人”，何谓也？子曰：“同声相应，同气相求①。水流湿，火就燥，云从龙，风从虎，圣人作而万物睹②。本乎天者亲上③，本乎地者亲下，则各从其类也。”

【注释】

①同声相应，同气相求：乾坤阴阳各以类相应相求。应，感应。求，追求。

②作：起。

③亲：亲附。

【译文】

九五爻辞说“龙飞于天上，适合见大人”，这是什么意思？孔子说：“相同的声音相互感应，相同的气息相互追求。水往湿处流，火向干处燃，云从龙生，风由虎出，圣人兴起而万物清明可见。受气于天的亲附上，受气于地的亲附下，则各归从自己的类别。”

上九曰“亢龙有悔”，何谓也？子曰：“贵而无位，高而无民，贤人在下位而无辅，是以动而有悔也。”

【译文】

上九爻辞说“龙飞过高有悔”，这是什么意思？孔子说：“尊贵而没有具体职位，高高在上而脱离民众，贤明之士处下位而无人来辅助，所以只要一行动就产生悔恨。”

“潜龙勿用”，下也[①]；“见龙在田”，时舍也[②]；“终日乾乾”，行事也；“或跃在渊”，自试也；“飞龙在天”，上治也；“亢龙有悔”，穷之灾也[③]；《乾》元用九，天下治也。

【注释】

①下：居下，其位卑贱。

②舍：居。

③穷：极。

【译文】

“潜伏之龙，不要轻举妄动”，因地位低下；“龙出现在田野”，暂时居于此；“终日勤奋不息”，开始有所行动；“龙有时腾跃有时潜伏”，将由自己试验；“龙飞上天”，居上而治理天下；“龙飞过高而有悔”，是由穷极而造成的灾害；《乾》卦开始用九数以变化天下，天下必然大治。

“潜龙勿用”，阳气潜藏；“见龙在田”，天下文明[①]；“终日乾乾”，与时偕行[②]；“或跃在渊”，乾道乃革；“飞龙在天”，乃位乎天德；“亢龙有悔”，与时偕极[③]；《乾》元用九，乃见天则[④]。

【注释】

①文明：文采光明。

②偕：俱。

③极：终极。

④天则：天象法则。

【译文】

“潜伏之龙，不要轻举妄动”，阳气潜藏于地下；“龙出现在田野”，天下万物呈现光明；“终日勤奋不息”，随顺天时的变化而行动；“龙有时腾跃有时潜伏”，乾之道即将出现变革；“龙飞上天”，已位居于天德；“龙飞过高而有悔”，随天时变化而达到终极；《乾》卦始用九数，天道法则显现。

乾元者，始而亨者也；利贞者，性情也[①]。乾始能以美利利天下[②]，不言所利，大矣哉！

【注释】

①性：天性。情：真情。人禀阴阳而生，故有性情。

②能：而。美利：美善，即云行雨施以生物。

【译文】

乾元，开始而亨通；利贞，是物之性情。乾一开始能以化育的美与利以利天下万物，却不言利物之功，盛大啊！

大哉乾乎！刚健中正，纯粹精也[①]。六爻发挥[②]，旁通情也[③]。时乘六龙[④]，以御天也[⑤]。云行雨施[⑥]，天下平也[⑦]。君子以成德为行[⑧]，日可见之行也。“潜”之为言也，隐而未见，行而未成，是以君子弗用也[⑨]。

【注释】

①刚健中正，纯粹精也：刚、健、中、正，《乾》六爻皆阳，故“刚健”，二、五为中，初、三、五以阳居阳得位，故曰正。《乾》六爻中九五居中得正，故曰中正。纯粹精，此卦全阳不杂，故曰“纯粹精”。米不杂曰纯，米不变曰粹，米至细曰精。

②挥：动，散。一本作“辉”。

③旁：遍。通：通达。《系辞上》：“往来不穷谓之通。”

④六龙：六位之龙。

⑤御：驾马使行。

⑥云行雨施：指天之功用。云气流行，雨泽布施。

⑦平：均匀平和。

⑧成德：已成就的道德。

⑨弗：不。

【译文】

伟大啊乾阳！刚劲强健而中正不偏，可谓纯粹精微。六爻变动，普遍通达于情理。因时掌握六龙的变化，以驾驭天道。云气流行，雨水布施，天下和平。君子以完成道德修养作为行动目标，每天都显现于行动。初爻所说的“潜”，是隐藏而未显现，行动尚未成功，所以君子不能有所作为。

君子学以聚之①，问以辨之②，宽以居之③，仁以行之。《易》曰“见龙在田，利见大人”，君德也。

【注释】

①聚：会。

②辨：明辨。

③宽：弘广。

【译文】

君子学习以聚积知识，互相问难以明辨是非，宽宏大量与人相处，以仁爱之心指导行动。《周易》说“龙出现在田野，宜于见大人”，此谓君子之德。

九三重刚而不中①，上不在天②，下不在田③，故乾乾因其时而惕，虽危，无咎矣。

【注释】

①重刚：九三居内卦乾之终，上与外卦乾之初相接，乾为刚，故曰“重刚”。不中：指九三不处二、五之位，爻以二、五为中。

②上不在天：指往上不在九五爻。天，指九五爻。此爻辞为“飞龙在天”。

③田：指九二爻。此爻辞为“见龙在田”。

【译文】

九三处于重重阳刚交接之处而不居中位，上不及天位，下不在地位，所以终日勤奋，因其时而戒惕，虽有危难而无咎。

九四重刚而不中，上不在天，下不在田，中不在人①，故“或”之。或之者，疑之也，故无咎。

【注释】

①中不在人：九四居卦中间而不处人之正位。中，指居卦之中。人，指人位。卦三、四爻为人位，三与二相比，故三附于地处人之正位。四虽处人位，但远于地而近天，非人所处，故九四“中不在人”。

【译文】

九四爻处于重重阳刚交接之处而不居中位，上不及天位，下不在地位，处卦中间不在人位，所以有“或”字。或，疑惑，所以无咎。

夫“大人”者[①]，与天地合其德，与日月合其明，与四时合其序[②]，与鬼神合其吉凶[③]，先天而天弗违，后天而奉天时[④]。天且弗违，而况于人乎？况于鬼神乎？

【注释】

①大人：此指九五而言，九五有“利见大人”之辞。“大人”指圣明德备之人。《周易》中有周人五号：帝，天称；王，美称；天子，爵号；大君，兴感行异；大人，圣明德备。

②序：次序。

③鬼神：指阴阳之气屈伸变化。

④天时：四时。

【译文】

九五爻辞的“大人”，其德行与天地相合，其圣明与日月相合，其施政与四时顺序相合，其吉凶与鬼神相合，先于天道行动而与天道不相违背，后于天道行动而顺奉天时。既然天都不违背他，何况人呢？更何况鬼神呢？

“亢”之为言也，知进而不知退，知存而不知亡，知得而不知丧，其唯圣人乎[①]！知进退存亡而不失其正者，其唯圣人乎！

【注释】

①圣人:王肃本作“愚人”,与下句“圣人”相对为文。

【译文】

上九爻辞所说的“亢”,是说只知前进而不知后退,只知生存而不知灭亡,只知获得而不知丧失,这大概是愚人吧!知进退存亡之理而不失正道,这大概是圣人吧!

坤·文言

【题解】

《坤》卦讲的是阴气开始上升即植物开始凋落时六个月的事。主要谈自然现象,兼及一些社会现象。《坤·文言》仍以人事附会,在义理上进行发挥。

坤至柔而动也刚[①],至静而德方[②],后得主而有常[③],含万物而化光[④]。坤道其顺乎,承天而时行。积善之家,必有余庆;积不善之家,必有余殃。臣弑其君,子弑其父,非一朝一夕之故,其所由来者渐矣,由辩之不早辩也。《易》曰:“履霜,坚冰至[⑤]。”盖言顺也。

【注释】

①至柔:《坤》六爻皆阴,纯阴和顺,故曰“至柔”。

②德:德性。方:方正。古人以圆说明天体运动,以方说明地之静止。

③后得主:经文中有“先迷后得主”,其意为:先迷惑后找到主人。常:规律,常道。

④化光：化育万物，则其德光大。

⑤履霜，坚冰至：踏霜之时，当知坚冰之日将至。

【译文】

坤极其柔顺，但动显示出它的刚强；坤极其静止，尽得地之方正，后找到主人而有常道行之，含藏万物而化育广大。坤道多么柔顺，顺承天道依时而行。积善之家，必定福庆有余；积不善之家，必定灾殃有余。大臣弑掉国君，儿子弑死父亲，这并非一朝一夕所造成的，祸患的产生由来已久，是渐积而成的，原因是没有及早察觉。《周易》说："踏霜之时，预示坚冰之日将至。"这是说顺从事物发展结果。

"直"其正也，"方"其义也[1]。君子敬以直内，义以方外，"敬""义"立而德不孤。"直、方大，不习，无不利"，则不疑其所行也。

【注释】

①义：宜。

【译文】

"直"是说正直，"方"是说事物处置的适宜。君子用恭敬之德以使内心正直，用处事之宜来方正外物，"敬"与"义"确立而道德就不孤立了。"直、方广大，即使不加修习，只要有所行动也无不顺利"，这样就没有人怀疑他的行为了。

阴虽有美，"含"之以从王事，弗敢成也。地道也，妻道也，臣道也，地道无成而代有终也[1]。

【注释】

①"阴虽有美"几句：系演绎《坤》六三爻辞"含章，可贞，或从王事，无成有终"。经文原意为：蕴含章美可以守正，跟从大王做事，不要把功劳归于自己，但有好的结果。含，含藏。六三是以阴居阳位，故为"含章"。阳为章美。

【译文】

坤阴虽有美德，"含藏"它以跟从君王做事，不敢自居功名。地道，就是妻道、臣道，地道不自居其功，但替天道成就了养育万物之事。

天地变化，草木蕃[①]；天地闭[②]，贤人隐。《易》曰"括囊[③]，无咎无誉"，盖言谨也。

【注释】

①蕃：草木茂盛。

②天地闭：天地不交通。

③括囊：束扎口袋。

【译文】

天地交感变化，草木繁盛；天地闭塞不交，贤人隐退。《周易》说"束扎口袋，没有咎灾，没有名誉"，这是说谨慎的道理。

君子黄中通理，正位居体，美在其中而畅于四支，发于事业，美之至也[①]。

【注释】

①"君子黄中通理"几句：系演绎《坤》六五爻辞"黄裳元吉"。黄中，六五居中，而有中德。古代以土色为黄，土在五行中居中，故黄

色即中色，黄有中之义。正位居体，六五以阴居阳之正位。五为阳之正位，六五阴爻为体。支，同“肢”。指四肢。发，见。

【译文】

君子内有中德通达文理，外以柔顺之体居正位，美存在于心中，而通畅于四肢，发见于事业，这可是美到极点了。

阴疑于阳必战，为其嫌于无阳也，故称“龙”焉。犹未离其类也，故称“血”焉。夫玄黄者，天地之杂也，天玄而地黄①。

【注释】

①“阴疑于阳必战”几句：系演绎《坤》上六爻辞“龙战于野，其血玄黄”。阴，《坤》上六为阴。疑，即凝，有交结、聚合之义。嫌，疑。未离其类，《坤》上六虽称龙，但未离开阴类。玄黄，天玄地黄。此指阴阳相遇两败俱伤。玄，黑中有赤。

【译文】

坤阴交接于阳，阴阳必定会发生战斗，为嫌没有阳，所以《坤》上称“龙”。然而此爻未曾离开阴类，故爻辞称“血”。这“玄黄”，是天地的杂色，天色为玄，地色为黄。

上系七爻

【题解】

上系也是《易》传文之一，因此本文也是依经文而言其理。本篇所引的经文即《易》上经中的七个爻辞：“鸣鹤在阴，其子和之。我有好爵，吾与尔靡之。”“同人，先号咷而后笑。”“藉用白茅，无咎。”“劳谦，君子有终，吉。”“亢龙有悔。”“不出户庭，无咎。”“负且乘，致寇至。”题中简称“七爻”。本篇中的传文相传全为孔子所解，宣扬的是孔子的儒家思想。

“鸣鹤在阴，其子和之。我有好爵，吾与尔靡之①。”子曰：“君子居其室，出其言善，则千里之外应之，况其迩者乎！居其室，出其言不善，则千里之外违之，况其迩者乎！言出乎身，加乎民，行发乎迩，见乎远。言行，君子之枢机②。枢机之发，荣辱之主也。言行，君子之所以动天地也，可不慎乎！”

【注释】

①“鸣鹤在阴”几句：引《中孚》九二爻辞。其意为：母鹤在树荫下鸣叫，其子应声而和。若我有美酒，我愿与你共同分享。阴，通“荫”。和，应和。爵，古代饮酒器。此指酒。靡，分享。

②枢：户枢，即门轴。机：弩机。

【译文】

“鹤鸣于树荫，其子和而应之。我有好酒，我与你共享。”孔子说：“君子居于室，口出善言，千里之外的人都响应，何况近处呢！君子居于室，口出不善之言，千里之外的人都违抗，何况近处呢！言语出于身，影响于民，行动发生在近处，而显现于远处。言行，这是君子的门枢和弩机。枢机在发动时，主宰着荣辱的变化。言行，君子是可以用它来惊动天地的，怎可不慎重呢！”

“同人，先号咷而后笑①。”子曰：“君子之道，或出或处，或默或语。二人同心，其利断金②。同心之言，其臭如兰③。”

【注释】

①同人，先号咷（táo）而后笑：引《同人》九五爻辞，其意为：与人同志，先哭后笑。同人，即同仁。号咷，啼哭。

②利：锐利。

③臭（xiù）：即气味。

【译文】

“与人同志，先号哭而后笑。”孔子说：“君子之道，或出行或居处，或沉默或言语。二人同心，其力量可以断金。同心的言语，气味相投，香如兰草。”

“初六：藉用白茅，无咎①。”子曰：“苟错诸地而可矣②，藉之用茅，何咎之有？慎之至也。夫茅之为物薄③，而用可重也。慎斯术也以往④，其无所失矣。”

【注释】

①藉用白茅，无咎：引《大过》初六爻辞，其意为：用白茅铺地无咎。藉，铺垫。茅，茅草。

②苟：助词。王引之曰：“苟，犹但也。”错：措，有放置之义。

③薄：轻。

④慎斯术：一本作“顺斯术”。斯，此。术，道。

【译文】

“初六：用白色茅草铺地，无灾祸。”孔子说：“祭品直接放在地上就可以了，再用茅草铺垫以示其敬，还能有什么灾呢？已经是非常慎重了。茅草作为物虽然很轻薄，但作用重大。能谨慎地用这套礼数行事，就不会有所失了。”

"劳谦,君子有终,吉[1]。"子曰:"劳而不伐[2],有功而不德[3],厚之至也[4]。语以其功下人者也[5]。德言盛,礼言恭;谦也者,致恭以存其位者也[6]。"

【注释】

①劳谦,君子有终,吉:引《谦》九三爻辞,其意为:有功劳而又谦虚,君子则有好的结果,吉利。

②伐:夸。

③德:得。《管子·心术上》:"故德者,得也。"

④厚:笃厚。

⑤功下人:有功劳而卑下于人。

⑥致:推致。

【译文】

"有功劳而谦虚,君子有好的结局,吉利。"孔子说:"有功劳而不夸耀,有功绩而不贪得,太厚道了。所说的是有功劳而能礼下于人。德讲究要盛大,礼讲究要恭敬;所谓谦,就是以恭敬之心保存其禄位。"

"亢龙有悔[1]。"子曰:"贵而无位,高而无民,贤人在下位而无辅,是以动而有悔也。"

【注释】

①亢龙有悔:引《乾》卦上九爻辞。亢,穷极。

【译文】

"龙飞过高则有悔。"孔子说:"尊贵而无实际的职位,高高在上而失去民众,贤人在下位而无所辅助,所以一行动就有悔意。"

"不出户庭，无咎[1]。"子曰："乱之所生也，则言语以为阶[2]。君不密则失臣[3]，臣不密则失身，几事不密则害成[4]。是以君子慎密而不出也。"

【注释】

①不出户庭，无咎：引《节》初九爻辞。

②阶：途径。

③密：隐秘。

④几事：几微之事，事物的征兆。

【译文】

"不出门户庭院，无咎灾。"孔子说："祸乱的产生，是以言语为途径的。国君说话不机密则失掉大臣，大臣说话不机密则有杀身之祸。机微之事不保密则妨害事情的成功。所以君子谨守机密而不轻易出言。"

子曰："作《易》者，其知盗乎？《易》曰：'负且乘[1]，致寇至。'负也者，小人之事也[2]；乘也者，君子之器也[3]。小人而乘君子之器，盗思夺之矣。上慢下暴[4]，盗思伐之矣。慢藏诲盗[5]，冶容诲淫[6]。《易》曰：'负且乘，致寇至。'盗之招也。"

【注释】

①乘：古时指车辆，引申为乘坐。

②小人：古代统治者对下层民众的蔑称。后指不正派或见闻浅薄之人。

③君子：指有才德之人。

④慢：骄慢。

⑤诲：教。

⑥冶：也作“野”或“蛊”。饰其容而见于外。

【译文】

孔子说：“作《易》的人，大概很了解盗寇吧？《易》说：‘身负财物而又乘车，以致招来盗寇打劫。’背负财物，这是小人做的事情；车乘，是君子使用的器具。小人乘坐君子的器具，所以盗寇想来抢夺他。对上骄慢而对下暴虐，盗寇想来讨伐他。懒于收藏财富是教盗寇来抢劫，打扮妖艳到处招摇是引诱他人来奸淫。《易》说：‘身负财物而又乘车，招致盗寇到来。’这是自己招来盗寇。”

下系十一爻

【题解】

本文也是一篇依经文而言其理的《易》传；文章以孔子之言阐释了《易》下经中的“憧憧往来，朋从尔思”等十一条爻辞，故题为《下系十一爻》。显然，文中所宣扬的，也是儒家思想。

《易》曰：“憧憧往来，朋从尔思①。”子曰：“天下何思何虑？天下同归而殊涂②，一致而百虑③。天下何思何虑？日往则月来，月往则日来，日月相推而明生焉。寒往则暑来，暑往则寒来，寒暑相推而岁成焉。往者屈也④，来者信也⑤，屈信相感而利生焉。尺蠖之屈⑥，以求信也；龙蛇之蛰⑦，以存身也。精义入神，以致用也；利用安身⑧，以崇德也。过此以往，未之或知也⑨；穷神知化⑩，德之盛也。”

【注释】

①憧憧(chōng)往来，朋从尔思：引《咸》卦九四爻辞。其意为：虽然

往来心意不定，朋友们顺从你的想法。憧憧，心意不定。

②同归：指同归于“一”，亦即《系辞下》：“天下之动，贞夫一者也。”

③一致：即致一。

④屈：消退。

⑤信：通“伸”。进长。

⑥尺蠖(huò)：虫名。我国北方称“步曲”，南方称“造桥虫”。虫体细长，行动时，先屈而后伸。

⑦蛰：潜藏。

⑧利用安身：此“利”，当指上文“屈信相感而利生焉”之“利”，此“用”，当指“精义入神，以致用也”之“用”，故“利用”，实为能达到屈伸相感、精义入神的境界，方可安身。

⑨或：有。

⑩穷神知化：穷尽神道，通晓变化。神，阴阳不测。化，变化。

【译文】

《周易》说：“往来心意不定，朋友们顺从你的想法。”孔子说：“天下有什么可以思索，有什么可以忧虑的呢？天下万物本同归于一而道路各异，虽归至于一，但有百般思虑。因此天下有什么可以忧虑的？日去则月来，月去则日来，日月来去相互推移而光明产生。寒去则暑来，暑去则寒来，寒暑相互推移而一岁形成。往意味着屈缩，来意味着伸展，屈伸相互感应而功利生成。尺蠖屈缩，以求得伸展；龙蛇蛰伏，以保存自身。精义能入于神，方可致力于运用；宜于运用以安居其身，方可以增崇其德。超过这些以求往，则有所不知；能穷尽神道，知晓变化，这才是德性隆盛的表现。”

《易》曰：“困于石，据于蒺藜，入于其宫，不见其妻，凶[①]。”子曰：“非所困而困焉[②]，名必辱；非所据而据焉[③]，身必危。既辱且危，死期将至，妻其可得见邪！”

【注释】

①"困于石"几句:引《困》六三爻辞。其意为:被石头所困,又被蒺藜占据,进入宫室,不见他的妻子,凶。

②非所困而困:是释"困于石"。困,困扰。

③非所据而据:是释"据于蒺藜"。据,占据。

【译文】

《周易》说:"被石头所困,又有蒺藜占据,入于宫室而看不到妻子,凶。"孔子说:"不该遭受困危的却受到了困危,其名必受羞辱;不该占据的而去占据,其身必有危险。既羞辱又有危险,死期将到,妻子还能见到吗!"

《易》曰:"公用射隼于高墉之上,获之,无不利①。"子曰:"隼者,禽也;弓矢者,器也;射之者,人也。君子藏器于身,待时而动,何不利之有?动而不括②,是以出而有获,语成器而动者也。"

【注释】

①"公用射隼于高墉之上"几句:引《解》卦上爻辞。其意为:某公在高墙上射中隼鸟而获之,没有什么不利的。公,古代爵位。古分公、侯、伯、子、男五等。隼,鹰类鸟。墉,城墙。

②不括:即畅通自如。括,一本作"栝"。古代矢头曰镞,矢末曰括,引申为结阂、结碍。

【译文】

《周易》说:"公在高墙上射中了隼鸟,获得它没有什么不利。"孔子说:"隼,是禽鸟;弓矢,是射鸟的器具;射隼的是人。君子把器具藏在身上,等候时机而行动,哪有什么不利的?行动沉着而不急,所以出手而有所获，是说具备了现成的器具然后行动。”

子曰：“小人不耻不仁，不畏不义，不见利不劝[1]，不威不惩[2]。小惩而大诫[3]，此小人之福也。《易》曰：‘屦校灭趾，无咎[4]。’此之谓也。”

【注释】

①劝：勉。

②威：刑威。

③诫：即戒。

④屦校灭趾，无咎：引《噬嗑》初九爻辞。其意为：脚上施以刑具，刑具遮没了脚阯，看不见脚趾，无灾咎。校，古代木制刑具的通称。灭，遮没。

【译文】

孔子说：“小人不知道羞耻不明了仁义，不使他畏惧不会有义举，不见功利不能劝勉他做好事，不用刑威不能惩罚制服。小的惩罚使他受到大的戒惧，以致不犯大罪，这是小人的福气。所以《周易》说：‘脚上刑具掩盖了脚趾，无咎。’就是这个道理。”

“善不积不足以成名，恶不积不足以灭身。小人以小善为无益而弗为也[1]，以小恶为无伤而弗去也，故恶积而不可掩，罪大而不可解。《易》曰：‘何校灭耳，凶[2]。’”

【注释】

①弗：不。

②何校灭耳，凶：引《噬嗑》上九爻辞。其意为：肩上荷以刑具，掩灭

了耳朵，这是凶兆。何，“荷”的古字。

【译文】

“善事不积累，不足以成名；恶事不积累，不足以毁灭自身。小人将小的善事视为无益而不去做，把小的恶事视为无害而不去除，所以恶行积累到无法掩盖，罪大恶极因而不可解脱。所以《周易》说：‘荷载刑具，掩灭了耳朵，凶。’”

子曰：“危者，安其位者也；亡者，保其存者也；乱者，有其治者也。是故君子安而不忘危，存而不忘亡，治而不忘乱，是以身安而国家可保也。《易》曰：‘其亡其亡，系于苞桑[①]。’”

【注释】

①其亡其亡，系于苞桑：引《否》卦九五爻辞。其意为：将要灭亡，将要灭亡，因系于植桑而巩固。苞桑，桑树根。

【译文】

孔子说：“危险，是由于只想安居其位所致；灭亡，是由于只想保全生存所致；祸乱，是由治世引发。所以君子居安而不忘危险，生存不忘灭亡，太平治世而不忘祸乱，只有这样身体平安而国家可以保全。所以《周易》说：‘将要灭亡，将要灭亡，系于植桑而巩固。’”

子曰：“德薄而位尊，知小而谋大[①]，力小而任重[②]，鲜不及矣[③]。《易》曰：‘鼎折足，覆公𫗧，其形渥，凶[④]。’言不胜其任也。”

【注释】

①知：同“智”。

②任：负。

③鲜(xiǎn)：少。及：达到。此指受刑罚。

④“鼎折足”几句：引《鼎》九四爻辞。其意为：鼎足折断，将王公的八珍菜粥倒出来，沾濡了四周，这是凶兆。餗(sù)，是一种糁与笋做成的八珍菜粥。形渥，沾濡之貌。

【译文】

孔子说：“德行浅薄而位处尊贵，才智低下而图谋大事，力量微小而肩负重任，很少有不受惩罚的。《周易》说：‘鼎足折断，把王公的八珍之粥倒出，沾濡了四周，凶。’这是说不能胜其任。”

子曰：“知几其神乎？君子上交不谄①，下交不渎②，其知几乎？几者，动之微，吉凶之先见者也。君子见几而作，不俟终日③。《易》曰：‘介于石，不终日，贞吉④。’介如石焉，宁用终日？断可识矣。君子知微知彰⑤，知柔知刚，万夫之望。”

【注释】

①谄：谀。

②渎(dú)：轻慢。

③俟(sì)：等候。

④介于石，不终日，贞吉：引《豫》六二爻辞。其意为：坚贞如同磐石，不待终日，占问得吉。介，中正坚定。亦有释为纤小者。于，如。

⑤彰：显明。

【译文】

孔子说："能知晓事理的几微，大概是神吧？君子与上相交不谄媚，与下相交不渎慢，这算是知晓几微了吗？几，是事物变动的苗头，是吉凶的先兆。君子见几而动，不要等到天黑了。《周易》说：'坚如磐石，不待天黑，占问得吉。'已经坚如磐石，还等待到天黑吗？其决断可以明识了。君子知几微知彰著，知柔顺知刚健，为万众仰慕。"

子曰："颜氏之子[①]，其殆庶几乎[②]？有不善未尝不知，知之未尝复行也。《易》曰：'不远复，无祇悔，元吉[③]。'"

【注释】

①颜氏之子：指孔子学生颜回。

②殆：将。庶：近。

③不远复，无祇悔，元吉：引《复》卦初九爻辞。其意为：离开不远就返回。无大后悔，开始得吉。祇，大。

【译文】

孔子说："颜回这个人，大概快知晓几微了吧？有不善的事未尝不知道，知道后未尝再犯。《周易》说：'离开不远就返回，无大悔，始而吉。'"

"天地絪缊[①]，万物化醇[②]；男女构精[③]，万物化生。《易》曰：'三人行，则损一人；一人行，则得其友[④]。'言致一也。"

【注释】

①絪缊（yīn yūn）：古代指天地阴阳二气交互作用的状态。

②醇：本指含酒精多的酒，此指凝厚。

③构：亦有作“搆”“覯”者。有会合、交通之义。

④“三人行”几句：引《损》卦六三爻辞。其意为：三人同行，一人损去；一人独行，则可得其友人。

【译文】

“天地附着交感，万物化育凝固；阴阳媾精交合，万物化育衍生。《周易》说：‘三人同行，则损去一人；一人独行，则得到友人。’说的是合二而归至于一。”

子曰：“君子安其身而后动，易其心而后语[①]，定其交而后求[②]。君子修此三者，故全也。危以动，则民不与也[③]；惧以语，则民不应也；无交而求，则民不与也；莫之与，则伤之者至矣。《易》曰：‘莫益之，或击之，立心勿恒，凶[④]。’”

【注释】

①易：平易。

②交：遇。

③与：助。

④“莫益之”几句：引《益》卦上九爻辞。其意为：得不到增益，或许要遭到攻击。没有恒心，必然有凶。

【译文】

孔子说：“君子先安定下自身之后才行动，平易其心之后才说话，与人确定交情之后才有所求。君子能修养到这三种德行，才能全面。身处危难而行动，则民众不帮助；面临恐惧才说话，则民众不响应；没有交情而有所求，则民众不会帮助；不帮助，则受伤害的事就来了。《周易》说：‘得不到增益，或许会受到攻击，立心而不恒，有凶。’”

礼

《礼记》，儒家经典之一，又名《小戴礼记》，汉唐学者认为是西汉戴圣编定。

西汉立于学官五经的《礼》指《仪礼》。后出现一些附带的参考资料性质的“记”。到东汉的郑玄，为四十九篇的《礼记》作注，使其地位上升，得到广泛的传习。唐朝以后，《礼记》被列入五经，取代了《仪礼》的地位。

《礼记》内容较庞杂，既有许多关于各项礼仪的规定，也有专门论述制礼理论的篇章，还有一些比较完整的儒家论文。比如后来被收入《四书》的《大学》《中庸》就是其中的代表。

冠义

【题解】

《冠义》，是说明《仪礼·士冠礼》的一段文字。冠(guàn)礼，是男子的成人礼。古时男子二十岁结发戴冠，以示成人。本篇从理论上阐述冠礼的意义以及在全部礼制中的地位。

凡人之所以为人者，礼义也。礼义之始，在于正容体、齐颜色、顺辞令。容体正,颜色齐,辞令顺,而后礼义备。以正君臣、亲父子、和长幼。君臣正,父子亲,长幼和,而后礼义立。故冠而后服备,服备而后容体正、颜色齐、辞令顺。故曰:“冠者,礼之始也。”是故古者圣王重冠。

【译文】

大凡人之所以成为人之处,在于礼义。礼义教化,是从端正仪容和行止、整齐神色表情、理顺辞令开始的。仪容行止已经端正,神色表情得体不随意,辞令顺达合宜,而后才谈得上礼义完备。以礼义来端正君臣关系,密切父子感情,调和长辈与晚辈的关系。君臣关系端正了,父子亲情亲近了,长幼关系和谐了,而后礼义确立。所以举行冠礼以后才有衣服、车骑等等的完备,衣服、车骑等完备了以后才能仪容行止端正,神色表情得体不随意,言辞顺达合宜。所以说:“冠礼是礼的开端。”因此古时圣哲先王都注重冠礼。

古者冠礼,筮日筮宾,所以敬冠事。敬冠事,所以重礼;重礼,所以为国本也。

【译文】

古时候举行冠礼之前要用卜筮来选择日期,并确定加冠的宾客,这是表示对冠礼的慎重。对加冠的审慎,是为了尊重礼;重礼,是立国之本。

故冠于阼[①],以著代也。醮于客位[②],三加弥尊[③],加有成也。已冠而字之,成人之道也。见于母,母拜之,见于兄弟，兄弟拜之，成人而与为礼也。玄冠玄端奠挚于君④，遂以挚见于乡大夫乡先生⑤，以成人见也。

【注释】

①阼(zuò)：大堂前东面的台阶。天子、诸侯、大夫、士皆以阼为主人之位，临朝觐，揖宾客，承祭祀，升降皆由此。

②醮(jiào)：冠礼、婚礼上的一种仪式，斟酒时宾、主不用互相敬酒。

③三加弥尊：冠礼中三次加冠，越来越尊贵，所以说弥尊。

④玄冠：朝服冠名。玄端：缁布衣。诸侯、大夫、士之祭服，冠、婚等礼亦用之。奠：进献。挚(zhì)：俗作"贽"，见面礼。

⑤乡大夫：官名。乡先生：乡中退休的大夫、士。

【译文】

所以在东阶上加冠，表明从此可代父为主。在西阶客位上用酒，先后加缁布冠、皮弁服、爵弁服，一种比一种尊贵，最后礼成。已加冠者，别人尊称其字，把他当成年人看了。谒见母亲，母亲对他行拜礼，谒见兄弟，兄弟也对他行拜礼，这是把他当做成年人来对他行礼啊。加冠之人服玄冠、玄端，献挚于君，又执挚谒见乡大夫、乡先生，这是按成年人的礼节去谒见他们。

成人之者，将责成人礼焉也。责成人礼焉者，将责为人子、为人弟、为人臣、为人少者之礼行焉。将责四者之行于人，其礼可不重与？

【译文】

当成人看，就会按照成人的礼数要求他。按照成人的礼数要求他，就会按照做儿子、做弟弟、做臣子、做晚辈的相应行为规范要求他去做。

要求他按照这四个方面的规范来对待别人，难道这礼可以不重视吗？

故孝弟忠顺之行立，而后可以为人，可以为人，而后可以治人也。故圣王重礼。故曰："冠者，礼之始也，嘉事之重者也[1]。"是故古者重冠，重冠故行之于庙，行之于庙者，所以尊重事。尊重事而不敢擅重事，不敢擅重事，所以自卑而尊先祖也。

【注释】

①嘉事：嘉礼，古代五礼之一。

【译文】

对父亲孝、对兄长悌、对君主忠、对年长者顺的行为确立了，然后才能作为成人，可以作为成人然后才能统治众人。所以圣哲先王重视礼教。所以说："冠礼是礼教的开端，也是嘉礼六类中最重要的一个。"所以古人注重冠礼；注重冠礼，所以在宗庙之中举行；在宗庙中举行，是为了尊崇重要的仪式。尊崇重要的仪式，而不敢擅作主张；不敢擅自处理重要的仪式，就是贬低自己而尊崇先祖啊。

司马迁

司马迁，字子长，夏阳（今陕西韩城）人。生于景帝中元五年（前145），一说武帝建元六年（前135），卒年大约在武帝征和三年（前90）。西汉史学家、散文家。司马迁早年曾漫游各地，了解风俗，采集传闻。元封三年（前108），继承父业任太史令，得以遍览官藏图书、档案及各种史料，并开始撰写《史记》。因替李陵败降之事辩解而受宫刑，后任中书令，发奋著书，以其“究天人之际，通古今之变，成一家之言”的史识创作了我国第一部纪传体通史《史记》。《史记》记载了上至上古传说中的轩辕黄帝时代，下至汉武帝太初年间（前104—前101）共两千多年的历史，后世称颂其“善序事理，辨而不华，质而不俚，其文直，其事核，不虚美，不隐恶，故谓之实录”（班固《汉书·司马迁传》）。鲁迅誉之为“史家之绝唱，无韵之离骚”。《汉书·艺文志》著录有司马迁赋八篇，《隋书·经籍志》著录有《司马迁集》一卷。

史记·十二诸侯年表序

【题解】

本文是司马迁为《史记·十二诸侯年表》所作的序。文章用寥寥数语交代了从周厉王至孔子时代所发生的混乱战事及朝代的更替情况，简要介绍了孔子著《春秋》而后各家以《春秋》为名的著作，表明了作者对前人著作的看法，以及编制《十二诸侯年表》的目的。十二诸侯指周代的十二个诸侯国，即鲁、齐、晋、秦、楚、宋、卫、陈、蔡、曹、郑、燕。年表，是一种按年编排记述史事或人物事迹的表。

太史公读《春秋历谱谍》①，至周厉王，未尝不废书而叹也。曰："呜呼！师挚见之矣②！"纣为象箸而箕子唏。周道缺，诗人本之衽席，《关雎》作；仁义陵迟，《鹿鸣》刺焉。及至厉王，以恶闻其过，公卿惧诛而祸作，厉王遂奔于彘③。乱自京师始，而共和行政焉④。以上因表首共和而叹厉王时事。

【注释】

①《春秋历谱牒》：古代学者所著的关于春秋年间的大事记。

②师挚：指鲁太师，挚是他的名字。

③彘(zhì)：地名。今山西霍州。

④共和：周厉王逃出京都，周公、召公共同处理国家大事，号称共和。

【译文】

太史公读《春秋历谱牒》一书，读到周厉王时代史实，总要放下书而叹息。说："唉！周朝末世的衰乱，师挚当年早就预见到了。"纣使用象牙做的筷子，箕子就发出哀叹声。周朝的政治有缺失的时候，诗人于是从夫妇之道开始，作了《关雎》；当仁义衰微的时候，诗人就作了《鹿鸣》来讽刺当世。到了厉王时代，因为他不喜欢别人说他的过失，公卿恐惧受诛，都不敢直言，于是国人发生叛变，厉王只好跑到彘地去。叛乱是从京师开始的，所以造成了由周公、召公共同处理国政号称共和的局面。以上是因为《十二诸侯年表》以周、召共和开头，而感叹周厉王时的史事。

是后或力政，强乘弱，兴师不请天子。然挟王室之义，以讨伐为会盟主。政由五伯，诸侯恣行，淫侈不轨，贼臣篡子滋起矣。齐、晋、秦、楚其在成周微甚，封或百里或五十里。晋阻三河，齐负东海，楚介江、淮，秦因雍州之固，四国迭兴，更为伯主，文、武所褒大封，皆威而服焉。是以孔子明王道，干七十余君①，莫能用，故西观周室，论史记旧闻，兴于鲁而次《春秋》。上记隐②，下至哀之获麟③，约其辞文，去其烦重，以制义法，王道备，人事浃。以上言五伯迭兴，孔子作《春秋》。

【注释】

①干：干谒。

②隐：鲁隐公，名息姑。

③哀：鲁哀公，名将。

【译文】

以后诸侯之间常常以武力相征伐，国势强大的欺凌国势弱小的，发动战争常常不向天子请示。但却用王室的名义，以达到攻伐的目的，进而做了诸侯盟会的主人。政权落到五个霸主的手中，于是诸侯行为更加放纵，奢侈淫靡，不符合法律，叛变不轨的臣下和弑父杀兄而自立的逆子就愈来愈多了。齐、晋、秦、楚四国，在成周时代还很弱小，封地有的一百里，有的也不过五十里而已。后来晋国凭借着三河的阻挡，齐国背靠着东海，楚国依仗着长江、淮河的天险，秦国凭着雍州地势的险固，从四方纷纷兴起，轮流为霸主，当初文王、武王所封的大国，他们都施以威力而使之降服。因此，孔子为了推行王道，周游列国，游说了七十个多国的君主，都不能受到重用，因此向西跑到周朝的王室去查阅有关的资料，研讨各国史书上关于史事的记载，采择鲁国史料而写了《春秋》。

《春秋》一书，上从隐公元年记起，一直写到哀公获麟为止，文辞简洁，把重复繁多的旧史书记录加以删节，制定出礼法，因而王道赅备，人事周全。以上讲春秋五霸迭兴，孔子作《春秋》。

七十子之徒口受其传指，为有所刺讥褒讳挹损之文辞，不可以书见也。鲁君子左丘明惧弟子人人异端，各安其意，失其真，故因孔子史记具论其语，成《左氏春秋》。铎椒为楚威王傅①，为王不能尽观《春秋》，采取成败，卒四十章，为《铎氏微》。赵孝成王时，其相虞卿上采《春秋》，下观近势，亦著八篇，为《虞氏春秋》。吕不韦者，秦庄襄王相，亦上观尚古，删拾《春秋》，集六国时事，以为八览、六论、十二纪，为《吕氏春秋》。及如荀卿、孟子、公孙固、韩非之徒②，各往往捃摭《春秋》之文以著书③，不同胜纪。汉相张苍历谱《五德》④，上大夫董仲舒推《春秋》义⑤，颇著文焉。以上历数各家。

【注释】

①楚威王：楚国国君，名熊商。

②公孙固：战国时宋国人。

③捃摭(jùn zhí)：采集。

④张苍：汉文帝时做丞相，著有《终始五德传》。

⑤董仲舒：汉武帝时人，著有《春秋繁露》。

【译文】

孔子的七十二弟子仅口中传授了孔子所撰著《春秋》的旨意，这是因为其中有许多讥讽、褒扬和贬抑的意思，不便于用文字写出来。鲁国的君子左丘明担心孔子的弟子们各自的说法不同，各以为是，失去了孔子原来的本意，因此根据孔子的记载，详细地叙述各条史事发生的经过，撰成《左氏春秋》一书。铎椒是楚威王的老师，因为楚王不能把整部《春秋》看完，就选择其中与成败有关的部分，编成四十章，这就是《铎氏微》。赵孝成王时，他的相国虞卿一方面采用《春秋》的记载，另一方面参考近代的时势，也著成了八篇，这就是《虞氏春秋》。吕不韦是秦庄襄王的相，也观察上古的事迹，删取《春秋》里的记录，集聚六国时的事实，著成了八览、六论和十二纪，这是所说的《吕氏春秋》。其余像荀子、孟子、公孙固、韩非等一些人，也往往各自采取《春秋》的文辞来著书，这种情形很多，无法一一叙述。汉朝的国相张苍写《始终五德传》，上大夫董仲舒推论《春秋》的真意，著《春秋繁露》，对《春秋》的真意各有所创新、发现。以上历数春秋战国时期各家著述。

太史公曰：儒者断其义，驰说者骋其辞，不务综其终始；历人取其年月，数家隆于神运，谱牒独记世谥，其辞略。欲一观诸要难。于是谱十二诸侯，自共和讫孔子，表见《春秋》《国语》学者所讥盛衰大指著于篇，为成学治古文者要删焉。

【译文】

太史公说：儒家断取义理，辩者只注意文辞驰骋，不管事实的本末因果；治历的人只采取年代和月日，阴阳术数家特别注重神意的运转，谱牒仅记载世系和谥号，文辞更简略。想要从一家的书里看到各项要点，那是很难的。因此我记录十二诸侯的重要事迹，上起共和，下止孔子时代，用列表方式说明对《春秋》和《国语》有专门研究的人所谈论的盛衰大意，将它著在篇内，让研究古籍的学者从中去删繁取要吧。

史记·六国年表序

【题解】

六国，指战国时期的魏、韩、赵、楚、燕、齐，合秦凡七国。《史记·六国年表》所记上起周元王元年(前 475)下至秦二世灭亡(前 207),共二百七十年。在这篇序言中,作者大略地叙述了六国兴亡的过程及其原因。文章叙述简明扼要,褒贬态度分明,表现了作者高超的语言驾驭才能。

太史公读《秦记》[①],至犬戎败幽王,周东徙洛邑,秦襄公始封为诸侯[②],作西畤用事上帝[③],僭端见矣。《礼》曰:“天子祭天地,诸侯祭其域内名山大川。”今秦杂戎翟之俗,先暴戾,后仁义,位在藩臣而胪于郊祀[④],君子惧焉。及文公逾陇[⑤],攘夷狄,尊陈宝[⑥],营岐、雍之间[⑦]。而穆公修政,东竟至河,则与齐桓、晋文中国侯伯侔矣。以上言秦之盛。

【注释】

①《秦记》:一部记录秦国历史的史书。

②秦襄公始封为诸侯:秦襄公带兵护送平王东迁,被封为诸侯,管辖秦各地。

③畤(zhì):祀五帝之处。

④胪(lǚ):祭祀的名称。

⑤文公:指襄公子。陇:指今陕西一带。

⑥陈宝:传说中两个童子的名字。据《列异传》,陈苍人得到了个异物。路上遇到两个童子,说这个异物名叫媦(wèi),在地下吃死人的脑子。媦于是说,这两个童子名叫陈宝,得到其中一个雄性的人会称王,得到雌性的人会称霸。穆公巡猎,得其雌性者,于是给它立了祠堂。

⑦岐:岐山,今陕西岐山。雍:雍州,今陕西、甘肃、青海等地,即古雍州。

【译文】

太史公读《秦记》,读到犬戎打败幽王,周朝被迫东迁洛邑,这时秦襄公因为护送平王东迁，开始被封为诸侯，就作西畤奉祀白帝，僭越礼分的端倪可由此看出了。《礼》上说："天子祭祀天地，诸侯祭祀其国内的名山大川。"现在秦国杂用戎狄的风俗，重视武力征伐，把仁义看得很轻，身为藩臣，就僭越礼节举行天子的郊祀典礼，君子们看到这种情形，都非常担心。到了文公越过陇山，排斥夷狄，尊奉陈宝，建国在岐、雍一带。秦穆公整修政治，把东境扩张到黄河边，这时秦国的势力已经跟齐桓公、晋文公等中原国家的侯伯相等了。以上讲秦的强盛。

是后陪臣执政，大夫世禄，六卿擅晋权①，征伐会盟，威重于诸侯。及田常杀简公而相齐国②，诸侯晏然弗讨，海内争于战功矣。三国终之卒分晋③，田和亦灭齐而有之④，六国之盛自此始。务在强兵并敌，谋诈用而从衡短长之说起。矫称蜂出，誓盟不信，虽置质剖符犹不能约束也。以上言六国之盛好用谋诈。

【注释】

①六卿：指晋国贵族范氏、中行氏、智氏、韩、赵、魏。

②田常：指陈恒。简公：齐简公，名壬。

③三国：指赵、韩、魏。

④田和：田庄子的儿子。

【译文】

后来诸侯的臣下秉掌政权，大夫的禄位世袭，晋国的政权旁落到六卿的手中，晋国的对外征伐和会盟等事，都由他们做主，威权都重于诸侯。到田常杀齐简公而做齐国的国相时，诸侯都安然无事，不发兵讨伐，于是天下都争着以战争相侵夺了。后来韩、赵、魏三家终于分晋，田和也灭掉齐国，夺取了君位，六国的强盛从此开始。他们努力讲求加强兵力,吞并敌国,使用的是诈谋诡计,而纵横短长之术因此兴起。矫称诈说不断产生,虽立下盟誓却不遵守,即使设置人质并且立了信符,还是没有约束的力量。以上讲六国强盛,指出其好用诈谋。

秦始小国僻远,诸夏宾之,比于戎翟,至献公之后常雄诸侯。论秦之德义不如鲁、卫之暴戾者①,量秦之兵不如三晋之强也,然卒并天下,非必险固便形势利也,盖若天所助焉。或曰:"东方物所始生,西方物之成孰。"夫作事者必于东南,收功实者常于西北。故禹兴于西羌②,汤起于亳③,周之王也以酆、镐伐殷,秦之帝用雍州兴,汉之兴自蜀汉。以上秦并天下亦有天意而兼地利。

【注释】

①鲁:周公的后代的辖地,今山东西南部。卫:康叔后代的辖地,今河南淇县、滑县一带。

②西羌:西部少数民族部落的泛称。

③亳(bó):今河南商丘。

【译文】

秦原来是个小国,又处于偏僻的西边,中原的国家对它抱着排斥的态度,把它与戎狄一样看待,到秦献公以后,它在诸侯中间国力总是最强大。谈到秦国的德义,比鲁、卫的暴戾无道还差,而秦国的兵力,也不如三晋的强大,但是秦国终于吞并了天下,这并不一定归于它的地理形势险要,倒像是上天有意帮助秦国。有人说:"东方是日出的方向,所以象征着物的生长;西方是日落的方向,所以象征着物的成熟。"开创事业一定会在东南方,收获成果一定是在西北方。因此大禹从西羌兴起,商汤在亳地壮大,周朝君临天下,是由酆、镐起兵伐殷,秦国称帝,是以雍州为根据地，而汉朝的隆兴，是从蜀汉发迹。以上讲秦并天下既有天意也因地利。

秦既得意，烧天下《诗》《书》，诸侯史记尤甚，为其有所刺讥也。《诗》《书》所以复见者，多藏人家，而史记独藏周室，以故灭。惜哉，惜哉！独有《秦记》，又不载日月，其文略不具。然战国之权变亦有可颇采者，何必上古。秦取天下多暴，然世异变，成功大。传曰“法后王”，何也？以其近己而俗变相类，议卑而易行也。学者牵于所闻，见秦在帝位日浅，不察其终始，因举而笑之，不敢道，此与以耳食无异。悲夫！以上《秦记》亦有可采。

【译文】

秦国统一天下以后，烧毁全国的《诗》《书》，对于诸侯各国的史记，焚毁尤其彻底，因为书中有讥刺秦国的文辞。后来《诗》《书》能够再现人间，是由于民间多藏有其书；而史书只藏在周室，因此全部被毁灭。可惜啊，可惜！只剩下《秦记》，上面又不记载年月，文辞也疏略不完备。然而战国时代的权变政治也有许多可采用的地方，不一定要引据上古的情况。秦国取得天下，虽然多用暴力手段，但时代改变了，与古代不同，秦国变法革新，成效很大。古书上说，“要效法后王”，这是什么原因呢？这是因为后几代的君王和我们所处的时代接近，风俗的改变不太明显，议论低下而容易实行。一般学者受到先王仁义之说的影响，看到秦朝在帝位的日子短，不去考察秦朝所以兴起和灭亡的原因，只因秦朝以暴力征服天下来讥笑它，不敢谈论秦朝的法制，这就像用耳朵吃饭品尝不到味道一样。真是可悲啊！以上讲《秦记》中的内容也有可采信之处。

余于是因《秦记》，踵《春秋》之后，起周元王，表六国时事，讫二世，凡二百七十年，著诸所闻兴坏之端。后有君子，以览观焉。

【译文】

我因此根据《秦记》，继《春秋》之后，用表来排列说明六国时代的事情，从周元王到秦二世，共二百七十年的时间，把所知道的各国兴亡的情况记载下来。后代的君子可以阅览参考。

史记·秦楚之际月表序

【题解】

《秦楚之际月表》系按月记录秦二世元年（前209）至汉高祖五年（前202）间重大历史事件的史表。在这篇序文中，作者首先概括了秦、楚之际的历史变迁，继而着重分析了秦朝之前各位帝王获得地位的原因和方式，及秦朝自兴起至灭亡的过程，从中可见作者编制此表是意在给后人某种启迪。

太史公读秦、楚之际，曰：初作难，发于陈涉；虐戾灭秦，自项氏；拨乱诛暴，平定海内，卒践帝阼，成于汉家。五年之间，号令三嬗[①]。自生民以来，未始有受命若斯之亟也[②]。

【注释】

①嬗（shàn）：变。

②亟（jí）：迅速。

【译文】

太史公读秦、楚之际的历史记载，说：首先揭竿起义的是陈涉；而用武力灭掉秦朝的是项羽；收拾乱局，铲除凶暴，平定天下，最后登上帝王之位的是汉朝天子。前后总共五年的时间，三次改变号令。自从有人类以来，受天命而有天下，从来没有过这么急速更换的。

昔虞、夏之兴，积善累功数十年，德洽百姓，摄行政事，考之于天，然后在位。汤、武之王，乃由契、后稷修仁行义十余世[①]，不期而会孟津八百诸侯[②]，犹以为未可，其后乃放弑。秦起襄公，章于文、缪、献、孝之后[③]，稍以蚕食六国。百有余载，至始皇乃能并冠带之伦[④]。以德若彼，用力如此，盖一统若斯之难也。

【注释】

①契(xiè)：商的始祖。后稷：周的始祖。

②孟津：地名。在今河南孟州西。

③章：壮大。缪：指秦穆公。

④并冠带之伦：指一统天下。

【译文】

从前虞舜和夏禹的兴起，首先依靠的是几十年积累善事和功劳，道德隆盛而受到百姓的拥戴，然后代行政事，接受上天的考验，最后才即帝位。商汤和周武王君临天下，则是由契和后稷开始，修仁行义十几代，没有经过事先邀约，就有八百多诸侯在孟津会师，共同来讨伐纣王，还认为不行，之后才逼杀了纣王。秦朝从襄公开始兴起，经历了文公、穆公、献公和孝公四位有为君主，以后国势更加强盛，渐渐地兼并了六国的土地。又过了一百多年，到了秦始皇才统一天下。其中虞、夏、汤、武是用德化感召，秦是用武力征伐，要统一天下是如此的不容易。

秦既称帝，患兵革不休，以有诸侯也，于是无尺土之封，堕坏名城①，销锋镝②，锄豪桀，维万世之安。然王迹之兴，起于闾巷，合从讨伐，轶于三代。向秦之禁，适足以资贤者为驱除难耳。故愤发其所为天下雄，安在无土不王。此乃传之所谓大圣乎！岂非天哉，岂非天哉！非大圣孰能当此受命而帝者乎？

【注释】

①堕（huī）：毁坏。

②镝（dí）：箭头。

【译文】

秦朝称帝以后，忧虑战争不止，是因为有诸侯的缘故，因此没有尺土的分封，而是破坏有名的城池，销毁兵刃和箭镞，铲除各地豪杰，希望维系万世的安稳。然而王迹的兴起，在平民闾巷之间，大家联合起来讨伐暴秦，声势之大，超过三代。过去秦朝对民间所施的禁令及不封诸侯等政治措施，刚好反过来帮助后来的贤者，替他们排除了困难。所以高祖以一介平民发愤兴起，终于成为天下的帝王，哪里是没有土地就不能君临天下。这真是古书上说的大圣人啊！难道不是天意吗，难道不是天意吗！如果不是大圣人的话，怎能够在这种情况下受命而成为帝王呢？

史记·汉兴以来诸侯王年表序

【题解】

《汉兴以来诸侯王年表》记从汉高祖至武帝太初年间分封诸侯王的

大事。在这篇序言中，作者对这百余年间有关分封的沿革作了简要交代，其中掺杂了作者对一些事情的看法。从中可以看出作者敢于直言、直抒胸臆的胆略。

太史公曰：殷以前尚矣。周封五等：公、侯、伯、子、男。然封伯禽、康叔于鲁、卫①，地各四百里，亲亲之义，褒有德也。太公于齐，兼五侯地，尊勤劳也。武王、成、康所封数百，而同姓五十五，地上不过百里，下三十里，以辅卫王室。管、蔡、康叔、曹、郑②，“康叔”盖“唐叔”字误。或过或损。厉、幽之后，王室缺，侯伯强国兴焉，天子微，弗能正。非德不纯，形势弱也。以上言周封国之多。

【注释】

①伯禽：周公的儿子。康叔：武王的弟弟。

②管：管叔，名鲜，封于管（今河南郑州管城区）。蔡：蔡叔，名度，封于蔡（今河南上蔡）。曹：曹叔，名振铎，封于曹（今山东菏泽定陶区）。郑：郑桓公，名友，封于郑（初在今陕西华县，后迁今河南新郑）。

【译文】

太史公说：殷代以前，年代遥远。周代的封爵分为公、侯、伯、子、男五等。当时把伯禽封于鲁，把康叔封于卫，地方各为四百里，这有着维系亲情纽带的意义，同时也是对有德之人的奖励。把太公封于齐，拥有五个侯爵的土地，这是对于勤劳有功的人的尊崇。到了武王、成王及康王之世，所封的诸侯有数百之多，其中与周室同姓的有五十五个，诸侯的封地最大不超过百里，最小为三十里，用来辅弼捍卫王室。管叔、蔡叔、康叔及曹国和郑国，“康叔”大概是“唐叔”字误。封地有的超过规定数，有的不及。到了厉王和幽王以后，王室的政治失修，侯伯的强国就兴盛起来了，当时天子的力量单薄，无法阻止。这并不是周王的道德不善，而是形势衰微的缘故。以上讲周封国之多。

汉兴，序二等[①]。高祖末年，非刘氏而王者，若无功上所不置而侯者，天下共诛之。高祖子弟同姓为王者九国[②]，唯独长沙异姓[③]，而功臣侯者百有余人。自雁门、太原以东至辽阳[④]，为燕、代国[⑤]；常山以南[⑥]，太行左转[⑦]，度河、济，阿、甄以东薄海[⑧]，为齐、赵国[⑨]；自陈以西[⑩]，南至九疑[⑪]，东带江、淮、穀、泗[⑫]，薄会稽，为梁、楚、吴、淮南、长沙国[⑬]。皆外接于胡、越。而内地北距山以东尽诸侯地，大者或五六郡，连城数十，置百官宫观，僭于天子。汉独有三河、东郡、颍川、南阳[⑭]，自江陵以西至蜀[⑮]，北自云中至陇西[⑯]，与内史凡十五郡[⑰]，而公主、列侯颇食邑其中。何者？天下初定，骨肉同姓少，故广强庶孽，以镇抚四海，用承卫天子也。以上言汉封宗族之强。

【注释】

①序二等：级别分为两等，大的为王，小的为侯。

②九国：指齐、楚、吴、淮南、燕、赵、梁、代、淮阳。

③长沙：今湖南长沙，吴芮封在此地。

④雁门：今山西代县。太原：今山西太原。辽阳：今辽宁辽阳。

⑤燕：起初为卢绾地。后绾入匈奴，于是立刘建（刘邦之子）为燕王。代：当初分封给刘仲（刘邦之兄），后来匈奴进攻，刘仲弃土逃回被罢黜，立刘恒（刘邦之子）为代王。

⑥常山：今山西恒山。因避文帝之讳，改“恒”为“常”。

⑦太行：太行山，在山西东部。

⑧阿：阿泽，在今山东阳谷。甄：在今山东鄄城北。

⑨齐：起初封给韩信，后封给刘肥（刘邦庶子）。赵：起初封给张耳，后封给刘如意（刘邦幼子）。

⑩陈：今河南淮阳。

⑪九疑：九嶷山，在湖南宁远南。

⑫榖：榖水，在今江苏砀山南，睢水支流，也叫砀水。泗：泗水，发源于今山东泗水陪尾山，古时泗水流经今山东曲阜鱼台、江苏徐州，至洪泽湖畔龙集附近入淮。

⑬梁：起初封给彭越，后封给刘恢（刘邦之子）。楚：起初封给韩信，后封给刘交（刘邦之弟）。吴：封给刘濞（刘邦之兄子）。淮南：起初封给英布，后封给刘长（刘邦之子）。

⑭三河：指河南、河东、河内。东郡：今河北大名、山东聊城、临清等地以西。颍川：今河南中部及南部。

⑮江陵：今湖北江陵。

⑯云中：今山西大同北。陇西：今甘肃陇西。

⑰内史：秦置官名。掌治理京师，后即为地域名。汉初之“内史”，辖长安、新丰等地。

【译文】

汉朝建立以后，封功臣为王、侯二等。高祖末年，不是刘氏而称王，或者对朝廷无功劳，天子没封他而自己称侯的，天下人共同起来讨伐他。高祖的子弟同姓而封王的有九国，只有长沙王异姓，功臣被封为侯的有一百多人。从雁门、太原以东到辽阳，是燕国和代国；从常山以南，太行山以东，越过黄河、济水和阿、甄两地，往东一直到海，是齐国和赵国；从陈地以西，南至九嶷山，往东包括江、淮、榖、泗四条河流，一直到会稽，是梁国、楚国、吴国、淮南国和长沙国。多国的外围都和胡、越接壤。内地北至太行山以东都是诸侯的封地，大的诸侯有的占地五六郡，拥有几十个城，设置百官，建立宫观，和天子差不多，真是僭越礼分。汉朝的天子只拥有河东郡、河西郡、河南郡、东郡、颍川郡、南阳郡，以及从江陵以西到蜀地，北边从云中到陇西，和京兆合起来不过十五郡，而公主和列侯的采地还多在里面。这是为什么呢？因为天下刚刚平定，同姓的骨肉少，所以广泛地扶植庶子，用来镇抚四方，翼卫天子。以上讲汉代所封宗室的强盛。

汉定百年之间，亲属益疏，诸侯或骄奢，忕邪臣计谋为淫乱[①]，大者叛逆，小者不轨于法，以危其命，殒身亡国。天子观于上古，然后加惠，使诸侯得推恩分子弟国邑，故齐分为七[②]，赵分为六[③]，梁分为五[④]，淮南分三[⑤]，及天子支庶子为王，王子支庶为侯，百有余焉。吴、楚时，前后诸侯或以谪削地，是以燕、代无北边郡，吴、淮南、长沙无南边郡，齐、赵、梁、楚支郡名山陂海咸纳于汉。诸侯稍微，大国不过十余城，小侯不过数十里，上足以奉贡职，下足以供养祭祀，以蕃辅京师。而汉郡八九十，形错诸侯间，犬牙相临，秉其厄塞地利[⑥]，强本干，弱枝叶之势也，尊卑明而万事各得其所矣。以上言诸侯日削，强本弱枝。

【注释】

①忕(shì)：《索隐》曰："训习，言习于邪臣之谋计。"

②齐分为七：汉文帝时，分齐为齐、济北、济南、菑川、胶西、胶东、城阳七国。

③赵分为六：赵分为河间、广川、中山、常山、清河、赵六个小国。

④梁分为五：梁分为济川、济东、山阳、济阴、梁五个小国。

⑤淮南分三：淮南分为衡山、庐江、淮南三个小国。

⑥厄塞：险要的地方。

【译文】

汉朝平定天下以后百年之间，亲属的关系更为疏远，有的诸侯还骄矜奢侈起来，惯用奸邪之臣的计谋，做出淫乱的事，情节严重的叛逆犯上，情节较轻的不遵守法度，以致危及自己的性命，丧身亡国。天子效仿古法，于是加赐恩惠，让诸侯可以推恩，把国内的城邑分封子弟，因此齐国分为七国，赵国分为六国，梁国分为五国，淮南国分为三国，加上天子的支庶子封为王，诸王的支庶子封为侯，合起来共有一百多个诸侯。吴、楚作乱的前后，有些诸侯因罪而被削地，因此燕、代两国丧失了北边的郡，吴、淮南、长沙三国丧失了南边的郡，齐、赵、梁、楚国的支郡及名山、湖池全都纳入了天子的直辖范围。诸侯的势力逐渐衰微，大国不超过十几城，小侯只有几十里，对上来说，可以奉行贡职，对下来说，可以供给祭祀，藩卫京师。汉朝天子直辖的郡有八九十个，犬牙交错在诸侯的封地上，控制着诸侯的要塞和地利，造成本根强大、枝叶弱小的形势，于是尊卑分明，万事各得其所了。以上讲汉代诸侯不断被削弱，以实行强干弱枝。

臣迁谨记高祖以来至太初诸侯⑦，谱其下益损之时，令后世得览。形势虽强，要之以仁义为本。

【注释】

①太初：汉武帝年号（前104—前101）。

【译文】

我恭谨地记载了高祖以来到太初年间所封的诸侯，在各诸侯的下面记上他们兴起和衰亡的时间，让后代可以观览。中央的形势虽然强大，但最重要的是推行仁义，这才是根本的办法。

史记·高祖功臣侯者年表序

【题解】

《高祖功臣侯者年表》记跟随汉高祖刘邦创业的三十七位功臣受封侯爵及其爵位的传袭沿革。在这篇序文中,作者说明了制表记事的目的,即观览当世得失,总结历史教训。

太史公曰:古者人臣功有五品[①],以德立宗庙定社稷曰勋,以言曰劳,用力曰功,明其等曰伐,积日曰阅。封爵之誓曰:"使河如带,泰山若厉[②],国以永宁,爰及苗裔。"始未尝不欲固其根本,而枝叶稍陵夷衰微也。

【注释】

①五品:五个等级,即下文的勋、劳、功、伐、阅。

②厉:同"砺"。

【译文】

太史公说:古时人臣的功勋分为五等,用德行辅立宗庙,安定社稷的叫做"勋";用言论解决问题的叫做"劳";用武力取胜的叫做"功";为国建立制度的叫做"伐";累积资历的叫做"阅"。高祖封爵时的誓辞是:"只要黄河像衣带一般没有断缺,泰山像磨刀石一般坚硬而挺立,国家就可以永享太平,延及你们的子孙,仍然可以封爵受禄。"起初未尝不想巩固这些诸侯国,到了他们的子孙越来越不行,然后才渐渐衰微,变弱变小。

余读高祖侯功臣,察其首封,所以失之者,曰:异哉所闻!《书》曰"协和万邦",迁于夏、商,或数千岁。盖周封八百，幽、厉之后，见于《春秋》。《尚书》有唐、虞之侯伯，历三代千有余载，自全以蕃卫天子，岂非笃于仁义，奉上法哉？以上言古者封国之长由于忠谨。

【译文】

我读高祖功臣封爵时的记载，考察他们当初受封及后来如何丧失爵位的情形，说：我所听闻的情形真是奇异啊！《尚书》说“使万国同心和洽”，这些国家到了夏代和商代，有的已经享国千年之久。周朝所封的诸侯大约有八百个，在幽王和厉王之后，还可以从《春秋》一书中看到。《尚书》中有唐、虞的侯伯，经历夏、商、周三代一千多年之久，往往能自我保全，来藩卫天子，这难道不是由于他们能笃行仁义、奉公守法？以上讲古时封国能长期延续的原因，是因为忠诚与谨慎。

汉兴，功臣受封者百有余人。天下初定，故大城名都散亡，户口可得而数者十二三，是以大侯不过万家，小者五六百户。后数世，民咸归乡里，户益息，萧、曹、绛、灌之属或至四万①，小侯自倍②，富厚如之。子孙骄溢，忘其先，淫嬖。至太初百年之间，见侯五，馀皆坐法陨命亡国，秏矣③。罔亦少密焉④，然皆身无兢兢于当世之禁云⑤。以上功臣多坐法亡国。

【注释】

①萧：萧何。曹：曹参。绛：周勃。灌：灌婴。

②小侯自倍：小侯比当初封的户数翻了一倍。

③秏：尽。

④罔：网。

⑤兢兢：恐惧。

【译文】

汉朝建立以后，功臣受到封爵的有一百多人。那时天下刚刚平定，大城名都里的人民都逃亡去了，留住下来的人口只有十分之三，所以大侯所辖不超过万家，小侯所辖只有五六百户而已。过了几代以后，百姓都又回到了故乡，户数愈来愈多，萧何、曹参、周勃和灌婴等人的封地上甚至达到四万家，小侯的户数也增加一倍，财富随之丰富起来。子孙就骄矜自满，忘记了祖先得到爵位的不容易，往往放纵邪僻，为非作歹。到了太初年间，前后不过百年，汉初所封的侯爵只剩下五个，其余的已经犯法丧身，全都亡国了。固然是朝廷的法网纲纪稍微严密些，但主要还是诸侯本身对于当代的法令并无戒慎奉守之心。以上讲功臣多因被判违法而亡国。

居今之世，志古之道，所以自镜也，未必尽同。帝王者各殊礼而异务，要以成功为统纪，岂可绲乎①？观所以得尊宠及所以废辱，亦当世得失之林也，何必旧闻？于是谨其终始，表其文，颇有所不尽本末；著其明，疑者阙之。后有君子，欲推而列之，得以览焉。

【注释】

①绲：同“混”。乱。

【译文】

处在今天的时代，记取古代的行事，是为了给当代作个借鉴，不一定要跟古代的办法雷同。帝王各自礼法殊异，制度不同，总当以成功为目标，怎么可以相乱呢！我们考察人臣得到尊宠和遭受废辱的原因，这也是当代得和失的所在，何必一定要假借古代的事迹！我于是恭谨地记录终始，列表说明，其中也颇有本末不详尽的地方；总算把明确的事加以表明，疑而不能定的只好从缺。让后来的君子，若想从事这方面的研究的时候，有我这篇表可以作参考。

史记·建元以来侯者年表序

【题解】

《建元以来侯者年表》记录的是汉武帝时期的封侯史实。建元，汉武帝即位后的第一个年号。这篇小序以非常简练的笔墨，说明了建元以来功臣受封的原因和条件，结尾适时戛然而止，颇有“且听下回分解”的味道。

太史公曰：匈奴绝和亲，攻当路塞①；闽越擅伐②，东瓯请降③。二夷交侵，当盛汉之隆，以此知功臣受封侔于祖考矣。何者？自《诗》《书》称三代“戎狄是膺④，荆舒是惩⑤”，齐桓越燕伐山戎⑥，武灵王以区区赵服单于⑦，秦缪用百里霸西戎⑧，吴、楚之君以诸侯役百越。况乃以中国一统，明天子在上，兼文武，席卷四海，内辑亿万之众，岂以晏然不为边境征伐哉！自是后，遂出师北讨强胡，南诛劲越，将卒以次封矣。

【注释】

①路塞：边界。

②闽越：今福建北部与浙江南部。

③东瓯：今浙江南部瓯江、灵江流域。

④膺：击。

⑤荆、舒：古代指江南楚地一带。

⑥山戎：古代北方民族名。居于今河北东北部。

⑦单于:匈奴王号。

⑧秦缪(mù):指秦穆公。百里:指百里奚,春秋时人。

【译文】

太史公说:匈奴弃绝和亲,攻击边境上的要塞;闽越专以武力攻伐,逼得东瓯举国内附。这两个外夷不断侵扰边境,犹在大汉最隆盛的时候,由此推知功臣受封之多,不下于祖先之时。为什么呢?自从《诗经》和《尚书》说三代之时,“击伐戎、狄,惩罚荆、舒”后,齐桓公越过燕国北伐山戎,赵武灵王以小小的赵国使匈奴单于降服,秦穆公任用百里奚而称霸西戎,吴、楚两国的国君以诸侯身份而役使百越。何况是一个统一的中国,有圣明的天子在上,兼有文才和武略,平定天下,使国内亿万的百姓都能团结和睦,哪里会安然沉默不为边界受侵略而出兵征伐呢!从此以后,出师击伐北方强悍的敌人,诛讨南方的闽越,将士们于是因军功依次地封侯了。

太史公自序

【题解】

本文是《史记》一百三十篇中的最后一篇。在这篇自序中,司马迁详细地叙述了自己的身世、写作《史记》的原因,并简要介绍了《史记》的体例及主要内容。可视为整部《史记》的一个纲要和题注。

昔在颛顼[①],命南正重以司天[②],北正黎以司地[③]。唐、虞之际,绍重、黎之后,使复典之,至于夏、商,故重黎氏世序天地。其在周,程伯休甫其后也[④]。当周宣王时,失其守而为司马氏。司马氏世典周史。惠、襄之间,司马氏去周适晋[⑤],晋中军随会奔秦[⑥],而司马氏入少梁[⑦]。

【注释】

①颛顼(zhuān xū):古代帝王的名字。相传为黄帝的孙子。

②南正:上古官名。司天。

③北正:上古官名。司地。

④程伯休甫:程,国名。伯,爵名。休甫,人名。生平不详。

⑤去周适晋:《集解》引张晏曰:"周惠王、襄王有子颓、叔带之难,故司马氏奔晋。"

⑥中军:中军元帅的简称。古代军队中的最高军事长官。随会:晋国大夫。

⑦少梁:原指梁国,后来因被秦国侵吞,改称为少梁邑,在今陕西韩城南。

【译文】

古代颛顼帝,曾任命名叫重的南正专管天事,名叫黎的北正专管地事。在唐尧、虞舜的时代,重、黎的后嗣仍旧掌管这一方面的职事,直到夏、商二代,重黎氏掌管天地诸事,做得很好。到了周代,受封程伯,表字休甫的,便是重黎的后裔。当周宣王时,重黎氏的后代脱离了世掌天地的职守,别为司马氏。从此司马氏便世代掌管周史。周惠王、襄王的时候,司马氏离开周王投奔晋国,晋中军随会逃到了秦国,不久司马一族又转入少梁。

自司马氏去周适晋,分散,或在卫,或在赵,或在秦。其在卫者,相中山[①]。在赵者,以传剑论显[②],蒯聩其后也[③]。在秦者名错,与张仪争论,于是惠王使错将伐蜀[④],遂拔,因而守之[⑤]。错孙靳,事武安君白起[⑥]。而少梁更名曰夏阳。靳与武安君坑赵长平军[⑦],还而与之俱赐死杜邮[⑧],葬于华池。靳孙昌,昌为秦主铁官。当始皇之时,蒯聩玄孙卬为武信君将而徇朝歌[9]。诸侯之相王,王卬于殷[10]。汉之伐楚,卬归汉,以其地为河内郡。昌生无泽,无泽为汉市长[11]。无泽生喜,喜为五大夫,卒,皆葬高门。喜生谈,谈为太史公[12]。

【注释】

①中山:周诸侯国名。在今河北定州、唐县一带。

②以传剑论显:凭借剑术而闻名。

③蒯聩:人名。

④错:即司马错。

⑤守:郡守。

⑥白起:事奉秦昭王,善于用兵,被封为武安君。

⑦长平:在今山西高平西北。

⑧杜邮:亭驿名。在今陕西咸阳东。

⑨武信君:指武臣,陈国人。朝歌:在今河南淇县。

⑩王卬于殷:司马卬曾引兵平定了今河南的黄河以北地区,又随项羽一起入关,因而被项羽封为殷王。

⑪市长:汉朝都城长安主管市场的官员。西汉长安有四市,各有长、丞,为左冯翊属官。

⑫太史公:一说为司马迁对父亲的尊称,一说太史令掌管天文和国史,其职守尊贵,和三公平等,所以称为太史公。

【译文】

自从司马氏离开周王投奔晋国后,这一族的人就分散了,有的在卫国,有的居赵国,也有的留在秦国。在卫国的一支,做过中山相。在赵国的一支,因擅长剑术而闻名,蒯聩就是这一支的后嗣。在秦国的名叫司马错,和张仪争论,秦惠王就任命司马错为大将率领军队攻打蜀,攻下蜀地后,就任命司马错做那个地方的郡守。司马错的孙子司马靳,随事武安君白起。这时少梁已改名夏阳。司马靳和武安君大败赵国的军队，在长平坑埋赵军数十万，回到秦国，司马靳和白起都被赐死在杜邮，司马靳葬在华池这个地方。司马靳的孙儿名叫司马昌，做过秦国的主铁官。秦始皇的时候，蒯聩的玄孙名叫印的，曾做武信君的部将，巡察朝歌一带。这时天下大乱，诸侯擅自封王，项羽封司马印为殷王。汉王刘邦带兵攻打楚国，司马印降顺汉王，原有的封地，改置为河内郡。司马昌的儿子叫司马无泽，做过汉长安市长。司马无泽的儿子叫司马喜，做过五大夫，死后，都葬在高门。司马喜的儿子司马谈，就是太史公。

太史公学天官于唐都[①]，受《易》于杨何[②]，习道论于黄子[③]。以上叙述家世。

【注释】

①天官：天文学。

②杨何：字叔元，菑川（今山东寿光）人。

③黄子：汉景帝时人。

【译文】

太史公从唐都那里学习了天文星官的学问，从杨何那里学习了《易》学，又跟随黄生研究黄老的学术。以上叙述家世。

太史公仕于建元、元封之间[①]，愍学者之不达其意而师悖[②]，乃论六家之要指曰：

《易大传》[③]："天下一致而百虑，同归而殊涂。"夫阴阳、儒、墨、名、法、道德，此务为治者也。直所从言之异路[④]，有省不省耳。尝窃观阴阳之术，大祥而众忌讳，使人拘而多所畏；然其序四时之大顺，不可失也。儒者博而寡要，劳而少功，是以其事难尽从；然其序君臣父子之礼，列夫妇长幼之别，不可易也。墨者俭而难遵[5]，是以其事不可遍循；然其强本节用，不可废也。法家严而少恩，然其正君臣上下之分，不可改矣。名家使人俭而善失真，然其正名实，不可不察也。道家使人精神专一，动合无形，赡足万物；其为术也，因阴阳之大顺，采儒、墨之善，撮名、法之要，与时迁移，应物变化，立俗施事，无所不宜，指约而易操，事少而功多。儒者则不然。以为人主天下之仪表也，主倡而臣和，主先而臣随。如此则主劳而臣逸。至于大道之要，去健羡[6]，绌聪明[7]，释此而任术。夫神大用则竭，形大劳则敝。形神骚动，欲与天地长久，非所闻也。

【注释】

①建元：汉武帝年号（前140—前135）。元封：汉武帝年号（前110—前105）。

②悖：惑。指向老师学习却被所看到的东西所迷惑。

③《易大传》：指《易·象传》。

④直：但，只。

⑤俭：墨家的主张，要求节用节葬非乐，崇尚节俭。

⑥健羡：刚强、贪欲。

⑦绌聪明：道家主张的绝圣弃智。绌，通“黜”。

【译文】

太史公在武帝建元、元封年间做过官，他对当时学者固执师说，墨守一家，使学术不能通流的风气，感到万分困惑，于是专门论述六家的

要旨,说:

《易大传》说:“天下一致而百虑,同归而殊途。”意思是说诸子的学说,尽管有百虑,实质是一致的;他们所循的途径虽然很不一样,而其趋向目的是相同的。换句话说,诸子的学问都以救世立教为目的。我们可以说阴阳、儒、墨、名、法、道德六家,都是想致天下于太平盛世中。只是因立场不同,以至于各自的观点、使用的方法大有不同,这样有的就能把握住重点,找到正确的方向,有的就不能了。我曾分析阴阳家的方术,它太繁复而且琐细,忌讳的事物太多,使一般人受到拘束,许多事都不敢大胆地去做;但他们主张顺着四时的秩序去做事,却不可违反。儒家的学说太广博,很难找出它的要领,因此在研究的时候,用力虽勤而功效很少,因此他们所说的一切,不能完全听从;但是他们制定的君臣父子彼此相处的礼节,和夫妻之间或长辈晚辈之间礼数的分别,是不能够更改的。墨家过于俭啬,难以遵循,因此他们的说法也不能完全实行;但是他们务实节用的宗旨,是不可以废弃的。法家严酷不讲情感,但是他们把君臣上下的名分等级分得十分清楚,这一点也是不能改变的。名家容易让人拘执于名而失掉真实性,但是确定名实的配合,不能不注意。道家教我们精神集中,一动一合不露形迹,认为物性自足,不必强求;他们的学术是本着阴阳家顺序四时的秩序,采纳儒家、墨家的长处,撷取名家、法家的要点,随着时代的需要,配合人事的变化,待人做事等一切措施,没有不适宜的,容易把握住重点,用力少而收效多。儒家则不同,他们认为君主应该是天下人的表率,君主提倡什么,臣下就应该附和,君主在前面走,臣下应该紧紧跟在后面。像这样,君主太苦了,而臣下反倒清闲了。大道的要点是,除去贪欲,不玩弄聪明,不可舍此而自任其术。一个人用的精神太过会疲困的,身体太劳累会生病的。如果你的精神和身体常常过劳而没有适度的休息,你却希望长寿和天地同春,这是办不到的。

夫阴阳、四时、八位、十二度、二十四节各有教令①，顺之者昌，逆之者不死则亡，未必然也，故曰“使人拘而多畏”。夫春生夏长，秋收冬藏，此天道之大经也，弗顺则无以为天下纲纪，故曰“四时之大顺，不可失也”。

【注释】

①阴阳：指天地分阴、阳两气，人事也可用阴、阳来说明。四时：春夏秋冬。八位：与八卦相配的八个方向，即震东、离南、兑西、坎北、乾西北、坤西南、巽东南、艮东北。十二度：即十二星次。星所在的躔舍和十二宫相当。二十四节：二十四个节气。

【译文】

阴阳家对于阴阳、四时、八位、十二度、二十四节气，各有一套教令，规定人们哪些事可以做，哪些事要禁忌，如果人们顺守这些教令，就会昌达得福，违反这些规定，不是死就是消亡，其实不一定是这样的，我认为这样容易“使人拘束而不敢大胆地去做事”。可是阴阳家所说的春天万物发生，夏天成长，秋天收获，冬天储藏，这是自然的重要法则，如果我们不遵守，那么一切事务便没有头绪了，所以我说“四时的顺序，是不可以违反的”。

夫儒者以六艺为法。六艺经传以千万数，累世不能通其学，当年不能究其礼。故曰“博而寡要，劳而少功”。若夫列君臣父子之礼，序夫妇长幼之别，虽百家弗能易也。

【译文】

儒家把六艺当做宗法。六艺除经文本身外，连以后的传记说解等著作不下千万种，像这样多的典籍，使得后世学者，加上历代祖孙父子世守一经，仍不能够通晓其大义；穷尽一个人毕生的岁月，也不能详尽六经中的典制。所以我说，儒家学说“太广博而难以找到要领，用力虽勤而功效很少”。可是分列君臣、父子间的礼数，序次夫妇、长幼的分别，任何一家都不能更改的。

墨者亦尚尧、舜道，言其德行曰：“堂高三尺，土阶三等，茅茨不翦①，采椽不刮②。食土簋③，啜土刑④，粝粱之食⑤，藜霍之羹⑥。夏日葛衣，冬日鹿裘。”其送死，桐棺三寸⑦，举音不尽其哀。教丧礼，必以此为万民之率，使天下法若此，则尊卑无别也。夫世异时移，事业不必同，故曰“俭而难遵”。要曰强本节用，则人给家足之道也。此墨子之所长，虽百家弗能废也。

【注释】

①茅茨：以茅草苫屋顶。

②采椽：以柞木作椽。采，木名。

③土簋（guǐ）：盛饭瓦器。

④土刑：盛汤瓦器。

⑤粝粱：粗米饭。

⑥藜：一种野菜。藿：豆叶。

⑦桐棺三寸：桐木做的棺材三寸厚，喻指简陋。

【译文】

墨家也崇尚尧、舜的道术，引述尧、舜的德行说：“堂只三尺高，土做的阶不过三级，用茅草盖的屋顶未曾修剪整齐，用原木做的屋桷未加刮削。吃的是土做的簋里面所盛的饭，饮的是土做的瓦器里面所盛的羹汤，饭用粗米做成，汤用豆叶做成。夏天穿葛制的单衣，冬天着鹿皮裘衣。”他们葬死者用桐木做棺，厚不过三寸，号丧不过于哀恸。他们的丧礼就是这样简单，以此来作为一般人的表率，使天下的人奉为法则，像这样的作风，尊卑就难以分别了。我们想到时代的改变，事业自然不尽相同，所以我说“过于俭啬，后人难以遵循”。总之，务实节用，确实是人们兴家富足的最佳途径。这是墨家的长处，任何一家都不能废弃。

法家不别亲疏，不殊贵贱，一断于法，则亲亲尊尊之恩绝矣。可以行一时之计，而不可长用也，故曰“严而少恩”。若尊主卑臣，明分职不得相逾越，虽百家弗能改也。

【译文】

法家不分亲近、疏远，也不管谁是高官厚禄者，谁是平民百姓，都依法规来判决，这样，像亲爱我们的亲属、尊重我们长上的重恩义的伦理，就一无所有了。这在适当的时机，处理某些事件，可以行得通，但绝不可以长久施行，所以我说，他们“严酷，不讲情感”。至于主张君长至上，部属次之，划清职责权限，谁也不许超越，任何一家都无法改变的。

名家苛察缴绕[①]，使人不得反其意，专决于名而失人情，故曰“使人俭而善失真”。若夫控名责实，参伍不失[②]，此不可不察也。

【注释】

①缴绕：缠绕。

②参伍不失：指名实交互。

【译文】

名家过于明察、纠缠不清，使人们反省思考，但不得其究竟，一切以名称为决断，而违背了人情，所以我说“令人拘执于名而失掉真实性”。名实相互参验考证，得出较正确的结论，这一点确实是值得我们注意的。

道家无为，又曰无不为①，其实易行，其辞难知②。其术以虚无为本，以因循为用。无成势，无常形，故能究万物之情。不为物先，不为物后，故能为万物主。有法无法，因时为业；有度无度，因物与合。故曰“圣人不朽，时变是守。虚者道之常也，因者君之纲”也③。群臣并至，使各自明也。其实中其声者谓之端④，实不中其声者谓之窾⑤。窾言不听，奸乃不生，贤不肖自分，白黑乃形。在所欲用耳，何事不成！乃合大道，混混冥冥。光耀天下，复反无名⑥。凡人所生者神也，所托者形也。神大用则竭，形大劳则敝，形神离则死。死者不可复生，离者不可复反，故圣人重之。由是观之，神者生之本也，形者生之具也。不先定其神，而曰“我有以治天下”，何由哉？以上谈论六家要指。

【注释】

①道家无为，又曰无不为：道家是一种具有朴素辩证思想的学派，既主张清静无为，又认为无为便是无不为。

②其辞难知：指道家的主张微妙，不容易把握。

③圣人不朽，时变是守：指圣人的教导是不朽灭的，都是顺应时代变化的。

④中：当。

⑤窾(kuǎn)：空。

⑥复反无名：重新返回到清静虚无。

【译文】

道家主张“无为”，又说“无不为”，他们的理论可以实行，但他们的主张，一般人不容易理解。他们的学术以虚无为根本，以因循为手段。没有一成不变的形与势，所以能推究万物的情状。应付事物不抢先，也不居后，而是因物为制，所以能够主宰万物。立法或不立法，因时务而决定；而一种制度的决定也必须和事物相配合。所以说，“圣人是不朽的，因为他能牢守着因时、通变的法则。虚无是道的根本，因循是君主应把握的纲领”。让群臣都有表现，使人尽其才。实际和他的名声相切合的叫做“端”，实际和名声不相应的叫做“窾”。“窾”是空的意思，说空话而无事实根据的，不要听信，那么奸邪小人就将无法立足，贤和不才的人自然容易区分开来，黑白就会分别地呈现在你的眼前了。这样忠奸、贤愚，听随君主去任用，什么事办不好呢！这种作风，才是真正懂得大道浑合混同、了无痕迹。能普照天下，但最后还返回到清虚无为。一个人的生存要赖有精神，精神寄托在形体上的。精神过分运用就会衰竭，身体太苦就会病倒，精神和形体都受到伤害，两者脱节了，人就会死亡。人死不能复生，离去的不能再回来，所以圣人特别重视养生。从这一点看，精神是生命的根本，形体是生命的寄托所在。人如果不首先保养他的精神，却说“我要治理天下国家”，这能做到吗？以上谈论六家学说的基本精神。

太史公既掌天官，不治民。有子曰迁①。

【注释】

①迁：司马迁自称。

【译文】

太史公掌管天文历法方面的事务，不治理民政，比较轻闲。他的儿子名迁。

迁生龙门[①]，耕牧河山之阳[②]。年十岁则诵古文。二十而南游江、淮，上会稽，探禹穴[③]，窥九疑[④]，浮于沅、湘[⑤]；北涉汶、泗[⑥]，讲业齐、鲁之都，观孔子之遗风，乡射邹峄[⑦]；厄困鄱、薛、彭城[⑧]，过梁、楚以归。于是迁仕为郎中，奉使西征巴、蜀以南，南略邛、笮、昆明[⑨]，还报命。

【注释】

①龙门：山名。在今山西河津西北。

②阳：指水之北、山之南。

③上会稽，探禹穴：会稽，山名。在今浙江绍兴的南面。相传大禹东巡到会稽时去世，埋葬在那里。绍兴城南二十里处有禹王庙。

④九疑：即九嶷山，在今湖南宁远，相传舜葬在这里。

⑤沅、湘：沅江、湘江，均在今湖南境内。

⑥汶、泗：汶水、泗水，均在今山东境内。

⑦峄(yì)：峄山，或称“邹峄山”“邾峄山”，在今山东邹城东南。

⑧鄱：应作“蕃”，县名。今山东滕州。薛：在今山东滕州南。彭城：今江苏徐州。

⑨邛：邛都，古代西南少数民族国名。在今四川西昌东。笮：即笮都，古代西南少数民族国名。在今四川汉源东北。昆明：汉定笮县，今四川盐源。

【译文】

我生在龙门，曾在黄河以北、龙门山以南的地方，过着耕种牧畜的生活。十岁的时候，诵读古文经书。二十岁时，南下游历江、淮一带，曾经登上会稽山，去探寻民间传说已久的禹穴，勘察大舜所葬的九嶷山，顺道渡过沅水、湘水；再向北返渡过汶水、泗水，到齐、鲁的旧都，同当地的学士大夫讨论学术，领略了孔子在阙里等处留下来的风教，在邹县、峄山参加过古代乡射活动。在蕃县、薛县、彭城等地遭遇到一些困难，再经过梁国、楚国回到故乡。做了郎中，奉大汉的使命，向西出使巴蜀以南等处，往南经略邛都、笮都、昆明等地，然后才返回朝廷。

是岁天子始建汉家之封[①]，而太史公留滞周南[②]，不得与从事，故发愤且卒。而子迁适使反，见父于河、洛之间。太史公执迁手而泣曰："余先周室之太史也。自上世尝显功名于虞、夏，典天官事。后世中衰，绝于予乎？汝复为太史，则续吾祖矣。今天子接千岁之统，封泰山，而余不得从行，是命也夫，命也夫！余死，汝必为太史；为太史，无忘吾所欲论著矣。且夫孝始于事亲，中于事君，终于立身，扬名于后世，以显父母，此孝之大者。夫天下称诵周公，言其能论歌文、武之德，宣周、邵之风，达太王、王季之思虑，爰及公刘，以尊后稷也。幽、厉之后，王道缺，礼乐衰，孔子修旧起废，论《诗》《书》，作《春秋》，则学者至今则之。自获麟以来四百有余岁[③]，而诸侯相兼，史记放绝。今汉兴，海内一统，明主贤君忠臣死义之士，余为太史而弗论载，废天下之史文，余甚惧焉，汝其念哉！"迁俯首流涕曰："小子不敏，请悉论先人所次旧闻，弗敢阙。"以上谈遗令迁论次史文。

【注释】

①天子始建汉家之封：元封元年（前 110）正月，汉武帝封泰山，禅梁父，改元元封。

②周南：指洛阳。

③自获麟以来四百有余岁：指周敬王三十九年（前 481）鲁西狩猎获麟事，到汉武帝元封元年（前 110）共三百七十二年。

【译文】

在这一年，汉武帝第一次东巡，到泰山举行汉家的封禅大典，然而太史公因病滞留洛阳，不能参加这一盛典，含恨将死。我恰好结束西征的使命，回到河洛一带拜见了父亲。太史公紧握我的手流着眼泪说："我们的先人本是周朝的太史。再早的先人远在古代的唐尧、虞舜时就做过南北正，功名显赫，主管天官事物。后代中途衰微，祖业将会断送在我的手中吗？你若能重做太史，就可以上承祖业家学了。现在皇上承接千年以来的大统，封祭泰山，我不能从行，这是命啊，这是命啊！我死后，你一定做太史；如果做了太史，你一定不要忘掉我想要完成的著作。讲到孝道，自然从侍奉双亲开始，其次便是忠于君主，最后是建立功业，扬名后世，使得父母也能分享一份光荣，这是孝道中最要紧的。我常想，天下的人称扬周公，是因为周公能够撰文歌颂文王、武王的德业，宣扬自己与召公的风教，表达太王、王季的思想，再上推到公刘，追述周代历史，推尊他们的始祖后稷。这就是孔子所以称周公为'达孝'的道理。可是到了幽王、厉王以后，平治天下的王道没有了，礼乐教化衰微了。孔子不得已要振作颓废，修复旧业，于是整理《诗》《书》，撰写了《春秋》，学者们到了现在仍然奉此书为宝典。从鲁哀公十四年猎获麟兽，算到现在已四百多年，列国相互兼并，以攻战为能事，没有人过问历史方面的事。如今汉朝开国，海内一统，这四百多年间，明主贤君、忠臣死士很多，我做太史，没有把他们记录下来，断绝了天下的历史，我非常恐惧，内心时刻不安，你该仔细地考虑考虑！"我低下头，流着眼泪说：

“儿子虽然没有才能，但定将先人所积存下来的重要史料，全部加以编纂，决不敢让它有丝毫缺略。”以上讲司马谈遗令司马迁编著史书。

卒三岁而迁为太史令，绌史记石室金匮之书①。五年而当太初元年十一月甲子朔旦冬至，天历始改，建于明堂，诸神受纪②。

【注释】

①绌（chōu）：缀集。石室金匮：指国家藏书之处。石室，藏图书档案的屋子。金匮，用金属制作的藏书柜。匮，同“柜”。

②受纪：亦作“受记”。指接受祭享。

【译文】

老太史公死后三年，我做了太史令，开始研读国家藏在石室金匮中的书籍。又过了五年，汉武帝太初元年十一月初一甲子冬至时节，汉朝颁布新历法，实行太初历，遍告群神，在明堂里宣布从此遵用夏正。

太史公曰：“先人有言：‘自周公卒五百岁而有孔子。孔子卒后至于今五百岁，有能绍名世，正《易传》，继《春秋》，本《诗》《书》《礼》《乐》之际？’意在斯乎！意在斯乎！小子何敢让焉。”以上迁有志作史。

【译文】

太史公说：“先父说过：‘从周公逝世后，经五百年出了个孔子。孔子逝世后到现在又有五百年了，这是一个大有作为的时代，有谁能够继承盛世，整理《易经》，上按《春秋》，推考《诗》《书》《礼》《乐》的精义，然后有所述作呢？’我有意去这样做吗！我有意去这样做吗！我理当继承先父的志业，挑起五百年来重建史记这一划时代的重任，怎敢轻率地谦让呢？”以上是司马迁讲自己有志于作史。

上大夫壶遂曰[①]：“昔孔子何为而作《春秋》哉？”太史公曰：“余闻董生曰[②]：‘周道衰废，孔子为鲁司寇，诸侯害之，大夫壅之。孔子知言之不用，道之不行也，是非二百四十二年之中，以为天下仪表。贬天子，退诸侯，讨大夫，以达王事而已矣。’子曰：‘我欲载之空言，不如见之于行事之深切著明也。’夫《春秋》，上明三王之道，下辨人事之纪，别嫌疑，明是非，定犹豫，善善恶恶，贤贤贱不肖，存亡国，继绝世，补敝起废，王道之大者也。《易》著天地阴阳四时五行，故长于变；《礼》经纪人伦，故长于行；《书》记先王之事，故长于政；《诗》记山川谿谷禽兽草木牝牡雌雄，故长于风；《乐》乐所以立，故长于和；《春秋》辨是非，故长于治人。是故《礼》以节人，《乐》以发和，《书》以道事，《诗》以达意，《易》以道化，《春秋》以道义。拨乱世反之正，莫近于《春秋》。《春秋》文成数万[③]，其指数千，万物之散聚皆在《春秋》。《春秋》之中，弑君三十六，亡国五十二，诸侯奔走不得保其社稷者不可胜数。察其所以，皆失其本已。故《易》曰：‘失之毫厘，差以千里。’故曰：‘臣弑君，子弑父，非一旦一夕之故也，其渐久矣。’故有国者不可以不知《春秋》，前有谗而弗见，后有贼而不知。为人臣者不可以不知《春秋》，守经事而不知其宜，遭变事而不知其权。为人君父而不通于《春秋》之义者，必蒙首恶之名。为人臣子而不通于《春秋》之义者，必陷篡弑之诛，死罪之名。其实皆以为善，为之不知其义，被之空言而不敢辞。

夫不通礼义之旨，至于君不君，臣不臣，父不父，子不子。夫君不君则犯[4]，臣不臣则诛，父不父则无道，子不子则不孝。此四行者，天下之大过也。以天下之大过予之，则受而弗敢辞。故《春秋》者，礼义之大宗也。夫礼禁未然之前，法施已然之后；法之所为用者易见，而礼之所为禁者难知。”以上与壶遂言《春秋》治人辅礼教之不及。

【注释】

①壶遂：武帝时的天文家，官至詹事。

②董生：指董仲舒，武帝时著名的经学家。

③《春秋》文成数万：现在传下来的《春秋》文字不满两万字。

④犯：冒犯。

【译文】

上大夫壶遂问：“以前孔子为什么要作《春秋》呢？”我回答说：“我听董仲舒先生说过：‘周室东迁以后，王纲不振，政事远不如西周盛世时，那时，孔子在鲁国做司寇，遭到诸侯的嫉妒、大夫的阻挠。孔子知道自己的话没人采纳，自己的主张无法实行，这该怎么办呢？于是孔子决定根据鲁国史记，从鲁隐公元年直到鲁哀公十四年，把那二百四十二年间的人和事，分出谁是谁非，为天下万世定出一个标准。他有时贬斥诸侯，有时诛讨大夫，无非是为了达成王纲的目标。’孔子说：‘我本来想只讲空话，但讲空话不如举出历史上的人和事来证明是非得失，更一目了然。’《春秋》这部著作，往前说是讲夏禹、商汤、周文武三代圣王的治国之道，往后说又能辨别人事的纪纲，即建立伦理法则，它可分辨嫌疑，明断是非，不让人犹豫不决，奖励好人好事，惩罚恶人恶事，尊贤、退不肖，已亡的国家保存它的国名，已绝的世代找出能继承的后嗣，有偏差的地方予以补救，已废置的事体重新振顿，这些都是王道王政最重要的纲领啊。拿《春秋》和群经相比,《易经》著明天地阴阳四时五行的原理,因此长于变化的道理;《礼经》指出人伦的大经大法,因此以行为见长;《书经》记叙尧、舜、三代的政事,因此以政治理论著称;《诗经》记载山川溪谷、禽兽草木、公母雌雄,因此以土风民谣见长;《乐经》鼓舞人们向上自立,故以和顺为主题;《春秋》辨正是非,所以长于处理人事。归纳起来说,《礼》可以节制人的行为,《乐》可以引发人心的平和,《书》是指导治国理政,《诗》是表达心志,《易》是讲大化流行,《春秋》是以义为标准。因此,五经各有其长处,但我们治理乱世,使它重回到太平盛世,则只有仰赖《春秋》了。《春秋》不过几万字,但它的大义就有数千条,二百四十二年间的许多人事,要条分缕析,要归纳鸟瞰,都可以从《春秋》里知道它的梗概。《春秋》当中,被弑的君主有三十六人,遭到灭亡的有五十二个国家,至于到处奔走流浪而不能保有自己的社稷宗庙的,数量就更多了。我们仔细地分析所以这样的原因,都是丢掉了最重要的根本——礼、义。所以《易传》说:'在源头上有了过失,其造成的差错是巨大的,其后患是无法收拾的。'《易传》上又说:'臣下弑君、儿子弑父,绝不是一朝一夕的事情,它逐渐积累,次第发展,由来已久了。'所以说做国君的,不能不明了《春秋》,如果不明了,即使是谗邪小人站在面前,也看不清楚,乱臣贼子紧跟在后面,也不会发觉。做臣子的,不能不明了《春秋》,如果不明了,就会对常见的事,固执前例而不知道作适当的处置,一旦遭遇突发事件,会没有紧急应变的能力。做国君、做父亲的,若不明了《春秋》的大义,容易蒙受带头做坏事的恶名。做大臣、儿子的,如果不熟知《春秋》的大义,容易篡位杀上遭诛杀,落得一个死有馀辜的恶名。实际上他们认为是应当做的而盲目地去做,不晓得大义所在,遭到口诛笔伐了,却不知道该如何辩解。人们不明礼义的要旨,做出了君不像君,臣不像臣,父不像父,子不像子的事。假如君王不像个君王的样子,就会受到冒犯;臣不像臣的样子,容易遭到杀戮;父亲不像父亲的样子,就是糊涂昏聩,儿子不像儿子的样子,就是忤逆不孝。上面这四种行为算是天下最大的罪过。拿天下最大的罪过加在他的头上，他只有低下头来承认，绝无理由推托。因此可以肯定，《春秋》确是讲礼义的大宗啊。当一件事尚未形成以前，礼义可以事先禁止它，一件事已经完成了，刑法可以制裁它；法律可以制裁的事件往往容易见到，然而礼义所禁止和防范的事件，一般人是不容易察觉到的。”以上是与壶遂谈《春秋》在治人辅礼方面的功用。

壶遂曰：“孔子之时，上无明君，下不得任用，故作《春秋》，垂空文以断礼义，当一王之法。今夫子上遇明天子，下得守职，万事既具，咸各序其宜，夫子所论，欲以何明？”

【译文】

壶遂又问：“孔子时，在上没有圣明的君主，他自己又无权无位，只好作《春秋》，靠着空泛的史文来断定礼义，想让《春秋》成为帝王的法典。现在先生您上有明君，自己又身有官职，国家许多事务已经兴作，朝野上下各得其所，现在先生想要撰写著作，不知道究竟想说明些什么呢？”

太史公曰：“唯唯，否否，不然。余闻之先人曰：‘伏羲至纯厚，作《易》八卦。尧、舜之盛，《尚书》载之，礼乐作焉。汤、武之隆，诗人歌之。《春秋》采善贬恶，推三代之德，褒周室，非独刺讥而已也。’汉兴以来，至明天子，获符瑞，封禅，改正朔，易服色，受命于穆清①，泽流罔极。海外殊俗，重译款塞②，请来献见者，不可胜道。臣下百官力诵圣德，犹不能宣尽其意。且士贤能而不用，有国者之耻；主上明圣而德不布闻，有司之过也。且余尝掌其官，废明圣盛德不载，灭功臣、世家、贤大夫之业不述，堕先人所言，罪莫大焉。余所谓述故事，整齐其世传，非所谓作也，而君比之于《春秋》，谬矣。”以上言作史但记述事实，不敢希《春秋》之褒贬。

【注释】

①穆清：指天。

②重译：指因言语不通，必须经过重重翻译来了解语意。款塞：叩塞门来投降。款，叩门。

【译文】

太史公回答说：“是啊，哦，不对。先人曾告诉我说：‘伏羲最温和厚重，画出《易经》八卦。尧、舜的盛德，记载在《尚书》上，后代制礼作乐来表彰他。汤王、武王隆盛的功业，诗人曾歌咏不绝。《春秋》褒奖好人，贬斥恶类，推考三代的盛德，褒扬周代，不仅专事讽刺讥切而已。’汉朝开国以来，有圣明的天子，得到祥瑞应兆，举行封禅的大典，改元颁朔日，更换服饰的颜色，承受天命，宇内洋溢着清和的气氛，大汉的德威广泛地散布在天下。海外不同风俗的国家，经过多次的传译，到中国边关来申请朝贡内服的，多得无法计算。臣下百官尽力颂扬天子的大德，总觉得不能尽其意。何况有贤能的人才，若是闲散在民间，这是做君主的耻辱；主上圣明，而他的德业不能广泛传播，使天下大众都知道，这是主管职官没有尽到责任。更何况我专门掌管史籍，如果放弃圣明的大德没有记载，埋没功臣、世家、贤士大夫的功业未曾传述给后世，忘却先父的遗言，这是一件极大的罪过了。我只是述说故事，整理世代的传授而已，这不是创作呀，你若拿来和《春秋》相比，就大错了。”以上讲写史书只是为了记述史实，而不敢指望像《春秋》那样寄寓褒贬。

于是论次其文。七年而太史公遭李陵之祸[①]，幽于缧绁[2]。乃喟然而叹曰："是余之罪也夫！是余之罪也夫！身毁不用矣。"退而深惟曰[3]："夫《诗》《书》隐约者[4]，欲遂其志之思也。昔西伯拘羑里[5]，演《周易》；孔子厄陈、蔡[6]，作《春秋》；屈原放逐，著《离骚》；左丘失明[7]，厥有《国语》；孙子膑脚[8]，而论《兵法》；不韦迁蜀[9]，世传《吕览》[10]；韩非囚秦，《说难》《孤愤》；《诗》三百篇，大抵贤圣发愤之所为作也。此人皆意有所郁结，不得通其道也，故述往事，思来者。"于是卒述陶唐以来，至于麟止[11]，自黄帝始。

【注释】

①李陵之祸：天汉二年（前99），司马迁因替大将军李陵辩解而下狱，受宫刑事。

②缧绁（léi xiè）：囚禁。

③深惟：深思。

④隐约：指含蓄隐晦。

⑤西伯：周文王。羑（yǒu）里：今河南汤阴一带。

⑥陈、蔡：春秋时的两个诸侯国。

⑦左丘失明：旧说《国语》的作者为鲁国太史左丘明，此处司马迁说"左丘失明"，不知何据。

⑧孙子膑脚：战国时孙膑受庞涓嫉妒、陷害，被挖去了膝盖骨。

⑨不韦：指吕不韦。

⑩《吕览》：《吕氏春秋》分为八览、六论、十二纪。八览就是所称的《吕览》。

⑪麟：指武帝获麟事。

【译文】

于是开始整理编排史料。又过了七年，太史公因替李陵辩冤而遭到大祸，被关进监牢里。于是自己叹息说："是我自己造孽啊！是我自己造孽啊！身体遭到毁伤没有什么用处了。"可是又冷静地想了又想，说："像《诗》《书》一类的作品，文字不多而含意微妙，还不是想要表达一个人的想法。以前周文王，被纣王囚在羑里时，曾推演出《周易》的卦爻；孔子困在陈、蔡二国时，还创作出了《春秋》；屈原被放逐，写了《离骚》；左丘失明后，编撰了《国语》；孙膑断了双腿，写成了《兵法》；吕不韦被流放到蜀地，写了《吕氏春秋》；韩非被秦国囚禁，有《说难》《孤愤》等名篇问世；《诗经》三百篇，大多是先圣先贤抒发自己的悲愤而创作出来的。像上面所举的这些不朽的人物，他们都是内心积愤已久，没有发泄的地方，所以才叙述往事，以开示未来的人吧。"于是决定叙述唐尧以来到汉武帝获得麟兽那一年止上下两千多年的史事。

维昔黄帝，法天则地，四圣遵序①，各成法度。唐尧逊位，虞舜不台②。厥美帝功，万世载之。作《五帝本纪》第一。

【注释】

①四圣：指颛顼、帝喾、尧、舜。

②不台（yí）：不高兴。台，同"怡"。

【译文】

缅怀古代黄帝，取法天地，建立伦理纲纪，此后颛顼、帝喾、尧、舜四位圣人，遵守先代统序，各自为后世立下法度。唐尧让出帝位，舜也谦逊不敢自居。光大尧、舜的功业，留传到万世以后。作《五帝本纪》第一。

维禹之功，九州攸同，光唐、虞际，德流苗裔。夏桀淫骄，乃放鸣条①。作《夏本纪》第二。

【注释】

①鸣条：一说，在今山西运城境内。

【译文】

禹的大功是平治洪水，使九州的人安居乐业，在唐、虞两代，光宠一时，他的德业流布到子孙。到了夏桀因其放纵骄横，被放逐于鸣条。作《夏本纪》第二。

维契作商，爰及成汤。太甲居桐，德盛阿衡[1]。武丁得说[2]，乃称高宗。帝辛湛湎，诸侯不享[3]。作《殷本纪》第三。

【注释】

①阿衡：指伊尹。

②说（yuè）：指傅说。武丁在傅岩访得傅说，举为国相，殷室出现中兴的局面。

③不享：指不来朝拜。

【译文】

契是商代的始祖，后有开国的成汤。太甲在桐改过向善，是伊尹盛德的感召。武丁因为有傅说为相，史称中兴的高宗。纣王沉湎于酒色，国祚断绝。作《殷本纪》第三。

维弃作稷，德盛西伯。武王牧野[1]，实抚天下。幽、厉昏乱，既丧酆、镐[2]；陵迟至赧[3]，洛邑不祀[4]。作《周本纪》第四。

【注释】

①牧野：地名。在今河南淇县西南部。

②酆、镐：西周时的都城名。酆，在今陕西西安西南。镐，在今陕西西安西。

③陵迟：指逐渐衰落。

④不祀：国家已灭亡，无人祭祀。

【译文】

农官名弃，为周的始祖，后世立德以西伯文王为至盛。武王于牧野一战中，代殷而拥有天下。到了幽王、厉王又昏庸糊涂，酆、镐古都，付之烽火，西周因此分崩；到了赧王，东周最后灭亡。作《周本纪》第四。

维秦之先，伯翳佐禹。穆公思义，悼豪之旅[①]；以人为殉，诗歌《黄鸟》[②]。昭、襄业帝。作《秦本纪》第五。

【注释】

①豪：应当为“崤”。崤，山名。在今河南灵宝东南。

②《黄鸟》：《诗经》中的篇名。

【译文】

秦的先人名叫伯翳，曾辅佐大禹。到秦穆公悼念秦国在崤山死义的将士，这虽然不错，可是用人殉葬，诗人作了《黄鸟》来歌伤此事，未免遗憾。后来昭王、襄王才奠定了帝业。作《秦本纪》第五。

始皇既立，并兼六国，销锋铸鐻[①]。维偃干革，尊号称帝，矜武任力。二世受运，子婴降虏。作《始皇本纪》第六。

【注释】

①锋：兵器。鐻(jù)：钟。

【译文】

始皇即位后，吞灭了六国，销毁了兵器铸成钟鐻。他希望停息干戈兵革，自称为始皇帝，自矜武力，逞其强威。传至二世子婴即位不久，就做了降虏。作《始皇本纪》第六。

秦失其道，豪桀并扰。项梁业之，子羽接之。杀庆救赵①，诸侯立之。诛婴背怀②，天下非之。作《项羽本纪》第七。

【注释】

①庆：有本作“卿”，指宋义。当时宋义为统领，号卿子冠军。

②婴：指秦国子婴。怀：指义帝怀王。

【译文】

秦王无道，豪杰纷纷起义。项梁首先起来聚众起兵，项羽随后起来成为统帅。杀庆子冠军，救了赵国的危急，诸侯拥立他。可是他杀了已经投降的子婴，又背弃了义帝怀王，天下就不心服。作《项羽本纪》第七。

子羽暴虐，汉行功德。愤发蜀汉，还定三秦。诛籍业帝①，天下惟宁，改制易俗。作《高帝本纪》第八。

【注释】

①籍：项籍。项羽名籍，字羽。

【译文】

项羽残暴肆虐，汉王刘邦有功有德。他以蜀汉为基地发愤，回师平定了三秦。诛灭了项羽，奠定了帝王的事业，天下太平，于是改变制度，更换风俗，为了长远的利益来谋划。作《高祖本纪》第八。

惠之早霣[①]，诸吕不台。崇强禄、产[②]，诸侯谋之。杀隐幽友[③]，大臣洞疑[④]，遂及宗祸。作《吕太后本纪》第九。

【注释】

①霣(yǔn)：死亡。

②禄、产：吕禄、吕产。汉惠帝死后，吕太后临朝称制，让吕禄、吕产统率军队。

③杀隐：杀掉赵隐王刘如意。幽友：囚禁了刘邦的儿子刘友。刘友饿死在囚禁之所，故谥号幽王。

④洞疑：恐惧。

【译文】

汉惠帝早死，外戚诸吕没有做辅臣的品格。吕太后增加了吕氏宗室吕禄、吕产的权力，谋划除掉诸侯。吕太后于是杀了赵隐王刘如意，又囚禁了幽王友，以至于饿死，大臣们人人自危，于是形成了吕氏之乱。作《吕后本纪》第九。

汉既初兴，继嗣不明，迎王践阼[①]，天下归心。蠲除肉刑[②]，开通关梁，广恩博施，厥称太宗。作《孝文本纪》第十。

【注释】

①迎王：指迎立代王刘恒，即后来的汉文帝。

②蠲(juān)除：废除。

【译文】

汉朝开国不久，惠帝早死，不知谁当继承皇位，大臣们决定迎立代王，文帝继承了王位，天下人心服。他首先废除了肉刑，拓展了交通，博施仁恩，世称太宗，他当毫无愧色。作《孝文本纪》第十。

诸侯骄恣，吴首为乱，京师行诛，七国伏辜[1]，天下翕然，大安殷富。作《孝景本纪》第十一。

【注释】

①七国伏辜：七国的叛乱被镇压下去。

【译文】

诸侯骄横恣肆，吴王率先作乱，朝廷发兵征讨，七国的叛乱平定，天下又和平富庶起来。作《孝景本纪》第十一。

汉兴五世，隆在建元。外攘夷狄，内修法度，封禅，改正朔，易服色。作《今上本纪》第十二。

【译文】

汉朝建国五代，最隆盛的时期是武帝建元年间。对外攘斥了夷狄，对内修正了法度，举行了封禅大典，改正朔，更换服色。作《今上本纪》第十二。

维三代尚矣，年纪不可考，盖取之谱牒旧闻，本于兹，于是略推，作《三代世表》第一。

【译文】

三代的历史久远，纪年不可以考证，根据传世的谱录和旧说，大概地推算，作《三代世表》第一。

幽、厉之后，周室衰微，诸侯专政，《春秋》有所不纪。而谱牒经略，五霸更盛衰，欲睹周世相先后之意，作《十二诸侯年表》第二。

【译文】

周幽王、厉王以后，王室逐渐衰微，诸侯各自为政，《春秋》也不能全部记录下来。历代谱书中所论次，五霸盛衰更替，想了解周代诸侯先后所经历的大事，作《十二诸侯年表》第二。

春秋之后，陪臣秉政[1]，强国相王；以至于秦，卒并诸夏，灭封地，擅其号。作《六国年表》第三。

【注释】

①陪臣：指各诸侯所属的大臣。

【译文】

春秋以后，诸侯的家臣专政，较强的诸侯国彼此称王；到了秦始皇吞并中原诸国，统一各国封土，自称为始皇帝。作《六国年表》第三。

秦既暴虐，楚人发难，项氏遂乱，汉乃扶义征伐。八年之间，天下三嬗[1]，事繁变众，故详著《秦楚之际月表》第四。

【注释】

①嬗（shàn）：演变。

【译文】

秦朝暴政，陈涉首先发难，项羽偏又残暴横行，汉王依仗仁义而起义。八年之间，天下发生了三次大的更替，事多，变化也多，因此详细著成《秦楚之际月表》第四。

汉兴已来，至于太初百年，诸侯废立分削，谱纪不明，有司靡踵，强弱之原云以世，作《汉兴已来诸侯年表》第五。

【译文】

汉朝开国直到武帝太初这一百年间，诸侯封立废除，谱纪不太清楚，主管的官无法接续下去，为弄清诸侯的强弱变化，作《汉兴已来诸侯年表》第五。

维高祖元功，辅臣股肱，剖符而爵。泽流苗裔，忘其昭穆①，或杀身陨国。作《高祖功臣侯者年表》第六。

【注释】

①忘其昭穆：忘记了自己的祖宗。按古代的制度，太祖之庙居中，左边为昭，右边为穆，故以昭穆代指祖先。

【译文】

高祖的开国元勋，辅佐他好像是他的左膀右臂，朝廷和他们剖分符节，封赐爵位。他们子孙也受到荫袭，传世的时间久了，分不出宗法和支庶，也有的身遭杀害或被废贬为庶民而国祚灭绝。作《高祖功臣侯者年表》第六。

惠、景之间，维申功臣宗属爵邑。作《惠景间侯者年表》第七。

【译文】

惠、景二帝年间，重封功臣的后嗣，宗室子弟也多赐给爵位和郡邑。作《惠景间侯者年表》第七。

北讨强胡，南诛劲越，征伐夷蛮，武功爰列。作《建元以来侯者年表》第八。

【译文】

北方征讨强大的匈奴，南方诛伐过劲悍的越人，连年用兵征伐蛮夷，许多将帅以军功封侯。作《建元以来侯者年表》第八。

诸侯既强，七国为从，子弟众多，无爵封邑，推恩行义，其势销弱，德归京师。作《王子侯者年表》第九。

【译文】

诸侯已经强大了，像吴楚七国，子弟虽然众多，却没有爵邑，于是汉朝推恩行义，分封七国的子弟，削弱他们的势力，使他们感戴朝廷的隆恩。作《王子侯者年表》第九。

国有贤相良将，民之师表也。维见汉兴以来将相名臣年表，贤者记其治，不贤者彰其事。作《汉兴以来将相名臣年表》第十。

【译文】

一国的贤相、良将，是民众的表率。读到汉室开国以来的将相名臣年表，贤者记取他们的政绩，普通的人传述他们的事迹。作《汉兴以来将相名臣年表》第十。

维三代之礼，所损益各殊务，然要以近情性，通王道，故礼因人质为之节文，略协古今之变。作《礼书》第一。

【译文】

三代之礼，以后的每朝每代有减少，有增加，以合乎人性、有王道精神为大原则，因此礼是根据人情物理而加以节制文饰，配合着古今时势的变化而制定的。作《礼书》第一。

乐者，所以移风易俗也。自《雅》《颂》声兴，则已好郑、卫之音，郑、卫之音所从来久矣。人情之所感，远俗则怀①。比《乐书》以述来古②，作《乐书》第二。

【注释】

①远俗则怀：对远方进行怀柔教化。

②来古：古来。

【译文】

音乐的最大功能，是它能够转风移俗。从有《雅》《颂》开始，一般人总喜好郑、卫之音，郑、卫之音传世很久了。人情最容易受感召的音乐，能使远方殊俗怀柔向化，仰慕中国。历述自古以来音乐的兴盛和衰微变化，作《乐书》第二。

非兵不强，非德不昌，黄帝、汤、武以兴，桀、纣二世以崩，可不慎与？《司马法》所从来尚矣①。太公、孙、吴、王子能绍而明之②。切近世，极人变，作《律书》第三。

【注释】

①《司马法》：古兵书名。一说，齐威王的大臣们汇集古代的兵法而成。

②太公：吕尚。孙：孙武。吴：吴起。王子：王子成甫。齐惠公时大夫。

【译文】

没有兵力国家不能强大，没有德化国家不能昌隆，黄帝、商汤、周武王带着王师义兵，吊民伐罪，统一了天下，诛灭了桀、纣，用兵能不慎重吗？《司马法》就一直受人们推崇。太公望、孙武子、吴起、王子成甫，又相继加以发扬。期望使它切合近代，穷究人事的变化，作《律书》第三。

律居阴而治阳，历居阳而治阴。律历更相治，间不容飘忽①。五家之文怫异②，维太初之元论。作《历书》第四。

【注释】

①飘忽：指微细之物。

②五家：指黄帝、颛顼、夏、殷、周。怫（bèi）：通“悖”，悖逆，违反。

【译文】

潜伏内在的造化原理叫做阴，有形象而显现出来的叫做阳。律虽处阴而可以牵制着有形象的阳，历处阳而又和潜在的阴有关连。律历彼此紧密关连相互发生作用，丝毫不容许忽视。五家的历法各不相同，唯有太初颁制的历法较为准确。作《历书》第四。

星气之书，多杂机祥①，不经；推其文，考其应，不殊。比集论其行事，验于轨度以次，作《天官书》第五。

【注释】

①禨(jī)祥:祈福,吉凶。

【译文】

占望星象的书籍,内容杂有吉凶祸福,不合常理;推求上面的文字,再考证它的效应,没有殊异。然后综合历代史迹,验对日星所行的轨道躔度加以论述,作《天官书》第五。

受命而王,封禅之符罕用,用则万灵罔不禋祀。追本诸神名山大川礼,作《封禅书》第六。

【译文】

禀受天命而做帝王的,对于封禅的符应很少注意,举行封禅大典的很少,如果行此典礼,那么群神没有不被奉祀的。于是考察历代奉祀群神和名山大川的祀典,作《封禅书》第六。

维禹浚川,九州攸宁。爰及宣防,决渎通沟。作《河渠书》第七。

【译文】

大禹疏通河川,天下人过上了安定的生活。等到武帝建造宣防宫时,更能分杀水势,又开凿疏通了许多沟渠水道。作《河渠书》第七。

维币之行,以通农商。其极则玩巧,并兼兹殖,争于机利,去本趋末。作《平准书》以观事变,第八。

【译文】

发行货币，为了使农夫商人互通有无，促成交易。可是商业发达，民众争习巧技，相互兼并，争相耍手段，玩心眼，弃农经商。作《平准书》以观察形势的演变，为第八。

太伯避历[①]，江蛮是适。文、武攸兴，古公王迹。阖庐弑僚，宾服荆楚。夫差克齐，子胥鸱夷；信嚭亲越，吴国既灭。嘉伯之让，作《吴世家》第一。

【注释】

①太伯：指吴太伯，古公亶父的长子，季历的兄长。历：季历。周文王的父亲。

【译文】

太王想传位给季历，太伯先逃到南方蛮夷之地。后来文王、武王崛起于西岐，继承古公的王业。太伯的后人阖庐杀了王僚自立，国势大振，打败楚国使之臣服。夫差又战胜强齐，骄狂不信忠良，杀了子胥，盛尸革囊而投于江中；专听奸佞伯嚭的话和越王亲近，终为越王所灭。赞赏太伯让国的风节，作《吴世家》第一。

申吕肖矣[①]，尚父侧微[②]，卒归西伯，文、武是师。功冠群公，缪权于幽[③]；番番黄发[④]，爰飨营丘[⑤]。不背柯盟[⑥]，桓公以昌，九合诸侯，霸功显彰。田、阚争宠，姜姓解亡[⑦]。嘉父之谋，作《齐太公世家》第二。

【注释】

①申吕：吕尚的祖父被封在申（在今河南南阳附近），因此称申吕。

②尚父：指吕尚。侧微：低微，卑贱。

③缪（móu）：绸缪。权：权变。幽：阴谋。

④番番（pó）：头发花白的样子。番，通“皤”。黄发：指年老。

⑤营丘：今山东淄博。

⑥背：背弃。柯盟：鲁庄公与齐侯在柯地（今山东阳谷东北）订立的盟约。

⑦解亡：解体灭亡。

【译文】

申伯为吕氏的祖先，其家族后来削弱，所以太公初时寒微，后来投归西伯，文王、武王尊他为国师。他的功勋在群公之首，太公长于权谋韬略，年老后，封在齐国的营丘。传到了桓公，能坚守柯地的盟约，声威大振，做了诸侯的盟主，多次召集诸侯会盟，霸主的功业显著。其后田常、阚止争宠，田氏篡齐，姜姓就此灭亡。赞赏尚父的谋略，作《齐太公世家》第二。

依之违之，周公绥之。愤发文德，天下和之。辅翼成王，诸侯宗周。隐、桓之际，是独何哉？三桓争强①，鲁乃不昌。嘉旦《金縢》，作《周公世家》第三。

【注释】

①三桓：指鲁大夫孟孙、叔孙、季孙，都是桓公的儿子。

【译文】

成王年幼即位，对于国事或依从，或违背，全依仗周公决定大计。周公多用文教德化，使天下一片和乐。他辅助成王，诸侯没有不尊仰王室的。他的儿子伯禽被封在鲁国，到了隐公、桓公之际，杀兄自立，这是什么做法？三桓争权相攻，鲁国从此衰落。想到周公旦作《金縢》篇，要求代替武王去死，这是何等的义气，作《周公世家》第三。

武王克纣，天下未协而崩。成王既幼，管、蔡疑之，淮夷叛之，于是召公率德，安集王室，以宁东土。燕易之禅，乃成祸乱[①]。嘉《甘棠》之诗[②]，作《燕世家》第四。

【注释】

①燕易之禅，乃成祸乱：燕易王死后，其子哙为国王，子之为国相，垄断政权，燕王哙让位于子之，国中大乱。禅，禅让，以帝位让授于人。

②《甘棠》：《诗经》中的篇名。相传召伯巡行南国，在甘棠树下休息，后人思念他的德操，爱惜那棵树，所以写下《甘棠》的诗篇。

【译文】

武王灭纣之后，还没有平定天下就病逝了。成王年幼，管叔、蔡叔怀疑周公，淮夷乘机叛乱，于是召公秉持大义，安抚了周室内部，使东方获得安宁，有功赐封燕国。后来燕王哙让位于奸相子之，酿成大乱。读《甘棠》一诗，想到后人对召公的怀念不已，作《燕世家》第四。

管、蔡相武庚，将宁旧商。及旦摄政，二叔不飨[①]，杀鲜放度[②]，周公为盟。太任十子[③]，周以宗强。嘉仲悔过[④]，作《管蔡世家》第五。

【注释】

①不飨(xiǎng)：不服。

②鲜：管叔的名字。度：蔡叔的名字。

③太任：周文王正妃，生了十个儿子。

④嘉仲悔过：指蔡叔被流放后，能够悔过，周公推荐他的儿子胡做了鲁卿，鲁国得到了治理，成王于是又封胡到蔡，被称为蔡仲。

【译文】

管叔、蔡叔监抚纣王的儿子武庚，无非要安抚殷代的遗民。到周公摄政，管、蔡不服，伙同武庚作乱，周公大义灭亲，杀了管叔鲜，放逐蔡叔度，并明誓结盟，乱事才平息。文王妃太任生了十个儿子，有的在朝从政，有的分封在各地，周室赖有这批臣子来保卫王室。赞赏蔡叔度的儿子名叫仲的，知道悔过被封赐爵位，作《管蔡世家》第五。

王后不绝，舜、禹是说，维德休明，苗裔蒙烈，百世享祀。爰周陈、杞，楚实灭之，齐田既起，舜何人哉！作《陈杞世家》第六。

【译文】

圣王的后嗣不应该灭绝，舜、禹的盛德光大，后代莫不悦服怀念；他们的后代沾了祖先的荣光，历代享有祀典。周朝封舜的后人在陈国，封禹的子孙在杞国，虽为楚所灭，但天不绝陈的后代，田氏又篡夺了齐国，舜是何等圣明啊！作《陈杞世家》第六。

收殷余民，叔封始邑[①]，申以商乱，《酒》《材》是告[②]。及朔之生，卫倾不宁[③]；南子恶蒯聩，子父易名[④]。周德卑微，战国既强，卫以小弱，角独后亡[⑤]。嘉彼《康诰》，作《卫世家》第七。

【注释】

①叔：指康叔。始邑：指殷的旧邑。

②《酒》《材》是告：周公担忧康叔年幼，作《酒诰》《梓材》来告诫他。

③及朔之生，卫倾不宁：卫惠公朔即位后，国人不服，变乱丛生，卫国不宁。

④子父易名：卫灵公太子蒯聩和他的夫人南子有矛盾，太子要杀南子，没有成功，逃到晋国去了。灵公死，南子立了蒯聩的儿子辄做了君主。

⑤角独后亡：秦二世废君角为庶人，卫的社稷随后灭亡。角，君角。

【译文】

周公东征，收殷代遗民，派康叔建立卫国管理他们。周公作《酒诰》《梓材》两篇文告，告诫康叔牢记殷亡的道理。到了卫惠公朔，卫国又不宁静了，后来灵公夫人南子讨厌世子蒯聩，蒯聩出奔在外，他的儿子辄留在卫国，此后辄抗拒他的父亲回国，父子间没有了名分。到周室衰弱时，战国七雄逞强，弱小的卫君角反而最后灭亡。读到《康诰》，我欣赏它的谆谆告诫，作《卫世家》第七。

嗟箕子乎！嗟箕子乎！正言不用，乃反为奴。武庚既死，周封微子。襄公伤于泓①，君子孰称。景公谦德，荧惑退行②，剔成暴虐③，宋乃灭亡。嘉微子问太师，作《宋世家》第八。

【注释】

①泓：泓水，古河名。在今河南柘城。宋襄公曾与楚国在泓水作战，大败，被刺伤了大腿。

②荧惑：指火星。

③剔成：剔成君，废宋桓侯而自立为宋君。

【译文】

可叹箕子啊！可叹箕子啊！正直的话无人采纳，后来佯装奴隶避祸。武庚死后，周朝封微子到宋国。后来宋襄公和楚国作战，因为重义的缘故，宋军大败，自己也受了伤，但他一点儿也不悔恨，《春秋》特别赞美他。景公有谦逊的美德，天星也被感动得向后退却，剔成君因暴虐无道，宋国才遭到灭亡。钦仰微子念念不忘宗国访问太师，叹恨殷室的衰亡，作《宋世家》第八。

武王既崩，叔虞邑唐。君子讥名，卒灭武公。骊姬之爱，乱者五世[①]；重耳不得意，乃能成霸。六卿专权，晋国以耗。嘉文公锡珪鬯，作《晋世家》第九。

【注释】

①骊姬之爱，乱者五世：晋献公宠爱骊姬。骊姬想立其子奚齐为太子，于是设计杀了太子申生，驱逐二公子重耳、吾夷。晋国连续几代混乱。

【译文】

武王去世后，成王封弟叔虞于唐，是晋国的始祖。到穆侯给太子取名仇时，史家认为太不恰当，后果被曲沃武公所灭。到了献公，宠爱骊姬，酿成五代的不宁；公子重耳在国外历经磨难，反而成就霸业。后来六卿专权，晋国被韩、赵、魏三家瓜分。嘉美文公勤王，天子亲赐珪玉美酒，作《晋世家》第九。

重黎业之[①]，吴回接之[②]，殷之季世[③]，粥子牒之[④]。周用熊绎[⑤]，熊渠是续[⑥]。庄王之贤，乃复国陈[⑦]；既赦郑伯[⑧]，班师华元[⑨]。怀王客死[⑩]，兰咎屈原[⑪]，好谀信谗，楚并于秦。嘉庄王之义，作《楚世家》第十。

【注释】

①重黎：颛顼高阳之后。

②吴回：重黎弟。

③季世：末世。

④粥(yù)子：指鬻熊，曾事奉周文王。

⑤熊绎：人名。周成王时，开始被封在楚地。

⑥熊渠：人名。周夷王时，王室衰微，熊渠得到江汉一带百姓的拥戴，开始称王。

⑦乃复国陈：楚庄王攻下陈国后，想改陈为县。后接受申叔建议，恢复陈国。

⑧既赦郑伯：楚庄王伐郑，郑襄公袒露着身体，手牵着羊，表示臣服。楚王答应与郑国讲和。

⑨班师华元：楚庄王包围了宋，城中矢尽粮绝，宋人华元出来以实相告，楚庄王称赞他的信义，于是撤兵离去。

⑩怀王客死：当初楚怀王被秦打败，后来秦想和楚国联姻，约请怀王相会，屈原劝他不要上当，子兰怂恿他前往。进入武关后，秦国伏兵斩断他的后路，于是他客死在秦国。

⑪兰：指楚令尹子兰。

【译文】

楚国的祖先，经重黎创业，吴回承继，到了殷朝末年鬻熊出世以后，便有谱牒可考证了。周朝起用熊绎，接着是熊渠。到楚庄王，战胜陈国后，又恢复他的国号；带兵攻打郑，郑军大败，又赦免了郑伯，攻打宋国的战斗，因宋国人华元说出宋国人饥饿的实际情况，庄王立刻撤退，这确是难能可贵的。怀王客死秦国，是因为他不听屈原的忠告，反而相信子兰的阿谀与谗言，是自取其咎，于是楚国被秦国所灭。为了嘉美庄王的义风，作《楚世家》第十。

少康之子，实宾南海[①]。文身断发，鼋鳝与处[②]，既守封、禺[③]，奉禹之祀。句践困彼，乃用种、蠡[④]。嘉句践夷蛮能修其德，灭强吴以尊周室，作《越王句践世家》第十一。

【注释】

①少康之子，实宾南海：夏后少康封其庶子无馀在越地，让他来事奉禹的祭祀，成为越国的先祖。南海，滨南之海。

②鼋鳝：大龟与鳝鱼，借指水族。

③封、禺：二山名。在今浙江德清。

④种、蠡：文种、范蠡。

【译文】

少康的儿子无馀被封在越国，远处南海。他们剪去头发，身上涂着花纹，常和水族共处，世代住在封山、禺山下，奉祀大禹。到越王句践被吴军打败，困守在会稽，才重用文种、范蠡，准备中兴复国。嘉美蛮夷的句践能不断修养德义，灭了强大的吴国，又尊服了周室，作《越王句践世家》第十一。

桓公之东[①]，太史是庸。及侵周禾，王人是议。祭仲要盟[②]，郑久不昌。子产之仁[③]，绍世称贤。三晋侵伐[④]，郑纳于韩[⑤]。嘉厉公纳惠王[⑥]，作《郑世家》第十二。

【注释】

①桓公：郑桓公，名友，周厉王的小儿子，宣王的庶弟。

②祭仲：即祭足，郑国大夫。

③子产：郑国大夫。他博洽多闻，善于治政。

④三晋：魏、韩、赵为晋国的三个卿，他们擅自把持了晋国的大权，

后来三分晋国。

⑤郑纳于韩：韩哀侯灭了郑国，吞并了郑国。

⑥厉公：郑庄公的儿子。

【译文】

郑桓公采用周太史伯的建议，迁往东土。庄公时，侵夺成周的稻谷，王朝的人不服，纷纷议论。权臣蔡仲常和各国约盟，郑国还是不能强盛。郑子产有仁者风度，世代有贤人的美名。后来三晋带兵前来侵略，郑国就被韩国所灭。为嘉美厉公能助惠王归位，作《郑世家》第十二。

维骥、騄耳[①]，乃章造父[②]。赵夙事献[③]，衰续厥绪[④]。佐文尊王，卒为晋辅。襄子困辱[⑤]，乃禽智伯。主父生缚[⑥]，饿死探爵[⑦]。王迁辟淫[⑧]，良将是斥[⑨]。嘉鞅讨周乱[⑩]，作《赵世家》第十三。

【注释】

①骥、騄(lù)耳：皆古良马名。

②造父：因善于驾驭而事奉穆王，穆王把赵城赐给他，他是赵国的祖先。

③赵夙：赵衰之父，事奉晋献公。

④衰：指赵衰。

⑤襄子：赵襄子，名无恤。和韩、魏共同消灭了智伯。

⑥主父：赵武灵王把王位让给了他的儿子惠文王，自称主父。

⑦爵：通“雀”。即麻雀。

⑧王迁：赵幽缪王迁。

⑨良将：指李牧。

⑩鞅：赵鞅，即赵简子。讨周乱：指平定王子朝之乱。

【译文】

造父善于驭马，但要有像骥、騄耳等好马，才能够表现出造父的技能。赵夙在晋献公时表现很好，他的儿子赵衰能够继承家风。他辅佐晋文公，尊奉王室，是晋国的人才。其后赵襄子被围困在晋阳城，愤而灭了智伯。到赵武灵王时，自号主父，因为公子章、公子成争夺权位，公子成带兵包围沙丘宫，粮食断绝，被活活饿死。赵幽缪王名叫迁的即位，行为乖僻，不信任良将李牧，以致败亡。我赞扬赵鞅能讨伐平定周国的大乱，作《赵世家》第十三。

毕万爵魏，卜人知之①。及绛戮干②，戎翟和之③。文侯慕义，子夏师之④。惠王自矜⑤，齐、秦攻之。既疑信陵⑥，诸侯罢之。卒亡大梁，王假厮之⑦。嘉武佐晋文申霸道⑧，作《魏世家》第十四。

【注释】

①毕万爵魏，卜人知之：晋献公把毕万封为大夫，把魏地分封给他，卜偃说毕万以后一定会强大起来。

②绛：魏绛。干：晋悼公的弟弟杨干。

③戎翟和之：指晋悼公任用魏绛，招抚戎翟。戎、翟，均为西北少数民族。

④子夏师之：指魏文侯师从于子夏。

⑤惠王：魏文侯的孙子。他迁都大梁，因此又称为梁惠王。

⑥信陵：即公子无忌，魏昭王的小儿子，魏安釐王的弟弟。信陵君是他的封号，因为他的贤明，诸侯不敢对魏国用兵。

⑦王假厮之：魏王假被秦国俘虏，做了厮役，魏国灭亡。

⑧武：魏犨，毕万的儿子，事奉晋文公，做大夫。

【译文】

毕万被分封在魏地，卜官知道魏氏以后必然强大。到魏绛，晋侯的弟弟杨干搅乱行阵，魏绛杀了杨干的御者以张扬军法，晋国有军纪，戎翟前来乞和。魏文侯尊崇学术，奉子夏为师长。惠王夸大自满，遭到齐、秦的攻伐。信陵君在当时颇有声望，魏王反而怀疑信陵君，诸侯因此不肯帮助魏国。魏王假被秦国士兵俘虏去，魏国灭亡。为颂扬魏武子佐文公建立霸业，作《魏世家》第十四。

韩厥阴德，赵武攸兴①，绍绝立废，晋人宗之。昭侯显列②，申子庸之③。疑非不信④，秦人袭之。嘉厥辅晋匡周天子之赋⑤，作《韩世家》第十五。

【注释】

①韩厥阴德，赵武攸兴：韩厥，晋国大夫。晋国权臣屠岸贾诛杀赵氏，程婴、公孙杵臼把赵氏的孤儿武藏了起来，韩厥暗中帮助程婴等救出赵氏孤儿，使赵武后来得以东山再起，重振赵氏家族。

②昭侯：韩昭侯。

③申子：指申不害。

④疑非不信：指怀疑韩非，不信任他。非，韩非。

⑤厥辅晋匡周天子之赋：韩厥辅佐晋国，让晋国遵守诸侯的礼节，向周天子进贡。匡，正。

【译文】

韩的祖先名叫厥的，积德仗义，暗中保护名叫赵武的赵氏孤儿，让他继承赵衰，不废掉贤臣的后嗣，晋国的人都很尊崇他。到韩昭侯时，起用法家申不害，能在诸侯中扬名。任用韩非却不信任他，后来的韩国被秦国所灭。为称颂韩厥能辅佐晋国，改正周室的赋政，作《韩世家》第十五。

完子避难[1]，适齐为援，阴施五世，齐人歌之。成子得政[2]，田和为侯。王建动心，乃迁于共[3]。嘉威、宣能拨浊世而独宗周[4]，作《田敬仲完世家》第十六。

【注释】

①完子：陈厉公的儿子完，避祸逃到齐国，后来改姓田氏。

②成子：田常，又名田恒。

③共：古国名。今河南辉县。

④威、宣：指齐威王、齐宣王。

【译文】

陈宣公时，陈国发生内乱，田完避难，逃到了齐国，传了五代，赈急济贫，齐国人都歌颂他们的德行恩惠。到田常时，掌握了齐国的大权；到田和时，向天子请命，自立为齐侯。到了齐王建，不战而降秦，秦国迁徙齐王建到共县，国家灭亡。我赞颂威王、宣王能挽救乱世中独尊的周室，作《田敬仲完世家》第十六。

周室既衰，诸侯恣行。仲尼悼礼废乐崩，追修经术，以达王道，匡乱世反之于正，见其文辞，为天下制仪法，垂六艺之统纪于后世。作《孔子世家》第十七。

【译文】

周王室衰微以后，诸侯越发放纵。孔子痛惜有许多礼、乐不能在当时执行，有的礼乐干脆早已散亡了，于是他研究经术，重建王道政治，希望挽救乱世，恢复古代的淳正，他著书立说，为天下后世制定伦理法则，要把六艺中的大义永远传留给后世。作《孔子世家》第十七。

桀、纣失其道而汤、武作，周失其道而《春秋》作。秦失其政，而陈涉发迹，诸侯作难，风起云蒸，卒亡秦族。天下之端，自涉发难，作《陈涉世家》第十八。

【译文】

由于夏桀和殷纣的昏庸无道，汤王、武王才起来革命；周王室王纲不振，孔子不得已作《春秋》；因秦朝的暴虐专横，陈涉于是揭竿而起，诸侯纷纷响应，就像强风扬起、密云团聚，终于灭掉了暴秦。天下的起义是从陈涉发难开始，于是作《陈涉世家》第十八。

成皋之台①，薄氏始基②。诎意适代③，厥崇诸窦。栗姬偩贵④，王氏乃遂⑤。陈后太骄⑥，卒尊子夫⑦。嘉夫德若斯，作《外戚世家》第十九。

【注释】

①成皋：今河南荥阳汜水镇。

②薄氏：文帝母亲薄太后。

③诎（qū）：屈。

④偩：同“负”。倚恃。

⑤王氏：武帝的母亲。

⑥陈后：武帝的皇后。

⑦子夫：武帝的卫皇后，字子夫。

【译文】

汉王登成皋台，薄姬才得宠，后来被尊称为皇太后，为薄氏后来的兴旺奠定了基础。窦姬被迫到了代邸，以后也做了太后，窦氏因此一门显贵。栗姬倚仗着皇帝宠爱，骄横放纵，景帝因此立王夫人做了皇后。陈皇后娇嗔失宠，武帝把她废掉，另立卫子夫为皇后。我欣赏这些女人各有她们的风格，作《外戚世家》第十九。

汉既谲谋，禽信于陈[1]；越、荆剽轻，乃封弟交为楚王[2]，爰都彭城，以强淮、泗，为汉宗藩。戊溺于邪[3]，礼复绍之[4]。嘉游辅祖，作《楚元王世家》第二十。

【注释】

①禽：同“擒”。信：指韩信。

②交：楚元王的名字。

③戊：楚元王的孙子。

④礼：楚元王的儿子。

【译文】

汉王利用巧计，在陈地擒回了韩信；因为越、楚的民俗剽悍，高祖于是封他的弟弟刘交做楚王，都城改在彭城，以加强淮水、泗水一带的治理，由于是宗室，正好做汉朝的屏障。到刘戊时，因为谋反失败而自杀，元王交名叫礼的儿子继位做了楚王。为赞美楚元王辅佐高祖有功，作《楚元王世家》第二十。

维祖师旅，刘贾是与[1]；为布所袭[2]，丧其荆、吴。营陵激吕[3]，乃王琅邪；怵午信齐[4]，往而不归，遂西入关，遭立孝文，获复王燕[5]。天下未集，贾、泽以族，为汉藩辅。作《荆燕世家》第二十一。

【注释】

①刘贾：汉高祖同父兄，封为荆王。

②布：淮南王黥布。

③营陵：营陵侯刘泽。

④怵：恐惧。午：祝午，齐哀王大臣。

⑤王燕：封为燕王。“王”为动词。

【译文】

高祖刚刚起兵时，刘贾常带兵参与其中；韩信被废后，割分韩信的原封地一半赐给刘贾，并封刘贾为荆王，后来黥布反叛，攻击刘贾，刘贾失败被杀，丧失了封地荆、吴。营陵侯刘泽以言语说动吕太后，得封为琅邪王，后来齐王令祝午挟持刘泽到了齐国，不久他以计谋脱身西奔入关，因拥立汉文帝有功，改封为燕王。当时天下还没有平定，刘贾、刘泽因为是宗室，做了汉朝的屏藩。于是作《荆燕世家》第二十一。

天下已平，亲属既寡，悼惠先壮①，实镇东土。哀王擅兴②，发怒诸吕，驷钧暴戾③，京师弗许。厉之内淫④，祸成主父。嘉肥股肱⑤，作《齐悼惠王世家》第二十二。

【注释】

①悼惠：齐悼惠王，名肥，高祖的庶子。

②哀王：悼惠王的儿子刘襄。

③驷钧暴戾：指齐王母亲家族横行残暴。驷钧，刘襄的舅舅。

④厉：齐厉王。

⑤肥：即悼惠王。

【译文】

天下已经太平，刘家的亲属不多，高祖的庶子刘肥年长，高祖封刘肥为齐悼惠王，镇守东方。后来他的儿子哀王擅自兴兵，想诛灭吕氏的族人，无奈因哀王外家为人残暴，京师大臣不肯拥立哀王，因此没有得到帝位。到厉王和他姐姐私通，主父偃奉命到王府勘问，厉王畏罪自杀。嘉美刘肥能给高祖开国以有力的帮助，作《齐悼惠王世家》第二十二。

楚人围我荥阳①，相守三年。萧何填抚山西②，推计踵兵，给粮食不绝，使百姓爱汉，不乐为楚。作《萧相国世家》第二十三。

【注释】

①荥阳：今河南荥阳西南。

②填：通“镇”。山西：指崤山、华山以西地方。

【译文】

楚军在荥阳把汉王围困住，造成楚汉对峙达三年之久。萧何这时坐镇关中安抚崤山以西的地方，他不断从后方输送兵员和粮饷，使百姓爱戴汉王，不肯给项羽出力。作《萧相国世家》第二十三。

与信定魏①，破赵拔齐，遂弱楚人。续何相国，不变不革，黎庶攸宁。嘉参不伐功矜能，作《曹相国世家》第二十四。

【注释】

①信：指韩信。

【译文】

追随韩信平定魏地，击破赵军，攻下齐城，大大地削弱了楚人的势力。后来曹参继萧何做了相国，一切都没有更改，让百姓过着安康的生活。曹参不夸耀功劳也不逞其才能，为他作《曹相国世家》第二十四。

运筹帷幄之中，制胜于无形。子房计谋其事，无知名，无勇功，图难于易，为大于细。作《留侯世家》第二十五。

【译文】

在营幕中运筹，制胜敌人于无形。张良图谋划策，但谁也不知道是他出的主意，也不曾立过军功，再困难的事，他也会从容易处着手；再重大的事，他也会从细微的地方完成。作《留侯世家》第二十五。

六奇既用①，诸侯宾从于汉。吕氏之事，平为本谋②，终安宗庙，定社稷。作《陈丞相世家》第二十六。

【注释】

①六奇：指陈平想出的六个奇妙计谋。

②平：陈平。

【译文】

使用六个奇计，使得诸侯们归服汉朝。平定诸吕的祸乱，是陈平的主谋，终于使宗庙得到安宁，社稷得以稳定。作《陈丞相世家》第二十六。

诸吕为从，谋弱京师，而勃反经合于权。吴、楚之兵，亚夫驻于昌邑[①]，以厄齐、赵，而出委以梁。作《绛侯世家》第二十七。

【注释】

①昌邑：在今山东金乡西北。

【译文】

诸吕结成同盟，图谋削弱京师，绛侯周勃一反常行的义理，深通权变，矫令夺去诸吕的兵权，因而诛灭了他们。吴、楚二国造反，周亚夫驻重兵在昌邑，志在控制齐、赵，故意放弃梁国的危急不肯去救，实际是借梁军来牵制吴、楚，只用了三个月的时间就平息了乱事。作《绛侯世家》第二十七。

七国叛逆[①]，蕃屏京师，唯梁为扞。偩爱矜功，几获于祸。嘉其能距吴、楚，作《梁孝王世家》第二十八。

【注释】

①七国：指吴、楚、胶东、胶西、淄川、济南、赵。

【译文】

七国发动叛乱时，能给京师做屏障的，只有梁国。梁孝王认为自己是皇上的弟弟，恃宠夸功，几乎遭到大祸。为褒扬他能抗拒吴、楚两国的兵变，作《梁孝王世家》第二十八。

五宗既王[①]，亲属洽和。诸侯大小为藩，爰得其宜，僭拟之事稍衰贬矣。作《五宗世家》第二十九。

【注释】

①五宗：汉景帝有十三个儿子，分属五个母亲，故曰五宗（同母的人为同宗）。

【译文】

景帝有十三个王子，是五个后妃所生，同母的为同宗，所以叫五宗。五宗都被分封为王，之间相处得十分和睦。诸侯们无论大小都是王室的屏藩，大家各得其所，僭分越轨的事自然减少了。作《五宗世家》第二十九。

三子之王[①]，文辞可观。作《三王世家》第三十。

【注释】

①三子：汉武帝的儿子齐王闳、燕王旦、广陵王胥。

【译文】

皇子闳为齐王，旦为燕王，胥为广陵王，三个王子被分封为王时，大臣上疏，天子策告，文章华丽，值得观赏。作《三王世家》第三十。

末世争利，维彼奔义；让国饿死，天下称之。作《伯夷列传》第一。

【译文】

末世唯利是争，只有伯夷把持正义，把君位让给弟弟；后来又劝阻武王伐商，自己饿死在首阳山，天下没有人不尊仰他。作《伯夷列传》第一。

晏子俭矣，夷吾则奢；齐桓以霸，景公以治。作《管晏列传》第二。

【译文】

晏子俭朴，管夷吾奢侈；齐桓公因有管仲而称霸天下，景公也赖有晏子而使齐国得享太平。作《管晏列传》第二。

李耳无为自化[1]，清净自正；韩非揣事情，循势理。作《老子韩非列传》第三。

【注释】

①李耳：老子。

【译文】

李耳主张无为，听其自然，主张清静不烦扰，天下自然走上正轨；韩非认真分析事物的情理，找出事物发展的趋势。作《老子韩非列传》第三。

自古王者而有《司马法》，穰苴能申明之。作《司马穰苴列传》第四。

【译文】

自古以来的帝王，都重视《司马法》，穰苴能够通晓运用。作《司马穰苴列传》第四。

非信、廉、仁、勇不能传兵论剑，与道同符，内可以治身，外可以应变，君子比德焉。作《孙子吴起列传》第五。

【译文】

如果没有守信、廉洁、仁慈、勇敢这四种德行，是不能够传习兵法、讨论剑术的，当然更难将兵法、剑术运用得符合客观规律；如果懂得这些，在家可以知道如何修身，出外也能应付突发的事变，君子们认为这就是武德了。作《孙子吴起列传》第五。

维建遇谗①，爰及子奢②。尚既匡父③，伍员奔吴。作《伍子胥列传》第六。

【注释】

①建：楚平王太子的名字。

②子奢：指伍奢，伍子胥的父亲。

③尚：伍奢的儿子、伍子胥的兄长。匡：救。

【译文】

太子建遭到谗言遇害，这事波及伍奢。平王囚禁伍奢，他的长子伍尚前往救父，次子伍员逃往吴国，起兵报仇。作《伍子胥列传》第六。

孔氏述文，弟子兴业，咸为师傅，崇仁厉义。作《仲尼弟子列传》第七。

【译文】

孔子讲学著书，三千弟子受业传道，后来也大多做了老师；他们尊重仁德，又以道义鼓励自己。作《仲尼弟子列传》第七。

鞅去卫适秦，能明其术，强霸孝公，后世遵其法。作《商君列传》第八。

【译文】

商鞅从卫国投奔秦国，用他的法术，使秦孝公强大而称雄，秦国后世仍奉行他的法术。作《商君列传》第八。

天下患衡秦无餍[1]，而苏子能存诸侯，约从以抑贪强。作《苏秦列传》第九。

【注释】

①餍（yàn）：满足。

【译文】

天下诸侯都因为连衡的事而头痛，因为秦国如狼似虎，贪心不足，当时只有苏秦能够为保存诸侯的国家，提倡联合各国来压制贪强的秦国。作《苏秦列传》第九。

六国既从亲，而张仪能明其说，复散解诸侯。作《张仪列传》第十。

【译文】

六国已经订立盟约要携手抗秦，张仪懂得联合的后果，便瓦解了诸侯团结的阵线。作《张仪列传》第十。

秦所以东攘雄诸侯，樗里、甘茂之策。作《樗里甘茂列传》第十一。

【译文】

秦国之所以能攻破东方诸侯，是靠樗里、甘茂的智谋。作《樗里甘茂列传》第十一。

苞河山，围大梁[①]，使诸侯敛手而事秦者，魏冉之功[②]。作《穰侯列传》第十二。

【注释】

①大梁：今河南开封。

②魏冉：秦昭王母亲宣太后的异母弟弟。他曾率兵攻打韩、齐、赵，使秦国的边界向东延伸，功劳最高，被封在穰（今河南邓州），号穰侯。

【译文】

渡过江河，翻越高山，围攻魏都大梁，使山东诸侯束手而臣服秦王，是魏冉的功绩。作《穰侯列传》第十二。

南拔鄢、郢[①]，北摧长平[②]，遂围邯郸[③]，武安为率；破荆灭赵，王翦之计。作《白起王翦列传》第十三。

【注释】

①鄢：楚地。在今湖北宜城境内。郢：楚地。在今湖北江陵境内。

②长平：韩邑名。在今山西高平西北。

③邯郸：战国时赵国国都。今河北邯郸。

【译文】

在南方攻下楚国都城鄢、郢，在北方击杀赵国长平军四十万，包围了首都邯郸，这是武安君白起做统帅时立下的大功；攻破楚国，灭了赵国，是王翦的计策。作《白起王翦列传》第十三。

猎儒、墨之遗文，明礼义之统纪，绝惠王利端，列往世兴衰。作《孟子荀卿列传》第十四。

【译文】

涉猎儒家、墨家的遗著，通晓礼义的统绪和纲要，劝阻梁惠王逐利的追求，总结历史上的兴盛、衰亡的原因。作《孟子荀卿列传》第十四。

好客喜士，士归于薛[1]，为齐扞楚、魏。作《孟尝君列传》第十五。

【注释】

①薛：齐邑名。在今山东滕州西南。孟尝君的封邑。

【译文】

喜欢接纳贤士、宾客，贤士们都归集到了薛地，为齐国抵御楚、魏两国。作《孟尝君列传》第十五。

争冯亭以权[1]，如楚以救邯郸之围，使其君复称于诸侯。作《平原君虞卿列传》第十六。

【注释】

①冯亭：人名。韩国将领。

【译文】

听信韩国人冯亭的说辞，贪一时的小便宜，招致战败被围；去楚国请救兵解除邯郸的围困，使赵王仍旧列名诸侯。作《平原君虞卿列传》

第十六。

能以富贵下贫贱，贤能绌于不肖，唯信陵君为能行之。作《魏公子列传》第十七。

【译文】

自己有富贵的身份，却对贫贱的人很有礼貌，自己有才能，却甘受无才无德的人的羞辱，只有信陵君可以做到。作《魏公子列传》第十七。

以身徇君，遂脱强秦，使驰说之士南乡走楚者，黄歇之义。作《春申君列传》第十八。

【译文】

冒着死罪的危险让君主逃出强秦的虎口，使那些游说的人士群集到楚国的，是受黄歇的义风所感召。作《春申君列传》第十八。

能忍诟于魏齐①，而信威于强秦，推贤让位，二子有之。作《范雎蔡泽列传》第十九。

【注释】

①忍诟：忍辱。

【译文】

能忍受魏齐的折磨羞辱，却在强秦大显身手，后来把相位让给贤士，这是范雎、蔡泽二人的举止。作《范雎蔡泽列传》第十九。

率行其谋,连五国兵[①],为弱燕报强齐之仇,雪其先君之耻。作《乐毅列传》第二十。

【注释】

①五国:指赵、楚、韩、魏、燕。

【译文】

顺利用谋,联合五国的军队,为弱小的燕国报复强大的齐国,洗雪了燕国先王的耻辱,这是乐毅的功劳。作《乐毅列传》第二十。

能信意强秦,而屈体廉子,用徇其君,俱重于诸侯。作《廉颇蔺相如列传》第二十一。

【译文】

能在强横无理的秦王面前临危不惧,却委屈自己尊敬廉颇,二人和衷体国,同时受到列国的尊重。作《廉颇蔺相如列传》第二十一。

湣王既失临淄而奔莒[①],唯田单用即墨破走骑劫[②],遂存齐社稷。作《田单列传》第二十二。

【注释】

①临淄:战国时齐国国都。今山东淄博临淄区。莒:战国齐邑。今山东莒县。

②即墨:战国齐邑。在今山东平度东南。骑劫:燕将。

【译文】

齐湣王丧失首都临淄逃到了莒城,依赖田单以即墨作为基地击退了燕将骑劫，保住了齐国的社稷。作《田单列传》第二十二。

能设诡说解患于围城，轻爵禄，乐肆志。作《鲁仲连邹阳列传》第二十三。

【译文】

能够用诡辩的说辞解除邯郸的紧急围困，把爵禄看做粪土，乐于随自己的意志行事。作《鲁仲连邹阳列传》第二十三。

作辞以讽谏，连类以争义，《离骚》有之。作《屈原贾生列传》第二十四。

【译文】

借文辞来讽切谏诤，用同类的事物作比喻以张扬正义，这是《离骚》的特点。作《屈原贾生列传》第二十四。

结子楚亲①，使诸侯之士斐然争入事秦。作《吕不韦列传》第二十五。

【注释】

①子楚：秦庄襄王名。

【译文】

安国君子楚，在赵国做人质，贫困没有内援，吕不韦为他结欢华阳夫人，子楚得以被立为秦太子，又使得列国的贤才纷纷投向秦国。作《吕不韦列传》第二十五。

曹子匕首[①]，鲁获其田，齐明其信。豫让义不为二心。作《刺客列传》第二十六。

【注释】

①曹子：鲁大夫曹沫。

【译文】

齐、鲁两国在柯地盟会，曹沫用匕首威胁齐桓公，这样鲁国得以收复失地，齐国人也不肯背弃信义。豫让一心为智伯报仇，义无反顾。作《刺客列传》第二十六。

能明其画，因时推秦，遂得意于海内，斯为谋首。作《李斯列传》第二十七。

【译文】

纵观天下局势，确定重大的计划，极力劝说秦王吞并六国，统一天下，秦国建立大一统的帝国，是由李斯主谋定策的。作《李斯列传》第二十七。

为秦开地益众，北靡匈奴[①]，据河为塞，因山为固，建榆中[②]。作《蒙恬列传》第二十八。

【注释】

①靡：披靡，溃散。

②榆中：今内蒙古鄂尔多斯与黄河北岸一带。

【译文】

替秦国扩拓疆土，把北方的匈奴赶走，沿黄河修筑长城万余里，依山为险巩固国防，建置榆中要塞。作《蒙恬列传》第二十八。

填赵塞常山以广河内[①]，弱楚权，明汉王之信于天下。作《张耳陈馀列传》第二十九。

【注释】

①常山：即恒山，在今山西浑源东。河内：河内郡，郡治野王（今河南沁阳）。

【译文】

镇守赵国，据保常山，开拓河内郡，削弱项羽的势力，树立汉王的威信。作《张耳陈馀列传》第二十九。

收西河、上党之兵[①]，从至彭城；越之侵掠梁地以苦项羽。作《魏豹彭越列传》第三十[②]。

【注释】

①西河：黄河在古代冀州西界，故称西河。上党：战国时韩国的城池，今山西长治。

②彭越：昌邑（在今山东金乡西北）人。初事奉项羽，后率兵归降汉朝。楚汉对峙时，彭越数次返梁地，断绝楚国的粮食。

【译文】

魏豹率西河、上党之兵，随高祖攻下彭城；彭越曾作游兵侵袭梁地，断绝楚军后援和粮秣，让项羽腹背受敌。作《魏豹彭越列传》第三十。

以淮南畔楚归汉[①]，汉用得大司马殷[②]，卒破子羽于垓下[3]。作《黥布列传》第三十一。

【注释】

①以淮南畔楚归汉：指项羽曾封黥布为九江王，后来黥布背叛项羽归降刘邦，进九江，引诱大司马周殷反楚，于是率九江的军队和汉共同攻击楚，在垓下（今安徽灵璧）打败了项羽。畔，通“叛”。

②大司马殷：楚国大司马周殷。

③垓下：今安徽灵璧东南。

【译文】

黥布据守着淮南一带，背叛楚国，投靠了汉王，又到九江劝说楚大司马周殷降汉，终于在垓下击破了项羽的军队。作《黥布列传》第三十一。

楚人迫我京、索[1]，而信拔魏、赵，定燕、齐，使汉三分天下有其二，以灭项籍。作《淮阴侯列传》第三十二。

【注释】

①京、索：皆古邑名。京，在今河南荥阳东南。索，即今河南荥阳。

【译文】

楚军逼近京、索，情势危急，韩信在这时候攻下魏、赵，平定了燕、齐，使汉王三分天下占有二分，因此灭了项羽。作《淮阴侯列传》第三十二。

楚、汉相距巩、洛[1]，而韩信为填颍川[2]，卢绾绝籍粮饷[3]。作《韩信卢绾列传》第三十三。

【注释】

①巩：县名。在今河南巩县东南。洛：指洛阳。

②韩信：指韩王信。颍川：今河南禹州一带。

③卢绾（wǎn）：跟随高祖在沛起义，杀项羽有功。

【译文】

楚、汉两军在巩、洛一带对峙的时候，韩王信镇守颍川，卢绾截断项羽的粮饷。作《韩信卢绾列传》第三十三。

诸侯畔项王，唯齐连子羽城阳①，汉得以间，遂入彭城②。作《田儋列传》第三十四。

【注释】

①齐连子羽城阳：指齐地的义军首领田儋自立为齐王，被秦将所杀。他的弟弟田荣又立田儋的儿子市为齐王。到项羽分封诸侯王时，让齐王市管辖胶东，因田荣曾独自背负项梁不肯攻打秦国，没有被分封为王。田荣大怒，杀了市自立为齐王。项羽因此愤怒，攻打齐地，田荣被打败并被杀。田荣的弟弟田横收拢了齐的散兵，反过来在城阳去攻打项羽。城阳：在今山东鄄城东南。

②汉得以间，遂入彭城：指田横在城阳牵制住了项羽的军队，使汉乘机攻入彭城。

【译文】

诸侯叛离项王时，齐王田横带兵数万人攻击项羽于城阳，汉王乘机攻入彭城。作《田儋列传》第三十四。

攻城野战，获功归报，哙、商有力焉①。非独鞭策，又与之脱难②。作《樊郦列传》第三十五。

【注释】

①哙(kuài)、商:樊哙、郦商。

②非独鞭策,又与之脱难:樊哙、郦商都跟随汉高祖打天下,他们不是单单供高祖驱策,还与他共同渡险,如鸿门宴。鞭策,驱策。

【译文】

攻城野战,获得军功回来,樊哙、郦商出力最多。他们不但随侍左右,听汉王驱遣,又常在万分危急的时候,拼死命救出汉王。作《樊郦列传》第三十五。

汉既初定,文理未明,苍为主计①,整齐度量,序律历。作《张丞相列传》第三十六。

【注释】

①苍:指张苍。

【译文】

汉朝初定天下,制度还不齐备,张苍做主计官,统一度量,整理律历。作《张丞相列传》第三十六。

结言通使①,约怀诸侯,诸侯咸亲,归汉为藩辅。作《郦生陆贾列传》第三十七。

【注释】

①结言:以辞令与人相结。

【译文】

奉命出使,劝诸侯亲附汉王,做汉室的屏藩辅佐。作《郦生陆贾列传》第三十七。

欲详知秦、楚之事，唯周緤常从高祖[①]，平定诸侯。作《傅靳蒯成列传》第三十八。

【注释】

①周緤(xiè)：常为高祖驱车，封为蒯成侯。

【译文】

秦、楚间大小事情，知道最详细的人莫过于周緤了，他常随从高祖，平定诸侯。作《傅靳蒯成列传》第三十八。

徙强族，都关中，和约匈奴[①]；明朝廷礼，次宗庙仪法[②]。作《刘敬叔孙通列传》第三十九。

【注释】

①徙强族，都关中，和约匈奴：齐人娄敬，以平民的身份去拜见高祖，劝高祖把京都从西迁到关中。汉高祖赐他姓刘。后来他又劝汉高祖和匈奴讲和联姻，又因为匈奴离长安近，劝汉高祖把边疆上的民族迁入关中。汉高祖都听从了。

②明朝廷礼，次宗庙仪法：叔孙通，秦时做过博士。汉高祖平定天下后，叔孙通为其制定了朝廷礼仪和宗庙仪法。

【译文】

娄敬劝将豪门大族迁入关中，建都关中，和匈奴订立和约；叔孙通为朝廷制定礼法，条列宗庙仪文。作《刘敬叔孙通列传》第三十九。

能摧刚作柔，卒为列臣；栾公不劫于势而倍死。作《季布栾布列传》第四十。

【译文】

季布化刚强为柔和，终为汉臣；栾公不惧强权，宁死不背叛旧主。作《季布栾布列传》第四十。

敢犯颜色，以达主义[1]，不顾其身，为国家树长画。作《袁盎晁错列传》第四十一。

【注释】

①敢犯颜色，以达主义：楚人袁盎在汉文帝时做郎中，多次直率地谏议，敢于冒犯主上，不看主上的脸色说话。

【译文】

敢于正言直谏，不看天子的脸色行事，使天子的行动合乎道义，从不考虑自己的安危，为汉朝长治久安出谋献策。作《袁盎晁错列传》第四十一。

守法不失大理，言古贤人，增主之明。作《张释之冯唐列传》第四十二。

【译文】

遵守法律制度，不失大体，引述古代贤人，使君主越发明白事理。作《张释之冯唐列传》第四十二。

敦厚慈孝，讷于言，敏于行，务在鞠躬，君子长者。作《万石张叔列传》第四十三。

【译文】

为人厚重、慈爱、孝顺，不善于言辞，可是他说到就会做到，一生恭敬谨慎，确是忠厚长者的风范。作《万石张叔列传》第四十三。

守节切直，义足以言廉，行足以厉贤，任重权不可以非理挠。作《田叔列传》第四十四。

【译文】

有操守，为人爽快直道，有义气，可以称得上廉洁，行为更可以鼓励人们向上，担任重要职位时，决不接受无理的要求。作《田叔列传》第四十四。

扁鹊言医，为方者宗，守数精明，后世修序，弗能易也。而仓公可谓近之矣。作《扁鹊仓公列传》第四十五。

【译文】

讲到医术，扁鹊是医家大宗，他的医术精湛，后代遵循他的医法，不能改进。而仓公的医术和扁鹊差不多。作《扁鹊仓公列传》第四十五。

维仲之省①，厥濞王吴。遭汉初定，以填抚江、淮之间。作《吴王濞列传》第四十六。

【注释】

①仲：高祖的兄长刘仲。省，贬抑。

【译文】

刘仲失职，削掉王爵，封刘仲的儿子濞为吴王。汉朝初定天下，刘濞强壮有气力，令他镇抚江、淮一带。作《吴王濞列传》第四十六。

吴、楚为乱，宗属唯婴贤而喜士，士乡之[1]，率师抗山东荥阳。作《魏其武安列传》第四十七。

【注释】

①乡：通“向”。

【译文】

吴、楚两国起兵叛乱时，诸窦同宗当中只有窦婴贤能，喜欢交游，士人多来投奔他，带领重兵坚守荥阳，以抗拒山东诸侯。作《魏其武安列传》第四十七。

智足以应近世之变，宽足用得人。作《韩长孺列传》第四十八。

【译文】

智谋足以应付当时的事变，宽容使得他广结人缘。作《韩长孺列传》第四十八。

勇于当敌，仁爱士卒，号令不烦，师徒乡之。作《李将军列传》第四十九。

【译文】

作战勇敢而对待士兵仁爱，号令简单易行，军队对他衷心服从。作《李将军列传》第四十九。

自三代以来，匈奴常为中国患害。欲知强弱之时，设备征讨，作《匈奴列传》第五十。

【译文】

从三代开始，匈奴常来侵犯，成为中原的一大祸患。要深入了解匈奴或强或弱的形势，随时戒备，寻机讨伐，作《匈奴列传》第五十。

直曲塞，广河南[①]。破祁连[②]，通西国，靡北胡。作《卫将军骠骑列传》第五十一。

【注释】

①河南：指河套以南地区。

②祁连：山名。在今甘肃张掖西南。

【译文】

卫将军带领士兵直出雁门、云中以西等边塞，收河南地，设置朔方郡。骠骑将军霍去病进攻祁连山，大破匈奴，开通西域各国，使北胡残破不敢南下。作《卫将军骠骑列传》第五十一。

大臣宗室以侈靡相高，唯弘用节衣食为百吏先。作《平津侯列传》第五十二。

【译文】

大臣和刘氏宗室，彼此自夸豪华，只有公孙弘节衣缩食，率领百官改善风习。作《平津侯列传》第五十二。

汉既平中国，而佗能集扬越以保南藩，纳贡职。作《南越列传》第五十三。

【译文】

汉朝平定中原以后，南越王赵佗能安抚百越等地，坚固汉朝南方屏障，向汉朝称臣进贡。作《南越列传》第五十三。

吴之叛逆，瓯人斩濞①，葆守封、禺为臣。作《东越列传》第五十四。

【注释】

①瓯：东瓯，地名。今浙江温州一带。

【译文】

吴王濞造反时，军队大败，瓯越人斩杀吴王濞，坚持以封山、禺山为根据地，向汉朝称臣。作《东越列传》第五十四。

燕丹散乱辽间，满收其亡民①，厥聚海东，以集真藩②，葆塞为外臣。作《朝鲜列传》第五十五。

【注释】

①满：朝鲜王的名字。

②真藩：国名。现在的鸭绿江、佟佳江及兴京附近的地方。

【译文】

燕太子丹的旧部属逃散在辽东，名叫满的朝鲜王收容了这些逃亡的人，屯聚海东，安抚真藩，坚守边塞，做了汉朝的外臣。作《朝鲜列传》第五十五。

唐蒙使略通夜郎，而邛、笮之君请为内臣受吏。作《西南夷列传》第五十六。

【译文】

唐蒙奉命经略西南，通使夜郎，邛、笮等君长都请求臣服汉朝，愿做汉朝的官吏。作《西南夷列传》第五十六。

《子虚》之事，《大人》赋说，靡丽多夸，然其指风谏，归于无为。作《司马相如列传》第五十七。

【译文】

司马相如曾作《子虚赋》《大人赋》，这两篇赋，文辞华丽，事多浮夸，但赋的宗旨还是在于讽喻谏诤，主张无为而治。作《司马相如列传》第五十七。

黥布叛逆，子长国之，以填江、淮之南，安剽楚庶民①。作《淮南衡山列传》第五十八。

【注释】

①剽（piào）楚：楚地人剽勇轻悍，所以称他们为剽楚。

【译文】

淮南王黥布造反，高祖封少子刘长为淮南王，镇守江、淮以南一带，安抚素来喜欢劫掠的楚国民众。作《淮南衡山列传》第五十八。

奉法循理之吏，不伐功矜能，百姓无称，亦无过行。作

《循吏列传》第五十九。

【译文】

奉行法令、遵循文理的官吏，不夸耀有功绩，也不自称有才能，百姓未曾赞美他，却也没有过失。作《循吏列传》第五十九。

正衣冠立于朝廷，而群臣莫敢言浮说，长孺矜焉①；好荐人，称长者，壮有溉②。作《汲郑列传》第六十。

【注释】

①长孺：汲黯的字。景帝时曾做太子洗马，性格倨傲。

②好荐人，称长者，壮有溉：这是称赞郑当时。郑当时在武帝时官至大司农，他仰慕长者唯恐不及，又喜欢推荐贤能之人。

【译文】

衣冠端庄整齐，在朝廷上，群臣没人敢讲虚伪的话，汲长孺就是一位矜持方正的君子；喜欢推荐人，大家称他为长者，郑当时是位有气节的先生。作《汲郑列传》第六十。

自孔子卒，京师莫崇庠序，唯建元、元狩之间①，文辞粲如也。作《儒林列传》第六十一。

【注释】

①建元、元狩：皆汉武帝年号。

【译文】

从先圣孔子逝世以后，京师里不重视教育，只有武帝建元、元狩年间，才儒学昌盛，文风大振。作《儒林列传》第六十一。

民倍本多巧，奸轨弄法，善人不能化，唯一切严削为能齐之。作《酷吏列传》第六十二。

【译文】

民俗不务本业、巧取奸诈的人很多，作奸犯科的人窥视专钻法令的缝隙，要凭道德礼俗去感化他们，是毫无效果的，只有严刑重罚，才能制服他们。作《酷吏列传》第六十二。

汉既通使大夏①，而西极远蛮，引领内乡，欲亲中国。作《大宛列传》第六十三②。

【注释】

①大夏：西域古国名。今阿富汗北部一带。

②大宛：西域古国名。今中亚地区。

【译文】

汉朝和大夏国互派使节之后，西方极远的蛮族一直注视着中原，想要瞻仰中原的衣冠文物。作《大宛列传》第六十三。

救人于厄，振人不赡，仁者有乎；不既信，不倍言，义者有取焉。作《游侠列传》第六十四。

【译文】

别人有危难肯去救援，别人穷困肯去赈济，有仁人的风度；不失信、不背弃诺言，世人都钦佩他们的义行。作《游侠列传》第六十四。

夫事人君能说主耳目，和主颜色，而获亲近，非独色爱，能亦各有所长。作《佞幸列传》第六十五。

【译文】

事奉君主，能取悦于君主的耳目，随着君主的心意行事，自己也获得宠幸，他们不仅人漂亮，也各有钻营的本领。作《佞幸列传》第六十五。

不流世俗，不争势利，上下无所凝滞，人莫之害，以道之用。作《滑稽列传》第六十六。

【译文】

不和世俗同流合污，也不和别人争权夺利，对上不肯谄媚，对下也不骄傲，从容大方地应付一切，这是道家“因应”的做法，别人也不必存心去伤害他们。作《滑稽列传》第六十六。

齐、楚、秦、赵为日者①，各有俗所用。欲循观其大旨，作《日者列传》第六十七。

【注释】

①日者：占测时日以定吉凶的人。

【译文】

齐、楚、秦、赵等国，国度不同，国内的占卜家因为民间风尚不同，卜筮的方法也各不相同。要一并看看他们的趣旨何在，作《日者列传》第六十七。

三王不同龟，四夷各异卜，然各以决吉凶。略窥其要，作《龟策列传》第六十八。

【译文】

三代用龟的占法不同，四方占卜的方法也不同，但都能判断吉凶。大略探寻其中的要点，作《龟策列传》第六十八。

布衣匹夫之人，不害于政，不妨百姓，取与以时而息财富，智者有采焉。作《货殖列传》第六十九。

【译文】

一个平民，不触犯国家的政令，也不妨害他人，或是买进，或是卖出，看时机来决定，以增加其财富，聪明的人有可取的地方。作《货殖列传》第六十九。

维我汉继五帝末流，接三代绝业。周道废，秦拨去古文，焚灭《诗》《书》，故明堂、石室、金匮玉版图籍散乱[①]。于是汉兴，萧何次律令[②]，韩信申军法，张苍为章程[③]，叔孙通定礼仪，则文学彬彬稍进[④]，《诗》《书》往往间出矣。自曹参荐盖公言黄、老[⑤]，而贾生、晁错明申、商[⑥]，公孙弘以儒显。百年之间，天下遗文古事靡不毕集太史公。太史公仍父子相续纂其职，曰："於戏！余维先人尝掌斯事，显于唐、虞，至于周，复典之，故司马氏世主天官。至于余乎，钦念哉[7]！钦念哉！”罔罗天下放失旧闻，王迹所兴，原始察终，见盛观衰，论考之行事。略推三代，录秦、汉，上记轩辕，下至于兹，著十二本纪，既科条之矣。并时异世，年差不明，作十表。礼乐损益，律历改易，兵权、山川、鬼神[8]，天人之际，承敝通变，作八书。二十八宿环北辰，三十辐共一毂[9]，运行无穷。辅拂股肱之臣配焉，忠信行道，以奉主上，作三十世家。扶义俶傥[10]，不令己失时，立功名于天下，作七十列传。凡百三十篇，五十二万六千五百字，为《太史公书》。序略，以拾遗补艺[11]，成一家之言。厥协六经异传[12]，整齐百家杂语，藏之名山，副在京师[13]，俟后世圣人君子。第七十。

【注释】

①玉版：指古代贵重的书籍。

②律令：法令。

③章程：指分条办事的程式。

④彬彬：文质相宜。

⑤盖公：秦国隐士。喜欢黄、老的言辞。

⑥申、商：指申不害、商鞅。

⑦钦：敬。

⑧兵权：即兵书。山川：即河渠书。鬼神：即封禅书。

⑨二十八宿环北辰，三十辐共一毂（gǔ）：北斗居中，众星环绕着它，像许多车辐都归于车毂一样，比喻众臣辅佐天子。

⑩俶（tì）傥：卓异不凡。

⑪艺：六艺。

⑫六经异传：指子夏的《易传》、毛公的《诗传》、伏生的《尚书》等，这

里是说自己的《史记》不敢和经书相比。

⑬副在京师：指副本藏在京师。

【译文】

想我大汉继承五帝的遗风，上接三代的传统志业。周朝末年，秦代废除古文，烧毁《诗》《书》等古代典籍，因此明堂、石室、金匮等处所收藏的珍贵图书都散失损坏了。汉朝开国后，萧何整理法令条文，韩信重述兵法，张苍拟就章法和程式，叔孙通制定礼节和仪式，于是学术风气渐开，《诗》《书》等古籍也渐渐重现了。从曹参推荐盖公专讲黄、老的学问后，贾谊、晁错也发扬申不害、商鞅等法家的学问，公孙弘因为懂得儒家的学术而显名朝廷。这一百年中间，天下已发现的遗文古事，都集中在太史公的府第。太史公父子两代相继总领这一要职，因此叹息说："唉！回想先人曾掌管这一事务，在唐、虞时很有名气，到了周代又主管这一职务，可以说司马氏世代主持天官。直到我自己，敬慎地记着！敬慎地记着！"尽量搜集天下散佚的文献，帝王大业的建立，要推考所以然，详察它的结果，在极盛的时候要观察它日渐衰落的原因，再从历史人物的实际行动来对勘考验。约略推考三代，记录秦、汉，最早从黄帝开始，直到现在，作十二本纪，科别条举，纲目都具备了。同一时代而世次不同，年代先后不易明了，作了十表。有关礼乐制度的减少或增加，律度历法的创新或更改，兵机权谋、山川形势、鬼神奥秘，天和人的感应、协调，如果有窒碍，需加变通，于是作八书。二十八个星宿环绕着北斗，又譬如车轮，三十根辐条环集在同一毂上，方能不断地运转。如腿、臂一般的辅佐大臣，恰好和星辰、辐毂相配称，他们忠实守信，坚守臣道，以奉事主上，作三十世家。他们扶持正义，张扬大节，紧握时机，立功于天下，作七十列传。本纪十二、表十、书八、世家三十、列传七十，总起来共一百三十篇，五十二万六千五百字，叫做《太史公书》。次序大略，用来收拾散佚，弥补缺漏，成为一家之言。协和六经传记，整齐百家杂说，正本藏在名山，副本放在京师，留待后世圣人君子。第七十。

太史公曰:余述历黄帝以来至太初而讫,百三十篇。

【译文】

太史公说:我记述了自黄帝开始到汉武帝初年之间的一些史事,总共一百三十篇。

班固

班固简介参见卷四。

汉书·艺文志

【题解】

《汉书·艺文志》为《汉书》十志之一，分六艺略、诸子略、诗赋略、兵书略、术数略、方技略等六略、三十八种、五百九十六家。著录了当时所见图书，并论述历代图书源流、学术派别、书籍存佚等，为我国第一部大型图书目录，史料价值极高。《汉书》所设《艺文志》体例，亦为史书《艺文志》之滥觞，后代正史、政书、类书、方志等大型图书均沿而效之。该志语言凝炼，结构严谨，夹叙夹议，从正统观念出发来叙述并评论各学派，对研究汉代以前的目录学史、书籍发展史、国家藏书沿革及文化发展史均具有极其重要的参考价值。

按：本篇文中夹注为《艺文志》原文所有，非为曾国藩评批。

昔仲尼没而微言绝①，七十子丧而大义乖②。故《春秋》分为五③，《诗》分为四④，《易》有数家之传。战国从衡，真伪分争，诸子之言纷然殽乱⑤。至秦患之，乃燔灭文章⑥，以愚黔首[7]。汉兴,改秦之败,大收篇籍,广开献书之路。迄孝武世,书缺简脱[8],礼坏乐崩[9],圣上喟然而称曰:“朕甚闵焉[10]!”于是建藏书之策[11],置写书之官,下及诸子传说[12],皆充秘府[13]。至成帝时[14],以书颇散亡,使谒者陈农求遗书于天下[15]。诏光禄大夫刘向校经传诸子诗赋[16],步兵校尉任宏校兵书[17],太史令尹咸校数术[18],侍医李柱国校方技[19]。每一书已,向辄条其篇目,撮其指意[20],录而奏之[21]。会向卒,哀帝复使向子侍中奉车都尉歆卒父业[22]。歆于是总群书而奏其《七略》[23],故有《辑略》[24],有《六艺略》[25],有《诸子略》[26],有《诗赋略》[27],有《兵书略》[28],有《术数略》[29],有《方技略》[30]。今删其要[31],以备篇籍。

【注释】

①微言:隐微不显之言。孔子著《春秋》采用微言大义、一字寓褒贬的“春秋笔法”,故称《春秋》用语为微言。

②大义:指六经要义。一说大义为正道之意。乖:抵触,违背。

③《春秋》分为五:指孔子死后,解释《春秋》的人分为五派,一是左丘明,撰有《左氏春秋》;二是公羊高,撰有《春秋公羊传》;三是穀梁赤,撰有《春秋穀梁传》;四是邹氏;五是夹氏。邹氏、夹氏不详。

④《诗》分为四:指讲解《诗经》的有四家。汉初传《诗》的有齐(辕固)、鲁(申培)、韩(燕人韩婴)三家,都立于学官,属于“经今文学”。《毛诗》(毛公)晚出,未得立,《汉书·艺文志》始录《毛诗》和《毛诗故训传》,属于“经古文学”。后齐、鲁、韩三家《诗》都亡缺,《毛诗》独传。

⑤“战国从衡”几句:从衡,即合纵、连衡的简称。真伪分争,战国时

期，政治、军事方面是群雄割据，战乱不已；文化上也出现了百家争鸣局面。同时出现了文人伪托前人著书的情况，一时典籍真伪难辨，故云真伪分争。殽(xiáo)乱：杂乱。

⑥燔(fán)：烧。

⑦黔首：战国及秦代对百姓的称呼。

⑧书缺简脱：西汉时，图书多写在竹木简上，用丝编或韦(熟牛皮)编。一旦编绳断，就会产生简脱书缺的情况。

⑨礼坏乐崩：指经书的残缺，导致礼乐制度受破坏的情况。

⑩闵：忧虑。

⑪建藏书之策：意为规定书册尺度以便收藏。建，设置。策，同“册”。

⑫传说：指非官方图书，民间所藏书籍。

⑬秘府：宫中藏书之处。

⑭成帝：汉成帝刘骜(前33—前7年在位)。

⑮谒者：汉官名。始于春秋、战国，秦汉沿置。掌管传达。

⑯光禄大夫：汉官名。秩比二千石，掌顾问应对，光禄勋之属官。

⑰步兵校尉：官名。汉代置，秩比二千石，掌上林苑园门屯兵。任宏：字伟公，曾官执金吾、大鸿胪。

⑱太史令：官名。周时为太史，掌起草文书、记载史事及编写史书，兼掌典籍、天文历法、祭祀等。秦汉置太史令，秩六百石，为太常属官。尹咸：官丞相史、太史令、大司农，治《左氏春秋》。数术：占卜之书。

⑲侍医：宫中侍从医生。秦汉有太医令丞，分属太常和少府。方技：《七略》图书分类体系中的一大类名，收录医学及养生之术，后人将之归入医家类。

⑳撮：摘取，概括。指：通“旨”。

㉑录：指撰写《叙录》，又称书录。

㉒哀帝:西汉哀帝刘欣(前6—1年在位)。侍中:官名。秦始设,侍从皇帝左右,应对顾问,与朝廷公卿共论国政,多由显贵子弟充当,也是进入高官的阶梯。奉车都尉:官名。汉武帝时置,掌御乘舆马,秩比二千石。歆:即刘歆,刘向之子,西汉经学家、目录学家、天文学家。

㉓《七略》:中国第一部图书分类目录。刘歆撰。全书为辑略(总论)、六艺略、诸子略、诗赋略、兵书略、术数略、方技略。略,即简略叙述之意。

㉔《辑略》:书目总叙。颜师古注:"辑,与集同,诸书之总要。"

㉕《六艺略》:著录六艺之要录。六艺,指《诗》《书》《礼》《乐》《易》《春秋》六经之书。

㉖《诸子略》:著录诸子百家图书目录。

㉗《诗赋略》:著录诗词歌赋图书目录。

㉘《兵书略》:著录兵权谋、兵形势、兵阴阳、兵技巧等兵书图书目录。

㉙《术数略》:著录天文、历法、占卜之类的图书目录。

㉚《方技略》:著录医学及养生一类的图书目录。

㉛删其要:删去浮冗,取其指要。

【译文】

从前,孔子去世后,精微要妙的语言就断绝了,他的七十弟子去世后,六经的要义也随之出现了差错谬误。因此,《春秋》分为《左氏传》《公羊传》《穀梁传》《邹氏传》《夹氏传》五家,《诗》分为《毛诗》《齐诗》《鲁诗》《韩诗》四家,《易》也有数家的传流布。战国时形势错综复杂,文献的真伪一时难以分辨,诸子百家之说纷然杂乱。到秦始皇统一后,对此很担心,于是焚书,以便蒙蔽控制百姓。汉朝建立,改革秦的暴政和弊病,大量收集图书,广开献书之路。但到武帝时,书简散落,文字残缺,礼乐制度遭到破坏的现象仍然很严重,武帝叹息说:"我非常担心!"就确定了图书的规格,设置抄写图书的官员,下至诸子百家及民间藏书,都汇集到皇家藏书之处。到成帝时,因为图书很多散亡了,就让谒者陈农到全国各地征集遗失的图书。下令让光禄大夫刘向校对诸子百家的诗赋类图书,步兵校尉任宏校对兵书,太史令尹咸校对天文、历法、占卜之类的书,太医李柱国校对医学、养生之类的图书。每一类书校对完毕,刘向就立刻整理编目,概述内容,抄录上奏。这时刘向去世,哀帝就令刘向的儿子侍中、奉车都尉刘歆来继承完成父业。刘歆就将群书编成总目,上奏其《七略》,因此有《辑略》,有《六艺略》,有《诸子略》,有《诗赋略》,有《兵书略》,以及《术数略》、《方技略》。现在删繁取要,以便完备图书目录。

《易经》十二篇,施、孟、梁丘三家[1]。

《易传》《周氏》二篇。字王孙也。

《服氏》二篇。

《杨氏》二篇。名何,字叔元,菑川人。

《蔡公》二篇。卫人,事周王孙。

《韩氏》二篇。名婴。

《王氏》二篇。名同。

《丁氏》八篇。名宽,字子襄,梁人也。

《古五子》十八篇。自甲子至壬子,说《易》阴阳。

《淮南道训》二篇。淮南王安,聘明《易》者九人,号九师说。

《古杂》八十篇,《杂灾异》三十五篇,《神输》五篇,图一。

《孟氏京房》十一篇,《灾异孟氏京房》六十六篇,五鹿充宗《略说》三篇[2],《京氏段嘉》十二篇。

《章句》施、孟、梁丘氏各二篇。

凡《易》十三家，二百九十四篇。

【注释】

①施、孟、梁丘三家：施雠、孟喜、梁丘贺三家。

②五鹿充宗：西汉学者。

【译文】

《易经》十二篇，施、孟、梁丘三家。

《易传》《周氏》二篇。字王孙。

《服氏》二篇。

《杨氏》二篇。名何，字叔元，菑川人。

《蔡公》二篇。卫人，事周王孙。

《韩氏》二篇。名婴。

《王氏》二篇。名同。

《丁氏》八篇。名宽，字子襄，梁人。

《古五子》十八篇。自甲子至壬子，说《易》阴阳。

《淮南道训》二篇。淮南王刘安，聘懂得《易》的九人，称为九师说。

《古杂》八十篇，《杂灾异》三十五篇，《神输》五篇，图一。

《孟氏京房》十一篇，《灾异孟氏京房》六十六篇，五鹿充宗《略说》三篇，《京氏段嘉》十二篇。

《章句》施、孟、梁丘氏各二篇。

有关《易》的共十三家，二百九十四篇。

《易》曰："宓戏氏仰观象于天①，俯观法于地②，观鸟兽之文③，与地之宜，近取诸身④，远取诸物⑤，于是始作八卦，以通神明之德，以类万物之情。"至于殷、周之际⑥，纣在上位⑦，逆天暴物⑧，文王以诸侯顺命而行道⑨，天人之占可得而效[10]，于是重《易》六爻[11]，作上下篇[12]。孔氏为之《彖》《象》《系辞》《文言》《序卦》之属十篇[13]。故曰《易》道深矣，人更三圣[14]，世历三古[15]。及秦燔书，而《易》为筮卜之事[16]，传者不绝。汉兴，田何传之[17]。讫于宣、元[18]，有施、孟、梁丘、京氏列于学官[19]，而民间有费、高二家之说[20]，刘向以中古文《易经》校施、孟、梁丘经[21]，或脱去"无咎""悔亡"[22]，唯费氏经与古文同。

【注释】

①宓戏氏：伏羲氏，又称牺皇。《资治通鉴》记为"包牺氏"，同"庖牺氏"，传说中人类由他与女娲氏兄妹相婚而生，由他教民结网，渔猎畜牧，反映了原始社会人类生活情形。传说他画八卦，始创《易》。象：日月星辰之运作。

②法于地：取法于地上各种现象。

③鸟兽之文：指鸟兽留下的痕迹。

④身：指耳、目、口、鼻、四肢。

⑤物：指自然现象如水、火、风、雷、山泽等。

⑥殷：商朝，公元前十四世纪商王盘庚迁都至殷(今河南安阳小屯)，故又称殷朝。

⑦纣：商朝最后一个王，又名帝辛。被视为暴君，后商被周所灭，纣自焚。

⑧逆天暴物：违背天理，实施暴政。

⑨文王：周文王，商末周国首领。姬姓，名昌，又称西伯、伯昌。曾被纣拘禁于羑里(今河南汤阴北)，后被释放，联合其他部族攻灭追随商纣的部族，在位五十年，奠定了灭商基础。

⑩天人之占可得而效：指观察天人变化可以得到验证。效，效验，

见效。

⑪重《易》六爻：将八卦中的六个符号重叠起来，使之成为六十四卦。爻，构成《易》卦的基本符号。“—”是阳爻，“－－”是阴爻，三爻合成一卦，可得八卦，两卦相重可得六十四卦。卦的变化取决于爻的变化，故爻表示交错和变动的意义。

⑫作上下篇：作卦辞、爻辞，故分上下篇，又称上下经。

⑬《彖(tuàn)》：断定一卦之义，所以名以彖。《彖》又称《彖传》，分上下《彖》。《象》：凡形于外者皆曰象，如气象、星相。《象》解释《爻》之象者为《小象》，解释《卦》之象者为《大象》，总称《象传》，亦称《易大传》。《系辞》：本名《系辞传》，分上下篇。泛论易理，内容驳杂，主旨论阴阳变化之道及事物变化之理。《文言》：专门解释乾、坤二卦义理。《序卦》：又称《序卦传》，说明六十四卦的完整和思想体系。

⑭三圣：伏羲、文王、孔子。

⑮三古：上古，伏羲氏时期。中古，文王时代。下古，孔子时代。

⑯筮卜：用蓍草占休咎为筮，以灼龟甲取兆为卜。

⑰田何：战国、秦汉间人，为齐田氏大族，字庄子。汉初，徙关东大族，田何见徙于杜陵，又号杜田生。汉代授《易》始于田何。

⑱宣、元：汉宣帝、汉元帝。

⑲列于学官：谓被学官采作读本。学官，博士官。

⑳费：指费直，字长翁，东莱(今山东龙口)人。治《易》而精于卦筮。高：高相，沛(今江苏徐州西北)人。与费直同时，治《易》，专说阴阳灾异。

㉑中：指天子之书，因有别于外，故称中。《易经》：亦即费氏之所传《易》也。

㉒无咎、悔亡：皆《易》之经文。

【译文】

《易》上谈道：“伏羲氏仰观天象，俯察大地，观察鸟兽足迹和合适的地点，近处从身体取象，远处从万物取象，于是最早作八卦，以探求阴阳变化之理，用来类比万物的情形。”到了商末周初之际，商纣王居于王位，背逆天道，暴虐万物，文王以诸侯的身份顺应天命而行道义，可以观察推测天与人变化的征兆并能够应验，于是重叠《易》中的六个符号为一组，演变成六十四卦，作《易》上、下篇。孔子撰写《彖》《象》《系辞》《文言》《序卦》之类说卦之辞十篇。由此可见，《易》中所阐述的思想是很深刻的，世人有伏羲、周文王、孔子三圣人的先后更替，经历了上古、中古、近古三个时代。到秦朝之时，焚烧书籍，而《易》作为讲述占卜之事的书籍却传者不绝。汉朝建立，田何开始传授《易》经之学。到汉宣帝、汉元帝时，讲《易》的在官府里有施雠、孟喜、梁丘贺、京氏，在民间有费直、高相二家讲《易》的学派；刘向以皇室所藏之《古文易经》校对施、孟、梁丘等所传的《易》经，有的脱漏了“无咎”“悔亡”之类说明吉凶的术语，只有费氏所传与《古文易经》相同。

《尚书古文经》四十六卷。为五十七篇。

《经》二十九卷。大、小夏侯二家。《欧阳经》三十二卷。

《传》四十一篇。

《欧阳章句》三十一卷。

大、小夏侯《章句》各二十九卷。

大、小夏侯《解故》二十九篇。

《欧阳说义》二篇。

刘向《五行传记》十一卷。

许商《五行传记》一篇。

《周书》七十一篇。周史记。

《议奏》四十二篇。宣帝时石渠论。

凡《书》九家，四百一十二篇。入刘向《稽疑》一篇。

【译文】

《尚书古文经》四十六卷。为五十七篇。

《经》二十九卷。大、小夏侯二家。《欧阳经》三十二卷。

《传》四十一篇。

《欧阳章句》三十一卷。

大、小夏侯《章句》各二十九篇。

大、小夏侯《解故》二十九篇。

《欧阳说义》二篇。

刘向《五行传记》十一卷。

许商《五行传记》一篇。

《周书》七十一篇。周代的史记。

《议奏》四十二篇。宣帝时石渠论。

上述有关《书》的共有九家，四百一十二篇。收入刘向《稽疑》一篇。

《易》曰："河出图，雒出书，圣人则之①。"故《书》之所起远矣，至孔子纂焉，上断于尧②，下讫于秦③，凡百篇，而为之序，言其作意④。秦燔书禁学，济南伏生独壁藏之⑤。汉兴亡失，求得二十九篇，以教齐、鲁之间。讫孝宣世，有欧阳、大小夏侯氏，立于学官。《古文尚书》者，出孔子壁中。武帝末，鲁共王坏孔子宅⑥，欲以广其宫，而得《古文尚书》及《礼记》《论语》《孝经》凡数十篇⑦，皆古字也。共王往入其宅，闻鼓琴瑟钟磬之音，于是惧，乃止不坏。孔安国者⑧，孔子后也，悉得其书，以考二十九篇，得多十六篇。安国献之，遭巫蛊事⑨，未列于学官。刘向以中古文校欧阳、大小夏侯三家经文，《酒诰》脱简一⑩，《召诰》脱简二⑪。率简二十五字者，脱亦二十五字，简二十二字者，脱亦二十二字，文字异者七百有余，脱字数十。《书》者，古之号令，号令于众，其言不立具，则听受施行者弗晓。古文读应尔雅⑫，故解古今语而可知也。

【注释】

①河出图，雒出书，圣人则之：传说伏羲氏时，有龙马从黄河出现，背负“河图”，有神龟从洛水出现，背负“洛书”。二者都是神授天物。汉儒孔安国认为，“河图”即“八卦”，“洛书”即“洪范九畴”，即《尚书·洪范》。

②断：起始。

③秦：这里指秦国秦穆公时代。

④作意：指编纂《书》之用意。

⑤济南：郡名。治所在东平陵（今山东章丘西）。伏生：名胜，济南人。秦时为博士，汉文帝时召之。年九十余，不能应召，唯献所藏《尚书》二十九篇。

⑥鲁共王：即鲁恭王，名刘馀，汉景帝第五子。景帝前二年（前155）立为淮阳王，次年徙封鲁，谥号“恭”，遂称鲁恭王。

⑦《礼记》：儒家经典之一。孔门七十子后学所记，汉戴圣传述。又称《小戴礼记》。《论语》：儒家经典之一。孔子门人所编。主要内容为孔子语录。是研究孔子思想、生平及儒家学派思想的主要资料。《孝经》：一篇，十八章，孔门七十子后学所记。

⑧孔安国：西汉经学家，孔子后裔。曾受《诗》于申公，受《书》于伏生。以治《尚书》为汉武帝博士。

⑨巫蛊：巫者用诅咒之术加害于人。

⑩《酒诰》：《尚书·周书》篇名。记周初周王发布戒酒令之事。

⑪《召诰》：周公摄政七年，成王成年后，周公还政于成王，成王命召公营洛邑，遂作《召诰》《洛诰》。

⑫读应尔雅：应，合乎，符合。尔，近。雅，合乎正规的。尔雅即秦汉间经师对古文加以解释，使之易于读懂，同于训诂之义。

【译文】

《易》上说："黄河中的龙马驮河图而出，洛水中的神龟背载赤文绿字而出，伏羲、大禹仿照图文分别画出八卦图，写出《洛书》。"因此《尚书》的起源已很久远了，到孔子时进行了重新整理编撰，上从尧开始，下止于秦国，共百篇，并为之作序，说明撰写意图。秦朝焚烧图书，禁止六经及诸子之说，济南伏生特意把《书经》藏在墙壁里。汉朝建国时散佚了，仅收集到二十九篇，用来在齐、鲁等地传授教学。到汉宣帝时，有欧阳生、夏侯胜、夏侯建所传授的《尚书》立于官府之学。《古文尚书》是出于孔子故宅的墙壁中。汉武帝末年，鲁恭王拆毁孔子的故居，想扩大自己的宫室，从而得到《古文尚书》及《礼记》《论语》《孝经》共数十篇，全是先秦时的古字。恭王来到这个宅院，听到鼓琴瑟钟磬的声音，很害怕，就停止了毁宅。孔安国是孔子的后代，全部得到了这批书，用来考订校对当时传世的《尚书》二十九篇，结果多得了十六篇。孔安国献出这批书时，正值江充所兴的巫蛊事件，没能得以列入官学。刘向用皇室所藏的《尚书》校对欧阳生、夏侯胜、夏侯建三家经文，《酒诰》脱落一简，《召诰》脱落两简。一简如果是二十五字的话，那么一简就脱落二十五字；一简如果是二十二字的话，那么一简就脱落二十二字，文字不同的有七百多字，漏字几十个。《书》是一本古代号令之书，号令于众人时，如果文字条文不具体，听命执行者也就不明白了。古文翻译应该接近于今文的雅正，这样才能通过翻译古语而知今天的语言了。

《诗经》二十八卷，鲁、齐、韩三家①。

《鲁故》二十五卷。

《鲁说》二十八卷。

《齐后氏故》二十卷。

《齐孙氏故》二十七卷。

《齐后氏传》三十九卷。

《齐孙氏传》二十八卷。

《齐杂记》十八卷。

《韩故》三十六卷。

《韩内传》四卷。

《韩外传》六卷。

《韩说》四十一卷。

《毛诗》二十九卷。

《毛诗故训传》三十卷。

凡《诗》六家，四百一十六卷。

【注释】

①鲁、齐、韩三家：鲁申公作《鲁诗》，齐辕固作《齐诗》，燕韩婴作《韩诗》。

【译文】

《诗经》二十八卷，鲁、齐、韩三家。

《鲁故》二十五卷。

《鲁说》二十八卷。

《齐后氏故》二十卷。

《齐孙氏故》二十七卷。

《齐后氏传》三十九卷。

《齐孙氏传》二十八卷。

《齐杂记》十八卷。

《韩故》三十六卷。

《韩内传》四卷。

《韩外传》六卷。

《韩说》四十一卷。

《毛诗》二十九卷。

《毛诗故训传》三十卷。

以上有关《诗》的共有六家，四百一十六卷。

《书》曰："诗言志，歌咏言。"故哀乐之心感[①]，而歌咏之声发。诵其言谓之诗[②]，咏其声谓之歌。故古有采诗之官[③]，王者所以观风俗，知得失，自考正也。孔子纯取周诗，上采殷，下取鲁，凡三百五篇。遭秦而全者，以其讽诵，不独在竹帛故也。汉兴，鲁申公为《诗》训故[④]，而齐辕固、燕韩生皆为之传[⑤]。或取《春秋》，采杂说，咸非其本义。与不得已，鲁最为近之。三家皆列于学官。又有毛公之学[⑥]，自谓子夏所传[⑦]，而河间献王好之[⑧]，未得立。

【注释】

①感：激发起意识，情绪上发生变化、反应。

②诵：用抑扬顿挫的腔调念诗文。

③采诗：周朝有采诗之制，是周王考察诸侯政绩、民风的一项重要内容。采诗设采诗官。

④申公：汉代著名儒者。汉武帝时官至太中大夫。治《诗》《春秋》。

⑤辕固：汉代著名儒者，齐人。以治《诗》为景帝博士，以廉直拜清河太傅。武帝时，征为贤良文学。韩生：名婴，汉代著名儒者。汉文帝时为博士，景帝时为常山太傅，作《诗经》内、外传数万言。

⑥毛公：有大、小毛公二人。大毛公为鲁人，名亨。受《诗》于荀卿，作《训诂传》，以授赵人毛苌。苌为小毛公。

⑦子夏：姓卜，名商，字子夏。春秋卫人，孔子弟子。

⑧河间献王：汉景帝之子，武帝之弟，名德，封为河间王，谥为“献”，故曰河间献王。

【译文】

《书》说：“诗表达意志，歌唱出了语言中的含义。”因此，哀乐激发内心情绪的变化，而歌声唤起了意志和情绪的变化。用高低顿挫的腔调念的文字称为诗，唱出文字的声音称为歌。因此古时有采集诗的官员，君王用来观察社会风俗，知道为政之得失，以便自己考察纠正。孔子精选周诗，上采商朝，下收鲁国，共三百零五篇。遭秦焚书而能保存下来，是由于这些诗能够口头上吟诵，而不仅仅是写在竹木简和帛上的缘故。汉朝建立，鲁国的申公为《诗》注释，齐国的辕固、燕国的韩生也都为之作传。有的取材《春秋》，有的杂采他说，皆非诗本义。如不得已而求本义的话，鲁申公的解释比较接近本义。申公、辕固、韩公三家诗都立于学官。还有毛公之《诗》，自称是子夏传授的，河间献王刘德很喜欢，但没有列于学官。

《礼古经》五十六卷，《经》七十篇。后氏、戴氏。

《记》百三十一篇。七十子后学者所记也。

《明堂阴阳》三十三篇。古明堂之遗事。

《王史氏》二十一篇。七十子后学者。

《曲台后仓》九篇。

《中庸说》二篇。

《明堂阴阳说》五篇。

《周官经》六篇。王莽时刘歆置博士。

《周官传》四篇。

《军礼司马法》百五十五篇。

《古封禅群祀》二十二篇。

《封禅议对》十九篇。武帝时也。

《汉封禅群祀》三十六篇。《议奏》三十八篇。石渠。

凡《礼》十三家，五百五十五篇。入《司马法》一家，百五十五篇。

【译文】

《礼古经》五十六卷，《经》七十篇。后氏、戴氏。

《记》一百三十一篇。七十子后学者所记。

《明堂阴阳》三十三篇。古明堂遗事。

《王史氏》二十一篇。七十子后学者。

《曲台后仓》九篇。

《中庸说》两篇。

《明堂阴阳说》五篇。

《周官经》六篇。王莽时刘歆置博士。

《周官传》四篇。

《军礼司马法》一百五十五篇。

《古封禅群祀》二十二篇。

《封禅议对》十九篇。武帝时。

《汉封禅群祀》三十六篇。《议奏》三十八篇。石渠。

上述有关《礼》的共十三家，五百五十五篇。收入《司马法》一家，一百五十五篇。

《易》曰："有夫妇、父子、君臣、上下，礼义有所错[①]。"而帝王质文世有损益[2]，至周曲为之防，事为之制，故曰："礼经三百，威仪三千。"及周之衰，诸侯将逾法度，恶其害己，皆灭去其籍。自孔子时而不具[3]，至秦大坏。汉兴，鲁高堂生传《士礼》十七篇[4]。讫孝宣世，后仓最明，戴德、戴圣、庆普皆其弟子[5]，三家立于学官。《礼古经》者，出于鲁淹中及孔氏学十七篇文相似，多三十九篇。及《明堂阴阳》《王史氏记》所见，多天子、诸侯、卿大夫之制，虽不能备，犹愈仓等推《士礼》而致于天子之说[6]。

【注释】

①错：安置，安排，规定。

②质文：指尊严。

③具：完备。

④高堂生：西汉今文礼学传播者，著名儒者。

⑤庆普：西汉今文礼学者，与大、小戴齐名。

⑥愈：超过，胜于。推《士礼》而致于天子：指凭借《士礼》所记的礼仪，而将其推至天子的礼仪。

【译文】

《易》说："有夫妇、父子、君臣、上下之区别，礼义有所规定和安排。"帝王的威仪世代有减有增，到周朝防范极为细微，事事都有制度，因此说："礼经三百条，礼节仪式三千条。"到周朝衰落，诸侯要超越法度限制，痛恨法度损害自己的利益，都毁灭抛弃了典籍。从孔子之时就开始不完备，到秦朝遭受到极大破坏。汉朝建立，鲁地高堂生传授《士礼》十七篇。到孝宣帝时，后仓最为通晓礼，戴德、戴圣、庆普都是他的弟子，三家所传授的礼经立于皇室学府。《礼经》这本书，出于鲁国淹中里及孔氏门下，与七十篇文相似，多三十九篇。到《明堂阴阳》《王史氏记》所载，多半是关于天子、诸侯、卿大夫等级的制度，虽然不够完备，还是胜过仓公等由《士礼》而推及天子礼制的做法。

《乐记》二十三篇。

《王禹记》二十四篇。

《雅歌诗》四篇。

《雅琴赵氏》七篇。名定，勃海人。宣帝时丞相魏相所奏。

《雅琴师氏》八篇。名中，东海人。传言师旷后。

《雅琴龙氏》九十九篇。名德，梁人。

凡《乐》六家，百六十五篇。出淮南刘向等《琴颂》七篇。

【译文】

《乐记》二十三篇。

《王禹记》二十四篇。

《雅歌诗》四篇。

《雅琴赵氏》七篇。名定，渤海人。宣帝时丞相魏相所奏。

《雅琴师氏》八篇。名中，东海人。传为师旷的后代。

《雅琴龙氏》九十九篇。名德，梁人。

以上关于《乐》的有六家，共一百六十五篇。删掉了淮南王刘向等《琴颂》七篇。

《易》曰："先王作乐崇德，殷荐之上帝①，以享祖考②。"故自黄帝下至三代，乐各有名。孔子曰："安上治民，莫善于礼；移风易俗，莫善于乐。"二者相与并行。周衰俱坏，乐尤微眇③，以音律为节，又为郑、卫所乱，故无遗法。汉兴，制氏以雅乐声律[4]，世在乐官，颇能纪其铿锵鼓舞[5]，而不能言其义。六国之君，魏文侯最为好古[6]，孝文时得其乐人窦公[7]，献其书，乃《周官》《大宗伯》之《大司乐》章也。武帝时，河间献王好儒，与毛生等共采《周官》及诸子言乐事者，以作《乐记》，献八佾之舞[8]，与制氏不相远。其内史丞王定传之[9]，以授常山王禹[10]。禹，成帝时为谒者，数言其义，献二十四卷记。刘向校书，得《乐记》二十三篇，与禹不同，其道浸以益微[11]。

【注释】

①殷：殷切，诚恳，周到。

②祖考：本意为祖父，泛指祖宗。

③微眇(miǎo)：衰微。眇，偏盲，或眯着眼睛看。引申为衰微。

④制氏：鲁人。知雅乐之声律，世代在太乐官，任乐官之职。

⑤纪：识别。

⑥魏文侯：名斯，战国时魏国国君。曾任用李悝为相，吴起为将，西门豹为邺(今河北磁县南)令，奖励耕战，兴修水利，进行改革，使魏成为战国七雄之一。

⑦窦公：魏文侯时乐人。

⑧八佾(yì)之舞：天子所行之乐舞，共八列，六十四人。佾，乐舞的行列。

⑨内史丞：内史的属官。

⑩常山：郡名。辖今河北唐河以南，内丘以北地。

⑪浸：渐渐。

【译文】

《易》说："先王制作乐曲推崇德政，尽心推荐呈进于上帝，并且呈现于祖宗。”因此从黄帝到夏、商、周三代，乐曲各有名称。孔子说：“安邦治民，没有比礼治更好；移风易俗，没有比音乐更好。”二者相互配合使用。周衰败时，礼乐都遭到破坏，乐尤其微弱，用音律为节奏，又被郑国、卫国淫乐扰乱，因此没有流传音律之法。汉朝建立，太乐官制氏由于雅乐声律世代保存于乐官，所以能记得铿锵的金石乐声鼓舞，然而却不能说明其中的含义。战国时六国国君当中，魏文侯最好古，孝文帝时得见文侯时的乐师窦公，献出六国时的乐书，是《周官》祭祀礼仪官员的《大司乐》章。武帝时，河间献王好儒学，与毛生等共同收集《周官》及诸子论音乐的言论和事迹，用来作《乐记》，向皇帝献《八佾》的乐舞，与制氏所记的乐舞相差不大。当时的内史丞王定传授《乐记》，授于常山的王禹。王禹是成帝时的谒者，多次解说其含义，献出二十四卷记乐之书。刘向校书，得到《乐记》二十三篇，与王禹的不同，他所论述的乐理也逐渐散佚。

《春秋古经》十二篇，《经》十一卷。公羊、穀梁二家。

《左氏传》三十卷。左丘明，鲁太史。

《公羊传》十一卷。公羊子，齐人。

《穀梁传》十一卷。穀梁子，鲁人。

《邹氏传》十一卷。

《夹氏传》十一卷。有录无书。

《左氏微》二篇。

《铎氏微》三篇。楚太傅铎椒也。

《张氏微》十篇。

《虞氏微传》二篇。赵相虞卿。

《公羊外传》五十篇。

《穀梁外传》二十篇。

《公羊章句》三十八篇。

《穀梁章句》三十三篇。

《公羊杂记》八十三篇。

《公羊颜氏记》十一篇。

《公羊董仲舒治狱》十六篇。

《议奏》三十九篇。石渠论。

《国语》二十一篇。左丘明著。

《新国语》五十四篇。刘向分《国语》。

《世本》十五篇。古史官记黄帝以来讫春秋时诸侯大夫。

《战国策》三十三篇。记春秋后。

《奏事》二十篇。秦时大臣奏事，及刻石名山文也。

《楚汉春秋》九篇。陆贾所记。

《太史公》百三十篇。十篇有录无书。

冯商所续《太史公》七篇。

《太古以来年纪》二篇。

《汉著记》百九十卷。

《汉大年纪》五篇。

凡《春秋》二十三家，九百四十八篇。省《太史公》四篇。

【译文】

《春秋古经》十二篇，《经》十一卷。公羊、穀梁二家。

《左氏传》三十卷。左丘明，鲁太史。

《公羊传》十一卷。公羊子，齐人。

《穀梁传》十一卷。穀梁子，鲁人。

《邹氏传》十一卷。

《夹氏传》十一卷。有录无书。

《左氏微》二篇。

《铎氏微》三篇。楚太傅铎椒。

《张氏微》十篇。

《虞氏微传》二篇。赵相虞卿。

《公羊外传》五十篇。

《穀梁外传》二十篇。

《公羊章句》三十八篇。

《穀梁章句》三十三篇。

《公羊杂记》八十三篇。

《公羊颜氏记》十一篇。

《公羊董仲舒治狱》十六篇。

《议奏》三十九篇。石渠论。

《国语》二十一篇。左丘明著。

《新国语》五十四篇。刘向分《国语》。

《世本》十五篇。古史官记黄帝以来截止到春秋时诸侯大夫。

《战国策》三十三篇。记春秋后。

《奏事》二十篇。秦时大臣奏事,及刻石名山文。

《楚汉春秋》九篇。陆贾所记。

《太史公》一百三十篇。十篇有录无书。

冯商所续《太史公》七篇。

《太古以来年纪》二篇。

《汉著记》百九十篇。

《汉大年纪》五篇。

上述《春秋》体例的共二十三家,九百四十八篇。省《太史公》四篇。

古之王者世有史官①,君举必书②,所以慎言行,昭法式也[3]。左史记言，右史记事，事为《春秋》，言为《尚书》[4]，帝王靡不同之。周室既微，载籍残缺，仲尼思存前圣之业，乃称曰："夏礼吾能言之，杞不足征也[5]；殷礼吾能言之，宋不足征也。文献不足故也，足则吾能征之矣。"以鲁周公之国，礼文备物[6]，史官有法[7]，故与左丘明观其史记，据行事，仍人道[8]，因兴以立功，败以成罚，假日月以定历数，藉朝聘以正礼乐[9]。有所褒讳贬损，不可书见[10]，口授弟子，弟子退而异言。丘明恐弟子各安其意[11]，以失其真，故论本事而作传[12]，明夫子不以空言说经也。《春秋》所贬损大人当世君臣，有威权势力，其事实皆形于传，是以隐其书而不宣，所以免时难也[13]。及末世口说流行，故有《公羊》《穀梁》《邹》《夹》之传。四家之中，《公羊》《穀梁》立于学官，邹氏无师，夹氏未有书。

【注释】

①史官：掌管史料，记载史事、撰写史书的官员。商朝称为册，周朝史官有大史、小史、内史、外史、御史。秦汉时称太史令，兼掌天文历法。

②君举必书：国君的一举一动，一言一行，事无巨细，均如实记载。

③昭法式：明辨是非。式，当为"戒"。言论、行为正当的引以为法，不正当的引以为戒。

④"左史记言"几句：史官分职，左史记言，右史记事。记事的代表作为《春秋》，记言的代表作为《尚书》。

⑤征：验证，证明，反映。

⑥礼文备物：指礼乐及典章制度完备。

⑦史官有法：指史官制度完整。

⑧仍人道：根据人事发展变化的规律。

⑨朝聘：西周、春秋时期，诸侯定期朝见天子的一种制度。聘又分小聘、大聘。小聘派大夫，大聘派卿，朝则由国君自往。朝聘也指诸侯之间互相朝见。

⑩不可书见：指史官记事，是非褒贬不能公开记录下来而公布于众。

⑪安：执着。

⑫本事：基本史实。

⑬免时难：指避免当时有权势的君臣的迫害。

【译文】

古代帝王世代都有史官，国君的举止行为必定要记下来，目的是为了使国君言行更加谨慎，明确法制。左史官记言论，右史官记事情，记事的属于《春秋》这一体例，记言的就成为《尚书》这一体例，帝王没有不遵守这一制度的。周朝王室衰败后，书籍残缺，孔子想保存从前圣人的大业，便说："夏朝的礼制我如果能说出来的话，那么夏的后裔杞国就不足以为证明了；商朝的礼制我如果能说出来的话，那么商的后裔宋国也不足以为证明了。只是礼仪典籍不充分，不然我就可以证明夏、商的礼制。"由于鲁国是周公受封而建的国家，有齐备的礼仪制度和礼器，史官记事皆有法度，因此和左丘明观看史官记事，根据所经历的事情，依照人事准则，因建功立业而记功劳，因败亡而责罚之，按照日月运行规律来制定历法，凭供朝见天子的礼仪来订正礼乐制度。有所褒贬、忌讳、斥责之语，不可书于文字，只能口头传授弟子，弟子事后就有各种不同的说法。左丘明担心弟子各按自己的想法去传播，从而失去真义，因此就论述史实原委进行讲解，为经作传，阐明孔子不是用空话来讲经文的。《春秋》贬斥指责的当时掌权的君臣贵族们都有威严的权力和强大的势力，他们的事实都记录在史传，因此采用隐讳的笔法书写而不直接说明，为的是避免当时的迫害。到后世，口头讲解流行起来，故有《公羊》《穀梁》《邹》《夹》几部解释《春秋》的书出世。四家之中，《公羊》《穀梁》被立于学官，邹氏无师可以传授，夹氏则没有传。

《论语》古二十一篇。出孔子壁中，两《子张》。

《齐》二十二篇。多《问王》《知道》。

《鲁》二十篇，《传》十九篇。

《齐说》二十九篇。

《鲁夏侯说》二十一篇。

《鲁安昌侯说》二十一篇。

《鲁王骏说》二十篇。

《燕传说》三卷。

《议奏》十八篇。石渠论。

《孔子家语》二十七卷。

《孔子三朝》七篇。

《孔子徒人图法》二卷。

凡《论语》十二家，二百二十九篇。

【译文】

《论语》古二十一篇。出孔子壁，有两《子张》。

《齐》二十二篇。多《问王》《知道》两篇。

《鲁》二十篇，《传》十九篇。

《齐说》二十九篇。

《鲁夏侯说》二十一篇。

《鲁安昌侯说》二十一篇。

《鲁王骏说》二十篇。

《燕传说》三卷。

《议奏》十八篇。石渠论。

《孔子家语》二十七卷。

《孔子三朝》七篇。

《孔子徒人图法》二卷。

以上有关《论语》的共十二家，二百二十九篇。

《论语》者，孔子应答弟子、时人及弟子相与言而接闻于夫子之语也。当时弟子各有所记。夫子既卒，门人相与辑而论纂，故谓之《论语》。汉兴，有齐、鲁之说。传《齐论》者，昌邑中尉王吉、少府宋畸、御史大夫贡禹、尚书令五鹿充宗、胶东庸生①，唯王阳名家②。传《鲁论语》者，常山都尉龚奋、长信少府夏侯胜、丞相韦贤、鲁扶卿、前将军萧望之、安昌侯张禹③，皆名家。张氏最后而行于世。

【注释】

①昌邑：即昌邑国，治所在今山东钜野东南。中尉：官名。武职。武帝太初元年（前 104），更名执金吾，秩中二千石。王吉：字子阳，琅邪皋虞（在今山东平度东北）人。为昌邑王中尉时，常谏王勿行荒淫之事。后昌邑王一度为帝，被废，王吉因此而免死，髡为城旦。宣帝即位，召为博士、谏大夫，后谢病归。元帝即位，复召为谏大夫，卒。少府：官名。为九卿之一，秩中二千石。掌山海池泽之税，以给供养，为皇帝私府。御史大夫：官名。秦汉时与丞相、太尉合称三公，位仅次于丞相。掌监察、执法。贡禹：字少翁，琅邪（今山东诸城）人。汉宣帝、元帝时大臣。元帝即位任

谏大夫、御史大夫。尚书令:官名。始于秦汉,为少府属官,掌奏章文书。汉武帝时多以宦官充任,成帝时改用士人。东汉时,将政务中枢从三公转入宫廷,由尚书协助皇帝处理,即“政归台阁”。尚书令即为尚书台首脑,直接对皇帝负责,总揽一切政令,到唐朝时则为宰相。胶东:郡名。秦始置,治所在即墨(今山东平度东南),辖境相当于今山东平度、莱阳、莱西等一带。庸生:名谭。据《儒林传》载,孔安国授古文尚书与都尉朝,都尉朝授胶东庸生,庸生授清河胡常少子。

②王阳:指王吉,因吉字子阳,故称王阳。

③都尉:官名。战国时置,位次将军,为皇帝近臣。长信:汉宫名。为太后常居之所。少府:官名。秦时为九卿之一,东汉时掌宫中服御诸物等。韦贤:字长孺,邹(今山东邹城)人。韦孟五世孙,号称邹鲁大儒。前将军:官名。战国时为武官之称。汉不常置。或有前、后,或有左、右,皆掌兵及四夷。萧望之:字长倩,东海兰陵(今山东兰陵)人。萧何七代孙。宣帝时为谏议大夫、御史大夫。元帝时,为宦官排挤,自杀。

【译文】

《论语》这部书,是孔子回答弟子、时人提问及弟子们互相对话并请教孔子的言论。当时弟子各有自己的记录。孔子去世后,弟子们一起收集并加以整理及编纂,故称之为《论语》。汉朝建立,有齐《论语》、鲁《论语》之说。传授齐《论语》的,有昌邑中尉王吉、少府宋畸、御史大夫贡禹、尚书令五鹿充宗、胶东庸生,只有王吉是名家。传授鲁《论语》的,有常山都尉龚奋、长信少府夏侯胜、丞相韦贤、鲁扶卿、前将军萧望之、安昌侯张禹,全是名家。张禹是最后一个传《论语》的,而其书也流传于世。

《孝经古孔氏》一篇。二十二章。

《孝经》一篇。十八章。长孙氏、江氏、后氏、翼氏四家。

《长孙氏说》二篇。

《江氏说》一篇。

《翼氏说》一篇。

《后氏说》一篇。

《杂传》四篇。

《安昌侯说》一篇。

《五经杂议》十八篇。石渠论。

《尔雅》三卷二十篇。

《小尔雅》一篇,《古今字》一卷。

《弟子职》一篇。

《说》三篇。

凡《孝经》十一家,五十九篇。

【译文】

《孝经古孔氏》一篇。二十二章。

《孝经》一篇。十八章。长孙氏、江氏、后氏、翼氏四家。

《长孙氏说》二篇。

《江氏说》一篇。

《翼氏说》一篇。

《后氏说》一篇。

《杂传》四篇。

《安昌侯说》一篇。

《五经杂议》十八篇。石渠论。

《尔雅》三卷二十篇。

《小尔雅》一篇,《古今字》一卷。

《弟子职》一篇。

《说》三篇。

上述有关《孝经》的十一家,共五十九篇。

《孝经》者,孔子为曾子陈孝道也①。夫孝,天之经,地之义,民之行也。举大者言,故曰《孝经》。汉兴,长孙氏、博士江翁、少府后仓、谏大夫翼奉、安昌侯张禹传之,各自名家②。经文皆同,唯孔氏壁中古文为异。"父母生之,续莫大焉"③,"故亲生之膝下",诸家说不安处,古文字读皆异。

【注释】

①陈:陈述,讲述。

②各自名家:自成一派。

③父母生之,续莫大焉:《孟子·离娄》曰:"不孝有三,无后为大。"指生儿育女之事属于延续族类、传宗接代的大事。

【译文】

《孝经》这部书,是孔子给曾子所讲述的孝道之书。孝,天经地义之事,是百姓们应遵奉的行为准则。由于是从重大问题方面来说的,因此称为《孝经》。汉朝建立,长孙氏、博士江翁、少府后仓、谏大夫翼奉、安昌侯张禹传授《孝经》,每个人都是名家。各家《孝经》的经文都相同,只有孔子住宅墙壁中的古文《孝经》不同。《孝经·圣治章》说"父母生子有后,功劳是最大的了","因此有亲生的膝下之子",各家对这类话的记载各不相同,古文字句都有区别。

《史籀》十五篇。周宣王太史作大篆十五篇,建武时亡六篇矣。

《八体六技》。

《苍颉》一篇。上七章，秦丞相李斯作；《爰历》六章，车府令赵高作；《博学》七章，太史令胡母敬作。

《凡将》一篇。司马相如作。

《急就》一篇。元帝时黄门令史游作。

《元尚》一篇。成帝时将作大匠李长作。

《训纂》一篇。扬雄作。

《别字》十三篇。

《苍颉传》一篇。

扬雄《苍颉训纂》一篇。

杜林《苍颉训纂》一篇。

杜林《苍颉故》一篇。

凡小学十家，四十五篇。入扬雄、杜林二家三篇。

【译文】

《史籀》十五篇。周宣王太史作大篆十五篇，建武时亡佚六篇。

《八体六技》。

《苍颉》一篇。上七章，秦丞相李斯作；《爰历》六章，车府令赵高作；《博学》七章，太史令胡母敬作。

《凡将》一篇。司马相如作。

《急就》一篇。元帝时黄门令史游作。

《元尚》一篇。成帝时将作大臣李少作。

《训纂》一篇。扬雄作。

《别字》十三篇。

《苍颉传》一篇。

扬雄《苍颉训纂》一篇。

杜林《苍颉训纂》一篇。

杜林《苍颉故》一篇。

上述有关小学内容的共十家，四十五篇。收入扬雄、杜林二家三篇。

《易》曰："上古结绳以治[①]，后世圣人易之以书契[②]。百官以治，万民以察，盖取诸《夬》[③]。""夬，扬于王庭"[④]，言其宣扬于王者朝廷，其用最大也。古者八岁入小学，故《周官》保氏掌养国子[⑤]，教之六书，谓象形、象事、象意、象声、转注、假借，造字之本也。汉兴，萧何草律[⑥]，亦著其法，曰："太史试学童，能讽书九千字以上[⑦]，乃得为史[⑧]。又以六体试之，课最者以为尚书、御史、史书令史[⑨]。吏民上书，字或不正，辄举劾[⑩]。"六体者，古文、奇字、篆书、隶书、缪篆、虫书，皆所以通知古今文字，摹印章，书幡信也[⑪]。古制，书必同文，不知则阙，问诸故老[⑫]，至于衰世，是非无正，人用其私[⑬]。故孔子曰："吾犹及史之阙文也[⑭]，今亡矣夫！"盖伤其浸不正。《史籀篇》者，周时史官教学童书也，与孔氏壁中古文异体。《苍颉》七章者，秦丞相李斯所作也；《爰历》六章者，车府令赵高所作也；《博学》七章者，太史令胡母敬所作也；文字多取《史籀篇》，而篆体复颇异，所谓秦篆者也。是时始建隶书矣，起于官狱多事，苟趋省易，施之于徒隶也。汉兴，闾里书师合《苍颉》《爰历》《博学》三篇，断六十字以为一章，凡五十五章，并为《苍颉篇》。武帝时，司马相如作《凡将篇》，无复字。元帝时，黄门令史游作《急就篇》，成帝时，将作大匠李长作《元尚篇》[⑮]，皆《苍颉》中正字也。《凡将》则颇有出矣。至元始中，征天下通小学者以百数，各令记字于庭中。扬雄取其有用者以作《训纂篇》，顺续《苍颉》，又易《苍颉》中重复之字，凡八十九章。臣复续扬雄作十三章，凡一百二章，无复字，六艺群书所载略备矣。《苍颉》多古字，俗师失其读，宣帝时征齐人能正读者，张敞从受之⑯，传至外孙之子杜林，为作训故，并列焉。

【注释】

①结绳：上古无文字，用结绳办法记事。

②书契：指文字。契，指用刀刻写文字。

③《夬》：《周易·系辞下》有《夬卦》。夬，决也，就是讲趋利避害的决断。

④夬，扬于王庭：《夬卦》之辞，指书契所记之事，在王庭上用《夬卦》来决断吉凶、利弊。

⑤保氏：即《周官》中之保，为辅导天子和诸侯子弟的官员。

⑥萧何：沛县（今江苏沛县）人，西汉初丞相。封酂侯。

⑦讽：背诵默写。

⑧史：官名。掌起草文书。

⑨课：考试评定。尚书：官名。秦为少府属官，掌殿内文书。御史：官名。汉时官中掌文书档案、记录等事的官员。史书令史：官名。分属于尚书、御史之下，巧善于史书之官吏。

⑩辄（zhé）：就。劾：揭发罪状。

⑪幡：旗。

⑫故老：指通晓文字书写之人。

⑬人用其私：指春秋战国时代，字无定体，任人改作。

⑭及：看到。史之阙文：史籀、大篆诸书。

⑮将作大匠：掌治宫室之官。

⑯张敞：字子高，河东平阳（今山西临汾西南）人。官累太中大夫、胶东相、京兆尹、冀州刺史。治《左氏春秋》。

【译文】

《易》说："上古人们用结绳的办法来记载治理各种事情，后世圣人以书简代替结绳。百官所以治理有方，百姓所以明察事物，都是依赖于《夬》。""夬，用于王庭决策处理事情"，说的是《夬》用于王者的朝廷之上，用来决定国家大事的。古代人八岁入小学，因此《周官》提到的保氏，掌管教育王公贵族子弟，教他们六书，就是象形、象事、象意、象声、转注、假借，是造字的根本方法。汉朝建立，萧何草创法律，也写明有关文字的法律，说："太史令考试学童，能朗读和默写出九千字以上的，可以做史。再用六体考试，选拔最优秀的任命为尚书、御史、史书令史等。官员、百姓上书，字有错误的，就立即举报弹劾。"六体，就是古文、奇字、篆书、隶书、缪篆、虫书，都是用来通晓古今文字、刻印章、书写旗幡的。古代制度规定，用统一的文字书写，不知道的就空缺下来，向老人请教，到了衰败年代，是非没有标准，各国的人们都私自使用异形文字。所以孔子说："我尚且还见到古史书上的缺文，到现在就没有了！"这是感伤文字书写得越来越不规范。《史籀篇》是周朝史官教学童的字书，与孔子壁中古文字体不同。《苍颉》七章，是秦丞相李斯所作；《爰历》六章，是车府令赵高所作；《博学》七章，是太史令胡母敬所作；文字多是从《史籀》中选取，但篆字形体又很有区别，是所谓的秦篆。当时就开始创造隶书了，起因在于官狱事务繁忙，为了省事方便，首先用于服劳役的奴隶们。汉朝建立，民间的书师合并《苍颉》《爰历》《博学》三篇，以六十字为一章，共五十五章，总合为《苍颉篇》。武帝时，司马相如作《凡将篇》，没有重复字。元帝时，黄门令史游作《急就篇》，成帝时，将作大匠李长作《元尚篇》，都是《苍颉》中正字。《凡将篇》则增加了许多。到平帝元始年间，征召天下通晓文字的百馀人，让每人在未央宫廷中书写解说文字。扬雄取其中有用的字作成《训纂篇》，按《苍颉篇》的顺序补充新的文字，又把其中重复的字换掉，共八十九章。臣班固又续扬雄《训纂篇》，新作十三章，共一百零二章，无重复字，六艺群书所记载的文字基本上齐备了。《苍颉篇》多为古字，一般教字的老师未能掌握其读音，宣帝时征召齐国能正确读音的人，太中大夫张敞前往受教，传到他的外孙之子杜林，杜林为《苍颉篇》作了训诂，与《苍颉篇》并列于一起。

凡六艺一百三家，三千一百二十三篇。入三家，一百五十九篇；出重十一篇。

【译文】

上述六种即六艺共一百零三家，三千一百二十三篇。后加入三家，一百五十九篇。去掉重复的十一篇。

六艺之文：《乐》以和神①，仁之表也；《诗》以正言②，义之用也；《礼》以明体③，明者著见，故无训也；《书》以广听，知之术也；《春秋》以断事，信之符也。五者，盖五常之道④，相须而备，而《易》为之原。故曰"《易》不可见，则乾坤或几乎息矣"，言与天地为终始也。至于五学⑤，世有变改，犹五行之更用事焉⑥。古之学者耕且养⑦，二年而通一艺，存其大体，玩经文而已⑧，是故用日少而畜德多⑨，三十而五经立也。后世经传既已乖离，博学者又不思多闻阙疑之义，而务碎义逃难⑩，便辞巧说⑪，破坏形体⑫；说五字之文，至于二三万言。后进弥以驰逐⑬，故幼童而守一艺，白首而后能言；安其所习，毁所不见，终以自蔽。此学者之大患也。序六艺为九种⑭。

【注释】

①和神：调节心志。

②正言：规范语言。

③明体：规范行为。

④五常：指仁、义、礼、智、信。常，永恒之意，谓此五者乃永恒的道德规范。

⑤五学：指《乐》《诗》《礼》《书》《春秋》。

⑥五行：指金、木、水、火、土五种物质。

⑦耕且养：古时学者平时耕养工夫多，诵读之时少，但求贯通大义，以畜其德，故二年始通一艺。

⑧玩：品味，体会。

⑨畜：积累。

⑩务碎义逃难：以琐碎的偏僻辞义，逃避他人攻难。

⑪便辞巧说：牵强附会，巧为立说。

⑫破坏形体：损害经义的整体。

⑬后进弥以驰逐：后进学者更加效仿这种做法。驰逐，放纵。

⑭九种：指《易》《诗》《书》《礼》《乐》《春秋》《论语》《孝经》《小学》。

【译文】

六艺的内容：《乐》用来调和心神，是仁政的表现；《诗》用来规范语言，使之适宜；《礼》用来规定礼仪制度和行为标准，通达事理的人一看就明白，因此没有解释的文字；《书》用来扩大见闻，是提升才智的办法；《春秋》用来判断、处理问题，是诚实的标志。五部书，记载了仁、义、礼、智、信的内容，是永恒的道德规范，相辅相成，不可短缺，而《易》是五者的本源。所以说"《易》义不能见到，宇宙就近于灭熄了"，说的是《易》与天地始终并存。至于《乐》《诗》《礼》《书》《春秋》五种，犹如五行循环更替一样交替使用。古代学者边耕种边教养，两年通晓一经，掌握一经的根本，不过是熟读经文罢了，因此花费时间少而培养品德多，三十岁就可以学成五经。后世解释的传就已经和经相背离，博学的人不重视增广见闻和坚持缺失存疑的道理，而是注重破碎的文义以逃避责难，善言巧语，支解文字形体；解释五个字的经文，竟至于用了二三万字。后学又进一步发挥，所以从小时候开始学一经，到白头才能说明其中的意思；满足于所熟习的东西，对未曾见过的观点就加以毁谤，最后导致自己蒙骗了自己。这些是治学的大忌。以上将六经分为九个学派。

《晏子》八篇。名婴，谥平仲，相齐景公，孔子称善与人交，有列传。

《子思》二十三篇。名伋，孔子孙，为鲁缪公师。

《曾子》十八篇。名参，孔子弟子。

《漆雕子》十三篇。孔子弟子漆雕启后。

《宓子》十六篇。名不齐，字子贱，孔子弟子。

《景子》三篇。说宓子语，似其弟子。

《世子》二十一篇。名硕，陈人也。七十子之弟子。

《魏文侯》六篇。

《李克》七篇。子夏弟子，为魏文侯相。

《公孔尼子》二十八篇。七十子之弟子。

《孟子》十一篇。名轲，邹人。子思弟子，有列传。

《孙卿子》三十三篇。名况，赵人，为齐稷下祭酒，有列传。

《芈子》十八篇。名婴，齐人，七十子之后。

《内业》十五篇。不知作书者。

《周史六弢》六篇。惠、襄之间，或曰显王时，或曰孔子问焉。

《周政》六篇。周时法度政教。

《周法》九篇。法天地，立百官。

《河间周制》十八篇。似河间献王所述也。

《谰言》十篇。不知作者，陈人君法度。

《功议》四篇。不知作者，论功德事。

《宁越》一篇。中牟人，为周威王师。

《王孙子》一篇。一曰《巧心》。

《公孙固》一篇。十八章，齐闵王失国，问之，固因为陈古今成败也。

《李氏春秋》二篇。

《羊子》四篇。百章。故秦博士。

《董子》一篇。名无心，难墨子。

《俟子》一篇。

《徐子》四十二篇。宋外黄人。

《鲁仲连子》十四篇。有列传。

《平原老》七篇。朱建也。

《虞氏春秋》十五篇。虞卿也。

《高祖传》十三篇。高祖与大臣述古语及诏策也。

《陆贾》二十三篇。

《刘敬》三篇。

《孝文传》十一篇。文帝所称及诏策。

《贾山》八篇。

《太常蓼侯孔臧》十篇。父聚，高祖时以功臣封，臧嗣爵。

《贾谊》五十八篇。

河间献王《对上下三雍宫》三篇。

《董仲舒》百二十三篇。

《兒宽》九篇。

《公孙弘》十篇。

《终军》八篇。

《吾丘寿王》六篇。

《虞丘说》一篇。难孙卿也。

《庄助》四篇。

《臣彭》四篇。

《钩盾冗从李步昌》八篇。宣帝时数言事。

《儒家言》十八篇。不知作者。

桓宽《盐铁论》六十篇。

刘向所序六十七篇。《新序》《说苑》《世说》《列女》传颂图也。

扬雄所序三十八篇。《太玄》十九，《法言》十三，《乐》四，《箴》二。

右儒五十三家，八百三十六篇。入扬雄一家三十八篇。

【译文】

《晏子》八篇。名婴，谥平仲，相齐景公，孔子称他善与人交，有列传。

《子思》二十三篇。名伋，孔子孙，为鲁缪公师。

《曾子》十八篇。名参，孔子弟子。

《漆雕子》十三篇。孔子弟子漆雕开的后代。

《宓子》十六篇。名不齐，字子贱，孔子弟子。

《景子》三篇。说宓子语，似其弟子。

《世子》二十一篇。名硕，陈人。七十子之弟子。

《魏文侯》六篇。

《李克》七篇。子夏弟子，为魏文侯相。

《公孙尼子》二十八篇。七十子之弟子。

《孟子》十一篇。名轲，邹人。子思弟子，有列传。

《孙卿子》三十三篇。名况，赵人，为齐稷下祭酒，有列传。

《芈子》十八篇。名婴，齐人，七十子之后。

《内业》十五篇。不知作书者。

《周史六弢》六篇。惠、襄之间，或显王时，有人说孔子所问答之篇。

《周政》六篇。周时法度政教。

《周法》九篇。法天地、立百官。

《河间周制》十八篇。似河间献王所述。

《谰言》十篇。不知作者，陈人君法度。

《功议》四篇。不知作者，论功德事。

《宁越》一篇。中牟人，为周威王师。

《王孙子》一篇。一说《巧心》。

《公孙固》一篇。十八章，齐闵王失国，询问公孙固，公孙固于是为他讲述古今成败之理。

《李氏春秋》二篇。

《羊子》四篇。百章。原秦博士。

《董子》一篇。名无心，曾辩难墨子。

《俟子》一篇。

《徐子》四十二篇。宋外黄人。

《鲁仲连子》十四篇。有列传。

《平原君》七篇。朱建。

《虞氏春秋》十五篇。虞卿。

《高祖传》十三篇。高祖与大臣论述古语及诏策。

《陆贾》二十三篇。

《刘敬》三篇。

《孝文传》十一篇。文帝所称及诏策。

《贾山》八篇。

《太常蓼侯孔臧》十篇。父聚，高祖时以功臣受封，臧嗣爵。

《贾谊》五十八篇。

河间献王《对上下三雍宫》三篇。

《董仲舒》一百二十三篇。

《兒宽》九篇。

《公孙弘》十篇。

《终军》八篇。

《吾丘寿王》六篇。

《虞丘说》一篇。辩难孙卿。

《庄助》四篇。

《臣彭》四篇。

《钩盾冗从李步昌》八篇。宣帝时数言事。

《儒家言》十八篇。不知作者。

桓宽《盐铁论》六十篇。

刘向作的序六十七篇。《新序》《说苑》《世说》《列女》传颂图。

扬雄所作的序三十八篇。《太玄》十九，《法言》十三，《乐》四，《箴》二。

上述儒家书籍五十三家，八百三十六篇。收入扬雄一家三十八篇。

儒家者流，盖出于司徒之官①，助人君顺阴阳、明教化者也。游文于六经之中②，留意于仁义之际，祖述尧、舜③，宪章文、武④，宗师仲尼，以重其言，于道最为高。孔子曰："如有所誉，其有所试⑤。"唐、虞之隆，殷、周之盛，仲尼之业，已试之效者也。然惑者既失精微⑥，而辟者又随时抑扬⑦，违离道本,苟以哗众取宠。后进循之,是以五经乖析[8],儒学浸衰,此辟儒之患。

【注释】

①司徒:官名。西周始置,主管教化,为六卿之一。

②游文:留意。

③祖:本始。述:阐述前人成说。

④宪章:效法。

⑤如有所誉,其有所试:语出《论语》。意为如果有所赞誉,那么就应该试试实效。

⑥惑:迷惑,不清楚。

⑦辟:偏于一面,不知其他。

⑧乖析:违背和离散。

【译文】

儒家学派,从司徒的职掌中分离出来,是帮助国君理顺朝政和人事关系,教化民众的。娴习六经,注重仁义,推崇唐尧、虞舜,效法文王、武王,尊孔子为宗师,以便推重自己的学说,致力追求道义。孔子说:"如果我称颂过谁,那么一定是对他进行了考察验证,取得了实效。"唐尧、虞舜、殷、周的兴盛,孔子的事业,经过历史的考验是有效果的。然而迷惑的人已经失去精妙的儒家精神,不遵守正统的人又跟着潮流随时加以贬低或抬高,背离宗旨,哗众取宠。后人延续下来,以至于五经支离破碎,儒学逐渐衰微,这是背离根本的儒生所造成的危害。

《伊尹》五十一篇。汤相。

《太公》二百三十七篇。吕望为周师尚父,本有道者。或有近世又以为太公术者所增加也。《谋》八十一篇,《言》七十一篇,

《兵》八十五篇。

《辛甲》二十九篇。纣臣，七十五谏而去，周封之。

《鬻子》二十二篇。名熊，为周师，自文王以下问焉，周封为楚祖。

《管子》八十六篇。名夷吾，相齐桓公，九合诸侯，不以兵车也。有列传。

《老子邻氏经传》四篇。姓李，名耳，邻氏传其学。

《老子傅氏经说》三十七篇。述老子学。

《老子徐氏经说》六篇。字少季，临淮人，传《老子》。

刘向《说老子》四篇。

《文子》九篇。老子弟子，与孔子并时，而称周平王问，似依托者也。

《蜎子》十三篇。名渊，楚人，老子弟子。

《关尹子》九篇。名喜，为关吏，老子过关，喜去吏而从之。

《庄子》五十二篇。名周，宋人。

《列子》八篇。名圄寇，先庄子，庄子称之。

《老成子》十八篇。

《长卢子》九篇。楚人。

《王狄子》一篇。

《公子牟》四篇。魏之公子也。先庄子，庄子称之。

《田子》二十五篇。名骈，齐人，游稷下，号天口骈。

《老莱子》十六篇。楚人，与孔子同时。

《黔娄子》四篇。齐隐士，守道不诎，威王下之。

《宫孙子》二篇。

《鹖冠子》一篇。楚人，居深山，以鹖为冠。

《周训》十四篇。

《黄帝四经》四篇。

《黄帝铭》六篇。

《黄帝君臣》十篇。起六国时，与《老子》相似也。

《杂黄帝》五十八篇。六国时贤者所作。

《力牧》二十二篇。六国时所作，托之力牧。力牧，黄帝相。

《孙子》十六篇。六国时。

《捷子》二篇。齐人，武帝时说。

《曹羽》二篇。楚人，武帝时说于齐王。

《郎中婴齐》十二篇。武帝时。

《臣君子》二篇。蜀人。

《郑长者》一篇。六国时。先韩子，韩子称之。

《楚子》三篇。

《道家言》二篇。近世，不知作者。

右道三十七家，九百九十三篇。

【译文】

《伊尹》五十一篇。伊尹，商汤相。

《太公》二百三十七篇。吕望为周朝师尚父，本是有道者。近世或有又为太公的谋略作增补的。《谋》八十一篇，《言》七十一篇，《兵》八十五篇。

《辛甲》二十九篇。纣臣，曾向纣王七十五谏，纣不听，去而至周，周赐封了他。

《鬻子》二十二篇。名熊，文王问道于他，被奉为周师，周封他为楚祖。

《管子》八十六篇。名夷吾，为齐桓公相，不以武力九合诸侯，有列传。

《老子邻氏经传》四篇。姓李，名耳，邻氏传其学。

《老子傅氏经说》三十七篇。述老子学。

《老子徐氏经说》六篇。字少季，临淮人，传《老子》。

刘向的《说老子》四篇。

《文子》九篇。老子弟子，与孔子同时，而称“周平王问”，似乎为依托之作。

《蜎子》十三篇。名渊，楚人，老子弟子。

《关尹子》九篇。名喜，为关令，老子过关，喜辞官，随老子而去。

《庄子》五十二篇。名周，宋人。

《列子》八篇。名圄寇，庄子之前的人，庄子欣赏他。

《老成子》十八篇。

《长卢子》九篇。楚人。

《王狄子》一篇。

《公子牟》四篇。魏国公子。庄子之前的人，庄子欣赏他。

《田子》二十五篇。名骈，齐人，游稷下，号天口骈。

《老莱子》十六篇。楚人，与孔子同时。

《黔娄子》四篇。齐隐士，守道不诎，威王下之。

《宫孙子》二篇。

《鹖冠子》一篇。楚人，居深山，以鹖为冠。

《周训》十四篇。

《黄帝四经》四篇。

《黄帝铭》六篇。

《黄帝君臣》十篇。起六国时，与《老子》相似。

《杂黄帝》五十八篇。六国时贤者所作。

《力牧》二十二篇。六国时所作，托名力牧。力牧，黄帝相。

《孙子》十六篇。六国时。

《捷子》二篇。齐人，武帝时说。

《曹羽》二篇。楚人，武帝时说于齐王。

《郎中婴齐》十二篇。武帝时。

《臣君子》二篇。蜀人。

《郑长者》一篇。六国时,韩子之前的人,韩子欣赏他。

《楚子》三篇。

《道家言》二篇。近世,不知作者。

上述道家书籍共三十七家,九百九十三篇。

道家者流①,盖出于史官,历记成败、存亡、祸福、古今之道,然后知秉要执本②,清虚以自守③,卑弱以自持④。此君人南面之术也⑤。合于尧之克攘⑥,《易》之嗛嗛⑦。一谦而四益⑧,此其所长也。及放者为之⑨,则欲绝去礼学,兼弃仁义,曰独任清虚可以为治。

【注释】

①道家:中国学术思想流派。产生于先秦,托始于老子。以老子、庄子的"道"的学说为中心,讲求天道自然。汉初与法家、名家相结合,形成黄老之说。在政治、经济、军事、文化、艺术乃至自然科学方面影响深远。

②秉要执本:要、本,皆为事物的本来面目即根本。

③自守:精神、意念守于内,不为外物役使。

④卑弱以自持:采取卑下柔弱的态度,不争强好胜。

⑤南面之术:帝王的宝座坐北向南,以向南为尊。故居帝位称为南面。南面之术即帝王如何治理国家,如何运用君权。

⑥克攘:即克让。攘,同"让"。

⑦嗛嗛:谦逊貌。嗛,通"谦"。

⑧四益:即天益、地益、神益、人益。

⑨放者:放任无拘的人。

【译文】

道家学派，是从史官的职掌中分离出来的，全面记载成败、存亡、祸福、古今的经验教训，然后懂得执政的要点和根本在于，清静无为以便内守，卑下柔弱以便把握自己。这就是国君治理国家的办法。与尧的谦让、《易》所表现的谦虚相符。只要谦让就可以使天、地、鬼神、人四者受益，这是道家学派的长处。后来仿效的人去学做，就想断绝礼学，摒弃仁义，说只凭清静无为就可以治理国家。

《宋司星子韦》三篇。景公之史。

《公梼生终始》十四篇。传邹奭《始终》书。

《公孙发》二十二篇。六国时。

《邹子》四十九篇。名衍，齐人，为燕昭王师，居稷下，号谈天衍。

《邹子终始》五十六篇。

《乘丘子》五篇。六国时。

《杜文公》五篇。六国时。

《黄帝泰素》二十篇。六国时韩诸公子所作。

《南公》三十一篇。六国时。

《容成子》十四篇。

《张苍》十六篇。丞相北平侯。

《邹奭子》十二篇。齐人，号曰雕龙奭。

《闾丘子》十三篇。名快，魏人，在南公前。

《冯促》十三篇。郑人。

《将钜子》五篇。六国时。先南公，南公称之。

《五曹官制》五篇。汉制，似贾谊所条。

《周伯》十一篇。齐人，六国时。

《卫侯官》十二篇。近世，不知作者。

于长《天下忠臣》九篇。平阴人，近世。

《公孙浑邪》十五篇。平曲侯。

《杂阴阳》三十八篇。不知作者。

右阴阳二十一家，三百六十九篇。

【译文】

《宋司星子韦》三篇。景公之史。

《公梼生终始》十四篇。传邹奭《始终》书。

《公孙发》二十二篇。六国时。

《邹子》四十九篇。名衍，齐人，为燕昭王师，居稷下，号谈天衍。

《邹子终始》五十六篇。

《乘丘子》五篇。六国时。

《杜文公》五篇。六国时。

《黄帝泰素》二十篇。六国时韩诸公子所作。

《南公》三十一篇。六国时。

《容成子》十四篇。

《张苍》十六篇。丞相北平侯。

《邹奭子》十二篇。齐人，号雕龙奭。

《闾丘子》十三篇。名快，魏人，在南公前。

《冯促》十三篇。郑人。

《将钜子》五篇。六国时。南公之前的人，南公称许他。

《五曹官制》五篇。汉制，似贾谊所条列。

《周伯》十一篇。齐人，六国时。

《卫侯官》十二篇。近世，不知作者。

于长《天下忠臣》九篇。平阴人，近世。

《公孙浑邪》十五篇。平曲侯。

《杂阴阳》三十八篇。不知作者。

上述阴阳方面的书籍二十一家，三百六十九篇。

阴阳家者流[1]，盖出于羲和之官[2]。敬顺昊天[3]，历象日月星辰[4]，敬授民时，此其所长也。及拘者为之[5]，则牵于禁忌，泥于小数[6]，舍人事而任鬼神。

【注释】

①阴阳家：中国古代学术思想流派之一。持阴阳五行说。先秦时期的代表人物是邹衍等人。本来具有朴素唯物主义思想，但后来又渗入鬼神迷信之说。

②羲和：传说中掌天文历法的官吏。黄帝时或夏朝时人。

③昊天：广大的天。

④历象：推算天体运动。

⑤拘者：指将阴阳学派限于狭小范围内的人。

⑥牵于禁忌，泥于小数：被禁忌所牵制，又拘泥于小术之中。

【译文】

阴阳家学派，是从天文历法官中分离出来的。敬顺上天，推算日月星辰的运行，不敢怠慢地通告农时，这是阴阳家学派的长处。到后来拘泥小术的人来做，就被禁忌所牵制，被小术所局限，舍弃人事而从事鬼神迷信活动。

《李子》三十二篇。名悝，相魏文侯，富国强兵。

《商君》二十九篇。名鞅，姬姓，卫后也，相秦孝公，有列传。

《申子》六篇。名不害，京人，相韩昭侯，终其身诸侯不敢侵韩。

《处子》九篇。

《慎子》四十二篇。名到，先申、韩，申、韩称之。

《韩子》五十五篇。名非，韩诸公子，使秦，李斯害而杀之。

《游棣子》一篇。

《晁错》三十一篇。

《燕十事》十篇。不知作者。

《法家言》二篇。不知作者。

右法十家，二百一十七篇。

【译文】

《李子》三十二篇。名悝，魏文侯相，主张富国强兵。

《商君》二十九篇。名鞅，姬姓，卫后裔，相秦国孝公，有列传。

《申子》六篇。名不害，京人，相韩昭侯，终其身使诸侯不敢侵韩。

《处子》九篇。

《慎子》四十二篇。名到，先申、韩，申、韩称许他。

《韩子》五十五篇。名非，韩诸公子，使秦，李斯杀害了他。

《游棣子》一篇。

《晁错》三十一篇。

《燕十事》十篇。

《法家言》二篇。

上述法家书籍共十家，二百一十七篇。

法家者流，盖出于理官[①]。信赏必罚[②]，以辅礼制。《易》曰“先王以明罚饬法”[③]，此其所长也。及刻者为之[④]，则无教化，去仁爱，专任刑法而欲以致治，至于残害至亲，伤恩薄厚⑤。

【注释】

①理官：古代掌刑狱之官。舜时称为士，夏时称为大理，周称为大司寇。

②信赏必罚：有功则赏，有罪则罚，赏罚分明。

③饬：整顿。

④刻者：苛刻严酷之人。

⑤薄：使之薄。

【译文】

法家学派，是从理官职掌中分离出来的。有功必赏，有罪必罚，以便辅助礼制的实行。《易》说“先王用惩罚来整顿法纪”，这是法家的长处。到后来苛刻严酷的人实行法治，不讲求教化，抛弃仁爱，专门以实行刑法来求得治理，甚至残害至亲，伤害恩情，薄情寡义。

《邓析》二篇。郑人，与子产并时。

《尹文子》一篇。说齐宣王。先公孙龙。

《公孙龙子》十四篇。赵人。

《成公生》五篇。与黄公等同时。

《惠子》一篇。名施，与庄子并时。

《黄公》四篇。名疵，为秦博士，作歌诗，在秦时歌诗中。

《毛公》九篇。赵人，与公孙龙等并游平原君赵胜家。

右名七家，三十六篇。

【译文】

《邓析》二篇。郑人，与子产同时。

《尹文子》一篇。说齐宣王。先公孙龙。

《公孙龙子》十四篇。赵人。

《成公生》五篇。与黄公等同时。

《惠子》一篇。名施，与庄子同时。

《黄公》四篇。名疵，为秦博士，作诗歌，在秦时歌诗中。

《毛公》九篇。赵人，与公孙龙等一起交游平原君赵胜家。

上述名家书籍七家，三十六篇。

名家者流①，盖出于礼官。古者名位不同②，礼亦异数。孔子曰："必也正名乎③！名不正则言不顺，言不顺则事不成。"此其所长也。及謷者为之④，则苟钩鈲析乱而已⑤。

【注释】

①名家：战国时期的一个学派。又称"辩者"。名家强调循名责实，着重概念与事实的分析、讨论。对于古代的逻辑学发展有一定贡献。代表人物有邓析、尹文子、公孙龙、惠施等。

②名位：名分和品位。

③正名：辨正名称、名位。

④謷(jiào)者：指揭人短的人。

⑤钩鈲(pī)析乱：意为割裂原意，穿凿附会。

【译文】

名家学派，是从礼官的职掌中分离出来的。古代人名分地位不同，礼仪也不相同。孔子说："必须正名！名分不正则言论就不被人所听从，言论不被听从事情就办不成。"这是名家的长处。后来爱揭人短的人来做，就把“名”讲得支离破碎了。

《尹佚》二篇。周臣，在成、康时也。

《田俅子》三篇。先韩子。

《我子》一篇。

《随巢子》六篇。墨翟弟子。

《胡非子》三篇。墨翟弟子。

《墨子》七十一篇。名翟，为宋大夫，在孔子后。

右墨六家，八十六篇。

【译文】

《尹佚》二篇。周臣，在成、康之间。

《田俅子》三篇。先韩子。

《我子》一篇。

《随巢子》六篇。墨翟弟子。

《胡非子》三篇。墨翟弟子。

《墨子》七十一篇。名翟，为宋大夫，在孔子后。

上述墨家书籍共六家，八十六篇。

墨家者流[1]，盖出于清庙之守[2]。茅屋采椽[3]，是以贵俭；养三老五更[4]，是以兼爱；选士大射[5]，是以上贤；宗祀严父，是以右鬼[6]；顺四时而行，是以非命[7]；以孝视天下，是以上同[8]。此其所长也。及蔽者为之[9]，见俭之利，因以非礼；推兼爱之意，而不知别亲疏。

【注释】

①墨家：战国时期的主要学术派别之一。墨翟为创始人。

②清庙：指宗庙。守：疑为"官"字之误。

③茅屋采椽：以茅草覆盖屋顶，以采木为椽的房屋。指居住简陋。采，一种柞木。

④三老：为古代乡官，掌管教化。五更：年老致仕而经验丰富的老人。

⑤选士大射：射礼，为祭祀而举行的礼仪。这里的"选士大射"指选拔贤良之士所进行的射礼，表示对贤士的重视。

⑥右鬼：尊重鬼神。古以右为尊。

⑦非命：即《墨子·非命》篇中所强调的人们的贫富寿夭并非天命注定，否定了儒家命定论。

⑧上同：一作"尚同"。上，即崇尚。同，即同一或统一。

⑨蔽者：指狭隘地实行墨子主张的人。

【译文】

墨家学派，大概是从看守宗庙之官中分离出来的。住着简陋的茅草屋，以此推崇节俭；敬养有修养能率众为善的长者和有实际经验的老人，以此来表示互相亲近敬爱；选拔贤士时举行大射典礼，以此表示崇尚贤士；宗庙祭祀敬重父辈，以此来表示崇尚鬼魂；按四时季节做事，因此不讲究天命之说；用孝来敬示天下，以表示崇尚行为统一。这些是墨家的长处。后来眼光短浅的人推行墨家主张，看到节俭的利益，于是就否定礼节；崇尚互相亲敬相爱之意，而不知道亲疏有别。

《苏子》三十一篇。名秦，有列传。

《张子》十篇。名仪，有列传。

《庞煖》二篇。为燕将。

《阙子》一篇。

《国筮子》十七篇。

《秦零陵令信》一篇。难秦相李斯。

《蒯子》五篇。名通。

《邹阳》七篇。

《主父偃》二十八篇。

《徐乐》一篇。

《庄安》一篇。

《待诏金马聊苍》三篇。赵人，武帝时。

右从横十二家，百七篇。

【译文】

《苏子》三十一篇。名秦，有列传。

《张子》十篇。名仪，有列传。

《庞煖》二篇。为燕将。

《阙子》一篇。

《国筮子》十七篇。

《秦零陵令信》一篇。辩难秦相李斯。

《蒯子》五篇。名通。

《邹阳》七篇。

《主父偃》二十八篇。

《徐乐》一篇。

《庄安》一篇。

《待诏金马聊苍》三篇。赵人，武帝时。

上述纵横家书籍共十二家，一百零七篇。

从横家者流[1]，盖出于行人之官[2]。孔子曰："诵《诗》三百，使于四方，不能颛对[3]，虽多亦奚以为？"又曰："使乎，使乎[4]！"言其当权事制宜，受命而不受辞[5]。此其所长也。及邪人为之，则上诈谖而弃其信[6]。

【注释】

①从横：纵横家，即合纵连横家。战国时从事政治外交活动的一个学派。代表人物有苏秦、张仪等。苏秦主张约纵，张仪主张连横，两人分别代表合纵、连横两派，故有纵横家之称。

②行人：官名。掌朝觐聘问。战国时使者通称行人。

③颛(zhuān)对：奉命出使他国，独立随机应酬答对。颛，通"专"。

④使乎，使乎：语出《论语·宪问》。意为叹使者之难为也。

⑤受命而不受辞：古代使者只接受出使命令，没有规定必须使用什么话语。

⑥上：通"尚"。崇尚之意。谖(xuān)：欺诈。

【译文】

纵横家学派，大概是从聘问外交之官中分离出来的。孔子说："读《诗》三百篇，到各国进行外交活动，不能用诗句进行应对，读诗虽多又有什么用处呢？"又说："使者啊，使者啊，是难以做的差使！"意思是说应当因事制宜灵活处理，因为使者接受命令时并不限定语言。这是纵横家的长处。后来邪妄之人出使，就推崇欺诈并抛弃诚信。

孔甲《盘盂》二十六篇。黄帝之史，或曰夏帝孔甲，似皆非。

《大禹》三十七篇。传言禹所作，其文似后世语。

《伍子胥》八篇。名员，春秋时为吴将，忠直遇谗死。

《子晚子》三十五篇。齐人，好议兵，与《司马法》相似。

《由余》三篇。戎人，秦穆公聘以为大夫。

《尉缭》二十九篇。六国时。

《尸子》二十篇。名佼，鲁人，秦相商君师之。鞅死，佼逃入蜀。

《吕氏春秋》二十六篇。秦相吕不韦辑智略士作。

《淮南内》二十一篇。王安。

《淮南外》三十三篇。

《东方朔》二十篇。

《伯象先生》一篇。

《荆轲论》五篇。轲为燕刺秦王，不成而死，司马相如等论之。

《吴子》一篇。

《公孙尼》一篇。

《博士臣贤对》一篇。汉世，难韩子、商君。

《臣说》三篇。武帝时作赋。

《解子簿书》三十五篇。

《推杂书》八十七篇。

《杂家言》一篇。王伯，不知作者。

右杂二十家，四百三篇。入兵法。

【译文】

孔甲《盘盂》二十六篇。黄帝之史，有人说为夏帝孔甲，好像都不对。

《大禹》三十七篇。传言禹所作，其文风似后世语。

《伍子胥》八篇。名员，春秋时为吴将，忠直遇谗死。

《子晚子》三十五篇。齐人，好议兵，与《司马法》相似。

《由余》三篇。戎人，秦穆公征召为大夫。

《尉缭》二十九篇。六国时。

《尸子》二十篇。名佼，鲁人，拜秦相商君为师。商鞅死后，佼逃入蜀。

《吕氏春秋》二十六篇。秦相吕不韦辑智略士作。

《淮南内》二十一篇。淮南王刘安。

《淮南外》三十三篇。

《东方朔》二十篇。

《伯象先生》一篇。

《荆轲论》五篇。轲为燕刺杀秦王，不成而死，司马相如等评论这件事。

《吴子》一篇。

《公孙尼》一篇。

《博士臣贤对》一篇。汉世，辩难韩子、商君。

《臣说》三篇。武帝时作赋。

《解子簿书》三十五篇。

《推杂书》八十七篇。

《杂家言》一篇。王伯，不知作者。

以上杂家书籍共二十家，四百零三篇。收入兵法。

杂家者流①，盖出于议官。兼儒、墨，合名、法，知国体之有此，见王治之无不贯②，此其所长也。及荡者为之③，则漫羡而无所归心④。

【注释】

①杂家：战国末至汉初一个学术派别。其代表人物与著作是吕不韦邀集门客所编的《吕氏春秋》和刘安组织门客集体编著的《淮南鸿烈》（《淮南子》）。这个学派的特点是“兼儒、墨，合名、法”，折衷、糅合各派学术思想，成一家之言。

②王治：帝王统治的办法。

③荡：无所适守。

④漫羡：这里指杂家中没有自成思想体系的人。

【译文】

杂家学派，是从议官中分离出来的。兼容儒家、墨家的思想，融汇名家、法家的主张，懂得治理国家应兼容并蓄百家思想，国君实行大治应贯通百家学说，这是杂家的长处。后来学识浅薄的人实行杂家学说，就放纵恣意而没有一定宗旨。

《神农》二十篇。六国时，诸子疾时怠于农业，道耕农事，托之神农。

《野老》十七篇。六国时，在齐、楚间。

《宰氏》十七篇。不知何世。

《董安国》十六篇。汉代内史，不知何帝时。

《尹都尉》十四篇。不知何世。

《赵氏》五篇。不知何世。

《氾胜之》十八篇。成帝时为议郎。

《王氏》六篇。不知何世。

《蔡癸》一篇。宣帝时，以言便宜，至弘农太守。

右农九家，百一十四篇。

【译文】

《神农》二十篇。六国时，诸子愤世疾俗，荒于农业，农耕之事，托名于神农氏。

《野老》十七篇。六国时，在齐、楚间。

《宰氏》十七篇。不知何世。

《董安国》十六篇。汉代内史，不知何帝时。

《尹都尉》十四篇。不知何世。

《赵氏》五篇。不知何世。

《氾胜之》十八篇。成帝时为议郎。

《王氏》六篇。不知何世。

《蔡癸》一篇。宣帝时，以言便宜，至弘农太守。

上述农家书籍九家，一百一十四篇。

农家者流①，盖出于农稷之官②。播百谷，劝耕桑，以足衣食，故八政一曰食③，二曰货。孔子曰："所重民食。"此其所长也。及鄙者为之④，以为无所事圣王，欲使君臣并耕，誖上下之序⑤。

【注释】

①农家：战国、秦汉时期的一个反映农业生产和农民思想的学术派别。代表人物有赵过、氾胜之等人。

②稷：古代主管农业的官。

③八政：《尚书·洪范》载有八政，即国家的八种政事，即食、货、祀、司空、司徒、司寇、宾、师。食，指农桑耕作之事，民之衣食皆依赖农事，故食为八政之首。

④鄙者：鄙俗之人。

⑤誖：违反。

【译文】

农家学派，是从主管农业之官中分离出来的。种植农作物，鼓励耕种和养蚕，以便满足衣食需要，因此《尚书》中讲八种政事，第一就是吃饭问题，第二是手工业和商业问题。孔子说："应当重视的是百姓的吃饭问题。”这是农家的长处。后来粗鄙之人宣传农家思想，认为没有必要侍奉君王，主张让君臣同时从事农耕，扰乱上下等级制度。

《伊尹说》二十七篇。其语浅薄，似依托也。

《鬻子说》十九篇。后世所加。

《周考》七十六篇。考周事也。

《青史子》五十七篇。古史官记事也。

《师旷》六篇。见《春秋》，其言浅薄，本与此同，似因托也。

《务成子》十一篇。称尧问，非古语。

《宋子》十八篇。孙卿道宋子，其言黄、老意。

《天乙》三篇。天乙谓汤，其言非殷时，皆依托也。

《黄帝说》四十篇。迂诞依托。

《封禅方说》十八篇。武帝时。

《待诏臣饶心术》二十五篇。武帝时。

《待诏臣安成未央术》一篇。

《臣寿周纪》七篇。项国圉人，宣帝时。

《虞初周说》九百四十三篇。河南人，武帝时以方士侍郎号黄车使者。

《百家》百三十九卷。

右小说十五家，千三百八十篇。

【译文】

《伊尹说》二十七篇。其语浅薄，似依托。

《鬻子说》十九篇。后世所加。

《周考》七十六篇。考周事。

《青史子》五十七篇。古史官记事。

《师旷》六篇。见《春秋》，其言浅薄，本与此同，似依托。

《务成子》十一篇。称尧问，非古语。

《宋子》十八篇。孙卿道宋子，其言黄、老意。

《天乙》三篇。天乙谓汤，其言非殷时，皆依托。

《黄帝说》四十篇。迂诞依托。

《封禅方说》十八篇。武帝时。

《待诏臣饶心术》二十五篇。武帝时。

《待诏臣安成未央术》一篇。

《臣寿周纪》七篇。项国圉人，宣帝时。

《虞初周说》九百四十三篇。河南人，武帝时将方士侍郎称为黄车使者。

《百家》一百三十九卷。

上述小说家书籍十五家，一千三百八十篇。

小说家者流[①]，盖出于稗官[②]。街谈巷语，道听涂说者之所造也。孔子曰："虽小道，必有可观者焉。致远恐泥[③]，是以君子弗为也。"然亦弗灭也。闾里小知者之所及[④]，亦使缀而不忘。如或一言可采，此亦刍荛狂夫之议也[⑤]。

【注释】

①小说家：战国、秦汉时期的一个学术流派。此派收集神话传说、志怪志人、街谈巷议、道听途说，编辑成书，自成一家，成为后代小说发展的先河。

②稗(bài)官：小官。古代王者欲知民间闾巷风俗，故立稗官，收集上报。后世稗官成了小说或小说家的代称。稗，细米为稗。

③致远恐泥：恐怕妨碍远大事业。泥，滞，阻碍。

④闾里：乡里。周制规定，在乡则五家为比，五比为闾。

⑤刍荛：割草打柴的人。刍，割草。荛，柴草。

【译文】

小说家学派，是从收集民间传说的小官中分离出来的。街道巷子里谈论的事，是道听途说得来的。孔子说：“虽然是小技艺，必定有其价值所在。不过成就远大事业，这种小技艺就有滞碍作用，因此君子不从事这些小技艺。”然而也不能杜绝这种小技艺。民间智慧不足的人所办的事，也应采集不忘。或者有一句话可以采纳，但毕竟是割草砍柴人的议论。

凡诸子百八十九家，四千三百二十四篇。出蹴鞠一家，二十五篇。

【译文】

以上总述了诸子之书共一百八十九家，四千三百二十四篇。删除蹴鞠一家，共二十五篇。

诸子十家，其可观者九家而已①。皆起于王道既微②，诸侯力政③。时君世主，好恶殊方，是以九家之术蜂出并作，各引一端，崇其所善，以此驰说，取合诸侯。其言虽殊，辟犹水火，相灭亦相生也。仁之与义，敬之与和，相反而皆相成也。《易》曰：“天下同归而殊涂，一致而百虑④。”今异家者各推所长，穷知究虑⑤，以明其指，虽有蔽短，合其要归，亦六经之支与流裔。使其人遭明王圣主，得其所折中，皆股肱之材已。仲尼有言：“礼失而求诸野。”方今去圣久远，道术缺废，无所更索⑥，彼九家者，不犹愈于野乎？若能修六艺之术，而观此九家之言，舍短取长，则可以通万方之略矣。

【注释】

①九家：儒、道、阴阳、法、名、墨、纵横、杂、农、小说为十家，去小说家即为九家。九家亦曰九流。

②王道：儒家以仁义治天下的一种政治统治术，与霸道相对。

③诸侯力政：指诸侯各自为政。

④一致而百虑：众多想法最后都归于一致。指趋向相同，没有分歧。语出《周易·系辞》。

⑤穷知究虑：充分发挥智慧才能。知，同“智”。

⑥更索：再求。

【译文】

诸子十家，其中值得谈论有价值的有九家而已。诸子之说都起于仁政已经衰败，诸侯致力于各自的政治之时。当时的各国国君和世代的贵族，好恶标准不同，因此九家的学说蜂起并行，各自坚持一个观点，推崇自己所长，以此奔走游说，迎合诸侯。他们的言论虽不同，好像水火一样不相容，但他们之间可以互相克灭也可以互相生成。仁爱与正义，严敬与和蔼，互相对立又都互相辅助。《易》说：“天下的同一个目的可通过不同的道路到达，一致的目标可以依据不同的想法来实现。”今天不同学派各自推崇自己的长处，穷尽智谋与想法，来阐明自己的宗旨，虽然各有弊病和缺点，但总括各派要旨，可知都是六经的分支和流派。假如这些人都遇到了英明的君主，采纳各派正确的建议、主张，那么他们就都成为国君的得力的辅佐大臣了。孔子说：“朝廷礼制泯灭就向民间去搜寻、索求。”当今之时，离圣世已经很远，治国之道和方法缺失已经很久，无处可寻了，这九家学派，不是胜过乡野吗？如果修习六艺的方法，再探求这九家的言论，舍短取长，就可以通晓治国之理了。

屈原赋二十五篇。楚怀王大夫，有列传。

唐勒赋四篇。楚人。

宋玉赋十六篇。楚人，与唐勒并时，在屈原后也。

赵幽王赋一篇。

庄夫子赋二十四篇。名忌，吴人。

贾谊赋七篇。

枚乘赋九篇。

司马相如赋二十九篇。

淮南王赋八十二篇。

淮南王群臣赋四十四篇。

太常蓼侯孔臧赋二十篇。

阳丘侯刘郾赋十九篇。

吾丘寿王赋十五篇。

蔡甲赋一篇。

上所自造赋二篇。

兒宽赋二篇。

光禄大夫张子侨赋三篇。与王褒同时也。

阳成侯刘德赋九篇。

刘向赋三十三篇。

王褒赋十六篇。

右赋二十家，三百六十一篇。

【译文】

屈原赋二十五篇。楚怀王大夫，有列传。

唐勒赋四篇。楚人。

宋玉赋十六篇。楚人，与唐勒同时，在屈原后。

赵幽王赋一篇。

庄夫子赋二十四篇。名忌，吴人。

贾谊赋七篇。

枚乘赋九篇。

司马相如赋二十九篇。

淮南王赋八十二篇。

淮南王群臣赋四十四篇。

太常蓼侯孔臧赋二十篇。

阳丘侯刘郾赋十九篇。

吾丘寿王赋十五篇。

蔡甲赋一篇。

今上所作赋二篇。

兒宽赋二篇。

光禄大夫张子侨赋三篇。与王褒同时。

阳成侯刘德赋九篇。

刘向赋三十三篇。

王褒赋十六篇。

上述赋共二十家，三百六十一篇。

陆贾赋三篇。

枚皋赋百二十篇。

朱建赋二篇。

常侍郎庄悤奇赋十一篇。枚皋同时。

严助赋三十五篇。

朱买臣赋三篇。

宗正刘辟彊赋八篇。

司马迁赋八篇。

郎中臣婴齐赋十篇。

臣说赋九篇。

臣吾赋十八篇。

辽东太守苏季赋一篇。

萧望之赋四篇。

河内太守徐明赋三篇。字长君，东海人。元、成世历五郡太守，有能名。

给事黄门侍郎李息赋九篇。

淮阳宪王赋二篇。

扬雄赋十二篇。

待诏冯商赋九篇。

博士弟子杜参赋二篇。

车郎张丰赋三篇。张子侨子。

骠骑将军朱宇赋三篇。

右赋二十一家，二百七十四篇。入扬雄八篇。

【译文】

陆贾赋三篇。

枚皋赋一百二十篇。

朱建赋二篇。

常侍郎庄怱奇赋十一篇。与枚皋同时。

严助赋三十五篇。

朱买臣赋三篇。

宗正刘辟彊赋八篇。

司马迁赋八篇。

郎中臣婴齐赋十篇。

臣说赋九篇。

臣吾赋十八篇。

辽东太守苏季赋一篇。

萧望之赋四篇。

河内太守徐明赋三篇。字长君，东海人。元帝、成帝间历任五郡太守，以才能名世。

给事黄门侍郎李息赋九篇。

淮阳宪王赋二篇。

扬雄赋十二篇。

待诏冯商赋九篇。

博士弟子杜参赋二篇。

车郎张丰赋三篇。张子侨子。

骠骑将军朱宇赋三篇。

上述赋二十一家，二百七十四篇。收入扬雄八篇。

孙卿赋十篇。

秦时杂赋九篇。

李思《孝景皇帝颂》十五篇。

广川惠王越赋五篇。

长沙王群臣赋三篇。

魏内史赋二篇。

东晦令延年赋七篇。

卫士令李忠赋二篇。

张偃赋二篇。

贾充赋四篇。

张仁赋六篇。

秦充赋二篇。

李步昌赋二篇。

侍郎谢多赋十篇。

平阳公主舍人周长孺赋二篇。

雒阳锜华赋九篇。

眭弘赋一篇。

别栩阳赋五篇。

臣昌市赋六篇。

臣义赋二篇。

黄门书者假史王商赋十三篇。

侍中徐博赋四篇。

黄门书者王广、吕嘉赋五篇。

汉中都尉丞华龙赋二篇。

左冯翊史路恭赋八篇。

右赋二十五家,百三十六篇。

【译文】

孙卿赋十篇。

秦朝时杂赋九篇。

李思《孝景皇帝颂》十五篇。

广川惠王刘越赋五篇。

长沙王群臣赋三篇。
魏内史赋二篇。
东暆令延年赋七篇。
卫士令李忠赋二篇。
张偃赋二篇。
贾充赋四篇。
张仁赋六篇。
秦充赋二篇。
李步昌赋二篇。
侍郎谢多赋十篇。
平阳公主舍人周长孺赋二篇。
洛阳锜华赋九篇。
眭弘赋一篇。
别栩阳赋五篇。
臣昌市赋六篇。
臣义赋二篇。
黄门书者假史王商赋十三篇。
侍中徐博赋四篇。
黄门书者王广、吕嘉二人赋共五篇。
汉中都尉丞华龙赋二篇。
左冯翊史路恭赋八篇。
上述赋共二十五家，一百三十六篇。

《客主赋》十八篇。
《杂行出及颂德赋》二十四篇。
《杂四夷及兵赋》二十篇。
《杂中贤失意赋》十二篇。

《杂思慕悲哀死赋》十六篇。

《杂鼓琴剑戏赋》十三篇。

《杂山陵水泡云气雨旱赋》十六篇。

《杂禽兽六畜昆虫赋》十八篇。

《杂器械草木赋》三十三篇。

《大杂赋》三十四篇。

《成相杂辞》十一篇。

《隐书》十八篇。

右杂赋十二家,二百三十三篇。

【译文】

《客主赋》十八篇。

《杂行出及颂德赋》二十四篇。

《杂四夷及兵赋》二十篇。

《杂中贤失意赋》十二篇。

《杂思慕悲哀死赋》十六篇。

《杂鼓琴剑戏赋》十三篇。

《杂山陵水泡云气雨旱赋》十六篇。

《杂禽兽六畜昆虫赋》十八篇。

《杂器械草木赋》三十三篇。

《大杂赋》三十四篇。

《成相杂辞》十一篇。

《隐书》十八篇。

上述杂家赋十二家,二百三十三篇。

《高祖歌诗》二篇。

《泰一杂甘泉寿宫歌诗》十四篇。

《宗庙歌诗》五篇。

《汉兴以来兵所诛灭歌诗》十四篇。

《出行巡狩及游歌诗》十篇。

《临江王及愁思节士歌诗》四篇。

《李夫人及幸贵人歌诗》三篇。

《诏赐中山靖王子哙及孺子妾冰未央材人歌诗》四篇。

《吴楚汝南歌诗》十五篇。

《燕代讴雁门云中陇西歌诗》九篇。

《邯郸河间歌诗》四篇。

《齐郑歌诗》四篇。

《淮南歌诗》四篇。

《左冯翊秦歌诗》三篇。

《京兆尹秦歌诗》五篇。

《河东蒲反歌诗》一篇。

《黄门倡车忠等歌诗》十五篇。

《杂各有主名歌诗》十篇。

《杂歌诗》九篇。

《雒阳歌诗》四篇。

《河南周歌诗》七篇。

《河南周歌声曲折》七篇。

《周谣歌诗》七十五篇。

《周谣歌诗声曲折》七十五篇。

《诸神歌诗》三篇。

《送迎灵颂歌诗》三篇。

《周歌诗》二篇。

《南郡歌诗》五篇。

右歌诗二十八家，三百十四篇。

【译文】

《高祖歌诗》二篇。

《泰一杂甘泉寿宫歌诗》十四篇。

《宗庙歌诗》五篇。

《汉兴以来兵所诛灭歌诗》十四篇。

《出行巡狩及游歌诗》十篇。

《临江王及愁思节士歌诗》四篇。

《李夫人及幸贵人歌诗》三篇。

《诏赐中山靖王子哙及孺子妾冰未央材人歌诗》四篇。

《吴楚汝南歌诗》十五篇。

《燕代讴雁门云中陇西歌诗》九篇。

《邯郸河间歌诗》四篇。

《齐郑歌诗》四篇。

《淮南歌诗》四篇。

《左冯翊秦歌诗》三篇。

《京兆尹秦歌诗》五篇。

《河东蒲反歌诗》一篇。

《黄门倡车忠等歌诗》十五篇。

《杂各有主名歌诗》十篇。

《杂歌诗》九篇。

《雒阳歌诗》四篇。

《河南周歌诗》七篇。

《河南周歌声曲折》七篇。

《周谣歌诗》七十五篇。

《周谣歌诗声曲折》七十五篇。

《诸神歌诗》三篇。

《送迎灵颂歌诗》三篇。

《周歌诗》二篇。

《南郡歌诗》五篇。

上述歌诗共二十八家，三百一十四篇。

凡诗赋百六家，千三百一十八篇。入扬雄八篇。

【译文】

总上所述，诗赋类书籍共一百零六家，一千三百一十八篇。收入扬雄八篇。

《传》曰[①]："不歌而诵谓之赋，登高能赋可以为大夫。"言感物造耑，材知深美[②]，可与图事，故可以为列大夫也。古者诸侯、卿大夫交接邻国，以微言相感[③]，当揖让之时，必称《诗》以谕其志，盖以别贤不肖而观盛衰焉。故孔子曰"不学《诗》，无以言"也。春秋之后，周道浸坏，聘问歌咏不行于列国，学《诗》之士逸在布衣[④]，而贤人失志之赋作矣。大儒孙卿及楚臣屈原离谗忧国[⑤]，皆作赋以风，咸有恻隐古诗之义[⑥]。其后宋玉、唐勒[⑦]，汉兴，枚乘、司马相如[⑧]，下及扬子云[⑨]，竞为侈丽闳衍之词[⑩]，没其风谕之义。是以扬子悔之，曰："诗人之赋丽以则，辞人之赋丽以淫。如孔氏之门人用赋也，则贾谊登堂，相如入室矣，如其不用何！”自孝武立乐府而采歌谣[11]，于是有代、赵之讴，秦、楚之风，皆感于哀乐，缘事而发，亦可以观风俗，知薄厚云。序诗赋为五种[12]。

【注释】

①《传》：疑指《毛诗·卫风·定之方中传》。此传有如下语：“建邦能命龟，田能施命，作器能铭，使能造命，升高能赋，师旅能誓，山川能说，丧纪能诔，祭祀能语。君子能此九者，可谓有德音，可以为大夫矣。”

②材知：才智。

③微言：隐语，暗示之语。

④逸在布衣：散见于百姓之中。

⑤孙卿：即荀况，战国赵人。学者尊之，称为“荀卿”，后避汉宣帝讳，改称孙卿。年五十始游学于齐，三为稷下祭酒，因遭谗去齐适楚，为兰陵令。屈原：战国楚人。楚怀王时任左徒，三闾大夫，主张联齐抗秦。后遭靳尚等人诬陷，被放逐，作《离骚》。顷襄王时再遭谗毁，谪于江南，后投汨罗江而死。离：同“罹”。遭受。

⑥恻隐：哀伤之意。

⑦宋玉：战国楚人。或说为屈原弟子。作品有《九辨》《招魂》《高唐赋》等。唐勒：楚人。与宋玉同时。

⑧枚乘：汉淮阴人。先后为吴王濞、梁孝王武文学侍臣，作品有《七发》等。司马相如：汉成都人。武帝时，因献赋被任为郎。作品有《子虚》《上林》等赋。

⑨扬子云：即扬雄。成帝时，献《甘泉》《河东》《羽猎》《长杨》四赋，拜为郎。

⑩侈丽闳衍：指诗词过分华丽，堆积辞藻。

⑪乐府：秦汉时设立的音乐官署。汉武帝时规模宏大，掌朝会宴

飨、道路游行时所用音乐，兼采民间诗歌乐曲。

⑫五种：指屈原以下二十家为写怀之赋，陆贾以下二十家为骋辞之赋，荀卿以下二十五家为阐理之赋，《客主赋》以下十二家为汉代之总集，《高祖歌诗》以下二十八家为歌诗。

【译文】

《传》说："不歌唱而是诵读就是赋，登高能作赋的可以做大夫。"意思是触景生情，才智高深，可以和他共同谋划事情，所以可以进入大夫之列。古代诸侯、卿大夫与邻国相来往，以微妙的语言感染对方，当应接酬对及举行典礼时，一定要引用《诗》句表达自己的意思，这是用来区别各人才智高下和国家兴盛衰败。所以孔子说"不学《诗》，就不知道怎样说话"。春秋以后，周朝的制度逐渐衰败，互派使者及歌乐诵诗不在各国通行，学《诗》的学者散布到民间，所以有才华而又不得志的学者的歌赋就出现了。大儒荀卿和楚臣屈原遭谗言而忧国，都作歌赋以劝告、讥刺当局，都含有哀伤古诗的内容。这以后的宋玉、唐勒，汉朝的枚乘、司马相如，以后到扬雄，争相使用华丽繁复的词句，失去了劝讽之义。因此扬雄懊悔这种局面的产生，说："古代的诗人的歌赋华美但有法度、有限制，而现在的辞人的歌赋华丽而过分铺张。如果孔氏门人作赋，那么贾谊就掌握了作赋的要领，司马相如的赋就更加精深了，只是孔氏门人不作赋罢了！"从孝武帝设立乐府来收集歌谣以后，于是出现了代、赵地区的歌曲，秦、楚地区的民歌，都是受到哀乐的影响，凭借事物来激发感情，可以观察风俗，了解风气的淳厚与轻薄。为以上的歌诗及赋排列，分为五种。

《吴孙子兵法》八十二篇。图九卷。

《齐孙子》八十九篇。图四卷。

《公孙鞅》二十七篇。

《吴起》四十八篇。有列传。

《范蠡》二篇。越王句践臣也。

《大夫种》二篇。与范蠡俱事句践。

《李子》十篇。

《娷》一篇。

《兵春秋》三篇。

《庞煖》三篇。

《兒良》一篇。

《广武君》一篇。李左车。

《韩信》三篇。

右兵权谋十三家，二百五十九篇。省伊尹、太公、《管子》《孙卿子》《鹖冠子》《苏子》、蒯通、陆贾、淮南王二百五十九种，出《司马法》入礼也。

【译文】

《吴孙子兵法》八十二篇。图九卷。

《齐孙子》八十九篇。图四卷。

《公孙鞅》二十七篇。

《吴起》四十八篇。有列传。

《范蠡》二篇。越王句践臣也。

《大夫种》二篇。与范蠡一起奉事句践。

《李子》十篇。

《娷》一篇。

《兵春秋》三篇。

《庞煖》三篇。

《兒良》一篇。

《广武君》一篇。李左车。

《韩信》三篇。

上述有关兵权谋略的共十三家，二百五十九篇。省掉了伊尹、太公、《管子》《孙卿子》《鹖冠子》《苏子》、蒯通、陆贾、淮南王二百五十九种，移《司马法》编入礼部。

权谋者，以正守国[①]，以奇用兵，先计而后战，兼形势，包阴阳[②]，用技巧者也。

【注释】

①以正守国：以正面的、堂堂正正的办法治国。

②包阴阳：包括对自然变化的认识和分析。

【译文】

兵权谋略，讲究以堂堂正正的方法治国，而采取出奇制胜的方法用兵，首先制订战略和作战计划，然后进行战斗，兼有形势家雷厉风行特长，包括阴阳家讲究天时、地利的用兵方法，也是注重使用兵器技巧的。

《楚兵法》七篇。图四卷。

《蚩尤》二篇。见《吕刑》。

《孙轸》五篇。图三卷。

《繇叙》二篇。

《王孙》十六篇。图五卷。

《尉缭》三十一篇。

《魏公子》二十一篇。图十卷。名无忌，有列传。

《景子》十三篇。

《李良》三篇。

《丁子》一篇。

《项王》一篇。名籍。

右兵形势十一家,九十二篇,图十八卷。

【译文】

《楚兵法》七篇。图四卷。

《蚩尤》二篇。见《吕刑》。

《孙轸》五篇。图三卷。

《繇叙》二篇。

《王孙》十六篇。图五卷。

《尉缭》三十一篇。

《魏公子》二十一篇。图十卷,名无忌,有列传。

《景子》十三篇。

《李良》三篇。

《丁子》一篇。

《项王》一篇。名籍。

上述有关兵形势的书籍十一家,九十二篇,图十八卷。

形势者①,雷动风举,后发而先至②,离合背乡③,变化无常,以轻疾制敌者也④。

【注释】

①形势:古代兵家术语。指战场上因敌我力量对比、指挥得力与否所形成的态势,或者说形成的某种局面。

②后发而先至:即后发制人,隐蔽自己的作战意图、军事力量,诱使敌人首先行动,待其暴露弱点后,再发动突然袭击,达到压倒敌

人、战胜敌人的目的。

③离合背乡：离，指分散兵力。合，指集中兵力。背，指向相反方向运动。乡，通“向”。指面对面进行。

④轻疾：轻装且快速。

【译文】

形势是随战场变化而进行用兵，后发而制人，进行集中兵力或分散力量，变化无常，凭借轻捷快速的特点来战胜敌人。

《太壹兵法》一篇。

《天一兵法》三十五篇。

《神农兵法》一篇。

《黄帝》十六篇。图三卷。

《封胡》五篇。黄帝臣，依托也。

《风后》十三篇。图二卷。黄帝臣，依托也。

《力牧》十五篇。黄帝臣，依托也。

《鵊冶子》一篇。图一卷。

《鬼容区》三篇。图一卷。黄帝臣，依托。

《地典》六篇。

《孟子》一篇。

《东父》三十一篇。

《师旷》八篇。晋平公臣。

《苌弘》十五篇。周史。

《别成子望军气》六篇。图三卷。

《辟兵威胜方》七十篇。

右阴阳十六家，二百四十九篇。图十卷。

【译文】

《太壹兵法》一篇。

《天一兵法》三十五篇。

《神农兵法》一篇。

《黄帝》十六篇。图三卷。

《封胡》五篇。黄帝臣,依托之作。

《风后》十三篇。图二卷。为黄帝臣。依托之作。

《力牧》十五篇。黄帝臣。依托之作。

《鹓冶子》一篇。图一卷。

《鬼容区》三篇。图一卷。为黄帝臣。依托之作。

《地典》六篇。

《孟子》一篇。

《东父》三十一篇。

《师旷》八篇。晋平公臣。

《苌弘》十五篇。周朝史官。

《别成子望军气》六篇。图三卷。

《辟兵威胜方》七十篇。

上述关于兵家阴阳的书共十六家,二百四十九篇。图十卷。

阴阳者①,顺时而发,推刑德②,随斗击③,因五胜④,假鬼神而为助者也①。

【注释】

①阴阳:指相生相克之事。

②推刑德:推测阴阳相生相克。阴阳家以刑为阴克,以德为阳生,附会五行生克之说。

③随斗击：观察星斗之变化而推测吉凶，排除灾害。击，同“觋(xí)”。

④五胜：五行相胜，即金胜木，木胜土，土胜水，水胜火，火胜金。

【译文】

阴阳，是讲究顺应天时而作战，推算星辰与日月的运行变化，随着星斗的转移而进攻，依据五行相克的方法，借用鬼神为助力。

《鲍子兵法》十篇。图一卷。

《伍子胥》十篇。图一卷。

《公胜子》五篇。

《苗子》五篇。图一卷。

《逢门射法》二篇。

《阴通成射法》十一篇。

《李将军射法》三篇。

《魏氏射法》六篇。

《强弩将军王围射法》五卷。

《望远连弩射法具》十五篇。

《护军射师王贺射书》五篇。

《蒲苴子弋法》四篇。

《剑道》三十八篇。

《手搏》六篇。

《杂家兵法》五十七篇。

《蹴鞠》二十五篇。

右兵技巧十三家，百九十九篇。省《墨子》，重入《蹴鞠》也。

【译文】

《鲍子兵法》十篇。图一卷。

《伍子胥》十篇。图一卷。

《公胜子》五篇。

《苗子》五篇。图一卷。

《逢门射法》二篇。

《阴通成射法》十一篇。

《李将军射法》三篇。

《魏氏射法》六篇。

《强弩将军王围射法》五篇。

《望远连弩射法具》十五篇。

《护军射师王贺射书》五篇。

《蒲苴子弋法》四篇。

《剑道》三十八篇。

《手搏》六篇。

《杂家兵法》五十七篇。

《蹴鞠》二十五篇。

上述有关兵技巧的书籍十三家，一百九十九篇。删除了《墨子》，重新编入了《蹴鞠》。

技巧者，习手足，便器械①，积机关②，以立攻守之胜者也。

【注释】

①便器械：灵活使用器械。

②积机关：熟练掌握装有机栝之弓弩，如强弩、连弩。积，习，习惯。

【译文】

论兵器使用的书，注重训练士兵手脚的灵活，得心应手使用兵器，熟习弓弩，以便确保攻防的成功。

凡兵书五十三家，七百九十篇，图四十三卷。省十家二百七十一篇，重入《蹴鞠》一家二十五篇，出《司马法》百五十五篇入礼也。

【译文】

兵书一共五十三家，七百九十篇，图四十三卷。删掉十家二百七十一篇，又收入《蹴踘》一家二十五篇，称出《司马法》一百五十五篇入礼。

兵家者，盖出古司马之职①，王官之武备也。《洪范》八政②，八曰师。孔子曰为国者"足食足兵"，"以不教民战，是谓弃之"，明兵之重也。《易》曰"古者弦木为弧，剡木为矢③，弧矢之利，以威天下"，其用上矣。后世耀金为刃，割革为甲，器械甚备。下及汤、武受命，以师克乱而济百姓，动之以仁义，行之以礼让，《司马法》是其遗事也④。自春秋至于战国，出奇设伏，变诈之兵并作。汉兴，张良、韩信序次兵法⑤，凡百八十二家，删取要用，定著三十五家。诸吕用事而盗取之⑥。武帝时，军政杨仆捃摭遗逸⑦，纪奏兵录，犹未能备。至于孝成，命任宏论次兵书为四种。

【注释】

①司马：官名。始于西周，后世沿置，掌军政、军赋。

②《洪范》:《尚书》中的篇名。洪范为天地大法之意。传说是商末箕子献于周武王的治国谋略,一说为战国时作品。

③弦木为弧,剡(yǎn)木为矢:使木弯曲,系以丝绳,使之成为弓;削尖木棍,使之成为箭。剡,削。

④《司马法》:书名。书中兼礼与兵两个主题。

⑤张良:字子房,传为城父(在今安徽亳州东南)人,西汉军事谋略家。封为留侯。

⑥诸吕:指吕后及吕禄、吕产诸兄弟。

⑦军政:亦作"军正",军中执法之官。杨仆:武帝时曾任御史、主爵都尉,后以楼船将军击南越,破东瓯,攻朝鲜。后因过失免为庶人。

【译文】

兵家,是从古代司马的官职中分离出来的,是国家武备不可缺少的。《尚书·洪范》有八种政事,第八种就是军事。孔子说治理国家就要"有充足的粮食和武备","让未经训练的百姓去作战,实际上就是抛弃他们",说明军事的重要性。《易》说"古人用丝绳系于木上使之弯为弓,削尖木棍为箭,用弓箭的威力来威镇天下",它的使用在上古时就已经开始了。后世熔化金属作锐利的兵器,割制皮革作铠甲,兵器非常完备。后来到商汤、周武王受天命建国,用军队制服暴乱救济百姓,用仁义教化百姓,用礼来约束人们行为,《司马法》就是这种思想遗留的表现。从春秋到战国,出奇兵,设埋伏,变幻欺诈的用兵方法纷纷出现。汉朝建立,张良、韩信整理兵法,共一百八十二家,删去繁冗的内容,收集可用之书,最终定为三十五家。吕氏集团专权时盗取。武帝时,军正杨仆收集散失兵书,整理上奏兵录,还是不够完备。到孝成帝时,任命任宏编纂兵书为四种。

《泰壹杂子星》二十八卷。

《五残杂变星》二十一卷。
《黄帝杂子气》三十三篇。
《常从日月星气》二十一卷。
《皇公杂子星》二十二卷。
《淮南杂子星》十九卷。
《泰壹杂子云雨》三十四卷。
《国章观霓云雨》三十四卷。
《泰阶六符》一卷。
《金度玉衡汉五星客流出入》八篇。
《汉五星彗客行事占验》八卷。
《汉日旁气行事占验》三卷。
《汉流星行事占验》八卷。
《汉日旁气行事占验》十三卷。
《汉日食月晕杂变行事占验》十三卷。
《海中星占验》十二卷。
《海中五星经杂事》二十二卷。
《海中五星顺逆》二十八卷。
《海中二十八宿国分》二十八卷。
《海中二十八宿臣分》二十八卷。
《海中日月彗虹杂占》十八卷。
《图书秘记》十七篇。
右天文二十一家，四百四十五卷。

【译文】

《泰壹杂子星》二十八卷。

《五残杂变星》二十一卷。

《黄帝杂子气》三十三篇。

《常从日月星气》二十一卷。

《皇公杂子星》二十二卷。

《淮南杂子星》十九卷。

《泰壹杂子云雨》三十四卷。

《国章观霓云雨》三十四卷。

《泰阶六符》一卷。

《金度玉衡汉五星客流出入》八篇。

《汉五星彗客行事占验》八卷。

《汉日旁气行事占验》三卷。

《汉流星行事占验》八卷。

《汉日旁气行事占验》十三卷。

《汉日食月晕杂变行事占验》十三卷。

《海中星占验》十二卷。

《海中五星经杂事》二十二卷。

《海中五星顺逆》二十八卷。

《海中二十八宿国分》二十八卷。

《海中二十八宿臣分》二十八卷。

《海中日月彗虹杂占》十八卷。

《图书秘记》十七卷。

上述天文方面书籍二十一家,四百四十五卷。

天文者,序二十八宿①,步五星日月,以纪吉凶之象,圣王所以参政也。《易》曰:"观乎天文,以察时变。"然星事凶悍,非湛密者弗能由也②。夫观景以谴形,非明王亦不能服听也。以不能由之臣,谏不能听之主,此所以两有患也。

【注释】

①二十八宿：古代天文学家把黄道（太阳和月亮所经天区）的恒星分为二十八个星座，称为二十八宿，四方各有七宿。东方苍龙：角、亢、氐、房、心、尾、箕；西方白虎：奎、娄、胃、昴、毕、觜、参；北方玄武：斗、牛、女、虚、危、室、壁；南方朱雀：井、鬼、柳、星、张、翼、轸。

②由：用。

【译文】

天文图书，排列二十八星宿的顺序，推算金、木、水、火、土五星和日月的运行，以便记载天空的吉凶星象，是圣人君主用来协助治理国家的。《易》说："观测天文，用来观察社会变化。"然而占星是危险的事，不是慎重精细的人不能办理。观察天上星宿变化景象用来责斥政治得失，非圣明国君不能接受。让不能用星事的大臣去劝告不能听从的国君，就会造成两方都有忧患。

《黄帝五家历》三十三卷。

《颛顼历》二十一卷。

《颛顼五星历》十四卷。

《日月宿历》十三卷。

《夏殷周鲁历》十四卷。

《天历大历》十八卷。

《汉元殷周谍历》十七卷。

《耿昌月行帛图》二百三十二卷。

《耿昌月行度》二卷。

《传周五星行度》三十九卷。

《律历数法》三卷。

《自古五星宿纪》三十卷。

《太岁谋日晷》二十九卷。

《帝王诸侯世谱》二十卷。

《古来帝王年谱》五卷。

《日晷书》三十四卷。

《许商算术》二十六卷。

《杜忠算术》十六卷。

右历谱十八家，六百六卷。

【译文】

《黄帝五家历》三十三卷。

《颛顼历》二十一卷。

《颛顼五星历》十四卷。

《日月宿历》十三卷。

《夏殷周鲁历》十四卷。

《天历大历》十八卷。

《汉元殷周谍历》十七卷。

《耿昌月行帛图》二百三十二卷。

《耿昌月行度》二卷。

《传周五星行度》三十九卷。

《律历数法》三卷。

《自古五星宿纪》三十卷。

《太岁谋日晷》二十九卷。

《帝王诸侯世谱》二十卷。

《古来帝王年谱》五卷。

《日晷书》三十四卷。

《许商算术》二十六卷。

《杜忠算术》十六卷。

上述历谱十八家，六百零六卷。

历谱者，序四时之位，正分至之节[①]，会日月五星之辰，以考寒暑杀生之实[②]。故圣王必正历数，以定三统服色之制[③]，又以探知五星日月之会。凶厄之患，吉隆之喜，其术皆出焉。此圣人知命之术也，非天下之至材，其孰与焉！道之乱也，患出于小人而强欲知天道者，坏大以为小，削远以为近，是以道术破碎而难知也。

【注释】

①分至之节：二十四节气。

②杀生：古代气象学术语。古气象家认为，一年四季之中，春天生物生长，夏天生物发育，秋天果实成熟，可以收割、摘取，冬天收藏。所以“生”代表春季，“杀”代表秋季。

③三统：古代历法术语，指夏、商、周三代的正朔。三代各据一统，夏正建寅，为人统，以正月为岁首。商正建丑，为地统，以十二月为岁首。周正建子，为天统，以十一月为岁首。汉代刘歆总述三代历法，作《三统历》。服色：古代新的王朝建立，均要确定车马祭牲的颜色。夏朝尚黑，商朝尚白，周朝尚赤，汉朝尚赤。服色制度往往与三统说相联系。

【译文】

历法图册之书，排列四季日行的方位，确定春分、秋分、冬至、夏至的节气，合拢日、月、金、木、水、火、土的时日，以便考察寒冬、暑夏、秋收、春长的实况。因此圣人必然确定历法标准，然后用来明确黑、白、赤三统循环的颜色制度，又可以用来探知五星与日月的合拢时间。凶险厄难之患，吉祥兴隆之喜，这其中避患与迎祥的方法都有。这就是圣人知晓天命的方法，不是天下最有才的人，谁能参与到这其中！社会制度的混乱，祸根是出于小人想强行通晓天道，破坏天道大体去从事小方术，削去远见变为短浅，因此天道整体零碎变得难以知道。

《泰一阴阳》二十三卷。

《黄帝阴阳》二十五卷。

《黄帝诸子论阴阳》二十五卷。

《诸王子论阴阳》二十五卷。

《太元阴阳》二十六卷。

《三典阴阳谈论》二十七卷。

《神农大幽五行》二十七卷。

《四时五行经》二十六卷。

《猛子闾昭》二十五卷。

《阴阳五行时令》十九卷。

《堪舆金匮》十四卷。

《务成子灾异应》十四卷。

《十二典灾异应》十二卷。

《钟律灾异》二十六卷。

《钟律丛辰日苑》二十二卷。

《钟律消息》二十九卷。

《黄钟》七卷。

《天一》六卷。

《泰一》二十九卷。

《刑德》七卷。

《风鼓六甲》二十四卷。

《风后孤虚》二十卷。

《六合随典》二十五卷。

《转位十二神》二十五卷。

《羡门式法》二十卷。

《羡门式》二十卷。

《文解六甲》十八卷。

《文解二十八宿》二十八卷。

《五音奇胲用兵》二十三卷。

《五音奇胲刑德》二十一卷。

《五音定名》十五卷。

右五行三十一家，六百五十二卷。

【译文】

《泰一阴阳》二十三卷。

《黄帝阴阳》二十五卷。

《黄帝诸子论阴阳》二十五卷。

《诸王子论阴阳》二十五卷。

《太玄阴阳》二十六卷。

《三典阴阳谈论》二十七卷。

《神农大幽五行》二十七卷。

《四时五行经》二十六卷。

《猛子闾昭》二十五卷。

《阴阳五行时令》十九卷。

《堪舆金匮》十四卷。

《务成子灾异应》十四卷。

《十二典灾异应》十二卷。

《钟律灾异》二十六卷。

《钟律丛辰日苑》二十二卷。

《钟律消息》二十九卷。

《黄钟》七卷。

《天一》六卷。

《泰一》二十九卷。

《刑德》七卷。

《风鼓六甲》二十四卷。

《风后孤虚》二十卷。

《六合随典》二十五卷。

《转位十二神》二十五卷。

《羡门式法》二十卷。

《羡门式》二十卷。

《文解六甲》十八卷。

《文解二十八宿》二十八卷。

《五音奇胲用兵》二十三卷。

《五音奇胲刑德》二十一卷。

《五音定名》十五卷。

上述五行类书籍三十一家，六百五十二卷。

五行者[①]，五常之刑气也[②]。《书》云“初一曰五行，次二曰羞用五事”[③]，言进用五事以顺五行也。貌、言、视、听、思心失，而五行之序乱，五星之变作，皆出于律历之数而分为一者也。其法亦起五德终始[④]，推其极则无不至。而小数家因此以为吉凶而行于世⑤，浸以相乱。

【注释】

①五行：指金、木、水、火、土五种物质。原为古代思想家概括说明世界万物的一种学说，后为术士利用推测吉凶，如看风水、行年推命等。

②五常：儒家以仁、义、礼、智、信为五常。五常，又称五行。刑：通“形”。

③五事：指貌、言、视、听、思。

④五德：五行（金、木、水、火、土）之德。相生相克、终而复始的循环变化为五德终始。

⑤小数家：指占卜算命一类方术之士。

【译文】

五行，是五常的外形之气。《书》说“第一是五行，第二是分别用貌、言、视、听、思五事”，是说进一步使用五事以通五行。容貌、表情、视觉、听视、思维不同于常态，五行的秩序就会混乱，五星的异常变化就会发生，所有这些变化都是从音律、历法的计算、推理中分离出的一部分。方法也起源于五行的循环变化，推演到极点则无所不至。而从事星命小术的人，根据这种方法判断吉凶，流行于社会，逐渐使之混乱起来。

《龟书》五十二卷。

《夏龟》二十六卷。

《南龟书》二十八卷。

《巨龟》三十六卷。

《杂龟》十六卷。

《蓍书》二十八卷。

《周易》三十八卷。

《周易明堂》二十六卷。

《周易随曲射匿》五十卷。

《大筮衍易》二十八卷。

《大次杂易》三十卷。

《鼠序卜黄》二十五卷。

《於陵钦易吉凶》二十三卷。

《任良易旗》七十一卷。

《易卦八具》。

右蓍龟十五家[①]，四百一卷。

【注释】

①蓍(shī)：多年生草本植物，我国古代多用其占卜。

【译文】

《龟书》五十二卷。

《夏龟》二十六卷。

《南龟书》二十八卷。

《巨龟》三十六卷。

《杂龟》十六卷。

《蓍书》二十八卷。

《周易》三十八卷。

《周易明堂》二十六卷。

《周易随曲射匿》五十卷。

《大筮衍易》二十八卷。

《大次杂易》三十卷。

《鼠序卜黄》二十五卷。

《於陵钦易吉凶》二十三卷。

《任良易旗》七十一卷。

《易卦八具》。

上述占卜类书籍十五家，四百零一卷。

蓍龟者，圣人之所用也。《书》曰："汝则有大疑，谋及卜筮。"《易》曰："定天下之吉凶，成天下之亹亹者[①]，莫善于蓍龟。"是故君子将有为也，将有行也，问焉而以言，其受命也如响[②]，无有远近幽深，遂知来物[③]。非天下之至精，其孰能与于此[④]！及至衰世，解于齐戒[⑤]，而娄烦卜筮[⑥]，神明不应。故筮渎不告[⑦]，《易》以为忌；龟厌不告，《诗》以为刺[⑧]。

【注释】

①亹亹（wěi）：勤勉。这里指深远之意。

②其受命也如响：显示吉凶时，其快如响随声。

③来物：当来之事。

④与（yù）：通"预"。

⑤解：通"懈"。齐：同"斋"。

⑥娄：屡。

⑦渎：懈怠，轻慢。

⑧刺：警惕。

【译文】

蓍草龟甲，是圣人用来卜筮吉凶的。《书》说："你如果有大的疑难问题，就要用蓍草龟甲来解决。"《易》说："确定天下的吉凶，促成天下兴盛的东西，没有比蓍草龟甲更好的了。"因此君子将要做事，将要到什么地方去，向蓍草龟甲询问，然后就显示吉凶，反应之速如回声跟随声音一样，不分远近隐避深藏，都可以满意地知道未来之事。不是天下最精明的人，谁又能办成这样的事呢！到了衰落的世道，对于斋戒懈怠了，并且频繁地使用占卦的方法，神明不应验了。因此，再三占卦，蓍草就不显吉凶，《易》对此很忌讳；卜问次数太多，龟甲不告之未来之事，《诗》对此加以讽刺。

《黄帝长柳占梦》十一卷。

《甘德长柳占梦》二十卷。

《武禁相衣器》十四卷。

《嚏耳鸣杂占》十六卷。

《祯祥变怪》二十一卷。

《人鬼精物六畜变怪》二十一卷。

《变怪诰咎》十三卷。

《执不祥劾鬼物》八卷。

《请官除祅祥》十九卷。

《禳祀天文》十八卷。

《请祷致福》十九卷。

《请雨止雨》二十六卷。

《泰壹杂子候岁》二十二卷。

《子赣杂子候岁》二十六卷。

《五法积贮宝臧》二十三卷。

《神农教田相土耕种》十四卷。

《昭明子钓种生鱼鳖》八卷。

《种树臧果相蚕》十三卷。

右杂占十八家，三百一十三卷。

【译文】

《黄帝长柳占梦》十一卷。

《甘德长柳占梦》二十卷。

《武禁相衣器》十四卷。

《嚏耳鸣杂占》十六卷。

《祯祥变怪》二十一卷。

《人鬼精物六畜变怪》二十一卷。

《变怪诰咎》十三卷。

《执不祥劾鬼物》八卷。

《请官除祆祥》十九卷。

《禳祀天文》十八卷。

《请祷致福》十九卷。

《请雨止雨》二十六卷。

《泰壹杂子候岁》二十二卷。

《子赣杂子候岁》二十六卷。

《五法积贮宝藏》二十三卷。

《神农教田相土耕种》十四卷。

《昭明子钓种生鱼鳖》八卷。

《种树臧果相蚕》十三卷。

上述杂占类书籍十八家，三百一十三卷。

杂占者，纪百事之象，候善恶之征[1]。《易》曰：“占事知来[2]。”众占非一，而梦为大，故周有其官[3]。而《诗》载熊罴虺蛇众鱼旐旟之梦[4]，著明大人之占，以考吉凶，盖参卜筮。《春秋》之说“祆”也[5]，曰：“人之所忌，其气炎以取之[6]，祆由人兴也。人失常则祆兴，人无衅焉，祆不自作。”故曰：“德胜不祥，义厌不惠。”桑穀共生[7]，太戊以兴[8]；雊雉登鼎[9]，武丁为宗。然惑者不稽诸躬，而忌訞之见，是以《诗》刺“召彼故老，讯之占梦”[10]，伤其舍本而忧末，不能胜凶咎也。

【注释】

①候：观察，等待。征：征兆。

②占事知来：《周易·系辞》之语。意为有事而占卦，预知未来之结果。

③周有其官：《周礼·春官》有圆梦之官，太卜掌三梦之法，又占梦中士二人，皆宗伯之属官。

④虺（huǐ）：古书中记载的一种毒蛇。此指画有虺图象的旗。旐（zhào）：古代画有龟蛇图象的旗。旟（yǔ）：古代画有鸟隼图象的旗。

⑤訞（yāo）：怪异，灾异。

⑥气炎：气焰。

⑦桑穀：桑木、穀木。穀，落叶乔木，也作“楮树”，可以造纸。

⑧太戊：商代国王，亦称天戊，太庚之子，雍己之弟，任用伊陟、巫咸治理国政而昌盛。

⑨雊（gòu）：雉鸣声。稚雊，为变异之兆。

⑩召彼故老，讯之占梦：出自《诗经·小雅·正月》。故老，元老大臣。讯，问。

【译文】

杂占，是记录各种事物的景象，期待善恶的验证。《易》说：“有事占问而知未来之事。”各类占卜很多，占梦是其中最主要的一种，所以周有占梦之官。《诗经》中记载了关于熊罴蛇鱼及龟蛇鸟隼的梦，显示圣人占梦之法，用来考察吉凶，不外乎参照龟甲蓍草占卜之法。《春秋》解释

“祅”说：“人忌讳的东西，由他的气焰招来灾祸，祅由人引起。人失去五常之德，祅就会出现，人没有缺点错误，祅不会自己兴起。”所以说：“德行克制不祥，正义制服叛逆。”所以说桑、榖一同生长，商王太戊反而能兴国；雉落在鼎器上叫，武丁反而被宗仰。然而疑惑的人不反省检查自身，反而畏惧与祅相见，因此《诗》用“召彼故老，讯之占梦”来讽刺周幽王，是忧虑国君放弃国家根本而对圆梦之事抓住不放，这是不能战胜灾难的。

《山海经》十三篇。
《国朝》七卷。
《宫宅地形》二十卷。
《相人》二十四卷。
《相宝剑刀》二十卷。
《相六畜》三十八卷。
右形法六家，百二十二卷。

【译文】

《山海经》十三篇。
《国朝》七卷。
《宫宅地形》二十卷。
《相人》二十四卷。
《相宝剑刀》二十卷。
《相六畜》三十八卷。
上述形法类书籍六家，一百二十二卷。

形法者①，大举九州之势以立城郭室舍②，形人及六畜骨法之度数、器物之形容以求其声气、贵贱、吉凶。犹律有长短,而各征其声,非有鬼神,数自然也。然形与气相首尾③,亦有有其形而无其气,有其气而无其形,此精微之独异也。

【注释】

①形法:即相法。形,相。相地、相宅、相人、相畜、相器物均为形法之家,后世的看风水、相面术,即由此发展演变而来。

②九州:上古中原行政区划。传说禹治水后划九州,有冀、兖、青、徐、扬、荆、豫、梁、雍。各家之说均有出入。实际上九州只是当时学者所知的九个地理区域。

③相首尾:相表里,相联系。

【译文】

相法,大的方面指出九州的形势,以便于建立内城外郭宫室房舍,相看人以及牲畜骨骼的形状、尺寸,器物的形貌,以探求声气、贵贱、吉凶。就像律管有长短,并各有相应的声调,没有鬼神支配,声律之数是自然形成的。然而外观与气质是互相联系的,也有具备外观而没有与外观相应的内在气质的,有内在气质而不具备外观的,这些都是精细微妙的特殊区别。

凡数术百九十家,二千五百二十八卷。

【译文】

上述总计,数术一类的书一百九十家,二千五百二十八卷。

数术者,皆明堂、羲和、史卜之职也①。史官之废久矣,其书既不能具,虽有其书而无其人。《易》曰:“苟非其人,道不虚行②。"春秋时鲁有梓慎,郑有裨灶,晋有卜偃,宋有子韦。六国时楚有甘公③,魏有石申夫,汉有唐都④,庶得粗觕⑤。盖有因而成易,无因而成难,故因旧书以序数术为六种⑥。

【注释】

①明堂:古代帝王宣明政教的地方。凡朝会、祭祀、庆赏、选士、养老、教学等大典,均在此举行。此指卜祭天地、宗庙等。羲和:传说中掌天文历法之官。关于他的记载,诸书各异。《史记·历书》《索隐》引《世本》曰黄帝时天文官。《尚书·胤征》曰夏朝仲康时天文官。史卜:史官和占卜之官。

②苟非其人,道不虚行:出自《周易·系辞》。意指没有真正掌握数术的人,道就不会虚泛表出现来。

③甘公:甘德。甘德与石申夫二人各写了一部天文学著作,合称《甘石星经》。

④唐都:汉初天文之官。司马迁曾学天官于唐都。

⑤粗觕(cū):大略。

⑥六种:指天文、历谱、五行、蓍龟、杂占、形法六类数术之书。

【译文】

天文、历法、五行、占卜之类的数术,皆职掌祭祀天地、宗庙,考订天文历法,记录史事、占卜。史官废除很久了,或是书不完整,或是有书而没有能正确运用数术的人。《易》说:"如果不是真正掌握数术的人,道就不会虚泛表现出来。"春秋时鲁国有梓慎,郑国有裨灶,晋国有卜偃,宋国有子韦。战国时楚国有甘公,魏国有石申夫,汉朝时有唐都,掌握得都很粗略。差不多有凭借就容易成功,无凭借就很难成功,因此依照旧书列数术为六种。

《黄帝内经》十八卷。

《外经》三十七卷。

《扁鹊内经》九卷。

《外经》十二卷。

《白氏内经》三十八卷。

《外经》三十六卷。

《旁篇》二十五卷。

右医经七家，二百一十六卷。

【译文】

《黄帝内经》十八卷。

《外经》三十七卷。

《扁鹊内经》九卷。

《外经》十二卷。

《白氏内经》三十八卷。

《外经》三十六卷。

《旁篇》二十五卷。

上述医经之书七家，二百一十六卷。

医经者，原人血脉、经络、骨髓、阴阳、表里[①]，以起百病之本[②]，死生之分，而用度箴石汤火所施[③]，调百药齐和之所宜[④]。至齐之德[⑤]，犹慈石取铁，以物相使。拙者失理，以愈为剧，以生为死。

【注释】

①原：推求。阴阳：此处阴阳为医学术语，是中医的理论基础。此

学说认为阴阳协调平衡是人体健康的根本，平衡一旦失去，就产生疾病，严重者可致死亡。

②起：扶持。

③箴：同“针”。针灸治病。石：石箴，又称砭石，此术今绝。汤：中药汤剂。火：烧灼、熏烤身体病区的一种治疗方法，如用艾叶炙烧。

④齐(jì)和：和药，配药。齐，同“剂”。

⑤至齐：至剂，最好的药剂。

【译文】

医经，是探求人的血脉、经络、骨髓、阴阳、表里，探求百病的根源、死亡与生存的界限，然后采用针灸、砭石、汤剂、火炙等办法，调制百药方剂达到舒缓的效果。最好的药方，作用就像磁石取铁，是使物质互相起作用。拙笨的人不懂其中的道理，把治愈视作艰难的事情，以挽救生命为不可能之事。

《五藏六府痺十二病方》三十卷。

《五藏六府疝十六病方》四十卷。

《五藏六府瘅十二病方》四十卷。

《风寒热十六病方》二十六卷。

《泰始黄帝扁鹊俞拊方》二十三卷。

《五藏伤中十一病方》三十一卷。

《客疾五藏狂颠病方》十七卷。

《金创瘲瘛方》三十卷。

《妇人婴儿方》十九卷。

《汤液经法》三十二卷。

《神农黄帝食禁》七卷。

右经方十一家，二百七十四卷。

【译文】

《五藏六府痹十二病方》三十卷。

《五藏六府疝十六病方》四十卷。

《五藏六府瘅十二病方》四十卷。

《风寒热十六病方》二十六卷。

《泰始黄帝扁鹊俞拊方》二十三卷。

《五藏伤中十一病方》三十一卷。

《客疾五藏狂颠病方》十七卷。

《金创瘲瘛方》三十卷。

《妇人婴儿方》十九卷。

《汤液经法》三十二卷。

《神农黄帝食禁》七卷。

上述经方之书十一家，二百七十四卷。

经方者[①]，本草石之寒温，量疾病之浅深，假药味之滋，因气感之宜，辩五苦六辛[②]，致水火之齐，以通闭解结，反之于平。及失其宜者，以热益热，以寒增寒，精气内伤，不见于外，是所独失也。故谚曰："有病不治，常得中医[③]。"

【注释】

①经方：上古相传之医方，后世皆不出其范围，故冠以经名。如《伤寒论》《金匮要略》等书中的方剂即为经方。

②五苦：黄连、苦参、黄芩、黄柏、大黄。六辛：干姜、附子、肉桂、吴萸、蜀椒、细辛。

③有病不治，常得中医：有病不治，常常胜过普通医生。

【译文】

经方，是根据草木矿物的寒温性质，测定疾病的轻重，凭借药物的滋养，用内气的感应，分辨药物的苦、辛，通过水煎、火制方剂，以便舒通闭塞瘀滞，使身体恢复平衡。后来，医者不能掌握此原理，用性热的药治热病，用性寒的药治寒症，导致体内精气损伤，体外还没有症状，这就是他们失败的原因。因此谚语说："有病不服药，比去看普通医生还要好。"

《容成阴道》二十六卷。

《务成子阴道》三十六卷。

《尧舜阴道》二十三卷。

《汤盘庚阴道》二十卷。

《天老杂子阴道》二十五卷。

《天一阴道》二十四卷。

《黄帝三王养阳方》二十卷。

《三家内房有子方》十七卷。

右房中八家，百八十六卷。

【译文】

《容成阴道》二十六卷。

《务成子阴道》三十六卷。

《尧舜阴道》二十三卷。

《汤盘庚阴道》二十卷。

《天老杂子阴道》二十五卷。

《天一阴道》二十四卷。

《黄帝三王养阳方》二十卷。

《三家内房有子方》十七卷。

上述房中术八家，一百八十六卷。

房中者[1]，情性之极，至道之际，是以圣王制外乐以禁内情，而为之节文[2]。《传》曰："先王之作乐，所以节百事也[3]。"乐而有节，则和平寿考[4]。及迷者弗顾，以生疾而陨性命。

【注释】

①房中：本指男女交合之事，房中术则为古代性生活与健康的医学理论与方法，其中包含了有益的养生长寿之道。

②节文：指节制过分淫乐的规定或措施。

③节百事：指节制和规范人们的思想和行为。

④和平寿考：和顺、和协、健康长寿。考，老。

【译文】

男女房事，是情感的极点，常理的界限，因此圣明的君主制定外在娱乐之事来限制房事，并写出节制欢乐的规定。《传》记载："先王作乐曲，其目的是为了节制百事。"欢乐有了节制，就可以心情稳定，长寿不老。到后来沉迷者不顾，招来疾病甚至伤害了性命。

《宓戏杂子道》二十篇。

《上圣杂子道》二十六卷。

《道要杂子》十八卷。

《黄帝杂子步引》十二卷。

《黄帝岐伯按摩》十卷。

《黄帝杂子芝菌》十八卷。

《黄帝杂子十九家方》二十一卷。
《泰壹杂子十五家方》二十二卷。
《神农杂子技道》二十三卷。
《泰壹杂子黄冶》三十一卷。
右神仙十家，二百五卷。

【译文】

《宓戏杂子道》二十篇。
《上圣杂子道》二十六卷。
《道要杂子》十八卷。
《黄帝杂子步引》十二卷。
《黄帝岐伯按摩》十卷。
《黄帝杂子芝菌》十八卷。
《黄帝杂子十九家方》二十一卷。
《泰壹杂子十五家方》二十二卷。
《神农杂子技道》二十三卷。
《泰壹杂子黄冶》三十一卷。
上述神仙之书十家，二百零五卷。

神仙者①，所以保性命之真，而游求于其外者也。聊以荡意平心，同死生之域，而无怵惕于胸中②。然而或者专以为务，则诞欺怪迂之文弥以益多，非圣王之所以教也。孔子曰："索隐行怪，后世有述焉，吾不为之矣。"

【注释】

①神仙：古代注重炼功养生者具有健康长寿之体，有异于常人的气

度和神采，即被称为神仙。《天隐子·神仙》云："神仙亦人也。"

②怵(chù)惕：戒惧。

【译文】

所谓神仙，是为了保持生命的长生不老，向外界寻求办法的人。依赖清洗意念平和心意，把死与生看作没有区别的事，心中毫无死亡的畏惧。然而有的人专门从事寻求长生的活动，因而荒诞欺诈、怪异迂腐的说法更加增多，这不是圣王所教导的内容。孔子说："求索隐暗怪异的事，虽然后世有记载，但我不做这些事。"

凡方技三十六家，八百六十八卷。

【译文】

所有医学、占卜、天文、相法的方技类书有三十六家，八百六十八卷。

方技者，皆生生之具[①]，王官之一守也。大古有岐伯、俞拊，中世有扁鹊、秦和，盖论病以及国，原诊以知政。汉兴有仓公[②]。今其技术暗昧，故论其书，以序方技为四种[③]。

【注释】

①生生：产生新的事物。

②仓公：汉代名医。姓淳于，名意。

③四种：指方技有医经、经方、神仙、房中四种。

【译文】

方技是变化或产生新生事物所具备的，又是设立的一个官职。太古有岐伯、俞拊，中世有扁鹊、秦和，都是通过讨论疾病而推及国事好坏，探求脉搏又能知道政事美恶。汉朝初建后有仓公。现在这些方技都已暗昧不清，因而在此对这些方技书加以评论，列为四种。

大凡书，六略三十八种，五百九十六家，万三千二百六十九卷。入三家，五十篇，省兵十家。

【译文】

上述所有的书，共六略三十八种，五百九十六家，一万三千二百六十九卷。编入三家，五十篇，删掉兵书。

汉书·诸侯王表序

【题解】

班固死时，《汉书》尚有八表及《天文志》未竟，前者由其妹班昭补作，后者由马续协助班昭编写，此《序》即出自班昭之手。文章简明扼要地记述了周、西汉分封诸侯王国的历史及其对王朝统治的巩固作用，认为分封制并让诸侯拥有一定势力就能使王朝统治长治久安。作者的目的是想借鉴历史的经验教训，以资于治。文章以朝代为线索，层次分明，结构清晰，文笔典雅，颇具文采。

昔周监于二代[①]，三圣制法[②]，立爵五等[③]，封国八百，同姓五十有余。周公、康叔建于鲁、卫[④]，各数百里；太公于齐，亦五侯、九伯之地[⑤]。《诗》载其制曰："介人惟藩[⑥]，大师惟垣[⑦]，大邦惟屏[⑧]，大宗惟翰[⑨]。怀德惟宁，宗子惟城[⑩]。毋俾城坏，毋独斯畏！"所以亲亲贤贤，褒表功德，关诸盛衰，深根固本，为不可拔者也。故盛则周、召相其治，致刑错[11]，衰则五伯扶其弱[12]，与共守。自幽、平之后，日以陵夷，至乎厄陋河、洛之间[13]，分为二周；有逃责之台[14]，被窃铁之言[15]。然天下谓之共主，强大弗之敢倾。历载八百余年，数极德尽，既于王赧，降为庶人，用天年终。号位已绝于天下，尚犹枝叶相持，莫得居其虚位，海内无主，三十余年。

【注释】

①监：通"鉴"。二代：指夏、商。

②三圣：指周文王、周武王、周公旦。

③立爵五等：周立五等爵位，说法不一，按《礼记·王制》为公、侯、伯、子、男。

④周公、康叔建于鲁、卫：指周公长子伯禽封于鲁，武王弟康叔封于卫。

⑤五侯：五等诸侯。九伯：九州之长。

⑥介：甲士。指披甲之人，也即卿士掌军事者。

⑦大师：三公。

⑧大邦：大国诸侯。

⑨大宗：王之同姓嫡子。

⑩宗子：按宗法制，长子为宗子。

⑪错：废弃。

⑫五伯：即五霸，其说不一。较通行说法为汉赵岐《孟子·告子下》注，即齐桓、晋文、秦穆、宋襄、楚庄。

⑬厄(è)：狭隘。陋(qū)：倾斜，道路不平。

⑭责：同"债"。

⑮窃铁(fū)：指窃取王权。此处意为周朝王室衰微，政令不行于天

下,即使有铁钺也无处可用,和私窃隐藏无异。铁,指铁钺,王者以为威,用以斩戮。

【译文】

从前周朝初年有鉴于夏、商两代制度的缺失,文王、武王和周公制定法令,设立公、侯、伯、子、男五等爵位,大封诸侯达八百余国,其中周的同姓子弟封侯的就有五十多个。周公长子伯禽封于鲁国、武王的弟弟康叔封于卫国,两国的面积都各有数百里;太公吕望的封地齐国,在诸侯的封国中也是极为显赫重要的地方。《诗经》中对周代的分封制度有这样记载:"任用卿士作为国家的藩篱,任用三公作为墙垣,任用诸侯作为屏障,任用宗室作为栋梁。推崇仁义以求和平,依靠宗子来维系国家的统治。不要使国家毁坏,君王千万不要疏远众人而导致力量单弱,这是最可怕的事啊!"所以亲近宗室,任用贤人,赞美奖励有功德的人,关系到国家盛衰和国家统治基础的巩固,是不可废弃的。因此,在周代兴盛时有周公、召公辅政,到后来法制废弃,周开始衰弱,仍有五霸扶助,共同维持统治。自周幽王、周平王以后,日益衰落,周王室领土仅局限于黄河、洛水之间几百里,周代由此划分为西周、东周;周王室贫弱,向诸侯求取财物,于是建逃债台,政令不行,被指责为窃取王权。然而仍被称为天下共主,诸侯国势力再强大也不敢推翻它。这样一共过了八百多年,气数方尽,到周赧王时,被降为平民,得享天年。至此,周已失去天子之位,然而残存的宗室仍互相扶持,没有人能代替周天子的地位,天下无主,达三十余年。

秦据势胜之地,骋狙诈之兵[①],蚕食山东[②],壹切取胜。因矜其所习,自任私知,姗笑三代[③],荡灭古法,窃自号为皇帝。而子弟为匹夫[④],内亡骨肉本根之辅,外亡尺土藩翼之卫,陈、吴奋其白梃,刘、项随而毙之。故曰,周过其历[⑤],秦不及期[⑥],国势然也。以上周、秦封建。

【注释】

①狙(jū):狡诈。

②山东:战国、秦、汉时称崤山或华山以东为山东,也指战国时秦以外的六国。

③姗:讥讽。

④匹夫:独夫。匹,单独。

⑤周过其历:武王克商,卜世三十,年七百,后来周历三十六世,八百六十七年,故曰已过其历数。

⑥秦不及期:秦始皇以自己为一世,以后则二世、三世,至于万世,传之无穷,不料至二世而亡,故曰不到预算的日期。

【译文】

后来,秦国占据有利的地形,四处出兵,逐步吞灭六国,所向无敌。于是日益自傲,肆意妄行而自以为明智,讥笑夏、商、周的制度,废除古制,自称皇帝。然而其后世子孙势力单薄,国家内无亲兄弟的辅弼,外无任何藩国护卫,一旦陈胜、吴广揭竿起义,接着项羽、刘邦相继起兵,秦就迅速灭亡了。所以说,周的统治时间超过了预测的历数,而秦没能达到期望的年岁,是国中各种力量的形势导致的。以上讲周、秦的分封建土。

汉兴之初,海内新定,同姓寡少,惩戒亡秦孤立之败,于是剖裂疆土,立二等之爵[①]。功臣侯者百有馀邑,尊王子弟,大启九国。自雁门以东,尽辽阳,为燕、代;常山以南,太行左转,度河、济,渐于海,为齐、赵;穀、泗以往[②],奄有龟、蒙[③],为梁、楚;东带江、湖,薄会稽[④],为荆、吴[⑤];北界淮濒,略庐、衡[6]，为淮南；波汉之阳[7]，亘九嶷[8]，为长沙。诸侯比境，周匝三垂[9]，外接胡、越。天子自有三河、东郡、颍川、南阳[10]，自江陵以西至巴、蜀，北自云中至陇西，与京师内史凡十五郡，公主、列侯颇邑其中。而藩国大者夸州兼郡，连城数十，宫室百官同制京师，可谓挢枉过其正矣[11]。虽然，高祖创业，日不暇给，孝惠享国又浅，高后女主摄位，而海内晏如[12]，亡狂狡之忧，卒折诸吕之难，成太宗之业者，亦赖之于诸侯也。以上汉初分封之大。

【注释】

①立二等之爵：汉初封功臣，大者为王，小者为侯。

②瀔：瀔水，在今江苏砀山南，睢水支流，也叫砀水。泗：泗水，发源于今山东泗水陪尾山，古时泗水流经今山东曲阜鱼台、江苏徐州，至洪泽湖畔龙集附近入淮。

③龟、蒙：皆为山名。在今山东境内。

④会稽：山名。在今浙江绍兴东南。相传禹会诸侯江南计功，故名。一名防山，又名栋山。

⑤荆、吴：汉高帝六年（前201），设荆国，十年（前197），更名吴。

⑥庐、衡：庐山、衡山。

⑦波（bì）汉之阳：即循汉水北岸而往。波，沿，顺着。阳，水北曰阳。

⑧亘：极。九嶷：山名。在今湖南宁远南。

⑨三垂：指北、东、南三面。

⑩三河：指河东、河南、河内。

⑪挢（jiǎo）：纠正。

⑫晏如：安宁，安定。

【译文】

汉初，天下刚刚安定，宗室同姓子弟很少，接受秦朝宗室孤立而灭亡的教训，分封诸王、侯。功臣封侯的有百余人，宗室子弟被封国为王的有九个。自雁门以东直到辽阳，为燕国、代国；常山以南，沿太行山左转，渡过黄河、济水，直至海，是齐国、赵国；穀水、泗水以上，包括龟山、蒙山在内，是梁国、楚国；东边环绕长江、洞庭湖，直至会稽山，是荆、吴；北接淮水，与庐山、衡山交界，是淮南；沿汉水北岸直至九嶷山，是长沙。北、东、南三面都有诸侯国接界，侯国之外又与胡、越相连。汉天子，自有三河、东郡、颍川、南阳，自江陵以西至巴、蜀，北自云中至陇西，加上京师内史，共十五郡，其中还杂有不少公主、列侯的封国和食邑。而王国中大的却横跨几州，同时辖数郡、数十个县，宗室子弟以及朝廷百官，共同制约着京师天子，可说是矫枉过正了。即使这样，当汉高祖初建帝业，政务繁忙，汉惠帝在位极短，而吕后以女子身份摄政之时，天下仍然安定，没有大患，后来又消灭诸吕的势力，迎立汉文帝，这一切凭借的也还是诸侯王的力量。以上讲汉初分封之大。

然诸侯原本以大，末流滥以致溢，小者淫荒越法，大者睽孤横逆①，以害身丧国。故文帝采贾生之议分齐、赵，景帝用晁错之计削吴、楚，武帝施主父之册②，下推恩之令，使诸侯王得分户邑以封子弟，不行黜陟，而藩国自析。自此以来，齐分为七③，赵分为六④，梁分为五⑤，淮南分为三⑥。皇子始立者，大国不过十余城。长沙、燕、代虽有旧名，皆亡南北边矣⑦。景遭七国之难，抑损诸侯，减黜其官⑧。武有衡山、淮南之谋⑨，作左官之律⑩，设附益之法⑪，诸侯惟得衣食税租，不与政事。以上诸侯渐以削弱。

【注释】

①睽(kuí)孤:《周易·睽卦》九四爻辞曰"睽":"睽孤,遇元夫。"睽孤,乖戾之意。

②主父:即主父偃,临淄(今山东临淄)人。劝说武帝令诸侯推"私恩",把王国土地的一部分分给子弟为列侯,王国势力自弱。

③齐分为七:即齐、城阳、济北、济南、淄川、胶西、胶东。

④赵分为六:即赵、常山、清河、中山、广川、河间。

⑤梁分为五:即梁、济川、济东、山阳、济阴。

⑥淮南分为三:即淮南、衡山、庐江。

⑦长沙、燕、代虽有旧名,皆亡南北边矣:按颜师古注,长沙之南更置郡,燕、代以北更置缘边郡,其所有饶利兵马器械,三国皆失之也。

⑧"景遭七国之难"几句:按颜师古注,指改丞相曰相,省御史大夫、廷尉、少府、宗正、博士,减损大夫、谒者、诸官长丞员等。

⑨武:汉武帝。衡山:衡山王刘赐。淮南:淮南王刘安。

⑩左官之律:应劭曰:"人道上右,今舍天子而仕诸侯,故谓之左官也。"汉时依上古法,朝廷之列以右为尊,故谓降秩为"左迁",仕诸侯为"左官"。

⑪附益之法:张晏曰:"律郑氏说,封诸侯过限曰附益。或谓阿媚王侯,有重法也。"

【译文】

诸侯最初地位颇为重要,后来诸侯数量过多而不能节制,小则荒淫违法,大则强横谋逆,以致贻害自身又危害国家。因此汉文帝采纳贾谊"众建诸侯"的建议,将齐国、赵国分开为诸多小国;汉景帝用晁错"削藩策",削夺吴、楚等七国诸王封土;汉武帝施行主父偃的建议,下"推恩令",允许诸侯王推"私恩"把王国土地、人口的一部分分给子弟为列侯,不用罢免诸侯王,而王国势力已自然削弱。从这以后,齐国分为七个小国，赵国分为六个小国，梁国分为五个小国，淮南国分为三个小国。即使刚册立的皇子，封国大的也不过有十余县。长沙国、燕国、代国，虽然名称依旧，但因地处南、北边境地方的饶利险要等各种好处都不再有了。汉景帝遭受七国叛乱，于是压制诸侯，减免其官。汉武帝时又有衡山王、淮南王谋反，武帝于是颁布“左官律”和“附益法”，使诸侯王只能从封国收取税租以供衣食，而不可参与政事。以上讲诸侯渐渐削弱。

至于哀、平之际，皆继体苗裔，亲属疏远，生于帷墙之中，不为士民所尊，势与富室亡异。而本朝短世，国统三绝[①]，是故王莽知汉中外殚微，本末俱弱，亡所忌惮，生其奸心。因母后之权[②]，假伊、周之称[③]，颛作威福[④]。庙堂之上不降阶序[⑤]，而运天下。诈谋既成，遂据南面之尊，分遣五威之吏[⑥]，驰传天下，班行符命。汉诸侯王厥角稽首[⑦]，奉上玺韨[⑧]，惟恐在后，或乃称美颂德，以求容媚，岂不哀哉！是以究其终始强弱之变，明监戒焉。以上汉末宗藩之衰。

【注释】

①国统三绝：汉代成帝、哀帝、平帝皆早死无嗣。

②母后：此指太皇太后王氏。

③伊：伊尹，名挚，商汤臣。佐汤伐夏桀，被尊为阿衡（宰相）。汤死后，孙太甲破坏商汤法制，伊尹将他放逐到桐宫，三年后迎之复位。周：周公，名旦，武王弟。武王死，子成王幼，周公辅政。伊尹、周公两人都曾摄政，后常并称，指主持国政的大臣。

④颛：通“专”。

⑤阶序：谓东、西阶。

⑥五威之吏：王莽遣五威将帅，颁符令于天下。五威，指每一将各

置左、右、前、后中五帅，衣冠、军服、驾马，各如其方色数。

⑦厥角稽首：厥角，顿首。稽首，首至地也。皆古时对人所行较隆重的礼节。

⑧韨(fú)：系玺的丝带。

【译文】

到了汉哀帝、平帝时，诸侯王都不过是汉初诸王的后代，与天子的关系更加疏远了，生长于普通屋舍中，不受人尊敬，地位与一般富户没有什么差别。而几代皇帝都在位时间不长，汉成帝、哀帝、平帝都早崩无嗣，因此王莽看出汉朝已内外衰弱，无所忌惮，产生篡权之心。凭借太皇太后王氏的权力，自比伊尹、周公，名为辅政，专作威福，朝廷上实则专权，独断朝政。篡权成功后，又自立为帝，分遣五威将帅，颁行新的符命，传令天下。原来汉朝的诸侯王，纷纷争先恐后地前往拜见并交上侯王印玺，有的甚至对王莽歌功颂德，以求宠幸，这难道不是太可悲了吗！因此，我在这里列出诸侯王表，以推究汉代诸侯王的起始、结束以及由强转弱的变化，使后人明白其中的教训，作为借鉴。以上讲汉末宗藩的衰落。

汉书・货殖传序

【题解】

《汉书・货殖传》实是东周至秦、汉间商人们的列传，作者立足于正统的农本立场，叙述了各代商人趋利行为的演变，认为多数人“犯奸成富”，颇为“伤化败俗”。

本文是《货殖传》前的序文。文章赞颂了三代治政“道之以德、齐之以礼”，人民“有耻而且敬，贵谊而贱利”，同时批判后世人心不古，士农工商不处所宜、往往谋财弃义的社会状况。认为这系列社会问题和贫富差别的形成的原因完全在于商人。至此，作者提出应当以法度来限制商业活动，使人民归于其位，守于其德。

昔先王之制，自天子、公侯、卿大夫、士，至于皂隶、抱关、击柝者[①]，其爵禄、奉养、宫室、车服、棺椁、祭祀、死生之制，各有差品，小不得僭大，贱不得逾贵。夫然，故上下序而民志定。于是辩其土地、川泽、丘陵、衍沃、原隰之宜[②]，教民种树畜养；五谷六畜及至鱼鳖、鸟兽、雚蒲、材干、器械之资[③]，所以养生送终之具，靡不皆育，育之以时，而用之有节。草木未落，斧斤不入于山林[④]；豺獭未祭[⑤]，罝网不布于壄泽[⑥]；鹰隼未击[⑦]，矰弋不施于徯隧[⑧]。既顺时而取物，然犹山不茬蘖[⑨]，泽不伐夭[⑩]，蝝鱼麛卵[⑪]，咸有常禁。所以顺时宣气，蕃阜庶物，稸足功用[⑫]，如此之备也。然后四民因其土宜，各任智力，夙兴夜寐，以治其业，相与通功易事，交利而俱赡，非有征发期会，而远近咸足。故《易》曰："后以财成辅相天地之宜，以左右民"[⑬]，"备物致用，立成器以为天下利，莫大乎圣人"，此之谓也。《管子》云[⑭]："古之四民不得杂处。"士相与言仁谊于闲宴，工相与议技巧于官府，商相与语财利于市井，农相与谋稼穑于田野，朝夕从事，不见异物而迁焉。故其父兄之教，不肃而成，子弟之学，不劳而能，各安其居而乐其业，甘其食而美其服，虽见奇丽纷华，非其所习，辟犹戎翟之与於越[⑮]，不相入矣。是以欲寡而事节，财足而不争。于是在民上者，道之以德，齐之以礼，故民有耻而且敬，贵谊而贱利，此三代之所以直道而行[⑯]，不严而治之大略也。以上前生寡欲足财，民无争心。

【注释】

①皂隶:古代士以下服劳役者,后来官府之杂役亦称皂隶。抱关:守门者。击柝(tuò):指守夜击木以报时。

②衍:地平衍者。沃:水之所灌沃也。原隰:广平曰原,地湿曰隰。

③萑(huán):同“萑”,草名。即“荻”。

④草木未落,斧斤不入于山林:按颜师古注,《礼记·月令》云:“季秋之月,草木黄落,乃伐薪为炭。”

⑤豺獭未祭:按颜师古注,《礼记·王制》云:“獭祭鱼,然后渔人入泽梁(梁,指鱼梁,水中筑的用来捕鱼的堰);豺祭兽,然后田猎。”《礼记·月令》云:“孟春之月,獭祭鱼,季秋之月,豺乃祭兽戮禽。”

⑥罝(jū)网:捕兔网。埜:古“野”字。

⑦鹰隼未击:《礼记·月令》载:孟秋之月,鹰乃祭鸟,始用行戮弋缴射。

⑧矰(zēng)弋:此意为用拴着丝绳的箭射鸟。徯(xī)隧:径道,小路。徯,同“蹊”。

⑨茬(chá):用刀或斧从树侧边砍木。蘖(niè):旁出嫩枝。

⑩夭:指草木之方长未成者也。

⑪蝝(yuán):未生翅的幼蝗。麛(mí)卵:泛指鸟兽未长成者。麛,幼鹿。卵,鸟卵。

⑫稸(xù):同“畜”。

⑬后以财成辅相天地之宜,以左右民:为《周易·泰卦》象辞。后,君也。左右,即佐佑,助也。言王者资财用以成教,赞天地之化育以救助其庶众也。

⑭《管子》:相传为管仲所著之书。

⑮辟:通“譬”。比如,打比方。戎:我国西部的少数民族。翟:通“狄”。我国北方的一个少数民族。於(wū)越:南方民族名。

⑯直道而行：谓以德礼率下，不饰伪。

【译文】

从前先王立下规矩，从天子、公侯、卿大夫、士，直到皂隶、守门、击柝的杂役，他们在爵禄、奉养、宫室、车服、棺椁、祭祀以及生死等各方面的制度，都各有品级、差别，爵位小的不能越过大的，地位低的不能超过高的。由于这样，才上下有序，民心安定。然后，又辨明土地、江河湖泊和丘陵中平坦肥沃适于耕作的地方，教人们耕种、畜养动物，从五谷六畜，到鱼鳖鸟兽，以及芦荻、香蒲、木材、器械等各种材料，一切生死所需的物品，没有不加以繁育培养的，而且按季节生息培育，并有节制地使用它们。不到秋天草木黄落时，不许入山伐木烧炭；不到渔猎的季节，田野湖泊中不许放置捕鱼兽的网；不到射猎的季节，不准在小路上用箭射取飞鸟。已经顺应天时而收获，还仍不许在山中砍伐树木嫩枝，不许在沼泽中采伐初生草木，对幼小的鱼、鸟、兽，也有常禁，不许渔猎。因此顺应时气，万物繁盛，畜养充足，功用齐全。然后四方百姓各自根据当地水土条件，充分发挥智慧、力量，夙兴夜寐，治理产业，并互相交换产品，各得其利而不匮乏，不需要征发或定期集会而远近物资都充足。因此《易经》上说："君王应凭借财用推广教化，充分利用天地间的有利条件来救助百姓"，"储备百物而极其功用，运用技能制成器物以便利天下，没有谁比圣人更能做到这一点了"，说的就是这个道理。《管子》中曾这样说："上古时，士农工商不许杂处。"士相互在悠闲的宴会上谈论仁义道德，工相互在官府作坊中探讨工艺技巧，商相互在市井中议论财物利益，农相互在田野里商量如何耕种庄稼，每日从早到晚都专心本行，不是本行业的东西都不看，因此能各专其事不转业改动。所以他们长辈的教导，不需格外严厉已取得成效，后代子弟的学业技能，不用特别训练就已掌握了，人们各自安居乐业，满足于自己的饮食和穿着，即使见到绮丽繁华的东西，也不熟悉习惯，就好像西北的戎狄和南方的於越之间不能互相接纳一样。因此嗜欲少而事不烦，财用足而民不争。

于是君王再用道德来引导，用礼仪来规范他们的行为，因此百姓懂得廉耻和恭敬，推崇仁义而不看重财利，这就是夏、商、周三代能够直道而行、不严而治的根本原因。以上讲史前寡欲足财，民无争心。

及周室衰，礼法堕[1]，诸侯刻桷丹楹[2]，大夫山节藻棁[3]，八佾舞于庭[4]，《雍》彻于堂[5]。其流至于士庶，人莫不离制而弃本，稼穑之民少，商旅之民多，谷不足而货有余。

【注释】

①堕(huī)：毁坏。

②诸侯：此指鲁桓公。桷(jué)：方形的椽子。楹：柱。

③大夫：此指鲁国大夫臧文仲。山：刻为山形。节：即栭(ér)，柱顶上支持屋梁的方木。藻：谓刻镂为水藻之文。棁(zhuō)：梁上的短柱。

④八佾(yì)舞于庭：此指鲁国大夫季氏用八佾，是为越礼。事见《论语·八佾》。佾，古代乐舞行列，一行八人为一佾。周礼，天子用八，诸侯用六，大夫四，士二。

⑤《雍》彻于堂：公元前537年，鲁国大夫季氏、叔孙氏、孟孙氏三家四分公室，以雍乐撤食。《雍》，乐名。为古时撤膳时所奏。彻，同“撤”。

【译文】

到后来，周王室衰弱，诸侯中如鲁桓公、大夫如臧文仲等的宫殿屋舍都雕梁画栋，用朱红色涂柱子，鲁大夫季氏家中的舞乐越礼使用天子专用的八佾，鲁三家撤食时奏天子撤膳用的《雍》乐。越礼之风流传影响到士和平民，百姓纷纷背离古制、抛弃本业，耕作务农的人减少，改行经商的人增多，粮食不足而流通中的财货有余。

陵夷至乎桓、文之后[①]，礼谊大坏，上下相冒[②]，国异政，家殊俗，耆欲不制，僭差亡极[③]。于是商通难得之货，工作亡用之器，士设反道之行，以追时好而取世资。伪民背实而要名，奸夫犯害而求利，篡弑取国者为王公，圉夺成家者为雄桀[④]。礼谊不足以拘君子，刑戮不足以威小人。富者木土被文锦，犬马余肉粟，而贫者裋褐不完[⑤]，含菽饮水。其为编户齐民[⑥]，同列而以财力相君，虽为仆虏，犹亡愠色。故夫饰变诈为奸轨者，自足乎一世之间；守道循理者，不免于饥寒之患。其教自上兴，繇法度之无限也[⑦]。故列其行事，以传世变云。以上后世上下尚利，法度无限。

【注释】

①陵夷：衰落。桓、文：指齐桓公、晋文公。

②冒：犯。

③僭(jiàn)：超越本分。极：止。

④圉：按颜师古注，谓禁守其人。

⑤裋(shù)褐：谓褐布竖裁，为劳役之服，短而且狭。泛指粗陋短窄的衣服。

⑥编户：谓平民编入户口册者。齐民：即平民。

⑦繇(yóu)：通"由"。

【译文】

周室衰落直到齐桓公、晋文公以后，礼义崩坏，以下犯上，各诸侯国制度不一，风俗相异，对嗜欲不加节制，僭位越礼的行为层出不穷，没有尽头。于是商人只贩卖珍稀货物，工匠只作不实用的玩赏器具，士人行事也违背道义，以追逐时尚迎合世人喜好。奸诈小人不顾事实、违法害人以求名利，篡位弑君的人成为王公，依靠武力建立基业的人号称雄杰。礼义道德甚至不能约束君子，刑法杀戮也不能威慑小人。富人连宫室屋舍也挂满彩绣锦缎，养的狗、马常常剩下米、肉吃不完，而穷人连完好的粗陋短衫都穿不上，喝的是水，吃的只有菽豆。他们同样都是国家的普通编户平民，但却凭借财力来决定谁能辅助君王、掌管国事，对这一点，即使是仆奴，也没有丝毫不满与愤怒。因此那些善于伪饰、权变机诈而犯法作乱的人，一生都能自足；而遵守道义、规则的人，却不能免于饥寒的忧患。这样一种教化从君王朝廷开始兴起，是由于法律制度对它没有进行限制的缘故。因此在这里列出这些商贾的行事，把世事的变迁传述给后人。以上讲后世上下尚利，法度没有限制。

汉书·西域传赞

【题解】

《汉书》纪、传的结尾部分有“赞”文，约等于一个总评。此为班固始创，以后《后汉书》《晋书》等沿用。本文即是《汉书·西域传》的结束语。作者对汉初特别是汉武帝时期穷兵黩武，开拓四边，取各方珍宝以为自娱，穷奢极欲，造成国力空虚、百姓反抗的事实进行了比较大胆的揭露。文章认为，对西域各国不该直接进行高压的军事统治，而应推行羁縻政策。

赞曰：孝武之世，图制匈奴，患其兼从西国，结党南羌①，乃表河西②，列四郡③，开玉门④，通西域⑤，以断匈奴右臂，隔绝南羌、月氏⑥。单于失援⑦，由是远遁，而幕南无王庭⑧。

【注释】

①南羌：即西羌，因其在匈奴之南，故称南羌。

②河西：大致相当于今之甘肃省。

③四郡：河西四郡，汉武帝时置，即武威、酒泉、张掖、敦煌。

④玉门：即玉门关。在敦煌城西北，因古于阗美玉经由此关运抵中原而得名，与阳关同扼西域入中原门户。

⑤西域：西汉以来，玉门关、阳关以西，即今新疆及中亚地区，被称为西域，武帝时始通，西域诸国皆在匈奴之西，乌孙之南，东接汉之玉门、阳关，西至葱岭，东西六千余里，南北千余里。

⑥月氏（zhī）：西域国名。有大月氏、小月氏。

⑦单（chán）于：匈奴王。

⑧幕（mò）：通“漠”。沙漠。王庭：单于所在曰王庭。

【译文】

赞说：汉武帝时，企图遏制匈奴，担心匈奴笼络联合西域诸国及南部的西羌，于是在西北边境设置河西四郡，开玉门关，沟通西域，以隔断匈奴与羌人、月氏的联系，沉重打击了匈奴右部。匈奴单于失去援助，于是向西北溃走远徙，从此漠南不再有匈奴王庭。

遭值文、景玄默，养民五世，天下殷富，财力有馀，士马强盛。故能睹犀布、玳瑁则建珠厓七郡①，感枸酱、竹杖则开牂柯、越巂②，闻天马、蒲陶则通大宛、安息③。自是之后，明珠、文甲、通犀、翠羽之珍盈于后宫④，蒲梢、龙文、鱼目、汗血之马充于黄门⑤，巨象、师子、猛犬、大雀之群食于外囿⑥。殊方异物，四面而至，于是广开上林，穿昆明池⑦，营千门万户之宫，立神明、通天之台⑧，兴造甲、乙之帐⑨，落以随珠和璧⑩。天子负黼依⑪，袭翠被⑫，冯玉几⑬，而处其中。设酒池肉林以飨四夷之客⑭，作巴俞、都卢、海中砀极、漫衍、鱼龙、角抵之戏以观视之⑮。及赂遗赠送⑯，万里相奉，师旅之费，不可胜计。至于用度不足，乃榷酒酤[17]，管盐铁，铸白金，造皮币，算至车船[18]，租及六畜。民力屈[19]，财力竭，因之以凶年，寇盗并起，道路不通。直指之使始出[20]，衣绣杖斧，断斩于郡国，然后胜之。是以末年遂弃轮台之地，而下哀痛之诏[21]，岂非仁圣之所悔哉！且通西域，近有龙堆[22]，远则葱岭[23]，身热、头痛、县度之厄[24]。淮南、杜钦、扬雄之论[25]，皆以为此天地所以界别区域，绝外内也。《书》曰“西戎即序”[26]，禹既就而序之，非上威服致其贡物也。

【注释】

①玳瑁(dài mào)：动物名。似龟，背面呈褐色和淡黄色相间的花纹，甲片可作装饰品，也可入药。建珠厓七郡：汉武帝元鼎年间，在南越、西瓯之地设珠厓、儋耳、南海、苍梧、郁林、合浦等七郡。珠厓，在今海南省。

②枸(jǔ)酱、竹杖：枸，亦作“蒟”，蒟树如桑，其椹长二三寸，味如醋酸，取其实为酱可以调食。竹杖，即邛竹杖。二者俱产于蜀中。牂(zāng)柯：牂柯郡，治今贵州黄干西。越嶲(xí)：越嶲郡，治今四川西昌东南。

③天马：武帝得大宛汗血马，名曰天马。蒲陶：即葡萄。汉前陇西就已有，至张骞通西域，始传入内地。大宛：西域国名。其地在今中亚细亚。安息：国名。其地在今伊朗。

④文甲：即玳瑁。通犀：犀角中间色白通于两角者。

⑤蒲梢、龙文、鱼目、汗血：四种骏马之名。黄门：即宫门。

⑥囿(yòu)：皇家畜养禽兽的园地。

⑦昆明池：在今陕西长安西南，武帝时所凿，用以习水军。

⑧神明：台名。在建章宫内。通天：台名。在甘泉宫内。

⑨甲、乙之帐：所造帐幕不只一个，故以甲、乙次第为名。

⑩落：通“络”。随珠：随侯之珠。和璧：卞和之璧。此意为珍贵的珠玉。

⑪天子负黼依：依，通“扆(yǐ)”。黼扆，状如屏风，以绛为质，高八尺，东西当户牖之间，屏风上绣为斧纹。背靠黼扆南面而坐为天子之位。

⑫袭：加衣，重衣。被(pī)：穿在或披在身上。

⑬冯：同“凭”。依靠。

⑭飨(xiǎng)：用酒食招待人。

⑮巴俞：乐名。巴俞之人即赉人，本从汉高祖定三秦有功，劲锐善舞，高祖喜观之，因令乐人习之，名巴俞之乐。巴，州名。俞，水名。皆属四川。都卢：原为国名，在南海一带。《太康地志》载：“其人善缘高。”此指一种杂记。砀(dàng)极：乐名。漫衍：即张衡《西京赋》中所谓“巨兽百寻，是为漫衍也”，为汉杂戏名。鱼龙：汉杂戏名。为贪利之兽，先戏于庭，及毕，乃入殿前化成比目鱼，跳跃漱水作雾障日，毕，化作黄龙八丈，出水敖戏于庭，炫耀日光。角抵：即角觝，为古代一种杂技，类今之摔跤。传说起源于战国，汉武帝元封三年(前108)作角抵戏，两两相当角力，角技艺射御。

⑯赂遗(wèi)：赠送财物。

⑰榷：专营，专卖。

⑱算：指算缗，汉代赋制之一。武帝元狩四年(前119)初算缗钱，商人及手工业者自报其所有各以货值，以缗钱二千为一算，诸作有租及铸，以缗钱四千为一算。

⑲屈(jué)：竭，尽。

⑳直指之使：即绣衣直指。汉武帝时，民间起事者众，御史中丞督捕犹不能止，因使光禄大夫范昆、诸辅都尉及故九卿张德等衣绣

衣，持斧仗节，兴兵镇压，号直指使者。直指，谓处事无所阿私。

㉑是以末年遂弃轮台之地，而下哀痛之诏：武帝末年，自悔，征和四年（前89），拒绝在轮台（今新疆轮台）屯田远戍，并下《罪己诏》自责。

㉒龙堆：白龙堆，即新疆天山南路。

㉓葱岭：古代对今帕米尔高原和昆仑山、天山西段的统称，汉代属西域都护统辖。

㉔身热、头痛、县度：皆西域之山名。厄：狭窄，险要之地。

㉕淮南：此指淮南王刘安。

㉖西戎即序：语见《尚书·禹贡》："织皮：昆仑，析支、渠、搜，西戎即叙。"按《十三经注疏》云："此戎在荒服之外，流沙之内。《牧誓》云：'武王伐纣，有羌髳从之。'此是羌髳之属，禹皆就次。叙美禹之功远及戎狄，故记之也。"序，也作"叙"，次。

【译文】

而这一时期中，汉文帝、汉景帝都崇尚黄老的"无为而治"，自汉高祖、惠帝、吕后至文、景一连五世推行"与民休息"政策，国家殷富，财力有余，兵强马壮。因此，为能看到犀布、玳瑁，便设置珠厓等七郡；有感于蜀中的枸酱、竹杖，则设置牂柯、越巂郡；听说西域产天马、葡萄，就交通大宛、安息。从此以后，明珠、玳瑁、通犀、翠羽之类的珍宝，充盈后宫；蒲梢、龙文、鱼目、汗血等各种宝马，满列宫门；巨象、狮子、猛犬、大雀等珍禽异兽，大量畜养于皇家苑囿。四方珍奇之物从各地纷纷而来，于是又开上林苑，凿昆明池，营建规模庞大的宫殿；筑神明台、通天台，造甲、乙等帐幕，环绕以珍稀的珠玉。天子背靠黼扆，外着翠披，倚着玉几居于其中，设酒池、肉林以招待四方远客，又创巴俞乐、都卢、海中砀极乐、漫衍、鱼龙、角抵等杂戏观赏娱乐。甚至于不远万里赠送财物，来往路途花费不计其数。以致后来国家用度不足，于是又榷酒酤，管盐铁，铸银钱，造皮币，连民间的车船、六畜都要收纳赋税。百姓贫乏，国用空虚，接着又遇上荒年，国内寇盗四起，道路不通。武帝不得不派出直指使者，身着绣衣，持斧仗节，巡视郡国各地决断判斩，这样才平定了各地动乱。因此，武帝末年拒绝在轮台屯田远戍，并下《罪己诏》自责，这难道不是仁德智慧的天子对上述种种做法感到了后悔吗！况且在交通西域的沿途，近有龙堆，远则有葱岭，以及身热、头痛、县度等山岭作为要塞险阻，淮南王安、杜钦、扬雄等发表议论，都认为这是天地用来界别区域、隔绝内外的。《尚书》上说“西戎前来请求加入国家，按次序在朝堂上排列”，禹不久就前往为他们列序，这样做并不是天子使他们威服以求得他们贡献方物。

西域诸国，各有君长，兵众分弱，无所统一，虽属匈奴，不相亲附。匈奴能得其马畜旃罽①，而不能统率与之进退。与汉隔绝，道里又远，得之不为益，弃之不为损。盛德在我，无取于彼。故自建武以来②，西域思汉威德，咸乐内属。唯其小邑鄯善、车师③，界迫匈奴，尚为所拘，而其大国莎车、于阗之属④，数遣使置质于汉，愿请属都护⑤。圣上远览古今，因时之宜，羁縻不绝⑥，辞而未许。虽大禹之序西戎，周公之让白雉⑦，太宗之却走马⑧，义兼之矣，亦何以尚兹！

【注释】

①旃罽(zhān jì)：毡一类的毛织物。

②建武：东汉光武帝年号。

③鄯善、车师：国名。皆在今新疆境内。

④莎车：国名。今新疆之莎车县。于阗：国名。今新疆之和田县。

⑤都护：此指西域都护，为汉驻西域之官名。督护各国，以并护南北道，故号都护。

⑥羁縻：羁，马笼头。縻，牛纼。喻联络、维系。

⑦周公之让白雉：周成王时，越裳氏重九译而献白雉。成王问周公，公曰："德不加焉，则君子不享其质；政不施焉，则君子不臣其远。吾何以获此物也！"

⑧太宗之却走马：汉文帝时，有人献千里马，不受，还之，赐道路费。

【译文】

西域各国，各有君长，百姓和军队都四处散居而力量不强，无法统一，虽然被匈奴控制，却没有紧密依附它。匈奴能够获得他们畜养的马匹以及毛织物，却不能统率他们与自己共同进退。况且西域与汉朝交通隔绝，路途又远，汉朝得到它没有什么益处，失去它也没有什么损害。是否施予盛大的恩德取决于我朝，而我汉朝并不需要从它那里得到什么。因此，自光武帝以来，西域诸国追慕汉朝的威仪恩德，都乐意归附。只除了鄯善、车师等小国，因为靠近匈奴还为其控制，其他大国例如莎车、于阗等，屡次遣使到汉朝赠送礼物，希望能请求附属于西域都护。当今天子纵观古今，按时代形势制定适宜的政策，仅维持联系不断，而谢绝了各国的礼物。即使是大禹序西戎、周公让白雉、汉文帝推辞不受千里马，所蕴含的道义也都是如此，又有哪一点能超过当今的这一做法呢！

汉书·叙传

【题解】

此篇乃班固完成《汉书》后写的跋文，大体是对班氏家史的概述，文末对所以著述《汉书》以及该书所涉范围等基本情况作了介绍。班氏先祖为楚令尹子文之后，秦、汉之际，为边地豪强，从五世祖班长起，逐渐由富而贵，担任起官吏。曾祖班况之女为汉成帝婕妤，家累千金，官至左曹越骑都尉。大伯祖班伯，通晓诗文，曾任定襄太守、水衡都尉。二伯祖班斿与刘向典校秘书，家有赐书（秘书副本）。祖班稚，哀帝时为广平相。父班彪与从兄嗣共游学，好古之士自远方至，扬子云以下莫不登门造访，又官至望都长，是个著名的学者。班固所著《汉书》分为帝纪、表、志、传，共一百篇，载述起于汉高祖，终于王莽鸩杀汉平帝，历十二世，共二百三十年间事。

班氏之先，与楚同姓，令尹子文之后也。子文初生，弃于梦中①，而虎乳之。楚人谓乳“穀”，谓虎“於檡”②，故名穀於檡，字子文。楚人谓虎“班”，其子以为号。秦之灭楚，迁晋、代之间，因氏焉。

【注释】

①梦：指云梦泽。

②於檡（wū tú）：也作“於菟”。虎的别名。

【译文】

班氏的祖先，和楚国国君同姓，是楚国令尹子文的后代。子文刚出生时，被丢弃在云梦泽中，而有虎去给他哺乳。楚人称哺乳为穀，称虎为“於檡”，因此给他取名穀於檡，字子文。楚人称虎为“班”，他的儿子斗班也用“班”作为自称。秦国灭楚国后，就迁到晋国和代国之间，于是开始以“班”作为姓。

始皇之末，班壹避坠于楼烦①，致马、牛、羊数千群。值汉初定，与民无禁②，当孝惠、高后时，以财雄边，出入弋猎，旌旗鼓吹，年百余岁，以寿终。故北方多以“壹”为字者。

【注释】

①楼烦：汉县名。县治在今山西宁武。

②与(yù)：赞许，帮助。

【译文】

秦始皇末年，班壹为避灾祸而移居楼烦，得畜养马、牛、羊数千群。又值汉朝初定天下，鼓励百姓恢复生产，不加禁止，因而在惠帝、吕后时期，班壹凭借财力称雄边郡，出入射猎时旌旗飞扬，伴以鼓乐吹奏，一直活到一百多岁才寿终。因此北方有很多人用“壹”作为自己的名字。

壹生孺。孺为任侠，州郡歌之。孺生长，官至上谷守。长生回，以茂材为长子令[①]。回生况，举孝廉为郎[②]，积功劳，至上河农都尉[③]。大司农奏课连最，入为左曹越骑校尉。成帝之初，女为倢仔[④]。致仕就第，赀累千金[⑤]，徙昌陵[⑥]。昌陵后罢，大臣名家皆占数于长安[⑦]。以上子文至况。

【注释】

①茂材：汉代令州郡察吏民举用人才的一种科目，即秀才，因避光武帝讳，称茂材。武帝元封五年(前106)始举茂材。长子：今山西长子。

②举孝廉：本为汉选举官吏的两种科目名。孝，指孝子。廉，指廉洁之士。汉武帝元光元年(前134)初，令郡国举孝廉各一人，州举秀才，郡举孝廉。

③上河：地名。农都尉：典农事之官。

④倢仔：也作“婕妤”。汉之女官名。

⑤赀(zī)：同“资”。

⑥昌陵：汉成帝之陵，后改为县，在今陕西临潼东。

⑦占数：占度也，自隐度家之口数而著名籍也。

【译文】

壹生孺。班孺为人仗义行侠，整个州郡的人都对他极为称颂。孺生长，为官至上谷郡守。长生回，被州中举秀才，封为长子县令。回生况，被郡举孝廉，封为郎，又多次立功，官至上河农都尉。大司农将他连年所建功德上奏朝廷，得以入朝封为左曹越骑校尉。成帝初年，他的女儿被封为倢伃。班况后来辞官归家，资产积累价值千金，迁居昌陵。昌陵后来废弃不用，大臣显贵都私自隐瞒家中人口数目而著名籍于长安。以上子文至班况。

况生三子：伯、斿、穉。伯少受《诗》于师丹。大将军王凤荐伯宜劝学，召见宴昵殿①，容貌甚丽，诵说有法，拜为中常侍。时，上方乡学，郑宽中、张禹朝夕入说《尚书》《论语》于金华殿中②，诏伯受焉。既通大义，又讲异同于许商，迁奉车都尉。数年，金华之业绝，出与王、许子弟为群，在于绮襦纨绔之间③，非其好也。

【注释】

①宴昵殿：亲戚饮宴会同之殿。

②金华殿：在未央宫。

③绮襦纨绔：均贵戚子弟之服。

【译文】

班况生了三个儿子，即伯、斿、穉。班伯年少时从师丹学习《诗经》。大将军王凤向朝廷推荐班伯，认为他适于担任鼓励勤学的职务，成帝在宴昵殿召见了他，伯仪容相貌极为清俊，吟诵讲述很有法度，被封为中常侍。这时成帝刚开始仰慕学术，郑宽中、张禹每天早晚入宫在金华殿中为成帝讲授《尚书》《论语》，帝又下诏令伯为之授业。班伯已经通晓大义，又为许商讲述其异同，升为奉车都尉。几年后，在金华殿授业事毕，出宫与宗室外戚子弟为群，身处贵戚子弟中，不是班伯所喜好的。

家本北边，志节慷慨，数求使匈奴。河平中①，单于来朝，上使伯持节迎于塞下。会定襄大姓石、李群辈报怨②，杀追捕吏。伯上状，因自请愿试守期月。上遣侍中中郎将王舜驰传代伯护单于，并奉玺书印绶，即拜伯为定襄太守。定襄闻伯素贵，年少，自请治剧，畏其下车作威③，吏民竦息。伯至，请问耆老父祖故人有旧恩者，迎延满堂，日为供具④，执子孙礼，郡中益弛。诸所宾礼皆名豪，怀恩醉酒，共谏伯宜颇摄录盗贼，具言本谋亡匿处。伯曰："是所望于父师矣⑤。"乃召属县长吏，选精进掾史⑥，分部收捕，及它隐伏，旬日尽得。郡中震栗，咸称神明。岁余，上征伯。伯上书愿过故郡上父祖冢。有诏，太守、都尉以下会⑦，因召宗族，各以亲疏加恩施，散数百金。北州以为荣，长老纪焉⑧。道病中风，既至，以侍中、光禄大夫养病，赏赐甚厚，数年未能起。

【注释】

①河平：汉成帝年号（前28—前25）。

②定襄：郡名。属今山西及内蒙古之地。

③下车：《礼记·乐记》载："武王克殷反商，未及下车而封黄帝之后于蓟。"后称初即位或到任为下车。

④供具：酒食之具。

⑤父师：齿为诸父，尊之如师，故曰父师。

⑥精进：精明而趋进。掾（yuàn）史：分曹治事的属吏、胥吏。自汉以来，中央及各州县皆置掾史，如廷掾、狱掾、佐史、令史等。

⑦会：同赴其所。

⑧长老：年高之人的通称。

【译文】

其祖籍本在北方边郡，志向气节慷慨不凡，几次请求出使匈奴。成帝河平年间，匈奴单于前来朝汉，帝派遣班伯持节在塞下迎接。时值定襄大姓石、李等人怀怨起兵，杀了追捕的官吏。伯呈上奏状，自请希望能任定襄郡守一月。帝派遣侍中中郎将王舜飞马传诏代替伯护送单于，并奉圣旨、印绶，封伯为定襄太守。定襄郡人听说伯年少有为、爵位显赫，自己请求治理危乱事繁的地方，害怕他一到任就作法威严，官民都为之恐惧、肃然。伯到定襄后，邀请问候故旧亲友长辈，迎聚满堂，每天供以酒食，自己持子孙的礼节相待，郡中众人渐渐有所松懈。伯所邀请礼待的，都是郡中的显贵豪强，感怀恩德，饮酒渐醉，都建议伯应该广为拘捕审录起事的盗贼，并详细告诉他主谋之人和隐藏的地方。伯答道："还期望各位父师多加帮助。"于是召见郡中各县长吏，选拔精明肯干的各曹掾史，分部收捕，十日之中连同其他一些隐伏势力，尽数捕获。郡中震恐，都称颂伯为神明。一年有余，成帝下诏征伯入朝。伯上书说希望能经过故郡，为先人上坟祭祀。帝下诏允许太守、都尉以下的班氏宗族同赴其所，伯于是召集宗族，分别按亲疏施加恩惠，分发财物达数百金。北方各州的人都以此为荣，由年高有德者记录下来。伯在入京途中患病中风，入朝后，受侍中、光禄大夫的秩俸而在家养病，帝对他赏赐很丰厚，但伯却一连几年都没有病愈。

会许皇后废[①]，班倢伃供养东宫[②]，进侍者李平为倢伃，而赵飞燕为皇后，伯遂称笃[③]。久之，上出过临候伯，伯惶恐，起眂事[④]。

【注释】

①许皇后：汉成帝后。

②东宫:此指汉成帝母。

③笃:病重。

④眂(shī):同“视”。察看。

【译文】

又值这时许皇后被废,班倢伃自请退处东宫侍奉太后,成帝又升侍者李平为倢伃,立赵飞燕为皇后,伯于是自称病重不能入朝。时间既久,成帝于是出宫探望伯,伯惊惶恐惧,开始起来处理公务。

自大将军薨后①,富平、定陵侯张放、淳于长等始爱幸②,出为微行,行则同舆执辔;入侍禁中,设宴饮之会,及赵、李诸侍中皆引满举白③,谈笑大噱④。时乘舆幄坐⑤,张画屏风,画纣醉踞妲己作长夜之乐。上以伯新起,数目礼之,因顾指画而问伯:“纣为无道,至于是乎?”伯对曰:“《书》云‘乃用妇人之言’⑥,何有踞肆于朝。所谓众恶归之,不如是之甚者也。”上曰:“苟不若此,此图何戒?”伯曰:“‘沉湎于酒’,微子所以告去也⑦;‘式号式呼’⑧,《大雅》所以流连也。《诗》《书》淫乱之戒,其原皆在于酒。”上乃喟然叹曰:“吾久不见班生,今日复闻谠言⑨!”放等不怿⑩,稍自引起更衣⑪,因罢出。时,长信庭林表适使来⑫,闻见之。

【注释】

①大将军:指王凤。

②富平:张放封为富平侯。定陵侯:淳于长之封号。

③引满举白:谓引取满觞而饮,饮讫举觞告白尽否。

④噱(jué):大笑。

⑤乘舆：皇帝用的器物，后即用作皇帝的代称。汉蔡邕《独断》上记载："车马衣服器械百物曰乘舆……天子至尊，不敢渫渎言之，故托之于乘舆……或谓之车驾。"幄（wò）：木帐。

⑥乃用妇人之言：语见《今文尚书》之《泰誓》。

⑦微子：纣之庶兄，见纣无道，作诰告箕子、比干而去。

⑧式：句首语气词。

⑨谠（dǎng）言：善言，直言。

⑩怿（yì）：高兴。

⑪更衣：如厕。

⑫长信：宫名。林表：宫中女官名。

【译文】

从大将军王凤死后，富平侯张放、定陵侯淳于长等人开始受宠幸，成帝微服出行，他们就与帝同车为之执辔；入侍宫中，则设宴饮酒，连同赵、李等各位侍中，都满斟酒杯、饮尽告白，谈论大笑。成帝常常坐在帐中，设有屏风，上画有商纣王醉倚妲己终夜行乐。由于伯病愈初起，成帝几次对他注目问候，并指着屏风上的画问伯；"商纣王为政无道，到了这个地步了吗？"伯回答道："《尚书》上说：'是因为听从了妇人之言'，哪有在朝廷上醉倚妲己这样放任肆行的事。所谓把所有罪行加在某个人身上，没有能超过这件事的了。"成帝说，"如果不是这样，那么这幅画想要劝诫的是什么呢？"伯答："'沉湎于酒'，微子因此辞别纣王而离开；'悲痛呼号'，是《大雅》中反复申说的旨意所在。《尚书》《诗经》中对淫乱的劝诫，究其根源都在于饮酒。"成帝于是喟然长叹道："我很久没有见到班生你了，今天才又重新听到了正直的话！"张放等人很不高兴，慢慢地自行起身退避如厕，接着出宫离开了。这时长信宫庭的林表正好奉命至成帝宫中，看到了这一切。

后上朝东宫，太后泣曰："帝间颜色瘦黑[①]，班侍中本大将军所举，宜宠异之，益求其比，以辅圣德。宜遣富平侯且就国。”上曰：“诺。”车骑将军王音闻之，以风丞相、御史奏富平侯罪过[2]，上乃出放为边都尉，后复征入。太后与上书曰：“前所道尚未效，富平侯反复来，其能默乎？”上谢曰：“请今奉诏。”是时，许商为少府，师丹为光禄勋，上于是引商、丹入为光禄大夫，伯迁水衡都尉，与两师并侍中[3]，皆秩中二千石[4]。每朝东宫，常从，及有大政，俱使谕指于公卿。上亦稍厌游宴，复修经书之业，太后甚悦。丞相方进复奏[5]，富平侯竟就国。会伯病卒，年三十八，朝廷愍惜焉[6]。

【注释】

①间：比日，近来。

②风：通“讽”。用含蓄的话暗示或劝告。

③两师：指许商、师丹。

④秩：官吏职位品级及俸禄。

⑤方进：即翟方进。

⑥愍(mǐn)：怜悯，哀怜。

【译文】

后来，成帝去朝见太后，太后流着泪说：“皇上近来脸色瘦黑，班侍中原来是大将军王凤举荐的人，应该特别亲近宠幸他，更多地寻求像他这样的人，以辅佐圣德。应该派富平侯离京前往他的封地。”成帝答道：“是。”车骑将军王音听说后，指使丞相、御史上奏论述富平侯的罪行过失，成帝才让张放出京任边都尉，后又重新征召入朝。太后给成帝写信说：“上次说过的话还不见效果，富平侯却又回来了，还能再沉默不言吗？”成帝谢罪说：“请允许我现在奉行诏令。”这时许商任少府、师丹任光禄勋，成帝于是封许商、师丹入朝为光禄大夫，升班伯为水衡都尉，和商、丹并列侍中，都为秩中二千石。每次成帝朝见太后都常侍从，每逢有重大政令，也都派遣他们向公卿宣谕旨意。成帝也稍稍节制游宴玩乐，重修经书之业，太后很高兴。丞相翟方进再上书奏富平侯的事，最终使他出朝至封地。正值这时，班伯病逝，年龄仅三十八岁，朝廷上下为之哀怜惋惜。

斿博学有俊材，左将军师丹举贤良方正①，以对策为议郎，迁谏大夫、右曹中郎将，与刘向校秘书②。每奏事，斿以选受诏进读群书③。上器其能，赐以秘书之副④。时书不布⑤，自东平思王以叔父求太史公、诸子书⑥，大将军白不许。语在《东平王传》。斿亦早卒，有子曰嗣，显名当世。

【注释】

①举贤良方正：为汉代选拔官吏的科目之一。汉文帝前元二年（前178）诏举贤良方正、能直言极谏者，为科举名目贤良方正所自始。

②秘书：秘密之书。此指宫禁中藏书。

③进读群书：于天子前读书。

④副：即副本。书籍、文献的复制本，又称另本。

⑤时书不布：谓书不出之于群下。

⑥自：即使。

【译文】

班斿博学出众，左将军师丹举贤良方正，斿由于对策合格被任为议郎，升为谏大夫、右曹中郎将，和刘向一起校订宫中藏书。常常上书奏校书的事，斿因此而被选拔受诏，在天子前读书。成帝器重他的才能，特别赐给他宫中藏书的副本。当时这些书还不曾流传出示群臣，即使是东平思王，以成帝叔父的身份求读太史公及诸子之书，大将军也没有答应。其事载于《东平王传》。班斿亦早逝，有子名叫嗣，名声显赫当世。

穉少为黄门郎中常侍，方直自守。成帝季年[1]，立定陶王为太子，数遣中盾请问近臣[2]，穉独不敢答。哀帝即位，出穉为西河属国都尉，迁广平相。

【注释】

①季：一月或一个朝代的末了。

②中盾（yǔn）：官名。即中允，太子官属。属詹事府，主徼巡宫中。

【译文】

班穉在年少时就任黄门郎中常侍，为人端方正直、洁身自守。成帝末年，立定陶王为太子，几次派中盾向近臣询问意见，只有穉一人不敢回答。哀帝即位，派穉出京任西河属国都尉，后升为广平相。

王莽少与穉兄弟同列友善，兄事斿而弟畜穉。斿之卒也，修缌麻[1]，赙赗甚厚[2]。平帝即位，太后临朝，莽秉政，方欲文致太平[3]，使使者分行风俗，采颂声，而穉无所上。琅邪太守公孙闳言灾害于公府，大司空甄丰遣属驰至两郡讽吏民，而劾闳空造不祥[4]，穉绝嘉应，嫉害圣政，皆不道。太后曰："不宣德美，宜与言灾害者异罚。且后宫贤家，我所哀也。"闳独下狱诛。穉惧，上书陈恩谢罪，愿归相印，入补延陵园郎[5]。太后许焉。食故禄终身。由是班氏不显莽朝，亦不罹咎。以上伯、斿、穉。

【注释】

①缌(sī)麻:丧服名。五服之一,用疏织细麻布制成孝服,服丧三月,凡疏远亲属、亲戚皆服缌麻。

②赙赗(fù fèng):以财物车马助丧仪。

③文致:粉饰。

④劾(hé):揭发罪状。

⑤延陵:汉成帝陵。按,成帝既葬昌陵,此或妃之陵。

【译文】

王莽和班稚兄弟同辈,年少时和他们友爱亲善,事班斿如兄而待班稚如弟。班斿去世时,王莽服缌麻并以丰厚的财物车马资助丧仪。平帝即位,太皇太后临朝,王莽主持朝政,欲图粉饰太平,派使者分别至各地观风俗、采录民间颂扬之辞,而班稚没有颂辞奏上。琅邪太守公孙闳在公府议论灾害,大司空甄丰遣使驰至这两郡,暗示两郡吏民奏上颂辞,又弹劾公孙闳凭空捏造不祥之事,班稚拒绝呈上祥瑞,危害圣政,认为这些都罪属不道。太后说:"不宣扬德化祥瑞,应该和谈论灾害者分别不同处罚。且后宫班倢仔很贤淑,我非常哀怜她的遭遇。"因此,仅公孙闳下狱被诛。班稚恐惧,上书谢恩请罪,请求归还相印,入朝补为延陵园郎。太后允许了班稚的请求,食故禄终身。班氏从此不再显赫,王莽朝廷也不追究其罪责。以上伯、斿、稚。

初,成帝性宽,进入直言,是以王音、翟方进等绳法举过,而刘向、杜邺、王章、朱云之徒肆意犯上,故自帝师安昌侯①,诸舅大将军兄弟及公卿大夫,后宫外属史、许之家有贵宠者②,莫不被文伤诋。唯谷永尝言:"建始、河平之际③,许、班之贵,倾动前朝,熏灼四方,赏赐无量,空虚内臧④,女宠至极,不可尚矣;今之后起,天所不飨,什倍于前。"永指以驳讥赵、李，亦无间云。

【注释】

①安昌侯：张禹之封号。

②史、许之家：指汉宣帝时两家外戚。史，为宣帝母家。许，为宣帝许皇后家。皆显贵。又汉成帝初，皇后亦为许氏。

③建始、河平：皆为成帝年号。

④内臧(cáng)：宫内收藏。臧，同“藏”。

【译文】

起初，成帝性情宽厚，能接受直言进谏，因此王音、翟方进等条举法令论天子之过失，而刘向、杜邺、王章、朱云等人也放肆犯上，自帝师安昌侯，诸舅大将军兄弟及公卿大夫，后宫外戚如史、许两家，凡显贵受宠的人，没有不被上书诋毁的。谷永曾说：“在成帝建始、河平年间，许、班两家显贵当朝，前所未有，声名显赫四方，赏赐无数，宫内收藏由此空虚，因女得宠，到了极致，没有能超过的了；而现在后起之人的受宠和显贵，是从前许、班两家的十倍。”谷永的意图在于批驳讥讽赵飞燕、李平，对于班氏也没有指责非难。

稺生彪。彪字叔皮，幼与从兄嗣共游学，家有赐书，内足于财，好古之士自远方至，父党扬子云以下莫不造门[⑤]。

【注释】

①父党：父系亲族。

【译文】

稺生彪。班彪字叔皮，年幼时和堂兄班嗣一起游学四方，家藏有成帝所赐秘书，且家产富足，喜好上古学术的人都自很远的地方前来，父系亲族如扬子云等，都登门造访。

嗣虽修儒学，然贵老、严之术[①]。桓生欲借其书[②]，嗣报曰："若夫严子者，绝圣弃智，修生保真，清虚澹泊，归之自然。独师友造化，而不为世俗所役者也。渔钓于一壑，则万物不奸其志[③]；栖迟于一丘[④]，则天下不易其乐。不絓圣人之罔[⑤]，不嗅骄君之饵，荡然肆志，谈者不得而名焉，故可贵也。今吾子已贯仁谊之羁绊，系名声之缰锁，伏周、孔之轨躅[⑥]，驰颜、闵之极挚[⑦]，既系挛于世教矣，何用大道为自眩曜？昔有学步于邯郸者，曾未得其仿佛，又复失其故步，遂匍匐而归耳！恐似此类，故不进。"嗣之行己持论如此。以上嗣。

【注释】

①老、严：即老子、庄子。明帝讳庄，故以严避之。

②桓生：指桓谭。

③奸(gān)：干涉，干扰。

④迟：长久。

⑤絓(guà)：阻碍。

⑥躅(zhuó)：足迹。

⑦颜、闵：即孔子弟子颜渊、闵损(子骞)，贫而不仕，在孔门皆以德行著。挚：至，人所行之极。

【译文】

班嗣虽然修习儒学，却崇尚老、庄的思想。桓谭想向他借阅老子、庄子的书，班嗣回答说："庄子这个人，杜绝圣贤，鄙弃智慧，修养生命保存本性，清虚淡泊，归于自然。只以天地造化为师友，而不被世俗所役使。渔钓于一条溪壑，则万物都不能扰乱其心志；长久栖居于一座小丘，则即使以天下也不能交换他的这种快乐。不为周、孔的道德礼法所阻碍,不理会那些骄横自满的君王所授予的爵禄,任性放旷,谈论他的人无法将他归于哪一类来称呼,因为这样才可贵。现在先生你已习惯了仁义的束缚,困于名声的牵绊,信服追随周公和孔子的道义,言行则可谓将颜渊、闵子骞的德行传扬到了极致,既然已经被世俗礼教所束缚牵绊,又何必再用老、庄之道来为自己炫耀呢?从前有人到赵国的邯郸城学习别人走路的姿势,没有能模仿出来,却反而忘了自己原来是怎么走路的,于是只好匍匐在地上爬回来了!我担心先生也成为这样,所以不能把老、庄的书进献给你。"班嗣的立身行事和坚持己见便是如此。以上班嗣。

叔皮唯圣人之道然后尽心焉。年二十,遭王莽败,世祖即位于冀州[①]。时隗嚣据垄拥众[②],招辑英俊,而公孙述称帝于蜀汉,天下云扰,大者连州郡,小者据县邑。嚣问彪曰:"往者周亡,战国并争,天下分裂,数世然后乃定。其抑者从横之事复起于今乎[③]?将承运迭兴在于一人也?愿先生论之。"对曰:"周之废兴与汉异。昔周立爵五等,诸侯从政,本根既微,枝叶强大,故其末流有从横之事,其势然也。汉家承秦之制,并立郡县,主有专己之威,臣无百年之柄。至于成帝,假借外家,哀、平短祚,国嗣三绝,危自上起,伤不及下。故王氏之贵,倾擅朝廷,能窃号位,而不根于民。是以即真之后[④],天下莫不引领而叹,十余年间,外内骚扰,远近俱发,假号云合,咸称刘氏,不谋而同辞。方今雄桀带州城者,皆无七国世业之资。《诗》云:'皇矣上帝,临下有赫,鉴观四方,求民之莫[⑤]。'今民皆讴吟思汉,乡仰刘氏,已可知矣。"嚣曰:"先生言周、汉之势,可也,至于但见愚民习识刘氏姓号之故，而谓汉家复兴，疏矣！昔秦失其鹿⑥，刘季逐而掎之⑦，时民复知汉乎！”既感嚣言，又愍狂狡之不息，乃著《王命论》以救时难。

【注释】

①世祖：即东汉光武帝。

②隗(wěi)嚣：字季孟，成纪(今甘肃秦安)人。王莽末，据陇西起兵，初附刘玄，任御史大夫；旋属光武，封西州大将军；后又称臣于公孙述，为朔宁王。光武西征，嚣奔西城，恚愤而死。垄：通“陇”。即陇西郡。

③从横：战国时“合纵连横”之缩语。后转为经营天下之意。

④即真：谓王莽由摄政而篡位。

⑤“皇矣上帝”几句：见《诗经·大雅·皇矣》。皇，大也。上帝，天也。莫，安定也。言大矣，天之视下，赫然甚明，监察众国，求人所定而授之。

⑥鹿：喻帝位。

⑦掎：偏持其足。

【译文】

班彪只去做符合圣贤之道的事。在他二十岁那年，王莽兵败被诛，光武帝在冀州即皇帝位。当时隗嚣拥兵占据陇西，招集英雄才俊，公孙述也在蜀汉称帝，天下纷扰，豪强四起，大的地跨州郡，小的也割据县邑。隗嚣向班彪询问说：“从前周室灭亡后，各诸侯国并起争霸，天下分裂，经历数世以后才得以稳定。难道争夺天下的事又将重新在今天兴起吗？或者即将继承帝运而代替汉朝兴起的事，就要依靠某一个人了吗？希望先生能为我评论判断一下。”班彪答道：“周朝的兴亡，和汉朝不同。从前周设立五等爵位，诸侯国各自为政，作为根本的王室已经衰弱，而作为枝叶的诸侯日益强大，因此其末流才得以争霸天下，这是当时的形势决定的。汉朝继承秦的制度，设置郡县，君主集权专政，大臣不能长期掌权。到成帝时，依靠外戚，而哀帝、平帝又都寿命不长，三世都没有后嗣，危害自朝廷而起，没有损害到民间。因此即使王莽凭借显贵的权势独断朝政，也只能窃夺皇帝的名位，而不为百姓支持。所以在王莽篡权即位后，天下人都摇头叹息，十多年中，国内变乱四起，都假称汉室刘氏的名号招集兵马，没有预先约定谋划却言辞相同。然而当今这些占据州城的英雄豪杰，都没有像战国七雄那样足以建立霸业的基础。《诗经》上说：'浩大的苍天，临视下方多么清楚，明察四方，以求给予人民安定。'现在百姓纷纷讴歌怀念汉朝，向往仰慕刘氏，已经可以明白了。"隗嚣说："先生你对周朝和汉朝形势的分析是适宜的，至于仅仅看见无知百姓熟识刘氏姓名称号的缘故，就说汉室将复兴，太疏忽了！从前秦朝失其帝位，刘氏参与竞争而获得了天下，那时的百姓难道就知道汉了吗！"班彪感触于隗嚣的话，又怜悯他狂妄无尽，于是著《王命论》以挽救当世祸难。

知隗嚣终不寤，乃避坠于河西。河西大将军窦融嘉其美德，访问焉。举茂材，为徐令，以病去官。后数应三公之召①。仕不为禄，所如不合②；学不为人，博而不俗；言不为华，述而不作。以上彪。

【注释】

①三公：辅助国君掌握军政大权的最高官员。西汉以大司马、大司徒、大司空为三公，东汉以太尉、司徒、司空为三公。

②所如不合：不苟得禄，故所往之处，不合其意。如，往。

【译文】

知道隗嚣终究不能醒悟，就避祸移居河西郡。河西大将军窦融很赞赏班彪的美德，亲自去拜访他。并举茂材，任为徐县令，又因病辞官。此后几次应三公的征召。彪为官不苟得俸禄，所往之处都不能合其意；治学不迎合世人，广博而不媚俗；言论不尚浮华，只作评述而不著为文章。以上班彪。

有子曰固，弱冠而孤[1]，作《幽通之赋》，以致命遂志。

【注释】

①孤：年幼丧父。

【译文】

有子名叫班固，二十岁时丧父，写了《幽通赋》，以陈述吉凶性命，表明自己的心志。

永平中为郎[1]，典校秘书，专笃志于博学，以著述为业。或讥以无功，又感东方朔、扬雄自谕以不遭苏、张、范、蔡之时，曾不折之以正道，明君子之所守，故聊复应焉。

【注释】

①永平：汉明帝年号(58—75)。

【译文】

班固于明帝永平年间为郎，主管校订宫中藏书，专心致力于博学，以著述为业。有人讥讽班固不能建立功业，又感触于东方朔、扬雄曾自比于没有遭逢苏秦、张仪、范雎、蔡泽的时代，连用正道驳斥他们以表明君子应该自守的地方都不能够，因此姑且以此答复讥讽他的人。

固以为唐、虞、三代，《诗》《书》所及，世有典籍，故虽尧、舜之盛,必有典谟之篇[①],然后扬名于后世,冠德于百王。故曰:"巍巍乎其有成功,焕乎其有文章也[②]!"汉绍尧运,以建帝业,至于六世,史臣乃追述功德[③],私作本纪,编于百王之末,厕于秦、项之列。太初以后[④],阙而不录,故探纂前记,缀辑所闻,以述《汉书》,起于高祖,终于孝平王莽之诛,十有二世,二百三十年,综其行事,旁贯五经,上下洽通,为春秋考纪、表、志、传,凡百篇[⑤]。

【注释】

①典谟之篇:指《尚书》中的《尧典》《大禹谟》等篇。

②巍巍乎其有成功,焕乎其有文章也:为《论语》中载孔子赞美尧、舜之言。

③史臣:指武帝时司马迁作《史记》。

④太初:汉武帝年号(前104—前101)。

⑤春秋考纪:颜师古曰,谓帝纪。

【译文】

班固认为,唐尧、虞舜时期及夏、商、周三代,《诗经》《尚书》都有记载,每一世都存有典籍,即使尧、舜那样的盛世,也必须有《尧典》《大禹谟》等篇章,然后才能扬名后世,贤德冠居百王之上。因此孔子赞美尧、舜说:"他们成就的功业巍若高山,他们的礼乐法度光耀灿烂!"汉朝绍继唐尧,建立帝业,直至第六世武帝时,太史令司马迁才追述功德,私撰《史记》,把汉朝帝王本纪编写在百王之后,与秦始皇、项羽同列。但自武帝太初年间以后,都空缺没有记载,于是班固探讨以前的记载并加以编纂,又将所见所闻连缀辑录,著述为《汉书》,起于汉高祖,终于王莽鸩杀汉平帝,其间历十二世、二百三十年,综合其行事,又旁贯五经,上下融洽畅通,撰为帝纪、表、志、传,共有一百篇。

刘向

刘向(约前77—前6),字子政,初名更生,汉楚元王刘交玄孙。自宣帝至成帝时历任郎中、给事黄门、散骑、谏大夫、散骑宗正给事中、光禄大夫、中垒校尉等。刘向的历史功绩在于整理校勘图书,编为《别录》一书,为中国目录学之祖。另还著有《尚书洪范五行传论》《五经通义要义》《世说》《七略》《列女传》《列仙传》《新序》《说苑》等,及文集六卷。

刘向的散文保存下来的主要是一些奏疏和校书的叙录。其行文辞浅理畅,用意深切,平易近人。另外,《新序》《说苑》也以为魏晋小说之滥觞而为学人注目。

战国策序

【题解】

《战国策》本是战国时游说之士的策谋和言论的汇编。原有《国策》《国事》《短长》《事语》《长书》等名称,作者不详。经刘向整理编次,乃命为今名。在这篇序文中,刘向历叙西周、春秋、战国时代社会政治变革的大势,阐明了战国时游说之士以策谋纵横天下的历史背景。

周室自文、武始兴,崇道德,隆礼义[①],设辟雍、泮宫、庠序之教[2]，陈礼乐、弦歌移风之化，叙人伦，正夫妇。天下莫不晓然论孝悌之义、惇笃之行[3]，故仁义之道满乎天下，卒致之刑错四十余年[4]。远方慕义，莫不宾服[5]。雅颂歌咏，以思其德。下及康、昭之后，虽有衰德，其纲纪尚明[6]。

【注释】

①隆：尊崇。

②辟雍：周王朝为贵族子弟所设的大学。取四周有水，形如璧环为名。大学有五，南为成均，北为上庠，东为东序，西为瞽宗，中曰辟雍。辟雍，又作“辟廱”“辟雝”“璧廱”。泮宫：周朝诸侯之学宫。庠（xiáng）、序：乡学之名。《孟子》曰：“设为庠序学校以教之……夏曰校，殷曰序，周曰庠。”

③悌（tì）：敬爱兄长。惇（dūn）笃：淳厚笃实。

④错：弃置。

⑤宾服：诸侯入贡朝见天子。亦指归顺、臣服。

⑥纲纪：大纲要领。

【译文】

周王朝从周文王、周武王开始兴起，便推重道德，尊崇礼义，为天子、诸侯及普通百姓都建立了学校，对他们进行教育，设置了礼乐、弦歌等移风易俗的教学内容，确定了父子有亲、君臣有义、夫妇有别、长幼有序、朋友有信等伦理道德规范，并端正了夫妻间的正常关系。天下人都明白了这些道理，于是人们崇尚孝敬父母、热爱兄长的礼仪，行为惇厚笃实，仁义之风流行于天下，以至于刑罚废弃不用达四十多年。远方的诸侯仰慕周朝所行之正道，都纷纷归顺臣服。《诗经》“雅”“颂”中的诗篇正反映了对周王朝德政的思慕。后来到了周康王、周昭王时期，政治上虽稍有逊色，但其大纲要领仍很清明。

及春秋时，已四五百载矣，然其余业遗烈[①]，流而未灭。五伯之起[②]，尊事周室。五伯之后，时君虽无德，人臣辅其君者，若郑之子产[③]，晋之叔向[④]，齐之晏婴[⑤]，挟君辅政，以并立于中国。犹以义相支持，歌咏以相感，聘覲以相交[⑥]，期会以相一[⑦]，盟誓以相救。天子之命，犹有所行；会享之国[⑧]，犹有所耻。小国得有所依，百姓得有所息。故孔子曰："能以礼让为国乎？何有？"周之流化[⑨]，岂不大哉！以上言周以礼让为国。

【注释】

①烈：功业。

②五伯：即春秋五霸。

③子产：即郑子产，姬姓，公孙氏，名侨，字子产，春秋时期郑国的政治家。

④叔向：复姓羊舌，名肸（xī），字叔向，春秋时晋国大夫。

⑤晏婴：即晏子，名婴，字仲，春秋时齐国政治家。

⑥聘：古代诸侯之间通问修好。覲（jìn）：会见。

⑦期会：约期聚集。

⑧享：宴会。

⑨流化：广布教化。

【译文】

到了春秋时代，已有四五百年之久了，可是其功业仍流传于后世，没有泯灭。齐桓公、晋文公、秦穆公、楚庄王、宋襄公五霸兴起时，都尊奉周王室。五霸以后，当时的国君虽然不施恩德，但辅佐国君的大臣如郑国相国子产、晋国相国叔向、齐国相国晏婴等，帮助国君执掌朝政，从而使各国并立于中原地区。他们仍以大义为本互相支持，依靠歌诗来互表心意，通过互访保持友好关系，通过定期的会晤来统一各国的意见，通过结盟来互相救助。周天子的命令在诸侯中还能得以执行，参与会盟的诸侯还知道善恶之别。小国可以有所依靠，老百姓可以休养生息。所以孔子说："能够用礼让来治理国家吗？那还会有什么问题呢？"周朝的传统教化，难道还不伟大吗！以上讲周代的礼让为立国的方针。

及春秋之后，众贤辅国者既没，而礼义衰矣。孔子虽论《诗》《书》，定《礼》《乐》，王道粲然分明；以匹夫无势，化之者七十二人而已，皆天下之俊也，时君莫尚之，是以王道遂用不兴①。故曰："非威不立，非势不行。"以上言仲尼之道不行。

【注释】

①遂(suì)：因循。

【译文】

到了春秋以后，许多贤能的辅国大臣都已去世，礼义也就渐趋微弱了。孔子虽然论述了《诗经》《尚书》中的大义，确定了《礼》《乐》中的准则，仁义治国的正道十分鲜明；但他以一个平民百姓的身份，无权无势，教育成才的七十二人，这些人都是才智卓越的人才，但当时的国君却没有推崇这个治国正道的，因此仁义治国之道未能推行。所以说："没有权威就不能立业，没有势力就无法实现自己的理想。"以上讲孔子的主张不能得到施行。

仲尼既没之后，田氏取齐①，六卿分晋②，道德大废，上下失序。至秦孝公，捐礼让而贵战争③，弃仁义而用诈谲④，苟以取强而已矣。夫篡盗之人，列为侯王；诈谲之国，兴立为强。是以转相放效⑤，后生师之，遂相吞灭，并大兼小，暴师经岁，流血满野；父子不相亲，兄弟不相安，夫妇离散，莫保其命。湣然道德绝矣[⑥]。晚世益甚[⑦]，万乘之国七，千乘之国五，敌侔争权[⑧]，尽为战国。贪饕无耻[⑨]，竞进无厌；国异政教，各自制断[⑩]；上无天子，下无方伯[⑪]；力功争强，胜者为右；兵革不休[⑫]，诈伪并起。当此之时，虽有道德，不得设施；有谋之强，负阻而恃固[⑬]；连与交质[⑭]，重约结誓[⑮]，以守其国。故孟子、孙卿儒术之士[⑯]，弃捐于世，而游说权谋之徒，见贵于俗。是以苏秦、张仪、公孙衍、陈轸、代、厉之属[⑰]，主从横短长之说，左右倾侧。苏秦为从，张仪为横；横则秦帝[⑱]，从则楚王[⑲]；所在国重，所去国轻。以上言六国争强。

【注释】

①田氏：一名田成子，又名田恒。春秋时，陈公子完以内乱奔齐，以陈氏为田氏。其后宗族益强。至简公时，完后人田乞，专齐政。田乞死，田常继，大斗出贷，小斗收进，以收买人心。简公四年(前481)，田常杀简公，拥立平公，自任齐相，齐国之政尽归田氏。

②六卿：赵、魏、韩、范、中行、智。

③捐：舍弃。

④谲(jué)：欺诈。

⑤放效：同“仿效”，模仿，效法。

⑥湣(hūn)然：昏乱的样子。湣，也作“涽”。

⑦晚世：晚期。

⑧敌：对等，相当。侔(móu)：相等。

⑨饕(tāo)：贪婪，贪财。

⑩制：裁断。

⑪方伯：一方诸侯之长。

⑫兵：戈、矛、刀、箭等武器。革：甲胄。此处“兵革”为战争之意。

⑬负：仗恃。阻：险阻。

⑭质：人质。

⑮约：预先规定须共同遵守的条文或条件。

⑯孙卿：即荀卿、荀子。按唐司马贞的《史记索隐》、颜师古的《汉书艺文志·注》皆谓因避汉宣帝刘询讳，改荀为孙。清谢墉谓汉时不讳嫌名，当是荀、孙同音通转。术：学术，学问。

⑰苏秦：战国时东周洛阳(今河南洛阳)人。初说秦惠王吞并天下，不用。后游说燕、赵、韩、魏、齐、楚六国，合纵抗秦，佩六国相印，为纵约之长。张仪：战国时魏人。纵横家。相传与苏秦同师事鬼谷子，苏秦游说六国合纵以抗秦。张仪相秦惠王，以连衡之策说六国，使六国背纵约而共同事秦。公孙衍：战国时魏国人。主张合纵抗秦，曾任魏相。陈轸(zhěn)：战国时游说之士。与张仪俱事秦惠王，皆贵重，争宠，为张仪所恶。秦惠王相张仪，陈轸奔楚。楚未之重，使其使秦。为秦惠王谋，劝其不救韩魏相攻，待两国两败俱伤之时，兴兵讨伐，大克之。代、厉：即苏代、苏厉，皆苏秦之弟，也游说于诸侯之间。属：种类，等辈。

⑱帝：称帝。

⑲王(wàng)：称王。

【译文】

孔子去世之后，田氏篡夺了齐国政权，赵、魏、韩、范、中行、智六卿瓜分了晋国，道德规范被废弃不行，上与下的正常秩序被扰乱了。到了秦孝公时代，抛弃了礼让之道而重视战争，抛弃了仁义之风而使用欺骗的方法，目的只是为了追求强霸而已。那些篡夺政权、窃取王位的人被列为侯、王，善用欺诈手段的国家却兴起成为强国。这样各国互相仿效，后来者也以此为榜样，于是互相吞灭，大国兼并小国，军队常年在外作战，血流遍野；父子不亲近，兄弟不和睦，夫妻相分离，连性命也没有保障。世道昏乱，道德沦丧殆尽。晚期情况更为严重，万乘的大国有七个，千乘的国家有五个，势均力敌的国家互争权力，这就是战国。这时，各国贪婪而不知羞耻，互相竞争而没有满足；政治教化也各不相同，都由各国自行决定；上面没有天子之尊，下面没有诸侯之长；凭借武力争强竞胜，战胜者便据有贵位；战争连绵不止，欺骗虚伪之风一并兴起。在这时，虽然有道德，却不能推行；有谋略的强国就依仗天险，凭借稳固的地势；联合盟国，互换人质，重视与盟国缔结誓约，以保全国家。于是孟子、荀子这些儒学大家被当世所摒弃，而那些善于游说、投机的人却被俗世所重视。因此，苏秦、张仪、公孙衍、陈轸、苏代、苏厉一帮人就想出了合纵、连横的策略及随机应变的短长言论，他们持不同的理论，各自偏向一方。苏秦主张合纵，张仪主张连横；实行连横的策略，使秦国得以称帝；实行合纵的策略，使楚国得以称王；他们所在的国家变得强大尊贵，而他们离开的国家就变得弱小轻贱。以上讲六国争强。

然当此之时，秦国最雄，诸侯方弱，苏秦结之，合六国为一，以傧背秦[①]。秦人恐惧，不敢窥兵于关中[②]，天下不交兵者二十有九年。然秦国势便形利，权谋之士，咸先驰之。苏秦始欲横，秦弗用，故东合从。及苏秦死后，张仪连横，诸侯听之，西向事秦。是故始皇因四塞之国[③]，据崤、函之阻，跨陇、蜀之饶，听众人之策，乘六世之烈，以蚕食六国，兼诸侯，并有天下。仗于诈谋之积，终无信笃之诚，无道德之教、仁义之化，以缀天下之心[④]，任刑法以为治，信小术以为道。遂燔烧诗书[⑤]，坑杀儒士，上小尧、舜，下邈三王[⑥]。二世愈甚，惠不下施，情不上达；君臣相疑，骨肉相疏；化道浅薄[⑦]，纲纪坏败；民不见义，而悬于不宁。抚天下十四岁[⑧]，天下大溃，诈伪之弊也。其比王德，岂不远哉？孔子曰："导之以政[⑨]，齐之以刑[10]，民免而无耻[11]；导之以德，齐之以礼，有耻且格[12]。”夫使天下有所耻，故化可致也。苟以诈伪偷活取容[13]，自上为之，何以率下[14]？秦之败也，不亦宜乎！以上言秦以诈力并天下而终致败。

【注释】

①傧(bìn)：通“摈”。排斥，抛弃。

②窥(kuī)兵：观兵。指用兵。

③因：依靠，根据。四塞：国境四面险要。

④缀：连结。

⑤燔(fán)：烧。

⑥邈(miǎo)：通“藐”。轻视。三王：指夏禹、商汤、周文王。

⑦化道：教化、道德。

⑧抚：占有，据有。

⑨导：诱导。政：政策法令。

⑩齐：整治。

⑪免：通“勉”。此处为勉强之意。

⑫格：纠正。

⑬取容：曲从讨好，取悦于人。

⑭率：做出表率。

【译文】

这个时候，秦国最为强大，其他诸侯国则比较弱小，苏秦推行合纵策略，使六个诸侯国联合成一体，来对抗秦国。秦国对此感到恐慌、畏惧，不敢向关中发兵，因而天下二十九年没有战争。可是，秦国地理位置优越，形势有利，那些权变策谋之士都争先恐后地向秦国拥去。苏秦最初打算推行连横策略，但秦国不采用他的建议，所以他才东去六国组织合纵联盟。苏秦死后，张仪又推行连横策略，各诸侯国都听从他的游说，向西讨好秦国。因此，秦始皇依仗四方坚固的要塞，凭借二崤、函谷的险阻，据有陇、蜀富饶的物产，又听取众人的策谋，承继先祖六个国君的功业，逐渐侵吞并最终兼并了六个诸侯国，从而占有了天下。他依仗欺诈的错误手段，丧失了真诚的原则，没有道德的教育、仁义的感化以联系天下人的心，而使用刑罚来治理国家，轻信权谋之术，认为这是正道。于是焚烧诗书，活埋儒生，向上轻视尧、舜，向下藐视三王。到了秦二世时情况更为严重，上面的恩惠不施予百姓，下面有情况不反映到朝廷；君臣相互猜疑，亲人互相疏远；教化言论浅薄，国家纲纪败坏；百姓见不到大义之举，生活动荡不得安宁。拥有天下仅四十年，政权便坏乱崩溃，这都是使用诈伪手段的弊害。这与仁义治国之道相比，不是差得太远了吗？孔子说："用政策法令来诱导，用刑罚来约束，百姓只是勉强克制自己暂时不犯过错而已，却并没有廉耻之心；如果用道德规范来引导，用礼法来约束，百姓就会有廉耻之心，就能主动地改正错误。"假使天下人都有了廉耻之心，教化的目的也就达到了。如果用诈伪的手段苟且偷生或取悦于人以求安身立命，居于上位者尚且这么做，那又怎么做百姓的表率呢？秦国的灭亡难道不是很应该的吗？以上讲秦以阴谋与暴力而统一天下，最终不免失败。

战国之时，君德浅薄，为之谋策者，不得不因势而为资①，据时而为画②。故其谋，扶急持倾，为一切之权③，虽不可以临教化④，兵革救急之势也。皆高才秀士⑤，度时君之所能行⑥，出奇策异智，转危为安，易亡为存，亦可喜，皆可观。以上言战国之士因时而画策。

【注释】

①资：凭借，依托。

②画：谋划，计策。

③权：权宜。

④临：统管，治理。

⑤秀士：谓德才优异之士。

⑥度(duó)：揣测，考虑。

【译文】

战国时代，国君道德修养浅薄，为国君出谋划策的人不得不根据形势而变化策略，根据不同的时机而改变办法。他们的谋略都是为了扶助情势危急的国家，维持即将崩溃的国家，作一时的权宜之计，这虽然不可以用来作为治国的教育手段，但可以改变喜用武力的陋习，扭转危急的形势，是势在必行的。本书中所收录的言论都是些才华横溢、有智有谋的人士考虑到当时国君能够实行而献出的绝妙计策和非凡智谋，它使国家转危为安，变亡为存。也是值得高兴，值得一看的。以上讲战国时的谋略之士是根据时势而谋划策略。

许慎

许慎（约30—124），字叔重，东汉汝南召陵（在今河南漯河东）人。曾师事贾逵。历仕太尉南阁祭酒、洨县长等职。性淳笃，自少博学经籍，马融等常推敬之，时人语曰"五经无双许叔重"。著有《说文解字》十四卷并《叙目》十五卷，推究六书之义，分部类从，集古文经学训诂之大成，后代小学及编辑字书多以此为蓝本。又著有《五经异义》十卷，专主古文经学。

说文序

【题解】

东汉许慎编撰的《说文解字》是我国第一部以六书理论系统分析字形、解释字义的字典。该书将9353个篆文分类别置为540部，始于"一"而终于"亥"，对探讨古代文化（特别是古文字），阅读古籍具有重大的参考价值。本《序》是作者撰完正文后补叙的，简明系统地阐述了汉字的发展史，以及编著《说文解字》一书的主客观因素、编撰宗旨、目的和方法等。

序文后所附《五百四十部后叙》是许慎子许冲在其父重病将《说文解字》一书进献给汉安帝时，对该书所作的进一步说明。

叙曰[1]：古者庖牺氏之王天下也[2]，仰则观象于天，俯则观法于地，视鸟兽之文与地之宜，近取诸身，远取诸物，于是始作《易》八卦，以垂宪象[3]。及神农氏结绳为治而统其事[4]，庶业其繁[5]，饰伪萌生。黄帝之史仓颉，见鸟兽蹄迒之迹[6]，知分理之可相别异也[7]，初造书契，“百工以乂[8]，万品以察，盖取诸夬”。“夬，扬于王庭”[9]，言文者，宣教明化于王者朝廷，君子所以施禄及下[10]，居德则忌也[11]。仓颉之初作书，盖依类象形，故谓之文。其后形声相益，即谓之字。文者，物象之本；字者，言孳乳而浸多也[12]。箸于竹帛谓之书[13]，书者如也。以迄五帝、三王之世[14]，改易殊体。封于泰山者七十有二代[15]，靡有同焉。

【注释】

①叙：序。

②庖牺氏：即伏羲，古代传说中的部落酋长，也即太昊，风姓。相传他始画八卦，教民捕鱼畜牧，以充庖厨。又作“宓戏”“伏羲”。

③宪：法则。

④神农氏：传说中古帝名。古史又称炎帝、烈山氏。相传始教民为耒、耜以兴农业，尝百草为医药以治疾病。

⑤庶：众。

⑥迒(háng)：兽足迹。

⑦分理：纹理。

⑧乂(yì)：治理。

⑨夬(guài)，扬于王庭：出自《易·夬》。《夬》卦象征着决断，在王庭上判断吉凶、利弊。夬，《易》卦名，䷪，乾下兑上。夬，决，决定。

⑩君子所以施禄及下：言下有能文者以禄加之。

⑪居德则忌也：律己由贵德不贵文。

⑫孳乳：繁育。浸(jìn)：渐。

⑬箸：同“著”。

⑭五帝：相传古代有五帝，其说不一，按《周易·系辞》为伏羲、神农、黄帝、尧、舜。三王：指夏禹、商汤、周文王与周武王。

⑮封于泰山者七十有二代：此指封禅，为帝王祭天地的典礼。在泰山上筑土为坛祭天，报天之功，称封；在泰山下梁父山上辟场祭地，报地之功，称禅。相传古时封泰山、禅梁父者七十二家。自秦、汉以后，历朝皆以封禅为国家大典。

【译文】

序：上古之世伏羲氏统治天下，仰观天象，俯察地理，又观察鸟兽的图案花纹，因地之宜，近取之于自身，远则取之于天地万物，由此始创为《易经》八卦，以求使物象法则流传后世。到神农氏以结绳记事统治天下时，百业由此开始繁盛，诡诈雕饰之辞渐渐出现，仅靠八卦已不能满足记事的需要。黄帝的史官仓颉，见到鸟兽的蹄痕足迹，由此知道文理可以相互区别，于是创造了最早的书写符号，以此“治理各行各业，明察天下万物”。仓颉创造文字的旨意取之于《易·夬卦》中的“夬，扬于王庭”，意为文字是用来在王者朝廷上宣明教化的，君子应该施禄于下属能文者，至于律己则贵德不贵文。仓颉最早创造文字，是依类象形，因此称为“文”。仓颉以后用形、声相为附益，所成称为“字”。“文”是事物形象的本貌，“字”是繁育而增多的意思。著于竹帛的称为“书”，“书”指的是按照事物的状态而昭明其事。终五帝、三王之世，文字之体更改不一。在泰山举行封禅的共有七十二家，而各家所著书的文字没有相同的。

《周礼》：八岁入小学，保氏教国子[①]，先以六书。一曰指事。指事者，视而可识，察而见意，“上”“下”是也。二曰象形。象形者，画成其物，随体诘诎，“日”“月”是也。三曰形声。形声者，以事为名，取譬相成，“江”“河”是也。四曰会意。会意者，比类合谊[②]，以见指撝[③]，“武”“信”是也[④]。五曰转注。转注者，建类一首，同意相受，“考”“老”是也[⑤]。六曰假借。假借者，本无其字，依声托事，“令”“长”是也[⑥]。及宣王大史籀著《大篆》十五篇，与古文或异。至孔子书六经，左丘明述《春秋传》，皆以古文，厥意可得而说。以上文字之源及古文大篆。

【注释】

①保氏：官名。主持小学教务。国子：卿大夫之子弟。

②谊：同“义”。

③指撝(huī)：指挥。

④武、信：按，古“武”为“歨”，止戈为武，人言为信，两字相合，以取其义也。

⑤考、老：谓一义而有数字者，可辗转互注，如“考”与‘老”，义本相同，“考”可以训“老”，“老”亦可以训“考”。

⑥令、长：令，本义为发号；长，本义为久远。县令、县长本无字，而由发号久远之义引申辗转而为之。

【译文】

按照《周礼》：卿大夫子弟八岁入小学，主持小学教务的保氏先教授他们“六书”。一为指事。指事，即看到字就认识，观察了可以懂得它的意思，例如“上”“下”。二为象形。象形，即描画事物，按物体的形状转折弯曲，例如“日”“月”。三为形声。形声，即取一个表示物的字作为形旁，再取一个发音相同的字作为声旁，两部分相合组成一个新字，例如“江”“河”。四为会意。会意，即把两个字并列放在一起，会合两字字义就可以知道所组成的字的意思，例如“武”“信”。五为转注。转注，即把本义相同的字放入同一部首分类中，即使各字的意思略有不同，也可互相解释，例如“考”“老”。六为假借。假借，即本无其字，而按照其读音找一个同音字来代替，例如“令”“长”。到周宣王时，太史籀著《大篆》十五篇，和仓颉古文略有不同，至孔子著录六经、左丘明著述《春秋传》，都用的是大篆古文，直至这时，真古文之意仍是未尝不可说的。以上讲文字源流及古文大篆。

其后诸侯力政，不统于王，恶礼乐之害己，而皆去其典籍，分为七国。田畴异亩，车涂异轨，律令异法，衣冠异制，言语异声，文字异形。秦始皇帝初兼天下，丞相李斯乃奏同之，罢其不与秦文合者。斯作《仓颉篇》，中车府令赵高作《爰历篇》，大史令胡母敬作《博学篇》，皆取史籀大篆，或颇省改，所谓小篆者也。是时秦烧灭经书，涤除旧典，大发吏卒，兴戍役，官狱职务繁，初有隶书，以趣约易[①]，而古文由此绝矣。自尔秦书有八体：一曰大篆，二曰小篆，三曰刻符[②]，四曰虫书[③]，五曰摹印[④]，六曰署书[⑤]，七曰殳书[⑥]，八曰隶书。以上秦小篆及八体书。

【注释】

①趣(qū)：趋。约易：简而易。

②刻符：刻于符信之书。

③虫书：用于幡信之书，作虫鸟之形。

④摹印：刻于印玺之文，其形屈曲。

⑤署书：用题匾额之书。

⑥殳书：刻于兵器之书。

【译文】

这以后，诸侯各自为政，不听命于周王，厌憎礼乐将有损自己的利益，于是纷纷去除上古典籍，分为七国。田畴亩制大小、车辙道路广狭不一，律令法制、衣服冠帽各异，言语声调、文字形状都不同。秦始皇刚统一天下，丞相李斯上奏请求统一制度，废弃与秦不同的文字。李斯作《仓颉篇》，中车府令赵高作《爰历篇》，太史令胡毋敬作《博学篇》，所用的文字都取自史籀大篆，而对有的地方稍作减省改动，即为小篆。这时秦焚毁经书、涤除古籍，大肆征发吏卒，兴边戍徭役，官府、刑狱中职务繁杂，于是开始出现隶书，较为简易、便于书写，古文的流传从此而绝。这以后秦书有八体：一为大篆，二为小篆，三为刻符，四为虫书，五为摹印，六为署书，七为殳书，八为隶书。以上讲秦小篆及八体书。

汉兴有草书①。尉律②：学僮十七已上始试③，讽籀书九千字乃得为史④；又以八体试之。郡移太史并课⑤，最者以为尚书史。书或不正，辄举劾之。今虽有尉律，不课，小学不修，莫达其说久矣。孝宣皇帝时⑥，召通《仓颉》读者，张敞从受之；凉州刺史杜业、沛人爰礼、讲学大夫秦近⑦，亦能言之。孝平皇帝时⑧，征礼等百余人令说文字未央廷中⑨，以礼为小学元士⑩，黄门侍郎扬雄采以作《训纂篇》⑪。凡《仓颉》已下十四篇，凡五千三百四十字，群书所载，略存之矣。以上西汉。

【注释】

①草书：汉字字体的一种。草书之称，起于草稿，始创于汉初，当时通行者为草隶。汉魏间的草书称章草，各字不连绵，以后去章草的波磔，圆转用笔，遂成今草体；晋王献之又创诸字上下相连的草体，至唐张旭、怀素，宋米芾等，又加以发展，成字字连属的狂

草。按,草书又为隶书之省。

②尉律:汉兴,萧何草律,律令为廷尉所守,称尉律。

③僮:同"童"。

④讽:谓能背诵尉律之文。籀书:谓能取尉律之义推衍发挥而缮写至九千字者。史:此指郡县之史。

⑤并课:合而试之。

⑥孝宣皇帝:西汉宣帝刘询,前74—前49年在位。

⑦凉州:今甘肃省一带。杜业:字子夏,本魏郡繁阳(在今河南内黄西北)人,后徙茂陵。其母张敞女,从敞子吉学问,得其家书。业,《汉书》作"邺"。沛:故城在今江苏沛县东。讲学大夫:新莽所设官名。

⑧孝平皇帝:西汉平帝刘衎,前1—6年在位。

⑨未央廷:即未央宫。故址在今陕西长安西北。

⑩元士:官名。指天子之士,异于诸侯之士,故称为"元士"。

⑪黄门侍郎:官名。亦称给事黄门侍郎。扬雄:字子云,蜀郡成都(今四川成都)人。少好学,长于辞赋,成帝时因献赋拜为郎,王莽时为大夫,校书天禄阁。扬雄博通群籍,多识古文奇字,仿《易经》《论语》作《太玄》《法言》,又编字书《训纂篇》《方言》。《训纂篇》:《汉书·艺文志》载:至元始中,征天下通小学者以百数,各令记字于庭中,扬雄取其有用者以作《训纂篇》,顺续仓颉,又易仓颉中重复之字,凡八十九章。原本久佚,仅存清人所辑残文。

【译文】

汉朝初兴而有草书。汉尉律规定:学童年龄到十七岁以上可以开始应试,能背诵尉律之文并能取其义推衍发挥而缮写至九千字的,才可以任郡县的史官;然后又以八体试其字迹。由县移郡、郡移太史,太史合试二者,优异者任为尚书令史。若上书中字有不确,就将被检举并纠之以法。现在即使有尉律也不按照它的规定来考试选拔,有小学却不修文字之学，六书之说不被了解已经很久了。汉宣帝时，召见通晓解读仓颉古文的人，令张敞师从受学；凉州刺史杜邺、沛人爰礼、讲学大夫秦近，也都能解读仓颉古文。汉平帝时，征召爰礼等百余人，让他们在未央宫中各自述录所知道的文字，并任爰礼为小学元士，黄门侍郎扬雄采录其中有用的文字著为《训纂篇》。自《仓颉篇》以下至此有十四篇，共载五千三百四十字，上述诸书所载的字，大致都收存其中。以上西汉。

及亡新居摄[①]，使大司空甄丰等校文书之部[②]，自以为应制作[③]，颇改定古文。时有六书：一曰古文，孔子壁中书也；二曰奇字，即古文而异者也；三曰篆书，即小篆，秦始皇帝使下杜人程邈所作也[④]；四曰左书[⑤]，即秦隶书；五曰缪篆，所以摹印也；六曰鸟虫书，所以书幡信也。以上新室。

【注释】

①及亡新居摄：王莽篡汉，改国号为新，不久即灭亡，故称“亡新”。按，公元6年孺子婴时，莽居摄践祚，称假皇帝。

②大司空：本周时“六官”之一，汉改御史大夫为大司空，与大司徒、大司马并称“三公”。

③自以为应制作：《汉书·王莽传》：莽奏起明堂、辟雍、灵台，制度甚盛，立乐经，自言尽力制礼作乐。

④秦始皇帝使下杜人程邈所作也：下杜（今属陕西西安）人程邈为衙狱吏，得罪幽系云阳（在今重庆东北），增减大篆体，去其繁复，始皇善之，出为御史，名曰隶书。按，前文既言小篆为李斯等创，此句则与之自相矛盾，此十三字当在下文“左书，即秦隶书”之下。

⑤左书：谓其法便捷，可以佐助篆所不逮。左，即今之“佐”。

【译文】

及至王莽居摄称帝，令大司空甄丰等校订文书，自称应古制而制礼作乐，对古文间或有所改定。当时有六书：一为古文，即孔子旧宅壁中所出古书中的文字；二为奇字，即古文中奇异罕见的字；三为篆书，即小篆；四为左书，即秦隶书，秦始皇时下杜人程邈所创；五为缪篆，用以摹印；六为鸟虫书，用以书写旗帜符节。以上讲新莽时期的情况。

壁中书者，鲁恭王坏孔子宅而得《礼记》《尚书》《春秋》《论语》《孝经》。又北平侯张苍献《春秋左氏传》①，郡国亦往往于山川得鼎彝②，其铭即前代之古文，皆自相似。虽叵复见远流③，其详可得略说也。而世人大共非訾④，以为好奇者也，故诡更正文，乡壁虚造不可知之书，变乱常行，以耀于世⑤。诸生竞逐说字解经，谊称秦之隶书为仓颉时书云：父子相传，何得改易？乃猥曰⑥：马头人为长⑦，人持十为斗⑧，虫者屈中也⑨。廷尉说律⑩，至以字断法，"苛人受钱"，"苛"之字"止句"也⑪。若此者甚众，皆不合孔氏古文，谬于史籀。俗儒鄙夫玩其所习⑫，蔽所希闻，不见通学，未尝睹字例之条⑬，怪旧势而善野言，以其所知为秘妙，究洞圣人之微旨。又见《仓颉篇》中"幼子承诏"，因曰古帝之所作也，其辞有神仙之术焉⑭。其迷误不谕，岂不悖哉！以上世俗非訾壁中古文，不达字例。

【注释】

①北平：故城在今河北保定满城区。张苍：阳武（今河南原阳东南）人，封北平侯。

②鼎：古代烹煮用的器物，多用青铜制成圆形三足两耳，也有方形四足的，古代曾用鼎作为传国的宝器。彝：古代青铜器的通称，多指宗庙祭祀用的礼器。

③叵：不可。

④非訾(zǐ)：非毁。

⑤“以为好奇者”几句：意思是好奇者改易正字，在孔氏之壁中凭空造此不可知之书，指为古文，变乱常行，炫耀于世。

⑥猥：苟且妄说隶书之字。

⑦马头人为长：意思是“马”头上加“人”便是“長”字，会意。

⑧人持十为斗：今所见汉隶字“斗”作“什”，与“升”“什”相混。

⑨虫者屈中也：蟲从三虫，而往往假虫为蟲。但虫、蟲本象形字，所谓随体诘诎；隶字只令笔画有横直可书，本非从“中”而屈其下。

⑩廷尉：掌刑狱之官。

⑪“至以字断法”几句：汉律令有“苛人受钱”条，意思是禁止恐吓人犯，索取贿赂。苛，隶书中有写作“岢”。

⑫玩：相习而不经意者。

⑬字例之条：谓指事、象形等六书。

⑭“又见《仓颉篇》”几句：幼子承诏，原为《仓颉篇》的文字，指胡亥即位事。俗儒鄙夫既谓隶书即仓颉时书，因谓李斯等所作《仓颉篇》为黄帝之所作，以黄帝、仓颉君臣同时，又解“幼子承诏”为黄帝乘龙上天而少子嗣位为帝。无稽之谈，汉人乃至于此。

【译文】

壁中书，指汉武帝时鲁恭王拆毁孔子旧宅，而得《礼记》《尚书》《春秋》《论语》《孝经》。又有北平侯张苍所献《春秋左氏传》，此外各郡国也往往在山川间发现青铜鼎彝器皿，其上所刻的铭文就是前代的古文，与上述书中文字同为古文，彼此相似。虽然不可重见远古原貌，其具体情形也可约略陈述了。然而世人纷纷对此加以非毁，认为一些喜好罕异的人，因而诡更正文，将前面孔宅壁中凭空虚造不知真伪的书籍，指为古文，变乱常行，炫耀于世。诸儒生竞相解说文字、经义，称秦之隶书是仓颉时的古文字，说这是自古以来以父传子者，怎么可以改易而别造不知真伪的文字？于是妄说隶书之字：以“马”头上加“人”为“長”，“人”持“十”为“什（斗）”，而“虫”是由“中”弯曲下部而成。甚至廷尉解释律令时也按字来决断，汉令中有“苛人受钱”之句，遂以“苛”为“止”和“句”组成，意思是止之而钩取其钱。诸如此类，不胜枚举，都不符合孔氏古文，与史籀大篆相谬误。俗儒鄙夫，习其所学，为奇异之说所蒙蔽而不能了解通达的学问，不曾亲见六书的字例法则，惊疑于上古经典却推崇荒诞不经之说，以己所知为深奥精细，而求能究明洞达圣人微妙的旨意。又见李斯《仓颉篇》中有“幼子承诏”之句，因此说是黄帝所作，指的是黄帝乘龙上天而少子嗣位为帝之事。如此执迷不悟，岂不是太荒谬了吗！以上讲世俗中有非议孔子旧宅中所发现古文的，认为不符合造字的基本规则。

《书》曰：“予欲观古人之象。”① 言必遵修旧文而不穿凿②。孔子曰：“吾犹及史之阙文，今亡矣夫！”盖非其不知而不问，人用己私，是非无正，巧说邪辞，使天下学者疑。盖文字者，经艺之本，王政之始，前人所以垂后，后人所以识古。故曰“本立而道生”③，“知天下之至赜而不可乱也”④。今叙篆文，合以古籀，博采通人，至于小大⑤，信而有证。稽譔其说⑥，将以理群类⑦，解谬误，晓学者，达神旨⑧。分别部居，不相杂厕也⑨。万物咸睹，靡不兼载，厥谊不昭，爰明以谕。其称《易》，孟氏⑩；《书》，孔氏⑪；《诗》，毛氏⑫；《礼》《周官》《春秋左氏》《论语》《孝经》⑬，皆古文也⑭。其于所不知，盖阙如也。以上述己箸书之指，以大小篆合古籀。

【注释】

①“《书》曰”句:为《尚书·虞书·皋陶谟》文。古人之象,即仓颉古文,谓象形、象事、象意、象声。

②穿凿:犹言牵强附会。

③本立而道生:见《论语·学而》。

④知天下之至赜(zé)而不可乱也:《周易·系辞上》曰:“天下之至赜而不可恶也。”啧、赜同义,指事物中深奥细微的道理。

⑤至于小大:《论语·子张》云:“贤者识其大者,不贤者识其小者。”

⑥稽譔(zhuàn)其说:谓稽考诠释,或以说形,或以说义,或以说音。譔,同“撰”。

⑦群类:指天地、鬼神、山川、草木、鸟兽、王制、礼仪、世间、人事等。

⑧达神旨:使学者都通晓于文字之形、之音、之义。

⑨厕:置也。

⑩《易》,孟氏:孟喜从田王孙受《易》,由是《易》有孟氏之学。

⑪《书》,孔氏:孔氏有《古文尚书》,孔安国以今文字读之。

⑫《诗》,毛氏:毛公,赵人,治《诗》,为河间献王博士。

⑬《礼》:高堂生传士礼十七篇,而《礼》古经五十六卷出壁中,有大戴、小戴、庆氏之学。古谓之《礼》,唐以后谓之《仪礼》。《周官》:《周官经》六篇,古谓之《周官经》,许、郑亦谓之《周礼》。

⑭古文:古书之言古文者有二,一谓壁中经籍,一谓仓颉所制文字。此谓其中所说字形、字音、字义皆合仓颉古文、史籀大篆,非谓皆用壁中古本。

【译文】

《尚书》曾说:“予欲观古人之象。”意思是说即使以大舜之智尚且遵修旧文而不敢穿凿。孔子也曾感叹:“我姑且还能赶上古制所说书文不确则缺的时代,现在这种风气却已经渐渐消亡了啊!”意思是说并非现在的人不知却不问诸故老,而是人们都各用自己的说法,文字的是非不合于上古本意，巧说邪辞纷起，使天下学者疑惑。文字，是经艺的根本，推行王政的开始，前人用来流传昭明后世、后人用来了解先古的途径。因此《论语》上说“本立而道生”，《易经》也说“懂得天下有至为深奥的道理，是不可扰乱、违背的”。本书载录小篆，附合以古文、籀文，博采于通晓文字之人，书中所载无论小大，都可信而有据。稽考诠释，解说文字的形、义、音，希望用以条理天地万物、消除谬误，使治学者得以明晓、通达文字中神妙的旨意。所载文字分类别置为五百四十部，不相混杂，凡所见天地万物，无不具载，其文字的音、形、义不明者，在此阐明以晓谕于世。书中所举的例证采自于孟氏《易》、孔氏《书》、毛氏《诗》，《礼》、《周礼》，《春秋左氏传》，《论语》、《孝经》，书中所载文字的形、音、义都合于仓颉古文及史籀大篆。若对其形、音、义有所不知，则不作解说，任其空缺。以上是许慎叙述著此书的基本精神，将大篆、小篆合称古籀。

附　五百四十部目后叙

此十四篇五百四十部也，九千三百五十三文，重一千一百六十三，解说凡十三万三千四百四十一字。其建首也，立“一”为端，方以类聚，物以群分，同条牵属，共理相贯，杂而不越，据形系联，引而申之，以究万原，毕终于“亥”，知化穷冥。于时大汉，圣德熙明①，承天稽唐②，敷崇殷中③。遐迩被泽，渥衍沛滂④，广业甄微，学士知方⑤。探赜索隐，厥谊可传，粤在永元，困顿之季，孟陬之月，朔日甲申⑥。曾曾小子⑦，祖自炎神⑧，缙云相黄⑨，共承高辛⑩。大岳佐夏，吕叔作藩，俾侯于许，世祚遗灵⑪。自彼徂召⑫，宅此汝濒⑬，窃卬景行⑭，敢涉圣门⑮。其宏如何，节彼南山⑯，欲罢不能，既竭愚才。惜道之味，闻疑载疑⑰，演赞其志⑱，次列微辞⑲。知此者稀，傥昭所尤[20]，庶有达者[21]，理而董之[22]。

【注释】

①熙明：缉熙光明。

②承天稽唐：谓光武封禅，恭奉天命，稽考唐尧故事，巡守至于岱宗，封泰山、禅梁父，升中于天，刻石记号。

③敷：布。殷：盛。中：犹成，告成功。

④遐迩被泽，渥衍沛滂：言远近皆受厚泽。渥，沾。衍，如水潮之盛溢。滂，即沛。

⑤广业甄微，学士知方：谓光武立五经十四博士，初建三雍；明帝即位，亲行其礼；肃宗大会诸侯于白虎观，考详同异，又诏高才生受《古文尚书》《毛诗》《穀梁传》《左氏春秋》，以网罗遗逸；孝和亦数幸东观，览阅书林。

⑥"粤在永元"几句：即指汉和帝永元十二年（100），岁在庚子，正月，朔日甲申。按，《尔雅》："太岁在庚曰上章，太岁在子曰困敦。"又，《尔雅》："正月为陬月。"贾逵于和帝永元十三年（101）卒，时年七十二。然则许慎撰《说文解字》，先逵卒一年，用功伊始，盖恐失坠所闻也。自永元庚子，至建光辛酉，凡历二十二年，而其子冲献之。粤，语助词。

⑦曾曾：犹言层层，古在裔孙通曰曾孙。

⑧炎神：谓炎帝，即神农氏，居姜水，因以为姓。按，许氏亦姜氏之后。

⑨缙云：黄帝时夏官名。黄：黄帝。《史记集解》："缙云氏，姜姓也，炎帝之苗裔，当黄帝时任缙云之官也。"

⑩共承高辛：颛顼氏衰，共工氏侵陵诸侯，与高辛氏争王。共，谓共工，为炎帝之后，姜姓。承，受，讳其争帝之事。

⑪"大岳佐夏"几句：说的是：姜姓，为禹心吕之臣，故封吕侯。周朝

初年，周武王封文叔于许，以为周屏藩。此处云吕叔，指的是文叔。大岳，即太岳。世祚，犹世禄。

⑫自彼徂召：谓自许（在今河南许昌东）迁至召陵（在今河南漯河东）。

⑬宅此汝濒：谓居于汝水之涯。

⑭卬（yǎng）：同“仰”。景行：大道。

⑮圣门：大体指五帝、三王、周公、孔子、左氏及仓颉、史籀的门庭。

⑯其宏如何，节彼南山：言大道圣门之大，比于南山之高峻。节，高峻的样子。

⑰闻疑载疑：闻疑而载之于书。

⑱演赞其志：谓推演赞明惜道载疑所知识者。

⑲次列微辞：谓叙陈其微妙之说。次，叙。列，陈。

⑳侻昭所尤：言此道既少知者，则稽撰此书，虽以自信，容或有明昭过误之处。侻，同“倘”。尤，过。

㉑达者：通人。

㉒董：正。

【译文】

本书共十四篇，分列五百四十个部首，载九千三百五十三个字，重文一千一百六十三字，所作解说共十三万三千四百四十一字。书中所建部首，从“一”开始，相类者同为一部，不同者分为别部，五百四十部相连缀，杂而不相淆乱，大略以形相联系，由一形引之至五百四十形，以穷天地万物，而终于“亥”部，以求洞达造化神冥。当今大汉，圣德光明，接续前朝，光武帝曾恭奉天命，稽考唐尧旧事，封禅泰山，传布尊盛之礼已告成功。天下远近都承受其恩泽，继此之后，历朝天子都推广学业、显明幽微，使治学之士都得以有所为。当此经学大明之时，唯独小学不修，因此撰写此书，探索幽隐，以求使文字之义得以流传，时为永元十二年，岁在庚子，正月朔日甲申。臣许氏是远古炎帝神农氏的后裔，先祖在黄帝时任缙云之官,在高辛氏时有共工承续帝位。在夏禹时有太岳被封为吕侯,至周武王时封吕叔为许侯,作为周室的屏藩,秉承世禄遗福。臣又得以自许迁至召陵,居于汝水之涯,私下仰慕大道,斗胆涉入圣门。大道、圣门的宏大,如同南山一般高峻,欲罢不能,于是竭尽微才。爱惜大道之醇厚,因而解说古文字,倘有闻疑则载之于书,以俟后世贤人君子,又推演赞明惜道载疑所知识者,叙陈其微妙之说。懂得这门学说的人已经很少了,我稽撰此书,虽然自信,但容或有明昭过误之处,希望将来有通达此学的人能加以研究并纠正其中的谬误、弥补空阙。

召陵万岁里公乘草莽臣冲稽首再拜上书皇帝陛下[①]:臣伏见陛下神明盛德,承遵圣业,上考度于天,下流化于民,先天而天不违,后天而奉天时,万国咸宁,神人以和。犹复深惟五经之妙,皆为汉制,博采幽远,穷理尽性,以至于命。先帝诏侍中骑都尉贾逵修理旧文[②],殊艺异术,王教一端,苟有可以加于国者,靡不悉集。《易》曰"穷神知化,德之盛也"[③],《书》曰"人之有能有为,使羞其行,而国其昌"[④]。臣父故太尉南阁祭酒慎,本从逵受古学[⑤],盖圣人不妄作,皆有依据。今五经之道,昭炳光明,而文字者,其本所由生,自周礼汉律,皆当学六书,贯通其意,恐巧说邪辞,使学者疑。慎博问通人,考之于逵,作《说文解字》,六艺群书之诂[⑥],皆训其意,而天地鬼神、山川草木、鸟兽昆虫、杂物奇怪、王制礼仪、世间人事,莫不毕载。凡十五卷,十三万三千四百四十一字。慎前以诏书校书东观[⑦],教小黄门孟生、李喜等，以文字未定未奏上。今慎已病，遣臣赍诣阙。慎又学《孝经》孔氏古文说。《古文孝经》者，孝昭帝时鲁国三老所献[⑧]，建武时给事中议郎卫宏所校[⑨]，皆口传，官无其说。谨撰具一篇并上。臣冲诚惶诚恐，顿首顿首，死罪死罪，稽首再拜以闻皇帝陛下。建光元年九月己亥朔，二十日戊午上。

召上书者汝南许冲，诣左掖门外会[⑩]，令并赍所上书。十月十九日，中黄门饶喜以诏书赐召陵公乘许冲布四十匹，即日受诏朱雀掖门。敕勿谢。

【注释】

①万岁里：汉时的召陵县，许氏居此。公乘：爵名。军吏之爵最高者。许冲爵公乘而不仕，故自称草莽臣。皇帝陛下：此指汉安帝。

②先帝：指汉和帝。贾逵：字景伯，扶风平陵（在今陕西咸阳西北）人。

③穷神知化，德之盛也：见《周易·系辞》。

④人之有能有为，使羞其行，而国其昌：见《尚书·洪范》。羞，自进、献。

⑤古学：即《古文尚书》《毛氏诗》《春秋左氏传》及仓颉古文、史籀大篆之学。

⑥六艺群书：《周礼》言"六艺"为礼、乐、射、御、书、数。汉时以"六艺"统摄古圣载籍，必兼言群书者，容有不见"六艺"而见群书者也，如《汉律》亦群书之一。

⑦东观：汉时宫中藏书之所，在洛阳南宫。

⑧《古文孝经》者，孝昭帝时鲁国三老所献：据《汉书·艺文志》载，

武帝末，鲁恭王坏孔子宅，而得古文《尚书》及《礼记》《论语》《孝经》，孔安国悉得其书，仅以《古文尚书》献之，《孝经》至昭帝时鲁国三老乃献之。三老，汉乡官名。

⑨建武：东汉光武帝年号。

⑩左掖门：北宫东面掖门。掖门，旁门。会：谓上书者会集于此。

【译文】

召陵万岁里公乘草莽之臣许冲稽首再拜，上书皇帝陛下：臣伏见陛下神明盛德，承遵圣业，上考法度于天，下流教化于民，先天而行则天不相违，后天而行则遵奉天时，万国咸宁，神人以和。又且深思五经的妙义，武帝时五经皆立博士，章帝时又大会诸儒，博采幽远，穷天理、尽人性，乃至顾命史臣著为通义，并诏高才生受古经。和帝也曾诏令侍中骑都尉贾逵整理校订古经典籍，又听从贾逵的建议，博选术艺之士及通晓治政者，无论在哪一方面，只要对国家有一点儿益处的，全都被召集于朝。《易经》载“能够穷天地知造化，是因为君王恩德盛大”，《尚书》上说“那些有能有为的人，如果能使他们自己贡献其才能，那么国家就会昌盛了”。我的父亲，即前任太尉南阁祭酒许慎，本师从贾逵受古学，圣人不妄作，所作都有依据。现在五经的道义已经昭然光明，而文字是五经道义产生的根源，自古经周礼至今之汉律，都应当先学六书条例，然后才能贯通经艺本意，以免让巧说邪辞使天下学者疑惑。许慎博问通达文字的人，又考正于贾逵，著《说文解字》，六艺群书的训诂都按此加以解说，而天地鬼神、山川草木、鸟兽昆虫、杂物奇怪、王制礼仪、世间人事，无不具载。共十五卷，十三万三千四百四十一字。在此以前，许慎曾受诏校书于东观，并教授小黄门孟生、李喜等人，由于本书文字未定而没有奏上。现在许慎已病重，派我带着书前来拜见陛下。许慎又曾学《孝经》孔氏古文之说。《古文孝经》是在汉昭帝时鲁国三老所献上的，光武帝时给事中议郎卫宏为其作校订，然而没有著书，仅为口传，朝廷也没有为其专立学说，在此谨撰具一篇一同献上。臣冲诚惶诚恐，顿首顿首，死罪死罪，稽首再拜，以此闻于皇帝陛下。建光元年九月己亥朔，二十日戊午奏上。

诏令上书者汝南人许冲至左掖门外会集，并携所献上的《说文解字》及孔氏《古文孝经》二书。十月十九日，中黄门饶喜按诏书之命赐召陵公乘许冲布四十匹，当日受诏于朱雀掖门。敕勿谢。

范晔

范晔(398—445),字蔚宗,顺阳(在今河南淅川东南)人。元嘉时曾任尚书吏部郎、宣城太守,后迁左卫将军、太子詹事,参与机要。元嘉二十二年(445),因与散骑侍郎孔熙先等谋立彭城王刘义康,遭告发后被处死。

范晔少承家学,博览经史,善为文章,精于音乐。自元嘉元年(424年,一说元嘉九年)始以《东观汉记》为主要依据,并参考各家有关后汉历史的著作,撰写《后汉书》。原计划有十纪、十志、八十列传,唯十志未成而死。该书问世之后,博得好评,唐代以本书与《史记》《汉书》并称"三史",后又加入《三国志》,为"四史"。今传一百二十卷本,含志三十卷,系南朝梁刘昭作注时,取司马彪《续汉书》之志三十卷补入的。

后汉书·宦者传序

【题解】

本文是《后汉书·宦者传》的一篇序文。概述了从上古到东汉灭亡,宦官的地位及权力变迁的历史。范晔虽然对于东汉宦官专政极为痛恨,但行文沉着冷静,描述客观准确,表现出了史家应有的态度。范晔是南朝人,当时有"南学清通简要,得其英华","北学深芜,穷其枝叶"

的说法，本文即体现了追本溯源、叙述简洁的特点，得出的结论也容易使人信服。北朝史书如魏收的《魏书》，就拘泥于一人一事，只讨论具体问题，没有通观全局的评论，相比之下，就大为逊色了。

《易》曰："天垂象，圣人则之①。"宦者四星，在皇位之侧，故《周礼》置官，亦备其数。阍者守中门之禁②，寺人掌女宫之戒。又云："王之正内者五人。"《月令》："仲冬，命阉尹审门闾，谨房室。"《诗》之《小雅》亦有《巷伯》刺谗之篇③。然宦人之在王朝者，其来旧矣。将以其体非全气，情志专良，通关中人，易以役养乎？然而后世因之，才任稍广，其能者，则勃貂、管苏有功于楚、晋④，景监、缪贤著庸于秦、赵⑤；及其敝也，则竖刁乱齐⑥，伊戾祸宋⑦。以上宦官原起。

【注释】

①天垂象，圣人则之：见《周易·系辞》。

②阍（hūn）者：守门的人。

③《巷伯》：《诗经》中的篇名。毛诗序说这首诗是宦官所作，讥刺周幽王的。

④勃貂：即寺人披。《左传》载，有臣下谋害晋文公，寺人披向晋文公报告了此事。管苏：《新序》载楚恭王临终告诉大臣说："管苏犯我以义，违我以礼，与处不安，不见不思，然而有得焉，吾死之后，爵之于朝也。"

⑤景监：秦孝公宠爱的内臣，他向秦孝公引荐了商鞅。缪贤：赵国宦官，推荐蔺相如者。

⑥竖刁：齐国宦官。齐桓公死，他与易牙等人作乱。

⑦伊戾：宋国宦官。在宋平公跟前说公子痤的坏话，害死公子痤。

【译文】

《易》上说："天垂象，圣人则之。"宦官的四颗星，在皇帝的星座旁边，所以《周礼》中设官分职，也包括了宦官在内。阍者负责宫里中门出入，寺人负责监守宫女。《周礼》中又记载："王之正内五人。"《月令》也写道："仲冬，命阉尹审门闾，谨房室。"《诗经·小雅》里也有一篇《巷伯》，是宦官控诉受到谗言所害。所以说宦官在皇帝身边，历史也很长了。难道是因为他们身体有缺陷，用情专一，办事忠恳，可在宫内执行跑腿传递沟通的事务，使唤起来很方便？但后世沿袭前代，宦官被分派做的事务却逐渐增多，其中有才能的，像勃貂、管苏对楚、晋有功劳，景监、缪贤在秦、赵立功；坏的呢，则有像竖刁搞乱齐国，伊戾为祸于宋国这样的事。以上讲宦官的起源。

汉兴，仍袭秦制，置中常侍官。然亦引用士人，以参其选。皆银珰左貂，给事殿省。及高后称制①，乃以张卿为大谒者，出入卧内，受宣诏令。文帝时，有赵谈、北宫伯子，颇见亲幸。至于孝武，亦爱李延年。帝数宴后庭，或潜游离馆，故请奏机事，多以宦人主之。元帝之世，史游为黄门令，勤心纳忠，有所补益。其后弘恭、石显以佞险自进，卒有萧、周之祸②，损秽帝德焉。以上前汉。

【注释】

①高后：即吕后。

②萧、周之祸：石显当权，大臣萧望之、周堪得罪了他，结果二人遇祸，萧望之自杀，周堪遭禁锢。

【译文】

汉朝建立后，沿袭秦朝的制度，设置中常侍这一官职。但也吸收士人，来担任这一职务。他们都戴着银做的帽子，左边插着貂尾，在殿中侍奉听命。等到吕后临朝执政，任命张卿为大谒者，出入于吕后的卧室，传递命令。汉文帝时，有赵谈、北宫伯子，很受宠幸。到了汉武帝时，又宠爱李延年。武帝常在后宫摆酒作乐，或者偷偷跑出去住在离宫，所以大臣的奏章，很多交给宦官处理。元帝时，史游任黄门令，勤劳忠诚，做过不少好事。后来弘恭、石显靠着狐媚阴险往上爬，终于发生了萧望之、周堪被害的祸事，给元帝也抹了黑。以上讲西汉的情况。

中兴之初，宦官悉用阉人，不复杂调它士。至永平中，始置员数：中常侍四人，小黄门十人。和帝即阼幼弱，而窦宪兄弟专总权威，内外臣僚，莫由亲接，所与居者，惟阉官而已。故郑众得专谋禁中①，终除大憝②，遂享分土之封，超登宫卿之位。于是中官始盛焉。

【注释】

①郑众：汉和帝时宦官，和帝与之谋诛窦宪，事成封郑众为鄛乡侯。

②憝（duì）：奸恶。此处指窦宪。

【译文】

光武中兴初期，宦官全用的是被阉割过的人，不再杂用其他人士。到了永平年间，才开始规定人数：中常侍四人，小黄门十人。和帝即位时年龄幼小，窦宪兄弟总掌朝政，朝中群臣无法接近，与之打交道的只有宦官。因此郑众得以在宫内发号施令，最后除掉窦宪，终于受封侯的奖赏，一下子官升为大长秋。从此宦官势力开始膨胀。

自明帝以后，迄乎延平，委用渐大，而其员稍增：中常侍至有十人，小黄门二十人。改以金珰右貂，兼领卿署之职。

邓后以女主临政，而万机殷远，朝臣国议，无由参断帷幄，称制下令，不出房闱之间，不得不委用刑人①，寄之国命。手握王爵，口含天宪，非复掖廷、永巷之职，闺牖房闼之任也。其后孙程定立顺之功②，曹腾参建桓之策③，续以五侯合谋④，梁冀受钺。迹因公正，恩固主心，故中外服从，上下屏气。或称伊、霍之勋⑤，无谢于往载；或谓良、平之画⑥，复兴于当今。虽时有忠公，而竟见排斥。举动回山海，呼吸变霜露。阿旨曲求，则光宠三族⑦；直情忤意，则参夷五宗⑧。汉之纲纪大乱矣。以上后汉宦官事实。

【注释】

①刑人：指宦官。

②立顺：指孙程等拥立顺帝登基。

③曹腾：宦官。其养子即曹操父亲。梁冀弑质帝，曹腾与梁冀拥立蠡吾侯即位，便是汉桓帝。

④五侯合谋：指桓帝与宦官单超、贝瑗、唐衡、左悺、徐璜等五人共谋，诛杀梁冀，功成后五人同日被封侯。

⑤伊、霍：指伊尹、霍光。

⑥良、平：即张良、陈平。

⑦三族：父、母、妻三系亲属。

⑧五宗：五服内亲属。

【译文】

从明帝以后，直到延平年间，宦官越来越被重用，人员也不断增加：中常侍竟有十人，小黄门二十人。改戴金做的帽子，右插貂尾，还可兼任九卿之职。邓太后以妇人身份临朝听政，但国事繁复，大臣会议讨论国政，无法请出太后裁决，太后下命令，也只能在宫中作出决定，不得不任用宦官，交付给他们国家大事。宦官身任公卿，口宣王命，不再是从前负责掖庭、永巷事务的小官，所管也不再是看门守户的小事了。后来孙程倡议拥立顺帝登基而建大功，曹腾也在桓帝继位过程中出谋划策，接着是五侯合谋，梁冀被杀。宦官的胜利表面上看似乎是为国除害代表正义，皇帝也感恩戴德信任他们，所以内外朝臣听命于宦官，没人敢言语。有的夸宦官之功，比起伊尹、霍光来也不逊色；有的赞张良、陈平定国安邦的才能，又重现于今天。虽当时也有尽忠报国的人，但都被排斥。宦官一举一动都有移山倒海的威势，呼吸之间便具有严霜煞人的寒气。阿谀奉承委曲求全，则可以光宗耀祖；仗义执言违背其意，则会有灭族之祸。汉朝的制度于是乎大乱！以上讲东汉时宦官的情况。

若夫高冠长剑，纡朱怀金者，布满宫闱；苴茅分虎[①]，南面臣人者，盖以十数。府署第馆，棋列于都鄙；子弟支附，过半于州国。南金、和宝、冰纨、雾縠之积，盈仞珍藏；嫱媛、侍儿、歌童、舞女之玩，充备绮室；狗马饰雕文，土木被缇绣。皆剥割萌黎，竞恣奢欲。构害明贤，专树党类。其有更相援引，希附权强者，皆腐身熏子[②]，以自衒达。同敝相济，故其徒有繁，败国蠹政之事，不敢单书。所以海内嗟毒，志士穷栖，寇剧缘间，摇乱区夏。虽忠良怀愤，时或奋发，而言出祸从，旋见孥戮。因复大考钩党，转相诬染。凡称善士，莫不离被灾毒[③]。窦武、何进，位崇戚近，乘九服之嚣怨[④]，协群英之势力，而以疑留不断，至于殄败。斯亦运之极乎？虽袁绍龚行，芟夷无余，然以暴易乱，亦何云及！自曹腾说梁冀，竟立昏弱，魏武因之[⑤]，遂迁龟鼎。所谓“君以此始，必以此终”[⑥]，信乎其然矣！以上宦官灾毒。

【注释】

①苴(jū)茅分虎：古时封诸侯，天子用白茅包起被封者领地的泥土授予他，又赐他虎符，表示受封者接受土地和权力。苴，包也。虎，虎符。

②腐身熏子：要做宦官，先得受腐刑，阉割后还得熏身。

③离：通“罹”。遭受。

④九服：即九州。

⑤魏武：即曹操。

⑥君以此始，必以此终：意思是汉朝初期宠用宦官，其后终为宦官所灭。

【译文】

于是戴着高冠，佩着长剑，腰系着红丝带，带下系着金印的宦官，宫里处处可见；受封侯裂土之赏，使人臣服的宦官，有十多位。官衙府第，星罗棋布于城乡；亲戚攀附，党羽众多，几乎超过天下的一半。南金、和宝、冰纨、雾縠山积，堆满府库；嫱媛、侍儿、歌童、舞女这些满足玩好的，充斥于堂上屋中；狗马穿着刺绣的丝绸，土木蒙着锦绣。这些都是搜刮老百姓得来的，穷奢极欲。残害贤明忠诚的官吏，重用亲信党羽。还有那些通过各种渠道与宦官拉上关系，试图依附强权的人，都自行阉割或阉割儿子，求得飞黄腾达。同为身残之人，因而互相帮忙，所以宦官人数越来越多，祸害国家的事，不敢全部写出来。因此四海怨恨，志士隐退，盗贼钻了空子，动摇国家。虽然忠心贤明的人，不时地挺身而出，但刚一开口即大祸临头，很快被杀害。宦官随之又逼问同党，互相诬告牵连。只要名声好点儿的，无不遭受迫害。窦武、何进，地位崇高身为外戚，趁着天下人的怨愤，仗着众多英雄的支持，却因犹豫不决，导致衰败。难道说运气这时已到了极点？后来袁绍虽然率兵行动，杀得宦官一个不剩，但一种暴力代替了另一种暴力，又有什么用！自从曹腾劝说梁冀，立了一个昏君，魏武沿用老法子，终于夺取了汉家天下。所谓“君以此始，必以此终”，这话说得真是对啊！以上讲宦官所造成的祸殃。

韩愈

韩愈简介参见卷二。

张中丞传后序

【题解】

张中丞即张巡。安史之乱时，受命率兵讨贼，屡建战功，名声甚高。后与许远死守江淮咽喉睢阳，以极微弱的兵力，抗击数十万叛军，最后弹尽粮绝，慷慨就义。但张巡死后，竟有人诬蔑、毁谤许远降贼有罪。其友人李翰为伸张正义，澄清事实，作《张巡传》，上书肃宗，辨明事情真相。五十年后，韩愈得读《张巡传》深有感慨，写下此文，表彰为国捐躯的张巡、许远等人的功绩，驳斥了小人的谬说。

元和二年四月十三日夜①，愈与吴郡张籍阅家中旧书②，得李翰所为《张巡传》③。翰以文章自名④，为此传颇详密，然尚恨有阙者，不为许远立传⑤，又不载雷万春事首尾⑥。

【注释】

①元和：唐宪宗年号（806—820）。元和二年，即807年。

②吴郡：今江苏苏州。张籍：字文昌，元和时著名诗人，是韩愈的学生。著有《张司业集》。

③李翰：赞皇（今属河北）人。官至翰林学士，是张巡的朋友。张巡：邓州申阳（今河南邓州）人。安史之乱时，任真源县令，曾起兵守雍丘（今河南杞县），抗击安禄山叛军，后与太守许远守睢阳（今河南商丘睢阳区），城破被俘殉难。张巡在固守睢阳时，诏拜御史中丞，故称张中丞。

④自名：自称，自许。

⑤许远：字令威。安史之乱时，任睢阳太守，同张巡共守睢阳，后城破被俘，叛军拟将他押送洛阳，不屈，于偃师（今属河南）遇害。

⑥雷万春：张巡部将，睢阳失守后，与张巡同时被害。

【译文】

元和二年四月十三日夜，韩愈与吴郡张籍阅读家中的旧书，看到了李翰所写的《张巡传》。李翰素以文章自许，因此这篇文章写得详细周全，但是仍有缺漏而令人遗憾，没有替许远写下传记，也没有记载雷万春事迹的前前后后。

远虽材若不及巡者，开门纳巡，位本在巡上，授之柄而处其下[①]，无所疑忌，竟与巡俱守死成功名[②]。城陷而虏，与巡死先后异耳[③]。两家子弟材智下，不能通知二父志，以为巡死而远就虏，疑畏死而辞服于贼[④]。远诚畏死，何苦守尺寸之地，食其所爱之肉[⑤]，以与贼抗而不降乎？当其围守时，外无蚍蜉蚁子之援[⑥]，所欲忠者，国与主耳。而贼语以国亡主灭[⑦]，远见救援不至，而贼来益众，必以其言为信。外无待而犹死守，人相食且尽[⑧]，虽愚人亦能数日而知死处矣[⑨]。远之不畏死，亦明矣！乌有城坏其徒俱死[⑩]，独蒙愧耻求活？

虽至愚者不忍为。呜呼！而谓远之贤而为之邪？说者又谓远与巡分城而守，城之陷，自远所分始。以此诟远，此又与儿童之见无异⑪。人之将死，其藏腑必有先受其病者；引绳而绝之⑫，其绝必有处。观者见其然⑬，从而尤之⑭，其亦不达于理矣。小人之好议论，不乐成人之美⑮，如是哉！以上辨许远事。

【注释】

①柄：权柄。此处指兵权。

②竟：终于。

③耳：罢了。

④"两家子弟材智下"几句：安史之乱平定后，张巡儿子去疾轻信谣言，于唐代宗大历年间上书给皇帝，言睢阳城陷时，许远不忠于张巡，而屈服于叛军，并请追夺许远官爵。通知，通晓，完全了解。辞服，请降。

⑤食其所爱之肉：睢阳被围，城中粮尽，士卒多饿死，待雀鼠食尽，再以妇女、男子老弱食之，张巡杀爱妾，许远杀奴仆，以充军粮。

⑥蚍蜉(pí fú)：一种黑色的大蚂蚁，比喻当时连一点儿援军都没有。

⑦贼：指叛军。国亡主灭：指安史之乱后，长安陷落，唐玄宗李隆基逃往蜀中。叛将则以国家亡、君主死为词，劝降张巡、许远。

⑧且：将。

⑨数日：计算日期。

⑩乌有：哪里有。

⑪"说者又谓远与巡分城而守"几句：张巡与许远在共守睢阳城时，曾分城而守，张巡守城东北，许远守城西南。睢阳城陷落时，敌人先从许远所守地段攻入，而攻击许远的人便以此为理由对他

们进行诬蔑。说者，指毁谤许远的人。

⑫引：拉。

⑬见其然：见到这种情况（指上文“城之陷，自远所分始”）。

⑭尤之：责难许远。

⑮不乐成人之美：《论语·颜渊》：“子曰：君子成人之美，不成人之恶，小人反是。”

【译文】

许远虽然才能不如张巡，但打开城门迎入张巡，官位本来在张巡之上，却授予张巡兵权而处于张巡的指挥之下，无所猜忌，最终与张巡一起死守城池，成就功名。城陷被俘，与张巡共同就义，不过有先有后罢了。两家后代的才智低下，不能通晓两位父辈大人的遗志，以为张巡死去而许远被俘，怀疑许远怕死而降敌。许远若真的怕死，又何苦守尺寸之地，并忍痛杀奴仆以充军粮，坚持抵抗敌人而不投降呢？当他们守城被围时，城外连一点儿援军都没有，他们忠心耿耿，只是为了国家和君主。而敌贼以国亡主灭招降，许远眼见救援的军队不来，而敌贼却越来越多，按理一定会相信敌人的话。外无援军却仍死守，人吃人也即将吃光，即使愚蠢的人也能计算时日而知道死将到来。许远不怕死是很明显的！哪有守城已破部下都亡，独独一人含愧受辱苟且偷生的？即使最愚蠢的人也不忍心。唉！又怎么能认为许远这种贤良之士会做这种事啊？毁谤许远的人又说许远与张巡分城守护，城陷落先从许远守护的地方开始。以此对许远诬蔑，这跟无知儿童的见识没有什么两样。快要死去的人，其脏腑必有先患病之处；绳子断裂，必有先裂口之处。旁观的人见到结果后，就责问先变之处，真是不通情达理。道德低下的人好议论人的是非，不喜欢成全别人的好事，如此而已！以上辨析许远守城事。

如巡、远之所成就，如此卓卓①，犹不得免，其他则又何说！当二公之初守也，宁能知人之卒不救[2]，弃城而逆遁[3]？苟此不能守[4]，虽避之他处何益？及其无救而且穷也，将其创残饿羸之余[5]，虽欲去，必不达。二公之贤，其讲之精矣[6]。守一城，捍天下，以千百就尽之卒[7]，战百万日滋之师[8]，蔽遮江、淮，沮遏其势[9]，天下之不亡，其谁之功也！当是时，弃城而图存者，不可一二数；擅强兵坐而观者相环也[10]。不追议此[11]，而责二公以死守，亦见其自比于逆乱，设淫辞而助之攻也[12]！

【注释】

①卓卓：特别突出，出众。

②宁能：哪能，岂能。

③弃城而逆遁：当时确有弃城东去之议，张巡、许远申述理由，坚决反对这样做。逆遁，事前逃走。

④苟：假使，如果。

⑤将：统率。创：创伤。羸（léi）：瘦弱。

⑥其讲：指许远、张巡二人的谋划。

⑦就尽：将尽。

⑧日滋：一天天增多。

⑨沮遏：阻止。

⑩擅强兵坐而观者相环也：拥有强大兵力而坐视不救的，睢阳周围都是。

⑪追议：追究，议论。

⑫设淫辞：制造夸大歪曲事实的言辞。

【译文】

张巡、许远的成就，可谓卓越出众，但仍不能免受指责，其他的人又该怎样说！当二位初守之时，哪能知道救兵始终不到，该丢城而逃亡呢？可是假使此城守不住，即使躲避到他处又有什么用呢？等到既无救兵且处境窘迫时，率领伤残、饥饿、羸弱的士卒，即使想逃离，也一定跑不远的。贤明的二公，其谋划也是周密的。守卫一城，捍卫天下，以千百名将要全部阵亡的士卒，抗击日益增长的百万之师，在江、淮之上筑成防线，阻遏敌军之势，天下没有灭亡，还能是谁的功劳！当时，弃城而图生存的，可不是一个两个；拥有强兵坐而不救的，为数也不少。不追究这些人的罪责，却责问二位以死相守，我觉得是他们辅助叛军，在用流言蜚语帮助叛军进攻！

愈尝从事于汴、徐二州[①]，屡道于两府间[②]，亲祭于其所谓双庙者[③]。其老人往往说巡、远时事云。以上并叹巡、远事。

【注释】

①从事：唐代通称幕僚为从事，即帮助别人做事。汴、徐：汴州（今河南开封）、徐州（今江苏徐州）。韩愈曾在宣武节度使董晋部下任汴州推官。董晋死后，韩愈又依附于武宁节度使张建封，任徐州推官。

②屡道：几次经过。

③双庙：《新唐书·张巡传》载，张巡、许远死后，唐肃宗李亨追张巡为扬州大都督，许远为荆州大都督，并在睢阳为二人立了庙，岁时祭祀。

【译文】

我曾在汴、徐二州任职，几次经过两州之间，亲自到双庙去祭祀。那里的老人们常常说起张巡、许远当时的事情。以上并叹张巡、许远之事。

南霁云之乞救于贺兰也[1]，贺兰嫉巡、远之声威功绩出己上，不肯出师救。爱霁云之勇且壮，不听其语，强留之，具食与乐[2]，延霁云坐[3]。霁云慷慨语曰："云来时，睢阳之人不食月余日矣！云虽欲独食，义不忍；虽食，且不下咽。"因拔所佩刀，断一指，血淋漓，以示贺兰。一座大惊，皆感激为云泣下。云知贺兰终无为云出师意，即驰去。将出城，抽矢射佛寺浮图[4]，矢着其上砖半箭，曰："吾归破贼，必灭贺兰，此矢所以志也[5]！"愈贞元中过泗州[6]，船上人犹指以相语。城陷，贼以刃胁降巡，巡不屈，即牵去，将斩之；又降霁云，云未应。巡呼云曰："南八[7]，男儿死耳，不可为不义屈！"云笑曰："欲将以有为也[8]。公有言，云敢不死！"即不屈。以上南霁云事。

【注释】

①南霁云：魏州顿丘(今河南清丰西南)人。安禄山反，参加平叛，后成为张巡的部将。贺兰：复姓，名进明。当时任河南节度使，拥重兵驻扎在临淮(今江苏泗洪临淮镇)。张巡曾派南霁云向他求援，他坐视不救。

②具食与乐：备好筵席与歌舞。

③延：请。

④浮图：佛塔。

⑤志：标记。

⑥贞元：唐德宗年号。泗州：州名。唐时属河南道，治所在临淮。

⑦南八：因南霁云在兄弟辈中排行第八，故称。

⑧将以有为：将有所作为。此句与上文的"又降霁云，云未应"相呼应。意谓南霁云自有打算，想通过诈降待机破敌雪恨。

【译文】

南霁云曾向贺兰进明求援，贺兰嫉妒张巡、许远的声望，认为他们的功绩都超出了自己，不肯出兵相救。贺兰爱重霁云的勇敢和激壮，不听他的求救，强行挽留他，供给食物与歌舞，请霁云上坐。霁云慷慨地说："我出来时，睢阳的人没有吃的有一个多月了！我虽然想独自食用一顿，但道义不容；即使吃了，也难以下咽。"于是拔出所佩带的刀，砍断一手指，鲜血淋漓，以向贺兰显示心意。在座的人都大吃一惊，都被感动得哭泣起来。霁云明白了贺兰最终没有派出救兵的意思，立即驰马而去。将要出城时，抽箭射击佛寺的佛塔，箭身一半射进佛塔的砖瓦里，说："我回去击败敌贼之后，一定要灭了贺兰，用这箭来作证！"我于贞元年间经过泗州，坐在船上的人还指着那里互相谈论。睢阳城失陷后，敌人以刀胁逼张巡投降，张巡不屈服，立即被带走，准备斩首；又要霁云投降，霁云不回答。张巡高呼说："南八，男子汉一死而已，不可向邪恶屈服。"霁云笑道："我只是想将来还有要做的事。既然您都说了，我霁云哪敢不死！"于是终不屈服。以上讲南霁云之事。

张籍曰：有于嵩者[①]，少依于巡，及巡起事，嵩常在围中。籍大历中于和州乌江县见嵩[②]，嵩时年六十余矣。以巡初尝得临涣县尉[③]，好学无所不读。籍时尚小，粗问巡、远事，不能细也[④]。云巡长七尺余，须髯若神[⑤]。尝见嵩读《汉书》，谓嵩曰："何为久读此？"嵩曰："未熟也。"巡曰："吾于书读不过三遍，终身不忘也。"因诵嵩所读书，尽卷不错一字。嵩惊，以为巡偶熟此卷，因乱抽他帙以试[⑥]，无不尽然。嵩又取架上诸书，试以问巡，巡应口诵无疑。嵩从巡久，亦不见巡常读书也。为文章，操纸笔立书，未尝起草。初守睢阳时，士卒仅万人，城中居人户亦且数万，巡因一见问姓名，其后无不识者。巡怒，须髯辄张[7]。及城陷，贼缚巡等数十人，坐，且将戮，巡起旋，其众见巡起，或起或泣。巡曰："汝勿怖！死，命也。"众泣不能仰视。巡就戮时，颜色不乱[8]，阳阳如平常[9]。远，宽厚长者，貌如其心，与巡同年生，月日后于巡，呼巡为兄，死时年四十九。嵩贞元初死于亳、宋间[10]。或传嵩有田在亳、宋间，武人夺而有之[11]，嵩将诣州讼理[12]，为所杀。嵩无子。张籍云。以上杂述张巡事。

【注释】

①于嵩：生平无考。

②大历：唐代宗年号。和州：治所历阳（今安徽和县）。乌江县：在今安徽和县东北。

③以巡：因张巡之故。张巡死节，唐朝加恩封赏他的亲戚、部下，故于嵩得临涣县尉之职。临涣县：在今安徽宿县西南。

④细：详细。

⑤须髯（rán）：胡须。

⑥因：于是。他帙（zhì）：其他一卷。帙，本是书套，此处指书。

⑦辄（zhé）：即，就。

⑧颜色不乱：脸色不变。

⑨阳阳：神色自若，安详镇定。

⑩亳（bó）：亳州，今安徽亳州。宋：宋州，即睢阳。

⑪武人：指军人。

⑫诣州讼理：到州里向官府告状。

【译文】

张籍说：有位叫于嵩的，年轻时就依附于张巡，等到张巡起兵平叛，于嵩常在他身边。张籍曾在大历年间在和州乌江县见到于嵩，他当时已六十多岁了。因为张巡的缘故，于嵩得任临涣县尉之职。他勤奋好学，无所不读。张籍当时还小，大略地问问张巡、许远的事，说得也不很详细。据说张巡身高七尺多，胡须长得秀美如神。张巡曾经看见于嵩读《汉书》，对他说："为什么老是读这书？"于嵩回答说："没有熟记下来。"张巡说："我读书不超过三遍，终身不会忘记。"接着就背诵于嵩所读的那卷，背完这卷书后竟一字不错。于嵩感到吃惊，以为张巡恰好熟悉这卷，于是随便抽了一卷来试他，结果还是如此。于嵩又取书架上的书，试着问张巡，张巡随着于嵩的提问应口背诵毫无迟疑。于嵩跟从张巡时间很长，却不见张巡经常读书。张巡写文章，拿起纸笔就写，不用打草稿。刚守睢阳城时，士兵将近一万人，城中居民也数万，张巡若见过面问过姓名，到后来没有不能记住的。张巡发怒时，胡须就张开。等到睢阳城失陷，敌人绑缚了张巡等数十人并让他们坐下来，即将杀戮，张巡站起来，众人见他站了起来，有的也跟着站起来，有的哭泣。张巡说："你们不用害怕！死，不就是一条命吗！"众人都哭得不能抬头。张巡英勇就义时，脸色不变，安详自若，犹如平常。许远是宽厚、德高望重的人，外貌和他的内心一样诚实宽厚，与张巡同年出生，出生的月日在张巡之后，故称张巡为兄，死时年仅四十九岁。于嵩在贞元初年死在亳州和宋州一带。有人说于嵩在这一带有田地，军人们强夺并霸占了，于嵩要到州里告状，被他们杀害了。于嵩没有儿子。这些都是张籍讲述的。以上杂述张巡的事迹。

读仪礼

【题解】

《仪礼》，旧说为周之旧典，汉高堂隆所传。其中所载，均为吉、凶、军、宾、嘉之礼制，又名《礼经》，与《周礼》《礼记》合称"三礼"，为儒家重要经典。今存十七篇。

韩愈认为《仪礼》文辞古奥，艰涩难懂，所述古代制度多不合时宜，诚无所用。只须掇其大要，供学者观览就行了。可见韩愈对儒家典籍的价值亦是有甄别的。清方苞评说韩愈此文“风味与《史记》‘表’‘序’略同，而格调微别”。

余尝苦《仪礼》难读，又其行于今者盖寡，沿袭不同，复之无由[①]。考于今[②]，诚无所用之[③]。然文王、周公之法制[④]，粗在于是[⑤]。孔子曰：“吾从周。”谓其文章之盛也。古书之存者希矣，百氏杂家尚有可取，况圣人之制度邪！于是掇其大要[⑥]，奇辞奥旨著于篇[⑦]，学者可观焉。惜乎！吾不及其时进退揖让于其间。呜呼盛哉！

【注释】

①无由：没有机会。

②考：研究考核。

③诚：实在，确实。

④法制：法令制度。

⑤粗在于是：粗略地在于其中。

⑥掇(duó)：摘选，拾取。大要：纲要。

⑦著：“着”的本字，附着之意。又一说，“著于篇”后无“学”字，“著”作显露、显明解。

【译文】

我曾经苦恼《仪礼》不仅难以解读，而且能够仍在当代施行流传的恐怕很少，再加上传延承袭当中也和从前有了不同，所以恢复施行也是没有理由的。对于现今而言，实在没有什么用处。然而，文王、周公的法令、制度，都粗略地记载保存在当中。孔子讲：“我追慕周朝。”说的就是《仪礼》上礼乐规章的盛美。古书保存至今的很少啊，诸子百家的论说主张，尚且有可以取用的地方，何况圣人的制度规范呢！我因此搜选它的纲要、妙论和深奥的主题，附着在正文上，想要学习的人可以观看。只可惜我赶不上那个时代，出入行止在当中。真是盛大啊！

读荀子

【题解】

韩愈屡言"识古书之正伪"，即以"道德"辨衡古代诗文作品，此即一篇。全文就孟、荀、扬三大儒者各提识见，而以论荀子为主，提出了自己对儒学源流发展的看法，其意与《原道》篇"轲之死不得其传焉，荀与扬也，择焉而不精，语焉而不详"，一脉相承，大约同时而作。

《荀子》至唐代中叶以后，方有杨倞为之作注，其注多引韩愈的话，可知《荀子》一书的提倡、流行，颇有韩愈之力。

始吾读孟轲书[1]，然后知孔子之道尊，圣人之道易行，王易王，霸易霸也[2]。以为孔子之徒没，尊圣人者，孟氏而已。晚得扬雄书[3]，益尊信孟氏[4]，因雄书而孟氏益尊，则雄者亦圣人之徒与！圣人之道，不传于世。周之衰，好事者各以其说干时君[5]，纷纷籍籍相乱[6]，六经与百家之说错杂[7]，然老师大儒犹在[8]。火于秦，黄老于汉[9]，其存而醇者，孟轲氏而止耳，扬雄氏而止耳。及得荀氏书，于是又知有荀氏者也。考其辞，时若不粹[10]，要其归[11]，与孔子异者鲜矣[12]。抑犹在轲、雄之间乎[13]！孔子删《诗》《书》[14]，笔削《春秋》[15]，合于道者著之，离于道者黜去之，故《诗》《书》《春秋》无疵。余欲削荀氏之不合者⑯，附于圣人之籍，亦孔子之志与！孟氏，醇乎醇者也⑰；荀与扬，大醇而小疵。

【注释】

①孟轲：战国人，继孔子之一代儒师。

②王易王，霸易霸：前一“王”“霸”，名词，后一“王”“霸”，动词，称王称霸意。

③扬雄：字子云，蜀郡成都（今四川成都）人。以辞赋与班固并称“班扬”。有《太玄》《法言》仿乎《周易》《论语》。

④益尊信孟氏：意子云推重孟子，故因雄书而孟氏益尊。

⑤好事者：指韩非、申不害、田骈、慎到之属。干：求取，干谒。

⑥籍籍：犹纷纷、多而杂乱的意思。

⑦六经：《诗》《书》《礼》《乐》《易》《春秋》，合称六经。

⑧老师大儒：指孟子、荀卿。《史记·孟子荀卿列传》：“齐襄王时，荀卿最为老师。”《列女传·母仪·孟母传》：“及孟子长，学六艺，卒成大儒之名。”

⑨黄老于汉：《汉书·外戚传》载：“窦太后好黄帝、老子言，景帝及诸窦不得不读《老子》，尊其术。”

⑩粹：专一不变。

⑪要：求取，探索。归：主旨。

⑫鲜（xiǎn）：少。

⑬抑：句首语气词。

⑭孔子删《诗》《书》：据传古《诗》三千余篇，孔子删定为三百零五篇。《书》也经孔子删定，上起帝尧、下迄秦穆公，共百篇。

⑮笔削《春秋》：《春秋》原为鲁国史书，孔子以“隐恶扬善”之原则作了加工。笔，照录原文。

⑯不合：指“离于道”者。

⑰醇乎醇：最为醇美精粹，没有一点儿瑕疵。

【译文】

最初我是读了孟轲的著作，而后才知道孔子推崇的道德极为高尚，圣人教化天下的理想实际很容易施行，统一天下者容易治国安民，据霸一方者也容易征服四处。同时认为孔子的门人俱亡以后，尊重圣人的只有孟子而已。后来获得扬雄的著作，因为他推举高抬孟子就更加敬信孟子，由于扬雄著作使孟子地位更加重要，那么扬雄也算圣人的门下了！圣人的道德和教化天下的理想在当世并不流行。周朝衰亡以后，那些多事的家伙们各自用他们的论说来干谒当时的君王，各种人物相互混杂纏挠，六经也和百家不同的论著交错难分，所幸还有一些得道于孔子的大儒者存在。我以为经秦坑儒焚书、汉崇信黄老，存留下来属真正醇美道德的，只有孟轲，只有扬雄罢了。等到读到荀子的书之后，才又知道荀子也算一个。细辨他的文章，观点好像有些不一致，但探求主旨，和孔子不一样的很少见。我觉得他大约在孟轲和扬雄之间吧！孔子删定《诗》《书》，修改《春秋》，合乎道义的留着它，背离道义的就抛弃它，所以《诗》《书》《春秋》没有一点儿瑕疵。我打算删削荀子那些不合道义的说法，然后把它附列在圣人著作后面，这也是孔子的意愿吧！孟子之说是纯粹真正的道义之说；荀子和扬雄则基本合乎道义，但有一些小瑕疵。

赠郑尚书序

【题解】

郑尚书，名权，汴州开封（今河南开封）人。其事见序文。

此序先叙岭南大府之权重威盛；中间点明其所以如此是因为他责任重大，直接决定边地的安定与否，贸易的兴旺与否；后面陡然接以对郑权任官政绩的褒扬，暗含其就任大府亦当全力而为，成就功业之意。

全文前重后轻，本乃赠序却只书岭南大府之重责，文尾才略略提及送赠之意，但当中的鼓励厚望之心，读者眼见即知。

岭之南，其州七十[①]，其二十二隶岭南节度府，其四十余分四府。府各置帅，然独岭南节度为大府[②]。大府始至，四府必使其佐启问起居[③]，谢守地[④]，不得即贺以为礼[⑤]。岁时必遣贺问，致水土物[⑥]。大府帅或道过其府，府帅必戎服，左握刀，右属弓矢，帕首袴靴迎郊[⑦]。及既至，大府帅先入据馆[⑧]，帅守屏[⑨]，若将趋入拜庭之为者；大府与之为让[⑩]，至一再，乃敢改服以宾主见；适位执爵[⑪]，皆兴拜，不许乃止，虔若小侯之事大国。有大事，咨而后行。以上体制崇重。

【注释】

①其州七十：《通典·州郡》曰："岭南五府经略使治广州，领州二十二，邕管经略使治邕州，领州十三，容管经略使治容州，领州十四；桂管经略使治桂州，领州十四；镇南经略使安南都护府治交州，领州十一。至德元年，升五府经略使为岭南节度使。"

②大府：高级官府。

③佐：僚属。启问：禀告问候。

④谢：谢罪，道歉。

⑤不得：谓若不使佐启问。

⑥水土物：风物特产。

⑦帕首袴(kù)靴迎郊：谓装束严整地在郊外迎接。帕首，用巾帻裹头。袴靴，指军装。"郊"上或有"于"字。

⑧据馆：据，盘踞，占领。以大府统领诸府，故称以此。馆，泛称舍。此指官署。

⑨守屏：守候门外。屏，照壁，当门小墙。

⑩让：谦让不受。

⑪适位：归位。

【译文】

五岭以南有七十个州，其中二十二个隶属岭南节度使府，其余四十多个则分归其他四府管辖。各府均设有统帅，然而唯独岭南节度使府是大府。大府之帅刚刚到达任地时，四府之帅就一定会委派他们的属僚前往启禀问候其起居生活情况，为他们治理守地不尽职表示谢罪，如果不能这样做就送上礼物以示庆贺。逢年过节也必会派人恭贺，带给大府之帅风物特产。有时候大府之帅路途经过他们中某一个的府衙，这个府帅就一定全身军装，左手握刀，右系弓箭，头顶巾帻，脚蹬袴靴，穿戴严整地到郊外迎接。等到了府衙，大府之帅先行进入里面坐定，府帅则守候在照墙处，好像要快步走来在庭院中叩拜一样；等大府之帅和他谦让再三之后，才敢更换便服，按宾、主的礼节和大府之帅相见；归入座位拿起酒杯，都要起来拜谢，大府之帅不许他这样之后才停止，恭敬地就像小诸侯侍奉上邦大国一般。凡有重要的事情，也都先请示大府之后才有所行动。以上讲岭南节度使府受尊崇的情况。

隶府之州，离府远者，至三千里，悬隔山海，使必数月而后能至[①]。蛮夷悍轻[②]，易怨以变。其南州皆岸大海，多洲岛，飒风一日踔数千里[③]，漫澜不见踪迹[④]，控御失所[⑤]。依险阻，结党仇[⑥]，机毒矢[⑦]，以待将吏。撞搪呼号[⑧]，以相和应，蜂屯蚁杂，不可爬梳。好则人，怒则兽。故常薄其征入[⑨]，简节而疏目[⑩]，时有所遗漏，不究切之[⑪]；长养以儿子，至纷不可治，乃草薙而禽狝之[⑫]，尽根株痛断乃止。其海外杂国，若躭浮罗、流求、毛人、夷亶之州，林邑、扶南、真腊、干陀利之属，东南际天地以万数，或时候风潮朝贡，蛮胡贾人，舶交海中。若岭南帅得其人，则一边尽治⑬，不相寇盗贼杀，无风鱼之灾、水旱疠毒之患⑭。外国之货日至，珠香象犀玳瑁奇物⑮，溢于中国，不可胜用⑯。故选帅常重于他镇，非有文武威风，知大体，可畏信者，则不幸往往有事。以上地广俗殊难治。

【注释】

①使：使者。

②悍轻：慓悍轻捷。

③飒：同“帆”。踔(chuō)：越。

④漫澜：水势浩大无边。

⑤控御：控制，使就范。亦作“控驭”。

⑥结党仇(qiú)：成群结伙。仇，同伴。

⑦机：弩牙，主弩之放发。

⑧撞搪(táng)：冲击抵挡。

⑨薄其征入：减轻他们的赋税徭役。

⑩简节而疏目：谓法令制度稀疏简单。节，法制。目，网眼。此指规章条例。

⑪究切：追查紧切。

⑫草薙(tì)：除去野草。禽狝(xiǎn)：捉猎禽兽。狝，秋天打猎。

⑬一边：一方，即整个边远之地。

⑭疠(lì)：瘟疫。

⑮象犀：象牙、犀角。玳瑁(dài mào)：爬行动物，似龟，甲壳褐黄有斑，光润，可为饰物。

⑯胜：尽。

【译文】

大府所辖的州县，距离大府远的，要有三千里，其间山海阻隔，使者要几个月以后才能抵达。那里的蛮夷之民慓悍轻捷，很容易产生怨怒之心而发起祸乱。南方诸州都在大海岸边，大多都是海岛小洲，张帆乘船一日之间飞越几千里，也仍只有海水浩荡无边而不见人迹，所以在这些地方往往难以控制治理。他们凭依险要阻隔，成群结伙，在弩机上放置沾染毒药的箭，来等候官府的将领兵吏。一个个冲击抵挡呼喊号叫，彼此相和照应，有如蜂蚁杂聚，实在不能理治清楚。这些人喜欢亲近你时就是人，一旦怨恨恼怒起来就变成了野兽。因而不得不时常减轻他们的赋税徭役，放宽法令律例，有那些需予惩罚，却有时漏掉而未加惩罚的人，也不再追查到底；让他们繁养子孙，到乱得不能再乱的时候，才剪除逮捕他们，拼力铲除根株后方能有所安止。另有海外许多国家，像躭浮罗、流求、毛人、夷亶这些州，林邑、扶南、真腊、干陀利之类，在东南一带星罗棋布难以计数，有时候顺着信风、海潮前来朝拜进送贡品，蛮夷之商，船舶交接在海中贸易。如果岭南统帅人选得当尽职，那么整个边远之地都完全治理太平，没有互为寇盗互相攻杀，渔业没有风暴灾害，人民也不遇旱涝瘟疫的祸难。而且他邦货物每日都能运来，珍珠、异香、象牙、犀角、玳瑁等各种稀罕物品溢满中原之地，难以用尽。所以岭南选择统帅往往要严于其他节度地区，如果不是识文习武，威风凛凛，懂得考虑大局，被人敬畏信服的，就不幸往往会发生变乱。以上讲此地地广俗殊，难以治理。

长庆三年四月，以工部尚书郑公为刑部尚书兼御史大夫，往践其任①。郑公尝以节镇襄阳，又帅沧、景、德、棣②，历河南尹、华州刺史，皆有功德可称道。入朝为金吾将军、散骑常侍、工部侍郎、尚书，家属百人，无数亩之宅，僦屋以居③，可谓“贵而能贫”④，为仁者不富之效也。及是命，朝廷莫不悦。将行，公卿大夫士苟能诗者，咸相率为诗以美朝政，以慰公南行之思。韵必以“来”字者，所以祝公成政而来归疾也⑤。

【注释】

①践其任：即指郑权为岭南节度使。践，临。

②沧、景、德、棣：沧州、景州、德州、棣州，即今河北沧州、景县与山东德州、惠民一带。

③僦(jiù)：租赁。

④贵而能贫：出自《左氏春秋》襄公二十二年。此处韩愈用笔非实，权本传云其“用度豪侈”，或以为愈乃暗相讥嘲。

⑤成政而来归疾：成就政业，很快地归回朝廷。

【译文】

长庆三年四月，诏命工部尚书郑大人为刑部尚书兼御史大夫，前往担任这项重职。郑大人曾经在襄阳地区任节度使，后又统率沧、景、德、棣一带，历任河南尹、华州刺史，都有值得称扬的功业德举。进入朝廷做金吾将军、散骑常侍、工部侍郎、尚书时，家中眷属有百人之多，却连占地数亩的居宅也没有，去租屋借住，称得上“贵而能贫”，可以成为仁德之人不求聚财的例子了。等下达了这项任命以后，朝廷上下没有不欣喜满意的。临行之际，公卿大夫及士人，只要能吟诗的，都争相吟诗，来赞美朝政，慰藉大人南往的思怀之心。韵脚一定用“来”字，是为了祝愿大人成就政业，很快地返归朝廷。

送李愿归盘谷序

【题解】

本文作于唐德宗贞元十七年(801)。安史之乱以后，唐朝出现了藩镇割据的局面。贞元十五、十六年，韩愈从汴州、徐州的叛乱中脱险，失掉官职。贞元十七年，到京城求官，听候调选。其友人李愿在盘谷隐居，曾一度到长安游览，此时将要返回隐居之地，韩愈写了这篇序文，也即赠言为他送行。当时韩愈目睹唐朝衰败的现实，心情极为沉郁。此文真实地表达了他抑郁不得志的心情，辛辣地嘲讽了达官显贵，以及利欲熏心、奔走权势之门的无耻之徒。同时，又高度赞扬了不与污浊的世俗同流合污而隐居山林的高洁之士。

太行之阳有盘谷①。盘谷之间，泉甘而土肥，草木藂茂②，居民鲜少。或曰：谓其环两山之间③，故曰盘。或曰：是谷也，宅幽而势阻④，隐者之所盘旋⑤。友人李愿居之⑥。

【注释】

①太行：即太行山。阳：山的南面称阳。盘谷：今河南济源北。

②藂茂：同“丛茂”。丛生茂密。

③谓：通“为”。因为。

④宅：位置。幽：深幽。阻：险要的地方。

⑤盘旋：同“盘桓”。即徘徊、逗留之意。

⑥李愿：依阎若璩考证，与唐西平忠武王李晟的儿子不是一个人，而曾国藩认为是李晟的儿子，究竟如何，无考。

【译文】

太行山的南面有个地方叫盘谷。盘谷这一带，泉水甘洌而土地肥沃，草木丛生茂密，居民很少。有人说：因为它是环绕于两山之间的屈曲地形，所以称为盘谷。也有人说：盘谷这地方，所处位置幽深且地势险阻，是隐士们留恋的地方。友人李愿在这居住。

愿之言曰：人之称大丈夫者，我知之矣。利泽施于人[1]，名声昭于时[2]，坐于庙朝[3]，进退百官[4]，而佐天子出令。其在外[5]，则树旗旄[6]，罗弓矢[7]，武夫前呵[8]，从者塞途。供给之人，各执其物，夹道而疾驰。喜有赏，怒有刑。才畯满前[9]，道古今而誉盛德，入耳而不烦。曲眉丰颊[10]，清声而便体[11]，秀外而惠中[12]，飘轻裾[13]，翳长袖[14]。粉白黛绿者[15]，列屋而闲居[16]，妒宠而负恃[17]，争妍而取怜[18]。大丈夫之遇知于天子，用力于当世者之所为也。吾非恶此而逃之，是有命焉，不可幸而致也[19]。穷居而野处，升高而望远；坐茂树以终日，濯清泉以自洁。采于山，美可茹[20]；钓于水，鲜可食。起居无时，惟适之安。与其有誉于前，孰若无毁于其后；与其有乐于身，孰若无忧于其心。车服不维[21]，刀锯不加[22]；理乱不知，黜陟不闻[23]。大丈夫不遇于时者之所为也，我则行之。伺候于公卿之门，奔走于形势之途[24]，足将进而趑趄[25]，口将言而嗫嚅[26]，处秽污而不羞，触刑辟而诛戮[27]，徼幸于万一[28]，老死而后止者，其于为人贤不肖何如也？

【注释】

①利泽：利益、德泽。

②昭于时：显扬于一时。

③坐于庙朝：指参与国家大事，任高官。庙，宗庙。古时皇帝命官、议事、发号施令，常在宗庙中进行，故宗庙与朝廷并提。

④进退：升降，任免。

⑤在外：指做外官。唐代外官以节度使为显贵，朝廷授以双旌双节（双节即符节，古代门关出入所持的凭证，用竹或木制成）。

⑥旄(máo):古代以旄牛尾装饰在旗杆头上的一种旗帜。

⑦罗:罗列。

⑧呵(hē):大声呵斥。这里是喝道的意思。

⑨才畯:才能出众的人。这里指幕客。畯,“俊”的借字。

⑩丰颊(jiá):丰满的面颊。

⑪便(pián)体:丰盈的体态。

⑫惠:同“慧”。

⑬裾(jū):衣襟。

⑭翳(yì):遮掩。

⑮黛(dài):青黑色的颜料,古代女子用以画眉。

⑯列屋:众屋罗布。

⑰妒宠:嫉妒邀宠。指姬妾。负恃(shì):自负美貌,藐视别人。

⑱争妍(yán)而取怜:竞比美丽,求取爱怜。

⑲幸:侥幸。致:得到。

⑳茹:食,吃。

㉑车服:即车马服饰。古代车服随官位高低有差别,皇帝也常以车服赐臣赏功,此处“车服”指官位。维:系,束缚。这句意思是无官位的人,不受官爵的束缚。

㉒刀锯:指代刑具。

㉓黜(chù):降职。陟(zhì):升职。

㉔形势:与“权势”意同。

㉕趑趄(zī jū):犹豫不进。

㉖嗫嚅(niè rú):想说话而又停止。

㉗刑辟:刑法。

㉘徼幸:同“侥幸”。

【译文】

李愿说:被称为大丈夫的人,我知道是怎么回事了。利益恩泽施给人们，名声显扬于一时，坐在朝堂之上，升降任免官员，辅佐皇帝发号施令。他们在外做官，则树立起旌旗，罗列兵器，武夫们在前大声喝道，随从人员塞满路途。供应差遣的仆役，各自拿着各自的器具，在路两旁疾驰而过。高兴时就给予奖赏，发怒时就给予刑罚。幕客们聚满身前，谈论古今，称颂功德，入耳中听。舞女们弯弯的眉毛，丰满的脸颊，清脆的声音，轻盈的体态，外貌秀丽而秉性聪慧，飘起轻轻的衣襟，甩下长长的衣袖。精心打扮的女子们，众屋罗布而清闲无事，嫉妒得宠的姬妾，自负美貌，藐视别人，竞比美貌，求取爱怜。大丈夫得到帝王的信任优待，为当世出力时就是这样。我并不是厌恶这些所以逃避它们，而是命运注定，不能侥幸得到。所以隐遁在穷僻清静的地方，登高以望远；坐在茂密的树林里度过日子，以清冽的泉水洗涤来洁身自好。到山上采集，有野果美味可吃；到水边钓鱼，有鲜肥鱼虾可食。起居作息无定时，只要舒心就行。与其让人在面前称誉，不如背后无人毁谤；与其置身于欢乐之中，不如让内心无忧无虑。无官职的束缚，刀锯酷刑加不到自己身上；对国家治乱兴衰不知，对官位的升降也漠不关心。我所做的是大丈夫生不逢时的作为。若在大官们之间侍候，在权势之途奔走，那么想前进又瞻前顾后，想说话又不敢放言，处秽污而不知羞愧，犯刑法而遭杀戮，侥幸于万一，老死而为止，其为人，是贤良还是不肖，又有什么两样呢？

昌黎韩愈闻其言而壮之，与之酒而为之歌曰：

【译文】

昌黎韩愈听完他的话后激动起来，敬他酒并为他唱道：

盘之中，维子之宫[①]。盘之土，可以稼[②]。盘之泉，可濯可沿[3]。盘之阻，谁争子所[4]。窈而深[5]，廓其有容[6]；缭而曲[7]，如往而复[8]。嗟盘之乐兮[9]，乐且无殃[10]。虎豹远迹兮，蛟龙遁藏；鬼神守护兮，呵禁不祥[11]。饮且食兮寿而康，无不足兮奚所望[12]！膏吾车兮秣吾马[13]，从子于盘兮，终吾生以徜徉[14]。

【注释】

①维：同"唯""惟"。语气助词。宫：室。

②稼：指播种五谷。

③濯（zhuó）：洗。可沿：可沿着水边散步，观赏风景。

④所：处所。

⑤窈（yǎo）：幽远。

⑥廓其有容：指盘谷之中广阔可以容身。

⑦缭：回旋，缠绕。

⑧如往而复：指盘谷之路屈曲缠绕，行人往去复还。

⑨嗟（jiē）：赞叹声。

⑩殃：同"央"。尽。

⑪呵禁：呵斥，禁止。

⑫奚所望：没什么可巴望的。奚，何。

⑬膏车：用油脂涂车轴，使之润滑。秣（mò）马：喂饱马。这句是说作好远行前的准备。

⑭徜徉（cháng yáng）：徘徊，盘旋，也就是自由自在地往来。

【译文】

盘谷一带，唯有你这处可居。盘谷的土地，可以耕作。盘谷的泉水，可以用来洗涤，也可沿着散步。盘谷这一带险阻，谁会争夺你的住所。盘谷之间幽远深邃，广阔足以容身；盘谷之路回旋缠绕，行人往去复返。盘谷里的欢乐，无穷无尽。虎豹远离这里，蛟龙也隐藏了形迹；鬼神守护着，呵斥不祥之物。起居饮食，健康长寿，没有什么不满足的，也没有什么可巴望的！润滑好车轴，喂饱我的马，我将跟随你到盘谷，自由自在地度过这一生。

送王秀才埙序

【题解】

本篇写作时间不可考，估计是《原道》《读荀子》的同时或先后作品。文章主要叙述了孔子死后，儒学分作三派：一派是子夏传田子方，流而为庄周；一派是商瞿传馯臂子弓而至荀卿；一派是曾子传子思再传给孟子。作者最后断定孟子一派"独得其宗"。这一看法，对后儒尊孟为"亚圣"有相当影响。全文言简而意赅，条理清晰。使人能够很明白地了解有关儒学源流发展的一些历史。

吾常以为孔子之道，大而能博，门弟子不能遍观而尽识也。故学焉而皆得其性之所近①，其后离散分处诸侯之国，又各以所能授弟子，原远而末益分②。

【注释】

①学焉而皆得其性之所近：意思是孔门弟子从老师那里学习到的东西只是接近自己的一部分，各有自己的特色，例如颜渊、冉耕等长于德行，宰予、端木赐长于言语，冉求、仲由长于政事，言偃、卜商长于文学之类。

②原：源。末：末流。这句用水作比喻，既然距发源地很远，末流的派别不免分歧。

【译文】

我常认为孔子的儒学，广大而博深，孔门弟子不能完全看到并全部了解。所以通过学习获得和他心性相近的认识，后来他们分散在诸侯各国，又各以所学传授弟子，源远流长，自然容易出现分支。

盖子夏之学，其后有田子方，子方之后，流而为庄周。故周之书，喜称子方之为人①。荀卿之书，语圣人必曰："孔子、子弓。"子弓之事业不传，惟太史公书《弟子传》有姓名字②，曰馯臂子弓③。子弓受《易》于商瞿④。孟轲师子思，子思之学，盖出曾子。自孔子没⑤，群弟子莫不有书，独孟轲氏之传得其宗，故吾少而乐观焉。

【注释】

①称：称述。

②太史公书《弟子传》：即《史记·仲尼弟子列传》。

③馯（hán）臂子弓：姓馯，名臂，字子弓。

④受《易》：学习《易经》。商瞿：鲁人，孔子弟子。

⑤没：通"殁"。

【译文】

子夏的学说，其后有田子方，田子方之后流传给庄周。因此庄周的书，喜欢称颂田子方的为人处世。荀子的书，说到圣人时一定会说："孔子、子弓。"子弓的事业不流传，唯有司马迁《史记·仲尼弟子列传》有他的姓名和字，并曾提到馯臂子弓。子弓跟商瞿学习《易经》。孟子向子思学习，子思所学的，大概来自曾子。自孔子死后，弟子们没有不著书立说的，唯独孟轲之书体现了孔子的宗旨，因此我从小就愿意看。

太原王埙示予所为文①，好举孟子之所道者。与之言，信悦孟子，而屡赞其文辞。夫沿河而下，苟不止，虽有迟疾，必至于海；如不得其道也，虽疾不止，终莫幸而至焉②。故学者必慎其所道③，道于杨、墨、老、庄、佛之学，而欲之圣人之道，犹航断港绝潢以望至于海也④。故求观圣人之道，必自孟子始。今埙之所由，既几于知道⑤，如又得其船与楫，知沿而不止，呜呼！其可量也哉⑥？

【注释】

①王埙(xūn)：即文中王秀才，秀才科在唐代为人所重视。此文称王秀才，是对一般士人的尊称。

②莫：未能。幸：侥幸。

③道：从，由。

④断港绝潢：指断流的小河和积水池。港，江河的分流。潢，积水池。

⑤几于：近于。

⑥其：岂。

【译文】

太原的王埙，给我看他写的文章，他的文章喜欢赞扬孟子所提倡的道理。跟他交谈时，知道他很欣赏孟子，屡次称赞孟子的文辞。道德学问犹如河流沿着正确的途径顺流而下，只要坚持不止，哪怕有快有慢，也必然会到达大海；但如果没有正确的方向，即使迅速而不知停歇，最终也不会侥幸到达终点。因此求学的人必须慎重其宗学的门派，学习杨、墨、老、庄、佛的学说，而想到达圣人之道的，就如航行在断流的小河湾或积水池，却梦想到达大海。因此想探求圣人之道，一定要从孟子的学说开始。现在王埙已基本上明白了所要走的道路，若又能得到船和楫，懂得航行不止，唉，那就会前程无量啊！

柳宗元

柳宗元简介参见卷二。

论语辨二首

【题解】

本文是一篇论辩文。全文分为两段:第一段论证《论语》不是出于孔子诸弟子之手,而为曾参的弟子所编。第二段议论《论语》之所以有开头那段话的原因。议论言之成理,自圆其说。文章论点不拘泥于古,表现了作者的胆识和才学,同时也为后学提供了“一家之言”。

或问曰:儒者称《论语》孔子弟子所记,信乎?曰:未然也。孔子弟子,曾参最少[①],少孔子四十六岁。曾子老而死。是书记曾子之死,则去孔子也远矣。曾子之死,孔子弟子略无存者已。吾意曾子弟子之为之也[②]。何也?且是书载弟子必以字,独曾子、有子不然[③]。由是言之,弟子之号之也[④]。然则有子何以称“子”?曰:孔子之殁也[⑤],诸弟子以有若为似夫子,立而师之。其后不能对诸子之问,乃叱避而退[⑥],则固尝有师之号矣。今所记曾子独最后死,余是以知之。盖乐正子春、子思之徒与为之尔⑦。或曰:仲尼弟子尝杂记其言,然而卒成其书者⑧,曾氏之徒也。

【注释】

①曾参:即曾子。

②意:认为。

③有子:即有若,孔子的弟子。

④号:称呼。

⑤殁(mò):死。

⑥叱(chì):大声呵责。

⑦乐正子春:曾参的弟子。子思:即孔伋,孔子的孙子。

⑧卒:最终,终于。

【译文】

有人问:儒者说《论语》这部书是孔子的弟子记录和编辑而成的,这个说法可信吗?回答:不是这样。孔子的弟子,算曾参年纪最小,比孔子小四十六岁。曾子是由于年老而死的。这部书里记载有曾参死的事,时间离孔子生活的年代相当远了。曾参死后,孔子的弟子大概已经没有人还活着了。我认为这部书是曾参的弟子作的。为什么这样说呢?这部书记载弟子的时候,一般都直写上他们的名字,唯独曾参、有若两个不这么写,而是加上"子"字。从这点说来,肯定是曾子、有子的弟子们才这样称呼他们的。那么,有子为什么被称为"子"呢?回答是:孔子死后,他的弟子们觉得有子有点儿像孔子,于是大家便立他为师。后来,由于有子不能完全回答诸弟子的提问,才斥责他,令他离开师位,所以他当然曾经有像他老师那样的称呼了。据书中记载,只有曾子最后死,我由此知道这部书不是孔子弟子作的。大概是乐正子春、子思这些人共同创作的吧。或者说：孔子的弟子曾经零碎地记下孔子的言论，但是最后编成这部《论语》的，是曾参的弟子。

尧曰："咨，尔舜！天之历数在尔躬①，四海困穷，天禄永终②。"舜亦以命禹③："余小子履④，敢用玄牡⑤，敢昭告于皇天后土⑥，有罪不敢赦。万方有罪，罪在朕躬⑦；朕躬有罪，无以尔万方。"⑧或问之曰：《论语》书记问对之辞耳。今卒篇之首章然有是⑨，何也？柳先生曰⑩：《论语》之大，莫大乎是也。是乃孔子常常讽道之辞云尔⑪。彼孔子者，覆生人之器也⑫。上焉尧、舜之不遭，而禅不及己；下之无汤、武之势，而己不得为天吏⑬。生人无以泽其德⑭，日视闻其劳死怨呼，而己之德涸焉无所依而施，故于常常讽道云尔而止也⑮。此圣人之大志也，无容问对于其间。弟子或知之，或疑之不能明，相与传之。故于其为书也，卒篇之首，严而立之⑯。

【注释】

①天之历数：天道。这里指帝王嬗替易姓的秩序。

②天禄：受于天的禄籍。

③命：训教。

④余小子：《论语·尧曰》作"予小子"。"予小子"和"予一人"都是上古帝王自称之词。履：《史记》记载，汤名天乙，相传汤又名履。

⑤玄牡：用黑色的牡牛来做牺牲。

⑥皇天后土：指天地。

⑦朕：我。古时不分贵贱的自称，秦始皇才开始定为皇帝的自称。

⑧此段文字前后不相连贯。疑《论语》有脱字，柳宗元或未察觉。

⑨章然：很显著的样子。章，明显，显著。

⑩柳先生：柳宗元自称。

⑪讽道：诵读圣人之道。

⑫器：才能，才干。

⑬天吏：古人认为官奉天命治人，故称为天吏，一般指大官。

⑭泽其德：享受到他的恩德。

⑮故于：故尔，所以。

⑯严：恭敬严肃。

【译文】

尧对舜说："啧啧，你这位舜！上天的大命已经降到你身上了，如果天下的百姓都陷于困苦贫穷，上天给你的禄位也就会永远地终止了。"舜也用类似的方式来训教禹说："我履谨用黑色的牲牛来做牺牲，明明白白地告诉于皇天后土，有罪的人我不敢赦免他。天下万方有罪，都归我一个人来承担；我本人要有罪，就不要牵连到天下万方。"有人问到这件事说：《论语》这部书是记录孔子和他的弟子问对之辞的。现在竟在篇章的开头，显著地放上这段话，这是为什么呢？柳先生回答说：《论语》这部书的重要，再没有比这段话更重要的了。这是孔子常常诵读的圣人之道的话呵。孔子这个人，才能盖过了天下所有的人。但他上不遇尧、舜，因而尧、舜禅让帝位轮不到他；下不逢汤、武的形势，因而他也不能成为天吏。天下生民无法享受到他的德泽，他每天都看到和听到生民劳苦而死、怨愤呼救，而自己的恩德却白白耗竭，没有权力作凭借来施行，所以只能停留在常常诵读圣人之道上了。这是圣人的大志，是不能把问对之辞夹在中间的。他的弟子或者是知道这一点的，或者只是怀疑而没有弄明白，大家便这么互相传下来了。所以，他们作这部书的时候，就恭敬严肃地把这段话放在全篇的开头了。

辨列子

【题解】

《列子》相传为战国时列御寇所作。然书中所记载的事件与列子的时代出入颇大，后人多指斥其为伪作。作者在这篇论辩文中，见解独具，指出书中大量内容不符史实的同时，也肯定了该书在思想、文辞上的可取之处，以及它对《庄子》的影响。全文论述透辟，说服力强。

刘向古称博极群书①，然其录《列子》，独曰“郑穆公时人”②。穆公在孔子前几百岁，《列子》书言郑国，皆云子产、邓析③，不知向何以言之如此？《史记》：郑繻公二十四年④，楚悼王四年⑤，围郑，郑杀其相驷子阳⑥。子阳正与列子同时，是岁，周安王四年，秦惠王、韩烈侯、赵武侯二年，魏文侯二十七年，燕釐公五年，齐康公七年，宋悼公六年，鲁穆公十年。不知向言鲁穆公时遂误为郑耶？不然，何乖错至如是？其后张湛徒知怪《列子》书言穆公后事⑦，亦不能推知其时。然其事亦多增窜，非其实。要之，庄周为放依其辞⑧。其称夏棘、狙公、纪渻子、季咸等⑨，皆出《列子》，不可尽纪。虽不概于孔子道，然其虚泊寥阔，居乱世，远于利，祸不得逮于身，而其心不穷。《易》之“遁世无闷”者，其近是与？余故取焉。其文辞类《庄子》，而尤质厚，少伪作，好文者可废邪？其《杨朱》《力命》⑩，疑其杨子书⑪。其言魏牟、孔穿⑫，皆出列子后，不可信。然观其辞，亦足通知古之多异术也，读焉者慎取之而已矣。

【注释】

①刘向：本名更生，字子政，沛（今江苏沛县）人。约前77年生人，前6年去世。西汉经学家、目录学家、文学家。

②郑穆公：名兰，春秋郑国国君。

③子产:即公孙侨,字子产,一字子美。春秋时政治家,郑贵族子国之子。邓析:春秋时郑国人。曾任郑国大夫,制作《竹刑》,并创办私学,教人诉讼。

④郑缧公:名骀,幽公弟。

⑤楚悼王:名类。

⑥驷子阳:名骓,为春秋时郑国执政。

⑦张湛:字子孝,平陵人。

⑧放(fǎng):仿效。依:依照。

⑨夏棘:《列子》作"夏革"。狙(jū)公:宋人。善养狙,称狙公。纪渻子:善养斗鸡。季咸:神巫名。

⑩《杨朱》《力命》:皆《列子》中篇名。

⑪杨子:即杨朱。先秦诸子之一。

⑫魏牟:魏公子。孔穿:人名。

【译文】

刘向在古时被认为是博览群书的人,然而他辑录的《列子》唯独说"列子是郑穆公时候的人"。郑穆公先于孔子好几百年,《列子》书中所谈论的郑国,说的都是有关子产、邓析的事,不知道刘向为什么要下那样的断语?《史记》记载:郑缧公二十四年,楚悼王四年,围困郑国,郑国杀死了它的宰相驷子阳。子阳正好与列子处于同一时代,这一年同时是周安王四年,秦惠王、韩烈侯、赵武侯二年,魏文侯二十七年,燕釐公五年,齐康公七年,宋悼公六年,鲁穆公十年。不知刘向在说鲁穆公时,是否就把鲁错误地当做郑了呢?如果不是这样的话,怎么会出错到这种地步呢?后来张湛只知道惊异于《列子》书中竟然谈及了郑穆公以后的事情,也不能推测知晓《列子》成书的时间。《列子》所记载的事很多是增加、篡改的,并不是它原来的面目。大致说来,庄子因循了它的言辞,他所提到的诸如夏棘、狙公、纪渻子、季咸等,都出自《列子》,这里不可能一一列举出来。《列子》虽然与孔子的思想不符合,但是它虚静淡泊，境界辽阔，身处乱世，远远地避开利益，灾祸不会上身，而且它的思想没有穷尽。《易》所谓“避世的没有烦闷”，它大概就近似这个吧？我因此而选取了《列子》。它的文辞类似《庄子》，并且更为质朴淳厚，很少伪作，喜爱文章的人怎么可以丢弃它呢？《列子》中的《杨朱》《力命》二篇，我怀疑它们的作者就是杨朱。其中谈到的魏牟、孔穿，都出生在列子后面，不能让人相信。但是考察它的文辞，就可以全面地知道古时候的许多异乎寻常的法术，读到这些段落时，谨慎地汲取它们就行了。

辨文子

【题解】

《文子》书十二篇，相传为老子弟子作。然内容芜杂，颇多剽窃。本文扼要地叙述了作者删刊《文子》的原因。

《文子》书十二篇，其传曰老子弟子①。其辞时若有可取，其指意皆本《老子》，然考其书，盖驳书也②。其浑而类者少，窃取他书以合之者多：凡孟子辈数家，皆见剽窃，峣然而出其类③，其义绪文辞，叉牙相抵而不合。不知人之增益之与？或者众为聚敛以成其书与？然观其往往有可立者，意颇惜之，悯其为之也劳。今刊去谬恶乱杂者，取其似是者，又颇为发其意，藏于家。

【注释】

①老子：姓李，名耳，字伯阳，楚国苦县（今河南鹿邑）人。春秋时思想家，道家的创始人。著《老子》。

②驳：剽窃。

③峣(yáo)然:高貌。

【译文】

《文子》十二篇,相传作者为老子弟子。它的言辞有时好像有可取之处,它的含义都来源于《老子》,然而仔细地考察它,基本上为剽窃之作。书中浑然一体和一致的地方很少,剽窃他人之作杂合的地方很多:大凡《孟子》等诸家,都被剽窃,远远地超出同类的部分,意蕴与文辞之间,像叉牙相抵触一般不能相合。不知道是人增加的呢?还是许多人聚集在一起凑成的书?然而阅读时往往发现其尚有可取处,我很是爱惜它,怜悯《文子》的成书必是有一番辛劳的。现在我删去其错误芜杂之处,选取其大体准确的内容,又认真地发掘其内在意义,把它收藏在家中。

辨鬼谷子

【题解】

《鬼谷子》相传为鬼谷子所作。鬼谷子,又称鬼谷先生,姓王名诩,战国时隐居颍川阳城鬼谷,因以为号。本文认为《鬼谷子》险戾峭薄,无甚可取。

元冀好读古书[①],然甚贤《鬼谷子》[②],为其《指要》几千言。《鬼谷子》要为无取[③],汉时刘向、班固录书无《鬼谷子》,《鬼谷子》后出。而险戾峭薄,恐其妄言乱世,难信,学者宜其不道,而世之言纵横者,时葆其书[④]。尤者,晚乃益出七术[⑤],怪谬异甚,不可考校。其言益奇,而道益狭,使人狙狂失守,而易于陷坠。幸矣,人之葆之者少!今元子又文之以《指要》,呜呼!其为好术也过矣。

【注释】

①元冀：人名。

②贤：称赞。

③要：要旨。

④葆：通“宝”。

⑤七术：一隶端参观，二必罚明威，三信赏尽能，四一听责下，五疑诏诡使，六使知而问，七倒言反事。

【译文】

元冀喜爱阅读古籍，尤其称赞《鬼谷子》，为它作了洋洋几千言的《指要》。《鬼谷子》的要旨没有什么可取之处，汉代刘向、班固辑录书目，没有《鬼谷子》，《鬼谷子》是后来才出现的。其阴险峭薄，妄言乱世，让人难以相信，为学之人知道它不合常道，可是世上喜好纵横言论者，不时地称颂这本书。更有甚者，后世特地提出所谓“七术”，荒谬异常，无法进行考证校正。它的话越奇异，它所阐发的道理就越狭隘，让人狂妄失去操守，很容易地堕落。真幸运啊，称颂它的人很少！现在元冀又为它写了《指要》，唉！他喜爱权术也太过分了。

辨晏子春秋

【题解】

《晏子春秋》相传为齐国晏婴所著，凡八篇。后人或认为晏子始作，后人续之；或认为为晏子后人作。作者在此文中力排众议，认为《晏子春秋》当为墨家弟子所作。文章立论新颖，论据充分，说服力强，确为一家之言。

司马迁读《晏子春秋》，高之，而莫知其所以为书。或曰晏子为之，而人接焉；或曰晏子之后为之。皆非也。吾疑其墨子之徒有齐人者为之[①]。墨好俭，晏子以俭名于世，故墨子之徒尊著其事，以增高为己术者。且其旨多“尚同”“兼爱”“非乐”“节用”“非厚葬久丧”者，是皆出《墨子》。又非孔子，好言鬼事，非儒、明鬼，又出《墨子》。其言问枣及古冶子等[②]，尤怪诞。又往往言墨子闻其道而称之，此甚显白者。自刘向、歆、班彪、固父子[③]，皆录之儒家中，甚矣，数子之不详也！盖非齐人不能具其事，非墨子之徒，则其言不若是。后之录诸子书者，宜列之墨家。非晏子为墨子也，为是书者，墨子之道也。

【注释】

①墨子：墨翟，春秋时墨家学派创始人。著《墨子》。

②问枣：《晏子春秋》：景公谓晏子曰：“东海之中，有水而赤，其中有枣，华而不实，何也？”晏子对曰：“昔者，秦缪公乘龙舟而理天下，以黄布裹烝枣，至东海，而捐其布。彼黄布，故水赤，烝枣，故华而不实。”古冶子：人名。齐景公欲杀公孙接、田开疆、古冶子三人。晏子请以二桃赐三人，使之计功而食，三人因争功自杀，所谓“二桃杀三士”。古冶子为三人之一。

③歆（xīn）：刘歆，字子骏，刘向之子。固：即班固，字孟坚。著《汉书》。

【译文】

司马迁阅读《晏子春秋》，称赞它，但不知道它是怎样成书的。有的说是晏婴始作，后人续之；有的说是晏婴的后代著的。都不是这样。我怀疑它是墨子弟子中的齐人写的。墨家崇尚节俭，晏婴以节俭著称于世，所以墨子的弟子记述晏婴的事迹，是为自己墨家学术增光。而且其要旨多“尚同”“兼爱”“非乐”“节用”“非厚葬久丧”，这些都出自《墨子》。同时非议孔子，喜欢谈论鬼怪之事，非议儒学、阐明鬼怪之学，也出自《墨子》。其中谈及问枣以及古冶子等事，尤其怪异荒诞。而且经常说墨子听到它的道理并称赞它，这点特别显著。从刘向、刘歆、班彪、班固父子开始，都把它辑录在儒家典籍类中，太不应该了，这几个人真是太不细心了！大概不是齐国人不能写晏婴的事迹，不是墨子的弟子不会把话说成这样。后世辑录先秦诸子书目的人，应该把它列入墨家类中。不是晏婴成了墨子，而是写这本书的人，宣扬的是墨子的思想。

辨鹖冠子

【题解】

《鹖冠子》，《汉书·艺文志》载为道家著录，或传作者鹖冠子。鹖冠子，春秋时楚人，居于深山，以鹖羽为冠。后世有人以为贾谊《鹏鸟赋》出自《鹖冠子》。柳宗元不以为然，认为《鹖冠子》是“好异教”的伪作且并无可取之处，徒借贾谊《鹏鸟赋》盗名文饰而已。本文论说的就是这样一个观点。文章论述精辟，言简意赅，颇有特色。

余读贾谊《鹏赋》[①]，嘉其辞，而学者以为尽出《鹖冠子》。余往来京师，求《鹖冠子》，无所见；至长沙，始得其书。读之，尽鄙浅言也，唯谊所用为美，余无可者。吾意好异者伪为其书，反用《鹏赋》以文饰之，非谊有所取之，决也。太史公《伯夷列传》称贾子曰[②]：“贪夫殉财，烈士殉名，夸者死权。”不称《鹖冠子》。迁号为博极群书，假令当时有其书，迁岂不见耶？假令真有《鹖冠子》书，亦必不取《鹏赋》以充入之者。何以知其然耶？曰：不类。

【注释】

①《鹏(fú)赋》:即《鹏鸟赋》。鹏似鸦,古人以为不祥之鸟。有鸦飞入贾谊舍,楚人名鸮曰鹏,贾谊因作赋。

②太史公:即司马迁。贾子:指贾谊。

【译文】

我读贾谊的《鹏鸟赋》,称赞其文辞,然而学者们认为贾谊《鹏鸟赋》完全出自《鹖冠子》。我来到京师长安,寻求《鹖冠子》,未能见到;到了长沙,才得到这本书。阅读它,发现其中都是些鄙俗浅薄的言论,全书唯独贾谊所取用的部分是好的,余下的都无可取之处。我的意见是,喜好奇异的人伪作了这本书,反过来用《鹏鸟赋》的文辞来修饰它,而不是贾谊对它有所取,一定是这样。司马迁《伯夷列传》称赞贾谊说:“贪婪之人为财而死,忠烈之士以身殉名,夸夸其谈者为权而亡。”而没提到《鹖冠子》。司马迁号称博览群书,假如当时有《鹖冠子》这本书的话,司马迁怎么能看不到呢?假如真有《鹖冠子》这本书,也一定不会选取《鹏鸟赋》冒充书的内容。凭借什么知道这些呢?回答是:没有相类似的地方。

欧阳修

欧阳修简介参见卷二。

唐书·艺文志序

【题解】

本文是《新唐书·艺文志》正文前的一个说明。文章简略地介绍了《艺文志》成篇的缘由，并对儒家经典的流失、亡佚表达了极大的痛惜之情。行文简洁，惜墨如金；自古及今，线索清晰、条理分明。唐书，即欧阳修等编撰的《新唐书》。艺文志，是古代官史中记载当时所存典籍的一种汇编目录，或称《经籍志》。其后各史大都仿此成例。《汉书》《隋书》《旧唐书》《新唐书》《宋史》《明史》都有《艺文志》(《经籍志》)。

自六经焚于秦而复出于汉，其师传之道中绝，而简编脱乱讹缺，学者莫得其本真，于是诸儒章句之学兴焉[①]。其后传注、笺解、义疏之流[②]，转相讲述，而圣道粗明，然其为说固已不胜其繁矣。以上经。

【注释】

①章句：分析古书的章节、句读。

②传：解释经义的文字。如《诗经毛传》《春秋左氏传》。注、笺、解：均为注释古书的一种形式。义：解释明白内中含义。疏：比注更详细的注解，是对“注”的注，也即对前人的注释加以引申说明。

【译文】

自从六经在秦朝被焚毁，到了汉代又重新出现，它师从授受的统系中断，而且简册脱落散乱，错误短缺严重，求学的人未能了解到它的本来面目，于是在儒生之中兴起了章句学。这以后对六经的解释的传，注释的笺，以及注、解、正义、疏等一类的学问在学子们中间相互传授交流，先圣的哲理才大略明了，然而，作为一项学问，它已是不胜烦琐。以上讲经书情况。

至于上古三皇、五帝以来世次①，国家兴灭终始，僭窃伪乱，史官备矣。而传记、小说，外暨方言、地理、职官、氏族，皆出于史官之流也。以上史。

【注释】

①三皇：说法不一，或称天皇、地皇、人皇为三皇，或称伏羲、神农、黄帝为三皇。亦有称伏羲、神农、女娲为三皇的。五帝：说法不一，有称伏羲、神农、黄帝、尧、舜为五帝的，也有称黄帝、颛顼、帝喾、尧、舜为五帝的。

【译文】

从上古的三皇、五帝以来的朝代次序，国家兴灭终始，僭伪窃乱，史官都有完备的记述。而传记、小说，以及方言、地理、职官、氏族，都出自史官的记载。以上讲史书情况。

自孔子在时，方修明圣经以绌缪异[1]。而老子著书论道德，接乎周衰。战国游谈放荡之士，田骈、慎到、列、庄之徒[2]，各极其辨；而孟轲、荀卿始专修孔氏，以折异端。然诸子之论，各成一家，自前世皆存而不绝也。以上子。

【注释】

①绌(chù)：通“黜”。贬斥，废退。缪(miù)：错误。异：差异。

②田骈：齐国人。慎到：韩国大夫。列、庄：指列子(列御寇)、庄子(庄周)。

【译文】

自孔子在世时起，开始著述圣贤的经典，以此来废黜错误和异端的学说。与此同时，老子著《道德经》，正当周朝衰微。到了战国时期，一些高谈阔论、放荡不羁的人士，以及田骈、慎到、列子、庄子一类的人，各自都竭力宣传自己的观点；而孟子和荀卿开始专一研究孔子之学，以此来摒弃那些异端邪说。然而诸子百家的言论，已经各自成为一个门派。从前几代已经都存在，没有断绝。以上讲诸子著作情况。

夫王迹熄而《诗》亡[1]，《离骚》作而文辞之士兴[2]。历代盛衰，文章与时高下。然其变态百出，不可穷极，何其多也。以上集。

【注释】

①王迹熄而《诗》亡：周平王东迁(自始为战国)，号令不行，王迹灭，而无诗。

②《离骚》：屈原作，我国第一首抒情长诗。

【译文】

周朝衰败，平王东迁，王令无人再听从，连《诗》也不再有了，《离骚》的出现，带出了一批辞赋作家的兴起。历朝历代有盛有衰，文章也随着时代的发展有起有落。这其中的变化，千姿百态，不能完全道尽，真是太多了！以上讲集部情况。

自汉以来，史官列其名氏篇第，以为六艺、九种、七略[①]；至唐始分为四类，曰经、史、子、集。而藏书之盛，莫盛于开元[②]。其著录者，五万三千九百一十五卷，而唐之学者自为之书者，又二万八千四百六十九卷。呜呼！可谓盛矣！以上唐代艺文。

【注释】

①六艺：即六经。九种：儒家奉为经典的九种古籍，名目相传不一。七略：指汉刘歆所编的《七略》。分为辑略、六艺略、诸子略、诗赋略、兵书略、术数略、方技略七个部分。

②开元：唐玄宗（李隆基）年号（713—741）。

【译文】

自从汉朝以来，史官们排列名次、篇目，列定六艺、九种、七略；到了唐朝开始分为四类，叫做经、史、子、集。而收藏书籍最多的要数唐玄宗开元年间。这其间著述、集录的书有五万三千九百一十五卷，唐时的学者们自己创作的书有二万八千四百六十九卷。哎！可称得上盛极一时了。以上讲唐代书籍情况。

六经之道，简严易直而天人备[①]，故其愈久而益明，其余作者众矣。质之圣人，或离或合，然其精深闳博，各尽其术，而怪奇伟丽，往往震发于其间，此所以使好奇爱博者不能忘也。然凋零磨灭，不可胜数，岂其华文少实，不足以行远与？而俚言俗说，猥有存者，亦其有幸不幸与？今著于篇，有其名而无其书者，十盖五六也，可不惜哉？

【注释】

①天人：天道人事。

【译文】

六经讲述的道理，简洁、严谨、明白、平实，天道人事具备，所以时间愈久，愈显光彩，其他的阐发之作那就太多了。就其阐发圣人之意而言，有的偏离，有的贴近，但都是精深博大，各展其能，而且怪异神奇、壮美瑰丽的思想也往往突然出现在里面，这就是使那些喜好神奇博远的人不能忘怀的原因。但这些书籍残破失散的，数不胜数，难道是它们文字华丽，而空洞无物，不值得流传吗？而俚言俗说，杂存其中，有的因幸运而留存，有的因不幸而失佚，这又说明什么呢？现在写成此篇，有其名而不见其书的大体占五六成，真是可惜啊！

五代史·伶官传序

【题解】

《五代史》，指欧阳修编撰的《新五代史》。本文即其中的《伶官传》的序文。

伶官，即乐官，在文中指供奉内廷、授有官职的伶人。《伶官传》通过记叙后唐庄宗李存勖宠幸敬新磨、景进、史彦琼、郭从谦等伶人，败政乱国的史实，说明“忧劳可以兴国，逸豫可以亡身”，国家的盛衰取决于人事的道理。而这篇序文更是直接阐明这一道理。文章论点明确，对比鲜明，布局谨严，条理清晰，文笔抑扬，历来为人所推崇。明朝古文家茅坤说它为“千年绝调”，清代文学家沈德潜认为它“得《史记》神髓”，都有一定道理。

呜呼！盛衰之理，虽曰天命，岂非人事哉！原庄宗之所以得天下[①]，与其所以失之者，可以知之矣。世言晋王之将终也[②]，以三矢赐庄宗而告之曰：“梁，吾仇也[③]，燕王吾所立[④]，契丹与吾约为兄弟[⑤]，而皆背晋而归梁。此三者，吾遗恨也。与尔三矢，尔其无忘乃父之志！”庄宗受而藏之于庙。其后用兵，则遣从事以一少牢告庙[⑥]，请其矢，盛以锦囊，负而前驱，及凯旋而纳之。方其系燕父子以组[⑦]，函梁君臣之首，入于太庙[⑧]，还矢先王而告以成功，其意气之盛，可谓壮哉！以上盛。及仇雠已灭[⑨]，天下已定，一夫夜呼[⑩]，乱者四应，苍皇东出，未及见贼而士卒离散，君臣相顾，不知所归，至于誓天断发，泣下沾襟，何其衰也！以上衰。岂得之难而失之易欤？抑本其成败之迹而皆自于人欤？《书》曰：“满招损，谦受益。”忧劳可以兴国，逸豫可以亡身，自然之理也。故方其盛也，举天下之豪杰莫能与之争；及其衰也，数十伶人困之，而身死国灭[⑪]，为天下笑。夫祸患常积于忽微[⑫]，而智勇多困于所溺，岂独伶人也哉！

【注释】

①原：推原，究其本源。庄宗：即李存勖（xù），李克用之子，沙陀部人（原姓朱邪，其祖归唐，赐姓李）。李克用镇压黄巢起义有功，封为陇西郡王，后升为晋王。李克用死后，李存勖袭晋王位。

923年，灭梁，建立后唐。

②晋王：即李克用。

③梁，吾仇也：梁，后梁，朱温建立的政权。朱温原为黄巢起义军的将领，后降唐，他与李克用一起镇压起义军，官至四镇节度使，封梁王。朱温多次想谋杀李克用，李克用亦多次上表欲讨伐朱温，唐昭宗时，朱温灭唐建梁，李克用仍然沿用唐的年号，两人结下世仇。

④燕王吾所立：燕王，指刘仁恭，但始称燕王者为刘仁恭之子刘守光。史载燕军将领刘仁恭战幽州兵败，投晋王，得晋王信任。乾宁元年(894)，晋王破李匡俦，得幽州，以刘仁恭为幽州留后。之后，刘仁恭不听晋王调遣，晋王发兵征讨，结果兵败。双方结成怨仇。

⑤契丹与吾约为兄弟：契丹，即辽国，这里指辽太祖耶律乙(字阿保机)。《新五代史·四夷附录》载：朱温将篡唐，晋王李克用使人请契丹。阿保机率兵与李克用会于云州(今山西大同)东城，约为兄弟。但他回去后便弃盟通梁，并约定共同灭晋。

⑥少牢：古代祭祀用猪、羊称少牢，用猪、羊、牛称太牢。

⑦组：绳。

⑧太庙：帝王家庙。这里指李克用家庙。

⑨仇雠(chóu)：仇敌。

⑩一夫夜呼：一夫，指皇甫晖。后唐庄宗同光四年(926)，后唐驻贝州(今河北清河)军士皇甫晖等，因夜聚蒲博(一种赌博游戏)不胜，遂作乱，拥立指挥使赵在礼为魏博留后。不久，其他将领相继叛变。

⑪身死国灭：同光四年(926)，统领禁军的伶官郭从谦(艺名郭门高)乘李嗣源占据大梁之机，率兵入宫，李存勖中矢而亡。伶人善友聚宫中乐器将他尸体火化。李嗣源称帝，为唐明帝，国号未

改,但他是李克用养子,后唐实则已亡。

⑫忽微:微小。忽,十万分之一寸。微,百万分之一寸。

【译文】

唉!兴盛与衰败,虽然说是由于天命,难道不是与人的作为有关系吗!探究唐庄宗所以得天下,及其所以失天下的原因,即可明白这个道理了。世人传说,晋王在将要辞世的时候,拿出了三枝箭赐与庄宗,并且告诉他说:"梁朝是我们的仇人,燕王是由我扶植起来的,契丹曾经同我们约为兄弟邦交,而这两国却都背叛了我们而归降了梁朝。这三件事,是我未来得及办而留下来的最可恨的事。赐给你这三枝箭,你不要忘记为父的心愿啊!"庄宗领受了箭并把它保存在太庙里。之后,出兵作战,就派遣一名办事的到太庙里用一副少牢供奉祈祷,请出那保存的箭枝,并用华丽的口袋装起来,背在肩上,走在队伍的前面,等作战胜利之后,又将箭枝放回太庙里。当他用绳索捆绑燕王父子,用盒子盛着梁朝君臣首级,到太庙还付先王之箭,以告胜利复仇成功之际,那意气之盛,可以说再雄壮不过了!以上强盛期。等到仇敌已经消灭了,天下已经安定,仅只一个人在夜间的呼喊,就引得叛乱的人四下里响应,闹得慌里慌张地向东逃跑,还没有遇见乱贼,可官兵们就都纷纷离散了,君臣们相互看着,不知道逃到那里为好,以至于剪断头发来对天发誓,泪水湿透了衣服,又是何等衰弱呢!以上衰败期。难道真是得来艰难失掉易吗?还是应探究其成败的根由,看看是否全出自人为的原因呢?《尚书》上讲:"满溢了就会招致损失,谦虚些反可得到好处。"常存忧患意识可以振兴国家,贪图安逸和享乐导致丧生,这是自然之理呀。所以,当他强盛的时候,天下所有的英雄豪杰,没有敢与他相争的;等到他衰败的时候,仅只几十个伶人就挟制了他,让他丧身亡国而被天下人所耻笑。看来祸患的发生经常是一些细微的小事积累而成的,一些聪明勇猛的人往往反被自己所溺爱的事物所挟制,岂只是伶人才如此!

五代史·一行传序

【题解】

本文是欧阳修所编撰的《新五代史》中《一行传》的序文。文中交代了写《一行传》的历史和思想基础。作者用近三十年的时间编写《新五代史》的目的是想让当时统治者引以为鉴，为此，他在书中对凡是他认为值得提醒后人的事件，都以“序”和“论”的形式来表明自己的观点和见解。

清人金圣叹评此文曰：“（史公）《伯夷》低昂屈曲，妙于孤愤；此文妙于悲凉。又各自极其致矣。”（《才子必读古文》卷十三）

呜呼！五代之乱极矣①，传所谓“天地闭，贤人隐”之时欤！当此之时，臣弑其君，子弑其父，而搢绅之士安其禄而立其朝②，充然无复廉耻之色者皆是也。吾以谓自古忠臣义士多出于乱世，而怪当时可道者何少也。岂果无其人哉？虽曰干戈兴，学校废，而礼义衰，风俗隳坏，至于如此！然自古天下未尝无人也。吾意必有洁身自负之士，嫉世远去而不可见者。以上疑洁身之士远遁。自古贤材有韫于中而不见于外③，或穷居陋巷，委身草莽，虽颜子之行④，不遇仲尼而名不彰，况世变多故，而君子道消之时乎！吾又以谓必有负材能，修节义，而沉沦于下，泯没而无闻者。以上疑节义之士泯没。

【注释】

①五代：后梁、后唐、后晋、后汉、后周。

②搢绅之士：指从宦的士大夫。

③韫(yùn):藏。

④颜子:即颜回,孔子弟子。

【译文】

唉!五代时期的混乱,可以说到了无以复加的地步了,真是《传》上所说的"天地浑合,日月无光,贤能之人都隐没山林"!那个时候,大臣弑戮他的国君,儿子弑害他的父亲,可那些官僚士大夫却能心安理得地享受国家俸禄,占据高位,完全没有一点儿羞耻的颜色,这样的人比比皆是。我原以为从古到今,忠臣、义士往往经常在社会动荡中产生,于是就对当时社会上可以被人称道、赞许的人那么少而感到奇怪。难道果真是没有这样的人吗?虽然说一旦出现战乱,学校教育也就随之荒废了,可道德规范的衰败,风俗教化堕落毁坏何至于到如此的地步!然而自古以来天下从未有过没有高尚的人的时候。我觉得一定有那洁身自好、心存抱负的仁人志士,只是他们厌恶当时的社会而远离人世间,不被人发现罢了。以上疑虑洁身自好之士逃避遁世。自古以来的仁人志士,有的蕴积于胸而不表现于外,有的安于贫穷居住在穷乡僻壤,寄身于草莽山林之中,即使像颜回那样贤圣的人,如果不是遇到了孔子,那么他的名声也不会传扬出来的,何况处于社会变迁,动荡不安,高尚的风范被消磨的时代呢!我又觉得,一定有一些颇具才能,富有节操的仁义之士,埋没在社会的最底层,以至于至死都默默无闻。以上疑虑节义之士泯没无闻。

求之传记,而乱世崩离,文字残缺,不可复得,然仅得者四五人而已。处乎山林而群麋鹿[①],虽不足以为中道,然与其食人之禄,俛首而包羞[②],孰若无愧于心,放身而自得?吾得二人焉,曰郑遨、张荐明[③]。势利不屈其心,去就不违其义,吾得一人焉,曰石昂[④]。苟利于君,以忠获罪,而何必自明，有至死而不言者，此古之义士也，吾得一人焉，曰程福赟[⑤]。五代之乱，君不君，臣不臣，父不父，子不子，至于兄弟、夫妇人伦之际，无不大坏，而天理几乎其灭矣。于此之时，能以孝弟自修于一乡，而风行于天下者，犹或有之，然其事迹不著，而无可纪次。独其名氏或因见于书者，吾亦不敢没，而其略可录者，吾得一人焉，曰李自伦[⑥]。作《一行传》。

【注释】

①麋：鹿属动物，形体比鹿大。

②俛首：同“俯首”。

③郑遨：字云叟，滑州白马（在今河南安阳）人。进山为道士，晋高祖多次征之，不应，号为逍遥先生。张荐明：燕地人氏。道士。

④石昂：青州临淄（今山东临淄）人，为晋宗正丞。后晋政日坏，石昂上书不听，于是称病归里。

⑤程福赟（yūn）：五代时后晋出帝的武将。出帝北征时，有军士在京城纵火，程福赟自往救火，并认为“不宜因小事而惊天子”，而没有向出帝报告，后为人诬为作乱，下狱死，始终不为自己辩白。

⑥李自伦：人名。六代同居，所居号为孝义乡。

【译文】

于是，我查阅了志传记述，可是那时期社会混乱，一切都处于分崩离析的状况，记述的文字也残缺不全，无法再找到，所以只搜求到四五个人罢了。这些人身处山林之中，每天与麋鹿为伍，虽然他们的作为没有达到中庸之道，但和那些吃着人间俸禄，藏头掖首，羞于见人的人相比，是谁更能无愧于自身，是谁更能坦然自得呢？我找到了两个人，一位是郑遨，一位是张荐明。权势利禄不能使他们屈就，去留不能使他们违背道义的，我找到一人，名叫石昂。假使对君王有好处，那么即使自己因尽忠国家而获罪，也不去自我表白，甚至至死都不抗辩的，这是古代义士的行为，我找到了一个，他叫程福赟。五代时社会混乱，君王不像君王，朝臣不像朝臣，父亲不像父亲，儿子不像儿子，以至于兄弟、夫妻之间人伦关系都没有不被毁坏的，乃至天理几乎都丧失殆尽了。在这个时期，能够将孝敬父母、友爱兄弟的道理在一乡施行，并将这种教化推行天下的人，还是可能有的，但这样的事迹在书中未见，也没有记述下来。只有他的姓名，有时可能在哪部书里的，我也不敢忘记他，大致可以记述的一些事情，我找到一位，名叫李自伦。于是作了这篇《一行传》。

五代史·宦者传序

【题解】

本文是选自《新五代史·宦者传》后面的一段评论文字。历代封建帝王为了牢固地把持政权，加强独裁统治，往往对其下属多有猜忌，转而宠信自己的妻妾和奴仆——宦官。这样终于使自己成了孤家寡人，以致国灭身亡，这种现象在五代时期尤力突出。在这篇文章中，欧阳修从维护宋朝统治者的立场出发，极陈“宦官之祸”与国家的利害关系，以期引起宋朝君主的警惕，起到“以史为鉴”的作用。

五代文章陋矣，而史官之职废于丧乱，传记小说多失其传。故其事迹，终始不完，而杂以讹缪[①]。至于英豪奋起，战争胜败，国家兴废之际，岂无谋臣之略、辩士之谈？而文字不足以发之，遂使泯然无传于后世。然独张承业事卓卓在人耳目[②]，至今故老犹能道之。其论议可谓伟然欤！殆非宦者之言也。以上叹张承业之贤。

【注释】

①缪(miù):错误。

②张承业:人名。唐末五代时宦官,为人正派。欧阳修在《新五代史》中专门为他立传,予以表彰。

【译文】

五代时期的文章太简陋了,而史官的职守,在动乱中废弛,传记小说,大都失其传述。所以对当时史事的记载,前后过程总不完全,而且夹杂着许多谬误。在当时英豪奋起,战争频仍,胜负无常,国家兴盛废亡之时,岂能没有谋臣的策略和善辩之士的言论呢?而文字记载不足以使之发扬出来,只得让他们寂然泯灭而不能传于后世了。然而独有张承业的事迹卓然在人耳目,至今老人们还能道及。其言论可称得上高妙啊!大体不是作为一个宦官所能言说的。以上感叹张承业的贤良。

自古宦者乱人之国,其源深于女祸①。女,色而已,宦者之害,非一端也。盖其用事也近而习,其为心也专而忍。能以小善中人之意,小信固人之心,使人主必信而亲之。待其已信,然后惧以祸福而把持之。虽有忠臣硕士列于朝廷②,而人主以为去己疏远,不若起居饮食、前后左右之亲为可恃也。故前后左右者日益亲,则忠臣硕士日益疏,而人主之势日益孤。势孤,则惧祸之心日益切,而把持者日益牢。安危出其喜怒,祸患伏于帷闼③。则向之所谓可恃者,乃所以为患也。患已深而觉之,欲与疏远之臣图左右之亲近,缓之则养祸而益深,急之则挟人主以为质④,虽有圣智不能与谋,谋之而不可为,为之而不可成,至其甚,则俱伤而两败。故其大者亡国,其次亡身,而使奸豪得藉以为资而起,至抉其种类，尽杀以快天下之心而后已。此前史所载宦者之祸常如此者，非一世也。夫为人主者，非欲养祸于内而疏忠臣硕士于外，盖其渐积而势使之然也。夫女色之惑，不幸而不悟，则祸斯及矣，使其一悟，捽而去之可也⑤。宦者之为祸，虽欲悔悟，而势有不得而去也，唐昭宗之事是已⑥。故曰深于女祸者，谓此也。可不戒哉！以上泛论宦官之祸而归结于唐昭宗。昭宗信狎宦者，由是有东宫之幽。既出而与崔胤图之⑦，胤为宰相，顾力不足为，乃召兵于梁。梁兵且至，而宦者挟天子走之岐。梁兵围之三年，昭宗既出，而唐亡矣。

【注释】

①女祸：在古代，男子在社会中起主宰作用，女子不得参与社会活动，尤其是政治活动。如其参政造成危难，则被诬为“女祸”。

②硕士：大儒。硕，大。士，知识分子。

③闼(tà)：门。

④挟人主以为质：历史上多有因宦官与朝臣争夺把持皇帝的控制权的事例，最后造成祸乱。如东汉末年的董卓、唐末的朱温等都为类似事例。

⑤捽(zuó)：揪住，拔。

⑥唐昭宗之事：唐昭宗时，宦官刘季述作乱，曾囚禁昭宗。刘季述事败而死，宦官仍把持皇帝，于是宰相崔胤勾结朱温引兵诛杀宦官。

⑦崔胤：人名。唐昭宗时曾为相。

【译文】

从古以来，宦官祸乱朝政，要比女人造成的祸害深远得多。女人，单靠色相来谋取恩宠罢了，但宦官的危害，却不仅仅是这一点。因为他们从事的差使，既亲近而又平常；他们的用心，既专一又残忍。他们可以用一些细小的良好做法获得别人的满意，用一些微末的忠实姿态来坚固他人对自己的信任，使君王相信并亲近他们。等到他们取得了信任之后，他们就以福祸等利害关系的论调来恫吓帝王从而把持朝政。即使有忠臣大儒列位于朝堂，可是帝王却以为距离自己较疏远，不及那些在起居饮食等生活中，在自己前后左右的人亲近可靠。所以对在前后左右靠着自己的人逐渐地越发亲近了，而对那些忠臣大儒们也就逐渐地疏远了，这样使君王渐渐地孤立起来。处境越孤单，那么害怕祸患的心理就越加紧张，从而使那些把持重要位置的宦官的地位越发牢固。这样君王的安危就取决于宦官的喜怒，祸患就潜伏在帏幔与门户之间了。那么，一向以为最可靠的人，却正是祸患的本源。等到祸患加深之后才发觉它，想同以前疏远的朝臣来计划对付身边左右亲近的，如果办得慢了就会使祸患逐渐加深，办快了就会被他们挟制当成人质。即使是圣贤明达之人，也不能出谋划策，即使谋划了也不可能实行，实行了也不可能成功，发展到最后，就只能是搞得两败俱伤。因此，为害大的可以亡国，其次的也会亡身的；而且还可能促使那些奸邪豪势之人以此为由而生事，以至于挖尽宦官的同类，全部杀尽来使天下人心大快才罢休。这就是前代史上所记载的时常发生的宦官之祸，可不只是一个朝代的事啊。作为君王，并不是愿意在宫廷内部滋养祸患，而将忠臣贤士疏远于外，而是一天天积累而成的。为女色所惑，不幸如果一时不醒悟，那么祸患也就迫及了；假使一旦醒悟过来，抛弃她就可以了。然而宦官所造成的祸患，即便想要醒悟，可不是能轻易除去的，唐昭宗的事例就是这样的。所谓宦官为祸要比女色为祸还要厉害，就是对此而言的。难道不应引以为戒吗！以上泛论宦官之祸而归因于唐昭宗。唐昭宗信任亲近宦官，因此被宦官囚禁在东宫之中。从东宫出来后，就与崔胤图谋除去宦官，崔胤任宰相，考虑到自己力量不足，便招引梁王朱温的兵马。梁兵到来，宦官就挟持昭宗逃往岐。梁兵把岐围了三年，待昭宗脱离宦官的控制后，唐朝也就灭亡了。

初，昭宗之出也，梁王悉诛唐宦者第五可范等七百余人[①]，其在外者，悉诏天下捕杀之，而宦者多为诸镇所藏匿而不杀。是时，方镇僭儗[②]，悉以宦官给事，而吴越最多。乃庄宗立[③]，诏天下访求故唐时宦者悉送京师，得数百人，宦者遂复用事，以至于亡。此何异求已覆之车，躬驾而履其辙也？可为悲夫！以上五代宦官。

【注释】

①梁王：即后梁太祖朱温。唐末时曾参加黄巢起义，后叛变降唐。天复元年(901)晋封为梁王。907年，代唐称帝，国号梁，史称后梁。第五可范：人名。

②儗(nǐ)：比，比拟。

③庄宗：即李存勖，五代后唐王朝的建立者，923—926年在位。

【译文】

起初，昭宗脱离宦官的控制后，梁王朱温将唐朝的宦官第五可范等七百多人都杀了，对于那些不在长安的宦官，就诏令天下搜捕杀死，但是宦官大多被各方镇藏匿起来，没有被杀。当时各方镇僭越名分，自比帝王，都让宦官服侍自己，以吴越最多。及后唐庄宗即位，诏令天下访求故唐时的宦官，都送往京城，得数百人，宦官于是又能掌权，直到后唐灭亡。这与寻求已翻覆的车辆，亲自驾驶着在原来翻车的路上又有什么两样呢？真是可悲啊！以上论五代宦官。

苏氏文集序

【题解】

本文是作者为自己所编的《苏氏（苏舜钦）文集》写的序文，作于宋仁宗皇祐三年(1051)。作者在序文中对苏氏的文学造诣及对宋时古文运动所做出的贡献都作了很高评价;同时对他在政治、仕途上的遭遇和坎坷以及不幸早亡表现出了极大的同情和悲哀。

序文叙议结合、情深意笃,笔法沉着从容、丰满生动,在精练简净的字里行间,饱含感慨。作者在嘉祐元年(1056)作《湖州长史苏君墓志铭》,道出其为苏舜钦编集并为之作序文的原因:"以著君之大节,与其所以屈伸得失,以深诮世之君子当为国家乐育贤材者,且悲君之不幸。"两文可互参。

余友苏子美之亡后四年[①],始得其平生文章遗稿于太子太傅杜公之家[②],而集录之以为十卷。子美,杜氏婿也,遂以其集归之,而告于公曰:"斯文,金玉也,弃掷埋没粪土,不能销蚀。其见遗于一时,必有收而宝之于后世者。虽其埋没而未出,其精气光怪已常能自发见[③],而物亦不能掩也。故方其摈斥摧挫、流离穷厄之时,文章已自行于天下。虽其怨家仇人及尝能出力而挤之死者[④],至其文章,则不能少毁而掩蔽之也。凡人之情忽近而贵远,子美屈于今世犹若此,其伸于后世宜如何也!公其可无恨。"以上言子美文必伸于后世。

【注释】

①苏子美:即苏舜钦,字子美,原籍梓州铜山(今四川中江),生于开封(今属河南)。二十七岁中进士,官至大理评事、集贤校理。后遭诬,除名为民,退居苏州。后为湖州长史,不到一年去世。苏氏早年倡导古文,对北宋诗文革新有一定的贡献。其诗风格豪放,与梅尧臣并称"苏梅"。著有《苏学士文集》。

②杜公:杜衍,字世昌,越州山阴(今浙江绍兴)人。官至宰相,封祁

国公，是苏舜钦的岳父。

③精气光怪：精灵之气，奇异的光彩。

④怨家仇人：指御史中丞王拱辰及其同伙。详见《宋史·苏舜钦传》。

【译文】

我的朋友苏子美死后四年，我才从太子太傅杜公家里得到他以前所写文章的遗稿，将它们收集，抄录下来，编辑为十卷。苏子美是杜家的女婿，因此我将苏子美的文集交还给了杜公，同时对他讲："这些文章如同金玉一样，被遗弃埋没在粪土之中，也不会使它们消失光泽。它们尽管在一个时期被人丢弃，后世必定有珍视它们的。虽被埋没，可它们的精华和奇异光彩，却已经时常显现出来了，任何东西都不能够掩盖它。因此当苏子美遭受排挤、摧残、打击以至流离失所，处境困难的时候，他的文章已经在社会上流行了。尽管是他的怨家仇人，以及那些曾经极力排挤他，乃至要置他于死地的人，对子美的作品也无法加以毁谤和掩盖其文章的光彩。人们的观点，往往是贱今而贵古，子美处在现世屈辱的位置上，人们还这样评价他的文章作品，那么他在后世将得到人们怎样的推崇呢！杜公不要感到遗憾了。"以上讲苏舜钦的文章必将流传于后世。

予尝考前世文章政理之盛衰①，而怪唐太宗致治几乎三王之盛②，而文章不能革五代之余习③。后百有余年，韩、李之徒出④，然后元和之文始复于古⑤。唐衰兵乱，又百余年而圣宋兴，天下一定⑥，晏然无事⑦。又几百年，而古文始盛于今。自古治时少而乱时多⑧，幸时治矣，文章或不能纯粹，或迟久而不相及，何其难之若是欤？岂非难得其人欤？苟一有其人，又幸而及出于治世，世其可不为之贵重而爱惜之欤？嗟吾子美，以一酒食之过[⑨]，至废为民而流落以死。此其可以叹息流涕，而为当世仁人君子之职位宜与国家乐育贤材者惜也。以上言子美生于治世又能文，竟以才见废。

【注释】

①政理：即指政治而言。

②唐太宗：即李世民。三王：说法不一，一般认为夏禹、商汤、周文王、周武王。

③五代：指宋、齐、梁、陈、隋。余习：指浮艳靡丽的文风。

④韩、李之徒：指唐朝韩愈、李翱等人。

⑤元和：唐宪宗李纯的年号(806—820)。

⑥一定：统一安定。

⑦晏然：平静，安定。

⑧治时：得以治理的时代，引申为太平年代，与“乱时”相对。

⑨一酒食之过：指苏舜钦在进奏院卖废纸宴宾客事。

【译文】

我曾经研讨过前朝的文章与政治的关系，觉得奇怪的是唐太宗李世民能使国家发展成太平盛世，兴旺发达的景象已经接近上古三王的时代了，可在文章方面却不能改变刘宋等五代留下来的习气。之后又过了一百多年，随着韩愈、李翱这些人的出现，到元和年间文风才恢复古道。自从唐朝衰败以来，兵荒战乱从未间断，之后，又过了一百多年，大宋朝建立，天下才统一安定，平安无事。之后，又过了近百年，古文才像现在这样兴旺。从古以来，天下安定的时候少而动乱的时候多，多亏天下安定了，但文章有的不是那样完美，有的总也跟不上社会的发展，为什么会这样艰难呢？难道不是难于找到优秀的作家吗？假使一旦有了这样的作家，又能幸而出现在和平的年代，世人岂能不把他看得更尊贵，更加珍视呢？可叹苏子美啊，只因吃酒进食的过错，乃至被撤职而堕为平民流落他乡，穷困地死去了。这真让人叹息落泪，为当今那些有责任同时乐意为国家培育贤良俊杰人才的人所惋惜。以上讲苏舜钦生于治平之世，又有文才，却因为有才而被废弃。

子美之齿少于予[①]，而予学古文反在其后。天圣之间[②]，予举进士于有司[③]，见时学者务以言语声偶擿裂[④]，号为时文[⑤]，以相夸尚。而子美独与其兄才翁及穆参军伯长[⑥]，作为古歌诗杂文，时人颇共非笑之，而子美不顾也。其后天子患时文之弊[⑦]，下诏书讽勉学者以近古，由是其风渐息，而学者稍趋于古焉。独子美为于举世不为之时，其始终自守，不牵世俗趋舍[⑧]，可谓特立之士也[⑨]。以上言子美为古文于举世不为之时。

【注释】

①齿：年龄。

②天圣：宋仁宗赵祯的年号（1023—1031）。

③有司：指礼部的主考官。司，管理。

④言语：文章。声偶：骈文中对声律和对仗的追求。擿（tī）裂：割裂。

⑤时文：指流行的四六文。

⑥才翁：苏舜钦的兄长苏舜元的字。苏舜元"为人精悍任气节，为歌诗亦豪健"（《宋史·苏舜钦传》）。穆参军：即穆修，字伯长。曾任泰州司理参军。

⑦天子：这里指宋仁宗赵祯。

⑧不牵世俗：不为世俗所拘泥。牵，拘泥。

⑨特立之士：指有独到见解的人。

【译文】

苏子美的年岁要比我小，可学习古文我却在他的后面。天圣年间，我在礼部考进士时，见到当时写文章的人，一味讲究语言的音律、对仗，将古人的语句搞得支离破碎，这样造出来的文章称作“时文”，他们以此来相互吹捧。可苏子美却偏偏同他的哥哥苏舜元以及司理参军穆修写作古体诗歌及各种古文，当时就有些人在嘲笑他们，可苏子美却不顾及这些。之后，天子对当时文风的弊病感到忧虑，下诏鼓励写文章的人要向古文靠近，因此才使推崇时文的风气逐渐平息下去，写作文章的人逐渐地向学习古文的方向发展。只有苏子美在举世不为的情况下写作古文，而且能坚持不懈，不受世俗的侵扰而改变方向，真可算得上是一位有见地、不随波逐流的人。以上讲苏舜钦于举世不为之时，以古体进行写作。

子美官至大理评事、集贤校理而废[①]，后为湖州长史以卒，享年四十有一。其状貌奇伟，望之昂然，而即之温温，久而愈可爱慕。其才虽高，而人亦不甚嫉忌，其击而去之者，意不在子美也。赖天子聪明仁圣，凡当世所指名而排斥，二三大臣而下[②]，欲以子美为根而累之者，皆蒙保全，今并列于荣宠。虽与子美同时饮酒得罪之人，多一时之豪俊，亦被收采[③]，进显于朝廷。而子美独不幸死矣，岂非其命也？悲夫！以上言同时得罪者多复进用，独子美不幸早死。

【注释】

①大理评事：官名。大理寺的下属官职。集贤校理：官名。掌图书典籍。

②二三大臣：指范仲淹、杜衍、富弼、欧阳修等人。

③收采：收用。

【译文】

苏子美任官至大理评事、集贤校理而被免职，之后任湖州长史时死去，终年四十一岁。他的相貌十分伟岸，看上去气宇轩昂，但与他一交往，只觉得他很和气，与他相处时间长了，更觉得他平易近人。虽然他才学很高，但人们并不那么嫉妒他，某些人打击他、排挤他，其真正的目的并不是针对苏子美的。幸而天子聪慧仁智，明达事理，凡是那时被指名受到排挤的几位大臣和底下的一些官员，即一些被人想以苏子美之事而株连的人，都承蒙天子的恩宥而保全下来了，现在都居于十分荣耀的职位。即使是那时与苏子美一起饮酒因而犯罪的人，由于他们也大多是当代的俊杰人物，现在也都被录用了，在朝廷荣任重要职务。可不幸的是苏子美却偏偏死去了，这难道不是他的命吗？可叹啊！以上讲同时遭贬斥的人多被重新任用，只有苏舜钦不幸早死。

释惟俨文集序

【题解】

此文是作者为其僧友惟俨的文集所作的序文。作于宋仁宗庆历元年(1041)。释，即僧人，佛教徒。惟俨，又作"惟演"，是欧氏同时代的僧人，与欧氏、石曼卿等人友善。欧氏感叹惟俨有才不用于时，于是写了这段文字。唐宋时期，有僧俗交友的风尚。有些文人觉得"人生在世不称意"，则皈依佛门。他们有很高的文化造诣，可以述说时势，有些文人虽未遁入空门，但志趣与他们相同，所以竟能成为挚友。欧氏这篇序文花很多笔墨写惟俨与曼卿的交谊，也就不足为怪了。

惟俨姓魏氏，杭州人。少游京师三十余年，虽学于佛而通儒术，喜为辞章，与吾亡友曼卿交最善①。曼卿遇人无所择，必皆尽其忻欢。惟俨非贤士不交，有不可其意，无贵贱，一切闭拒，绝去不少顾。曼卿之兼爱，惟俨之介②，所趋虽异，而交合无所间。曼卿尝曰："君子泛爱而亲仁。"惟俨曰："不然。吾所以不妄交人③，故能得天下士。若贤不肖混，则贤者安肯顾我哉？"以此一时贤士多从其游。

【注释】

①曼卿：姓石名延年。先世为幽州（今北京、河北北部一带）人，后迁居宋州宋城（在今河南商丘南）。善为文而诗尤工。详见《祭石曼卿文》注。

②介：正直，耿介。

③不妄：不随便，不胡乱。

【译文】

惟俨，姓魏，杭州人。年轻的时候游京师，在京城居住三十多年，虽然学习佛学，但也通晓儒学，擅长写文章，和我去世了的朋友石曼卿交往最好。石曼卿交朋友没有什么选择，而且一定要使他们都高兴、欢快他才觉得好。但惟俨却不是这样交朋友，如果不是贤良的人，他是不交往的，假使有人不符合他的心意，那么这个人无论是显贵，还是贫贱，他都或拒之门外，或绝然而去，毫不顾念。石曼卿主张兼爱，惟俨主张耿直，他们二人的志趣虽然有差异，但二人的交往可算得上是亲密。石曼卿曾经说："高尚的人应该广泛地去爱人，而且对人应予以亲情和礼遇。"惟俨却说："不是这样的。正是由于我不去交往那些荒诞无稽的人，所以能交到天下有名望的人士。如果贤愚不分混为一谈，那么贤良人士怎么能同我交往呢？"因为这样，当时的贤俊人士，有许多和他交往。

居相国浮图[1]，不出其户十五年。士尝游其室者，礼之惟恐不至，及去为公卿贵人，未始一往干之。以上惟俨不妄交人。然尝窃怪平生所交皆当世贤杰，未见卓卓著功业如古人可记者[2]。因谓世所称贤才，若不笞兵走万里，立功海外，则当佐天子号令赏罚于明堂[3]。苟皆不用，则绝宠辱，遗世俗，自高而不屈，尚安能酣豢于富贵而无为哉？醉则以此诮其坐人，人亦复之：以谓遗世自守，古人之所易，若奋身逢时，欲必就功业，此虽圣贤难之，周、孔所以穷达异也[4]。今子老于浮图，不见用于世，而幸不践穷亨之涂，乃以古事之已然，而责今人之必然邪？以上惟俨与人辨诘之词。然惟俨虽傲乎退偃于一室，天下之务，当世之利病，与其言，终日不厌，惜其将老也已！

【注释】

①浮图：同“浮屠”。梵语（古代印度语）音译，也写作“佛图”，本意是佛或佛教徒，这里指寺院。

②卓卓：高超显赫的样子。

③明堂：古代帝王宣明政教的地方。

④周、孔：周公（姬旦）、孔丘。

【译文】

惟俨居住在相国寺的时候，连大门都不出，达十五年之久。读书的人只要到他的房间里，都以礼相待，唯恐不周；及至他们离去，日后官至公卿，他也不曾有求于他们。以上讲惟俨不妄交人。但他也曾私下埋怨自己一生所交往的人，说来都是当代的贤俊豪杰，但都没有见到有什么显赫的功绩伟业，像古代人所记述的那样。于是说，社会上所称道的贤俊人才，如果不是驱兵行万里，建功立业于海内外，就应该辅佐君王在朝廷上发号施令施行赏罚。假使全都不像前面说的那样，那么就应该剪除荣辱心，抛弃世俗观念，自我提高，不为外人所屈服，哪能醉心于富贵荣华而无所作为呢？他吃醉了酒，就用这些话来讥讽那些在座的人，别人也以此来回复他，认为：超脱世俗而自我欣赏，古人也认为是容易的事，如果努力奋斗或是正逢良机，想要成就功名事业，这些即使是圣人贤士也是比较困难的事，这就是周公和孔子之所以一人通达，一人穷困，结局不同的原因。现在惟俨你总是在寺院里以求终年，不被社会起用，幸而没有落到穷困潦倒的地步，于是就用古时候认为是可行的来责备现在的人，要求他们一定要按古时的样子来做吗？以上是惟俨与人辩诘之词。可惟俨虽傲然退僻于一庐之中，但若将社会上那些当务之急、利弊问题同他一起讨论，他还是会终日不觉厌倦，只可惜他已接近老年了！

曼卿死，惟俨亦买地京城之东以谋其终。乃敛生平所为文数百篇[①]，示余曰："曼卿之死，既已表其墓，愿为我序其文，及我之见也。"嗟夫！惟俨既不用于世，其材莫见于时。若考其笔墨驰骋文章赡逸之能，可以见其志矣。

【注释】

①敛：收，集。

【译文】

石曼卿死后，惟俨在京城的东边也买了一块地，安排自己的后事。于是收集了自己一生所写的文章，有几百篇之多，拿给我看，并说："曼卿去世，您已经为他写了墓志铭，希望您也为我的作品写一篇序文，能让我在有生之年见到它。"唉！惟俨不为当世所用，他的才能未能显现出来。但如果研究他的文章，看到他那行文驰骋奔放的风格和高远安闲的气度，便可了解到他的志向了。

释祕演诗集序

【题解】

本文是欧阳修为友人祕演和尚的诗集所作的一篇序言。在欧氏笔下，祕演是作为一个隐居于佛门的奇士形象出现的。文章通过记述祕演的遭遇，表现了作者对其时人才不能为世所用，终致身名埋没的感慨。明人茅坤称此序"多慷慨呜咽之音，命意最旷而逸"，实为精要之论。另外，文章因着重叙说结识祕演的经过，花了不少笔墨写石曼卿，用以衬托祕演的形象，也是文章的一个突出特点。

予少以进士游京师①，因得尽交当世之贤豪。然犹以谓国家臣，一四海，休兵革，养息天下，以无事者四十年，而智谋雄伟非常之士无所用其能者，往往伏而不出②，山林屠贩必有老死而世莫见者③，欲从而求之不可得。其后得吾亡友石曼卿。曼卿为人，廓然有大志④，时人不能用其材，曼卿亦不屈以求合⑤。无所放其意⑥，则往往从布衣野老⑦，酣嬉淋漓⑧，颠倒而不厌。予疑所谓伏而不见者，庶几狎而得之⑨，故尝喜从曼卿游，欲因以阴求天下奇士⑩。以上与曼卿交因以求天下奇士。

【注释】

①京师：都城，指北宋首城汴京（今河南开封）。

②伏：隐匿，隐居。

③屠贩:屠夫和贩卖货物的小商人。

④廓然:大的样子。这里指人开朗、豪放的样子。

⑤合:遇合。指遇到赏识自己、重用自己的人。

⑥放:纵,尽情抒发。

⑦野老:山野老人。

⑧酣:尽情喝酒。淋漓:充盛,酣畅。

⑨庶几:或许,也许。狎:亲近而态度随便。

⑩阴求:暗中寻找。

【译文】

我年轻时由于中进士而客居京城,因此能遍交当世的贤士豪杰。可是我仍然认为:尽管国家一统,四海宾服,战争止息,人民得以休养生息,天下安定已有四十年,然而那些智谋杰出的不平凡的人才,由于没有机遇施展他们的才能,也还往往隐居不出来,山林草泽之间,屠夫、商贩之中,一定有老死而不被社会所发现的人才,很想去寻找他们,可找不到。后来我结交了已经故去了的朋友石曼卿。曼卿为人,具有远大的志向,当时的人未能重用他的才干,曼卿也未委屈自己而去换取别人的赏识。他没有可以表达自己情感的地方,就经常和一些市井痛快淋漓地饮酒作乐,即使醉得神魂颠倒也不感到厌倦。我怀疑所谓隐而不出的人,也许可以在游乐之中寻找到,所以我很喜欢和曼卿交往,想借此机会暗中寻访天下才人奇士。以上讲与曼卿交往是为了求天下奇士。

浮屠祕演者[①],与曼卿交最久,亦能遗外世俗[②],以气节相高。二人欢然无所间。曼卿隐于酒,祕演隐于浮屠,皆奇男子也。然喜为歌诗以自娱[③]。当其极饮大醉,歌吟笑呼,以适天下之乐,何其壮也!一时贤士皆愿从其游,予亦时至其室。十年之间,祕演北渡河,东之济、郓[④],无所合,困而归。曼卿已死，祕演亦老病。嗟夫！二人者，予乃见其盛衰，则予亦将老矣夫。以上叙己与曼卿、祕演三人踪迹。

【注释】

①浮屠：这里指佛教徒。

②遗外：遗弃，疏远。

③歌诗：指诗、歌曲。

④之：至。济、郓：今山东钜野南和东平一带。

【译文】

和尚祕演，同曼卿交往时间最长，他能够超脱世俗，在气节上与曼卿互比高洁。二人相处融洽，毫无隔阂。曼卿隐寄于酒中，祕演隐伏于佛门之内，都是不同寻常的男子啊。而且都喜欢吟诗作歌来自我娱乐。当他们纵情饮酒，喝得大醉时，就唱歌吟诗，欢笑呼喊，畅快地享受天下最大的欢乐，是多么豪迈啊！同时代的俊杰人物都愿同他俩交往，我也经常到他们的住处去。十年之间，祕演北渡黄河，东到济州、郓州，但没有遇到志同道合的人，因处境窘迫而归。现在曼卿已死，祕演也已衰老有病。唉！这二人我亲眼见过他们强壮与衰老，看来我也快要老了啊！以上叙述自己与曼卿、祕演三人的交往。

曼卿诗辞清绝[①]，尤称祕演之作，以为雅健有诗人之意。祕演状貌雄杰，其胸中浩然[②]，既习于佛，无所用，独其诗可行于世，而懒不自惜。已老，胠其橐[③]，尚得三四百篇，皆可喜者。曼卿死，祕演漠然无所向，闻东南多山水，其巅崖崛峍[④]，江涛汹涌，甚可壮也，遂欲往游焉。足以知其老而志在也。于其将行，为叙其诗，因道其盛时以悲其衰。

【注释】

①清绝：清美之极。

②浩然：刚直正大之气。

③胠（qū）：从旁边打开。橐（tuó）：袋子。

④巅崖：山峰和山崖。崛峍（jué lù）：山势高峻陡峭的样子。

【译文】

曼卿的诗，语言清妙极了，而他特别称道祕演的作品，认为它们雅正劲健，含有《诗经》作者用诗表示褒贬美刺那样的意味。祕演的形貌雄伟杰出，不同一般，他胸怀宽广，虽然通晓佛理，但又无从发挥它的作用，只有他的诗歌可以在世上流传，可是他懒散，自己不爱惜自己的作品。他人已经到晚年了，打开他的书箱，还能找到三四百篇诗作，都是值得欣赏的好作品。曼卿死后，祕演沉默寡言，没有地方可以去。他听说东南一带有许多山水名胜，那儿山势高峻，大江波涛汹涌，壮丽异常，于是准备到那儿去游览。从这一点足以知道，他人虽然老了，但志向犹存啊。在他将要启程的时候，我为他的诗集作此序，因而说到了他盛年的往事，借以惋惜他今日的衰老。

集古录跋尾十首

【题解】

欧阳修雅好集古，搜集整理了自周穆王至五代时期的大量金石碑铭，并一一作跋尾，共四百余篇辑为十卷，名为《集古录》。跋尾，原意为在文末署名，后用以指书卷之后的题解文字，一般叫“跋”。这里所选的十篇跋文，既可以让读者窥知《集古录》全貌，也可以让读者知道欧氏对一些问题的观点。

右汉《公昉碑》者，乃汉中太守南阳郭芝为公昉修庙记也。汉碑今在者类多磨灭，而此记文字仅存，可读。所谓公昉者，初不载其姓名，但云“君字公昉”尔。又云耆老相传[①]，以为王莽居摄二年[②]，君为郡吏。啖瓜，旁有真人居，左右莫察，君独进美瓜，又从而敬礼之。真人者遂与期谷口山上，乃与君神药曰：“服药以从，当移意万里，知鸟兽言语。”是时府君去家七百余里，休谒往来，转景即至。阖郡惊焉，白之府君，徙为御史。鼠啮被具，君乃画地为狱，召鼠诛之，视其腹中果有被具。府君欲从学道，顷无所进，府君怒，敕尉部吏收公昉妻子。公昉呼其师告以厄，其师以药饮公昉妻子，曰：“可去矣。”妻子恋家不忍去。于是乃以药涂屋柱，饮牛马六畜。须臾，有大风云来迎公昉妻子，屋宅、六畜翛然与之俱去[③]。其说如此，可以为怪妄矣。以上述碑中语。

【注释】

①耆（qí）：老。

②居摄：西汉末孺子婴（王莽摄政）年号（6—7）。

③翛（shū）然：迅疾的样子。

【译文】

上面的汉《公昉碑》，是汉中太守南阳人郭芝替公昉修庙所作的记文。汉碑现在保存下来的，大多数都已经磨灭不清了，这篇记述的文字是仅存下来可以阅读的。公昉其人，开始时没有记载他的姓名，只是说“先生的字叫公昉”罢了。又说是故老相传，认为先生在王莽摄政的两年，在郡里担任着一个小职位。一天先生在吃瓜的时候，旁边有一位得道的真人，左右的人都没有觉察到，只有先生一人向真人进献香瓜，同时又向真人行礼。于是真人与他相约到谷口山上，送给他一包神药，并且说：“服食这药物并跟从我，你就会凭意念而行万里，而且还能听懂鸟兽的语言。”当时，先生离家七百多里，可回家休养，拜谒亲友，转眼间就到了。全郡的人没有不感到吃惊的，于是告诉了郡守，被升迁为御史。老鼠咬破了被具，先生于是就画地为牢，招呼那些老鼠来，杀了它们，剖开那些老鼠的肚子一看，果然有被咬的被具。郡守见此，也想跟着学道，过了很长时间，却没有任何长进，郡守恼怒了，下令捉拿收监公昉的妻子。公昉见此，连忙呼唤他的老师，告诉他有危难了，他老师将药给公昉的妻子服用，并说：“这样可以离开这里了。”公昉的妻子留恋家庭，不忍心就这样离开。于是将药就涂抹在房屋的柱子上，还给牛马六畜喝了。过了一会儿，刮起了大风，随后有云彩来迎接公昉的妻子儿女，房屋和牛马六畜也在倏忽之间一并去了。传说就是这样，可真是荒诞的。以上叙述碑中语。

呜呼！自圣人没而异端起，战国、秦、汉之际奇辞怪说纷然争出，不可胜数。久而佛之徒来自西夷①，老之徒起于中国，而二患交攻，为吾儒者往往牵而从之。其卓然不惑者，仅能自守而已，欲排其说而黜之，常患乎力不足也。如公昉之事，以语愚人竖子，皆知其妄矣，不待有力而后能破其惑也。然彼汉人乃刻之金石，以传后世，其意惟恐后世之不信，然后世之人未必不从而惑也。以上叹异说易以惑人。

【注释】

①西夷：西方化外民族。汉明帝遣使至西域求佛经，佛教自此入中原。

【译文】

唉！自从圣人去世以后，异端邪说就兴起来了，战国及秦、汉之际，奇谈怪论，纷纷出笼，数都数不过来。过了很长时间，佛教从西方外族而来，老子的信徒起自中国，佛、道两教交替进攻，使我们儒学之士也往往被牵动而依从了。那些持有高见而不迷糊的人，也只能是洁身自好罢了，要想排斥或是废黜它，就会常常担心自己的力量不够。像公昉这故事，对那些笨人和傻小子来说，都会知道是荒诞的，是不用费力就能破除的蛊惑之说。然而汉代的人将它刻在石碑上，以此流传后代，还怕后代人不相信，可是后代的人未必就不信从这些事而糊涂啊！以上感叹异说容易迷惑。

右汉《太尉刘宽碑》阴题名。宽碑有二，其故吏门生各立其一也。此题名在故吏所立之碑阴，其别列于后者，在宽子松之碑阴也。宽以汉中平二年卒①，至唐咸亨元年②，其裔孙胡城公爽以碑岁久皆仆于野，为再立之，并记其世序。呜呼！前世士大夫世家著之谱牒，故自中平至咸亨四百余年，而爽能知其世次如此之详也。盖自黄帝以来，子孙分国受姓，历尧、舜、三代数千岁间，《诗》《书》所纪，皆有次序，岂非谱系源流，传之百世不绝欤！此古人所以为重也。不然，则士生于世，皆莫自知其所出，而昧其世德远近，其所以异于禽兽者，仅能识其父祖尔，其可忽哉！唐世谱牒尤备，士大夫务以世家相高。至其弊也，或陷轻薄，婚姻附托，邀求货赂，君子患之。然而士子修饬，喜自树立，兢兢惟恐坠其世业，亦以有谱牒而能知其世也。今之谱学亡矣，虽名臣巨族，未尝有家谱者。然而俗习苟简，废失者非一，岂止家谱而已哉！

【注释】

①中平:汉灵帝刘宏年号(184—189)。

②咸亨:唐高宗李治年号(670—674)。

【译文】

上面的是汉朝《太尉刘宽碑》背面的题名。刘宽的碑有两块,他原来的属下和他的学生各自为他立了一块碑。这幅题名在他原来下属所立碑的背面,另外排列在后面的,是刘宽之子刘松所立碑背面的铭文。刘宽是汉灵帝中平二年去世的,到了唐高宗咸亨元年,刘宽的后裔玄孙、胡城公刘爽,因为碑身长期倒在了旷野荒郊,就为他又立了一块碑,并记述了他们世代延续的次序。唉!以前的士大夫之家,书写家谱,从汉灵帝中平年间到唐高宗咸亨元年,四百多年,刘爽都能详细地了解他的身世次序。大约从黄帝以来,子孙们都分国受姓,经历了尧、舜及夏、商、周三代,几千年来,《诗经》和《尚书》所记述的,都是有次序的,岂非谱系流传,百世不绝呢!这正是古人重视的。如其不然,读书人活在世上,都不知道自己是由哪里来的,不明白自己身世的由来,与禽兽所不同的,仅只是能识别自己的父辈和祖上,这岂是能忽视的啊!唐代这类家谱特别齐全,士大夫全都以家世渊源来抬高自己。但最终它也有弊病,有的则落于轻浮、浅薄之流,以婚姻为附托,极力谋求钱财,这使有修养的人不免要担忧。读书的人培养修炼自己,更愿意从自己这一代建立起事业来,兢兢业业地唯恐毁了自己的身世名声,也以有家谱文书来标示其家世的。现在的家谱之学已经丢失了,即使那些有名望的大臣和望族也未曾有什么家谱。但是风俗习惯已从简了,废弃的东西多了,何止是家谱呢!

右《王献之法帖》①。余尝喜览魏、晋以来笔墨遗迹,而想前人之高致也。所谓法帖者,其事率皆吊哀、候病、叙睽离、通讯问，施于家人朋友之间，不过数行而已。盖其初非用意，而逸笔余兴，淋漓挥洒。或妍或丑，百态横生。披卷发函，烂然在目，使人骤见惊绝。徐而视之，其意态愈无穷尽，故使后世得之以为奇玩，而想见其人也。于高文大册，何尝用此！而今人不然，至或弃百事，弊精疲力，以学书为事业，用此终老而穷年者，是真可笑也。

【注释】

①王献之：字子敬，王羲之之子。善书，与父并称“二王”。

【译文】

上面是《王献之法帖》。我曾是很喜欢观赏魏、晋以来的书法墨迹的，同时又联想到以前的人那种高雅的气质。所说的法帖，它记录的事体大致都是些对逝者的致哀，对病人的问候，对离别之情的叙说，以及互相问候之类，这些都用于家人朋友之间，不过是几行字罢了。书写的人当初并没有刻意用心，而只是随笔以尽自己的余兴，畅达痛快地挥洒。字写得有的好看，有的难看，各种形态跃然纸上。当时作者阅览、发函的情形活生生地显现在眼前，让人突然感到惊起而叫绝。慢慢地端详它，那种意境和神态越发觉得无穷无尽了，所以使后代的人认为是一种神奇玩物、艺术品，同时能想象到作者的音容。可对于有价值的文论和名著，何曾能这样呢！现在的人可不是这样，有的人甚至抛弃各种事务，用尽全部精力来学习书法，而且以此作为自己终生的事业，这真是可笑。

右《昭仁寺碑》，在豳州唐太宗与薛举战处也①。唐自起义，与群雄战处，后皆建佛寺，云为阵亡士荐福。汤、武之败桀、纣，杀人固亦多矣，而商、周享国皆数百年。其荷天之祐者[②]，以其心存大公，为民除害也。唐之建寺，外虽托为战亡之士，其实自赎杀人之咎尔。其拨乱开基，有足壮者，及区区于此，不亦陋哉！碑文朱子奢撰，而不著书人名氏，字画甚工。此余所录也。

【注释】

①豳(bīn)州：在今陕西彬县东北。薛举：唐时金城(今甘肃兰州)人氏。

②荷：承受。

【译文】

上面是《昭仁寺碑》，立于豳州境内，是唐太宗与薛举交战的地方。唐朝在起义兵同各路群雄交战过的地方，都建立了佛寺，说是为阵亡的将士祈福。商汤与周武王打败夏桀与商纣，杀的人原也是很多的，可无论商还是周，拥有政权达几百年之久。它承受上天的庇护保佑，是因为心怀大公，替百姓铲除祸害。唐朝建立佛寺，对外假托为阵亡将士祈福，而其实质是在赎自己杀人的罪过。唐铲除祸乱，开创基业，有许多雄伟壮烈的事可做，可是却着眼于这小小的事情上，未免显得狭隘了吧！碑文是由朱子奢撰写的，可是没有著明书写人的姓名，但字的笔画很工整。这是我所记录的。

右《放生池碑》。不著书撰人名氏。放生池，唐世处处有之。王者仁泽及于草木昆虫，使一物必遂其生，而不为私惠也，惟天地生万物，所以资于人也。然代天而治物者当为之节，使其足用而取之不过，万物得遂其生而不夭[①]。三代之政如斯而已。《易·大传》曰："庖牺氏之王也[②]，能通神明之德，以类万物之情。作结绳而为网罟[③]，以佃以渔。"盖言其始教民取物资生，而为万世之利，此所以为圣人也。浮图氏之说，乃谓杀物者有罪，而放生者得福。苟如其言，则庖牺氏遂为人间之圣人、地下之罪人矣！

【注释】

①夭：夭折。

②庖牺氏：即伏羲。

③网罟(gǔ)：泛指渔网。

【译文】

上面是《放生池碑》。没有写明撰写人的姓名。放生池，在唐代到处都有。帝王的仁爱、恩泽都布施到花草树木、鱼鸟昆虫上去了，要让一种生物一定按照自己的规律来生长，而不为某一私人的好处而生存，那只有天地来滋生万物，并施予人类。然而要代天地来管理万物的话，那么人在使用万物上应该有所节制，足够用度而不取之过分，如此则万物都能按照自己的规律而生长，而不至于夭折。上古三代的为政就是这样。《易·大传》上讲："庖牺氏称王，他能通晓神明的美德，能旁通万物的感情。教人结绳成网，用来渔猎。"是说他开创了教万民选取万物作为生存的资本，为千秋万代带来了利益，这就是他成为圣人的原因。佛教的观点，说杀生有罪，放生得福。如果真像他这么说，那么庖牺氏不就成了人间的圣人、阴间的罪人了吗！

右司刑寺大脚迹并碑铭二，阎朝隐撰附[①]。《诗》曰："匪手携之[②]，言示之事。"盖谕昏愚者不可以理晓，而决疑惑者难用空言，虽示之已验之事，犹惧其不信也。此自古圣贤以为难。《语》曰"中人以下，不可以语上"者[③]，圣人非弃之也，以其语之难也。佛为中国大患，非止中人以下，聪明之智一有惑焉,有不能解者矣。方武氏之时[④],毒被天下,而刑狱惨烈,不可胜言。而彼佛者遂见光迹于其间,果何为哉?自古君臣事佛,未有如武氏之时盛也,视朝隐等碑铭可见矣。然祸及生民,毒流王室,亦未有若斯之甚也。碑铭文辞不足录,录之者所以警也。俾览者知无佛之世,《诗》《书》《雅》《颂》之声,斯民蒙福者如彼;有佛之盛,其金石文章与其人之被祸者如此。可以少思焉。

【注释】

①阎朝隐:唐时栾城(今河北石家庄栾城区)人。

②匪:同"非"。

③中人:中等水平的人。

④武氏:即武曌,武则天。

【译文】

上面的是司刑寺的大脚迹和碑铭两篇,是阎朝隐撰写的。《诗经》上说:"不是用手提的,而是用语言表达的。"这是说要告诫昏庸愚昧的人不可以用道理来启发,要让多疑的糊涂人定下决心来,难以用空话来说服,即使用已经过验证的事来说明,仍然怕他们不信。这种情况自古圣人贤士都认为是难办的事。《国语》上讲"中等才智以下的人,不可以同他讲高深的学问道理",圣人并非要放弃他们,因为同他们讲述很困难啊。佛是中国一大祸害,不只是中等水平以下的人,聪明智达的人,也有受其蒙蔽、糊涂不解的时候。当年武则天执政的时期,毒害天下,刑狱惨酷之甚,难以用言语表达。可佛教徒们的光辉业绩也显现于当时,这是什么原因呢?从古以来,君臣事佛,再没有武氏当政时期那样兴盛的,看看阎朝隐等人的碑铭就可以知道了。然而祸患殃及百姓,流毒侵入王室之中,也没有像当时那样厉害。碑铭的文辞不值得抄录,抄录它是用以为警示吧。好让观览的人知道没有佛教的时候,《诗经》《尚书》《大雅》《周颂》《鲁颂》的声音,使百姓享受福音,就像那样子啊;而佛教兴盛的时候,其金石文章遭到的厄运,以及人们蒙受的灾难祸患,是这个样子。这种种情况都要略微想一想。

右《华阳颂》,唐玄宗诏附。玄宗尊号曰"圣文神武皇帝",可谓盛矣。而其自称曰"上清弟子"者,何其陋哉!方其肆情奢淫,以极富贵之乐,盖穷天下之力,不足以赡其欲。使神仙道家之事为不无,亦非其可冀,矧其实无可得哉!甚矣,佛、老之为世惑也[①]!佛之徒曰"无生"者,是畏死之论也;老之徒曰"不死"者,是贪生之说也。彼其所以贪畏之意笃,则弃万事、绝人理而为之,然而终于无所得者,何哉?死生天地之常理,畏者不可以苟免,贪者不可以苟得也。惟积习之久者,成其邪妄之心。佛之徒有临死而不惧者,妄意乎无生之可乐,而以其所乐胜其所可畏也。老之徒有死者,则相与讳之曰"彼超去"矣,"彼解化"矣,厚自诬而托之不可诘。或曰"彼术未至,故死尔"。前者苟以遂其非,后者从而惑之以为诚然也。佛、老二者同出于贪,而所习则异,然由必弃万事、绝人理而为之,其贪于彼者厚,则舍于此者果。若玄宗者,方溺于此,而又慕于彼,不胜其劳,是真可笑也。

【注释】

①佛、老:指佛教、道教。道教创始人为老子(老聃),亦用"老"称道教。

【译文】

上面的是《华阳颂》,还附有唐玄宗诏书。唐玄宗尊号称“圣文神武皇帝”,可称得上盛誉了。而他称自己叫“上清弟子”,何等的粗俗!当他纵情声色、淫逸无度的时候,用那极度的奢华富贵取乐,耗尽国家人力资财,也不够满足他的欲望。假使道家所说的神仙是真有其事,也不是他所希望的,何况其实并无其事呢!佛教、道教对社会的搅乱实在是太过分了!佛教徒说“无生”,是怕死的论调;道教徒说“不死”,是贪生的说教。他们贪生怕死意愿笃深以至于抛弃一切事物,断绝人生常理,但最终他们也没有获得什么,这又是为什么呢?是因为生和死是天地自然规律,怕死的人也不可能随意就免死,贪生的人也不能随意就偷生。怕死贪生的人,只是由于长期习性于此,才滋生出这种奸邪荒诞的想法。佛教徒有到临死的时候不害怕的,荒诞地想象无生的快乐,以他所感到快乐的事,去战胜那些他所害怕的事。道教徒有将要死的,就相互间避忌,说他“超生去了”,“羽化登仙了”,实在是自欺欺人,并且以不可穷诘的托词来搪塞。有的人还说他“道行、法术还没有达到那最高的境界,所以死了”。前面的人随便地盲从那错误的观念,后面的人跟在后面,糊里糊涂地认为本应该就是这样。佛、道两教本质上都出于贪,虽然所传习的有差异,然而都要放弃世间万物,而且要断绝人生常理来从事它,他在那方面贪的过分了,那么在这方面就一定要舍弃,这就是证实。像唐玄宗,他正沉溺于这方面时,而又去羡慕那些,不胜劳苦,真是可笑。

右《令长新戒》。唐开元之治盛矣,玄宗尝自择县令一百六十三人,赐以丁宁之戒[①]。其后天下为县者,皆以新戒刻石。今犹有存者,余之所得者六,世人皆忽不以为贵也。玄宗自除内难,遂致太平,世徒以为英豪之主,然不知其兴治之勤，用心如此，可谓知为政之本矣。然鲜克有终，明智所不免，惜哉！新戒凡六：其一河内，其二虞城，其三不知所得之处，其四汜水，其五穰，其六舞阳。

【注释】

①丁宁：即“叮咛”，嘱咐。

【译文】

上面是《令长新戒》。唐朝开元时期的治理可称得上鼎盛了，唐玄宗曾亲自挑选县令一百六十三人，每人赏赐给叮咛嘱咐的戒条。之后天下设县的地方，都将新的戒条刻在石头上。现在仍然有保存的，我得到了六块，世人对它都忽略了，不认为是贵重的东西。唐玄宗平定了内乱之后，天下太平，世人只认为他是英明豪俊的君主，但不知道他兴治国家用心的勤勉，用心勤勉到那种程度，可以说懂得了执政的根本了。但很少有能坚持始终的人，即使聪明睿智的人也不可避免，可叹啊！新戒一共有六块：第一，河内；第二，虞城；第三，不知道得之于什么地方；第四，汜水；第五，穰；第六，舞阳。

右《平泉草木记》，李德裕撰[①]。余尝读鬼谷子书[②]，见其驰说诸侯之国，必视其为人材性贤愚、刚柔缓急，而因其好恶喜惧忧乐而捭阖之[③]。阳开阴塞，变化无穷，顾天下诸侯无不在其术中者，惟不见其所好者，不可得而说也。以此知君子宜慎其所好。盖泊然无欲，而祸福不能动，利害不能诱，此鬼谷之术所不能为者，圣贤之高致也。其次简其所欲，不溺于所好，斯可矣。若德裕者，处富贵，招权利，而好奇贪得之心不已，或至疲弊精神于草木，斯其所以败也。其遗戒有云："坏一草一木者非吾子孙。"此又近乎愚矣。

【注释】

①李德裕：武宗时官至宰相。

②鬼谷子：战国时纵横家之祖，相传为苏秦、张仪师，亦称为鬼谷先生。

③捭阖：开合。

【译文】

上面是《平泉草木记》。由李德裕撰文。我曾经读过鬼谷子的书，见他游说诸侯各国，总要观察这些国家的君王的为人是贤是愚，性格是刚是柔，脾气是缓是急，然后根据他的好恶喜惧忧乐来施展他的才能。阳开阴塞，变化无穷，天下诸侯国的国君，无一不在他的计谋之中，只有看不到有什么爱好的，才使他不能去游说。由此来看，修养高的人对自己爱好应持谨慎的态度。大体如能恬静淡然地生活，没有任何奢想，则不会为祸福所动，为各种利害所诱惑，使鬼谷子不能有什么作为，这是圣贤们高雅的境界。退而求其次，如能节制欲望，不沉溺于所好，也就可以了。像李德裕这样的人，身处于富贵之所，更想得权利之柄，喜好珍奇，贪得之心无休无尽，乃至于有时对花草树木也疲惫不堪，这就是他败亡的原因。他的遗诫中有言道："破坏一草一木的人，就不是我的子孙。"这话说得又近乎愚蠢了。

右《华岳题名》。自唐开元二十三年，讫后唐清泰二年[①]，实二百一年。题名者五百十一人，再题者又三十一人，录为十卷。往往当时知名士也。或兄弟同游，或子侄并侍，或僚属将佐之咸在，或山人处士之相携，或奉使奔命、有行役之劳，或穷高望远、极登临之适。其富贵贫贱、欢乐忧悲，非惟人事百端，而亦世变多故。开元二十三年，岁在丙子，是岁天子躬耕籍田，肆大赦，群臣方颂太平，请封禅，盖有唐极盛之时也。清泰二年，岁在乙未，废帝篡立之明年也。是岁石敬瑭以太原反[2]，召契丹入自雁门，废帝自焚于洛阳，而晋高祖入自太原，五代极乱之时也。始终二百年间，或治或乱，或盛或衰；而往者、来者、先者、后者，虽穷达寿夭，参差不齐，而斯五百人者，卒归于共尽也。其姓名岁月，风霜剥裂，亦或在或亡，其存者独有千仞之山石尔！故特录其题刻。每抚卷慨然，何异临长川而叹逝者也。

【注释】

①清泰：后唐愍帝李从珂年号(934—936)。

②石敬瑭：后晋高祖。

【译文】

上面的是《华岳题名》。自唐玄宗开元二十三年，直至后唐末帝清泰二年，有二百零一年了。到华山上题名的有五百一十一人，再次题名的人有三十一人，抄录成十卷。题名的这些人，常常是当时知名人士。有的是兄弟一同来游的，有的是子侄辈侍候长者来的，有的是官宦人等左右扶持前来的，有的是山野隐士相约来游的，有的是奉命出差、或工作辛劳到此休息的，有的是登高望远、以此而感到心情舒畅的，等等。这些人中有富贵的，有贫贱的，有欢快的，有忧伤的，不只是个人的烦心杂事，也有因社会多变的缘故而感伤的。唐玄宗开元二十三年，当年是丙子年，这一年唐天子举行藉田礼，大力发展农业生产，尽行大赦犯人，大臣们都称颂太平盛世，请求登山封禅祭告天地，这是自唐建国以来最兴盛的时候。后唐末帝清泰二年，当年是乙未年，废帝篡权的第二年。这一年石敬瑭在太原谋反，招引契丹进犯雁门关，废帝在洛阳自焚，于是晋高祖石敬瑭入主太原，这是五代最乱的一个时期了。自始至终二百年间，有时大治，有时大乱，有时兴盛，有时衰败，有来的，有去的，有在先，有在后，虽然显达潦倒，寿命长短，各有不同，但这五百人，最终都归之于天地的无穷无尽之中了。他们的姓名，经岁月风霜的剥蚀，有的存在，有的亡佚，那姓名留存的也不过存于千仞之壁上的一块石头之中罢了！因此特抄录它的题刻。每每抚卷慨叹，这与站在河边感叹时间的流逝有什么两样呢？

集古录目序

【题解】

本文是欧氏为其《集古录目》的一、三、四集所作的序文，作于宋仁宗嘉祐七年(1062)。跟一般的序文通常介绍作品内容不同，本文着重对古物的收藏发表了见解，序中分析了“好”与“力”的关系，认为只有两方面达到统一，才可能圆满地达到“集古”的目的。

物常聚于所好，而常得于有力之强。有力而不好，好之而无力，虽近且易，有不能致之。象犀虎豹，蛮夷山海杀人之兽[①]，然其齿角皮革，可聚而有也。玉出昆仑流沙万里之外[②]，经十余译乃至乎中国。珠出南海，常生深渊，采者腰絙而入水[③]，形色非人，往往不出，则下饱蛟鱼[④]。金矿于山，凿深而穴远，篝火馔粮而后进[⑤]，其崖崩窟塞，则遂葬于其中者，率常数十百人。其远且难而又多死祸，常如此。然而金玉珠玑[⑥]，世常兼聚而有也。凡物好之而有力，则无不至也。以上言好之而有力则物皆可致。

【注释】

①蛮夷：少数民族。蛮，古代统治阶级对南部少数民族的污蔑性称呼。夷，古代对东部民族的统称。由于少数民族多距中原较远，引申为偏远地区。

②昆仑：昆仑山脉，位于新疆、青海境内。流沙：沙漠。沙漠为风吹沙石流动而成，故称沙漠为流沙。

③絙（gēng）：粗绳。

④蛟鱼：蛟龙和大鱼。

⑤餱（hóu）粮：干粮。

⑥玑：珠中不圆者称玑。

【译文】

好的物品常常会汇集在爱好它的人手中，而且也常常会落在那些有力量的强手之中。有力量但是不喜好，或者虽喜好但无力量，即使他离着所喜爱的器物很近，而且很容易获取，也是不能得到的。大象、犀牛、虎、豹是处在野蛮化外高山大海地方的吃人野兽，但是这些野兽的牙齿、犄角、皮革却可被人汇集而收藏。美玉出自昆仑山及万里之外的沙漠，经过十多次的转译介绍才进入中国。珍珠出自南海，又常生长在深渊之中，采集的人需腰系粗绳，进到水里面去，那人的穿戴形象都有点儿不像人的样子，有时这些人常常下水之后，未能再回来，最后葬身蛟龙和大鱼腹中。金子埋藏于深山之中，采集的人要开凿又深又远的洞穴，点着篝火，带上干粮而后才敢进去，那里时有山崖崩塌，洞穴堵塞，采集的人就要葬身其中了，大概常常有数十上百人之多。藏宝的地方既远，而且获取艰难，死伤的祸事常常如此这般地发生。然而，金子、美玉、珍珠，社会上的人往往将这几种东西同时汇集在一起而收藏。但凡物品，你喜好它，并有能力，那么没有不能得到的。以上说好之而有力则物皆可致。

汤盘[1]，孔鼎[2]，岐阳之鼓[3]，岱山、邹峄、会稽之刻石[4]，与夫汉、魏已来圣君贤士桓碑彝器、铭诗序记[5]，下至古文、籀篆、分隶诸家之字书[6]，皆三代以来至宝，怪奇伟丽、工妙可喜之物。其去人不远，其取之无祸。然而风霜兵火，湮沦磨灭，散弃于山崖墟莽之间未尝收拾者，由世之好者少也。幸而有好之者，又其力或不足，故仅得其一二，而不能使其聚也。以上言金石文字难聚。

【注释】

①汤盘：相传为商汤的浴盘。

②孔鼎：相传为孔丘远祖正考父之鼎。

③岐阳之鼓：相传为周宣王石鼓。

④岱山：即泰山。泰山以石刻而闻名。邹峄：邹县的峄山，在今山东邹城东南，有石刻。会稽：今浙江绍兴。

⑤桓：即华表，建筑装饰物。彝器：祭器。铭诗：祭器上的戒语，警文。序记：都是用以题、表之文。

⑥古文：一种字体，古代蝌蚪文字。籀(zhòu)：即籀文，一种字体，即大篆，相传为周太史籀所创。分：即八分，一种字体，说法不一，介于篆书与隶书的一种书体。相传为汉蔡琰所创。隶：即隶书，因该书体兴盛于汉代，又称汉隶。

【译文】

商汤的浴盘，孔子远祖正考父之鼎，周宣王的石鼓，泰山石刻，峄山石刻，会稽山的石刻，以及汉、魏以来圣明君王、贤良臣子的碑石表牌、祭器铭文、诗书表记，下到古文、大篆、小篆、八分书、隶书及各家的书法字画，都是夏、商、周三代以来的珍奇宝物，是工艺精美、惹人喜爱的东西。这些东西距离现在的人并不遥远，得到这些东西也不会有什么祸事。然而这些东西历经风霜战火，多有隐没和残缺，而且零乱地散落在或是山崖之间、废墟之地、莽原之中，未曾被人发现、收集，实在是缘于社会上收集爱好的人少。也幸而有爱好的人，但又由于力量不够，所以仅收集到那些物品中的一两件，不能让这些东西全汇集起来。以上讲金石文字难聚。

夫力莫如好，好莫如一。予性颛而嗜古①，凡世人之所贪者，皆无欲于其间，故得一其所好于斯。好之已笃，则力虽未足，犹能致之。故上自周穆王以来，下更秦、汉、隋、唐、五代，外至四海九州，名山大泽，穷崖绝谷，荒林破冢，神仙鬼物，诡怪所传，莫不皆有，以为《集古录》。以谓转写失真，故因其石本，轴而藏之。有卷帙次第，而无时世之先后，盖其取多而未已，故随其所得而录之。又以谓聚多而终必散，乃撮其大要，别为《录目》，因并载夫可与史传正其阙缪者②，以传后学，庶益于多闻。以上述《集古录目》之意。

【注释】

①颛：蒙昧。

②阙（quē）：缺误。缪（miù）：错误。

【译文】

有力量，不如有爱好，有爱好不如心专一。我的性格蒙昧，却好古，但凡世人所贪图的，我都无所贪求，所以能有专一的爱好搜集古物。爱好很深很浓，虽然力量不足，但仍然可以得到一些。所以从周穆王以后，下经秦、汉、隋、唐、五代，外至四海九州，名山大川，高山幽谷，荒郊野外，残坟断壁，所传神仙、鬼怪的东西，没有不收集的，并在此基础上编成了《集古录》。因为传述有时会失真，于是沿用它的石刻本，拓印后卷起收藏。又有的卷册散乱遗失，次序混乱，而且也没有时代的前后，由于收集得多不能全尽，于是随时收集，就即时记录下来。又听说汇集的多了最后一定要散乱的，于是就摘取里面的大致要点，另编制为《录目》，并记录下可以与历史记载互相校勘，以校正其中谬误的内容，用以传给后代学人，或许可以增广他们的见闻。以上叙述《集古录目》的基本情况。

或讥余曰："物多则其势难聚，聚久而无不散，何必区区于是哉？"予对曰："足吾所好，玩而老焉可也。象犀金玉之聚，其能果不散乎？予固未能以此而易彼也。"以上言物聚而必散。

【译文】

有人讥讽我说："东西多了，就很难汇集在一起，聚集的时间长了，没有不散落的，何必谨慎小心地对待这些东西呢？"我回答他们说："满足我个人的爱好，玩味到老，那就可以了。象牙、犀角、黄金、美玉的汇集，难道果真能不散落吗？所以不能因此而改变我的爱好呀！"以上讲物聚而必散。

送徐无党南归序

【题解】

此文是一篇赠序，即送别赠言文字。作于宋仁宗至和二年(1054)。徐无党，婺州东阳郡永康县(今浙江永康)人。皇祐年间进士，曾从欧阳修学古文，官至郡教授而卒。

本文题为"送……序"，但实以立论为主，送人为辅。它从"三不朽"

入手,阐明人若想要死而不朽,重要的不在于事业、文章,而在于修身立德的观点,同时也抨击了华而不实的文风,这和他提出的改革文风、遵行古道的做法是一致的。

本文起承转合,衔接自然,逐层深入,最后归题,可谓结构谨严,了无斧痕。

草木鸟兽之为物,众人之为人,其为生虽异,而为死则同,一归于腐坏、澌尽、泯灭而已①。而众人之中有圣贤者,固亦生且死于其间,而独异于草木鸟兽众人者,虽死而不朽,逾远而弥存也②。其所以为圣贤者,修之于身,施之于事,见之于言,是三者所以能不朽而存也③。修于身者,无所不获;施于事者,有得有不得焉;其见于言者,则又有能有不能也。施于事矣,不见于言可也。自《诗》《书》《史记》所传,其人岂必皆能言之士哉④?修于身矣,而不施于事,不见于言,亦可也。孔子弟子有能政事者矣⑤,有能言语者矣⑥。若颜回者,在陋巷,曲肱饥卧而已。其群居则默然终日如愚人⑦,然自当时群弟子皆推尊之,以为不敢望而及⑧,而后世更百千岁,亦未有能及之者。其不朽而存者,固不待施于事,况于言乎?

【注释】

①澌:尽。泯:灭。

②逾:更加。弥:越发。

③不朽:不腐烂。语出《左传·襄公二十四年》:“太上有立德,其次有立功,其次有立言,虽久不废,此之谓不朽。”文中“修之于身”

即为立德,“施之于事”即为立功,“见之于言”即为立言。

④其人:指《诗经》《尚书》《史记》等书中提到的人物。

⑤能政事者:指冉有、季路。

⑥能言语者:指宰我、子贡。

⑦愚人:平庸的人。

⑧不敢望而及:即“望尘莫及”。

【译文】

草木、鸟兽之作为物,人之作为人,其生存的形式虽然不相同,可死的情况却是相同的,统统都会形体腐烂,精神灭尽,乃至消亡。可是在人的群体里面,有圣人、贤人,他们本来也是和万物一样,有生有死,但和草木、鸟兽以及一般人不相同的是,他们人体虽然消失了,可名声却不会消亡,时间过得越长久,则越发显出他们的存在。他们之所以能成为圣人、贤人,是因为他们修身立德、建功立业和著书立说,这三件事使他们声名不朽而永存于世。能注意加强自身的道德修养的人,没有什么办不到的;追求建立功业的人,有所得,也有所失;而著书立说的人,有的有能力做到,有的则没有能力做到。能做出一番事业,不去著书立说也是可以的。从《诗经》《尚书》《史记》中记载的一些人物来看,难道他们都能做到去著书立说吗?能修身立德,而没有建功立业,没有著书立说,也是可以的。孔子的学生,有的善于从事政治活动,有的专长于语言的表达。如颜回,只不过在穷街陋巷中,以胳膊为枕,安于饥饿贫穷罢了。他和一般人在一起时整日不言不语,活像个蠢笨的人,然而即使在那个时候,孔子的学生也都尊崇他,敬重他,认为他可望而不可即,而后世虽经千百年来也没有人能赶得上他的。他的不朽和永存,本不是靠建功立业,更何况是著书立说呢?

予读班固《艺文志》、唐四库书目[①],见其所列,自三代、秦、汉以来,著书之士多者至百余篇,少者犹三四十篇。其人不可胜数，而散亡磨灭，百不一二存焉。予窃悲其人。文章丽矣，言语工矣，无异草木荣华之飘风，鸟兽好音之过耳也。方其用心与力之劳，亦何异众人之汲汲营营[②]？而忽焉以死者，虽有迟有速，而卒与三者同归于泯灭[③]。夫言之不可恃也盖如此。今之学者，莫不慕古圣贤之不朽，而勤一世以尽心于文字间者，皆可悲也。

【注释】

①班固：字孟坚，东汉史学家。著有《汉书》等著作。《艺文志》：指《汉书》中的“艺文志”。四库书目：唐玄宗时分别在长安、洛阳设书库，分甲、乙、丙、丁四库，分藏经、史、子、集四类书籍。

②汲汲营营：心情迫切地谋求不已。

③三者：指草木、鸟兽、众人等。

【译文】

我读了班固的《艺文志》和唐朝的四库书目，从上面所记录来看，自夏、商、周、秦、汉以来，著书立说的人，多的曾写过一百多篇文章，少的也有三四十篇。著书立说的人可以说数都数不清，可他们的作品大都散佚流失了，如今流传下来的还不满百分之一二。我私下为这些人而伤感。他们的文章写得很华美，语言用得规范而精当，结果却遭到佚失的命运，这同草木花朵在风中飞逝，鸟兽美妙的叫声从耳旁飘去没有什么两样。当那些人专心用力地去辛勤写作的时候，又与一般平庸的人心情迫切地追求名利有什么两样？但在转瞬死去这一点上来讲，虽说有的慢一些，有的要快一些，可最终还是与草木、鸟兽和一般的人一样，同归于消亡。著书立说靠不住，大概就是这样的原因吧。现而今，一些有学问的人，没有不羡慕古代圣人、贤人的不朽，而终生竭尽全力从事文章写作，这都是很可叹的。

东阳徐生，少从予学，为文章，稍稍见称于人。既去，而与群士试于礼部，得高第，由是知名。其文辞日进，如水涌而山出[①]。予欲摧其盛气而勉其思也，故于其归，告以是言。然予固亦喜为文辞者，亦因以自警焉。

【注释】

①水涌而山出：如水涌，如山突出。欧阳修曾称徐氏文章，“文辞驰骋之际，岂常人笔力可到”（见《答徐无党第一书》）。

【译文】

东阳徐生，年轻时就跟着我学习写作文章，之后逐渐得到人们的赞许。离开我之后，他和一些读书人参加在礼部的考试，获得了最高的名次，由此出了名。他的文章，日益进步，就如同流水奔涌和山峦突起一样。我想摧挫他的盛气，进而劝勉他要多加思索，因此在他南归之时，将这些话说给他听。然而我本人也是一个喜欢写作的人，因此也用以上的这些话来警诫自己。

曾巩

曾巩(1019—1083),字子固,建昌南丰(今江西南丰)人。仁宗嘉祐二年(1057)中进士,历任太平州司法参军、馆阁校理、越州通判、济州知州、福州知州及史馆修撰等,官至中书舍人。为官期间,非常关注救灾、治疫、立学诸事,以为民众解忧造福。曾整理校勘《战国策》《说苑》《新序》等古代典籍,为发掘并弘扬古代文化作出了一定的贡献。曾巩在文学上以散文成就最高,与欧阳修、苏轼等一起参加古文革新运动,反对创作上的形式主义,被后世列为"唐宋八大家"之一。其文含蓄典重,雍容平易,很为欧阳修称赏,文名也仅在其后,当时的人对他的文章是"手抄口诵,惟恐不及"。《宋史》本传称其文章"上下驰骋,愈出而愈工,本原六经,斟酌于司马迁、韩愈,一时工作文词者,鲜能过也"。著有《元丰类稿》。

先大夫集后序

【题解】

这是曾巩为其祖父的文集所作的序。除概要介绍祖父的主要著作、交代写作序文的原因目的之外,用笔更多的是祖父仕宦后的主要政绩,赞扬了他勇于直谏、忠正刚直、不与邪恶妥协的精神,并为他屡遭奸佞阻扼，以致毁誉不一的不幸遭遇深表同情。文章在介绍祖父生平事略时，并不单纯叙事，而是夹叙夹议，叙议结合。

公所为书，号《仙凫羽翼》者三十卷，《西陲要纪》者十卷，《清边前要》五十卷，《广中台志》八十卷，《为臣要纪》三卷，《四声韵》五卷，总一百七十八卷，皆刊行于世。今类次诗赋书奏一百二十三篇①，又自为十卷，藏于家。以上书目。

【注释】

①类次：分类排列。

【译文】

公所著的书，有《仙凫羽翼》三十卷，《西陲要纪》十卷，《清边前要》五十卷，《广中台志》八十卷，《为臣要纪》三卷，《四声韵》五卷，总共一百七十八卷，都刊刻发行。现在又分别排列其诗赋书奏一百二十三篇，分为十卷，收藏在家里。以上讲书目。

方五代之际，儒学既摈焉，后生小子，治术业于闾巷①，文多浅近。是时公虽少，所学已皆知治乱得失兴坏之理，其为文闳深隽美，而长于讽谕，今类次乐府已下是也②。以上五代时著作。宋既平天下，公始出仕。当此之时，太祖、太宗已纲纪大法矣，公于是勇言当世之得失。其在朝廷，疾当事者不忠，故凡言天下之要，必本天子忧怜百姓、劳心万事之意，而推大臣从官执事之人，观望怀奸，不称天子属任之心，故治久未治。至其难言，则人有所不敢言者，虽屡不合而出，而所言益切③，不以利害祸福动其意也。以上仕宋后奏议。始公尤见奇于太宗，自光禄寺丞、越州监酒税召见④，以为直史馆，遂为两浙转运使⑤。未久而真宗即位，益以材见知。初试以知制诰⑥，及西兵起⑦，又以为自陕以西经略判官⑧。而公尝切论大臣，当时皆不说，故不果用。然真宗终感其言，故为泉州⑨，未尽一岁，拜苏州⑩，五日，又为扬州⑪。将复召之也，而公于是时又上书，语斥大臣尤切，故卒以龃龉终⑫。以上太宗、真宗时再进再绌。

【注释】

①闾巷：泛指民间。

②乐府：诗体名。初指乐府官署所采制的诗歌，后将魏、晋至唐可以入乐的诗歌，以及仿乐府古题的作品，统称乐府。宋以后的词、散曲、剧曲因配乐，有时也叫乐府。

③切：严厉。

④光禄寺丞：官名。光禄寺有卿、少卿、丞、主簿各一人。卿掌祭祀朝令宴飨等事，丞参领之。越州：今浙江绍兴。监酒税：官名。

⑤两浙：今浙江及江苏丹徒以东。转运使：官名。掌一路财赋。

⑥试：试用，宋代官员任用方式之一。知制诰：官名。掌制诰诏令撰述之事。

⑦西兵：西夏军队。

⑧经略判官：官名。经略下的属官。

⑨泉州：今福建晋江。

⑩苏州：今江苏苏州。

⑪扬州：今江苏扬州。

⑫龃龉(jǔ yǔ)：抵触。

【译文】

五代时，儒学被摈弃，后辈学子在民间从事学术研究，所做文章大多非常浅薄。当时公虽然年少,但已懂得治乱得失兴废的道理,为文博大精深,文笔优美,且擅长讽谕,现在分类排列于乐府后面的文章就具有这样的特点。以上五代时著作。宋朝建立后,公才出仕为官。当时太祖、太宗已经制定了国家大法,公经常勇于直言当今时事的得与失。他在朝廷里,恨当权者不竭尽忠心,所以只要谈及国家大事,必定本着天子应该怜恤百姓、为国家尽心尽力的意旨,指斥大臣从官及各部门的专职人员心存奸邪、左右观望,不按天子所嘱托的去做,所以整治了很久也没有使国家政治清明。有些难以说出的话,别人都不敢说,但公虽多次直言而遭弃逐,却并不为个人的利害祸福而动摇其意志,对邪恶的指斥更为严厉。以上是在宋朝任职时的奏议。最初公很为太宗所欣赏,自被召见授官为光禄寺丞、越州监酒税,继而被提升担任直史馆的官职,后又被任用为两浙转运使。不久真宗即位后,更以其才能而见知。先被任用为知制诰,等到西夏兵事起,又被任用为自陕以西的经略判官。但公经常严厉指斥大臣,这些大臣听说他被任用为经略判官,当时都不高兴,后来公果真没被任用。可是后来真宗还是被他的忠言所打动,所以在泉州不到一年,就授任苏州,五天后又授任扬州。正要召公回朝时,他又上书更加严厉地斥责大臣,后一直到死,他都遭到大臣的抵触而未被召回朝廷。以上讲在太宗、真宗时再进再绌。

公之言,其大者,以自唐之衰,民穷久矣,海内既集,天子方修法度,而用事者尚多烦碎,治财利之臣又益急,公独以谓宜遵简易、罢管榷[①],以与民休息,塞天下望[②]。祥符初[③],四方争言符应[④],天子因之,遂用事泰山,祠汾阴[⑤]。而道家之说亦滋甚,自京师至四方,皆大治宫观。公益诤,以谓天命不可专任,宜绌奸臣,修人事,反复至数百千言。呜呼!公之尽忠,天子之受尽言,何必古人?此非传之所谓主圣臣直者乎？何其盛也！何其盛也！以上叙奏议在太宗时不言财利，在真宗时不言符瑞。公在两浙，奏罢苛税二百三十余条。在京西⑥，又与三司争论⑦，免民租，释逋负之在民者⑧，盖公之所试如此。所试者大，其庶几矣。公所尝言甚众，其在上前及书亡者，盖不得而集。其或从或否，而后常可思者，与历官行事，庐陵欧阳修公已铭公之碑特详焉⑨，此故不论，论其不尽载者。公卒以龃龉终，其功行或不得在史氏记。藉令记之，当时好公者少，史其果可信欤？后有君子欲推而考之，读公之碑与书，及予小子之序其意者，具见其表里，其于虚实之论可核矣。以上言当时毁誉虚实难尽信。

【注释】

①管榷：商税、关税征收事宜。

②望：怨恨。

③祥符：即大中祥符，宋真宗年号（1008—1016）。

④符应：天降祥瑞与人事相应。

⑤用事泰山，祠汾阴：宋真宗在泰山封禅，在汾阴祭后土。

⑥京西：今河南开封、信阳等地及湖北北部。

⑦三司：官署名。北宋时为财政总枢，通管盐铁、度支、户部。

⑧逋（bū）负：拖欠的税赋。泛指各种未偿的债务。

⑨庐陵：今江西庐陵。

【译文】

公的言论中，最重要的就是认为自唐代衰落以后，百姓一直处于穷困之中，现在天下已经统一，天子正在修治法令制度，可是办事的人多繁文缛节，治理财政的大臣又求财过急，所以公独认为应当遵从简朴便易的原则，停止征收商税，以使百姓休养生息，抚平他们心中积郁的怨气。祥符初年,到处都在争相谈论天将降祥瑞的事情,所以天子就在泰山封禅,在汾阴祭后土。当时道家的学说也很盛行,从京师到全国其他地方,都大量修建宫室道观。公更加直陈谏言,认为天命岂可由道家独专,应罢黜奸臣,整治人事,公就这样反反复复说了成百上千的话。唉!公所尽忠心和天子所接受的忠言,谁说不如古人呢?这不是史书所说的天子圣明和臣子忠直吗?多么好啊!多么好啊!以上叙奏议在太宗时不言财利,在真宗时不言符瑞。公在两浙时,曾上奏罢免苛捐杂税二百三十多条。在京西,又与三司争论减免民租,免去百姓拖欠的赋税,公的任职情况大致就是这样。即或任用为高官,情形也大抵如此。公的言论很多,他上呈给天子的奏议及遗失的书信文字等,都不可能收入文集。对他,不论是受赞许的,还是受非议的,和将留待后人思考的,以及他历任的官职做的实事,庐陵欧阳修先生已详细地将这些镌刻在公的墓碑上了,在这里我就不再谈了,只说那些他没有记载的事情。公一直到死都遭到压抑,他的功绩和德行,也许不能为史家所记载。即使记载了,当时喜好公的人少,所记史事就真的可信吗?以后有哪位君子想推证查考,读公的碑铭、书籍,以及我这后辈小子写的序言,就可以理解字里行间所潜在的意思来,对于那些或虚或实的言论也可以查考对照了。以上讲当时毁誉虚实难尽信。

公卒,乃赠谏议大夫。姓曾氏,讳某,南丰人。序其书者,公之孙巩也。

【译文】

公去世后,被赠为谏议大夫。公姓曾,名某,南丰人。为他的书作序的,是其孙曾巩。

徐幹中论目录序

【题解】

徐幹是汉魏时期的文学之士，为曹丕在《典论》中所标举的“七子”之一。以赋著称，但作品流传甚少。这是曾巩为徐幹的《中论》目录所写的序文。在这篇序文中，作者首先交代了自己对《中论》一书是否完本所作的若干考证，并对徐幹的生平事迹及其著作的主要观点作了简要的评介，表达了对徐幹的崇敬之情。文章叙事扼要，议论精当，文字简洁明净，体现了曾巩散文的特有风格。

臣始见馆阁及世所有徐幹《中论》二十篇[①]，以谓尽于此。及观《贞观政要》[②]，怪太宗称尝见幹《中论·复三年丧》篇，而今书此篇阙。因考之《魏志》[③]，见文帝称幹著《中论》二十余篇[④]，于是知馆阁及世所有幹《中论》二十篇者，非全书也。以上考书非完本。

【注释】

①馆阁：在宋代，馆指昭文馆、史馆、集贤院，阁指秘阁及龙图、天章等阁，都是收藏书籍的地方。

②《贞观政要》：书名。记载唐太宗在位期间政治、经济上的重大措施。

③《魏志》：陈寿所撰，《三国志》之一。

④文帝：指魏文帝曹丕。

【译文】

我最初从馆阁里和世间所见到的徐幹《中论》有二十篇，当时以为全部就这些。等看到《贞观政要》，很奇怪太宗说他曾见到徐幹的《中论·复三年丧》篇，但今本缺这篇文章。所以又去查考《魏志》，见魏文帝称徐幹撰写了《中论》二十多篇，于是才知道馆阁及世间所藏徐幹二十篇《中论》，并非全本。以上考证徐幹《中论》二十篇并非全本。

幹字伟长，北海人①，生于汉、魏之间。魏文帝称幹怀文抱质，恬淡寡欲，有箕山之志②。而《先贤行状》亦称幹笃行体道，不耽世荣。魏太祖特旌命之③，辞疾不就，后以为上艾长④，又以疾不行。以上叙幹志事。盖汉承周衰及秦灭学之余，百氏杂家与圣人之道并传，学者罕能独观于道德之要，而不牵于俗儒之说。至于治心养性、去就语默之际，能不悖于理者固希矣，况至于魏之浊世哉！幹独能考六艺，推仲尼、孟轲之旨，述而论之。求其辞，时若有小失者；要其归，不合于道者少矣。以上论其书合道。其所得于内者，又能信而充之，逡巡浊世，有去就显晦之大节。臣始读其书，察其意而贤之；因其书以求其为人，又知其行之可贤也。以上考其行之贤。惜其有补于世，而识之者少。盖迹其言行之所至，而以世俗好恶观之，彼恶足以知其意哉？顾臣之力，岂足以重其书，使学者尊而信之？因校其脱谬，而序其大略，盖所以致臣之意焉。以上自述表章之意。

【注释】

①北海：指今山东益都、寿光、潍坊、高密等地。

②箕山之志：箕山相传为尧时巢父、许由隐居之地，故以“箕山之志”指不愿在乱世做官的人。

③魏太祖：即曹操。旌命：表扬征召。

④上艾：县名。靠近井陉关。长：县长。汉时县长官，大县为县长，小县为县令。

【译文】

徐幹字伟长，北海人，生于汉、魏之间。魏文帝称徐幹才华横溢，但为人质朴，恬淡寡欲，有巢父、许由隐居箕山一样的志向。《先贤行状》也称徐幹行为敦厚、不沉醉于世俗的名誉荣耀。魏太祖特地表扬征召他，他却称病推辞了；后来又任命他为上艾县长，他也称病没有接受。以上讲徐幹的志向与事迹。在周朝衰败及秦朝毁灭各种学说之后，汉时百氏杂家与圣人之道一起流传，学者很少能够独立认识到道德的本质，而不被浅陋迂腐的儒生言论所左右。至于治心养性、退避进取、言说静默的时候，能不悖离义理的，本来就很少了，更何况到了曹魏那一污浊时代！唯独徐幹能考订六艺，推崇孔、孟的思想，并作记载论述。推究徐幹的书论，不免有一些小的错误，但就其主旨而言，不符合道的却很少。以上讲徐幹的著述符合道统。他从孔、孟之道中所得到的，既能信奉又能充实，徘徊在污浊的世界，颇有可退可进、可显可隐的大节。我最初读他的书，因为他的思想就把他当作了贤德的人；后来因为他的书而推考他的为人，才又知道他的行为也是非常贤德的。以上推考其行为的贤德。只可惜徐幹有济世的抱负却很少有人知道。对于他的言行，如果以世俗的好恶来评判，又怎么能够知道他的真正用意呢？凭我的力量，哪里能够为他的书增添分量，以使学者尊重并相信他呢？所以我只校正他的一些纰漏，在序文中大致介绍他的著作及思想等，以此表达我对他的敬意。以上自述写此表章的目的。

战国策目录序

【题解】

这是曾巩在对《战国策》一书进行整理校勘后，为该书写的序。作者以儒家传统的政治主张和伦理观念为依据，认为法以适度，可以因时而异；道以立本，绝对不能变更。而战国时的游士却违背儒道，以投机心理施诡诈之术，不仅自己罹祸身死，也使国家遭难覆亡。作者明确指出，战国游士之说是士之大祸，应予以禁绝，但《战国策》一书却因记载了战国时期的历史事实而具有特殊价值，不应销毁。整篇序文层次分明，条理井然，逻辑性强，很有说服力。

刘向所定《战国策》三十三篇，《崇文总目》称十一篇者阙①，臣访之士大夫家，始尽得其书，正其误谬而疑其不可考者，然后《战国策》三十三篇复完。叙曰：

【注释】

①《崇文总目》：宋仁宗时诏翰林学士王尧臣等撰成，共六十六卷，为宋代国家藏书的目录。藏书在崇文馆，所以称《崇文总目》。

【译文】

刘向所校订的《战国策》共三十三篇，《崇文总目》称还缺十一篇。我访求那些有名望的读书人家，才找到了那些缺漏的书篇，纠正其中的谬误，对一些还无法查核、考订的存疑之后，《战国策》三十三篇方才恢复完整。序文如下：

向叙此书，言“周之先，明教化，修法度，所以大治。及其后，谋诈用，而仁义之路塞，所以大乱”。其说既美矣。卒以为“此书战国之谋士度时君之所能行，不得不然”，则可谓惑于流俗，而不笃于自信者也。夫孔、孟之时，去周之初已数百岁，其旧法已亡，旧俗已熄久矣。二子乃独明先王之道，以谓不可改者，岂将强天下之主以后世之所不可为哉？亦将因其所遇之时、所遭之变而为当世之法，使不失乎先王之意而已。二帝、三王之治[①]，其变固殊，其法固异，而其为国家天下之意，本末先后未尝不同也。二子之道如是而已！盖法者所以适变也，不必尽同；道者所以立本也，不可不一。此理之不易者也。故二子者守此，岂好为异论哉？能勿苟而已矣。可谓不惑乎流俗而笃于自信者也。以上言法以适变不必同，道以立本不可改。

【注释】

①二帝、三王：二帝，指尧、舜；三王，指夏禹、商汤、周文王。一说包括周武王。

【译文】

刘向所作《战国策序》，称“周朝以前，教化完善，法度修治，所以天下大治。周朝以后，阴谋欺诈被采用，阻碍了仁义的实行，所以天下大乱”。这种说法当然不错。但如果说“书中战国时期的谋士，是为了君主的意图而不得已实行权诈”的话，那么可以说是为流俗所迷惑，没有坚定的自信心了。孔、孟的时代，离周朝建立已有数百年，旧的法度、习俗都已消亡很久了。于是孔子、孟子专意倡导先王之道，但他们认为所谓的不能改变，哪里是要强迫天下的君王做后世不能做到的事情呢？而是要根据所遭逢的时代的一些具体变化而制定适应当时社会发展变化的办法，使不失掉先王的本意。尧、舜、夏禹、商汤、周文王时，社会的发展变化及他们的治国办法一定不同，但他们治理国家的本意及本末先后，却未尝不一样。孔、孟之道也是这样！所以，法度应随着时代而改变，不一定要完全一样；道是立国之本，却必须相同。这个道理什么时候也不能变。所以孔、孟遵循这一原则，哪里是喜好怪异的言论呢？只是能不苟且而已。可以说，他们是没有被流俗所迷惑，而有坚定信心的人。以上讲法律亦适应变化，不必求同；道以确立根本，不可改变。

战国之游士则不然。不知道之可信，而乐于说之易合。其设心注意，偷为一切之计而已，故论诈之便而讳其败，言战之善而蔽其患。其相率而为之者，莫不有利焉，而不胜其害也；有得焉，而不胜其失也。卒至苏秦、商鞅、孙膑、吴起、李斯之徒以亡其身①，而诸侯及秦用之者亦灭其国。其为世之大祸明矣，而俗犹莫之寤也。惟先王之道，因时适变，为法不同，而考之无疵，用之无弊。故古之圣贤未有以此而易彼也。以上言战国游士之说为世大祸。

【注释】

①商鞅：卫国贵族。佐秦孝公变法。惠王立，被杀。孙膑：战国时著名军事家，庞涓妒之，将他骗去处以膑刑，故名膑。吴起：魏文侯的大将，后入楚，助楚悼王变法，为楚国贵族所害。李斯：楚人。佐秦始皇兼并六国，统一天下，官至丞相。二世立，为赵高所害。

【译文】

战国时的游说之士就不是这样。他们不知道要相信道，而只喜欢迎合某种说法或主张。他们总是以苟且作为一时的权宜之计，所以谈论欺诈的好处，却讳言其失利之处；谈论战争的好处，却掩盖其所造成的祸患。他们争相游说，从中获得了不少好处，但是害处也不少；虽有收获，但失去的也很多。结果苏秦、商鞅、孙膑、吴起、李斯那些人，都被害身亡，而诸侯及秦国因为任用他们，国家均遭覆亡。游说之士对社会造成的祸患已经非常明显了，可是流俗仍然没有醒悟。只有先王之道，能根据社会的发展变化，采取不同的法度，考察时没有过失，使用时没有弊端。所以古代的圣贤，没有以此来改变它的。以上讲战国游士的学说为世之大祸。

或曰：邪说之害正也，宜放而绝之，则此书之不泯其可乎？对曰：君子之禁邪说也，固将明其说于天下，使当世之人皆知其说之不可从，然后以禁，则齐；使后世之人皆知其说之不可为，然后以戒，则明，岂必灭其籍哉？放而绝之，莫善于是。是以《孟子》之书，有为神农之言者[①]，有为墨子之言者[②]，皆著而非之。至于此书之作，则上继春秋，下至楚、汉之起，二百四五十年之间，载其行事，固不可得而废也。以上言籍不可灭。

【注释】

①为神农之言者：指研究农家学说的许行。

②为墨子之言者：指研究墨家学说的夷之。

【译文】

有人说：战国游说之士的不正当主张和说法祸害正道，应该予以弃绝，不将这本书废弃灭绝，行吗？回答是：君子禁止邪说，应该先将邪说向天下说清楚，使当世的人都知道不能听从那种邪说，然后再加以禁绝，并使天下人看法一致；使后世的人都知道不能听从那种邪说，然后再加以戒除，使天下人都能明白，又何必非得把书销毁呢？那样做，其实并没有什么好处。所以《孟子》这本书就记载了研究农家学说的许行的观点和研究墨家学说的夷之的观点，并对他们的观点分别加以批判。至于《战国策》这本书，所作上接春秋，下至楚、汉的兴起，共二百四五十年的时间，记载了这一时期的历史事件，所以不能将它废弃销毁。以上讲典籍不可毁灭。

此书有高诱注者二十一篇[1]，或曰三十二篇。《崇文总目》存者八篇，今存者十篇云。

【注释】

①高诱：涿郡（今河北涿州）人。曾注《战国策》《吕氏春秋》和《淮南子》。

【译文】

这本书有高诱注的二十一篇，也有人说是三十二篇。《崇文总目》存目八篇，现存十篇。

新序目录序

【题解】

这是曾巩在对《新序》一书进行整理校勘后，为该书作的序。刘向所集《新序》原为三十卷，宋初已残缺，曾巩将它校录为十卷。《新序》是一部历史故事集，所记以春秋史事为多。在这篇序文中，曾巩有感于刘向为异说所蒙蔽，不能超脱凡俗，论述了古今之人对先王之道的不同态度。曾巩所谓异说，是指春秋时期“百家争鸣”中的各学派观点，其思想的保守由此可见。

刘向所集次《新序》三十篇[1]，目录一篇，隋、唐之世尚为全书。今可见者十篇而已。臣既考正其文字，因为其序。论曰：

【注释】

①集次：搜集编排。

【译文】

刘向所搜集编列的《新序》有三十篇，目录一篇，隋、唐时还是全本。今天能见到的只有十篇。我对其文字作了稽考校正后，就为它作了这篇序文，内容如下：

古之治天下者，一道德，同风俗。盖九州之广，万民之众，千岁之远，其教已明，其习已成之后，所守者一道，所传者一说而已。故《诗》《书》之文，历世数十，作者非一，而其言未尝不相为终始。化之如此其至也！当是之时，异行者有诛，异言者有禁，防之又如此其备也！故二帝、三王之际，及其中间尝更衰乱而余泽未熄之时，百家众说未有能出于其间者也。以上言古者道一说一，无众说杂出其间。

【译文】

自古统治天下的人，均要统一道德、风俗。九州辽阔，民众无数，历史悠久，在教化已经严明，学习已有所成就之后，遵守奉行的是一种道德，宣传流布的是一种学说。所以《诗》《书》虽历经数十个朝代，作者已不止一个，但每一位作者的言论观点始终如一。可见，教化的作用达到了怎样的地步啊！当时，行为不同的人要被诛杀，言论不一致的人要遭拘禁，防范得多么严密！所以二帝、三王时，社会虽遭离乱，尤其是中间那段时期，衰乱更甚，但先王的余泽未熄，百家众说还没有出现。以上讲上古时，社会的基本精神与社会认识是一致的，没有各种学说混杂其间。

及周之末世，先王之教化法度既废，余泽既熄，世之治方术者[①]，各得其一偏。故人奋其私智，家尚其私学者，蜂起于中国，皆明其所长而昧其短，矜其所得而讳其失。天下之士各自为方而不能相通，世之人不复知夫学之有统、道之有归也。先王之遗文虽在，皆绌而不讲，况至于秦为世之所大禁哉！汉兴，六艺皆得于断绝残脱之余，世复无明先王之道以一之者，诸儒苟见传记百家之言，皆说而向之[②]。故先王之道为众说之所蔽，暗而不明，郁而不发。而怪奇可喜之论，各师异见，皆自名家者[③]，诞漫于中国[④]，一切不异于周之末世，其弊至于今尚在也。以上言周末及汉异说诞漫。

【注释】

①方术：指医、卜、星、相之术。《文心雕龙·书记》："方者，隅也。医药攻病，各有所主，专精一隅，故药术称方。术者，路也。算历极数，见路乃明，九章积微，故以为术。"

②说：通"悦"。

③名家：春秋战国时期百家争鸣中主要研究"刑名"的一个学派。刑名即"形名"，"形"指实际事物的形体、情况，"名"指名称、概念。此学派以辩论考察"名""实"，即概念和事实的关系问题为核心，当时称为"辩者""察士"，汉以后称为"名家"。

④诞漫：遍布，蔓延。

【译文】

到周朝的晚期，先王的教化法度均遭废弃，先王的恩泽已消失殆尽，世间研究方术的人，都各自寻得一方领地。所以人人发挥才智、家家兴办私学，一时蜂起，多不胜数，都张扬长处而隐匿短处，夸耀收获而讳言所失。天下的士子，各个把持一面而不与别人互相沟通，世间的人不再知道学有准则、道有旨归。先王的遗文虽然还在，却都避而不谈，更何况在秦时还被严厉禁止！汉朝建立时，六艺在这一断裂残脱的时代得以幸存，但世间再没有一贯持守先王之道的人，各位儒者如果见到了传记百家的言论，都高兴地响应接受。所以先王之道，已为各种学说所遮蔽，幽暗不明，郁积难发。而怪异可喜的言论、各位师者的不同见解，都来自名家，并广泛地蔓延于中国，周朝末期所造成的弊端到今天仍然存在着。以上讲周朝后期汉代各类学说的滋长蔓延。

自斯以来，天下学者知折衷于圣人，而能纯于道德之美者，扬雄氏而止耳。如向之徒，皆不免乎为众说之所蔽，而不知有所折衷者也。孟子曰："待文王而兴者，凡民也；豪杰之士，虽无文王犹兴。"汉之士岂特无明先王之道以一之者哉？亦其出于是时者，豪杰之士少，故不能特起于流俗之中、绝学之后也。以上言刘向亦为众说所蔽，不能拔俗。

【译文】

之后，天下学者中懂得对圣人无所偏颇、对道德忠纯为一的，只有扬雄。像刘向这样的人，都不免被各种说法所蒙蔽，而不知应无所偏颇。孟子说："等待文王而兴的，都是普通百姓；豪杰之士，即使没有文王也可兴起。"汉时的士子，难道就没有能一贯持守先王之道的吗？也是因为出现在这一时期的人中，豪杰之士太少，所以不能超凡脱俗，在学术传统中断之后奋然崛起。以上讲刘向被众说所蒙蔽，不能脱俗。

盖向之《序》此书，于今为最近古，虽不能无失，然远至舜、禹而次及于周、秦以来，古人之嘉言善行亦往往而在也，要在慎取之而已。故臣既惜其不可见者，而校其可见者特详焉，亦足以知臣之攻其失者，岂好辨哉？臣之所不得已也。

【译文】

刘向的《新序》这部书，在今天可以说是最接近古时的了，虽然不免有一些错误之处，但是自远古的舜、禹到周、秦以来，古人的嘉言善行均记载在书里了，关键在审慎选择接受罢了。所以我很可惜那些遗佚的篇章，详细地校订了这些尚能见到的文字，由此可知，我指责刘向的过失，并非好辩，而是不得已啊。

列女传目录序

【题解】

这是曾巩在对《列女传》一书进行整理校勘后，为该书作的序。《列女传》是由刘向所编撰的历史故事集，主要记录古时妇女事迹，以“古女善恶所以致兴亡”而敬戒天子、讽谕宫中。在序文中，曾巩重点论述了教化对女子的影响，认为“文王之所以兴，能得内助”，而“其所以然者，盖本于文王之躬化”。此外，他还较为详细地说明了关于《列女传》一书的若干考证，指出了刘向书中的一些讹误。文章题旨分明，思路清晰，论证周详细密。

刘向所叙《列女传》，凡八篇，事具《汉书》向列传。而《隋书》及《崇文总目》皆称向《列女传》十五篇，曹大家注[①]。以《颂义》考之，盖大家所注，离其七篇为十四，与《颂义》凡十五篇[②]。而益以陈婴母及东汉以来凡十六事，非向书本然也。盖向旧书之亡久矣。嘉祐中，集贤校理苏颂始以《颂义》为篇次，复定其书为八篇，与十五篇者并藏于馆阁。而隋以《颂义》为刘歆作，与向列传不合。今验《颂义》之文，盖向之自叙。又，《艺文志》有向《列女传颂图》，明非歆作也。自唐之乱，古书之在者少矣。而《唐志》录《列女传》凡十六家，至大家注十五篇者亦无录，然其书今在。则古书之或有录而亡，或无录而在者亦众矣，非可惜哉！今校雠其八篇及十五篇者已定[3]，可缮写[4]。以上叙书之存亡分合。

【注释】

①曹大家（gū）：即班昭，东汉文学家、史学家，班固之妹。嫁曹世叔。夫亡后，和帝将她召入宫中，令皇后、贵人以她为师，号曹大家。续成《汉书》及撰《女诫》七章等。

②《颂义》：《列女传》后的赞颂文。

③校雠（chóu）：校对书籍，纠正其误。

④缮写：抄写。

【译文】

刘向在序文中说的《列女传》共八篇，其事《汉书·刘向传》均有记载。《隋书》及《崇文总目》都称刘向的《列女传》有十五篇，由曹大家注释。如果以《颂义》为据来查考，可知曹大家的注本是将七篇分作十四篇，再加上《颂义》总共就是十五篇。但如果再把陈婴母及东汉以来的故事累加为十六个，就不是刘向《列女传》的本来面目了。刘向之书已遗佚很久。嘉祐时，集贤校理苏颂才把《颂义》编排，再次将此书定为八篇，与十五篇的那部书一起被收藏在馆阁里。隋朝有人认为《颂义》是刘歆所作，这与刘向的《列女传》不符。现经查考，《颂义》一文是刘向为自己的书写的序。又，《艺文志》有刘向的《列女传颂图》，很明显不是刘歆所作。从唐代动荡以来，古书很少有被保存下来的。《唐志》收录《列女传》共十六家，曹大家所注十五篇本，《唐志》未录，但这本书现在还被保存着。古书当中，有的被收录但书已遗佚，有的没被收录但书仍然保存完好，这种情况很普遍，难道不可惜吗！现在已校定八篇及十五篇的《列女传》两种，可以抄写了。以上叙该书的存亡分合。

初，汉承秦之敝，风俗已大坏矣。而成帝后宫，赵、卫之属尤自放。向以谓王政必自内始，故列古女善恶所以致兴亡者以戒天子，此向述作之大意也。其言太任之娠文王也①，目不视恶色，耳不听淫声，口不出敖言；又以谓古之人胎教者皆如此。夫能正其视听言动者，此大人之事，而有道者之所畏也。顾令天下之女子能之，何其盛也！以臣所闻，盖为之师傅保姆之助，诗书图史之戒，珩璜琚瑀之节②，威仪动作之度。其教之者虽有此具，然古之君子，未尝不以身化也。故《家人》之义归于反身，二《南》之业本于文王③，夫岂自外至哉！世皆知文王之所以兴，能得内助，而不知其所以然者，盖本于文王之躬化。故内则后妃有《关雎》之行，外则群臣有二《南》之美，与之相成。其推而及远，则商辛之昏俗④，江、汉之小国，《兔罝》之野人⑤，莫不好善而不自知。此所谓身修故家国天下治者也。以上言女子之贤本于躬化。

【注释】

①太任：周文王之母。

②珩（héng）璜（huáng）琚（jū）瑀（yǔ）：皆为佩玉名。

③二《南》：即《诗经·国风》中的《周南》《召南》。

④商辛：即殷王纣。

⑤兔罝（jū）：捕兔之网。文中为《诗经》中的篇名。

【译文】

当初，汉朝承续了秦朝的各种弊端，社会风气遭到极大的破坏。成帝的后宫赵、卫之流，尤其放纵。刘向认为王政的建立必须从宫内入手，因此列举古代女子由于或善或恶而导致国家或兴或亡之事，以劝诫天子，这是刘向创作的主要意图。他说太任怀周文王的时候，眼不看丑恶的颜色，耳不听淫靡的声音，嘴不说傲慢的话语；并认为古人都是这样进行胎教的。端正视听言行，是德行高尚的人所做的事情，并为有道德的人所敬畏。如果让天下的女子都能这样，那将多么好啊！就我所听到的而言，为她们提供老师保姆予以帮助，以诗书图史予以劝诫，使她们节制珩璜琚瑀之类的用度，讲究仪容举止的适宜。这些教育措施虽无不可，但古代的君子未尝不以自身来进行教化。所以《家人》的意思，就是最终要反省自身；《诗经》中《周南》《召南》中所表彰的业绩，根本还在文王，哪里是来自外部呢！世人都知道文王之所以兴起，是由于得到了女性的帮助，却不知道女性之所以能那样做，其根本还在于文王的亲身教化。所以女有后妃《关雎》之善行，男有群臣《周南》《召南》所说的美德，二者相辅相成。由此推而远之，昏庸鄙俗的商辛，江、汉的小国及《诗经·兔罝》中所说的乡民，没有不好善而自知的。这就是所谓的自身修养，有此，家国天下才能清明安定。以上女子之贤本于身体力行。

后世自学问之士，多徇于外物而不安其守①，其室家既不见可法，故兢于邪侈，岂独无相成之道哉！士之苟于自恕，顾利冒耻而不知反己者，往往以家自累故也。故曰：身不行，道不行于妻子。信哉！以上言后世之士，道不行于妻子。

【注释】

①徇：环绕。

【译文】

后世从事学术的人，多纠缠在外部事物上，却很少注意自身的内心修养；在他们的家庭里，看不到可以效法的榜样，个个争相追逐邪恶侈靡，难道就没有能使二者相辅相成的办法吗！士子如果放松对自己的要求，明知羞耻却仍然追逐物利，不知反省自己，那么，他们往往就会为自己的家庭所牵累。所以说：如果自己不亲身教化，那么道也就不会对妻子产生影响。确实是这样啊！以上言后世之士，其德行没有体现在妻子身上。

如此人者，非素处显也。然去二《南》之风亦已远矣，况于南乡天下之主哉！向之所述，劝戒之意可谓笃矣。然向号博极群书，而此传称《诗·芣苢》《柏舟》《大车》之类[①]，与今序《诗》者之说尤乖异，盖不可考。至于《式微》之一篇，又以谓二人之作，岂其所取者博，故不能无失欤？其曰象计谋杀舜及舜所以自脱者[②]，颇合于《孟子》。然此传或有之，而《孟子》所不道者，盖亦不足道也。凡后世诸儒之言经传者，固多如此，览者采其有补，而择其是非可也。故为之叙论以发其端云。

【注释】

①芣苢（fú yǐ）：植物名。即车前子。

②象：传说中上古时舜的同父异母弟，曾多次设计谋害舜，皆未逞。

【译文】

像这样的人，并不一定显达。他们距《周南》《召南》的风尚已经很遥远了，更何况是南面称尊的天下之主呢！刘向所论，其劝诫意图可谓笃敬。但刘向号称博览群书，《列女传》关于《诗经》中《芣苢》《柏舟》《大车》的见解，却与现今为《诗》作序的人的观点很不一样，此不可考。至于《式微》这一篇，刘向又认为是两人所作，难道是由于他收取资料广博，因此难免一些错误吗？他说舜的弟弟象曾设计谋害舜，而舜自己逃脱了，这很符合《孟子》所说。但《列女传》中所收而《孟子》没有论及的，也都不值得再谈。大体上后世诸儒谈论经传，大多如此，阅读者只须选取对自己有益的，并辨别它们的是非就行了。所以为该书写了这篇文章，作为序言。

王安石

王安石(1021—1086),字介甫,号半山,临川(今江西抚州)人,世称临川先生。北宋改革家、思想家和文学家。宋仁宗庆历二年(1042)进士及第,历任签书淮南节度判官厅公事、知鄞县事、舒州通判、群牧司判官、知常州事、提点江南东路刑狱公事,继召为三司度支判官、知制诰。嘉祐三年(1058),向宋仁宗奏上万言书,要求改革法制。熙宁二年(1069),任参知政事,次年,升任宰相,在宋神宗的支持下,开始大力推行改革,史称“王安石变法”。变法的中心议题是理财,其目的在于富国强兵,改变北宋积贫积弱的局势,巩固专制统治。王安石还改革了军事制度和学校教育制度。后来由于统治集团内部矛盾斗争,被两度罢相。熙宁九年(1076)后,王安石闲居江宁府,后在忧郁中病逝。王安石的成就是多方面的。他的文章以论说见长,列于“唐宋八大家”。有《临川先生文集》(或《王文公集》)传世。此外还有《洪范传》《老子注》《字说》等,有的已经散佚。王安石曾封于舒、荆,死后又谥为文,故也称为“王荆公”或“王文公”。

周礼义序

【题解】

《周礼》一书在汉代是古文学派的理论支柱。清代今文学大兴,群起而攻之为伪书。不过，据现代一些学者的研究，《周礼》中所记很多制度确实是先秦的东西。王安石此文主要从变法的角度来挖掘这部书的内涵。他试图使士人通过认真研读此书而知周代之“盛治”，从而与宋代暮气沉沉、因循守旧的政治作对比，激发士人要求和参与变法的热情。但结果正如他所说，“推而行之存乎人”，在新旧两派拉锯式的争斗中，宋朝也就灭亡了。这是王安石的悲剧，也是历史的悲剧。

士弊于俗学久矣[①]，圣上闵焉[②]，以经术造之[③]。乃集儒臣，训释厥旨[④]，将播之校学，而臣某实董《周官》[⑤]。惟道之在政事，其贵贱有位，其后先有序，其多寡有数，其迟速有时。制而用之存乎法[⑥]，推而行之存乎人。其人足以任官，其官足以行法，莫盛乎成周之时。其法可施于后世，其文有见于载籍，莫具乎《周官》之书[⑦]。盖其因习以崇之，赓续以终之[⑧]，至于后世，无以复加，则岂特文、武、周公之力哉？犹四时之运[⑨]，阴阳积而成寒暑，非一日也。以上叹周礼之美备。

【注释】

①弊：受害。

②闵：惋惜。

③经术：经典著作。造：造就，成就。

④训释：训诂、解释。

⑤董：主管，负责。

⑥存：决定，取决。

⑦具：完备，完善。

⑧赓(gēng)续：继续。

⑨运：运行。

【译文】

读书人为俗学所害已经很长时间了，皇上对此很惋惜，就用经典的学术去成就他们。于是便召集富于儒学的大臣，训谕解释那些经典的旨意，将要在学校中推行传播，我具体负责《周官》一书的解释工作。在处理国事大政的方法上，应该是贵贱有固定位置，先后有一定的次序，多少有确定的数目，迟缓或迅速要有时间上的限制。制定然后去运用它决定于法规，推广施行它取决于人。至于哪人足以担任官职，而哪官又足以推行法令这样的事，没有哪个朝代比成周时代更为兴盛的。而法令可以为后世所运用，文辞见于典籍记载，就没有哪本书比《周官》更为完备的。其中的原因大概就在于学习并推崇它，继承并完善它，一直到后来的朝代，没有什么可以再增加的，又怎能只是文王、武王、周公的功劳呢？就好像四季的运行，阴阳积累而形成冬夏，不是一日之功啊。以上叹周礼之完备。

自周之衰，以至于今，历岁千数百矣。太平之遗迹，扫荡几尽，学者所见，无复全经[①]。于是时也，乃欲训而发之[②]，臣诚不自揆[③]，然知其难也。以训而发之之为难，则又以知夫立政造事追而复之之为难。以上言训释复古之难。

【注释】

①全经：完整的经书。

②发：启发。

③自揆：自我揣度。

【译文】

自从周朝衰亡，一直到现在，经历的岁月已有一千几百年了。太平盛世的遗迹，扫荡殆尽，读书人所见到的，不再有完整的经书。在这种时候，想要训谕启发他们，我确实没有揣度多少，但我知道其中的困难。以训谕启发他们这样的事都很困难，那么我就知道确立政教成就功业，追随古人去恢复它有多么困难了。以上讲训释复古之难。

然窃观圣上致法就功①，取成于心，训迪在位②，有冯有翼③，亹亹乎乡六服承德之世矣④。以所观乎今，考所学乎古，所谓见而知之者，臣诚不自揆，妄以为庶几焉⑤，故遂冒昧自竭，而忘其材之弗及也。谨列其书为二十有二卷，凡十余万言。上之御府，副在有司⑥，以待制诏颁焉⑦。谨序。

【注释】

①致法就功：致力于法令成就功业。

②迪：启迪。

③冯(píng)：同"凭"。辅助，依靠。翼：辅助。

④亹亹(wěi)：勤勉的样子。六服承德：周代把王畿周围的土地分为甸服、侯服、男服、采服、卫服、蛮服，称为六服。泛指各地。《尚书·周官》："六服群辟，罔不承德。"因此"六服承德之世"指西周盛世。本句大意是：当今圣上勤于政事，想使国家能像西周盛世那样。

⑤妄：妄自。谦虚之语。

⑥副：抄录副本。

⑦制诏：制书诏命。

【译文】

然而我私下观察皇上致力于法令成就功业，有成算在心，训谕启迪在位大臣，依靠精干的辅弼，勤勉于政事，想向成周盛世迈进。以所见到的当今形势，去考核所学过的古义，就是所谓的见而知之，我诚然是不自量，妄自以为还了解一些，所以便冒昧前来尽力，却忘记自己才能的不足。谨将这些书列为二十二卷，共十余万字。上呈给御府，抄录副本送给有关部门，以等待诏命颁布施行。谨作此序。

诗义序

【题解】

《诗经》是古时知识分子的必读书，对于士人个人修养、价值观念的熏陶作用至巨。王安石深谙此理，知道占领这块阵地对于制造变法的思想舆论非常重要，故自任参知政事主持变法始，就重新注释《诗经》及《周礼》《尚书》，是为《三经新义》。是篇即为《毛诗义》序。晚于王安石的朱熹也曾写过一部《诗集传》，阐述自己的理学观点，与王安石可谓异曲同工，前后辉映。

《诗》三百十一篇，其义具存[①]，其辞亡者六篇而已[②]。上既使臣雱训其辞[③]，又命臣某等训其义[④]，书成，以赐太学，布之天下，又使臣某为之序。谨拜手稽首言曰[⑤]：《诗》上通乎道德，下止乎礼义。放其言之文[⑥]，君子以兴焉[⑦]；由其道之序，圣人以成焉。然以孔子之门人赐也、商也[⑧]，有得于一言，则孔子悦而进之，盖其说之难明如此！则自周衰以迄于今，泯泯纷纷[⑨]，岂不宜哉？以上言《诗》义难明。伏惟皇帝陛下内德纯茂[⑩]，则神罔时恫[⑪]，外行恂达[⑫]，则四方以无侮。日就月将，学有缉熙于光明[⑬]，则《颂》之所形容，盖有不足道也。微言奥义[⑭]，既自得之，又命承学之臣训释厥遗，乐与天下共之。顾臣等所闻，如爝火焉[⑮]，岂足以赓日月之余光[⑯]？

姑承明制，代匮而已[17]。传曰："美成在久。"故《棫朴》之作人，以寿考为言[18]，盖将有来者焉，追琢其章[19]，缵圣志而成之也。臣衰且老矣，尚庶几及见之[20]。谨序。

【注释】

①义：义理。

②辞：言词，文辞。

③雱：王雱，王安石的儿子。

④训：训诂。

⑤拜手稽首：下对上的敬辞。

⑥放（fǎng）：仿效。

⑦兴：即景生情的写作方法。《诗经》三种主要写作方法赋（铺陈记叙）、比（比喻）、兴（即景生情，即兴发挥）之一。

⑧赐：端木赐，字子贡，孔子学生。商：卜商，字子夏，孔子学生。

⑨泯泯纷纷：紊乱的样子。

⑩伏惟：俯伏思维。下对上的敬辞。内德：内心道德修养。纯：醇正。茂：丰富。

⑪神罔时恫：意思是神明不会降下凶讯。时，是。恫，痛。

⑫外行：外在的行为。恂：恭顺。达：通达。

⑬日将月就，学有缉熙于光明：意思是，日积月累地坚持学习，就会达到光明。缉熙，积渐以至于光明。

⑭微言：精练的言语。奥义：深刻的含义。

⑮爝火：语出《庄子·逍遥游》："日月出矣，而爝火不息。其于光也，不亦难乎？"爝火，犹炬火也。

⑯赓：延续。这是赞美皇上的话，意思是臣等所见非常短浅，就好比用炬火去延续日月的光芒一样，太不足分量了。

⑰代匮：平日积累，以备困乏时用。

⑱故《棫(yù)朴》之作人，以寿考为言：棫朴，《诗经·大雅·棫朴》："芃芃棫朴。"棫、朴，树名。意思是，统治者用人有方，人才众多。作人，"周王寿考，遐不作人"，意思是：周文王九十岁高寿，培育很多人才而善于任用。这里是以周文王来比喻当今圣上。

⑲追琢其章：语出《诗经·大雅·棫朴》，《传》："追，雕也。金曰雕，玉曰琢。"这里的意思是雕琢润饰这些文章。

⑳尚庶几及见之：还希望自己能来得及看见它。

【译文】

《诗经》三百十一篇，它们的义理都还存在；其中言辞亡佚的，只有六篇罢了。皇上让臣子王雱训释其文辞以后，又命我等几人训释它的义理，著书完成后赐给太学，颁行于天下，又让我为之作序。恭敬地拜手顿首，说：《诗经》上与道德相通，下止于礼义。仿效它的语言文辞，君子就能即景生情；沿着它道义的顺序进行修习，成就了一代圣人。就是孔子的门徒，像端木赐、卜商这样的学生，如果能有一些心得体会，孔子都会很高兴并引导他们进一步学习，大概这学说就是这样的难以明白！那么自从周代衰微以至于今天，其义理纷乱异常，难道不是正常的吗？以上言《诗》义难明。俯伏思维皇帝陛下，内心道德修养纯正丰富，那么神明就不会降下凶讯；对外行事恭顺通达，国家就不会有屈辱。日久月长地坚持下去，学习积累到一定程度就能达到光明，那么《诗经·周颂》所描写的景象，就不值一提了。言语精炼而含义深奥，自己学习掌握以后，再命令承学的大臣，去训诂解释流传下来的意义，乐意和天下人共同了解它们。回顾我等所见所闻，就好像炬火，怎么能够去赓续日月的光辉呢？姑且秉承圣明的诏命，以备困乏时使用罢了。《传》说："美妙的形成在于时间的长久。"所以《棫朴》的作者，要以周王高寿作为话题，或者将来能有继承的人，去雕琢那些篇章，以继承皇上的志愿并完成它。我体弱而且年纪大了，尚且希望能赶得上见到。谨作此序。

书义序

【题解】

宋神宗熙宁二年(1069),王安石任参知政事。与其子王雱同为皇上讲解《尚书》。目的也是托古改制,为变法张本。神宗命其父子将讲义《尚书义》刊成。与《周官新义》《毛诗义》合为《三经新义》,熙宁八年(1075)颁行于太学。王安石很以此为荣,但却谦虚地说“释以浅陋”。此文正是为《新经书义》所作的序。

熙宁二年,臣某以《尚书》入侍①,遂与政。而子雱实嗣讲事②,有旨为之说以献。八年,下其说太学,班焉③。惟虞、夏、商、周之遗文,更秦而几亡,遭汉而仅存④,赖学士大夫诵说,以故不泯,而世主或莫知其可用。天纵皇帝大知⑤,实始操之以验物,考之以决事,又命训其义,兼明天下后世。而臣父子以区区所闻⑥,承乏与荣焉⑦。然言之渊懿而释以浅陋⑧,命之重大而承以轻眇⑨,兹荣也,只所以为愧也欤⑩!谨序。

【注释】

①入侍:入内侍讲。

②嗣:继承,承续。

③班:通“颁”。颁布,颁行。

④更、遭:经历。

⑤天纵:上天宠幸。大知:大智大慧。

⑥区区所闻:孤陋寡闻,浅见卑识。谦辞。

⑦承乏:承世之乏,意思是侥幸。与荣:获得殊荣。

⑧渊：渊博，深奥。懿（yì）：美好。

⑨轻眇：轻微渺小。

⑩只所以为愧也欤：只能成为我感到惭愧的原因罢了！

【译文】

熙宁二年，我以讲解《尚书》入侍皇上，于是参与朝政。而我的儿子王雱实际继承了给皇上讲解《尚书》的事务，有圣旨要我们注释《尚书》后进献上去。熙宁八年，颁行于太学。只是虞、夏、商、周的遗文，经历秦朝几乎全部亡佚，经过汉朝而保存下来的很少，幸靠学者士大夫的吟诵叙说，才没有完全泯灭，而历代皇帝有的并不知道它们还可以利用。天纵我皇帝陛下，大智大慧，开始用这个来检验万物，考察它用来决定国家大事，又命令训诂它的义理，并用来启发天下后代。而我父子以区区见识，侥幸获此殊荣。然而《尚书》语言深奥美好，而用我们浅陋的学识去解释它，圣上命令事关重大，而以我们轻微之身去承担它，这种荣耀，真让我们感到受之有愧啊！谨作此序。

马端临

马端临(1254—1323),字贵与,号竹洲,饶州乐平(今江西乐平)人。父廷鸾,曾任宋右丞相。马端临二十岁时参加漕试,获第一名,以侍父疾,未赴省试。未几,宋亡,隐居不仕。他以二十三年之力撰《文献通考》,以补杜佑《通典》之阙,并推寻"变通弛张之故","会通因仍之道"。此外,还著有《多识录》《义根守墨》《大学集传》等。

马端临还致力于讲学,历任慈湖书院、柯山书院山长,以学识渊博、行履端纯闻名。

文献通考序

【题解】

《文献通考》记载自上古到宋宁宗嘉定末年典章制度的沿革,凡分二十四门,合计三百四十八卷。是继《通典》《通志》之后,规模最大的一部记述历代典章制度的著作。自《文献通考》问世以后,代有续作,形成一套前后连贯、自成体系的文化史料汇编。

在这篇长篇序文中,马端临辨章学术,考镜源流,介绍全书体例、内容,阐发个人史学思想。虽曰为序,但实为一篇很有价值的学术论文。

昔荀卿子曰："欲观圣王之迹，则于其粲然者矣，后王是也。"[①]"君子审后王之道，而论于百王之前，若端拜而议。"[②]然则考制度，审宪章，博闻而强识之，固通儒事也。《诗》《书》《春秋》之后，惟太史公号称良史[③]，作为纪、传、书、表，纪、传以述理乱兴衰，八书以述典章经制，后之执笔操简牍者，卒不易其体。然自班孟坚而后[④]，断代为史，无会通因仍之道，读者病之。以上言《史记》于治乱兴衰典章二者并详，他史则不能观其通。

【注释】

①"欲观圣王之迹"几句：语出《荀子·非相》。粲然，明白。后王，夏、商、周三代之王。一说当世之王。

②"君子审后王之道"几句：语出《荀子·不苟》。端拜，谓端正其身，拱手为礼，形容态度端庄。拜，一种表恭敬的礼节。

③太史公：指司马迁。

④班孟坚：班固，字孟坚。

【译文】

从前荀子曾说："想要了解古代圣王的事迹，就应该选择其中事功卓著的，那就是后王了。""君子若能考究明白后王治国之道，并议论于百王之前，就应该受人尊敬而参政议政。"这样看来，考究制度，审明典章，博闻强记，本来就是通达儒生的本分。《诗》《书》《春秋》之后，只有太史公司马迁可以被称作良史，因为他著作了纪、传、书、表，其中纪、传用以叙述治乱兴衰，八书用以陈述典章经制，后来那些执笔作史的史家，都不能变化他的体例。然而从班固以后，以断代为史，缺乏《史记》会通今古，详明继承因袭关系的优点，读者认为这是个缺点。以上讲《史记》关于治乱兴衰和典章制度二者都有详细记述，其他史书则没有这样通识。

至司马温公作《通鉴》[1]，取千三百余年之事迹，十七史之纪述[2]，萃为一书，然后学者开卷之余，古今咸在。然公之书详于理乱兴衰，而略于典章经制，非公之智有所不逮也，编简浩如烟埃，著述自有体要，其势不能以两得也。窃尝以为理乱兴衰不相因者也，晋之得国异乎汉，隋之丧邦殊乎唐，代各有史，自足以该一代之始终，无以参稽互察为也。典章经制，实相因者也。殷因夏，周因殷，继周者之损益，百世可知，圣人盖已预言之矣。爰自秦、汉以至唐、宋，礼乐兵刑之制，赋敛选举之规，以至官名之更张，地理之沿革，虽其终不能以尽同，而其初亦不能以遽异。如汉之朝仪、官制，本秦规也；唐之府卫、租庸，本周制也。其变通张弛之故，非融会错综，原始要终而推寻之，固未易言也。其不相因者，犹有温公之成书，而其本相因者，顾无其书，独非后学之所宜究心乎？以上言治乱兴衰有《通鉴》可稽，而典章经制无书可以会通。

【注释】

①司马温公：司马光，卒谥温国公。

②十七史：指《史记》《汉书》《后汉书》《三国志》《晋书》《宋书》《南齐书》《梁书》《陈书》《魏书》《北齐书》《周书》《隋书》《南史》《北史》《新唐书》《新五代史》。

【译文】

到司马温公作《资治通鉴》，摘取一千三百余年的事迹，十七部史书的记载，汇编而成一书，使学者们能在开卷之后，看到全面的古今事迹。然而，司马光的著作，在治乱兴衰的记载方面很详尽，在典章制度方面则很简略,这不是司马先生知识不够,而是因为书籍太多,创作又需体例宗旨一贯,结果是二者不能兼得。我曾认为治乱兴衰的原因,是不会前后重复的,比如晋获得政权就与汉不同,隋的灭亡也与唐不同,各代都有自己的史记,都能够概括一代的全貌,用不着参考前后史记来说明。典章经制就不同,确实是代代相承的。殷因袭于夏,周因袭于殷,继承周的政权所作的改变,后代百世都很清楚,圣人都已经作了预言。从秦、汉以来,直到唐、宋,礼、乐、兵、刑的制度,赋敛选举的规矩,以至官名的更改,地理的沿革,虽然最终并不都一样,然而在它们刚开始的时候却没有什么显著的不同。像汉代的朝仪、官制,本来是秦代设置的;唐代的府兵制、租庸调制,本来是北周制定的。它们当中变通改革的原因,不去融会错综,从头到尾追溯源流,本来就不容易说清楚。关于不相因的治乱兴衰,还有司马温公的现成著作,而关于本来就相因的典章经制,却看不到专著,难道后代的学人不应该用心思索一下吗?以上讲治乱兴衰有《通鉴》可察考,而典章制度无书可以会通。

唐杜岐公始作《通典》①,肇自上古,以至唐之天宝,凡历代因革之故,粲然可考。其后,宋白尝续其书②,至周显德③,近代魏了翁又作《国朝通典》④。然宋之书成而传习者少,魏尝属稿而未成书,今行于世者,独杜公之书耳,天宝以后盖阙焉。有如杜书纲领宏大,考订该洽,固无以议为也;然时有古今,述有详略,则夫节目之间未为明备,而去取之际颇欠精审,不无遗憾焉。盖古者因田制赋,赋乃米粟之属,非可析之于田制之外也。古者任土作贡,贡乃包篚之属⑤,非可杂之于税法之中也。乃若叙选举则秀、孝与铨选不分,叙典礼则经文与传注相汩⑥,叙兵则尽遗赋调之规而姑及成败之迹,诸如此类,宁免小疵。至于天文、五行、艺文,历代史各有志，而《通典》无述焉。马、班二史各有诸侯王、列侯表，范晔《东汉书》以后无之，然历代封建王侯未尝废也。王溥作唐及五代《会要》，首立帝系一门，以叙各帝历年之久近，传授之始末，次及后妃、皇子、公主之名氏封爵，后之编《会要》者仿之，而唐以前则无其书。凡是二者，盖历代之统纪、典章系焉，而杜书亦复不及，则亦未为集著述之大成也。以上言杜氏《通典》尚有未备未审之处。

【注释】

①杜岐公：即杜佑。杜佑于唐元和元年(806)被封为岐国公。

②宋白：字太素，大名(今河北大名)人。建隆进士，曾奉敕撰《续通典》，流传很少。又曾奉敕与李昉等编《文苑英华》一千卷，为宋代四大部书之一。

③显德：后周太祖郭威的年号，仅用了一年，即954年。

④魏了翁：字华父，号鹤山，邛州蒲江(今四川蒲江)人。官至端明殿学士。曾撰《国朝通典》，但未成书。现有《鹤山全集》存世。

⑤包篚(fěi)之属：泛指各地进献的土特产。篚，盛物的竹器。

⑥汩(gǔ)：乱，扰乱。

【译文】

唐代杜岐公最先创作《通典》，起自上古，迄至唐代的天宝年间，历代因袭变化的原因，考究得清楚明白。在他之后，宋白曾补续其书，到后周显德年间，近代魏了翁又作了《国朝通典》。然而，宋白的著作虽已完成却流传诵习的人很少，魏了翁虽曾写作却未成书，今天流行于世的，唯独杜佑先生的著作，天宝以后的典章经制因而缺略。像杜公这本书这样纲领范围宏大，考订事实精详的，本来不应该再作妄评；然而时代有古今之分，叙述有详略之别，在节略和条目之间，会有不很明确完备之处，在材料取舍的时候，会有欠精审之处，不免令人遗憾。古代根据田地制订赋税，赋本来是由米粟充当的，不可以将其划分到田制之外。古代割据一方的诸侯要上贡天子，贡品要箩筐盛装，不可以将其混同于税法当中。关于官吏制度的叙述，就出现选拔与任用的混淆，记载典礼就出现经文与传注的混同，叙述兵制就完全遗漏赋调的规定，诸如此类，怎么能够避免发生一些小错误呢？至于天文、五行、艺文，历代史书都有志，《通典》就没有再记载。司马迁和班固的两部史书，都有诸侯王、列侯表，范晔《东汉书》以后就都没有了，然而历代行封建、列王侯的制度却并没有废除。王溥作唐和五代史的《会要》，首次确立帝王世系一门，来叙述各位帝王在位时间的长短，传授的过程，同时也顺便介绍了后妃、皇子、公主的姓名和封爵，后人编《会要》都仿效他，然而在唐以前就没有这样的著作。这两方面，都是历代的正统纲纪、典章所系，杜公的《通典》都没有涉及，就不能成为著述中的集大成者。以上讲杜佑所著《通典》尚有未备未审之处。

愚自蚤岁盖尝有志于缀缉，顾百忧薰心，三余少暇①，吹竽已涩，汲绠不修②，岂复敢以斯文自诡？昔夫子言夏、殷之礼，而深慨文献之不足征③，释之者曰："文，典籍也；献，贤者也。"生乎千百载之后，而欲尚论千百载之前，非史传之实录具存，何以稽考？儒先之绪言未远，足资讨论，虽圣人亦不能臆为之说也。窃伏自念：业绍箕裘④，家藏坟索，插架之收储，趋庭之问答，其于文献盖庶几焉。尝恐一旦散轶失坠，无以属来哲，是以忘其固陋，辄加考评，旁搜远绍，门分汇别，曰田赋、曰钱币、曰户口、曰职役、曰征榷、曰市籴、曰土贡、曰国用、曰选举、曰学校、曰职官、曰郊社、曰宗庙、曰王礼、曰乐、曰兵、曰刑、曰舆地、曰四裔，俱效《通典》之成规。

自天宝以前，则增益其事迹之所未备，离析其门类之所未详；自天宝以后，至宋嘉定之末[⑤]，则续而成之。曰经籍、曰帝系、曰封建、曰象纬、曰物异，则《通典》元未有论述，而采摭诸书以成之者也。以上自述己之著作较《通典》有同有异。

【注释】

①三余：指冬天、夜晚和阴雨天。三国时魏人董遇常教学生利用“三余”时间读书，谓“冬者岁之余，夜者日之余，阴雨者时之余也”。见《三国志·魏书·王肃传》裴松之注。

②汲绠不修：与上文“吹竽已涩”皆比喻学识不足。汲绠，井索。修，治理。

③“昔夫子言夏”二句：语本《论语·八佾》。原文是“夏礼吾能言之，杞不足征也；殷礼吾能言之，宋不足征也；文献不足故也。足，则吾能征之矣。”朱熹注云：“文，典籍也；献，贤者也。”下文所谓“释之者”，即指朱熹。

④业绍箕裘：继承家业。

⑤嘉定：宋宁宗赵扩的年号(1203—1224)。

【译文】

我从很多年以前就曾有志收辑史料写一部弥补以上之不足的著作，只是事务繁扰，很少能有时间，以至于事业荒废，学识不足，又哪敢以斯文来欺骗自己呢？古代孔子讨论夏、殷的礼，深深慨叹文献的不足引征，有人解释说：“文，是指典籍；献，是贤者的意思。”我生在千百年之后，却要去讨论千百年以前的事情，如果没有史、传的记载保存下来，我又凭什么去考究呢？像儒家先圣的言行虽距今不远，也还需要讨论，即使是圣人都不会凭空臆说。我思忖自己：曾继承先人之业，家中藏有典籍，那些书架上的收藏，以及庭前的问答，使我对文献略知大概。曾担心一旦散佚丢失，就没什么东西可以留给子孙了，因此就忘掉自己的浅薄无知，详加考评，又旁搜远绍，分门别类，共分成如下几类：田赋、钱币、户口、职役、征榷、市籴、土贡、国用、选举、学校、职官、郊社、宗庙、王礼、乐、兵、刑、舆地、四裔，都仿效《通典》的老规矩。自天宝以前，就增加杜公记载不完备的事迹，分析他的门类区分不详细之处；自天宝以后，到宋嘉定末年，就补续完成。经籍、帝系、封建、象纬、物异，这些都是《通典》原来没有论述的，现在，选择诸书来完成它。以上自述之著作较《通典》有同有异。

凡叙事则本之经史，而参之以历代《会要》，以及百家传记之书，信而有证者从之，乖异传疑者不录，所谓“文”也。凡论事则先取当时臣僚之奏疏，次及近代诸儒之评论，以至名流之燕谈、稗官之纪录[1]，凡一话一言可以订典故之得失，证史传之是非者，则采而录之，所谓“献”也。其载诸史传之纪录而可疑，稽诸先儒之论辨而未当者，研精覃思，悠然有得，则窃著己意，附其后焉。命其书曰《文献通考》，为门二十有四，卷三百四十有八，而其每门著述之成规，考订之新意，各以小序详之。以上言采摭旧说，间附己意。

【注释】

①燕谈：闲谈。稗(bài)官：小官，后也称野史小说为稗官。

【译文】

在叙述史实方面，以经史为根本，同时用历代《会要》以及诸家传记作为参考，对于其中可靠有证据的，就依从不改，对于其中传疑不实的，就阙而不录，这就是所谓“文”的方面。在评论事实方面，是先考察当时臣僚们的奏章，再研究近代诸儒们的议论，甚至是那些名流们的燕谈、野史中的记载，只要其中有一句话可以订正典章故事中的得失，证明历史记载的是非的，就采而录之，这是所谓“献”的方面。对于史书记载中可疑之处，而参考先儒的说明议论也不恰当的，就深入研究思考，如果真的有了独到的认识，就把自己的看法附在后面。为这部书命名叫做《文献通考》，共有二十四个门类，三百四十八卷，其中每个门类的著述体例，考证方面的新发现，都用小序来详细说明。以上说的是编写过程中如何采摭历史文献，同时又体现个人见解。

昔江淹有言[①]，修史之难，无出于志。诚以志者，宪章之所系，非老于典故者不能为也。陈寿号善叙述[②]，李延寿亦称究悉旧事[③]，然所著二史，俱有纪、传而独不克作志，重其事也。况上下数千年，贯串二十五代，而欲以末学陋识操觚窜定其间[④]，虽复穷老尽气，刿目𫓧心[⑤]，亦何所发明？聊辑见闻，以备遗忘耳！后之君子，傥能芟削繁芜[⑥]，增广阙略，矜其仰屋之勤，而俾免于覆车之愧[⑦]，庶有志于经邦稽古者或可考焉。以上谦言恐有繁芜阙略。

【注释】

①江淹：字文通，济阳考城（今属河南）人。南朝文学家。历仕宋、齐、梁三朝。梁天监年间，官至金紫光禄大夫，封醴陵侯。下文“修史之难，无出于志”，非原文，大意见于《史通·古今正史》篇。

②陈寿：三国蜀汉及西晋时著名史学家。《三国志》的作者。

③李延寿：唐代早期的史学家。曾参加过官修《隋书》《晋书》等的修撰，独立撰成《南史》《北史》。

④操觚（gū）：作文，撰述。操，持。觚，古代用来供书写的木简。

⑤刿（guì）目𫓧（shù）心：形容费尽心机。刿，伤。𫓧，刺。

⑥芟(shān)削：删除。

⑦俾(bǐ)：使。

【译文】

过去江淹曾说过，修撰史书的困难，以修志为最。“志”这种体例，实在是历代宪章之所系，不是对典章故例有深入了解的人，是做不了这个工作的。陈寿号称擅长于叙事，李延寿也声称对史实有深入的研究，然而他们所作的两部史书，都是只有纪、传而未能作志，这是只注重史实的表现。他们这些只修断代史的人，尚且如此，何况我要上下数千年，贯穿二十五个朝代，想要凭着后学的陋识来品评于其间，即使穷此一生，用尽气力，看花了眼睛，挖空了心思，又能有什么发明收获呢？这样做，不过是姑且辑录所见所闻以免遗忘罢了！后世的君子，如果能削繁就简，增广缺略，以其勤勉而避免我的覆车之愧，使有志于经邦稽古的人，或许可以考证清楚。以上谦称书中恐有繁芜阙略之处。

古之帝王，未尝以天下自私也。故天子之地千里，公、侯皆方百里，伯七十里，子、男五十里，而王畿之内复有公卿大夫采地禄邑。各私其土，子其人，而子孙世守之。其土壤之肥硗，生齿之登耗，视之如其家，不烦考核而奸伪无所容。故其时天下之田悉属于官，民仰给于官者也，故受田于官，食其力而输其赋，仰事俯育，一视同仁，而无甚贫甚富之民。此三代之制也。秦始以宇内自私，一人独运于其上，而守宰之任骤更数易，视其地如传舍①，而闾里之情伪②，虽贤且智者不能周知也。守宰之迁除，其岁月有限，而田土之还受，其奸敝无穷，故秦、汉以来，官不复可授田，遂为庶人之私有，亦其势然也。虽其间如元魏之太和、李唐之贞观③，稍欲复三代之规，然不久而其制遂隳者④，盖以不封建而井田不可复行故也。以上言不封建则井田不可行。三代而上，天下非天子所得私也，秦废封建，而始以天下奉一人矣；三代以上，田产非庶人所得私也，秦废井田，而始捐田产以予百姓矣。秦于其当与者取之，所当取者与之，然所袭既久，反古实难。欲复封建，是自割裂其土宇以启纷争；欲复井田，是强夺民之田亩以召怨讟[5]。书生之论，所以不可行也。随田之在民者税之，而不复问其多寡，始于商鞅；随民之有田者税之，而不复视其丁户，始于杨炎[6]。三代井田之良法坏于鞅，唐租庸调之良法坏于炎。二人之事，君子所羞称，而后之为国者莫不一遵其法。一或变之，则反至于烦扰无稽，而国与民俱受其病，则以古今异宜故也。作《田赋考》第一，叙历代因田制赋之规，而以水利、屯田、官田附焉。凡七卷。以上言秦与商鞅、杨炎之事，君子羞称而不能不遵其法。

【注释】

①传(zhuàn)舍：古时供行人休息住宿的处所。

②闾里：里巷，平民居聚之处。

③太和：北魏孝文帝年号(477—499)，行均田制。

④隳(huī)：毁。

⑤怨讟(dú)：怨恨。

⑥杨炎：唐德宗时宰相，两税法的创始人。

【译文】

古代的帝王，都不曾把天下作为自己的私人财产。因此天子的土地方圆千里，公、侯的土地方圆百里，伯的土地方圆七十里，子、男的土地方圆五十里，而且在王者的京畿地区，又有公卿大夫们的采地禄邑。

这样各自以他们的土地为私产，以当地人为子民，世代相传固守着。对于土地的肥沃贫瘠，百姓的生殖死亡，都视作自己家里的事，都要不厌其烦地考察清楚，而使弄虚作假的人无法存在。因此，那个时候天下的土地都归官府所属，百姓只能从官府那里得些恩赐，所以说百姓是受田于官，大家都是自食其力，交纳租赋，无论百姓还是官员，大家都一视同仁，没有太贫太富的人。这是三代旧制。从秦开始，把天下视为自己的私产，一个人高高在上独自掌管，那些地方官员，频繁更迭，把他们的守地当做是寄宿的驿馆，对于乡里的人情真伪，即使是贤明的官员都不能完全清楚。地方官的升降，毕竟时间有限，而田地的调整授受，却弊害无穷，因此，秦、汉以来，官府不再能授田，于是为普通百姓所私有，这也是时势使然。虽然这中间有元魏太和年间、李唐贞观年间，曾对三代的规矩有所恢复，然而不久就被破坏了，这是因为不施行封建，井田制就不能恢复的缘故。以上讲不实行封建制则井田制就难以实行。三代以上，天下不是天子的私产，秦废封建而开始用天下来供奉一人；三代以上，田产不是普通人的私产，秦破除井田制，开始把田产交给百姓。秦把其中应该施予的却拿走了，应该拿走的却施予了，这种制度相沿已经很久了，恢复古制实在太难。想要恢复封建，这是割裂土地来挑起争端；想要恢复井田，这是强夺民田来招致怨恨。书生们的议论，所以不可行。根据百姓占有的田地来收取赋税，不再去管他有多少田产，这种做法始于商鞅；根据百姓的田产收取赋税，不再管他们有多少丁口，这种做法开始于杨炎。三代井田制坏在商鞅手里，唐代租庸调制坏在杨炎手里。他们二人的作为，为君子们所不齿，然而后代有国的君主，却没有谁不遵循他们的做法的。其中或有人试图改变它们，却反而招来许多困难，使国家与百姓都受其害，这是因为古今之间条件变化了的缘故。因此，我作《田赋考》第一，叙述历代根据田产制订赋税的制度，另外又把水利、屯田、官田制度附在后面。共七卷。以上说秦与商鞅、杨炎的做法，后世君子没有遵循的，但就是羞于说出来。

生民所资，曰衣与食。物之无关于衣食而实适于用者，曰珠、玉、五金。先王以为衣食之具未足以周民用也，于是以适用之物，作为货币以权之，故上古之世，以珠、玉为上币，黄金为中币，刀布为下币。刀布即古钱之名。然珠、玉、黄金为世难得之货，至若权轻重，通贫富，而可以通行者，惟铜而已。故九府圜法[①]，自周以来，未之有改也。以上钱。然古者俗朴而用简，故钱有余；后世俗侈而用糜，故钱不足。于是钱之直日轻，钱之数日多。数多而直轻，则其致远也难。自唐以来，始制为飞券、钞引之属，以通商贾之厚赍贸易者。其法盖执券、引以取钱，而非以券、引为钱也。宋庆历以来[②]，蜀始有交子[③]；建炎以来[④]，东南始有会子[⑤]。自交、会既行，而始直以楮为钱矣[⑥]。夫珠玉、黄金，可贵之物也，铜虽无足贵，而适用之物也。以其可贵且适用者制币而通行，古人之意也。至于以楮为币，则始以无用为用矣。举方尺腐败之券，而足以奔走一时，寒藉以衣，饥藉以食，贫藉以富，盖未之有。然铜重而楮轻，鼓铸繁难而印造简易，今舍其重且难者，而用其轻且易者，而又下免犯铜之禁[⑦]，上无搜铜之苛，亦一便也。以上以楮为币。作《钱币考》第二。凡二卷。

【注释】

①九府：周代掌管财物的九种官署，即太府、玉府、内府、外府、泉府、天府、职内、职金、职币。圜法：流通财币的方法。

②庆历：宋仁宗年号（1041—1048）。

③交子：宋时四川的富商用自己做的纸币来代替不便携带的铜钱，

以便贸易。

④建炎：宋高宗年号(1127—1130)。

⑤会子：由交子所改名。

⑥自交、会既行，而始直以楮(chǔ)为钱矣：凡会子等皆以三年为限，然届时不过造新换旧，仍不用现钱，故曰“直以楮为钱”。楮，指纸币。

⑦铜之禁：禁民销钱铸造铜器杂物，盗铸者死。

【译文】

百姓生活的根本，是衣与食。物资当中与衣食无关却实际上有很大用途的，是珠宝、玉器和金银等物。先王认为衣食这些东西，还不足以充实民用，于是把适用之物，作为货币来用，因此上古的时候，把珠、玉作为上等货币，黄金作为中等货币，刀布作为下等货币。刀币即古钱之名。然而珠、玉、黄金，是世人难得的东西，因此考虑轻重之后，认为对于贫富之人都适用通行的，只有铜。因此九府圜法，从周代以来，没有改过。以上钱。古代的风俗俭朴，民用俭简，因此钱有余；后世的风俗奢侈，民用靡费，因此钱不足。于是钱的价值越来越轻，钱的数目也越来越多。数量多而价值轻，因此它要流通到远的地方就很困难。从唐代以来，开始制造飞券、钞引这些东西，作为商人贸易之间的凭证。这种制度其实是用券、引作为换取钱币的凭证，而不是把券、引作为钱。宋代庆历以后，蜀地才开始有交子；建炎以来，东南才开始有会子。自从交子、会子流行以来，开始直接用纸作为钱币。珠、玉、黄金这样的东西，是非常珍贵的物品；铜虽不珍贵，却是适用的东西。把这些珍贵而且适用的东西，做成钱币来通行，是古人的原意。到了以纸为币，却开始把无用之物视为有用了。拿着一尺见方、容易腐败的纸券，却足以奔走一时，冷了靠它能换来衣服，饿了靠它能换来食物，穷人靠它能变富，这是从未有过的事情呵。然而铜太重，纸的分量却很轻，鼓铸铜币非常麻烦困难，印造纸币却非常简便易行，现在舍其重且难的铜币，用其轻且易的纸币，又颁布不准私自铸铜的禁令，这样上无搜铜的苛政，也算是一大便利的措施。以上以纸为币。作《钱币考》第二。共二卷。

古者户口少，而皆才智之人；后世生齿繁，而多窳惰之辈[①]。钧是人也[②]，古之人，方其为士，则道问学；及其为农，则力稼穑；及其为兵，则善战阵。投之所向，无不如意。是以千里之邦，万家之聚，皆足以世守其国，而扞城其民。民众则其国强，民寡则其国弱，盖当时国之与立者民也。光、岳既分[③]，风气日漓，民生其间，才益乏而智益劣。士拘于文墨，而授之介胄则惭；农安于犁锄，而问之刀笔则废。以至九流、百工、释老之徒，食土之毛者，日以繁夥。其肩摩袂接，三孱不足以满隅者[④]，总总也，于是民之多寡，不足为国之盛衰。官既无藉于民之材，而徒欲多为之法，以征其身，户调、口赋，日增月益。上之人厌弃贱薄，不倚民为重，而民益穷苦憔悴，只以身为累矣。作《户口考》第三，叙历代户口之数与其赋役，而以奴婢、占役附焉[⑤]。凡二卷。

【注释】

①窳(yǔ)惰：懒惰。

②钧：通“均”。

③光、岳既分：光是三光，岳是五岳，指天地。“光、岳既分”，也就是社会阶层中的上下之别。

④三孱不足以满隅：典出《晏子春秋》卷七：“五子不满隅，一子可满朝。”意思是孱弱虽多，却不足以充满一隅；豪杰虽少，可抵满朝。

⑤占役：指东晋品官占户所服之役。

【译文】

古代人口不多，却都是有才智的人；后代人口多，却多是懒惰的人。都是人，而古代人如果是士子，则从事问学；如果是农民，则尽力于农桑耕织；如果是士兵，则善于征战。不管做什么，都能干得很好。因此千里之邦，万家之聚，都能够世代守护他们的国家，保护他们的百姓。百姓多了，国家也跟着强大，百姓少了，国家就会衰弱下去，因此当时立国的根本，是百姓。然而社会分上下等级之后，风气日下，百姓们在这种风气之下，也是才益乏而智亦穷。士子们拘于文章翰墨之间，授以军国大任却难以胜任；农人们安心于耕织，授以刀笔也不能有所作为。那些九流、百工、释老之徒，不仅不能自食其力，却日益增多。虽然人数众多，但孱弱之辈，不足以充满一隅。所以说百姓的多少，不足以作为国家盛衰的根据。官吏既然不能依靠百姓的能力，只想着多制订一些法律来控制他们，户调、口赋，日增月益。上面为官的人厌弃贱薄，不倚重于百姓，致使百姓日益穷苦憔悴，以身为累。作《户口考》第三，叙述历代户口的数目与他们的赋役，而把奴婢、占役附在后面。共二卷。

役民者官也，役于官者民也。郡有守，县有令，乡有长，里有正，其位不同，而皆役民者也。在军旅则执干戈，兴土木则亲畚锸，调征行则负羁绁[①]，以至追胥、力作之任[②]，其事不同，而皆役于官者也。役民者逸，役于官者劳，其理则然。然则乡长、里正非役也，后世乃虐用其民，为乡长、里正者，不胜诛求之苛，各萌避免之意，而始命之曰户役矣。唐、宋而后，下之任户役者，其费日重；上之议户役者，其制日详。于是曰差，曰雇，曰义，纷纭杂袭，而法出奸生，莫能禁止。噫！成周之里宰、党长，皆有禄秩之命官；两汉之三老、啬夫[③]，皆有誉望之名士，盖后世之任户役者也，曷尝凌暴之至此极乎！作《职役考》第四，叙历代役法之详，而以复除附焉。凡二卷。

【注释】

①羁绁(xiè)：马络头和马缰绳。

②胥：官吏。

③三老：职官名。汉时掌一乡之教化。啬夫：职官名。秦置为乡官，掌听讼收税等事情。

【译文】

管理百姓的人是官员，被官员役使的人是百姓。一郡有守，一县有令，一乡有长，一里有正，他们位置虽不同，但都是管理百姓的人。百姓们在军旅之中就要能拿得起武器，兴土木就要能拿得了锹铲，充调输赋就要能背得了绳纤，这些劳役工作，事情虽然不同，却都是要被官吏管理的。管理百姓的人轻松，被官吏管理的人则很辛苦，道理就是这样。然而乡长、里正不是劳役，后世的人们却把那些做乡长、里正的百姓百般虐待，极尽苛刻的要求，使他们都各自萌生逃避责任的想法，这样才开始实行户役制度。唐、宋以后，下面担任户役的人，花费越来越重；上面讨论户役的人，制度却越来越详细。于是差、雇、义等名目纷纭混杂，致使法令出，奸伪生，不能禁止。唉！成周的里宰、党长，都是有俸禄的官员；两汉的三老、啬夫们，也都是名望很高的乡绅，然而后世任户役的人，又何曾受欺凌到这种地步呢！作《职役考》第四，叙述历代役法的详情，同时把复除附在后面。共二卷。

征榷之途有二：一曰山泽，茶、盐、坑冶是也；二曰关市，酒酤征商是也。羞言利者，则曰县官当食租衣税而已[①]，而欲与民庶争货殖之利，非王者之事也。善言利者，则曰山海天地之藏，而豪强擅之；关市货物之聚，而商贾擅之。取之于豪强、商贾，以助国家之经费，而毋专仰给于百姓之赋税，是崇本抑末之意，乃经国之远图也。自是说立，而后之加详于征榷者，莫不以藉口。征之不已，则并其利源夺之。官自煮盐、酤酒、采茶、铸铁，以至市易之属，利源日广，利额日重。官既不能自办，而豪强商贾之徒又不可复擅。以上言征额日重，则官与商贾豪强皆无利可图。然既以立为课额[②]，则有司者不任其亏减，于是又为均派之法。或计口而课盐钱，或望户而榷酒酤，或于民之有田者计其顷亩，令于赋税之时带纳以求及额，而征榷遍于天下矣。盖昔之榷利，曰取之豪强、商贾之徒，以优农民，及其久也，则农民不获豪强、商贾之利，而代受豪强、商贾之榷。有识者知其苛横，而国计所需，不可止也。以上言农民代商受困，如盐课归地丁之类。作《征榷考》第五。首叙历代征商之法，盐铁始于齐[③]，则次之；榷酤始于汉[④]，榷茶始于唐[⑤]，则又次之；杂征敛者，若津渡、间架之属[⑥]，以至汉之告缗[⑦]，唐之率贷[⑧]，宋之经、总制钱[⑨]，皆衰世一切之法也，故又次之。凡六卷。

【注释】

①县官：指天子。

②课：征收赋税。

③盐铁：管仲相齐，始创盐铁之征。

④榷酤：汉武帝天汉三年（前98），初榷酒酤。榷，专卖。

⑤榷茶：唐德宗建中元年（780），始有茶税。

⑥间架之属：视屋之间架大小以课税。唐德宗以军用不给，乃税间

架，上屋税钱二千、中屋一千、下屋五百。

⑦告缗(mín)：是指商贾有匿缗不报，鼓励他人告发。犯隐匿者没收其缗钱，用其一半来赏告发者。缗，量词。古代通常以一千文为一缗。

⑧率贷：唐肃宗时，两京沦陷，国库空虚，派遣御史郑叔清等籍江淮富商右族赀富，什收其二，谓之率贷。

⑨经、总制钱：宋徽宗时，陈遘以发运使经制东南七路财赋，因建议如卖酒商税、牙税与头子钱、楼店钱都稍有增加，谓之经制钱。至翁彦国为总制度，仿其法，谓之总制钱。

【译文】

征榷的用途在两个方面：一是山泽，主要指茶、盐、矿冶的管理；二是关市，主要指酒业的管理。羞于言利的认为，朝廷只应当食租衣税而已，而试图与百姓争夺买卖生意的利益，就不是王者所应做的事了。善于言利的却认为，山海天地的收藏，被豪强占有；商业贸易的利益，被商人占有。从豪强商贾手中夺来以资助国家的花费，而不要单纯依靠百姓的赋税，这正是崇本抑末的意思，也是治国的长远计划。自从这种说法产生，后世想要扩充征榷制度的人，没有不以此为借口的。这样不停地征发，把那些与百姓共有的利益都夺为己有。官府从煮盐、酤酒、采茶、铸铁，以至于商业贸易这些方面，获利的来源越来越广泛，获利的数量也越来越多。官员既然已经无以自辩，豪强商贾们自然也就没有什么可以独占的了。以上讲征额不断加重，则官府、商人及地方皆无利可图。然而既然已经立下了课收的税额，朝廷就不想任意减少，于是又施行了均摊分派的做法。有的计口而课盐税，有的根据户数而榷酒酤，有的是对那些有田产的人计其数量，命令他们在交纳赋税的时候，顺便交纳征榷的数额，因而征榷遍于天下了。过去征榷的利益，是靠着剥夺豪强、商贾的利益来养民，待这种制度施行久了，农民不仅不能享受豪强、商贾的利益，却要代替他们接受榷额。有见识的人知道这种做法的苛刻专横，然而由于国家生计的需要，不能加以制止。以上讲农民代商受困，如盐课归地丁之类。于是作《征榷考》第五。首先叙述历代向商人征榷的制度，下面紧接着从齐国开始讲起盐铁制度的渊源；接着叙述了始于汉的榷酤制度，始于唐的榷茶制度；至于那些津渡、间架之类的苛捐杂税，就像汉代的告缗、唐代的率贷、宋代的经、总制钱等等，在衰末之世就会出现的制度，放在最后加以叙述。共六卷。

市者，商贾之事也。古之帝王，其物货取之任土所贡而有余，未有国家而市物者也。而市之说则昉于《周官》之泉府①，后世因之，曰均输②，曰市易③，曰和卖④，皆以泉府藉口者也。籴者，民庶之事。古之帝王，其米粟取之什一所赋而有余，未有国家而籴粟者也。而籴之说则昉于齐桓公、魏文侯之平籴，后世因之，曰常平⑤，曰义仓⑥，曰和籴⑦，皆以平籴藉口者也。然泉府与平籴之立法也，皆所以便民。方其滞于民用也，则官买之、籴之；及其适于民用也，则官卖之、粜之。盖懋迁有无，曲为贫民之地，初未尝有一毫征利富国之意。然沿袭既久，古意寖失。其市物也，亦诿曰摧蓄贾居货待贾之谋。及其久也，则官自效商贾之为，而指为富国之术矣。其籴粟也，亦诿曰救贫民谷贱钱荒之弊。及其久也，则官未尝有及民之惠，而徒利积粟之入矣。至其极弊，则名曰和买、和籴，而强配数目，不给价直，鞭笞取足，视同常赋。盖古人恤民之事，后世反藉以厉民，不可不究其颠末也。作《市籴考》第六。凡二卷。

【注释】

①昉（fǎng）：开始。泉府：《周礼》地官司徒所属有泉府，掌市的税

收。收购市上滞销品以待需要时售出，管理人们的借贷与利息。

②均输：汉武帝元封元年（前110）置均输官。过去各国诸侯各以其物贡输，来往繁难，因此置均输官，负责贡物的运输。

③市易：宋王安石新法，置市易省于市，使购市上不卖之物于官府，或者用官府所有之物来交换，或者贷款给商人，定期收取利息。

④和卖：在春天青黄不接的时候，用国库中的资金贷款给农民，到夏秋之际让他们连本带息归还。

⑤常平：汉宣帝时，命令边郡都修筑粮仓，在谷贱的时候，增价而买，谷贵的时候，减价而卖，调整谷价，方便百姓。

⑥义仓：隋文帝时设义仓，在收获时节，随其所得之多少，劝课出粟与麦，存贮于仓中，遇到饥荒时，就用仓中谷物赈灾。

⑦和籴：官府出钱，百姓出谷，两家商量，然后交易。唐贞观、开元西北数十州戍重兵，军用不足，于是有和籴。宪宗时，配户督限，蹙迫鞭挞，甚于赋税，号为和籴。

【译文】

做买卖，是商人们的本分事。古代帝王的物资来源是封侯们的贡物，而且往往取之有余，因此从来没有出现国家参与市场行为的事情。现在国家参与市场的理论根据，都是出自《周官》的泉府，后世相因沿袭，把这叫作均输、市易、和卖，都是把泉府作为借口。籴粮，本来是普通百姓的事情。古代帝王的粮食供应都是取自什一税，而且往往有余，从来没有国家籴粮的事。国家籴粮的事情，是源于齐桓公、魏文侯的平籴制度，后世相因沿袭，叫作常平、义仓、和籴，都是把平籴作为自己的借口。当初泉府与平籴的设立，都是用来便民的。在百姓日用受滞的时候，官府就通过买粮籴粮来加以调剂；等到百姓日用适宜的时候，官府就卖粮粜粮来加以平衡。国家的这种做法都是为了平衡有无，为老百姓着想，并没有一点儿剥削百姓以富国的打算。然而这种制度沿袭的时间长了，古意渐渐丧失。对于市物的做法，其解释是，抑制商人囤积货物以待价出售的谋略。但施行久了，官府开始自然地仿效商贾的作为，把这种制度当做是富国之术了。对粜粟这种做法，其解释是，补救贫民们谷贱钱荒的困境。等到施行久了，官府并不曾有什么惠及百姓的做法，反倒是牟利囤积占为己有而已。当这种制度发展到了极端，就叫作和卖、和粜，强行分配数目，不按价付钱，往往通过刑罚来满足自己，把这看做是平常的税赋一样。这样一来，古代本来用来抚恤百姓的做法，后世反倒变成了剥削百姓的方法了，我们不能不对此加以全面的研究。于是作《市籴考》第六。共二卷。

《禹贡》，八州皆有贡物，而冀州独无之；甸服有米粟之输，而馀四服俱无之。说者以为王畿之外，八州俱以田赋所当供者市易所贡之物，故不输粟。然则土贡即租税也。汉、唐以来，任土所贡，无代无之，著之令甲[①]，犹曰当其租入。然叔季之世，务为苛横，往往租自租而贡自贡矣。至于珍禽、奇兽、邪服、异味，或荒淫之君降旨取索，或奸谄之臣希意创贡，往往有出于经常之外者。甚至掯留官赋[②]，阴增民输，而命之曰羡余[③]，以供贡奉。上下相蒙，苟悦其名，而于百姓则重困矣。作《土贡考》第七。凡一卷。

【注释】

①令甲：据《汉书·宣帝纪》：令有先后，故有令甲、令乙、令丙之别。

②掯(kèn)留：扣留。掯，压制，卡。

③羡余：指由赋税节省所得的盈余，以进奉天子。唐德宗时很盛行。

【译文】

《禹贡》中记载，八州都有贡物，只有冀州一地没有；在甸服之内有米粟的供应，其他四服都没有。人们认为除了王畿以外，八州都要以田赋作为供应之物，因此通过买卖所得的贡物，就不再会是米粟了。这样看来土贡就是租税。汉、唐以来，根据土地的情况来贡献物品，没有一代没有这样的制度，都是将其书之于法令，述说这可以代替租赋。等到后来，逐渐苛横，往往租赋是租赋，贡物是贡物了。至于珍禽、异兽、奇装、异味，荒淫的君主往往降旨索要，那些奸谄的官员也总是想方设法来讨好皇上，经常会有日常租赋贡物之外的贡奉。有的甚至私自截留官赋，增加百姓赋税，把这叫作羡余，作为贡奉。这样上下互相欺骗，贪图个好名声，却给百姓带来很大困难。于是作《土贡考》第七。共一卷。

贾山《至言》曰[①]："昔者，周盖千八百国，以九州之民养千八百国之君，君有余财，民有余力，而颂声作；秦皇帝以千八百国之民自养，力罢不能胜其役，财尽而不能胜其求。一君之身耳，所自养者驰骋弋猎之娱，天下弗能供也。"然则国之废兴非财也。财少而国延，财多而国促，其效可睹矣。然自《周官》六典有太府，又有王府、内府[②]，且有"惟王不会"之说[③]，后之为国者因之。两汉财赋曰大农者，国家之帑藏也[④]，曰少府、曰水衡者，人主之私蓄也。唐既有转运、度支，而复有琼林、大盈；宋既有户部、三司，而复有封桩、内藏。于是天下之财，其归于上者，复有公私。恭俭贤主，常捐内帑以济军国之用，故民裕而其祚昌；淫侈僻王，至糜外府以供耳目之娱，故财匮而其民怨。此又历代制国用者龟鉴也。作《国用考》第八，叙历代财计首末，而以漕运、赈恤、蠲贷附焉。凡五卷。

【注释】

①《至言》：汉孝文帝时言治乱之道，名曰《至言》。

②《周官》六典有太府，又有王府、内府：《周官》六典，《周礼·天官》太宰之职，掌建邦之六典，以佐王治邦国。一曰治典，一曰教典，一曰礼典，一曰政典，一曰刑典，一曰事典。太府，掌府藏会计。王府，亦作“玉府”，掌帝王的金玉玩好兵器。内府，掌皇室仓库。

③惟王不会：据《周礼·天官》载，年终之时要计花费之多少。只有王和王后以及世子的花费不计算。

④帑(tǎng)藏：国库。

【译文】

贾山作《至言》说：“古代周有一千八百个属国，以九州的百姓，养活一千八百个国家的君主，却能够君有余财，民有余力，百姓颂赞恩德之声四起；秦代皇帝却用一千八百个国家的百姓来养活自己，致使百姓力气用尽也不能胜任他的劳役，财物花完也不能满足他的要求。君主只是一个人，要供养他，让他享受驰骋弋猎的欢娱，整个天下都不能满足他的要求。”这样看来，国家的兴亡不是由于财货。财货少国家就能长治久安，财货多国家就会短命，它的作用是非常明显的呵。自从《周官》六典中就有太府，又有王府、内府等等职掌，而且还有“王与后、世子岁终不计算花费”的说法，后代有国的人都相因不改。两汉掌管财务的大臣是大司农，管理国库；还有少府、水衡这样的官员，是专门管理皇上私人收藏的。唐代有转运、度支，又有琼林、大盈；宋代有了户部、三司之后，又有了封桩、内藏。于是天下的财物，收归于朝廷的，还有公私的差别。那些恭俭的君主，往往会捐助内府的收藏来资助国家，因此百姓富裕，国运也昌盛；那些淫侈的昏君，总是要浪费国家的财政收入来满足自己的耳目之娱，因此国家财货匮乏，百姓怨声载道。这又该成为历代管理国家的借鉴。于是作《国用考》第八，叙述历代财政制度的全面状况，同时再附之以漕运、赈恤、蠲贷等等制度。共五卷。

古之用人，德行为首，才能次之。虞朝载采，亦有九德[1]，周家宾兴，考其德行，于才不屑屑也。两汉以来，刺史、守相得以专辟召之权[2]；魏、晋而后，九品中正得以司人物之柄[3]。皆考之以里闬之毁誉[4]，而试之以曹掾之职业，然后俾之入备王官，以阶清显。盖其为法，虽有愧于古人德行之举，而犹可以得才能之士也。以上言唐、虞、三代取德，两汉、魏、晋取才。至于隋而州郡僚属皆命于铨曹[5]，搢绅发轫悉由于科目。自以铨曹署官，而所按者资格而已，于是勘籍小吏，得以司升沉之权；自以科目取士，而所试者词章而已，于是操觚末技，得以阶荣进之路。夫其始进也，试之以操觚末技，而专主于词章；其既仕也，付之于勘籍小吏，而专校其资格。于是选贤与能之意，无复存者矣。然此二法者，历数百年而不可以复更，一或更之则荡无法度，而侥滥者愈不可澄汰，亦独何哉？以上言隋、唐以后，官人皆出于铨曹、科目。又古人之取士，盖将以官之。三代之时，法制虽简，而考核本明，毁誉既公，而贤愚自判。往往当时士之被举者，未有不入官，初非有二途也。降及后世，巧伪日甚，而法令亦滋多，遂以科目为取士之途，铨选为举官之途，二者各自为防闲检柅之法[6]。至唐则以试士属之礼部，试吏属之吏部，于是科目之法、铨选之法，日新月异，不相为谋。盖有举于礼部而不得官者，不举于礼部而得官者，而士之所以进身之涂辙亦复不一，不可比而同之也，于是立举士、举官两门以该之。作《选举考》第九。凡十二卷。以上言举士、举官分为两门。

【注释】

①虞朝载采，亦有九德：这是说知人虽难，然而也有德行可以验证。

②刺史：汉武帝时置刺史，命他们巡行全国，审察各地治理状况，以此作为任免官吏的凭据，同时断治冤狱。

③九品中正：魏文帝时立九品官人之法，州郡县都置大小中正。

④里闬(hàn)：里巷。

⑤铨曹：主管选拔官员的部门。

⑥柅(nǐ)：原指塞于车轮下的制动之木，此处比喻钻空子、投机之意。

【译文】

古代官员的任用，总是把德行作为首要的标准，而才能次之。虞朝的时候选拔人才都要依据九个方面的德行，周的时候考察官员也都是在德行方面，对于他们的才能并不重视。两汉以来，刺史、太守这样的地方官，往往得以掌握察举征辟的权力；魏、晋以后，九品中正又得以把握品评人物的权柄。他们都需要考察乡里父老们的评价，然后再以曹掾这样的官职来考验他们，最后才让他们备选王官，以便升到清显的高位上去。他们的做法，虽然与古人唯德是举的做法愧不能比，但仍然可以得到有才能的人才。以上讲上古及三代重德行，两汉、魏、晋重才干。到了隋代，州郡一级的僚属，都由铨曹来任命；乡里士绅的发达，都要通过科举。自从由铨曹来任命官吏，而他们所根据的只能是资格而已，这样使得那些勘查籍册的小官得以掌握一个人仕途升沉的权力；自从通过科举来选拔士人，用来考察士人的不过是词章而已，这样又使一些人靠着雕虫小技得以晋身仕途高位。在他们刚要进入仕途的时候，用操觚小技来测试他们，使得他们专门修习辞章；等他们做官以后，又将其交给勘籍小官，专门考校他们的资格。这样一来根据德行和才能来选拔官员的本意，早已不复存在了。然而就是这两种制度，历经百年也不能更改，一旦更改，就会无法可以依循，那些滥竽充数的人更加不能淘汰，除此之外又能有什么办法呢？以上讲隋、唐以后，官吏选拔皆出于铨曹、科目。另外，古代选拔士人，都要委以重任。三代的时候，法制虽然简单，考核却很清楚，评价既然公平，贤愚自然分明。当时士子被举的，没有不做官的，开始的时候本来不是两回事。等到后世，人们取巧诈伪非常厉害，法令也变得越来越多，于是把科举作为取士的方法，铨选作为举官的方法，二者都是为了防止取巧投机之人。到了唐代，把举士的职责委给礼部，把选官的职责交给吏部，于是科举、铨选制度，日新月异，都不再能够互相参考了。这样就出现了被举于礼部却得不到官职，不被举于礼部却反而获得官职的情况，士人晋身仕途的路径不一，因此不能将它们混为一谈，于是将举士与举官两门合在一起，作《选举考》第九。共十二卷。以上讲举士、举官分为两途。

古之教者，家有塾，党有庠，遂有序，国有学，所谓学校，至不一也。然惟国学有司乐、司成，专主教事，而州、闾、乡、党之学[1]，则未闻有司职教之任者。及考《周礼·地官》：党正各掌其党之政令教治，孟月属民而读法[2]，祭祀则以礼属民；州长掌其州之教治政令，考其德行道艺，纠其过恶而劝戒之。然后知党正即一党之师也，州长即一州之师也，以至下之为比长、闾胥[3]，上之为乡、遂大夫[4]，莫不皆然。盖古之为吏者，其德行道艺，俱足以为人之师表，故发政施令，无非教也。以至使民兴贤，出使长之；使民兴能，入使治之。盖役之则为民，教之则为士，官之则为吏，尊之则为师，钧是人也。以上言三代以前，吏与师合而为一。秦、汉以来，儒与吏始异趋，政与教始殊途。于是曰郡守，曰县令，则吏所以治其民；曰博士官[5]，曰文学掾[6]，则师所以教其弟子。二者漠然不相为谋，所用非所教，所教非所用。士方其从学也，曰习读；及进而登仕版，则弃其《诗》《书》《礼》《乐》之旧习，而从事乎簿书期会之新规。古人有言曰："吾闻学而后入政，未闻以政学者。"后之为吏者，皆以政学者也。自其以政学，则儒者之学术皆筌蹄也[7]，国家之学官皆刍狗也，民何由而见先王之治哉？又况荣途捷径，旁午杂出，盖未尝由学而升者滔滔也。以上言政与学分而学日衰。于是所谓学者，姑视为粉饰太平之一事，而庸人俗吏直以为无益于兴衰理乱之故矣。作《学校考》第十，叙历代学校之制，及祠祭褒赠先圣先师之首末，幸学养老之仪，而郡国乡党之学附见焉。凡七卷。

【注释】

①州、闾、乡、党：地方上的各级单位。二十五家为闾，四闾为族，五族为党，五党为州，五州为乡。

②读法：指对众读一年政令和十二教之法，使百姓知之。

③比长：周代地方基层组织，五家为比，其长称比长。闾胥：周代每族四闾，由闾胥各掌其闾之征令，如征赋、征役等。

④遂大夫：周代官名。一遂之长，掌握政令。遂，古代统辖五县的行政区划。

⑤博士官：汉武帝时设博士官，置弟子五十人，令郡县选送。

⑥文学掾：郡置文学掾，略似后世的教官。

⑦筌蹄：比喻为达到某种目的的工具。筌，鱼钩。蹄，兔网。

【译文】

古代的教育，家有私塾，党有庠，遂有序，国家有太学，所谓学校，并不是只有一种。然而只有国学有专门管理教育的司乐、司成，至于州、闾、乡、党的学校，就没有听说过有管理教育的官员。等到考察了《周礼·地官》之后，才知：党正是掌管他那个地区的政令教治的官员，在春天的时候对众读一年政令和十二教之法，祭祀的时候用礼来管理百姓；州长掌管他那个州的教治政令，考察治下之民的德行道艺，纠正其中的奸恶之徒，行使劝诫的作用。这才知道党正即一党的师长，州长是一州的师长，以至于在民间作比长、闾胥，在朝廷之上作乡、遂大夫，都是这样。由此可见，古代做官吏的人，他们的德行道艺，都足以为人师表，因此发布政令，无非教化。而他们都是从百姓当中培养的贤者，选拔出来使他为师长；在百姓当中培养有才能的人，选拔出来让他们为官。于是，不管是作为百姓去服役，作为士子去受教育，还是作为官员去管理百姓，尊崇为人师，都是从普通人中产生的。以上讲三代以前，吏与师合而为一。秦、汉以来，儒生与吏才开始不同，行政与教化才开始分途。于是他们当中叫作郡守、县令的，就是管理百姓的官员；他们当中叫作博士官、文学掾的，就是教化弟子的师长。这两方面相互无关，用以教化的不是用来施政的，用以施政的不是用来教化的。士子在他们学习的时候，叫作习读；等到他们登上了仕途，就抛弃他曾学习过的《诗》《书》《礼》《乐》，去从事于簿书期会的新规矩。古代有人说："我只听说学习之后才为政做官的，却从未听说过以政为学的。"后代做官的人，却都是以政为学的。等到他们以政为学，那么儒者的学术，都变成了工具，国家设置的学官，都变成猪狗，百姓如何能见到先王之治的重现呢？更何况飞黄腾达的途径，层出不穷，这说明不通过学习而升迁的人实在是很多的呵！以上讲政与学分，而学日益衰败。于是所谓学问，不过是被视为粉饰太平的一件事情，对于庸人俗吏来说，干脆被当作无益于治乱兴衰的东西。于是作《学校考》第十，叙述历代学校制度，至于祠祭褒赠孔子为先圣先师的历史原委、幸学养老的仪式，以及郡国乡党之学都附在其中。共七卷。

古者因事设官，量能授职，无清浊之殊，无内外之别，无文武之异，何也？唐、虞之时，禹宅揆①，契掌教②，皋陶明刑③，伯夷典礼④，羲、和掌历⑤，夔典乐⑥，益作虞⑦，垂共工⑧。盖精而论道经邦，粗而饬财辨器，其位皆公卿也，其人皆圣贤也。后之居位临民者，则自诡以清高，而下视曲艺多能之流；其执技事上者，则自安于鄙俗，而难语以辅世长民之事。于是审音、治历、医、祝之流，特设其官以处之，谓之杂流，摈不得与搢绅伍，而官之清浊始分矣。以上分清浊。昔在成周，设官分职，缀衣、趣马，俱吁俊之流[9]，宫伯、内宰[10]，尽兴贤之侣。逮夫汉代，此意犹存，故以儒者为侍中[11]，以贤士备郎署，如周昌、袁盎、汲黯、孔安国之徒[12]，得以出入宫禁，陪侍晏私[13]，陈谊格非，拾遗补过。其才能卓异者，至为公卿将相，为国家任大事，霍光、张安世是也[14]。中汉以来，此意不存，于是非阉竖嬖幸，不得以日侍宫庭，而贤能搢绅，特以之备员表著。汉有宫中、府中之分，唐有南司、北司之党[15]，职掌不相为谋，品流亦复殊异，而官之内外始分矣。以上分内外。古者文以经邦，武以拨乱。其在大臣，则出可以将，入可以相；其在小臣，则簪笔可以待问，荷戈可以前驱。后世人才日衰，不供器使，司文墨者不能知战阵，被介胄者不复识简编。于是官人者制为左右两选，而官之文、武始分矣。以上分文武。至于有侍中、给事中之官，而未尝司宫禁之事，是名内而实外也。唐以来，以侍中为三公官，以处勋臣，又以给事中为封驳之官，皆以外庭之臣为之，并不预宫中之事。有太尉、司马之官，而未尝司兵戎之事，是名武而实文也。太尉，汉承秦以为三公，然犹掌武事也。唐以后亦为三公。宋时，吕夷简、王旦、韩琦官皆至太尉，非武臣也。大司马，《周官》掌兵，至汉元、成以后为三公，亚于司徒，乃后来执政之任，亦非武臣也。太常有卿佐而未尝审音乐[16]，将作有监贰而未尝谙营缮[17]。不过为儒臣养望之官，是名浊而实清也。尚书令在汉为司牍小吏，而后世则为大臣所不敢当之穹官；校尉在汉为兵师要职，而后世则为武弁所不齿之冗秩。尚书令，汉初其秩至卑，铜章青绶，主宫禁文书而已。至唐则为三省长官。高祖入长安时，太宗以秦王为之，后郭子仪以勋位当拜，以太宗曾为之，辞不敢受。自后至宋，无敢拜此官者。汉八校尉领禁卫诸军，皆尊显之官。宰相之罢政者，至为城门校尉。又司隶校尉督察三辅，弹劾公卿，其权至雄尊。护羌校尉、护乌桓校尉皆领重兵镇方面，乃大帅之职；至宋时，校尉、副尉为武职初阶，不入品从，至为冗贱。盖官之名同而古今之崇庳悬绝如此⑱。以上名实不符，古今互异。参稽互考，曲畅旁通，而因革之故可以类推。作《职官考》第十一，首叙官制、次序官数，内官则自公师、宰相而下，外官则自州牧、郡守而下，以至散官、禄秩、品从之详。凡二十一卷。

【注释】

①禹宅揆：禹居天官，处理百事。宅，居官，任职。揆，度划。

②契掌教：契做司徒命五教。

③皋陶明刑：皋陶为士明正五刑。

④伯夷典礼：伯夷为秩宗，负责礼仪制度。

⑤羲、和掌历：羲氏、和氏掌天地四时，记天时以授人。

⑥夔典乐：夔掌管朝廷的音乐事务。

⑦益作虞：益掌管山泽。虞，古代掌管山泽之官。

⑧垂共工：垂做工官，利器用，共理百工之事。

⑨吁俊：求贤之意。

⑩官伯、内宰：周时宫中之官。

⑪侍中：汉代以侍中为加官，入侍天子，故曰侍中。

⑫周昌:汉时沛(今江苏沛县)人。拜御史大夫,敢直言。袁盎:字丝,父楚人,后徙安陵(在今河南鄢陵北)。汲黯:字长孺,濮阳(在今河南濮阳西南)人。孔安国:字子国,鲁人。传古文尚书。

⑬晏:通"宴"。

⑭霍光:字子孟,兄霍去病故后,年十余岁,武帝任为郎,后为大司马大将军。张安世:字子孺,少以文任为郎,宣帝拜安世为大司马车骑将军,领尚书事。

⑮南司、北司:唐以宰相为南司,宦官为北司。

⑯太常:秦置奉常,汉景帝时改名太常,九卿之一。掌礼乐郊庙社稷事宜。

⑰将作:即将作大匠,职掌宫室、宗庙、路寝、陵园的土木营建。

⑱崇庳(bì):高低。庳,低。

【译文】

古代总是根据事务设置官吏,根据才能授予职位,并无清浊内外之间的差别,也没有文官武官之间的不同,为什么呢?在唐、虞的时代,禹为天官处理百事,契做司徒命五教,皋陶为士明正五刑,伯夷掌管礼仪制度,羲、和掌天地四时、记天时以授人,夔掌管朝廷的音乐事务,益做虞,掌管山泽草木禽兽,垂做工官,共理百工。无论在精深的方面论道治国,还是在粗浅的方面管理财物辨别器皿,都能位居公卿,都是圣贤之人。后世居高位治万民的人,都自以为清高,瞧不起那些多才多艺的人;而那些凭技巧事上的人,都安于鄙俗的地位,也很难与他们讨论治国安邦的大事。于是那些懂审音、治历法、医术、卜筮的人,只是设官相待,把他们叫作杂流,摈弃到缙绅队伍之外,于是官员当中清流与浊流才开始分野。以上分清浊。过去在成周的时代,设官分职,缀衣、乘马,都是一时才俊;宫伯、内宰,都是天下有才能的人。到了汉代,这种面貌还依然能够保存,因此才会以儒者做侍中,以贤士做郎署,像周昌、袁盎、汲黯、孔安国这些人,才得以出入宫廷禁地,陪侍宴乐,陈述大义,格正是非，拾遗补过。其中才能卓绝突出，能位至公卿将相，担当国家重任的，要数霍光、张安世。汉代中期以后，这种面貌就已经不复存在，于是出现了非宦官嬖幸不得以侍从在宫廷之内的情况，贤能的士大夫，只能以奏章得以陈述己意。汉代有宫中、府中的区别，唐代有南司、北司的区别，官员在职掌上互不相干，品流也都不一样，于是官员的内外之分才开始显著。以上分内外。古代，文官可以治国，武将可以平乱。作为人臣，都是可以出将入相的；作为小臣，也都是提笔可以备皇帝策问，执矛戈可以冲锋陷阵的。后世人才日衰，没有谁能供君王称心地使用，那些负责处理文书的官员，都不知打仗行军的事，那些前敌指挥的官员，也都不识文书。于是选拔官员，开始分成两类，这样官员始有文、武之分。以上分文武。至于那些名义叫做侍中、给事中的官员，实际上却不曾管理过宫禁内的事务，这是名内而实外的情况。唐以来，以侍中为三公官，又以给事中为封驳之官，都用外庭之臣来充任，并不参与宫中的事务。还有像太尉、司马这样的官员，却未曾执掌过兵权，这是名武而实文的情况。太尉，汉承秦制以为三公，然而仍然执掌军事。唐以后也是三公之一。宋代吕夷简、王旦、韩琦，都官至太尉，却并非武臣。大司马，据《周官》载为掌兵权之官，到汉代元帝、成帝之后作为三公之一，仅次于司徒，这说明后来执政的责任，并非由武臣来担当。太常下设卿佐，可他们并不懂得音乐；将作之下设监贰，他们也不懂营缮方面的事。不过是儒臣们培养声望的职位，名义上属浊流而实则是清流。尚书令在汉代是掌管文书的小官吏，后世却成为大臣都不敢担当的高官；校尉在汉代是军队中的要职，后世却是连普通士兵都不屑做的小官。尚书令，汉初的职位很卑微，不过是铜章青绶，主管宫禁文书而已。到唐代却成为三省长官。唐高祖入主长安的时候，太宗身为秦王而任尚书令，后来郭子仪位至勋爵，却因为太宗曾经任过此职而不敢接受。从此以后直至宋代，没有敢拜受此职的人。汉代八校尉，统领禁卫诸军，都是官位尊显的官员。宰相被罢官之后，就有做城门校尉的。又有司隶校尉，督察三辅，弹劾公卿，权位更是尊贵。护羌校尉、护乌桓校尉，都是统领重兵的大帅之职；到宋代，校尉、副尉却成了武职中的低级职位，连品都不入，非常低微。官名相同，古今所受的待遇却如此悬殊。以上名实不符，古今互异。然而经过参互考证，左右爬梳，其中因革变化的缘故，还是可以推测知道的。于是作《职官考》第十一，首先叙述官制，其次叙述官数，内官从公师、宰相以下，外官从州牧、郡守以下，都包括在内，连散官、禄秩、品从都详细说明。共二十一卷。

《郊特牲》曰[①]："礼之所尊，尊其义也。失其义，陈其数，祝、史之事也。故其数可陈也，其义难知也。"荀卿子曰："不知其义，谨守其数，慎不敢损益，父子相传，以待王公。是故三代虽亡，治法犹存，是官人百吏之所以取禄秩也。"然则义者，祭之理也；数者，祭之仪也。古者人习于礼，故家国之祭祀，其品节仪文，祝、史、有司皆能知之，然其义则非儒宗讲师不能明也。周衰礼废，而其仪亡矣。秦、汉以来，诸儒口耳所授、简册所载，特能言其义理而已，《戴记》是也。《仪礼》所言，止于卿士大夫之礼；六典所载，特以其有关于职掌者则言之，而国之大祀，盖未有能知其品节仪文者。以上祭祀仪节久失。汉郑康成深于礼学[②]，作为传注，颇能补经之所未备，然以谶纬之言而释经[③]，以秦、汉之事而拟三代，此其所以舛也[④]。盖古者郊与明堂之祀[⑤]，祭天而已，秦、汉始有五帝、泰一之祠，而以古者郊祀、明堂之礼礼之，盖出于方士不经之说。而郑注《礼经》二祭[⑥]，曰天，曰帝，或以为灵威仰，或以为耀灵宝，袭方士纬书之荒诞，而不知其非。夫礼莫先于祭，祭莫重于天，而天之名义且乖异如此，则其他节目注释虽复博赡，不知其果得《礼经》之意否乎？王肃诸儒虽引正论以力排之[⑦]，然魏、晋以来祀天之礼，尝参酌王、郑二说而迭用之，竟不能偏废也。以上郑氏说不足据。至于禘、祫之节，宗祧之数[8]，《礼经》之明文无所稽据，而注家之聚讼莫适折衷，其丛杂牴牾，与郊祀之说无以异也。近世三山信斋杨氏得考亭、勉斋之遗文奥义[9]，著为《祭礼》一书，词义正大，考订精核，足为千载不刊之典。然其所述一本经文，不复以注疏之说搀补，故经之所不及者，则阔略不接续。杜氏《通典》之书，有祭礼则参用经注之文，两存王、郑之说，虽通畅易晓，而不如杨氏之纯正。今并录其说，次及历代祭祀礼仪本末，而唐《开元》、宋《政和》二礼书中所载诸祀仪注并详著焉[10]。以上祭礼，并录杜、杨之说。作《郊祀考》第十二，以叙古今天神地祇之祀。首郊，次明堂，次后土[11]，次雩，次五帝，次日月、星辰、寒暑，次六宗、四方，次社稷、山川，次封禅，次高禖[12]，次八蜡[13]，次五祀，次籍田祭先农[14]，次亲蚕祭先蚕[15]，次祈禳，次告祭[16]，而后以杂祠、淫祠终焉。凡二十三卷。作《宗庙考》第十三，以叙古今人鬼之祀，首国家宗庙，次时享，次祫、禘，次功臣配享，次祠先代君臣，次诸侯宗庙，而以大夫、士庶宗庙时享终焉。凡十五卷。

【注释】

①《郊特牲》：《礼记》篇名。

②郑康成：郑玄，字康成。

③谶（chèn）纬：汉代流行的神学迷信。

④舛（chuǎn）：相违背。

⑤郊：祀天地。明堂：古代帝王宣明政教的地方，凡朝会、祭祀等大典，均在此举行。

⑥二祭：谓郊祭与明堂祭。

⑦王肃：字子雍，东海郡（郡治在今山东郯城西北）人。

⑧宗祧（tiāo）：宗庙。

⑨信斋杨氏：杨复，字志仁，号信斋，福州（今属福建）人。

⑩唐《开元》、宋《政和》二礼书：指唐代的《大唐开元礼》，萧嵩等撰，宋代的《政和五礼新义》，郑居中撰。

⑪后土：古时称地神或土神为后土。

⑫高禖（méi）：指媒神，帝王祀之以求子。

⑬八蜡：周代祭名。秦称腊，即于每年十二月农事完毕后举行的祭祀。

⑭先农：神农。

⑮先蚕：指嫘祖。

⑯告祭：古代国逢大事，告于天地祖宗之礼。

【译文】

《郊特牲》中说："礼所尊重的，是义。如果失去了义，仅仅罗列一些节目，那是祝、史才会做的事。因此礼数虽可以陈列，它所表现的义理却很难知晓。"荀卿说："不知义理，仅仅谨守节目，小心谨慎不敢有所损益，那么就只有父子相传以待王公了。因此三代虽已灭亡，治国之法仍然存在，这是官员们领取俸禄的原因。"义理，是祭祀所遵循的道理；礼数，是祭祀的仪式。古人熟习礼义，因此在家、国之中所进行祭礼的品节仪文，祝、史、有司都能了解，然而对于礼所包含的义，却是非儒家讲师不能明了的。周代衰亡，礼乐荒废，它们的仪节也都衰亡了。秦、汉以来，儒生口耳相传，书册记载，都只能说说其中的义理而已，《戴记》就是这样。《仪礼》中谈到的，仅仅是卿相士大夫们的礼数，六典所记载的，也只是与它的职掌有关的方面，至于国家的祭祀大典，却没有谁能知道其中的节目仪文。以上讲祭祀仪节久失。汉代的郑康成，对礼学有深入的研究，他所作的传注，很能补充经文不完备的地方；然而他用谶纬之言解释经典，用秦、汉时的事迹比拟三代，这是他出错的地方。古代郊祭与明堂的祀礼，都只是祭天而已。秦、汉始有供奉五帝、泰一的祠祀，却用古代郊祀、明堂之礼对待它们，都是出于方士们的无根据的妄言。然而郑康成所注的《礼经》二祭，叫作天和帝，把这当做威灵来尊仰，当做耀灵来珍贵，沿袭方士纬书荒诞不经的说法却不知其错。礼之中以祭为最重要，所祭以天为最重要，在祭天的名目下面尚且出现如此多的错误，在其他方面的注释，即使广征博引，也不知他是否真的了解《礼经》的本意？王肃等儒生，虽然引经据典力排郑说，然而魏、晋以来的祀天之礼，常常参考王、郑两种说法而交替使用，竟然不能偏废。以上讲郑玄的认识不足据。至于禘、祫这样的礼节，宗祧这样的礼数，《礼经》的明文没有佐证来参考，注家们的观点又互相不同，各自抵牾，与郊祀方面的情况没有什么不同。近代三山杨信斋，得着考亭、勉斋的遗文奥义，写成了《祭礼》一书，词义正大，考订精核，称得上是千载不刊的宝典。然而他所著述的，只以经文为本，不再用注疏之说来补足说明，于是经文不清楚的地方，他也从略不能连贯通达。杜佑《通典》有祭礼，则参考使用经、注之文，王、郑二说都有保留，虽然经文解释通畅明白，却不如杨氏的纯正。这里都抄录了他们的说法，接着叙述了历代祭祀礼仪的具体情况，而且把唐代《大唐开元礼》、宋代《政和五礼新义》所出的两部礼书中记载的祭礼仪节的注释，都详细著录。以上祭礼，并录杜佑、杨复的说法。于是作《郊祀考》第十二，叙述古今对天神地祇的祭祀。开始是郊祀，紧接着是明堂，后面是后土、雩、五帝、日月、星辰、寒暑、六宗、四方、社稷、山川、封禅、高禖、八蜡、五祀、籍田祭先农、亲蚕祭先蚕、祈禳、告祭等等，最后以杂祠、淫祠结尾。共二十三卷。另外作《宗庙考》第十三，叙述古今对人鬼的祭祀，首先是国家宗庙，下面是时享、禘祫、功臣配享、先代君臣、诸侯宗庙等等，以大夫、士庶的宗庙进享为结束。共十五卷。

古者《礼经》《仪礼》，皆曰三百，盖无有能知其节目之详者矣。然总其凡有五，曰吉、凶、军、宾、嘉，举其大有六，曰冠、昏、丧、祭、乡、相见[①]。此先王制礼之略也。秦、汉而后，因革不同：有古有而今无者，如大射、聘礼、士相见、乡饮酒、投壶之类是也[②]；有古无而今有者，如圣节上寿、上尊号、拜表之类是也；有其事通乎古今而后世未尝制为一定之礼者，若臣庶以下冠、昏、丧、祭是也。凡若是者，皆本无沿革，不烦纪录。以上三宗无沿革者不之及。而通乎古今而代有因革者，惟国家祭祀、学校、选举，以至朝仪、巡狩、田猎、冠冕、服章、圭璧、符玺、车旗、卤簿[③]，及凶礼之国恤耳[④]。今除国祀、学校、选举已有专门外，朝仪以下则总谓之王礼，而备著历代之事迹焉。盖本晦庵《仪礼经传通解》[⑤]，所谓王朝之礼也。以上略序王礼之目。其本无沿革者，若古礼则经传所载、先儒所述，自有专书可以寻求，毋庸赘叙。若今礼则虽不能无失，而议礼制度又非书生所得预闻也，是以亦不复措辞焉。作《王礼考》第十四。凡二十二卷。

【注释】

①乡：乡饮酒、乡射。古代礼俗。

②大射：诸侯将有祭祀之事，天子与群臣射，以观其礼，数中者，得与于祭，不数中者，不得与于祭。乡饮酒：《仪礼》有《乡饮酒》篇。郑玄注曰："诸侯之乡大夫，三年大比，献贤者能者于其君，以礼宾之，与之饮酒。"投壶：《礼记》有《投壶》篇。郑玄注曰："投壶者，主人与客宴饮讲论才艺之礼。"

③巡狩：帝王离开国都巡行境内。卤簿：指仪仗。

④国恤：国家丧礼。

⑤晦庵：朱熹在建阳云谷所建草堂名。亦代指朱熹。

【译文】

古代《礼经》《仪礼》都说有三百种礼，但是没有谁能了解其中的详细情况。然而总的来说共有五种，叫作吉、凶、军、宾、嘉，其中重要的有冠、婚、丧、祭、乡、相见六种。这是先王制礼的大概情况。秦、汉以后，继承改革有所不同：有古代有而现在没有的，如大射、聘礼、士相见、乡饮酒、投壶这些礼，现在就不存在了；有古代没有而现在有的，像圣节上寿、上尊号、拜表之类，就是这种情况；有些古今都有，而后世不曾制订作为一定礼节的，像臣庶们的冠、婚、丧、祭就是这种情况。凡是这种情况，都没有什么变化，也就不作详细地记录了。以上说的是三方面的礼仪无沿革变化就不详述了。古今都保留且每代都有因革变化的，只有国家祭祀、学校、选举，以至于朝仪、巡狩、田猎、冠冕、服章、圭璧、符玺、车旗、卤簿，以及凶礼当中的国恤就是这样。现在这里除去国祀、学校、选举都已经有专门论述以外，朝仪以下，则统称为王礼，详细著明历朝历代的事迹。这些都以晦庵《仪礼经传通解》所说的王朝之礼为本。以上略序王礼的纲目。其中没有沿革变化的，像古礼，都有经传中的记载、先儒的叙述，而且也有专书可以查找，这里就不用多余的记录了。像今礼，虽然不能没有缺漏，然而议论礼制，又不是书生能够参与的事，这里也不再多说了。于是作《王礼考》第十四。共二十二卷。

《记》曰[①]："声音之道，与政通矣。故审乐以知政。"盖言乐之正哇，有关于时之理乱也。然自三代以后，号为历年多、施泽久，而民安乐之者，汉、唐与宋。汉莫盛于文、景之时，然至孝武时，河间献王始献雅乐[②]。天子下太乐宫常存肄之，岁时以备数，然不常御，常御及郊庙皆非雅声。至哀帝时始罢郑声，用雅乐，而汉之运祚且移于王莽矣。唐莫盛于贞观、开元之时，然所用者多教坊俗乐，太常阅工人常隶习之，其不可教者乃习雅乐，然则其所谓乐者可知矣。宋莫盛于天圣、景祐之时，然当时胡瑗、李照、阮逸、范镇之徒，拳拳以律吕未谐、声音未正为忧，而卒不克更置，至政和时始制《大晟乐》，自谓古雅，而宋之土宇且陷入女贞矣。盖古者因乐以观政，而后世则方其发政施仁之时，未暇制乐，及其承平之后，纲纪法度皆已具举，敌国外患皆已销亡，君相他无所施为，学士大夫他无所论说，然后始及制乐。乐既成而政已秕，国已衰矣。以上言汉、唐、宋盛时无乐，乐成而政已衰。昔隋开皇中制乐，用何妥之说，而摈万宝常之议。及乐成，宝常听之，泫然曰："乐声淫厉而哀，不久天下将尽！"噫！使当时一用宝常之议，能救隋之亡乎？然宝常虽不能制乐以保隋之长存，而犹能听乐而知隋之必亡，其宿悟神解，亦有过人者。窃尝以为世之兴衰理乱固未必由乐，然若欲议乐，必如师旷、州鸠、万宝常、王令言之徒[3]。其自得之妙，岂有法之可传者？而后之君子，乃欲强为议论，究律吕于黍之纵横，求正哇于声之清浊；或证之以残缺断烂之简编、埋没销蚀之尺量，而自谓得之，何异刻舟、覆蕉、叩槃扪烛之为[4]？愚固不知其说也。以上言乐有神解不在简编尺量之末。作《乐考》第十五，首叙历代乐制，次律吕制度，次八音之属[5]，各分雅部、胡部、俗部，以尽古今乐器之本末，次乐县[6]，次乐歌、次乐舞，次散乐、鼓吹，而以彻乐终焉[7]。凡十五卷。

【注释】

①《记》：《乐记》，《礼记》之一篇。

②河间献王：汉景帝子，名德。修学好古，为汉代诸王中最出色的。

③师旷：春秋晋平公时乐官，能审音以占验人事。州鸠：周景王时乐官。王令言：隋时乐人。

④刻舟：即刻舟求剑，比喻拘泥成法而不讲实际。覆蕉：比喻神情恍惚。《列子》载：郑人打柴遇骇鹿，毙之，藏诸隍中，覆之以蕉，不胜其喜。俄尔遗其所藏之处，遂以为梦焉。叩槃扪烛：比喻不符合实际。苏轼《日喻》说：有盲人问日的形状，有人告诉他说像铜盘。敲铜盘而得其声，后来听到钟声就以为是日。有人告诉他日光像蜡烛。摸蜡烛而得其形，后来摸到短笛就以为是日。槃，同"盘"。

⑤八音：金、石、土、革、丝、木、匏、竹八种材料做成的乐器。

⑥乐县：谓钟磬之类的乐器。县，同"悬"。

⑦彻乐：国有灾祸则去乐。彻，撤除。

【译文】

《乐记》中说："声音中体现的道，与政治相通。因此了解音乐可以知晓政事。"这是说音乐的邪正，关系到当时政事的治乱。然而三代以后，号称历时长久、百姓安乐的朝代，只有汉、唐、宋。汉代以文、景之时为最盛，然而到孝武帝的时候，河间献王才献上雅乐。天子将他们安置在太乐宫，经常练习着，在岁时典礼的时候备用，然而并不经常使用，经常使用到郊庙典礼上的都不是雅乐。到汉哀帝的时候，才最终不用郑声，用雅乐，然而汉代国运已经转移到了王莽那里。唐代以贞观、开元之际为最盛，然而他们所用的也只是教坊采集的俗乐，太常里的伎人常常习练，当中不可教的，才去学习雅乐，这样他们所说的乐也就可以知道是什么状况了。宋代以天圣、景祐时期为最盛，然而当时胡瑗、李照、阮逸、范镇这些人，始终以乐曲韵律不和、声音不正为忧，但是终于未能改变这种状况，到政和时期，才开始制作《大晟乐》，自称古雅，然宋室的天下将要被女真所夺了。古代根据乐声来考察政事，后代却在他们发政施仁的时候，无暇顾及乐声，等到天下太平之后，纲纪法度都已经完备，敌国外患都已经消失，君主、丞相没有别的什么作为，学士、大夫也没有别的什么议论，这才想到去制作雅乐。雅乐作成以后，政事已经凋敝，国家已经衰落了。以上讲汉、唐、宋盛时无所谓雅乐制作，而乐成之时，政事就已衰败了。隋代开皇年间制乐，用的是何妥的说法，摈弃了万宝常的建议。等到雅乐作成，万宝常听后，泫然泪下道："这乐声淫靡尖厉且有哀音，不久天下就要丧亡了！"唉！假使当时用了万宝常的建议，就能够挽救隋的覆亡吗？然而万宝常虽然不能制乐，但以保隋长存的心愿，仍能听出乐中的道理而知隋之必亡，他的宿悟神解，实在是有过人之处。我曾以为世上的兴衰治乱，本来未必由于乐，然而要想谈论乐声，则一定得像师旷、州鸠、万宝常、王令言这些人。他们所体会到的妙处，哪里有法可寻？后代的君子，总想勉强议论乐声，追究律吕之间的纵横关系，探求正哇之间的清浊；有的更以残缺断烂的古书上的尺谱来佐证自己的说法，声称自己已有所体会，实际又与刻舟、覆蕉、叩盘扪烛的作为有什么区别呢？我本来就不知道他们说些什么。以上讲音乐的实质在于所体现的精神而不在于其曲调规范。于是作《乐考》第十五，首先叙述历代乐制，其次介绍律吕制度，后面接着介绍八音的分属门类，又分成雅部、胡部、俗部，完整地说明古今乐器的本末原委，最后叙述乐悬、乐歌、乐舞，以及散乐、鼓吹，最后以彻乐结束。共十五卷。

按《周官・小司徒》："五人为伍，五伍为两，四两为卒，五卒为旅，五旅为师，五师为军。上地家七人，可任也者家三人；中地家六人，可任也者二家五人；下地家五人，可任也者家二人。"此教练之数也。《司马法》："地方一里为井，四井为邑，四邑为丘，四丘为甸，甸六十四井，有戎马四匹、兵车一乘、牛十二头、甲士三人、卒七十二人。"此调发之数也。

教练则不厌其多，故凡食土之毛者，除老弱不任事之外，家家使之为兵，人人使之知兵，故虽至小之国，胜兵万数可指顾而集也；调发则不厌其简，甸六十四井，为五百一十二家，而所调者止七十五人，是六家调发共出一人也。每甸姑通以中地二家五人计之，五百一十二家可任者一千二百八十人，而所调者止七十五人，是十六次调发方及一人也。教练必多，则人皆习于兵革，调发必简，则人不疲于征战，此古者用兵制胜之道也。以上古者教练多而调发少。后世士自为士，农自为农，工商末技自为工商末技，凡此四民者，平时不识甲兵为何物，而所谓兵者乃出于四民之外。故为兵者甚寡，知兵者甚少。一有征战，则尽数驱之以当锋刃，无有休息之期，甚则以未尝训练之民而使之战，是弃民也！唐、宋以来，始专用募兵，于是兵与民判然为二途，诿曰①：教养于平时而驱用于一旦。然其季世，则兵数愈多而骄悍，而劣弱，为害不浅，不惟足以疲国力，而反足以促国祚矣。以上言后世兵民判然为二。作《兵考》第十六，首叙历代兵制，次禁卫及郡国之兵，次教阅之制，次车战、舟师、马政、军器。凡十三卷。

【注释】

①诿（wěi）：推诿，推说。

【译文】

根据《周官·小司徒》记载："五人为伍，五伍为两，四两为卒，五卒为旅，五旅为师，五师为军。家有七人的授之以上地，其中三人要充任军旅；家有六人的授之以中地，这样的两户人家要出五人；家有五人的授之以下地，这样的人家要出二人。"这是充当地方团练的数目。《司马法》中记载:"方圆一里的土地叫作井,四个井叫做邑,四个邑叫做丘,四个丘叫做甸,一甸有六十四井,要出戎马四匹、兵车一乘、牛十二头、带甲士兵三人、七十二个兵卒。"这是调发充军的数目。地方团练的人数越多越好,因此凡是以土地为生的人,除去老弱病残做不了事情的以外,家家户户都要出兵卒,人人都知道养兵的重要性,因此即使是很小的国家,也有数万军队,可以在很短的时间里集结完毕;调发丁口,则越简单越好,一甸六十四井,有五百一十二家,所征调的人也仅仅七十五人,这就是说调发六家人,一共才出一个人。每甸如果以中地两家五人计算,五百一十二家,可以充任的就有一千二百八十人,而实际上调发的只有七十五人,这就是每十六次调发才轮到一个人。地方教练多了以后,人人都熟悉行军打仗的事情,调发又很简单,这样百姓不疲于征战,这正是古代用兵制胜的道理。以上讲古时军事训练多而调发少。后代士一直是士,农一直是农,工商末技之人也一直是工商末技之人,这四种人,平时不知甲兵是什么,兵卒也就只能出于四民之外。因此当兵的人很少,懂得军事的人也很少。一旦有征战,就把全民百姓全部赶到阵前去抵挡刀枪,没有休息的时间,甚至把从未受过训练的百姓送上战场,这实在是抛弃老百姓的做法!唐、宋以来,开始专门使用募兵制度,于是兵和民截然分成两类,对这种制度的解释是:平日养兵,用兵一时。然而在末世,军队数量越来越多,不仅骄悍而且劣弱,其害不浅,它的危害不只在于耗费国力,而且更可能加速国家的衰亡。以上讲军人和百姓截然分开。作《兵考》第十六,首先叙述历代的兵制,接着叙述禁卫及郡国之兵,以及教阅制度,还有车战、舟师、马政、军器。共十三卷。

昔汉陈咸言[①]:"为人议法,当依于轻,虽有百金之利,慎无与人重比。"盖汉承秦法,过于严酷,重以武、宣之君,张、赵之臣[②],淫刑喜杀,习以为常,咸之言盖有激也。窃尝以为劓、刵、椓、黥[③],蚩尤之刑也,而唐、虞遵之;收孥、赤族[④],亡秦之法也，而汉、魏以来遵之。以贤圣之君而不免袭乱虐之制，由是观之，咸言尤为可味也。以上言议法当依于轻。汉文除肉刑，善矣，而以髡笞代之⑤。髡法过轻而略无惩创，笞法过重而至于死亡。其后乃去笞而独用髡，减死罪一等即止于髡钳，进髡钳一等，即入于死。而深文酷吏务从重比，故死刑不胜其众。魏、晋以来病之，然不知减笞数而使之不死，乃徒欲复肉刑以全其生。肉刑卒不可复，遂独以髡钳为生刑。所欲活者傅生议，于是伤人者或折腰体，而才翦其毛发；所欲陷者与死比，于是犯罪者既已刑杀，而复诛其宗亲。轻重失宜，莫此为甚。及隋、唐以来，始制五刑，曰笞、杖、徒、流、死。此五者即有虞所谓鞭朴流宅，虽圣人复起，不可偏废也。以上言汉、魏、六朝轻重失宜，唐以后，五刑乃为不易之典。若夫苟慕轻刑之名，而不恤惠奸之患，杀人者不死，伤人者不刑，俾无辜罹毒虐者，抱沉冤而莫伸，而舞文利赇贿者，无后患之可惕，则亦非圣人明刑弼教之本意也。以上言轻刑惠奸。作《刑考》第十七，首刑制，次徒流，次详谳，次赎刑、赦宥。凡十二卷。

【注释】

①陈咸：汉成帝、哀帝年间为尚书。这里所引的即陈咸告诫子孙的话。

②张、赵之臣：指张汤、赵禹。

③劓（yì）、刵（èr）、椓（zhuó）、黥（qíng）：古代的四种酷刑。劓，割鼻。刵，割耳。椓，破坏生殖器。黥，在脸上刺字并涂黑。

④收孥：没收为官奴。赤族：灭族。

⑤髡(kūn):剃发。

【译文】

汉时陈咸曾说:“在给人量刑施法的时候,应该从轻处理,即使有很大的利益,也要小心,不要过多地牵连别人。”这说明汉继承秦的法制,过于严酷,即便像武、宣这样的皇帝,张、赵这样的大臣,也都很喜欢动刑滥杀,把这看做是平常事,陈咸的话是有针对性的。我认为像劓、刵、椓、黥这样的刑罚,都是蚩尤才用的酷刑,然而唐、虞这样的贤圣也都照样遵守;收孥、赤族,秦的法制,汉、魏以来也都相沿不改。看来即使是贤圣之君,也都不免沿袭暴虐无度的法制,从这一点来看,陈咸的话尤其值得我们玩味。以上讲定罪要从轻。汉文帝的时候废除肉刑,这是非常好的事情,然而却用剃发钳颈的髡刑和鞭笞的笞刑来代替。髡刑过轻而起不到惩戒的作用,笞法又过重很容易致死。这以后又免掉了笞刑,仅仅使用髡刑,对减免死罪的人就只用髡刑,由髡刑进一等就变成死罪。酷吏总是务必从重量刑,以至于被处死刑的人不胜其众。魏、晋以来认为这样做不好,然而却不知道减少笞数就可以使人不死,只想到恢复肉刑来使其保全生命。肉刑最后也没有恢复,于是仅仅把髡刑作为生刑。想让活着的人便想办法让他活着,于是伤人的罪犯本应被腰斩,却仅仅剪其毛发;本应坐牢的人却被判死刑,还要坐连亲属,于是犯罪者不仅要被杀,他的宗亲族属也要受连累。刑罚轻重失当,没有比这更严重的了。隋、唐以来,开始制定五刑,叫做笞、杖、徒、流、死。这五种刑罚,就是有虞氏的鞭朴流宅,即使是圣人复起,也不可偏废。以上讲汉、魏、六朝轻重失宜,唐以后,重刑罚被确定下来。如果仅仅羡慕轻刑的美名,却不顾养奸的后患,以致杀人的人不被判死刑,伤人的人不受刑罚,使无辜遭受毒害的人,含冤负屈而不得伸张,营私舞弊贪赃枉法的人,也没有后顾之忧,这也不是圣人施设刑法辅助教化的本意。以上讲刑罚太轻是对坏人受惠。于是作《刑考》第十七,首叙刑制,下面依次叙徒流、详谳、赎刑、赦宥。共十二卷。

昔秦燔经籍而独存医药、卜筮、种树之书[1]，学者抱恨终古。然以今考之，《易》与《春秋》二经首末具存，《诗》亡其六篇，或以为《笙》诗元无其辞，是《诗》亦未尝亡也。《礼》本无成书，《戴记》杂出汉儒所编，《仪礼》十七篇及六典最晚出，六典仅亡《冬官》，然其书纯驳相半，其存亡未足为经之疵也。独虞、夏、商、周之书，亡其四十六篇耳。然则秦所燔，除《书》之外，俱未尝亡也。若医药、卜筮、种树之书，当时虽未尝废锢，而并无一卷流传至今者，以此见圣经贤传终古不朽，而小道异端虽存必亡，初不以世主之好恶为之兴废也。以上言秦焚书实未尝亡。汉、隋、唐、宋之史，俱有《艺文志》，然《汉志》所载之书，以《隋志》考之，十已亡其六七；以《宋志》考之，隋、唐亦复如是，岂亦秦为之厄哉？昌黎公所谓为之也易，则其传之也不远，岂不信然？夫书之传者已鲜，传而能蓄者加鲜，蓄而能阅者尤加鲜焉。宋皇祐时，命名儒王尧臣等作《崇文总目》[2]，记馆阁所储之书而论列于其下方，然止及经、史，而亦多阙略，子、集则但有其名目而已。近世昭德晁氏公武有《读书记》[3]，直斋陈氏振孙有《书录解题》[4]，皆聚其家藏之书而评之。今所录先以四代史志列其目，其存于近世而可考者，则采诸家书目所评，并旁搜史传、文集、杂说、诗话。凡议论所及，可以纪其著作之本末，考其流传之真伪，订其文理之纯驳者，则具载焉，俾览之者如入群玉之府，而阅木天之藏[5]。不特有其书者，稍加研穷，即可以洞究旨趣；虽无其书者，味兹题品，亦可粗窥端倪，盖殚见洽闻之一也。作《经籍考》第十八，经之类十有三，史之类十有四，子之类二十有二，集之类六。凡七十六卷。

【注释】

①燔（fán）：烧。

②王尧臣：字伯庸。官至吏部侍郎。

③晁氏公武：晁公武，宋代目录学家。

④陈氏振孙：陈振孙，字伯玉，号直斋。官至侍郎，家藏书极富，作《书录解题》二十二卷。

⑤木天：指高大宏壮的木结构建筑物。

【译文】

过去秦始皇焚书，只保留医药、卜筮、种树这一类的书，学者们非常遗憾。然而今天考证之后，我们可以知道，《易》和《春秋》两部经典，完整地得以保存；《诗》亡失了六篇，或者有人认为笙诗本来没有，这说明《诗》也不曾亡失。《周礼》本来没有完整的书，《戴记》中经与记混在一起流传于世，说明它是汉儒所编；《仪礼》十七篇以及六典出现的时间最晚，六典当中也仅仅亡失了《冬官》，然而这部书纯正与驳杂相半，它的存亡与否不足以为六经的缺点。只有虞、夏、商、周的政书，亡失了其中的四十六篇。那么秦火所烧的，除了《尚书》以外，其他都不曾佚失。至于医药、卜筮、种树这一类的书，当时尽管未被禁止流通，今天却并没有一卷流传下来，由此可见圣经贤传，终古不朽，而那些小道异端，虽然被人小心保存，也不能避免亡失的命运，看来这是不以君王的好恶而兴废的呵。以上讲秦始皇焚书，经典实际上并没有亡佚。汉、隋、唐、宋的史书，都有《艺文志》，然而《汉书·艺文志》所载的书籍，在《隋书·经籍志》中存录的，也只是十分之六七；从《宋史·艺文志》来考察，隋、唐之际的书籍也是同样的命运，这难道也是秦的过错吗？韩昌黎公曾说过，很容易就写成的书，它的流传自然不会很远，这难道不是实情吗？流传书籍的人本来已经很少，不仅流传而且收藏的人就更少了，不仅收藏而且阅读的人就少上加少了。宋代皇祐年间,命名儒王尧臣等人作《崇文总目》,记录馆阁中所收藏的书籍,然而只涉及经、史,而且也不完备,子、集方面也只有名目而已。近代昭德晁公武著有《读书记》,直斋陈振孙《书录解题》,都把家中所藏的书籍集中起来加以评说。这里收录的先是四代史志的目录,其中近代流传而可以考订清楚的,就采集诸家书目进行评论,并且旁搜史传、文集、杂说、诗话。凡是有谈到这部书的地方,只要叙述了著作的本末,考辨了流传的真伪,订正了其中文理上的正讹,就完全抄录,使阅览这部书的人,如入宝库。不只是对有书流传的加以研究,以便能深入了解其中的旨趣;就是那些已无书流传的,只要玩味题品,也可以粗窥端倪,了解一个大概了。于是作《经籍考》第十八,经类的有十三卷,史类的有十四卷,子类的有二十二卷,集类的有六卷。共七十六卷。

昔太史公言:"儒者断其义,驰说者骋其辞,不务综其始终。"盖讥世之学者以空言著书,而历代统系无所考订也。于是作为三代《世表》,自黄帝以下谱之。然五帝之事远矣,而迁必欲详其世次,按图而索,往往牴牾,故欧阳公复讥其不能缺所不知,而务多闻以为胜。以上言《史记》世表为欧阳所讥,谱系似不可信。然自三代以后,至于近世,史牒所载,昭然可考,始学者童而习之,屈伸指而得其大概。至其传世历年之延促,枝分派别之远近,猝然而问,虽华颠巨儒不能以遽对①,则以无统系之书故也。以上言无谱系则茫然难考。今仿王溥唐及五代《会要》之体,首叙帝王之姓氏出处,及其享国之期、改元之数,以及各代之始终,次及后妃、皇子、公主、皇族,其可考者悉著于篇,而历代所以尊崇之礼、册命之仪,并附见焉。作《帝系考》第十九。凡十卷。

【注释】

①华颠：白首。

【译文】

从前太史公曾说过："儒者仅仅断取义理，驰说纵横之人也只是空言无稽，不能够完整地了解本末原委。"这是在讥讽当世的学者以空言著书，而对历代统系不加考订的情形。于是著作三代《世表》，从黄帝以下都著谱列之。然而五帝的事迹已经很遥远了，而想考订清楚他们的世袭次序，按图寻找，也经常有抵牾矛盾的地方，因此欧阳修曾讥刺他不愿缺略自己不知的事实，而想以见多识广取胜。以上讲《史记》的世表受到欧阳的批评，认为所列谱系似不可信。从三代以后一直到近代，史书所载，清楚明白，学者们从童蒙时起就已经熟习这些史实，屈指就可说一个大概。但是对于他们传世时间的长短，枝系分派的亲疏远近，即使是饱学硕儒，也不能在追问之下，马上回答，这就是因为缺乏统系之书的缘故。以上讲如元谱系茫然难考。现在仿照王溥所作唐和五代《会要》的体例，首先叙述帝王的姓氏、出身之地和在位时间，改元的日子，以及各个朝代的起始与结束，接着叙述后妃、皇子、公主、皇族，其中可以考订清楚的，都著录于书中，历代尊崇的礼仪都附在后面。于是作《帝系考》第十九。共十卷。

封建莫知其所从始也。禹涂山之会，号称万国；汤受命时，凡三千国；周定五等之封[①]，凡千七百七十三国；至春秋之时，见于经传者仅一百六十五国，而蛮夷戎狄亦在其中。盖古之国至多，后之国日寡。国多则土宜促，国少则地宜旷，而夷考其故则不然。试以殷、周上世言之。殷契至成汤八迁，史以为自商而砥石[②]，自砥石而复居商，又自商而亳。周弃至文王亦屡迁[③]，史以为自邰而豳[④]，自豳而岐[⑤]，自岐而丰[6]。夫汤七十里之国也，文王百里之国也。然以所迁之地考之，盖有出于七十里、百里之外者矣。又如泰伯之为吴[7]，鬻绎之为楚[8]，箕子之为朝鲜，其初不过自屏于荒裔之地，而其后因以有国传世。窃意古之诸侯者，虽曰受封于天子，然亦由其行义德化足以孚信于一方，人心翕然归之[9]，故其子孙因之，遂君其地。或有灾否，则转徙他之，而人心归之不能释去，故随其所居，皆成都邑。盖古之帝王未尝以天下为己私，而古之诸侯亦未尝视封内为己物，上下之际，均一至公，非如后世分疆画土，争城争地，必若是其截然也。以上言古者上下均一至公，封国非有截然之疆界。

秦既灭六国，举宇内而郡县之，尺土一民始皆视为己有。再传而后，刘、项与群雄共裂其地而分王之。高祖既诛项氏之后，凡当时诸侯王之自立者，与为项氏所立者，皆击灭之，然后裂土以封韩、彭、英、卢、张、吴之属[10]，盖自是非汉之功臣不得王矣。逮数年之后，反者九起，异姓诸侯王多已夷灭，于是悉取其地以王子弟亲属，如荆、吴、齐、楚、淮南之类，盖自是非汉之同姓不得王矣。然一再传而后，贾谊、晁错之徒，拳拳有诸侯强大之虑，以为亲者无分地而疏者逼天子，必为子孙之忧。于是或分其国，或削其地，其负强而动如七国者，则六师移之。盖西汉之封建，其初则剿灭异代所封，而以畀其功臣[11]；继而剿灭异姓诸侯，而以畀其同宗；又继而剿灭疏属刘氏王，而以畀其子孙。盖检制益密而猜防益深矣。以上言汉之封建凡三变，而猜防益深。

昔汤、武虽以征伐取天下，然商惟十一征，周惟灭国者五十，其余诸侯皆袭前代所封，未闻尽以宇内易置而封其私人。周虽大封同姓，然文昭武穆之邦[12]，与国咸休，亦未闻成、康而后，复畏文、武之族逼而必欲夷灭之，以建置己之子孙也。愚尝谓必有公天下之心而后可以行封建。自其出于公心，则选贤与能，而小大相维之势，足以绵千载；自其出于私心，则忌疏畏逼，而上下相猜之形，不能以一朝居矣。景、武之后，令诸侯王不得治民补吏，于是诸侯虽有君国子民之名，不过食其邑入而已，土地甲兵不可得而擅矣。然则汉虽惩秦之弊，复行封建，然为人上者苟慕美名，而实无唐、虞、三代之公心，为诸侯者既获裂土，则遽欲效春秋、战国之余习，故不久而遂废。以上言必有公天下之心，而后封建可久，因及汉末之弊。

逮汉之亡，议者以为乏藩屏之助，而成孤立之势。然愚又尝夷考历代之故：魏文帝忌其诸弟，帝子受封有同幽絷[13]，再传之后，主势稍弱，司马氏父子即攘臂取之，曾无顾惮。晋武封国至多，宗藩强壮，俱自得以领兵卒，置官属，可谓惩魏之弊矣，然八王首难，阻兵安忍，反以召五胡之衅。宋、齐皇子俱童孺当方面，名为藩镇，而实受制于典签、长史之手[14]，每一易主，则前帝之子孙歼焉，而运祚卒以不永。梁武享国最久，诸子孙皆以盛年雄材出为邦伯，专制一方，可谓惩宋、齐之弊矣，然诸王拥兵，捐置君父，卒不能止侯景之难[15]。然则魏、宋、齐疏忌骨肉，固以取亡；而晋、梁崇奖宗藩，亦不能救乱。于是封建之得失不可复议，而王绾、李斯、陆士衡、柳宗元辈所论之是非，亦不可得而偏废矣。以上言疏宗藩者有弊，奖宗藩者亦有弊。

今所论著，三皇而后至春秋之前，国名之见于经传而事迹可考者略著之，如共工、防风氏，以至邶、鄘、樊、桧之类是也。春秋十二列国，既有太史《世家》详其事迹，不复赘叙，姑纪其世代历年而已。若诸小国之事迹，见于《春秋》三传、杂记者，则仿《世家》之例，叙其梗概，郑、莒、许、滕以下是也。汉初诸侯王、王子侯、功臣外戚恩泽侯，则悉本马、班二史年表，东汉以后无年表可据，则采摭诸传，各订其受封传授之本末而备著焉。列侯不世袭始于唐，亲王不世袭始于宋，则姑志其始受封者之名氏而已。作《封建考》第二十。凡十八卷。以上自述凡例。

【注释】

①五等之封：公、侯、伯、子、男五等爵位。

②商：在今河南偃师。

③弃：周始祖后稷名弃。

④邰：今陕西武功。豳：今陕西邠县。

⑤岐：今陕西岐山。

⑥丰：今陕西西安鄠邑区。

⑦泰伯：周太王古公亶父的长子。

⑧鬻绎：即熊绎，周成王时封于荆蛮，为楚子，居丹阳。

⑨翕(xī)然：和顺的样子。

⑩韩、彭、英、卢、张、吴：指韩信、彭越、英布、卢绾、张耳、吴芮。

⑪畀(bì)：给予。

⑫昭、穆：原指宗庙的辈次排列，后泛指宗族的辈分。

⑬絷(zhí)：捆缚，拘束。

⑭典签：掌文书的官员。

⑮侯景之难：公元548年，南朝梁将侯景发动叛乱，翌年攻占梁都建康（今江苏南京），将梁武帝活活饿死。

【译文】

封建制度不知是从什么时候开始建立的。禹涂山之会，号称有万国；汤受命的时候，共有三千国；周代定五等封爵，共一千七百七十三国；到春秋时代，在经传中有记载的，只有一百六十五国，蛮夷戎狄也包括在内。看来古时封国多而后代封国少。国家多的话，占有的土地就应该很少，国家少的话，占有的土地就应该很多，然而我通过考证却发现不是这样。试以殷、周为例来说明。殷契到成汤之间，历史记载曾以为自商到砥石，自砥石又回到商，又从商到亳。周弃到文王也经常迁徙，史书以为曾从邰到豳，从豳到岐，从岐到丰。汤是七十里大小的封国，文王是百里方圆的封国。然而根据他们迁徙的地区来考察，早已经超出于七十里、百里之外了。再像泰伯去吴国，鬻绎去楚国，箕子去朝鲜，刚开始的时候不过是把自己流放到荒裔地区，他的子孙却因此有了国家得以传世。我以为古代的诸侯虽然说是受封于天子，然而由于他们施行仁义，德化足以取信于一方，人心都欣然归顺，因此他们的子孙继承下来统治了这个地区。如果遇到了灾情，就迁移到别的地方，人心归顺而不忍离去，于是随他们所在的地方，就都成为都邑。这是因为古代的帝王不曾把天下作为自己的私产，古代的诸侯也不曾把封国内的土地和人民当作自己的东西，上与下之间，都是以至公为原则，不像后代分疆划土，争城争地，当然疆界一定要划分得清清楚楚了。以上讲古时上下均一至公，封国之间没有清楚的疆界。

秦灭六国以后，把天下分成郡县，每寸土地、每个百姓都看作是自己的私产。二世当政以后，刘邦、项羽率群雄群起分其天下而各自为王。高祖消灭项羽之后，凡是自立为王的诸侯以及由项羽册封的，都各各消灭，然后把土地分封给韩信、彭越、英布、卢绾、张耳、吴芮这些功臣，这说明不是汉的功臣都不得做王。数年以后，造反的诸侯又有九个，最后异姓诸侯王基本上都被消灭，于是高祖又收回了他们的土地，把土地封给了自己的儿子和亲属，像荆、吴、齐、楚、淮南这些王，都是这种情况，这说明不是汉室同姓宗室都做不成王。然而一两代之后，贾谊、晁错这些人开始担心诸侯王逐渐强大，会使亲近的人得不到土地，而较为疏远的人却会威胁王位，将来一定是子孙们的后顾之忧。于是就把这些诸侯王逐个分国削地，其中像七国那样逞强作乱的，就出兵消灭他们。西汉的封建制度，开始的时候就是这样先消灭前代所封的诸侯，后封之于功臣；接着又剿灭异姓诸侯，分封同姓诸王；然后再消灭那些关系较疏远的诸侯，而把土地分封给自己的子孙。这样一来，防备的做法越严密，猜疑防备之心也就更深了。以上讲汉代封国建土历经三次变化，而猜疑防范之心益深。

古代商汤尽管是靠着征伐取得天下，但也只征伐了十一次，周武王也只消灭了五十国，其余的诸侯都仍然承袭前代的封国，从未听说有把天下重新分封给自己的亲信。周虽然大封同姓诸王，但是那些由子孙们建立的封国，都能和国家共享福祚，也没听说成、康之后，就因为害怕文、武那一辈的族系威胁自己的王位，而一定要平定他们，重新分封自己的子孙。我曾经说过：一定得先有以天下为公的思想，然后才可以施行封建。因为封建出于公心，就会选拔贤能之士，这样大国与小国互相维持的局面才能维持千年而不改；如果封建出于私心，就会因为害怕不亲近的诸侯威胁自己，而形成上下互相猜忌的局面，以至于不能存在很长时间。汉景帝、武帝之后，剥夺诸侯王任用官吏、管理百姓的权力，于是诸侯王虽有君国子民的名义，却不过靠封地的土地收入维持生计而已，至于军队和土地都无权动用。这说明汉虽纠正了秦的弊政，恢复了封建制度，然而对于君主来说，只是徒谋封建的美名，却并没有唐、虞三代的公心，做诸侯王的人，获分封之后，就想马上效法春秋战国的做法，因此也就维持不了多久而被废掉了。以上讲必有天下公心，封建制度才可长期施行，由此论及汉末的弊病。

至于汉的灭亡，有人认为是缺乏藩国诸侯的协助，势单力孤的原因。于是我又考察了历代灭亡的原因：魏文帝不放心自己的兄弟，分封自己的儿子，然而却不给他们太多的自由，二传以后，中央的力量逐渐削弱，司马氏父子轻易地夺取了政权，毫无顾忌。晋武帝分封很多诸侯，宗室藩国强大，都能自己指挥军队，设置官吏，可以说是纠正魏的错误，然而却有八王发难，朝廷发兵平叛，反而招来五胡的反叛。宋、齐两朝的皇子都是很年幼就独当一面，虽然叫作藩镇，实际上却受制于典签、长史这些人手中，每次更换国主，就都把上一个国主的子孙全部消灭，致使国运终于不能保持长久。梁武帝在位时间最长，诸子孙都是盛年雄材，分为一邦之主，专制一方，可以说是纠正宋、齐的错误了，然而诸王率兵靖难，也不能制止侯景之乱。魏、宋、齐猜忌骨肉，因此导致灭亡；晋、梁尽管鼓励宗藩的发展，最后也挽救不了混乱的局面。这样看来，封建制的得失，不需要再讨论了，王绾、李斯、陆士衡、柳宗元等人所说的是非，也不能不正确对待。以上讲疏远宗藩者有弊，鼓励宗藩发展亦有弊。

这里著录的，是从三皇以后直到春秋之前，国名可见之经传，事迹也可以考察的，都加以著录，像共工、防风氏，以至邶、鄘、樊、桧等都是这种情况。春秋时期的十二个国家，已经有太史公的《世家》详细记载了他们的事迹，于是就不再赘叙，只记下他们世代的时间而已。像各小国的事迹，凡是《春秋》三传、杂记中有记录的，就仿照《世家》的体例，叙述它们的大致情况，邾、莒、许、滕以下就是这种情况。汉初诸侯王、王子侯、功臣外戚恩泽侯，都依据司马迁和班固二人的《史记》《汉书》的年表，东汉以后，没有年表可以依据，就从诸传中摘录史实，来分别订正受封传授的本末原委，尽量使其完整。列侯不世袭是从唐代开始的，亲王不世袭是从宋代开始的，于是就仅仅记载他们受封者的姓名而已。作《封建考》第二十。共十八卷。以上自述凡例。

昔三代之时，俱有太史，其所职掌者，察天文、记时政，盖合占候、纪载之事，以一人司之。汉时，太史公掌天官，不治民，而紬史记、金匮、石室之书①，犹是任也。至宣帝时，以其官为令，行太史公文书，其修撰之职，以他官领之。于是太史之官，唯知占候而已。盖必二任合而为一，则象纬有变，纪录无遗，斯可以考一代天文运行之常变，而推其休祥。然二任之堕废离隔，不相为谋，盖已久矣。昔《春秋》“日食”不书“日”，而史氏以为官失之。可见当时掌占候与司纪载者各为一人，故疏略如此。以上言古者司天文与纪时政合而为一。

又尝考之，春秋二百四十二年，而日食三十六；自鲁定公十五年至汉高帝之三年，其间二百九十三年，而搜考史传，书日食凡七而已，然则遗缺不书者多矣。自汉而后，史录具在，天下一家之时，纪载者递相沿袭，无以知其得失也。及南北分裂之后，国各有史。今考之：南自宋武帝永初元年至陈后主祯明二年，北自魏明帝泰常五年至隋文帝开皇八年，此一百六十九年之间，《南史》所书日食仅三十六，而《北史》所书乃七十九。其间年岁之相合者才二十七，又有年合而月不合者。夫同此一苍旻也②，食于北者其数过倍于南，理之所必无者！而又日月不相吻合，岂天有二日乎？盖史氏之差谬牴牾，其失大矣。悬象著明，莫大乎日月，虽庸奴举目可知，而所书薄蚀之谬且如此，则星辰之迟留、伏逆、陵犯、往来，其所纪述，岂足凭乎？按：汉哀帝尝以日无精光、邪气连昏之事问待诏李寻，而寻所对，具言其故。光武以建武五年召严光入禁中共卧，而太史奏客星犯帝座。二事见于李寻、严光传，而以

《汉志》考之，终哀帝之时不言日无精光之事，建武五年亦不言客星事，亦可证其疏略也。姑述故事，广异闻耳。以上言诸史记日食之不可信。

《天文志》莫详于晋、隋，至丹元子之《步天歌》③，尤为简明。宋两朝史志言诸星去极之远近，《中兴史志》采近世诸儒之论，亦多前史所未发，故择其尤明畅有味者具列于篇。作《象纬考》第二十一，首三垣、二十八宿之星名、度数，次天汉起没，次日月、五星行度，次七曜之变，次云气。凡十七卷。

【注释】

①䌷（chōu）：缀集。

②苍旻（mín）：苍天。旻，天。

③丹元子：隋时隐士，作《步天歌》，可以用来观天象。

【译文】

在三代的时候，都有太史这个官职，他的职掌是观察天象、记载时政，是把占候与记载之事合由一人掌管。汉代太史公掌天官，不负责管理百姓，收集史记、金匮、石室这类书，是他们的责任。到宣帝的时候，把这个职务称为令，只是编写太史公文书而已，编撰史书的职责由别的官员来承担。这样太史这个官职，就只管占候而已。只有把两个职掌结合起来，天象有变化，才会记录无遗，这样才可以考察一代天文运行的变化规律，来推知吉凶。然而把两种职掌分割开来，互不通声气，已经很久了。过去《春秋》中写到“日食”二字时不书“日”字，而史家认为是史官的失职。可见当时掌管占候与管记载的人不同，是出现这种错误的原因。以上讲古代负责天文观测与记录时政的是一个职官。

我曾考证过，春秋二百四十二年，日食有三十六次；从鲁定公十五年到汉高祖三年，中间二百九十三年，考史书中的记载却只有七次日食，看来遗漏不书的有很多。从汉代以后，史书记录都保存了下来，然而，尽管这时天下已经统一于一家，但史书上的记载却沿袭重复，我们无从了解其中的是非对错。等到南北分裂以后，国各有史。经过现在考证：南方从宋武帝永初元年到陈后主祯明二年，北方从魏明帝泰常五年到隋文帝开皇八年，这一百六十九年之中，《南史》中记载的日食只有三十六次，《北史》中记载的日食却有七十九次。其中时间相同的只有二十七次，又有年代相合、月份却不合的情况。南北面对同一个苍天，北方的日食次数竟然超过南方一倍，道理上是讲不通的呵！另外，日期上的不相吻合，也很荒唐，难道天上能有两个太阳吗？看来史官的错误，矛盾太多了。征象表现最为清楚明白的莫过于日月了，即使愚蠢的人抬起眼睛就能知道，记载却能出现这样严重的错误，这样的话，关于星辰之间变化的记载难道就足以凭信吗？按：汉哀帝曾经以日无精光，邪气连昏之事，问过待诏李寻，而李寻的回答，能够完整地说明原因。光武帝在建武五年召严光入宫中共卧，太史奏禀客星凌犯帝座，这两件事都收在李寻、严光的传中，然而据《汉志》考之，哀帝在位的整个时期，都不曾记有日无精光的事，建武五年也不见记载有客星犯帝座这件事，这也可以佐证史官的疏略。在这一部分不过是叙述一些有关史事，收集一些异闻罢了。以上讲各种史书上记录日食不可信。

史书中的《天文志》没有比晋、隋两代更详尽的了，到丹元子的《步天歌》尤为简明。宋代两朝的史志都曾记载诸星辰距离北极的远近，《中兴史志》采集近代诸儒的议论，也有很多前朝诸史所未发的见解，因此选择其中清楚有道理的，都录于书中。于是作《象纬考》第二十一，首先说明三垣二十八宿等星辰的名号及位置，其次记载天汉的出没规律，下面再接着把日月行星的运动轨迹、七曜星的变化以及云气等等介绍清楚。共十七卷。

《记》曰："国家将兴，必有祯祥；国家将亡，必有妖孽。"

盖天地之间，有妖必有祥，因其气之所感，而证应随之。自伏胜作《五行传》，班孟坚而下踵其说，附以各代证应为《五行志》，始言妖而不言祥。然则阴阳五行之气，独能为妖孽而不能为祯祥乎？其亦不达理矣。虽然，妖祥之说固未易言也。治世则凤凰见，故有虞之时有来仪之祥，然汉桓帝元嘉之初、灵帝光和之际，凤凰亦屡见矣，而桓、灵非治安之时也。诛杀过当，其应为恒寒，故秦始皇时有四月雨雪之异，然汉文帝之四年，亦以六月雨雪矣，而汉文帝非淫刑之主也。斩蛇夜哭，在秦则为妖，在汉则为祥，而概谓之龙蛇之孽可乎？僵树虫文，在汉昭帝则为妖，在宣帝则为祥，而概谓之木不曲直可乎？前史于此不得其说，于是穿凿附会，强求证应而罙有所不通。以上言《五行志》之说多不可通。

窃尝以为物之反常者，异也。其祥则为凤凰、麒麟、甘露、醴泉、庆云、芝草，其妖则山崩、川竭、水涌、地震、豕祸、鱼孽。妖祥不同，然皆反常而罕见者，均谓之异可也。故今取历代史《五行志》所书，并旁搜诸史本纪及传记中所载祥瑞，随其朋类，附入各门，不曰妖，不曰祥，而总名之曰物异。如恒雨、恒旸、恒燠、恒寒、恒风、水潦、火灾之属，俱妖也，不可言祥，故仍前史之旧名。至如魏、晋时鱼集武库屋上[①]，前史所谓鱼孽也；若周武王之白鱼入舟，则祥而非孽。然妖祥虽殊，而其为异一尔，故均谓之鱼异。秦孝公时，马生人[②]，前史所谓马祸也；若伏羲之龙马负图，则祥而非祸。然妖祥虽殊，而其为异亦一尔，故均谓之马异。其余鸟兽、昆虫、草木、金石，以至童谣、诗谶之属，前史谓之羽虫、毛虫、龙蛇之孽，或曰诗妖、华孽，今所述皆并载妖祥，故不曰妖，不曰孽，而均以“异”名之。以上自述命名物异之意。其豕祸、鼠妖，则无祥可述，故亦仍前史之旧名。至于木不曲直者，木失其常性而为妖，如桑榖共生之类是也。若雨木冰，乃寒气胁木而成冰，其咎不在木也，而刘向以雨木冰为木不曲直。华孽者，花失其常性而为妖，如冬桃李华之类是也。若冰花乃冰有异而结花，其咎不在花也，而《唐志》以冰花为华孽。二者俱失其伦类，今革而正之，俱以入恒寒门，附雨雹之后。又前志以鼠妖为青眚、青祥，物自动为木沴金，物自坏为金沴木，其说俱后学所未谕，今以鼠妖、青眚各自为一门，而自动、自坏直以其事名之，庶览者易晓云。作《物异考》第二十二。凡二十卷。以上厘正诸名目。

【注释】

①鱼集武库屋上：见《晋书》。魏齐王嘉平四年(252)五月，有二鱼集于武库屋上，被认为是“鱼孽”。

②秦孝公时，马生人：见《史记》。秦孝公二十二年(前340)有马生人。

【译文】

《记》中曾说：“国家将要兴盛，一定会有祯祥；国家将要灭亡，一定会有妖孽。”这说明天地之间有妖必有祥，根据气的感应而有证验相随。从伏胜作《五行传》到班固以下都因袭其说，再附之以各代的证验，于是就作成了各代的《五行志》，变成只说妖孽而不说祥瑞。难道阴阳五行之气只能出现妖孽而不能出现祯祥吗？这是很不合道理的。尽管如此，妖孽祯祥的问题也不是容易说清楚的。天下大治的时候就有凤凰出现，因此在虞的时代有来仪之祥，然而在汉桓帝元嘉初年和灵帝光和之际，凤凰也出现过好几次，桓、灵之世却并非长治久安的时期。如果杀罚过当的话，就会出现长寒的天气，因此秦始皇的时候，就出现了四月下雪的异兆；然而在汉文帝四年的时候，也有六月下雪的事情，汉文帝却并不是残暴的君主。斩蛇夜哭这样的事情，对秦来说是妖孽，对汉来说却是祥瑞，把它们笼统地叫作龙蛇之孽难道是正确的吗？僵树虫文，在汉昭帝的时候就是妖孽，在汉宣帝时却成为祥瑞，笼统地以树的曲直来断定妖孽祥瑞难道也是正确的吗？前朝史书对于这些事情都不能找到恰当的说法，于是就穿凿附会，勉强寻找证验，实际上是很不合道理的。以上讲《五行志》上的说法多不通。

我曾认为事物当中反常的就是异象。其中吉祥的就是凤凰、麒麟、甘露、醴泉、庆云、芝草，其中妖孽就是山崩、川竭、水涌、地震、豕祸、鱼孽。妖祥不同，然而都是不正常而罕见的现象，把它们都叫做是异象也是可以的。因此我就取历代史书中《五行志》所记载的，并旁搜各史中本纪与传记中伪记载，按各种类别加以划分，归入各门，不说是妖孽，也不说是祥瑞，总的叫作物异。像恒雨、恒旸、恒燠、恒寒、恒风、水潦、火灾这些物异，都是妖孽，不能把它们叫做祥瑞，于是就延续前史中的旧名称。就像魏、晋的时候，鱼集武库屋上，前史把这叫作鱼孽；而像周武王时白鱼入舟，就是祥瑞之兆而不是妖孽。妖孽、祥瑞之间虽然很不同，但它们作为异象却是一样的，因此把它们都叫做鱼异。秦孝公的时候马生人，前史把这叫作马祸；然而像伏羲时龙马负河图，就是吉祥而非祸害。妖孽、祥瑞之间虽然很不同，但它们作为异象却是一样的，所以把它们都叫做马异。其余像鸟兽昆虫、草木金石以至于童谣、诗谶之属，前史都把它们称为羽虫、毛虫、龙蛇之孽，或者叫做诗妖、华孽，这里则把它们全部记载下来，既不叫妖，也不叫孽，都以“异”来称呼它们。以上将一些反常现象命名为“异”的用意。至于像豕祸、鼠妖，本来就没有祥瑞可以叙述，因此也就沿袭前史的旧名。至于像木不曲直的情况，是树木失其常性而成为妖，就像桑榖共生的情况。像雨木冰，是寒气袭木使它结冰，原因不在树木，刘向却以为雨木冰是树的不曲直。花孽是花失去常性变成了妖异，像冬天的桃李花开，就是这种情况。像冰花，是冰的形状奇特像花而已，原因不在花，《唐志》却将冰花看成是花孽。这两种都是丧失了它们的常性与一般情况不同，现在把它们矫正，都收入恒寒门，附在雨雹之后。另外，以前的志书都以鼠妖为青眚、青祥，物自动为木沴金，物自坏为金沴木，这些都是后来的学者不明白的地方，这里以鼠妖、青眚各自作为一门，而自动、自坏直接以其事命名，使读书的人容易明白。于是作《物异考》第二十二。共二十卷。以上厘正诸书目。

昔尧时禹别九州，至舜分为十二州，周职方复分为九州，而又与禹异。汉承秦分天下为郡、国，而复以十三州统之。晋时分州为十九，自晋以后，为州浸多，所统浸狭，且建治之地亦不一所。姑以扬州言之，自汉以来，或治历阳[1]，或治寿春[2]，或治曲阿[3]，或治合肥[4]，或治建业[5]，而唐始治广陵[6]。至南北分裂之后，务为夸大，侨置诸州，以会稽为东扬，京口为南徐，广陵为南兖，历阳为南豫，历城为南冀，襄阳为南雍。鲁郡在禹迹为徐州[7]，而汉则属豫州所领；陈留在禹迹为豫州[8]，而晋则属兖州所领。离析磔裂[9]，循名失实，而禹迹之九州弥不复可考矣。以上言九州无定，禹迹不可考。夹漈郑氏曰[10]："州县之设，有时而更；山川之秀，千古不易。故《禹贡》分州，必以山川定疆界。兖州可移，而济、河之兖州不可移，梁州可迁，而华阳、黑水之梁州不可迁，故《禹贡》为万世不易之书。后之作史者主于郡县，故州县移易，其书遂废矣。"善哉言也！杜氏《通典》亦以历代郡县析于禹九州之中，今所论著，九州则以禹迹所统为准，沿而下之，府、州、军、监则以宋朝所置为准，溯而上之，而备历代之沿革焉。至冀之幽、朔，雍之银、夏，南粤之交趾，元未尝入宋之职方者，则以唐郡为准，追考前代，以补其缺；以上言上以禹迹，下以宋代为准。而于每州总论之下，复各为一图，先以春秋时诸国之可考者分入九州，次则及秦、汉、晋、隋、唐、宋所分郡县，考其地理，悉以附禹九州之下，而汉以来各州刺史、州牧所领之郡，其不合禹九州者悉改而正之。作《舆地考》第二十三。凡九卷。

【注释】

①历阳：今安徽和县。

②寿春：今安徽寿春。

③曲阿：今江苏丹阳。

④合肥：今安徽合肥。

⑤建业：今江苏南京江都区。

⑥广陵：今江苏扬州广陵区。

⑦鲁郡：今山东曲阜。

⑧陈留：今河南陈留。

⑨磔（zhé）裂：分割，割裂。

⑩夹漈郑氏：即郑樵，字渔仲。住在夹漈山中，故称夹漈。

【译文】

古代尧时禹分天下的九州，到舜的时候分为十二州，周代又分成九州，然而与禹的九州不同。汉承秦制分天下为郡、国，又以十三州统领郡、国。晋的时候把州又分成十九个，自晋以后，州的设置也就越来越多，管理的地区也就越来越狭窄，而且建立的州的治所也不止一处。以扬州为例，自汉以来，治所有时在历阳，有时在寿春，有时在曲阿，有时在合肥，有时在建业，到唐代才改在广陵。到南北分裂之后，出于夸大的心理，又侨置诸州，以会稽为东扬州，京口为南徐州，广陵为南兖州，历阳为南豫州，历城为南冀州，襄阳为南雍州。鲁郡在禹的时候分在徐州，到汉代则属于豫州的统辖之下；陈留在禹的时候属豫州，到晋代则属兖州管辖。把原来的地方分裂成几块，名与实之间不合，禹时的九州更不再能考证清楚了。以上讲九州在不同时期是不一样的，禹分天下为九州之事难以确考。夹漈郑樵曾说："州县的设置，随时间的不同而有不同；山川的秀美，却是千古不会改变的。因此《禹贡》中分九州一定是以山川来确定疆界。兖州这个名称可以转移到别处，但是济、河的兖州却是不会改变的，梁州这个名称可以迁移，但是华阳、黑水之间的梁州却是不会迁移的，因此《禹贡》才是万世不变的书。后来作史的人，以郡县为主，因此州县一旦移易，他们的书也就要作废了。"这话说得很好！杜佑的《通典》也把禹的九州划分为各郡县，现在的论述，则以禹的时候的九州疆界为标准，延续下去，府、州、军、监则以宋朝所置的为准，追本溯源，使历代的地理沿革能够很清楚地看到。至于像冀州的幽、朔地区，雍州的银、夏地区，南粤的交趾，以及原先未曾为宋的建置包括在内的地区，则以唐代的郡县为准，追考前代史实，来弥补其中的不足；以上讲上以禹迹，下以宋代为准。在每州总论之下，又各附一图，先把春秋时诸国地理能够考证清楚的分到九州之内，接着再把秦、汉、晋、隋、唐、宋的郡县，考证清楚之后都归到禹的九州之下，汉代以来，各州刺史、州牧治下的郡，其中与九州地理疆界不一致的，都加以改正。于是作《舆地考》第二十三。共九卷。

昔先王疆理天下，制立五服[①]，所谓蛮夷、戎狄，其在要、荒之内，九州之中者，则被之声教，疆以戎索。唐、虞、三代之际，其详不可得而知矣。《春秋》所录，如蛮则荆、舒之属也，夷则莱、夷之属也，戎则山戎、北戎、陆浑、赤驹之属也[2]，狄则赤狄、白狄、皋落、鲜虞之属也[3]。载之经传，如齐桓之所攘，魏绛之所和[4]，其种类虽曰戎狄，而皆错处于华地，故不容不有以制服而羁縻之。至于沙碛之滨、瘴海之外，固未尝穷兵黩武，绝大漠、逾悬度，必欲郡县其部落、衣冠其旃毳，以震耀当时，而夸示后世也。以上言三代时四裔皆在中华之地。

秦始皇既并六国，始北却匈奴，南取百粤。至汉武帝时，东并朝鲜，西收甘、凉，南辟交趾、珠崖，北斥朔方、河南。以至车师、大宛、夜郎、昆明之属，俱遣信使，赍重贿，招来而羁置之，俾得通于上国，窥其广大，割齐民以附夷狄，弊所恃以事无用。自是之后，世谨梯航[5]。历代载记所叙，其风气之差殊、习俗之诡异，可考而索，至其世代传授之详，则固不能以备知也。作《四裔考》第二十四。凡二十五卷。

【注释】

①五服：指甸、侯、绥、要、荒五服。古代用来指距离天子的各诸侯的地理远近。

②山戎、北戎：我国古代北方民族名。居于今河北东部。陆浑：古瓜州，今敦煌一带。

③皋落：赤狄别种，居于今山西垣曲。鲜虞：白狄别种，居于今河北正定。

④魏绛：指魏庄子。

⑤梯航：梯山航海。借指开拓的疆土。

【译文】

古代先王划分天下，为五服，即使像蛮夷、戎狄当中地处要服、荒服之内、九州之中的，都要以礼乐教化他们，用武力来羁縻他们。唐、虞、三代的时候，详情已经不得而知了。《春秋》中所记录的，像蛮就是划属荆、舒之地，夷则是莱、夷之地，戎则是指山戎、北戎、陆浑、赤驹这些部族，狄则是指赤狄、白狄、皋落、鲜虞这些部族。据经传中的记载，像齐桓公所打击的，以及魏绛所讲和的，虽然也是戎狄这一类，但都杂处于中原，因此才会有用武力制服并加以羁縻的情况。至于在沙碛之地、瘴海之外，都不曾穷兵黩武，跨越中国的疆域，去征服他们的部落，建置郡县；改变他们的服饰，穿戴上衣冠，以此来耀武扬威，夸示于后人。以上讲三代时四方夷族皆在中华的范围内。

秦始皇吞并六国之后，开始向北打击匈奴，向南攻取南粤。到汉武帝的时候，向东吞并了朝鲜，向西收服了甘、凉地区，在南方开辟了交趾、珠厓两郡，在北方建立了朔方、河南两郡。以至像车师、大宛、夜郎、昆明这些小国，都派遣使者，贿以重金，招安之后加以羁縻，使其与我天朝上国建立联系，能够看到它的广大与富强，同时还移民于夷狄之地，以助教化，这些都是无用之举。从此以后，各代都谨守疆土。根据历代载记中的记载，这些蛮荒地区风气的变化，习俗的诡异，都是能够考察清楚的，至于他们的世袭传授情况，却是不能完全明白了。于是作《四裔考》第二十四。共二十五卷。